BLT

Mit der Welt
auf Buchfühlung

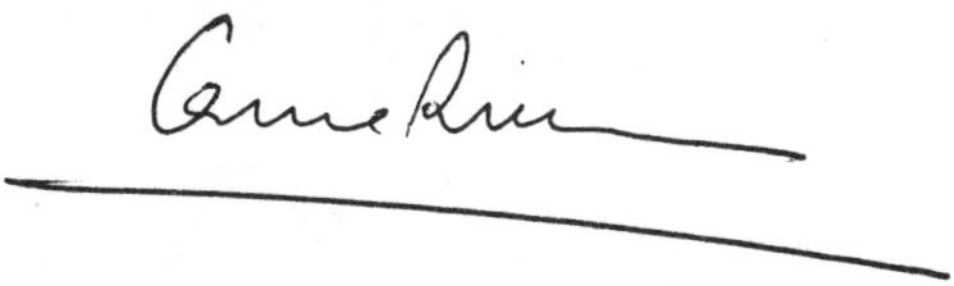

Carme Riera wurde 1948
in Palma de Mallorca geboren und lebt zur Zeit
in Barcelona, wo sie als Journalistin
und Professorin für spanische Literatur tätig ist.
Für *Ins fernste Blau* wurde sie mit dem
bedeutendsten spanischen Litaraturpreis,
dem Premio Nacional de Literatura,
ausgezeichnet.

CARME RIERA

Ins fernste Blau

Aus dem Katalanischen von
Petra Zickmann
und Manel Pérez Espejo

BLT

BLT
Band 92102

1. Auflage: Mai 2002

Vollständige Taschenbuchausgabe
der in der edtionLübbe erschienenen Hardcoverausgabe

BLT und editionLübbe sind Imprints
der Verlagsgruppe Lübbe

Die katalanische Originalausgabe
erschien 1994 unter dem Titel DINS EL DARRER BLAU
bei Ediciones Destino, S.A., Barcelona

Einbandgestaltung: Gisela Kullowatz unter Verwendung
der Vorlage von Klaus Detjen, Holm bei Wedel
Titelillustration: »La Ciudad de Mallorca«,
Arxiu del Regne de Mallorca
Autorenfoto: © Colita
Satz: Kremerdruck GmbH, Lindlar
Druck und Verarbeitung: Elsnerdruck, Berlin
Printed in Germany
ISBN 3-404-92102-X

Sie finden uns im Internet unter
http://www.luebbe.de

Der Preis dieses Bandes versteht sich einschließlich
der gesetzlichen Mehrwertsteuer.

Wir danken der Institució de les Lletres Catalanes
für die freundliche Unterstützung

Für meinen Vater

Dramatis Personae

AGUILÓ, PERE ONOFRE, Kaufmann. Lebt in Livorno. Organisiert die Flucht.

AMENGUAL, Pater VICENT, Jesuit. Rivale von Pater Ferrando. Schreibt die Heiligenbiographie *Vida de la Venerable Eleonor Canals, muerta en olor de Santidad* und später *El triunfo de la Fe en tres cantos.*

ANGELAT, BARTOMEU, Stadtchronist. Unter anderem Autor der *Historia de Mallorca.*

BELLPUIG, ONOFRINA, Markgräfin von Llubí, Gattin des Vizekönigs.

BONNÍN, CATERINA, Mutter von Maria Aguiló, der Ehefrau von Gabriel Valls. Geistig verwirrt. Trägt mit ihrem Geschrei unfreiwillig zur Verhaftung der falschen Konvertiten bei.

BONNÍN, MIQUEL, Matratzenmacher. Experimentiert mit Flugmaschinen. Vater von Sara de les Olors und Josep.

CABEZÓN Y CÉSPEDES, Inquisitor, abgelöst von Nicolás Rodríguez Fermosino.

CORTÈS, AINA, Cap de Trons' Tochter, Geliebte von Juli Ramis, von dem sie ein Kind hat.

CORTÈS, RAFEL, COSTURA, Denunziant.

CORTÈS, RAFEL, CAP DE TRONS, Visionär, treuer Befolger des Alten Gesetzes, Vater von Baltasar, Josep Joaquim und Aina.

FERRANDO, Pater SALVADOR, Jesuit, Beichtvater Costuras.

FORTESA, GABRIEL, Verwalter des Grafen Descós.

FUSTER, AINA, Frau von Gabriel Fortesa, auch als Isabel Fustera bekannt.

HARTS, ANDREAS, Korsarenkapitän.

HUGUETA, MADÒ, Bordellwirtin.

LLABRÉS, JAUME, Domherr und Konfiskationsrichter des Heiligen Offiziums.

MARTÍ, PERE ONOFRE, genannt Moixina, verheiratet mit Quitèria Pomar, zwei Kinder, von denen eines versehentlich die Flüchtlinge verrät.

MAS, BEATRIU, genannt die Coixa, Hure im Bordell von Ciutat, befreundet mit dem früheren Bischof Benet, angeklagt, weil sie Rafel Onofre Valls zur Flucht verhilft.

MIRÓ, POLÒNIA, Costuras Haushälterin.

MOASHÉ, JACOB, Rabbiner von Livorno.

MONTIS, NICOLAU, Markgraf de la Bastida, Vorsitzender des Gran i General Consell, der Ratsversammlung.

PERES, JOÃO, Matrose, später in Diensten der Witwe Sampol in Livorno.

PIRES, BLANCA MARIA, Witwe des Händlers Sampol. Lebt zunächst in Ciutat, später in Livorno und hilft den Flüchtlingen.

POMAR, MARIA, Tochter von Valls' Pächter Pep Pomar und Miquela Fuster. Verlobte von Rafel Onofre Valls.

POMAR, QUITÈRIA, Ehefrau von Pere Onofre Martí, Moixina.

PUIGDORFILA, GASPAR, Oberbüttel.

RODRÍGUEZ FERMOSINO, NICOLÁS, Inquisitor von Mallorca. Unbestechlich und aufrecht im Gegensatz zum Kerkervogt, den Kerkermeistern und Familiaren der Inquisition.

SAMPOL, Witwe von Guillem Sampol, auch Blanca Maria Pires.

SARA DE LES OLORS, Visionärin. Tochter von Miquel Bonnín, Matratzenmacher.

SEGURA, AINA, Madò Grossas Schwester. Lebt mit ihren Enkeln, die ebenfalls gefangengenommen werden.

SEGURA PRÁXEDES, genannt Madò Grossa, Heilerin.

SEN BOIET, ehemaliger *bandejat* (Verbannter), gedungener Aufrührer.

SOTOMAYOR Y AMPUERO, ANTONIO NEPOMUCENO, Markgraf von Boradilla del Monte, Vizekönig von Mallorca bis einige Monate vor der Verbrennung. Verwaltet die Seehandelsgeschäfte seiner Frau Donna Onofrina.

TARONGÍ, ISABEL, verheiratet mit Joaquím, Xim, Martí, einem Neuchristen, der bei Pater Ferrando die Beichte ablegt. Sie haben zwei kleine Kinder. Er klagt seine Frau als Jüdin an.

TARONGÍ, JOSEP, CÒNSOL, Konsul der Engländer.

TARONGÍ, RAFEL, Isabels Bruder, stirbt unter der Folter.

VALLERIOLA, JOSEP, alias Xoteto, Freund von Gabriel Valls. Wurde bereits 1679 von der Inquisition verhaftet und ausgesöhnt.

VALLERIOLA, XIM, Schneider. Verheiratet mit Rafela Mmiró. Nachbarn von Costura.

VALLS DE VALLS MAJOR, GABRIEL, genannt der Rabbi, Patriarch der mallorquinischen Kryptojuden. Verheiratet mit Maria Aguiló, Vater von Miquel Valls, der nach Alicante ausgewandert ist, und Rafel Onofre, der mit Maria Pomar verlobt ist.

WILLIS, Kapitän. Vereinbart mit Pere Onofre Aguiló und der Witwe Sampol die Überfahrt auf der *Eolo* zur Rettung der mallorquinischen Juden.

Erster Teil

Eins

Zuweilen verharrte er reglos. Dann wieder ging er leisen Schrittes an der Gartenmauer auf und ab, den Blick auf die Tür gerichtet, die sich jeden Moment öffnen mußte. Er rief sich noch einmal genauestens das Motiv seiner Reise ins Gedächtnis, warum er hier in der Tiefe der Nacht wachte und konzentriert auf das erwartete Zeichen lauschte. Beharrlich wiederholte er im stillen jedes einzelne der Losungsworte, die Kapitän Andreas Harts ihm vor knapp einem Jahr verraten hatte und die in seinem Gedächtnis seither die erste Stelle einnahmen, damit sich alles bis ins kleinste genauso abspielen konnte, wenn es soweit wäre. In der Gewißheit, daß sich für ihn zwangsläufig das wiederholen mußte, was Harts widerfahren war, rechnete er fest damit, daß man ihn sehr bald rufen und seinen Talenten gebührende Wertschätzung zuteil würde. In diesem Fall jedoch ging es dem jungen Mann nicht nur darum, sich als kräftiger, gestandener Kerl zu beweisen oder Kapitän Harts lächerlich zu machen, der bereits nahe den Vierzigern war und seine Manneskraft schwinden sah, sosehr er sich auch vor seinen Freunden damit brüsten mochte, mit welchem Jubel er von dreihundert verheirateten Frauen in hundert Häfen empfangen würde. Nein. Was João Peres getrieben hatte, auf dem erstbesten Schiff nach Mallorca anzuheuern, weshalb er noch immer hier in Ciutat war und mitten in der Nacht in dieser schmalen Gasse nah der Stadtmauer riskierte, von den Schergen aufgegriffen zu werden, war viel stärker als seine Begierde oder sein Geltungsbedürfnis. Er glaubte, daß sein ganzes Leben von dem erwarteten Zeichen abhing, wie er es in seinen Träumen vorausgesehen hatte, lange bevor ihm der Zufall die Geschichte Kapitän Harts' zu Ohren brachte. Dieser hatte wahrscheinlich nur seinen Heldenruhm untermauern und unter Beweis stellen wollen, daß er ein an Seemannsgarn gewöhntes Publikum in den Bann zu ziehen vermochte, das viel von Abenteuern in weiter Ferne hörte, die zu bestehen denjenigen vorbehalten ist, die es wagen, danach zu suchen.

João Peres glaubte ihm ohne jeden Zweifel oder Einwand, bestürmte ihn jedoch anschließend mit Fragen nach allen Einzelheiten jener beiden berauschenden Frühlingsnächte, die der Kapitän der *Cigne* erlebt hatte, als er das letzte Mal im Hafen von Mallorca vor Anker lag. Er glaubte ihm. Nicht daß er den Ring, den der Kapitän vorzeigte, für einen Beweis hielt, vielmehr entsprachen die geschilderten Begebenheiten – gewissenhaft verteilt über zwei Reihen Krüge, die sich leerten, während sich die Worte mit Sinn füllten – so genau seinem häufig wiederkehrenden Traum, daß es ihm kalte Schauder über den Rücken jagte. Dazu entdeckte er wesentliche Einzelheiten, die im Schlaf nicht deutlich auszumachen waren und in denen er nun unentbehrliche Anweisungen erkannte, um sich dem Ort nähern und in wachem Zustand alles aufs neue erleben zu können. Jenen Garten in seinem Traum nämlich hatte er keiner bestimmten Stelle in keiner bestimmten Stadt zuordnen können, bis der Kapitän seinen Bericht zu Ende gebracht hatte:

Wenn ihr es hören wollt, begann Andreas Harts mit rauher Stimme, *erzähle ich euch etwas, das euch gewiß so erstau-*

nen wird wie mich, der ich immer noch drei Kreuze schlage über die glückliche Fügung. Viele seltsame Dinge sind mir zugestoßen, und gehört habe ich von vielen mehr, aber dies übertrifft sie alle! Seither, das schwöre ich euch, überlege ich es mir gut, ehe ich jemanden einen Lügner schimpfe, denn wenn mir etwas so Außergewöhnliches widerfahren kann, wie sollte es dann nicht auch anderen geschehen? Wenn ich wieder eine Insel anlaufe, werde ich auf alles gefaßt sein... Was ich euch erzählen werde, habe ich in einer Juninacht vor jetzt genau drei Jahren erlebt. Seit Tagen blies ein sanfter Südwest, der meine Schebeke zügig von Algier nach Mallorca brachte. Es war das vierte Mal, daß die Cigne in Porto Pi vor Anker ging. Mein Bündnis mit den mallorquinischen Korsaren bestand seit zwanzig Monaten, und ich beabsichtigte, mit meinen Kompagnons abzurechnen, da sie mir noch Geld schuldeten. Dann wollte ich eine Ladung Öl aufnehmen und mit Kurs auf Livorno wieder auslaufen. Meine Kenntnisse der katalanischen Sprache, die ich mir vor langer Zeit aneignete, waren mir von Nutzen bei meinen Geschäften, da sie auch die der Mallorquiner ist, nur lieblicher in der Aussprache und weicher im Ton. Ich war zwei Tage zuvor angekommen, das weiß ich noch gut, es war ein Donnerstag. Gegen Abend ging ich zum Verwalter des Grafen von Descós, mit dem ich die Geschäfte abhandele, denn sein Herr und ich, obwohl wir uns seit Urzeiten kennen, reden niemals über Geld. Mit Gabriel Fortesa hingegen gibt es kein anderes Thema. Als ich das gräfliche Haus verließ, dämmerte es. Fortesa hatte mir versprochen, am nächsten Tag die Unzen zu bezahlen, die sein Herr mir schuldete. Somit war ich also befriedigt. Da es schon spät war, beschloß ich, in der Stadt zu bleiben und die Nacht in einem Bett zu verbringen, in dem ich mich willkommen wußte, statt an Bord zu schlafen. Der Südwest hatte aufge-

frischt, und die Nacht, die in dieser Gegend sonst feucht und schwül ist, hatte nichts Drückendes. Ich hüllte mich in meinen Mantel, weil es kühl war, nicht etwa aus Angst oder um Händel zu entgehen, falls sich mir jemand in den Weg stellen sollte. Doch muß ich zugeben, daß ich eine Befürchtung hatte, nämlich auf die Schergen des Büttels zu treffen, die mich für die Nacht ins Gefängnis gesteckt hätten, weil ich sie nicht auf meinem Schiff verbrachte. Also sputete ich mich, zu dem erwähnten weichen Bett und den offenen Schenkeln zu kommen, die schon ungeduldig meiner harrten, als ich vor der Mauer, die den Garten von dem benachbarten Gasthaus S'Estornell trennte, Schritte zu hören glaubte. Ich drehte mich um, sah aber niemanden. Ich dachte, ich hätte mich getäuscht und ging weiter, sicherheitshalber dicht am Straßenrand, die Hand auf der Pistole. Ich hätte erwähnen sollen, daß die Mallorquiner ein recht kriegerisches Volk sind. Die Kämpfe der bandejats, *der Verbannten, unter denen es namhafte Räuber gegeben hat, liegen erst ein paar Jahre zurück, und einige treiben sich bis heute unbehelligt herum. Es wäre nicht verwunderlich gewesen, wenn sie mir aufgelauert hätten, als ich Descós' Haus verließ, um mich um das Geld zu erleichtern, daß ich bei mir tragen könnte. Ohne die Hand vom Abzug zu nehmen, setzte ich meinen Weg fort, so vorsichtig ich nur konnte, damit mir kein Geräusch entginge. Als ich eben um die Ecke biegen wollte, vernahm ich wieder die Schritte. Jetzt war ich sicher, daß jemand direkt hinter mir ging. Ich fuhr herum, die Pistole im Anschlag; doch die Straße war verwaist, und man sah nicht den kleinsten Schatten. Der Schrei einer Eule, bei dem es mir sonst gegraust hätte, leistete mir eine Weile Gesellschaft. Da mir keine andere Wahl blieb, als weiterzugehen, beschleunigte ich meinen Gang, aber mein Verfolger paßte sein Tempo dem meinen an. Ich blieb ruckartig stehen, auch die Schritte verhielten. Glaubt nicht, diese mysteriöse Verdopplung, die anfing, mich verrückt zu machen, sei das Echo gewesen. Ich war schon mehrmals diesen Weg gegangen, ohne daß mir etwas Ähnliches aufgefallen wäre. Ich erwog, auf dem Absatz kehrtzumachen und dem Spuk entgegenzutreten, um endlich klarzustellen, warum er mich verfolgte. Aber etwas, das stärker war als ich, hinderte mich daran. Ich marschierte mit ausholenden Schritten weiter, aber auch mein Nachäffer verlängerte die seinen. Ich halte nichts von Gespensterglauben, Hexen und bösen Geistern, aber was hier geschah, erschütterte meine Grundsätze. Und so muß ich gestehen, daß mir angst und bange wurde – mehr vor dem Übernatürlichen als vor sonst etwas –, und ich empfahl mich Gott. Während ich mich bekreuzigte, fiel mein Blick auf die Gartenmauer zu meiner Linken, und mir dämmerte, daß dort auf der anderen Seite jemand neben mir herging, vielleicht weil er mich für einen anderen hielt oder weil er sich einen Spaß daraus machte. Schlagartig befreit von meinen grundlosen Befürchtungen, setzte ich meinen Weg rasch fort, entschlossen, dem hinter mir herwandernden Schatten keine weitere Beachtung zu schenken, und in Gedanken schon ganz bei meiner Geliebten, die in ihrem Ehebett ohne mich schwere Entbehrungen litt. Ich wollte eben die Mauer hinter mir lassen und abbiegen, als mich jemand anrief. Zuerst war es ein fast unhörbares Zischen, als ob derjenige vermeiden wollte, andere aufmerksam zu machen, und wüßte, daß nur mein durch die Verfolgung empfindliches Ohr aufhorchen würde. Gereizt, aber doch sehr neugierig, blieb ich stehen. Die Mauer war zu hoch, um auf die andere Seite schauen zu können, und auch, so wenigstens schien es mir, um mich von drüben zu sehen. Die Stimme dann war viel deutlicher:*

»Halt, Ihr dort! Geht nicht weg! Hört mich an! Ihr sollt es nicht bereuen ...«

»Was wollt Ihr von mir?« gab ich zurück. »Wir kennen uns nicht. Seid Ihr sicher, daß Ihr mich nicht verwechselt, Bruder?«

»Völlig sicher, Herr! Verzeiht, daß ich Euch nachgelaufen bin, Kapitän Harts!« antwortete die freundliche Stimme eines jungen Mannes in höflichem Ton. »Kommt zurück an die Mauer, und Ihr sollt den Grund wissen!«

Gespannt zu erfahren, was hinter dem Ganzen steckte, gehorchte ich, ohne zu zögern.

»Geht fünfzig Schritt weiter die Mauer entlang, dort treffen wir uns. Ich muß mit Euch über eine Angelegenheit sprechen, die von größtem Interesse für Euch ist.«

Mit dem Kreischen eiserner Riegel öffnete sich ein kleines Tor. Beim Licht der Öllampe, die er hielt, betrachtete ich meinen Verfolger. Er war noch ein Knabe. Gekleidet wie ein Diener, hatte er dennoch gute Manieren, und seine Gesichtszüge schienen mir fein, gar nicht bäurisch.

»Kapitän Harts«, sagte er, »ich bitte Euch, kurz einzutreten, denn für die Nachricht, die ich Euch zu vermelden habe, ist die Straße nicht der geeignete Ort.«

Im Glauben, es müsse um ein noch viel günstigeres Angebot gehen als das eben mit Fortesa im Namen des Grafen verhandelte, trat ich durch die Tür. Neben dem Jungen erwartete mich eine Magd, fast noch ein Kind. Sie war nicht in die Bauerntracht der mallorquinischen Mägde gekleidet und ohne rebosillo, das übliche Umschlagtuch. Sie trug ein weißes Gewand aus Seide und Taft, und ein Schleier nach Art der Maurinnen verdeckte zum Teil ihr Gesicht. In einer Hand hielt sie eine Öllampe, mit der anderen schützte sie die Flamme gegen den Luftzug.

»Guten Abend, Kapitän Harts! Meine Herrin schickt mich mit der Bitte, ihr die Ehre Eures Besuchs zu erweisen.«
»Ich bin gerade ein wenig in Eile. Außerdem scheint es mir nicht die passende Tageszeit für Höflichkeitsbesuche. Um die Wahrheit zu sagen, ich habe bereits eine andere Verabredung, eine Verpflichtung . . .«
»Schiebt sie auf, Herr!« sagte sie mit verschwörerischem Lächeln und nahm mich bei der Hand. »Die Senyora würde mir nie verzeihen, wenn ich Euch gehen ließe! Ich soll Euch so schnell wie möglich zu ihr bringen. Ihr werdet es bestimmt nicht bereuen!«
Ich ließ mich führen und fühlte mich, offen gestanden, stolz, daß mein Ruf eine so hohe Dame erreicht hatte. Als wir durch einen Orangenhain gingen, empfand ich die Düfte des Jasmins und der Myrte mit so süßer Intensität, als fiele ein hauchzartes Gewebe aus Essenzen über meine übrigen Sinne, insbesondere über die Augen, denn die Obstbäume standen immer dichter und der Himmel hatte sich bedeckt. Sooft ich meine Begleiterin auch fragte, wohin wir gingen, sie antwortete mir nicht. Ich nahm an, sie wollte mich verwirren, indem sie mich auf abgelegenen Wegen führte, so daß ich nicht wissen konnte, in welcher Richtung genau das Haus lag, zu dem sie mich brachte. Nachdem wir noch eine gute Weile gegangen waren, bogen wir in einen Pfad und gelangten zu einer kleinen Grotte, die in einen unterirdischen Gang führte.
»Keine Angst, Kapitän Harts, aber leider muß ich Euch durch diesen unwirtlichen Ort führen. Doch, wie gesagt, erfülle ich nur die Anweisungen der Senyora.«
Nach ungefähr hundert Schritten blieb das Mädchen unvermittelt stehen. Vor einer schmalen Tür klatschte es in die Hände, und es wurde uns von innen geöffnet. Wir betraten einen Raum, in dem es weniger kalt, aber ebenso finster war.

Der Basilikumduft war überwältigend, und ich begriff, daß wir uns in einer Eingangshalle befanden, die auf Mallorca gern mit diesen Pflanzen verziert werden.

»Ich war sehr gern Eure Führerin, Kapitän Harts«, sagte meine Begleiterin und ließ meine Hand los, die sie während unserer ganzen Wanderung zart gehalten hatte, »aber jetzt muß ich Euch verlassen. Ein anderer Diener wird Euch zur Senyora bringen.«

Ich war kaum allein, als jemand auftauchte, der Stimme nach ein junger Bursche, der mich in völliger Dunkelheit weitergeleitete. Gemeinsam durchschritten wir unzählige Räume. Schließlich teilte er mir mit, daß hinter der letzten Tür seine Herrin auf mich warte, und verabschiedete sich. Ich trat ein und sah in dem dämmrigen Schlafgemach als erstes ein verhangenes Himmelbett. Die roten Damastmuster wogten im Schein einer Kerze, die auf einem mit Früchten und Süßigkeiten überladenen Tisch brannte. Hinter den Bettvorhängen hieß mich eine geisterhafte Stimme willkommen.

»Fürchtet Euch nicht, Kapitän Harts! Ich habe Euch rufen lassen, weil Euer Ruhm mein Herz nicht ruhen läßt, nur das gab mir die Kühnheit. Eßt und trinkt, so viel es Euch beliebt. Der lange Weg hat Euch sicher hungrig gemacht.«

Ich aß nur ein wenig Obst und nippte an dem Wein, denn mehr als nach Essen verlangte es mich danach, zu schauen und zu lauschen. Aber als ich mich dem Bett näherte, um mich zu versichern, inwieweit die Erscheinung dieser einladenden Stimme entsprach, erlosch die Kerze. Es wäre mir vorgekommen wie Zauberei, wenn nicht im gleichen Augenblick, als ich den Vorhang zurückschob, ein Luftzug den Damast bewegt hätte.

»Senyora, ich hoffe, Euch zu Diensten zu sein, wie es Euch gebührt, aber ich wüßte gern Euren Namen und wünschte mir,

all die Vollkommenheit, die ich erahne, mit eigenen Augen zu sehen«, sagte ich.

»Kapitän Harts«, erwiderte sie lachend und zog mich mit geschickten Händen zu sich. »Dankbar vernehme ich Eure Worte, die mir Manieren verraten, die ich zu schätzen weiß, aber keinesfalls kann ich Euch meinen Namen preisgeben, noch erlauben, daß Ihr mich seht. Deshalb haben meine Bediensteten Euch auf für Besucher unüblichen Wegen zu meinen Gemächern geführt. Ich bin, wie Ihr sicher vermuten werdet, eine angesehene Dame dieser Stadt. Die Kunde von Euren Leistungen hat in mir eine Bewunderung für Euch erweckt, die mir nun die Verwegenheit gab, nach Euch zu schikken. Doch lassen wir die Artigkeiten, Kapitän Harts! Möge die Morgenröte heute nacht länger auf sich warten lassen denn je!«

Das Bett war viel weicher, als ich angenommen hatte, und der schöne Körper jener eben noch Unbekannten unendlich wärmer und zärtlicher. Es schien mir die kürzeste und eindrücklichste Nacht meines Lebens. Den Taten der Liebe folgten die Worte und denen wiederum die Taten. Neugierig wie alle Frauen, fragte meine Dame mich in allen Einzelheiten über mein Leben aus, über das sie bereits einiges wußte: Seit wann ich als Kapitän zur See fahre, wie viele Männer meine Besatzung bildeten, wie meine Schebeke sei, ob ich auch Passagiere mitnähme, wie viele Platz fänden und wohin wir ausliefen. Ich stand ihr ausführlich Rede und Antwort. Es gelang mir dagegen nicht, sie zu bewegen, mir ihren Namen zu sagen oder einen Blick auf ihr Gesicht, ihre Glieder, ihren Körper zu gewähren, den ich mit begehrlichen Küssen und erregten Liebkosungen übersät hatte.

Der ferne Gesang einer Lerche war das Zeichen für unseren Abschied. Bevor ich sie verließ, nahm ich ihr das Versprechen ab, mir unbedingt am Abend wieder ihren Diener zu schikken, um mich durch die Mauertür einzulassen. Ich meinerseits mußte ihr schwören, zu niemandem von diesem Treffen zu sprechen, jedenfalls nicht, solange ich auf Mallorca wäre. Lächelnd gab sie zu, daß mir für immer Schweigepflicht aufzuerlegen soviel bedeute, wie mich zum Meineid zu verdammen. Denn so wie sie mich einschätze, gehörte ich zu denjenigen, denen die Worte ebensolchen Genuß bereiteten wie die Taten. Mit demselben Ritual, ohne daß ich die Räume sehen durfte, die wir durchquerten, schickte sie mich aus dem Palast, durch dieselbe Hintertür, die zum Garten führte, begleitet von denselben Dienern. Auf der Straße übergab mir der Knabe, der mich mit dem Echo meiner Schritte genarrt hatte, einen Beutel voller Dublonen, den abzulehnen mir taktlos erschienen wäre.

Mit aufgewühltem Gemüt ging ich, kaum daß die Tore geöffnet wurden, aus der Stadt zur Cigne. Ich erfrischte mich mit ein paar Stunden Schlaf, doch wurde mir der Tag unendlich lang, während ich auf die Nacht wartete. Ich wachte darüber, daß die Männer die Ladung richtig verstauten, dachte aber an nichts anderes als mein bevorstehendes Stelldichein. Alles riß mich unwiderstehlich zu meiner Dame. Das Olivenöl in den großen Tonkrügen hatte auf einmal den gleichen Melasseton, in dem ich mir ihr Haar vorstellte, lang und schwer in der Hand, das ich einmal blond, einmal schwarz wie Lack wähnte.

Als es endlich soweit war, begab ich mich voll ungestümer Begierde zu der Straße an der Gartenmauer. Ich wollte herausfinden, wo genau die Tür sich öffnete und welches die angrenzenden Gebäude waren. Trotz meines Schwurs, niemandem auf Mallorca etwas zu erzählen – und ich bin ein Mann, der Wort hält –, wollte ich unbedingt wissen, wem der Gar-

ten gehörte, und in Erfahrung bringen, wo der Tunnel endete, durch den man mich geführt hatte. Aber mir blieb keine Zeit, auf irgend etwas zu achten oder einen Nachbarn auszuhorchen, denn die Tür wurde mir geöffnet, kaum daß ich sie erreicht hatte.

»Seid willkommen, Kapitän Harts!« sagte derselbe Diener. »Die Senyora erwartet Euch!«

Das Mädchen, das mich am Vortag geführt hatte, nahm mich mit wortlosem Lächeln bei der Hand, und wieder gingen wir durch den Garten und den Orangenhain bis zu dem geheimen Eingang in den unterirdischen Tunnel, der mir diesmal noch länger und kälter vorkam. Als wir zu ebener Erde wieder ins Freie kamen, dünkte mich, daß dies eine andere Stelle sein mußte als am Vortag, denn der Meeresgeruch, leicht streng, mit Algen und Muscheln vermischt, den ich, wie Ihr euch denken könnt, mit keinem anderen verwechsle, tränkte alle Poren meiner Haut, und mein Ohr erkannte den dunklen, satten Schlag der Wellen gegen die Klippen, die ich in nächster Nähe vermutete.

»Wir müssen jetzt eine ziemlich steile Treppe hinauf, Kapitän«, sagte meine Führerin, »habt acht!«

Ich zählte sechzig Stufen, unterbrochen von vier Absätzen, auf denen die Magd innehielt, damit wir Atem schöpfen konnten. Oben angekommen, stieß sie eine Tür auf.

»Kapitän Harts, ich bitte um Vergebung, die Senyora hat mir befohlen, Euch die Augen zu verbinden. Hier ist es heller, und Ihr wißt, daß es Euch nicht gestattet ist, sie zu sehen.«

Mir blieb nichts anderes übrig, als mich zu fügen. Sie band mir ein Tuch um, das aus Seide sein mußte, so weich fühlte es sich an, und ließ mich allein. Der harmonische Klang einer Laute, die jemand im selben Raum schlug, drang an mein Ohr. Da begrüßte mich auch schon meine Dame.

»Guten Abend, Kapitän Harts. Ich hoffe, dieses Zimmer wird Euch so angenehm sein wie das gestrige. Tretet doch näher…«

Ich machte drei oder vier Schritte in die Richtung, aus der die Stimme kam, die Arme ausgestreckt, nicht so sehr, um meine Dame gleich zu umfassen, als um nicht zu stolpern. Ehrlich gesagt, fühlte ich mich vollkommen veralbert. Ich hatte nicht übel Lust, mir das Tuch herunterzureißen und sie, alle Höflichkeit vergessend, im selben Augenblick auch mit den Augen zu besitzen. Ihre Hand auf meinem Arm brachte mich davon ab.

»Nehmt Platz, Kapitän«, sagte sie und war mir behilflich. »Soll ich für Euch spielen? Mögt Ihr Musik?«

Ich log. An das unendliche Rauschen des Meeres gewöhnt, gibt es für mich keine andere Musik als die der Wellen. Ganz abgesehen davon, stand mir, um ehrlich zu sein, der Sinn nicht eben nach Musik. Und hinauszuzögern, wofür man mich gerufen hatte, erschien mir wahrlich arglistig. Doch wie es sich bei solchen Gelegenheiten gehört, wahrte ich die Form und antwortete:

»Sehr, Senyora! Die Musik edelt den Geist und spendet Trost im Leid.«

»Das kommt darauf an«, erwiderte sie, »manchmal vertieft sie den Kummer.« Und dabei seufzte sie wehmütig.

»Möchtet Ihr etwas essen, Kapitän? Oder habt Ihr vielleicht Durst?«

»Nein, Senyora, die Begierde sättigt mich, und es gelüstet mich nur nach Euch.«

»Habt Geduld, es ist noch früh, und ich höre Euch so gern vom Meer erzählen…«

So füllte ich notgedrungen noch eine gute Weile mit meinen Abenteuern. Sie hörte mir aufmerksam zu. Zuweilen fragte sie höchst interessiert nach Einzelheiten über ferne Häfen, von denen sie gehört hatte, und überhaupt schien alles, was mit Reisen und Seefahrt zu tun hat, sie sehr zu beschäftigen. »Senyora«, sagte ich schließlich, als ich der Erklärungen überdrüssig war, »verlängert nicht meine Qual! Laßt meinen Mund schweigen und nur mein aufgewühltes Blut sprechen!«

Und wie in der Nacht zuvor entfesselten wir eine wollüstige Schlacht gleich auf den Polstern, auf denen wir saßen. Die Morgendämmerung war schon nah, als sie einschlief, den Kopf zärtlich auf meiner Brust, und da war für mich der Moment gekommen, die Binde abzunehmen. Mit großer Vorsicht, fast ohne mich zu bewegen, lockerte ich den Knoten und schob das Tuch auf die Stirn.

Was ich sah, währte nur wenige Augenblicke, genügte aber für ein ganzes Leben. Nie werde ich den Anblick vergessen, es war wie im Paradies. Ihre Züge im Schein des untergehenden Mondes waren von wundervollem Ebenmaß. Die Stirn, hoch, schneeweiß und fast durchscheinend wie ihr ganzes Gesicht, erinnerte mich an den Schaum der Wellenkronen. Das lange Haar ähnelte mehr dem Safran als der Melasse. Die Brauen wirkten wie zwei kleine Bögen, bereit, die Pfeile der Augen abzuschießen, deren Farbe ich nicht feststellen konnte, da die Lider sie bedeckten. Die Lippen, eher füllig, waren rosig und zart. Die Glieder und ihr ganzer Leib kamen mir vor wie einem jener Wandteppiche entstiegen, die ich gelegentlich in den venezianischen Palazzi bewundert habe, so vollkommen waren sie. Von ihren Füßen habe ich bis jetzt geschwiegen, denn diese Köstlichkeit verdient eine besondere Erwähnung. Jeder wie ein Schluck Rahm, süß und warm, zwei schlafende Täubchen auf dem Taft der Kissen. Ich konnte der Versuchung nicht widerstehen, sie zu küssen, andächtig, wie man eine hei-

lige Reliquie küßt. Nein, die Erscheinung enttäuschte mich nicht, ganz im Gegenteil, sie entfachte erneut meine Begierde nach dem erlesenen Körper, auch wenn ich dafür auf den Genuß seines Anblicks verzichten mußte.
Also zog ich das Tuch wieder fest, und indem ich sie streichelte, wie ich es diese beiden wundersamen Nächte hindurch fast ohne Unterbrechung getan hatte, verscheuchte ich den Schlaf von ihren Lidern, und wieder liebten wir uns, bis die pünktliche, aufdringliche Lerche uns die verfluchte Morgenröte ankündigte. Unter Schwüren und Tränen verabschiedeten wir uns bis zum nächsten Abend, unserem letzten, zumindest für eine lange Zeit, da mein Schiff tags darauf mit Kurs auf Livorno die Anker lichten würde.
An Bord der Cigne *erwartete mich meine Mannschaft in heller Aufregung, denn in der Nacht war ein Feuer auf dem Schiff ausgebrochen. Zwar hatten meine Männer es glücklicherweise löschen können, der Zwischenfall zwang uns jedoch, mit dem Auslaufen zu warten, bis die Schäden repariert waren. Diese Nachricht, über die ich unter anderen Umständen von Sinnen gewesen wäre, konnte mich nicht aus der Ruhe bringen. Versunken in Gedanken an meine Dame, grübelte ich, wie ich ihren Namen und ihre Herkunft in Erfahrung bringen könnte, ohne ihren Ruf zu gefährden. Ich meinte, unter den Gaben, die ihr Diener mir wie schon in der ersten Nacht auch diesmal überreichte, einen Hinweis gefunden zu haben, denn der Diamantring, den sie mir neben einem Beutel mallorquinischer Unzen schenkte, trug die eingravierten Lettern* SP. *Ich streifte ihn über den kleinen Finger, damit meine Dame ihn dort sähe, und bevor ich zu unserem süßen Wiedersehen ging, beschloß ich, bei einem mir bekannten Goldschmied vorbeizuschauen, um etwas über den Ring herauszufinden. Der Goldschmied empfing mich*

freundlich, konnte mich aber nicht aufklären. Er schickte mich zu einem Kollegen, der mir auch nicht weiterhelfen konnte, aber meinte, die Initialen könnten sowohl die Anfangsbuchstaben eines Namens sein als auch Sempre Present *bedeuten –* Immer Gegenwärtig *auf mallorquinisch –, insbesondere wenn der Ring, wie es den Anschein habe, das Geschenk einer verliebten Dame sei.*

Ich ging schnell entlang der Mauer auf die Tür zu, als ich Schritte hörte. Belustigt über meine früheren Ängste, nahm ich an, es sei der Diener, der mich auf der anderen Seite der Mauer begleite. Sofort wurde mir jedoch bewußt, daß es sich um mehr als ein Paar Füße handeln mußte, und ich wandte mich um.

Tatsächlich waren es vier bewaffnete Männer, die über mich herfielen, ohne daß ich Zeit gehabt hätte, zu meiner Verteidigung die Pistole zu ziehen. Sie prügelten mich erbarmungslos, bis ich schließlich halbtot mitten auf der Straße lag. Sooft ich auch fragte, den Grund für den Überfall verrieten sie mir nicht. Sie flohen erst, als sich die Patrouille näherte. Diesem Umstand verdanke ich mein Leben und daß ich immer noch im Besitz des Ringes bin, den sie mir vom Finger gerissen, aber auf ihrer überstürzten Flucht glücklicherweise wieder verloren hatten. Ich schleppte mich bis zur Mauertür und rief um Hilfe. Aber niemand öffnete mir, obwohl ich wußte, daß man mich gehört hatte, denn man warf mir eine Botschaft über die Mauer, die ich in der Dunkelheit jedoch nicht zu lesen vermochte. Mühsam schaffte ich es zum Anwesen des Grafen Descós, wo Fortesa mir Obdach gewährte. Auch von ihm konnte ich nichts über jene Dame herausbekommen, wenn er überhaupt etwas wußte. Der Garten gehörte einem unverheirateten Kaufmann und grenzte an ein Kloster. Von Geheimgängen hatte der Verwalter des Grafen nie etwas gehört. Während meine Wunden versorgt wurden, las ich die Botschaft: »Kapitän Harts«, stand da, »mit Schmerz und Trauer muß ich feststellen, daß Ihr nicht der Mann seid, für den ich Euch gehalten habe, denn Ihr habt Euren Eid zweifach gebrochen. Ihr werdet mein Haus nie wieder betreten, oder Euer Leben wäre in noch viel größerer Gefahr als jetzt. Ich wünschte, der Wind hätte Euer Schiff niemals an unsere Insel getrieben und mich Hoffnungen hegen lassen, die sich als so flüchtig erwiesen. Seid verflucht, und verflucht sei ich selbst für meinen Verrat an dem, der übers Meer kommen und mir gewähren wird, was Ihr nicht fähig wart, mir zu geben.«

Er schritt die Mauer um den Garten entlang und rief sich die Geschichte noch einmal ganz genau ins Gedächtnis, die Kapitän Harts teils frei erzählt, teils aus Papieren vorgelesen hatte, auf denen, wie er sagte, sein Leben aufgezeichnet war, und die in so vielen Punkten seinem Traum glich. Nur hatten Cupido und seine Mutter Venus diesmal nicht Harts, sondern ihn zum Gesandten an diese Dame gemacht, die an klaren Tagen über das weite Meer spähte und sich jedes heransegelnde Schiff einprägte, in der Hoffnung, daß sich an Bord jener befände, der sie niemals verraten würde.
Er schritt die Mauer entlang und malte sich die köstlichsten Sinnesfreuden aus, den betäubenden Duft der Rosen, das Plätschern des gebändigten Wassers und endlich die süße Berührung der schönen Unbekannten, die er blind lieben würde, sollte dies ihr Wunsch sein. Doch als die Glocke von Santa Clara erst zur Vesper, dann zur Komplet schlug, mußte er einsehen, daß sein Warten zumindest für diesmal vergeblich gewesen war. Schon im Weggehen, vernahm er plötzlich Schritte. Mit rasendem Herzen blieb er ruckartig

stehen und horchte, ob sie auch anhielten, wie es dem Kapitän geschehen war, aber diese bewegten sich unabhängig von ihm. Die Geräusche kamen aus größerer Entfernung und wurden deutlicher, als sich jemand vom anderen Ende der Straße näherte. Im dämmrigen Licht des eben grauenden Morgens glaubte er, eine Gestalt zu erkennen, die stolpernd rannte und dann zu Boden fiel. Eher neugierig als furchtsam und in der Hoffnung, das Schattenbündel könnte ihm das ersehnte Zeichen bringen, ging er näher und stellte im schwachen Frühlicht fest, daß es sich um eine Frau handelte. Er wagte nicht, sie aufzuheben, sondern blickte auf sie hinunter, bemüht, den Platz dieser Figur in seinen Träumen zu finden – ohne Erfolg. Wie immer, wenn er zwischen den alten Traumbildern eine Lücke suchte, um ein neues einzufügen, das nicht unter die hinter geschlossenen Lidern geschauten Bilder einzuordnen war, hielt er einen Moment inne, um auch den Geruch desjenigen wahrzunehmen. Die Mischung aus Asche und Staub, in der er ein wenig Moschus ausmachte, half ihm nicht weiter. Der Geruch, den er in sich trug, tief in sich, daß nur kein Hauch verlorenging, war der Duft von Rosen, sanft gebeugt in der Brise, von berauschendem Jasmin und den schneeweißen Blüten der Apfelsinenbäume. Diese Wohlgerüche jedoch, von Harts auf seine Nachfragen genau beschrieben, waren nichts weiter als Vorboten jenes Duftes, der seit Jahren bei Nacht seine Schlafkammer erfüllte und dem lang ausgebreiteten Haar der erträumten Dame entströmte. Ihn zu atmen, seinen Kopf andächtig zu neigen und das ganze Gesicht im lauen Nest dieses Haares zu bergen, war einer der Beweggründe seiner Reise und der Lohn für jeglichen Dienst, den die rätselhafte Senyora von ihm verlangen mochte. Der Geruch, die Erinnerung an den geträumten Geruch, die ihn

umhüllte und manchmal so überkam, daß er bei seinen Bordellabenteuern das Spiel damit begann, sich das Gesicht mit Haar bedecken zu lassen, weil ihn der feinste Geruch stärker zu erregen vermochte als die fingerfertigste Keckheit.
Vor der aschgrauen Figur kauernd, beugt er sich über sie, eher um sie besser beschnuppern zu können, als um sie zu betrachten. Er schnüffelt an dicken schwarzen Locken, die unter dem losen Kopftuch hervorlugen und einen Essigdunst verströmen, der sich aus der Nähe mit dem Geruch von altem Bratöl vermischt und ihm unangenehm ist. Er richtet sich auf und fragt sie, ob sie verletzt sei, ob er ihr irgendwie behilflich sein könne. Doch sie gibt keine Antwort, schaut ihn nur erstaunt an und hält sich die Brust, wo João Peres einen Blutfleck erkennt.
»Seid Ihr verletzt? Sagt mir, wo ich Euch hinbringen kann, damit Euch geholfen wird...«
Sie seufzt tief und schließt die Lider mit den langen, dichten Wimpern. Ihre Züge werden weicher, und Peres erscheint ihr Gesicht plötzlich reizvoller. Ihr Wams ist falsch geknöpft, als habe sie sich hastig angekleidet, und der gestreifte Rock aus derbem Stoff ist schlammbespritzt. So angestrengt er auch nachdenkt, in Harts' Erzählung gibt es das Mädchen nicht. Es hat nichts mit der maurischen Magd gemeinsam, noch findet er die geringste Ähnlichkeit mit der Engelshaut der unbekannten Schönen. Vielleicht hat der Kapitän vergessen, es zu erwähnen, oder aber er hat es auf der Straße liegen lassen wie einen geprügelten Hund, ohne Beistand zu leisten, und es deshalb in seiner Erzählung übergangen. Aber nein, diese Grübeleien bringen ihn auch nicht weiter. Das Mädchen ist überflüssig. Es ist kein Teil des Abenteuers und gehört nicht in die Handlung. Es ist einfach aufgetaucht, aus dem Leib der Finsternis ins blasse Morgen-

licht gestoßen, ohne daß es gerufen worden wäre, ohne daß es gebraucht würde. Und doch verwirrt ihn die Gegenwart der jungen Frau. Ein Gefühl der Rührung überkommt ihn, stärker als das bloße Mitleid mit einem verwundeten Mädchen. Er verzichtet darauf, die alten Träume erneut auf einen klärenden Hinweis zu überprüfen, und stellt sich den Umständen ohne Anleitung oder Losung.

»Wohin kann ich Euch bringen, daß man Euch behandelt?« fragt er sie wieder.

Sie antwortet nicht, sie ist ohnmächtig geworden. Peres weiß nicht, was er mit ihr anstellen soll. Er kennt die Stadt kaum. Das Mädchen sieht aus wie eine Dienerin oder die Tochter eines Handwerkers. *Wo wollte sie hin um diese Zeit? War sie auf der Flucht, oder verfolgte sie jemanden? Wollte sie nach Hause, oder kam sie von dort?*

In diesem Viertel gibt es Herrenhäuser, zwei Klöster und ein paar Gärten. Ein Stück weiter, kaum hundert Ellen, die Kirche von Santa Eulàlia. Peres weiß nicht, wohin. Vielleicht wäre es das gescheiteste, seiner Wege zu gehen. Es wird schon jemand vorbeikommen, der ihr hilft. Er sollte hier verschwinden. Zusehen, daß er zum Hafentor kommt und sich, sobald es geöffnet wird, schnurstracks nach Porto Pi aufmachen, wo die *Minerva* vor Anker liegt. Was geht ihn diese Unglückselige an? Lieber rechtzeitig zurückkommen, damit niemand merkt, daß er die Nacht nicht in seiner Koje verbracht hat. Lieber keinen Verdacht aufkommen lassen, der eine Bestrafung zur Folge haben könnte, die schlimmste aller Strafen: das Verbot, von Bord zu gehen. Um alles in der Welt, nur das nicht, denkt er, während er davonläuft. Das einzige, was für ihn zählt, ist, morgen bei Einbruch der Dunkelheit wieder hier zu sein, um sein Glück aufs neue zu versuchen. Und sollte der Büttel erscheinen und ihn mit der verwundeten Frau erwischen, dann hätte er schlechte Karten. Wem würden sie die Schuld zuschreiben, wenn nicht ihm, dem Fremden, einem Durchreisenden, der etwas verbrochen hat...? Er beschleunigt seinen Schritt aus Angst, daß man ihn fassen und kein Mensch die geringste Gerechtigkeit für ihn einfordern würde. Dem Kapitän ist dieser Habenichts, der ohne jede Referenz als Matrose bei ihm angeheuert hatte, völlig gleichgültig. Wem sonst könnte er etwas bedeuten? Den Priestern des Seminars, aus dem er vor zwei Jahren flüchtete? Seinem Vater, der ihn nie unterstützt hat, obwohl er ein vermögender Kaufmann ist? Schließlich ist er nicht gerade der Favorit unter seinen Bastarden. Allein seinem Freund Do Barros hat er den wahren Grund seiner Reise offenbart, und der hat ihn für verrückt erklärt. *Wer weiß, was dran ist an der Geschichte von Harts?* hatte der Freund gesagt. *Außerdem dürfte längst einer aus der Ferne eingetroffen sein, der die Schöne tröstet... Vier Jahre sind eine lange Zeit, um auf dich zu warten, wo sie nicht mal weiß, daß du unterwegs bist!* flachste er jedesmal, wenn Peres auf seiner felsenfesten Überzeugung beharrte, die auf einem Traum gründete...

Er flieht, läuft aber nicht, um keinen Verdacht zu erregen, denn die Straßen sind seit Sonnenaufgang von Frühaufstehern belebt: Priester auf dem Weg zur ersten Messe, Steinmetzen, die gegen Stücklohn an der Stadtwallbefestigung arbeiten, Freier auf dem Rückweg, wie er vermummt, um nicht erkannt zu werden. Er will schon nach rechts abbiegen, kann aber der Versuchung nicht widerstehen, sich umzuwenden, ob das Mädchen immer noch dort liegt. Er sieht das Bündel am Boden wie einen Haufen schmutziger Wäsche und glaubt, ein Stöhnen zu hören. Auf einmal rennt er zurück und nimmt das Mädchen mit Schwung auf die

Arme, entschlossen, es dahin zu bringen, wo es versorgt wird. Den Körper auf den Armen, schlägt er die entgegengesetzte Richtung zu der ein, in die er fliehen wollte. Er geht zur Plaça de Santa Eulàlia. Auf der staubigen Straße ist eine schwache Blutspur zu sehen. *So werde ich wissen, wo sie herkam,* sagt sich Peres, *obwohl es vielleicht klüger wäre, von dort wegzulaufen.* Er beeilt sich und fleht zu Gott, daß sich eine Tür öffnen, ein guter Samariter heraustreten und sich ihrer annehmen möge. Doch alle Tore sind geschlossen. Er denkt wieder an Harts' Erzählung und glaubt, in einem der Häuser auf der Linken das Portal des Grafen Descós zu erkennen, wo im Erdgeschoß der Verwalter Fortesa wohnt. Der Palast habe ein weit vorspringendes Dach, hatte Harts gesagt, und ein Wappen an der Vorderfront. Ein Löwe auf silbernem Grund. Er wird den Türklopfer bedienen und sich als Freund des Kapitäns vorstellen. Schon hallen seine Schläge. Eine Frau streckt den Kopf aus einem der Fenster.

»Ich bin ein Freund von Kapitän Harts, gute Frau. Ich habe hier auf der Straße dieses verletzte Mädchen gefunden.«

»Den haben wir in schlechter Erinnerung«, gibt die Frau zurück. »Und ich weiß auch nicht, wie ich Euch helfen kann. Aber die kenne ich, das ist Aina Cap de Trons. Sie wohnt im Segell, fünfzig Schritt von hier, gleich hinter der Kirche, Ecke Argenteria, das letzte Haus rechts.«

Sie wartet keine Antwort ab und schlägt das Fenster zu, daß das Holz ächzt. Eine Schafherde, angeführt von einem Hirtenhund, erfüllt den beginnenden Tag mit ihrem Gebimmel und zwingt Peres, sich gegen die Wand zu drücken. Der Schäfer interessiert sich mit keinem Blick für die Last in seinen Armen. Die Staubwolke reizt ihn zum Husten und löscht die Blutspur aus. Der Kirchturm von Santa Eulàlia zeichnet sich gegen den noch bleichen Himmel ab, als wäre das Licht an diesem Morgen träger als sonst. Als er in den Segell einbiegt, sind auf dem Boden wieder dunkle Tropfen. Läden und Werkstätten sind noch geschlossen. Es steigt auch kein Rauch aus den Schornsteinen. Bei diesem müden Licht hat man keine Lust, früh aufzustehen, denkt Peres, der an bedeckten Tagen wie diesem auch immer spät aufwacht. Er ist erschöpft. Keuchend erreicht er das bezeichnete Haus. Er drückt gegen die Tür, und sie gibt nach. Drinnen herrscht Dunkelheit. Schwaden muffiger Luft schlagen ihm entgegen.

»Jemand zu Hause?« fragt er.

Niemand antwortet. Der Raum hat kein Fenster. Schwaches Licht sickert durch den Treppenschacht, gerade ausreichend, um verstreute Bündel alter Kleider zu erkennen. Es riecht nach Armut, nach Urin und Schmutz. Nein, hier kann er sie nicht lassen. Mit schwindenden Kräften steigt er die Treppe hinauf, die ins obere Stockwerk führt. Durch die verzogenen Fensterläden dringt schräg das Licht, trifft die Gegenstände und entreißt sie den Schatten. Im Herd schwelt noch die Glut vom Vorabend. Das bescheidene Geschirr ist auf dem Wandbord gestapelt, doch liegen auf dem Tisch goldbestickte Leinendecken wie für ein Festessen. In einer Tonschale leuchtet unnütz eine Öllampe neben ein paar zugedeckten Töpfen. So gut er kann, bettet Peres das noch immer bewußtlose Mädchen auf eine Bank, wagt jedoch nicht, ihr die Kleidung zu lockern oder den Körper abzutasten, um ihre Wunden zu untersuchen. Mit einem Lappen wischt er sich das Blut von den Händen, und was nicht abgeht, reibt er zur Tarnung mit Asche ein. Er hört einen Klagelaut, der von weiter hinten kommt. Er folgt ihm auf der Suche nach jemandem, dem er erklären kann, wie er Aina gefunden hat. Auf einem einfachen Bett liegt ein Mann, halb bedeckt von einem Laken. Sein Nachthemd ist blutgetränkt. Doch kam das Stöhnen nicht von ihm, sondern von noch weiter hinten. In einer anderen Kammer wälzt sich ein junger Mann auf dem Boden, die Hände zwischen den Beinen.

»Was ist Euch zugestoßen?« fragt Peres bestürzt.

»Verlaßt sofort dieses Haus! Raus!« sagt der Verwundete. »Geht!« setzt er noch hinzu.

Peres gehorcht. Er geht zur Tür. Doch zuvor muß er innehalten, denn der Mund wird ihm zu klein, als ihm der Mageninhalt hochkommt. Er ist wieder draußen, wo die Sonne schwer durch die auflockernden Wolken fällt, zäh wie Dotter. Die Anwohner scheinen immer noch nicht bemerkt zu haben, daß der Tag angebrochen ist, denn die Türen und Fenster der Häuser, der Geschäfte und Handwerksbetriebe sind noch immer zu, und aus den Schornsteinen steigt kein Rauch. Peres steht einen Moment reglos auf der Straße, dann schreit er:

»Helft, um Gottes willen!«

Seine Stimme hallt. Sein Gebrüll kracht gegen jede Wand, gegen jede Tür, preßt sich durch die Ritzen und Risse bis in die entlegensten Winkel jedes Hauses. Schlägt wie eine Faust gegen die Mauern und prallt gegen den Lehm. Aber niemand scheint ihn zu hören. Niemand schaut aus dem Fenster oder tritt aus der Tür. Peres wartet aufrecht in der Mitte der Straße auf irgendein noch so kleines Zeichen, daß der Racheengel nicht alle mit seinem Flammenschwert vernichtet hat.

Zwei

»Laß es dir gut durch den Kopf gehen, mein Sohn, und wenn du dir über alles im klaren bist, schreib es auf, komm mit dem Papier zu mir, und wir reden in Ruhe. *Ego te absolvo a pecatis tuis in nomini…*« Die wächsernen Finger Pater Ferrandos bekreuzigten die weihrauchgefüllte Luft, als die Orgel die ersten Noten des Tedeum in Angriff nahm und die Chorstimmen sich in die vollbesetzte Kirche emporschwangen. *Te Dominum confitemur…*

Mit gesenktem Kopf ging Rafel Cortès, Costura, zurück zu seinem Platz, kniete nieder und begleitete mit seiner andachtsvollsten Stimme die Sänger. *Te aeternum patrem omnis terrae veratur…* Obwohl die Messe am Spätnachmittag zelebriert wurde, flutete das Licht schillernd durch die Kirchenfenster. Das Glas leuchtete in allen Farben, und die Figuren von Christus, Gottvater dem Allmächtigen, der Jungfrau Maria und den Heiligen der göttlichen Gefolgschaft auf den Rosetten erstrahlten in all ihrer Herrlichkeit, als krönte wahrhaftig ein Heiligenschein ihre Köpfe und strömte über ihre Körper, die schon nicht mehr von dieser Welt waren. *Tibi Cherubim et Seraphim incessabili voce proclamant.* Obwohl die Fenster seinen Blick anzogen, konnte er ihn doch nicht länger als ein paar Sekunden auf die gleißenden Figuren richten und senkte geblendet die Augen zum Tabernakel, wo das Allerheiligste in einem Schrein aus Gold und Silber zur Schau gestellt war, der ebenfalls glänzte, wenn auch nicht so sehr wie die bunten Scheiben. *Sanctus, Sanctus, Sanctus, Dominus Deus Sabaoth* ... Er betrachtete einen Moment die Glasmonstranz, die ihr Goldschmied mit sieben Sternenspitzen rundum verziert hatte. Dann neigte er den Kopf und bedeckte zum Zeichen der Andacht das Gesicht mit den Händen. Er hatte eben die Absolution erhalten und fühlte sich gestärkt, nicht nur, weil seine Beichte bis zur kleinsten Sünde vollkommen ehrlich gewesen war, sondern auch, weil alle gesehen hatten, wie er zum Beichtstuhl ging, die Ergebenheit deutlich ins Gesicht geschrieben, und dort eine angemessene Zeit verharrte, nicht zu kurz, nicht zu lang. Zurück in seiner Bank, das Tedeum im Ohr – *te Profetarum laudabilis* –, hatte er Mühe, sich auf den ihm zur Buße auferlegten Rosenkranz zu konzentrieren, denn das schriftliche Zeugnis, das sein Beichtvater verlangt hatte, als er beiläufig die von seinem Vetter Rafel Cortès, Cap de Trons, begangenen Taten erwähnte, beunruhigte ihn. Jedoch war er entschlossen, seine christliche Glaubensreinheit von niemandem in Zweifel ziehen zu lassen und von Pater Ferrando schon gar nicht.

Das Kinn auf der Brust und mit geschlossenen Augen, rührte er nicht ein Glied. Er ließ nur nervös die Perlen des Rosenkranzes durch seine dicken Finger gleiten. Mit größtmöglicher Andacht murmelte er die Ave-Marias. Doch immer wieder schweiften seine Gedanken ab, und ein ums andere Mal sagte er sich, daß er auf dem rechten Weg zur Erlösung war, nicht wie seine Verwandten aus dem Carrer, die heimlich auf dem Gesetz Mose beharrten und stolz darauf waren, zum Volk Jahwes zu gehören, obgleich sie sich gezwungen sahen, als Christen zu leben und die kirchlichen Gebote zu erfüllen. Auf ihn traf das Gegenteil zu. Er hatte der alten Religion freiwillig entsagt, und sosehr sein Vetter Rafel Cortès, Cap de Trons, ihn auch ermahnte, gedachte er weder, zu den alten Riten zurückzukehren, noch auf den Verzehr von Schweinefleisch oder schuppenlosem Fisch zu verzichten. Er würde bestimmt nicht mehr von Skrupeln befallen werden, wenn sein Vetter ihm wieder das Beispiel seiner Mutter auf dem Sterbebett vorhielt, einer überzeugten Jüdin, die die heilige Hostie der letzten Kommunion im Mund behalten, erst kurz vor ihrem Tod ausgespuckt und auf diese Weise ihr Leben ihrem einzigen Herrn, Jahwe, übereignet hatte. Auch Cap de Trons' hartnäckige Behauptung, daß Juden von jenseits des Meeres verläßliche Kunde über die unmittelbar bevorstehende Ankunft des Messias mitgebracht hatten, konnte keine Glaubenszweifel mehr in ihm wecken. Außerdem fühlte er sich hier, umgeben von Menschen, die ihn akzeptierten, eingehüllt vom süßen Weihrauchdunst und der Musik, *Tu Rex Gloriae, Christe, Tu Patris sempiternus es Filius,* Teil einer Zeremonie, die ihm viel schöner erschien als die in aller Heimlichkeit, versteckt in ihren Häusern abgehaltenen Religionsriten seiner Sippe. Tatsächlich gab ihm die Teilnahme an diesen Feierlichkeiten das Gefühl, Hauptperson statt schlichter Zuschauer zu sein, in der Gemeinschaft der anderen Gläubigen mitzuwirken, an all dieser Großartigkeit. *Tu ad dexteram Dei sedes in Gloria Patris.* Als wären die in der Kirche aufbewahrten Schätze – die fein in den Fuß der Monstranz eingearbeiteten Edelsteine, das Blattgold auf den Altarbildern, das getriebene Silber der Türen des Sanktuariums – auch ein wenig sein Eigentum, so wie das Sonnenlicht und die Nachtschatten ihm gehörten, jedermann oder niemandem.

Als Kind wollte er Priester werden, auch so ein weißes, sicher von ebenso gottgeweihten Händen mit Goldfäden bestricktes Meßgewand tragen wie die, die eben die Vierzig Stunden zelebriert hatten, und sich von den Schwaden des Weihrauchkessels umschmeicheln lassen, den die Ministranten emporschwangen. Doch seine Mutter hatte es ihm ausgeredet. *Te ergo quaesumus.* Die Messe lesen zu dürfen, das Wunder, den Herrn in seine Hände hernieder kommen zu lassen, nur weil er die heiligen Worte ausspricht, erschien ihm das Höchste auf der Welt. Die Rabbiner hatten nicht so viele Vorrechte. Selbst wo sie unbehelligt ihren Kult praktizieren durften, waren ihre Zeremonien nicht von solcher Schönheit. Sich gegen die Brust zu schlagen, den Kopf zu beugen, bis er an die Klagemauer stößt, empfand er nicht gerade als wonnevolles Schauspiel. Dagegen waren die Bewegungen der Priester während der Messe – mal auf Knien, mal stehend, mal im Sitzen – harmonisch und gemessen wie auch die Gesten ihrer Hände. *Salvum fac populum tuum, Domine.* Priester zu sein bedeutete obendrein, mit vollen Händen Vergebung und Segen zu spenden, aber auch Strafen zu verhängen, jedermanns Schwächen zu kennen und die geheimsten Wünsche zu erfahren. Vielleicht fand er es deshalb ganz natürlich, daß Pater Ferrando mit so peinlicher Genauigkeit sein Gewissen erforschte und sich nicht nur für sein geistiges Leben, sondern auch für das seiner Angehörigen interessierte, die den Beichtstuhl nicht so oft betraten, wie der Pater es für wünschenswert gehalten hätte. Überzeugt, daß er in einer solchen Situation genauso handeln würde wie sein geistlicher Führer, fand Costura keinen Vorwand, der ihm erspart hätte, das Papier zu schreiben, auch kam es ihm nicht in den Sinn, daß es ihm viel schwerer fallen würde, seine Anklagen schriftlich niederzulegen, als sie mündlich zu wiederholen. Er war nicht einmal in der Lage, ein Hindernis zu erfinden, um den Termin hin-

auszuschieben und so zumindest etwas Zeit zu gewinnen.
Fiat misericordia tua, Domine, super nos.
Als er sich zum Gehen wandte, waren die Feierlichkeiten bereits zu Ende, und während die Priester nach und nach in der Sakristei verschwunden waren, hatte sich die Kirche langsam geleert. Er paßte jedoch auf, von den noch Anwesenden bemerkt zu werden. So verbrachte er noch ein Weilchen in der Kapelle des Heiligen Christus, wo noch immer einige ihm bekannte fromme Weiber in Andacht verharrten. Der Sakristan und zwei Meßdiener löschten die Kerzen, die während der Messe gebrannt hatten, und das Gotteshaus, das das gleißende Sonnenlicht nicht mehr erreichte, versank in Dämmerung. Wenn der Lichtmangel dem Ort auch seinen Glanz nahm und Costura es vermied, sich dann dort aufzuhalten, verließ er ihn als einer der letzten, in der Hoffnung, Pater Ferrandos Weg zu kreuzen, wenn dieser aus dem Beichtstuhl kam und bevor er in die Sakristei die Stola ablegen ging, in der Gewißheit, mit einem Kopfnicken und einem Lächeln von Ohr zu Ohr bedacht zu werden. Dieses Entgegenkommen des Beichtigers schmeichelte ihm. Außerdem kam ihm zustatten, wenn die anderen es sahen, da es auch in argwöhnischen Augen sein Ansehen als unfragwürdiger Christ bestätigte.
Ohne Eile ging er zum Haupteingang. Er befeuchtete die Fingerspitzen im Weihwasser, bekreuzigte sich bedächtig, wie es die Geistlichen taten, und trat hinaus. Er überquerte den Platz und ging die Straße entlang, die zum Gasthaus S'Estornell führte, um zu sehen, ob er in Descós' Kontor die Frau Fortesas, des gräflichen Verwalters, antraf. Er wollte aus ihrem eigenen Mund hören, was ihm von anderen zugetragen worden war: daß sie es war, die Aina Cortès bewußtlos und verwundet in den Armen eines Matrosen erkannt

und diesem auch die Adresse gegeben hatte, damit er sie nach Hause bringen konnte. Er wollte wissen, warum sie ihr nicht an Ort und Stelle Beistand geleistet hatte, schließlich war sie doch mit ihr verwandt, und vor allem, was der junge Mann ihr gesagt hatte. Und ob es stimmte, daß er Aina zufällig in ebendieser Straße gefunden hatte, wie von den Männern des Büttels, die beim Verhör zugegen waren, verbreitet wurde: daß nämlich, während er in Erwartung eines Rendezvous mit einer Dame, deren Namen zu nennen er sich weigerte, die Straße zwischen dem Gasthaus S'Estornell und dem Garten von Maroto, wie er allgemein genannt wurde, auf und ab schlenderte, ein Mädchen auftauchte, das entweder auf der Flucht war oder jemanden verfolgte. Als er sich näherte, stellte er fest, daß es verwundet war. *Hatte sie, Isabel Fuster, vorher irgend jemand anderen gesehen als Aina? Und war dieser jemand nicht zufällig der Diener des Kanonikers Amorós, der blutüberströmt möglichst weit vom Carrer Hilfe suchte?* Doch Isabel, die den Schnüffler Rafel Cortès, Costura, nicht mochte und ihm wegen seines ständigen Umgangs mit den Priestern mißtraute, empfing ihn kurz angebunden und wiederholte lediglich, was alle wußten: daß sie sich darauf beschränkt habe, die Adresse von Aina Cap de Trons zu nennen, weil sie meine, die vierzig oder fünfzig Schritt, die sie vom Haus ihres Vaters trennten, hätten kaum ihren Zustand verschlimmern können, und um nicht von ihrem Mann oder gar dem Grafen getadelt zu werden, weil sie einen Fremden eingelassen habe, obendrein Ausländer, und, wie sie vermutet und sich später bestätigt habe, Matrose auf einem Korsarenschiff, mit dessen Besatzung Fortesa, abgeschreckt von den bösen Erfahrungen mit seinem ehemaligen Kompagnon Kapitän Harts, nichts zu schaffen haben wolle.

Rafel Cortès, Costura, ging nach Hause zurück, befriedigt, die vom Beichtvater verlangten Ermittlungen über seinen Vetter bereits mit einer Vernehmung begonnen zu haben. *Wie ein Priester,* sagte er sich, *nur daß ich ihr nicht die Absolution erteilt habe.* Aber noch mehr befriedigte ihn die Unruhe, in die sein Besuch Isabel versetzt hatte, die unter den Leuten vom Carrer als strenggläubige Jüdin bekannt war.
In dieser Nacht lag er viele Stunden wach. Weil er hoffte, ein Spaziergang würde ihn schläfrig machen, war er auf die Dachterrasse seines Hauses gestiegen, etwas größer als die seiner Nachbarn, von wo aus man das gesamte Viertel überblickte. Wie so oft sah er auch heute die schattenhafte Gestalt von Pere Onofre Martí, Moixina, aufrecht, den Blick nach Osten gerichtet, die laue Sternennacht betrachtend. *Bete nur!* rief Costura aus, *hast es nötig! Adonai mag keine Hahnreie!* Das war Costuras Erklärung für Martís Verhängnis, denn diesem wollte nichts mehr glücken seit dem Tag, an dem ihm jemand den Floh ins Ohr gesetzt hatte, seine zweite Frau, Quitèria Pomar, zehn Jahre jünger als er, habe ein Verhältnis mit einem Gleichaltrigen.
Zwischen aufgehängten Wäschestücken glaubte er, den Glatzkopf von Miquel Bonnín zu erkennen, in der gleichen Haltung wie Martí, und er dachte, daß Pater Ferrando ihn vielleicht gern einmal bei Einbruch der Dunkelheit hierher begleiten würde, um das Schauspiel zu erleben, das sich, von seiner Terrasse aus betrachtet, bot, nicht ohne ihn zuvor mit einer anständigen Languste bewirtet und die Schalen provokant vor die Tür geworfen zu haben. Vielleicht würde Rafel Cortès, Cap de Trons, sein Vetter, es so ein für allemal begreifen und endlich seine lästigen Bemühungen, ihn auf den wahren Weg zurückzubringen, einstellen.
Um jede Bewegung in der Nachbarschaft im Blick zu haben

und sich nichts entgehen zu lassen, machte Costura es sich wie üblich auf einer Steinbank bequem, seinem Späherposten. Seit dem Tod seiner Frau vor bald fünf Jahren war er keiner häuslichen Tagesordnung mehr unterworfen und konnte sich seinen Beobachtungen hingeben, solange es ihm beliebte. Die einzige Magd, die über Nacht im Haus blieb, schlief unten neben der Werkstatt und war außerdem halb taub. Im Obergeschoß konnte er soviel Lärm machen, wie er wollte, sie würde es nicht merken. Sie hatte einen tiefen Schlaf und war noch nie aufgewacht. Gelegentlich, wenn er an einem Auftrag arbeitete und der vereinbarte Termin näher rückte, hatte er sogar das Werkzeug mit nach oben genommen und nachts weitergearbeitet, um sein Wort halten zu können, ohne sich in letzter Minute abhetzen zu müssen. So auch in der Nacht der Ereignisse, die Pater Ferrando in allen Einzelheiten geschildert haben wollte. Diese hatte er fast vollständig damit verbracht, ein paar sehr wertvolle Rubine für ein Schmuckstück zu fassen, das ein Herr aus Alaró als Geschenk für seine heiratsfähige Tochter bestellt hatte. Im sanften Licht des trüb erwachten Tages räumte er seine Utensilien zusammen, als er ein Geräusch auf der Straße hörte. Vom Fenster aus sah er einen vermummten Mann, der auf der Flucht zu sein schien, wankte und sich, so gut er konnte, an den Wänden abstützte. Dann, ein paar Minuten darauf, nachdem die Gestalt bereits um die Ecke gebogen war und er sie aus den Augen verloren hatte, beobachtete er, wie Aina Cortès, die Tochter von Cap de Trons, aus ihrem Haus kam, nachlässig angezogen, als wäre sie überstürzt in die Kleider gefahren, und taumelnd in die Richtung lief, in die der Vermummte verschwunden war. Ohne Rücksicht auf ihr Ansehen oder das ihrer Familie, ohne sich darum zu kümmern, daß ihr

Name in aller Munde sein würde, rannte sie einem Mann hinterher, damit alle Welt bestätigt finden konnte, was die Mehrheit schon argwöhnte: daß der Schurke Juli Ramis – ehemaliger Seminarszögling, ehemaliger Verbannter, zudem beim Kanoniker Amorós in Diensten und Familiar der Heiligen Inquisition – sie jede Nacht in ihrem Zimmer besuchte. Alles das sah er, doch hörte er nichts als Schritte. Keinen Schrei, keine Drohung, keinen Lärm. Er verharrte dennoch hinter dem Fenster, sicher, daß sein Vetter sehr bald erscheinen würde, um die Flüchtlinge zu verfolgen oder zumindest seine Tochter zu verfluchen, die ihn bloßgestellt und ihm diese öffentliche Schmach angetan hatte. Doch die Straße blieb leer, und obwohl der Tag heraufzog, weißlich unter dicken Wolken, kam kein Rauch aus den Schornsteinen… *Wenig Holz wird heute brennen*, fiel Rafel Cortès, Costura, ein, *es ist Samstag*… Und er lächelte im Gedanken an die Abmachung, die seine Sippe zur Einhaltung ihrer Riten getroffen hatte: Den Sabbat begingen alle, denen dies möglich war, ohne zu arbeiten oder auch nur Feuer zu machen, jedoch reihum abwechselnd. Einige Familien waren von dieser Verpflichtung befreit, um die anderen nicht zu gefährden. Er wollte sich schon vom Fenster zurückziehen, um seine Werkzeuge und Gerätschaften in die Werkstatt hinunterzubringen, als er einen jungen Mann in den Segell einbiegen sah, der eine Frau auf den Armen trug. Er kam mühsam voran, wobei er forschend auf jede einzelne der geschlossenen Türen sah, als wäre er auf der Suche nach einem Zeichen. Vor seinem Haus hob er den Kopf, vielleicht weil er das Gefühl hatte, beobachtet zu werden. Ein paar Ellen weiter fand er Ainas Haus und trat die Tür auf. *War dieser Fremde etwa derselbe vermummte Mann, den er hatte weglaufen sehen? Oder handelte es sich um einen guten Samariter, der ein hilfs-*

bedürftiges Mädchen gefunden hatte und einen Ort suchte, wo es versorgt würde? Ich werde mich hier nicht wegrühren, bis ich erfahre, was dabei herauskommt, sagte sich Costura, erregt von den ungewöhnlichen Ereignissen.

Er mußte nicht lange warten, denn kurz darauf kam der Junge aus Cap de Trons' Haus gerannt und begann mitten auf der Straße, um Hilfe zu schreien und die ganze Nachbarschaft in Aufruhr zu versetzen.

In Gesellschaft seiner alten Haushälterin Polònia Miró, die, zutiefst erschrocken über das Geschrei des Fremden, zu ihrem Herrn nach oben gelaufen war, blieb Costura noch eine Zeitlang auf der Lauer. Doch als er den Fremden davongehen sah, fürchtete er die Ankunft des Büttels und zog es deshalb vor, jetzt nicht auszugehen, um Genaueres auszukundschaften, sondern er stieg wieder auf die Terrasse hinauf, weil er das Gefühl hatte, sich von dort einen besseren Überblick verschaffen zu können als von der Straße. Abgesehen davon war der Vormittag noch lang genug, um sich anzuhören, was die Nachbarn zu erzählen hatten. Auf seinem privaten Aussichtsturm richtete er den Blick zum Haus seines Vetters, der, wie nicht anders zu erwarten, seiner samstäglichen Gewohnheit nachkam und betete, während er den Tag heraufziehen sah. *Adonai, ich flüchte zu Dir, laß mich zu Schanden nicht werden in Ewigkeit. In Deiner Gerechtigkeit rette mich und mache mich frei, neige Dein Ohr mir zu, und komm mir zu Hilfe. Sei mir ein Dolch, eine feste Burg, mich zu retten. Mein Gott, der Hand des Bösen entreiße mich, der Faust des Sünders und des Bedrückers. Denn Du, o Gott, Du bist meine Zuversicht, Du, Adonai, meine Hoffnung von Jugend auf. Ich habe mich gehalten an Dich seit dem Schoß meiner Mutter, Dir verdanke ich mein Leben, Du hast mich aus dem Leib meiner Mutter gezogen …*

Cap de Trons' Gebet, inbrünstiger als sonst, war deutlich zu hören. Für seine Lobpreisungen brauchte sein Vetter sich nicht zu schämen. Auch die Christen verwendeten die Psalmen, um zu Gott dem Allmächtigen zu beten. Er selbst hatte seinem Beichtvater anvertraut, daß er zur Gebetsstunde häufig die Psalmen dem Vaterunser vorzog, nicht daß er, wie einige seiner Verwandten, gleichzeitig Jahwe und Christus zufriedenzustellen suchte, sondern weil sie ihm abwechslungsreicher erschienen, und das durfte sie auch gefälliger für Gottes Ohr machen. Rafel Cortès, Costura, überließ Cap de Trons seinem Gespräch mit Gott, denn er nahm an, daß die ungewöhnliche Leidenschaft seines Gesangs eine Art war, den göttlichen Schutz besonders eindringlich herbeizuflehen, bevor er sich dem Unheil seiner Familie stellte, und ging hinunter, wo ihn ein verlockendes Frühstück erwartete. Von der Magd, die ihm seinen Teller Suppe hingestellt hatte, erfuhr er, was diese wiederum von der Nachbarin nebenan wußte, daß nämlich Rafel Cortès, Cap de Trons, vergangene Nacht seiner Familie den Garaus habe machen wollen. *Er betet doch auf der Terrasse wie jeden Samstag*, bemerkte Costura, ohne besonders ernst zu nehmen, was Polònia erzählte, davon ausgehend, daß sie wie immer übertrieb. *Ihr könnt mir ruhig glauben,* beharrte sie, *ich habe Madò Grossa mit einer Ladung Leinenlappen vorbeikommen sehen, genug, um die Wunden von mindestens einem halben Dutzend Leute zu verbinden.*

Rafel Cortès erwiderte nichts. Er nahm an, daß der Stoffballen von Madò Grossa, Heilerin, Hebamme und Gesundbeterin mit der Gabe, zahlreiche Übel zu kurieren, nicht so groß war, wie Polònia behauptete. Bei Rafel Cortès, Cap de Trons, lebte außer seiner Tochter Aina und den beiden Söhnen Josep Joaquim und Baltasar auch sein Schwager, geistig etwas zurückgeblieben und schon alt, dem er seit dem Tod seiner Frau Obhut gewährte. Sollten sie tatsächlich alle verletzt sein – immerhin war Cap de Trons in seinem Zorn unberechenbar –, konnten die Wunden nicht schwer sein, denn wenn es sich auch um ihren Vater handelte, waren die Söhne doch jung und sollten vielleicht nicht zurückschlagen, sich aber immerhin verteidigen oder unter seinen Hieben wegducken können. Für Costura waren die Auskünfte seiner Haushälterin nichts weiter als Vermutungen, mit denen er spielte, während er seinen Napf Suppe leerte, beobachtet vom gierigen Mund Polònias, die natürlich fastete, wie sie es immer getan hatte und bis an ihr Lebensende tun würde.

Rafel Cortès, Costura, öffnete seinen Laden und stellte sich in die Tür, um mit dem erstbesten ein Gespräch über irgendwelche Nichtigkeiten anzuknüpfen, wie er es jeden Tag tat. Nur daß an diesem Samstag sein ganzes Interesse den Vorfällen im Haus seines Vetters galt und er lediglich wissen wollte, was der eine oder andere darüber berichten konnte.

»Da ist es ja ganz schön zur Sache gegangen!« begrüßte ihn Xim Valleriola, der Schneider, dessen Rücken an diesem Morgen buckliger schien denn je, als ob seine Erregung Einfluß auf das Gewicht seines Höckers habe.

»Wie meinst du das?« fragte ihn Cortès, der mit wieselhafter List Informationen aus den Leuten zu kitzeln pflegte, indem er den Ahnungslosen spielte.

»Du hast keine Ahnung? Weißt du nichts von dem Skandal? Nun, das geht dich auch an. Es handelt sich um deinen Vetter... unmittelbar geht's dich an«, deutete der Schneider an und runzelte seine Hakennase in einer bissigen Grimasse.

»Du wirst es mir schon sagen, wenn du willst. Ich weiß nicht, wovon du redest!«

»Also, das ist kein Pappenstiel! Deine Nichte Aina, die Tochter deines Vetters Rafel, ist verwundet in den Armen eines Fremden heimgekommen...«

»Tut mir leid für ihren Vater!« sagte er, in der Hoffnung, der Schneider hätte auch weniger bekannte Nachrichten.

Aber Valleriola schwieg, denn auch er glaubte nicht, daß seinem Nachbarn dies tatsächlich ganz neu sei. Sie kannten sich von Kindesbeinen an, und daher wußte der Schneider, daß Costura der größte Schnüffler der Welt war. Außerdem hatte Polònia ihm erzählt, daß ihr Herr kaum schlafe, oft nachts arbeite oder im oberen Stock umhergehe und aufpasse, was sich auf der Straße abspielte. Da erschien die Frau des Schneiders auf der Schwelle und begrüßte Costura geradeheraus mit der Frage, ob die Schreie des Fremden ihn auch geweckt hätten oder ob er schon länger aufgewesen sei, als er sie hörte.

Costura grummelte vor sich hin, ohne zu antworten, und sagte nur, so schlimm könne es nicht sein, wenn Cap de Trons wie jeden Samstag auf der Terrasse Gott danke.

»Das werden wir wissen, sobald Madò Grossa rauskommt, das heißt, wenn sie es uns erzählen will«, schloß die Schneidersfrau mit ihrer Flötenstimme. »Uns betrifft es ja nicht so wie dich, der du ein naher Verwandter bist.«

Scharf und deutlich entsinnt sich Costura jedes Wortes und sogar der zugehörigen Gesten Valleriolas und seiner Frau Rafela Miró, mit der seine Mutter ihn gern verheiratet gesehen hätte, als beide jung waren und sie ein vernünftiges Mädchen schien... Doch er wollte sie nicht, denn er fand nicht den geringsten Reiz an ihr. Wenn er über etwas froh ist, dann darüber, seiner Mutter diesen Wunsch nicht erfüllt zu haben, obwohl ihm durch seinen Widerspruch Nachkommenschaft verwehrt geblieben war. Zwar hatte er sich nach seiner Heirat Kinder gewünscht, dennoch empfindet er heute Erleichterung, daß Gott sie ihm verweigerte. Seine Frau hatte ihm keine geschenkt, und womöglich war so verhindert worden, daß sie im Carrer als »üble Mischung« verschrien waren. *Wenn du Joana heiratest*, hatte sein Vetter ihn gewarnt, *begehst du einen Irrtum. Adonai wird dich zur Rechenschaft ziehen. Ist dir klar, daß du in ihrer Gegenwart niemals nach dem Gesetz Mose leben kannst?*

Doch Costura setzte seinen Kopf durch und fügte sich auch den Wünschen seiner Mutter nicht, die außer ihrem Ärger darüber, daß die künftige Schwiegertochter nicht zu den Ihren gehörte, sie obendrein für nicht gut genug erachtete. Joana war noch ein Küken, als die Frau des Bäckers von Santa Eulàlia sie aus dem Waisenhaus holte, damit sie ihr beim Bedienen helfe und die schweren Hausarbeiten abnehme. Anmutig mit ihren ins Olivgrüne spielenden Augen, wuchs sie bödenschrubbend, sozusagen auf den Knien, heran, begleitet von einem Schmerz im Rückgrat, der sie bis zu ihrem Tod nicht verlassen sollte. Vor allem im Gedanken an die viele Zeit, die sie wie eine Dame im Sitzen würde verbringen können, gab sie ihr Einverständnis, Costura zu heiraten, der bereits über vierzig war, als sie siebzehn wurde. Die Brautzeit war kurz. Rafel Cortès brauchte sich nicht vorzustellen, wie ihr Leben gewesen sein mochte, bevor er um ihre Hand bat, denn er hatte sie aufwachsen sehen, Stunde um Stunde, seit sie mit zwölf Jahren aus dem Waisenhaus kam, um der Bäckerin zu dienen. An vielen Sommerabenden, wenn er in der Dämmerung über die Terrasse spazierte, hatte er das Mädchen betrachtet, das erschöpft auf der Pritsche unter dem Vordach des Bäckers lag. Und ebensooft war ihm heiß geworden beim Gedanken an diesen geschundenen, dem Schlaf und der Witterung preisgegebenen jungen

Körper. Zu seiner Entscheidung, Joana zu heiraten, führte nicht nur der Wunsch, eine Frau zwischen den Laken zu haben. Da war noch etwas Sonderbares, eine Art Zärtlichkeit für dieses Kind, das seine Eltern nie gekannt hatte und das er aufwachsen sah, etwas, das sein Bedürfnis des Beschützers mit dem des Besitzers zu einer schwer zu trennenden Mischung verschmolz. Wenn Costura trotz aller Mißlichkeiten eines gelungen war, dann seine Ehe, denn Joana diente ihm gern in allem und bei allem und war außerdem so fromm, daß ihre ständige Teilnahme an Frühmessen und Novenen seinem Geschäft einen vermehrten Kundenzulauf bescherte und die anderen Goldschmiede, die weniger Garantien boten, gute Konvertiten zu sein, das Nachsehen hatten. Costura begleitete Joana zur Kirche, sooft er konnte, und Stück für Stück – sei es, weil ihre Güte und ihr Glaube ihn immer mehr gewannen, sei es, weil die Seinen ihn mieden und er sich ihnen immer ferner fühlte – gab er das Alte Gesetz auf. Über den Tod seiner Frau nur sieben Jahre nach der Hochzeit war er untröstlich und viel verwaister, als wenn seine Mutter gestorben wäre, die, obwohl sie ihre Schwiegertochter nicht mehr so schief angesehen hatte wie am Anfang, am Tag der Beerdigung einen Seufzer der Erleichterung nicht unterdrücken konnte. In Joanas Gegenwart hatte die alte Aina Bonnín sich gezwungen gesehen, ihren Glauben zu verbergen, aus Angst, die Betschwester könnte sie anzeigen. Nie mehr würde sie den Speckgeruch ertragen noch beim Rosenkranz die Mundbewegungen einer Betenden vortäuschen müssen. Costura jedoch empfand ihren Verlust als göttliche Strafe, von der er nicht recht wußte, ob er sie Adonai oder Gottvater zuschreiben sollte, schließlich hatten beide Grund, die Macht ihres Arms über seinen Sünderleib niedergehen zu lassen. Während seiner

Ehejahre erfüllte er die Gebote wie ein rechter Christ, praktizierte jedoch hin und wieder einige Riten unter dem Druck seiner Mutter und des naseweisen Cap de Trons, der jedes zufällige Treffen und erst recht seine Besuche bei Tante Aina nutzte, um ihn eindringlich zur Einhaltung des Alten Gesetzes zu mahnen, dem er doppelt verpflichtet sei, als Jude und als reiner Sproß Levis, von dem die mallorquinischen Cortès abstammten.

Wenige Monate nach Joanas Tod näherte er sich auf der Suche nach ein wenig Trost Pater Ferrando, der seiner Frau die Beichte abzunehmen pflegte, und bat ihn um Hilfe. Er erzählte ihm, wie ihr Vorbild ihn seinen alten Glauben hatte aufgeben lassen. In seinen langen Gesprächen mit dem Beichtvater machte es sich Costura zur Gewohnheit, unbefangen über das Leben im Carrer zu reden, nicht in der Absicht, jemanden zu verraten, nur um sein tiefes Herzeleid in ein freundliches Ohr auszuschütten, das keiner der Seinen für ihn hatte. Einige sprachen ihm im Vorbeigehen das Beileid aus, kaum verhehlend, daß sie sich im Grunde über sein Unglück freuten. Andere nicht einmal das. Und wieder einmal kam die schlimmste Kränkung von seinem Vetter Cap de Trons, der behauptete, Joanas Tod sei ein Beweis für Adonais Rache, der ihm, in göttlichem Zorn entbrannt, bald noch größeres Unheil senden werde.

Zum erstenmal in seinem Leben bot Costura seinem Vetter offen die Stirn und sagte ihm, es sei ja auch möglich, daß Gottvater ihn mit dem Verlust seiner Frau gestraft habe, eben weil er nicht standhaft gewesen sei in dem Glauben, in dem er getauft sei, denn auf sein Drängen und das der Mutter hin habe er ein doppeltes Spiel gespielt, das dem Allerhöchsten mißfallen habe; und so habe Er ihm das entrissen, was er auf der ganzen Welt am meisten geliebt habe, den einzigen Menschen, der ihm etwas bedeutet habe, die Frau, mit der er die Ewigkeit im selben Himmel habe teilen wollen.

In der Zeit der Leere, die auf Joanas Tod folgte, begleitete ihn in vielen Nächten ihr leicht erstaunter Blick aus mattgrünen Augen, bis er endlich einschlief und sich vorstellte, in ihren jungen willigen Armen zu liegen. Später schien ihre Gegenwart immer mehr zu verblassen, doch die Erinnerungen kreuzten häufig sein Gedächtnis wie ein unberechenbarer Vogelschwarm und ließen sich plötzlich nieder, so als suchten sie nächtliches Obdach bei den alten geliebten Bildern, die im langsamen Schritt einer Prozession an ihm vorüberzogen. Nein, er hatte nie den Wunsch gehabt, wieder zu heiraten. Eine zweite Frau wäre ein Problem gewesen für den Entschluß, den katholischen Glauben nicht aufzugeben, wenn sie die Bedingung seiner Mutter erfüllen und aus dem Carrer sein sollte. Nicht einmal nachdem die Mutter gestorben war, zog er es ernsthaft in Erwägung, obwohl er jetzt eine Christin hätte heiraten können, wie Pater Ferrando ihm vorschlug. Was die Hausarbeit betraf, genügte ihm Polònia, und jene Dienste, die er als Junggeselle zu einem guten Preis im Bordell nahe dem Tor von Sant Antoni bekommen hatte, brauchte er nicht mehr. Auch erregte ihn die Erinnerung an vergangene Wonnen mit Joana, die noch immer deutlich und in allen Einzelheiten zurückkehrte, nicht mehr so, daß er seinen Samen in einen anderen Körper hätte leeren müssen. Da griff er lieber mit eigener Hand nach seinem Glied bis zur befreienden Zuckung. Zudem hielt Pater Ferrando, wenn er ihn auch für seine Unkeuschheit rügte, diese Sünde für vergleichsweise bedeutungslos. Viel wichtiger sei die beharrliche Einhaltung der Gebote, ohne die die ewige Erlösung nicht zu erlangen sei.

Wie sein Beichtvater verlangt hatte, ging er die Fakten noch einmal mit Bedacht durch, entschlossen, sich nicht in der Vergangenheit zu verlieren, in den alten Missetaten Cap de Trons', die Pater Ferrando schon bekannt waren. Er durfte sich auch nicht in den Erinnerungen an Joana verhaspeln, die er in Momenten der Gewissensprüfung letzten Endes immer beschwor, damit sie ihm beistehe und helfe, standhaft zu bleiben. Aus Angst, irgendein Detail auszulassen, das ihm unwichtig erschien und doch für seinen Beichtvater von Bedeutung sein konnte, beschloß er, einen möglichst ausführlichen Bericht abzufassen, von der exakten Wiedergabe seines Gesprächs mit Xim Valleriola bis zu den Bemerkungen seiner Haushälterin, auch wenn Pater Ferrandos Interesse eigentlich nicht dem galt, was genau auf der Straße geschehen war, das Kommen und Gehen von Aina oder die Anwesenheit des Fremden, sondern vielmehr, was im Haus seines Vetters passiert war, und darüber hatte ihm niemand etwas gesagt, vielleicht weil man ihm nicht traute. Alle wichen ihm aus. Madò Grossa ließ sich, als sie die Verletzten versorgt hatte und wieder herauskam, in kein Gespräch verwickeln und gab eine eilige Entbindung vor. Polònia war auf einmal verstummt, in der Befürchtung, er könnte es weitererzählen, er könnte es jemandem sagen, der es um keinen Preis erfahren durfte, und so weihte auch sie ihn nicht ein in das, was alle heimlich munkelten und ihm verschwiegen. Dennoch sollte Costura bald die ersehnte Information erhalten, glaubwürdig und aus erster Hand, ohne sie mit listigen Fragen herauslocken zu müssen; sein Vetter Rafel Cortès, Cap de Trons, schickte selbst nach ihm, um ihm alles zu erzählen:

Ein strahlender Engel, die Federn seiner Flügel noch weißer als die der Turteltäubchen, der ein Flammenschwert in der Hand hielt, sei ihm im Traum erschienen und habe ihn mit seiner Präsenz geweckt. *Ich schlief also nicht, als er mir seine Befehle erteilte. Der Erzengel Rafel, unser Schutzheiliger*, fuhr Cap de Trons fort und senkte die Stimme zu vertraulichem Ton, *ist im Namen Adonais gekommen, mich zu geleiten, wie er es mit Tobias gemacht hat, und mich daran zu erinnern, was unser Name – Rafel – bedeutet: Heilung Gottes, Heilmittel Gottes. Ich war fassungslos, als ich erwachte und die göttliche Erscheinung sah. Zitternd wie ein Pappelblatt, sank ich benommen zu Boden. Aber er sagte: »Fürchte dich nicht, Rafel, Friede sei mit dir. Lobe den Herrn von Ewigkeit zu Ewigkeit, und mach, daß Sein Name geheiligt werde von den Deinen. Ich bin vom Himmel herabgestiegen, wo ich mit den anderen sechs Engeln Adonais Geheimem Rat angehöre. Sieben sind wir, wie die Bibel sagt, und es ist gewiß, daß dort die Wahrheit geschrieben steht. Ich komme im Auftrag des Allerhöchsten, der mir auch die Führung Tobias' auf dem Weg nach Rages zum Haus seines Onkels Raguel anvertraut hatte, ebenso seine Rettung vor dem großen Fisch und den Teufeln, die seinem Leben ein Ende gesetzt hätten, wie sie es mit Saras sieben Ehemännern getan hatten, die ich ihm dann zur Frau gab, wie Er befahl …«*

»Ich weiß wohl, wer du bist«, sagte ich, ohne den Blick zu heben, damit mir sein Gleißen nicht die Augen verletzte. »Du hast während der Reise nichts gegessen, nicht einmal getrunken, du hast dich mit einer unsichtbaren Speise und einem geheimnisvollen Getränk genährt, das auch niemand sah. Eine Gabe des Allerhöchsten war dieses Wunder.«

»Im Auftrag Adonais bin ich vom Himmel herabgekommen«, fuhr der Engel fort, »und bis zu dir. Es ist Gott der Allmächtige, der mich schickt. Geh und rede mit meinem Knecht Rafel, der deinen Namen trägt, und spende ihm meinen Segen, da

sein Leben eines Gerechten Gnade gefunden hat vor meinen Augen und weil er niemals meinem Gesetz entsagt hat, ihm treu geblieben ist und dafür gesorgt hat, daß es die Seinen auch in Zeiten der Schande und Widrigkeit befolgen. Über denen, die dir vertrauen und gehorchen, wird die Hand des Herrn wohltätig sein, aber auf die, die dich beleidigen und verspotten, die vom rechten Weg abgewichen sind wie dein Vetter Rafel, seines Namens unwürdig, wird Adonais Faust mit aller Kraft niedergehen, denn für seine Sünden wird sein Volk büßen … Du bist ein gerechter Mann und hast Wohlgefallen gefunden in den Augen des Herrn, dennoch hat der Allmächtige eine Klage, die Seinen ganzen Zorn entzündet.«

»Ich habe alles getan, damit mein Vetter zum Glauben Israels zurückkehrt!« wagte ich, ihn zu unterbrechen.

»Nicht genug. Bis es dir nicht gelingt, ihn auf den rechten Weg zurückzubringen, sollst du keine Ruhe finden«, erwiderte er. »Doch beklagt Gott sich nicht nur darüber, sondern auch, daß du den Pakt vergessen hast, den der Erzvater Abraham in seinem eigenen Namen und dem seiner Nachkommen geschlossen hat und den deine Vorfahren erfüllt haben, in Freiheit und als Gefangene der Ungläubigen. Ohne die Erfüllung des Paktes kommt kein Sohn Judäas ins Paradies.«

»Ich habe es nicht vergessen, Herr!« sagte ich. »Seit meinem zwölften Lebensjahr bin ich beschnitten.«

»Aber nicht deine Söhne noch deine Familie«, gab der Engel zurück. »Und diese Sünde fällt auf dich zurück, auf dich und deine Nachkommen, die du der Herrlichkeit Gottes beraubst.«

»Herr«, sagte ich und berührte mit der Stirn den Boden, »keiner meiner Familie würde es akzeptieren, denn dies ist das untrügliche Zeichen, daß man dem Alten Gesetz folgt, was die Christen für den endgültigen Beweis ansehen. Das feh-

lende Fleisch unserer Vorhaut bringt uns unweigerlich auf den Scheiterhaufen.«
»Der Allmächtige Herr wird dich und deine Kinder in alle Ewigkeit verfluchen. Er hat gesagt, das Zeichen eures Paktes sei die Beschneidung, ohne die niemand Zutritt zum Paradies erhält. Schlimmer als dein Vetter Rafel, der Adonai verlassen hat, wirst du sein, wenn du nicht den Pakt mit deinem Gott erfüllst!«
»Wie soll ich das machen?« fragte ich.
»Gib Schlafmohnsaft in den Wein, den sie am Freitag zum Abendessen trinken. Dies wird ihren Schlaf vertiefen, und in der dem Herrn geweihten Nacht, während sie schlafen, vollstrecke Adonais Gebot. Lege zuerst deine Hände auf ihre Köpfe und sprich die Gebete, die das Opfer angenehm machen in den Augen des Herrn, der alles sieht in Seiner unermeßlichen Weisheit.«
Kalter Schweiß rann mir über den Körper, und ich bekam kein Wort heraus. Als ich sprechen konnte, war der Engel bereits verschwunden, doch die Kammer leuchtete noch... Jegliche Angst, das Gebot des Herrn zu erfüllen, verflog wie der Dampf heißen Brotes. Eilig suchte ich die Utensilien zusammen, die ich brauchte, um den Auftrag des Engels in die Tat umzusetzen, und wartete betend auf den Abend. Der Schlaf meiner Söhne war tief, und mit größter Vorsicht vermied ich, daß sie etwas merkten, bis ich das Messer in ihr Mannesteil senkte, wie der Herr mir befohlen. Danach, im Glauben, aus einem schrecklichen Alptraum zu erwachen, erhoben sie sich unter Schmerzen, doch ohne Geschrei. Im Wissen, daß Gott mit mir war und mir die Hand führte, betrat ich das Zimmer meines Schwagers, um auch in seinem Fleisch Gottes Gebot zu erfüllen. Als ich eben anfangen wollte, vernahm ich Geräusche aus dem Zimmer meiner

Tochter, die mir überhaupt nicht gefielen. Zuerst werde ich den Auftrag Gottes zu Ende führen, sagte ich mir, um meine Ehre kümmere ich mich anschließend. Onofre schlief und hatte sich vollgemacht. Sei es, weil es mich beim Gestank seines Körpers würgte, sei es, weil ich es eilig hatte, mein Werk zu vollenden, ich verfehlte jedenfalls mein Ziel und traf auch bei zwei weiteren Versuchen nicht. Er schreckte auf und wandte sich, bebend vor Schmerz, gegen mich. Mit einem Stoß warf ich ihn auf den Strohsack, und unter Gerangel und Gestöhne konnte ich die Beschneidung schließlich zu Ende bringen. Als ich Ainas Kammer betrat, befiel mich blinder Zorn. Juli Ramis war eben in die Hosen gestiegen und hatte sie noch nicht zugeknöpft, und Aina, erschrokken über meinen Besuch, sah sich hilflos um.

Ohne jede Erklärung und ohne zuzulassen, daß der Unhold, nur damit ich ihn gehen ließe, ein Heiratsversprechen abgebe, das er ohnehin gebrochen hätte, ging ich mit dem Messer auf seine männlichen Teile los, keineswegs in der Absicht, den Pakt mit Adonai zu besiegeln, sondern um ihn für immer zu kastrieren. Und weil Aina, die gackerte wie eine Henne, der jeden Augenblick der Kropf platzt, sich zwischen uns warf, kriegte sie auch ein paar Schnitte in die Brust. Den Rest kennst du. Ich habe nach dir geschickt, weil ich das Gefühl habe, daß meine Tage gezählt sind, und darüber bin ich froh. Der allmächtige Gott wird Erbarmen mit mir haben und mir ersparen, die Schande erleben zu müssen, die die Ehrlosigkeit meiner Tochter über mich bringt. Doch will ich nicht sterben, ohne dich wissen zu lassen, wie sehr ich deine Erlösung wünsche und was der Engel des Herrn bei seinem Besuch darüber gesagt hat.

»Hör auf, mir zu drohen!« unterbrach ihn Costura. »Wenn du noch ein Wort sagst, erzähle ich alles Pater Ferrando, und dann sieh dich vor, daß man dich nicht ins Büßerkleid steckt!«

Cap de Trons schien ihn nicht zu hören, denn die Worte hatten keine Wirkung auf ihn. Aufgebracht und erhitzt, brüllte Costura ihn wiederholt an: »Ich schwöre dir, daß ich's ihm erzähle, so wahr ich Rafel heiße!« Sein Wutausbruch war die Folge des Schreckens, den ihm der Bericht seines Vetters eingejagt hatte, denn er fürchtete, Cap de Trons könnte mit demselben Beschneidungsdrang, mit dem er über seine Familie hergefallen war, auch auf ihn losgehen. Und obwohl er jünger und stärker war, hatte er doch keine Waffe, um sich zu verteidigen, wenn der andere ihn mit dem Opfermesser angreifen sollte, dessen Griff er noch aus seiner Tasche ragen sah. Doch nichts dergleichen geschah. Rafel Cortès beließ es bei seiner Erzählung, und zum Abschluß, wobei er Costuras Schwur, ihn zu denunzieren, völlig überging, dankte er ihm mit ungewöhnlicher Liebenswürdigkeit dafür, ihn angehört zu haben, beteuerte, er sei der einzige Mensch, der von dem Wunder der Engelserscheinung und der Warnungen wisse, und sagte, er habe ihn ins Vertrauen gezogen, weil es ihn ja auch angehe, denn seinen Söhnen habe er nicht erklären wollen, wie das göttliche Einschreiten ihm endlich den Mut gegeben habe, ihnen das zuteil werden zu lassen, was sie freiwillig niemals akzeptiert hätten.

Costura nutzte seine Schlaflosigkeit, die Ereignisse zu ordnen, über die der Beichtvater nur zur Hälfte Bescheid wußte, ohne sich schlüssig zu werden, wie er sie schriftlich niederlegen sollte, ob er alles genau so aufschreiben mußte, wie sein Vetter es ihm erzählt hatte, oder ob eine gekürzte Fassung wie seine mündliche vom Nachmittag ausreichte, in der er sich auf das Notwendigste beschränkte, auf das, was

Cap de Trons und seine Tochter Aina unmittelbar betraf, und den Pakt mit Jahwe als Ursache für die Verletzungen der Söhne und des debilen Schwagers unerwähnt ließ. Denn daß es dem Vetter tatsächlich gelungen war, sein Vorhaben in die Tat umzusetzen, bezweifelte er. Sobald Pater Ferrando über eine von ihm verfaßte Handschrift verfügte, die dies belegte, würde er gewiß eine Anklage daraus machen, an der das ganze Viertel ihm, Costura, die Schuld geben mußte. Immerhin hatte er seinen Vetter bedroht. Andererseits konnte Juli Ramis längst Anzeige erstattet haben. Somit durfte es vom Inquisitor bis zum Vizekönig inzwischen jeder wissen. *Mein Zeugnis ist gar nicht ausschlaggebend... Der Matrose hat ja auch ausgesagt.* Vielleicht hatte Cap de Trons – nicht umsonst spielte sein Beiname *Donnerkopf* auf sein allseits bekanntes Temperament an – seine Befugnisse als entehrter Vater überschritten und seinen Zorn auf die gesamte Familie niedergehen lassen. Doch wenn es so war, warum verheimlichten es dann alle im Carrer vor ihm? Wenn Cap de Trons in Verteidigung seiner Ehre und gerecht gehandelt hatte, weshalb verbarg man dann die Folgen seines Handelns? Nein, bestimmt waren die Absichten seines Vetters genau die, die er ihm gestanden hatte, wenn er auch an die Engelserscheinung nicht glaubte. Die Engel Jahwes hatten Wichtigeres zu tun, als zur Erde herabzukommen, um mit seinem hirnlosen Vetter zu reden. Was ihn selbst anging, so unterschieden sich die Warnungen des Engels ganz offensichtlich nicht von denen, die sein Vetter so häufig aussprach. Nur hatte er diesmal die religiösen Angelegenheiten nicht mit der Bitte um Stundung seiner Schulden verbunden, wie gewöhnlich, seit er außerstande war, die fünfzig mallorquinischen Unzen plus Zinsen zurückzuzahlen. Mit dem geborgten Geld hatte er eine Partie Flachs kaufen wol-

len, damit seine Kinder weben lernten und er sie in das Handwerk einweisen konnte, das er selbst früher ausgeübt hatte, ehe er heiratete und den Altkleiderhandel seines Schwiegervaters übernahm. Der Kredit hatte jedoch heimlich einen lohnenderen Zweck: die Flucht aus Mallorca. Dazu hatte er seinen Ältesten nach Ferrara geschickt, damit er unter dem Vorwand, Flachs erwerben zu wollen, die Möglichkeiten auskundschaftete, sich dort niederzulassen, und diese waren so günstig, daß der Sohn einfach dortblieb und vergaß, seinem Vater das Geld zurückzugeben.
Wie immer, wenn sie miteinander redeten, hatten sie auch bei dieser Gelegenheit wieder über die Zahlungsfrist gestritten. Und Costura, ermutigt von der zahmen Haltung seines Vetters, hatte ihm ernsthaft und heftiger als sonst damit gedroht, die Sache vor Gabriel Valls zu bringen, der im Carrer unparteiisch Zwistigkeiten schlichtete und für Gerechtigkeit unter den Bewohnern sorgte, die sich fast nie an eine ihren Gesetzen fremde Gerichtsbarkeit wandten. Gabriel Valls, da war sich Costura ganz sicher, würde ihm Recht geben, denn zweifellos war er im Recht. Cap de Trons hatte sich verpflichtet, den Kredit in fünf Jahren abzuzahlen. Jetzt waren schon sechs vergangen, und immer noch schuldete er ihm mehr als ein Drittel.
Was konnte er schließlich dafür, daß sein Sohn Onofre nicht zurückgekommen war? War er etwa verantwortlich für die Mißgeschicke in Cap de Trons' Familie, für die Schande der Tochter oder die Blödsinnigkeit des Schwagers? Aber das würde er lieber nicht erwähnen in seinem Beichtpapier, nicht daß in Pater Ferrando der Verdacht entstand, die Anschuldigungen gegen seinen Vetter seien ein Racheakt, was nicht stimmte oder zumindest nicht ganz. Aus den Unannehmlichkeiten, die die Inquisition Cap de Trons bereiten könnte, er-

wüchsen auch ihm nur Nachteile, schließlich wußte er, daß bei der Beschlagnahmung der Güter keine Schulden berücksichtigt wurden.

Deshalb dachte Costura – längst nicht mehr Teilnehmer einer feierlichen Zeremonie und in die klebrige Süße des Weihrauchs gehüllt, sondern durchdrungen vom ranzigen Fettgeruch seines Hauses –, daß es wohl das beste sei, Gabriel Valls aufzusuchen, ehe er mit dem Jesuiten sprach, denn sollte die Inquisition den Prozeß gegen seinen Vetter eröffnen, konnte er sicher sein, daß er sein Geld nie wiedersähe. Andererseits jedoch war auch klar – und das wußte er, weil Pater Ferrando unmißverständliche Andeutungen gemacht hatte –, daß die Erfolgsaussichten, an den Auftrag für die Monstranz zu kommen, die der Vizekönig den Klarissinnen stiften wollte, in direktem Verhältnis zu seiner guten Führung als erwiesener Christ standen, wozu selbstverständlich auch sein Verrat gehörte. Dieses Werk zu schaffen war der Traum seines Lebens. Joana wäre hocherfreut gewesen, daß es die Hände ihres Gatten sein sollten, die das Gold und das Silber für den Schrein schmiedeten, in dem Gott Unser Herr für die Gläubigen ausgestellt würde. Außerdem stellte er sich vor, wie Kaplane und Mönche und Inquisitoren und Familiaren und Adlige und Bürger und Betschwestern, das ganze Volk Gottes, das vor seiner Monstranz in die Knie sinken würde, sich nicht nur vor dem Leib Christi demütigte, sondern auch vor der kostbaren Umhüllung, die Ihn bergen würde, vor dem Gefäß, das Ihn beherbergte und das er, ein armer Goldschmied aus dem Carrer, voll Stolz geschaffen hätte, damit die heilige Hostie in ihrer ganzen Herrlichkeit erstrahle. Der Entwurf, der das perfekte Filigran seiner Arbeit zeigen sollte, war fertig. Auf dem Glasgehäuse liefen in goldenen Pfeilspitzen alle Strahlen einer prachtvollen Sonne zusammen, der Monstranz der Kathedrale nachempfunden, an die sich alle mallorquinischen Goldschmiede zu halten hatten. Auf seiner Monstranz jedoch kreuzten die Spitzen der Strahlen noch zwei Sterne aus Gold und Silber. Der Davidstern und der Stern der Könige aus dem Morgenland senkten sich vom Himmel, um den Schrein zum Zeichen ihrer bedingungslosen Hingabe an Christus zu beleuchten. In den Fuß würde er jene lupenreinen Diamanten setzen, die er vor längerer Zeit von einem Händler aus Antwerpen gekauft hatte und wie seinen größten Schatz bewahrte, entschlossen, sie erst bei einer Gelegenheit wie dieser zu verwenden. Jeden Lichtstrahl, der auf diese Diamanten fiel, warfen sie vielfältig und funkelnd zurück. Der Schrein könnte das Werk seines Lebens werden, das Werk, das ihn über seinen Tod hinaus auf der Erde fortleben ließe, da ihm das Vergnügen, im Alter auf seine Nachkommenschaft zu blicken, nicht vergönnt war. In seinem besessenen Ehrgeiz, die Monstranz anfertigen zu dürfen, wägte er beständig die Möglichkeiten ab, daß der Auftrag des Vizekönigs an ihn und nicht an irgendeinen anderen Goldschmied in Ciutat ginge, und er kam jedesmal zu demselben Schluß: Da Pere Valls, Erschaffer der Monstranz von Sant Miquel, tot war, blieb nur noch einer, der es mit der Qualität seiner Arbeit aufnehmen konnte, Nicolau Bonnín, für den es allerdings viel schlechter aussah, denn wenn er auch nach den Geboten lebte, galt er doch nicht als guter Christ so wie er selbst in den Augen Pater Ferrandos, vor allem, wenn diesen das Papier, das er ihm morgen überbringen sollte, restlos überzeugte.

Drei

Als Rafel Cortès, Costura, seine Unterschrift unter das Schriftstück setzte, war die Dunkelheit der Nacht bereits dem fahlen Morgengrau gewichen. Erschöpft von der Anstrengung, verzichtete er darauf, es noch einmal durchzulesen, und legte sich in Kleidern aufs Bett. Er öffnete nur die Hose und knöpfte das Wams auf, um ein wenig zu ruhen, bevor das Licht und vor allem das Geklapper Polònias in der Küche ihn daran hinderten. Doch er konnte kaum die Augen schließen. Statt ihm beim Eindämmern zu helfen, hatten ihn die Übermüdung und die stundenlange Anspannung aufgewühlt und hielten ihn hellwach. Nicht einmal die angenehmsten Gedanken vermochten den Schlaf herbeizulocken, und da es auch keinen Sinn gehabt hätte, ihn herbeizuzwingen, weil er ihn überall vergeblich gesucht hätte, stand er auf, um zusammen mit der steigenden Sonne den Tag zu beginnen. Er wusch sich in der von seiner Haushälterin bereitgestellten Schüssel, rasierte den schon ergrauenden Bart, kämmte das immer spärlicher werdende Haar und legte frische Kleider an. Die vierfach gefalteten Papierbögen waren zu dick für die Hosentasche, selbst wenn er den Schultermantel darüber trug, und so hielt er seine Brust unter dem neuen mönchsfarbenen Wams, das Joana für ihn genäht hatte, für den sichersten Platz. Den Mantel umgelegt und den Hut in der Hand, verabschiedete er sich von

Polònia und sagte ihr, er wolle zur Messe und sich danach ein wenig die Beine vertreten, das Wetter lade ja dazu ein, und falls er irgendeinen Bekannten treffe, gehe er vielleicht bis zur Riba.

Die Straßen von Ciutat waren leer, während sie sonst an Werktagen um diese Uhrzeit sehr belebt zu sein pflegten, zumal mit dem Einzug des schönen Wetters die Sattler, Mützenmacher, Schneider, Seiler und die anderen Handwerker aus ihren dunklen Werkstätten kamen, um vor der Tür zu arbeiten. Nicht einmal die obdachlosen Bettler waren früh aufgestanden, um mit dem Singsang ihrer Gebete und dem Responsorium ihres Elends die Gläubigen auf dem Weg zur Kirche abzufangen. Costura haßte sie und war froh, auf keinen von ihnen zu treffen. Das entfernte Gepolter einer Kutsche, die knapp an der Mauer vorbeischrammte, durchbrach schlagartig die Ruhe des Sonntagmorgens, und ein erschreckter Taubenschwarm flatterte hinter der Gartenmauer auf, an der der Goldschmied entlangging. Die schwerelosen Umrisse der Tauben zeichneten sich scharf gegen den klaren Himmel ab, vor dem sich wie ein Baldachin die Klosterpalme entfaltete. Jedesmal wenn Costura an ihr vorbeikam, mußte er an die hohen Decken der Llotja denken. Er beneidete deren Erbauer und hoffte, durch die Monstranz, wenn nicht an ihn heranzureichen, so doch zumindest in Erinnerung zu bleiben, wie er beim Anblick dieses herausragenden Kunstwerks seines Schöpfers Sagrera gedachte. Pater Ferrando würde ihn tadeln, wenn er wüßte, wie sehr er nach Ruhm strebte, der ihn überlebte. Er hatte ihm schon mehrfach eingeschärft, daß dem guten Christen die Meinung der Welt wenig bedeute, die des Himmels dafür um so mehr, und daß der direkte Weg dorthin über die Ermahnungen des Beichtvaters, Entsagung und Opfer führe und nicht über weltlichen Ruhm. Zumindest stieß sein Interesse an der Monstranz bei Pater Ferrando auf Verständnis und Unterstützung, wenn dieser auch nur die Frucht seiner Gottergebenheit darin sehen durfte.

Ganz in Gedanken versunken und noch schläfrig, machte Costura sich gemächlich nach Montisiòn auf, ohne die wenigen Fußgänger zu beachten, denen er begegnete. In die Stille der schlafenden Gassen begann das Getöse der Kirchenglokken von der Freude des neuen Tages zu künden. Er hatte noch etwas Zeit bis zur Acht-Uhr-Messe. Danach würde er einen Spaziergang machen – dieser erste Teil stimmte mit dem überein, was er Polònia gesagt hatte –, gerade lang genug, bis es Punkt zehn war, die Stunde, zu der Pater Ferrando ihn erwartete. Vielleicht würde er ihn ins Sprechzimmer bitten oder bei dem schönen Wetter im Garten empfangen. Aufs neue mit der Aussage gegen seinen Verwandten beschäftigt, wobei er sich einredete, daß er kein Verräter, sondern ein guter Christ sei, merkte er nicht, daß der ihm entgegenkommende Mann kein anderer war als Gabriel Valls, bis dieser vor ihm stand. Ohne den scharfen Blick aus den stahlblauen Augen wahrzunehmen, so anders als die Lämmeraugen und das feige Blau der meisten Leute vom Carrer, zog Rafel Cortès den Hut, während Valls sich darauf beschränkte, die Hand an die Krempe zu führen. Beide blieben stehen, und es war Costura, der den anderen freundlich ansprach und zu plaudern begann. Das Gespräch über das schöne Wetter dieser ersten Juniwoche – das mit dem vorigen Jahr nicht zu vergleichen war, als rasende Winde Bäume entwurzelt, die Obsthaine verwüstet und Mauern und Dächer zum Einsturz gebracht hatten – half über die ersten Minuten der Begegnung hinweg. Rafel Cortès beunruhigte dieses zufällige Zusammentreffen, als er eben im

Begriff war, seine Christenpflicht zu erfüllen, keineswegs. Im Gegenteil hielt er es für ein gutes Omen, da er zwar mit Valls sprechen wollte, sich aber nicht traute, ihn zu besuchen. Seit der Geschichte mit Harts war ihre Beziehung sehr abgekühlt. Beiläufig erwähnte er, daß er seinen Rat einholen wolle bezüglich der Schulden seines Vetters Cap de Trons, der seines Erachtens dem Wahnsinn verfallen sei. Darauf erwiderte Valls, auch er habe im Sinn gehabt, mit ihm über Cap de Trons zu reden, und sei deshalb schon bei ihm gewesen, wo seine Haushälterin Polònia untätig auf der Straße herumgestanden und ihm Auskunft erteilt habe, wo er zu finden sei. *Ich lade dich zum Essen ein,* sagte er, ohne den Blick von Costura zu wenden, als wollte er die Wirkung seiner Worte abschätzen. *Meine Söhne werden da sein, der Cònsol, Pons, der Kaufmann Serra, Josep Valleriola und Pere Onofre Aguiló, der auf der Durchreise ist und Unglaubliches zu erzählen hat. Und ein leckeres Essen gibt's auch.*

Weder konnte er ihm sagen, daß er eine Verabredung mit seinem Beichtvater hatte, noch fand er eine überzeugende Entschuldigung, die Einladung abzulehnen, ohne Valls' Argwohn zu wecken. Costura wußte keinen Ausweg. Außerdem fürchtete er, wenn er das Gespräch über die Schulden seines Vetters vertagte, daß Valls ihm zu einem anderen Zeitpunkt weniger wohlgesonnen sein könnte, als es jetzt den Eindruck machte. Um keinen Preis konnte er diese Gelegenheit ungenutzt lassen, nicht einmal um den, Pater Ferrando verärgern zu müssen, dem er nicht absagen konnte, wenn er Valls nicht loswürde. Denn diesen wissen zu lassen, daß er am Sonntagmorgen zu seinem Beichtvater unterwegs war, schien ihm sehr unklug, besonders wenn Valls bereits mit Cap de Trons gesprochen hatte und der Verdacht nahelag, er sei drauf und dran, seine Denunziationsdrohungen wahrzumachen. *Nein, ich darf die Einladung nicht ausschlagen. Pater Ferrando vertraut mir, das hat er mir oft genug bewiesen, und wenn ich ihm erkläre, was vorgefallen ist, wird er Verständnis haben. Außerdem kann ich bei diesem Essen in Valls' Garten bestimmt zusätzliche Informationen beschaffen, an die zu kommen ich nie für möglich gehalten hätte.*

Gabriel Valls hatte ihn noch nie in seinen Garten eingeladen, obgleich schon fast alle aus dem Carrer an seinen Mittags- oder Vespertafeln teilgenommen hatten. Pater Ferrando hatte ihn sogar irgendwann einmal während der Beichte gefragt, ob er eine dieser Versammlungen persönlich erlebt hätte, bei denen angeblich das Gesetz Mose besprochen und die Jugend darin unterrichtet wurde, wie er von Familiaren der Inquisition erfahren hatte. Nun könnte er ihm aus eigener Anschauung berichten. Es war allgemein bekannt, daß Valls Major den Garten vor ungefähr zwei Jahren gekauft hatte, als seine Geschäfte Gewinn abzuwerfen begannen, als Pächter jedoch nur Angehörige seines Volkes akzeptieren wollte und es nicht leicht gehabt hatte, ein Ehepaar zu finden, das sich zu dieser Aufgabe bereit erklärte. Er nahm schließlich den *amo* Pep Pomar und die *madò* Miquela Fuster, beide aus Porreres. Miquela hatte eine Hand für Pflanzen, und alle beneideten sie um ihre Blumen. Ihre Rosenstöcke trugen riesige, samtige Rosen, deren Knospen unvermittelt aufbrachen, ihren süßen, betäubenden Duft verströmten und die Luft mit sanfter Geborgenheit erfüllten, als übten sie eine heilende Wirkung auf die Gemüter aus, schlichteten jeden Zwist und milderten alle Unstimmigkeiten. An Feiertagen ließ Gabriel Valls bei schönem Wetter den Tisch für seine Gäste im erfrischenden Schat-

ten der Weinlaube decken, wo sie, umgeben vom Duft der Rosen, die köstlichen Speisen ebenso wie die schmeichelnde Behaglichkeit des Ortes genossen. Nicht nur seine Verwandten und Freunde nahmen hier Platz, vielmehr bat er häufig andere Leute dazu, Durchreisende oder Händler von außerhalb des Carrer, mit denen er Geschäfte tätigte, Christen von alters her, was dem Gemunkel widersprach, der Garten diene vor allem jüdischen Versammlungen.
Costura hatte das Gefühl, das Glück auf seiner Seite zu haben, sobald er sich darüber klargeworden war, daß es im Vergleich zu dem Nutzen, den er aus der Einladung ziehen konnte, das geringere Übel darstellte, Pater Ferrando warten zu lassen. Er hatte viel von diesen Gelagen gehört, und es erfüllte ihn mit Genugtuung, mit eigenen Augen zu sehen, ob das berühmte Gemüse wirklich so frisch war, wie behauptet wurde, und die Weinlaube den köstlichen Schatten spendete, auf den ihr Besitzer so stolz war.
Er hörte die Messe neben Valls, den er währenddessen beobachtete, und es schien ihm, als beteilige sich dieser nur mechanisch, wie um den Anschein zu wahren, denn Valls' Miene zeigte nichts von der Ergebenheit, die sich, wie er meinte, in seinem eigenen Gesicht spiegele. Als die Zeremonie zu Ende war, sorgte er dafür, daß die gesamte Kirchengemeinde ihn in Begleitung von Valls sah, gewährte ihm den Vortritt und bot ihm Weihwasser an, wie es die einfachen Leute mit den Ranghöheren und die Jungen mit den Älteren taten. Gabriel Valls war fast zwanzig Jahre älter als Costura und genoß im Carrer hohes Ansehen. Sein Ruf als redlicher, auf vielen Gebieten bewanderter Mann hatte sich über den Stadtteil hinaus verbreitet, in den viele der Neuchristen gezogen waren, als sie nach der Massenkonversion von 1435 das Judenviertel verlassen hatten, und mehr-

mals schon hatten ihn Herren von Rang und Stand rufen lassen, um ihm Geschäfte vorzuschlagen oder Geld von ihm zu borgen.

Als sie aus der Kirche traten, kamen sie überein, auf dem Weg zum Garten noch im Carrer vorbeizugehen, weil Costura Polònia Bescheid geben wollte, daß er außer Haus essen würde. Den gefalteten Mantel unter dem Arm, denn die Sonne begann zu stechen, begaben sie sich dann zum Tor von Sant Antoni.

»Dein Vetter Cap de Trons hat mich holen lassen und mir erzählt, du hättest ihm mit einer Anzeige bei der Inquisition gedroht«, sagte Valls unvermittelt.

Rafel Cortès wurde rot. Er versuchte, sich nicht anmerken zu lassen, wie ihm die Zornesader schwoll, und vor allem zu vermeiden, daß ihn die Stimme verriet, und versicherte Valls, wenn er seinen Vetter bedroht habe, dann nur, damit dieser aufhöre, ihn zu belästigen, und ihn mit falschen Erscheinungen von Erzengeln in Frieden lasse. Doch Valls überhörte Costuras Rechtfertigungen und fuhr in demselben ruhigen, entschlossenen Tonfall fort, in dem er begonnen hatte:

»Ich rate dir, das nicht zu tun. Wenn du ihn verrätst, kriegst du nie wieder, was er dir schuldet, weil ihm dann der Prozeß gemacht wird, da kannst du sicher sein... Seine Schulden sind hoch, ich weiß. Aber er ist bereit, jede Anstrengung zu unternehmen und alles zusammenzukratzen, um dir wenigstens einen Teil zurückzugeben... Für den Rest bürge ich, solange ich lebe. In drei Jahren wird er dir alles zurückgezahlt haben. Ich nehme an, daß du dieses Abkommen gutheißen kannst... daß du einverstanden bist...«

Bevor Rafel Cortès, Costura, zu einer Antwort ansetzte, legte er unwillkürlich die Hand auf die Brust, um sich zu versichern, daß das Papier noch immer an derselben Stelle war, wohlverwahrt dicht an seinem Körper, und daß seine Kleider sich nicht in durchsichtige Luft aufgelöst hatten und Valls den Blick freigaben auf die schriftlichen Beschuldigungen gegen seinen Vetter.

»Ich bin einverstanden«, erwiderte Costura und versuchte, seine Verlegenheit zu verbergen. »Wir alle wissen, daß Ihr ein Ehrenmann seid. Nicht umsonst seid Ihr der Achtbarste unter uns!« fügte er kriecherisch hinzu. »Außerdem bin ich Euch sehr dankbar für Eure Vermittlung. Ich hatte schon selbst daran gedacht, Euch darum zu bitten. Cap de Trons ist verrückt, aber auf Euch hat er immer gehört.«

»Bedauerlicherweise nicht immer. Ich hätte ihm nie zu dem geraten, was er getan hat. Zu dem Schaden, den er angerichtet hat, kommt noch, daß er sich bloßgestellt hat. Juli Ramis dürfte inzwischen alles dem Domherrn Amorós erzählt haben. Das heißt, wir müssen jetzt vorsichtiger sein denn je... Cap de Trons hatte einen Anfall von geistiger Unzurechnungsfähigkeit, ich nehme an, da bist du meiner Meinung... Du hast vorhin die Engelserscheinung erwähnt. Engel suchen sich keine Wirrköpfe aus, weder jüdische noch christliche, um ihre Botschaften zu verbreiten. Dazu braucht man nur in die Bibel zu schauen... Zudem ist Cap de Trons alt und krank. Sagen wir, der Engel ist seinem Altersschwachsinn entsprungen. Die Erscheinung ist ein Schwindel, das ist ganz klar, niemand würde sie ihm abnehmen. Sie ist nicht der Rede wert, doch was sie ausgelöst hat, ist sehr schlimm. Die Söhne erholen sich von ihren Verletzungen... Aina ist nicht mehr in Ciutat. Ich selbst habe dafür gesorgt, daß sie eine Weile verschwindet. Die Männer des Büttels wollten sie vernehmen, um festzustellen, was wahr ist an dem, was der Matrose, der gute Samariter, der sie nach Hause gebracht hat, ausgesagt hat. Wie ich von Isabel Fustera erfahren habe, hast du dich nach ihm erkundigt...« Costura schnappte absichtlich nach dem Köder, den Valls ihm hinhielt, um das Gespräch von Cap de Trons' Gemetzel abzulenken, dem entscheidenden Punkt seiner Anklageschrift, den Valls erraten zu haben schien.

»Ich habe zufällig gesehen, wie er die verwundete Aina wegtrug... und Isabel Fustera gefragt, was sie davon wußte und warum sie sich geweigert hat, Aina aufzunehmen... das hat mich schockiert!«

»Sie wird schon ihre Gründe gehabt haben.«

»Sie sagte, der Fremde sei ein Freund von Kapitän Harts, und das genügte ihr, um nichts mit ihm zu tun haben zu wollen.«

Als würde er ein magisches Pferd reiten, das mit voller Kraft rückwärts galoppierte, fühlte sich Valls von Costuras Worten schlagartig um vier Jahre zurückversetzt in eine Nacht Anfang Juni, die er gewaltsam im hintersten Winkel seines Gedächtnisses zu vergraben suchte. Nie hätte er sich dieser Lust für fähig gehalten, mit der er seinen Zorn auf die Rippen des Kapitäns niederprasseln ließ, härter noch als der Konsul, der viel jünger war als er, und sein Sohn Miquel, stark wie ein Stier. Er entsann sich, wie sie sich angeschlichen hatten und aus dem Hinterhalt über Harts hergefallen waren, ohne daß dieser hätte entkommen oder um Hilfe rufen können. Sie hatten ihn heftig geprügelt, so heftig, daß er, als sie schließlich von ihm abließen – immerhin wollten sie ihn nicht umbringen –, nur noch ein blutgetränktes Bündel war, das selbst Gespenster erschreckt hätte. Er entsann sich, weder Angst noch Erbarmen empfunden zu haben, während er grimmig mit geschlossenen Fäusten auf den Körper des Mannes einschlug, dem sie keine Gelegenheit gegeben hatten, sich zu verteidigen, und Mitleid, wie er es eigentlich von sich erwartet hätte, schon gar nicht, nur Wut, eine dichte, solide Wut. Nicht wegen der Geschichte, die Harts herumerzählt hatte, ein Maulheld sondergleichen, sondern weil diese Wut seine Fäuste zu Stahl machte, zielsicherer und zerstörerischer, als er je geahnt hätte. Er entsann sich, wie dieses Gefühl ihn lange verstört hatte, weil es ihm deutlich machte, in welchem Ausmaß er, der er sich immer für einen friedfertigen, eher passiven und überhaupt nicht kriegerischen Menschen gehalten hatte, eine gewalttätige Veranlagung in sich barg, Blutdurst gar, wie die Kreuzung eines zahmen Hundes mit einem Wolf.

Auch Costura dachte an Harts. Dieser hatte ihm ab und zu Diamanten verkauft und ihn bei seinem letzten Besuch um die Schätzung eines Ringes ersucht, in den kompromittierende Initialen graviert waren. Doch er hatte das Geschäft abgelehnt und ihn zu Bonnín geschickt, ohne Valls oder die anderen in Kenntnis zu setzen. Nur seinem Beichtvater hatte er es erzählt.

Als sie am Kloster der Consolació vorbeikamen, begegneten sie dem Chronisten Angelat, seinem Bruder Príam, der eben die erste Messe gesungen hatte, und dem Notar Selleres. Angelat war der einzige, der Costuras beflissenen Gruß erwiderte. Der Primiziant wandte den Kopf ab, um nicht antworten zu müssen, und der Notar grinste schief mit höhnischer Miene.

»Die beleidigen sich nur selbst!« sagte Valls abwinkend, aber laut genug, daß die anderen es mitbekamen. »Tugend adelt den Menschen, nicht seine Abstammung!«

»Nehmt es nicht übel«, gab Costura nachsichtig zurück, »heute ist wohl nicht ihr Tag, sonst haben sie mich immer gegrüßt.«

»Schlechte Zeiten kommen auf uns zu«, sagte Valls.
»Woher wollt Ihr das wissen?«
»Ich wittere es... nicht umsonst hat Adonai uns mit langen Nasen ausgestattet...«

Im Garten, von Mauern umschlossen, die nur die höchsten Wipfel der Orangenbäume überragten, wurden sie von Valls' Ehefrau Maria Aguiló und ihren Söhnen empfangen: Miquel, dem älteren, der sich vor einiger Zeit in Alicante niedergelassen hatte, wo er einen Altkleiderhandel betrieb, und nur vorübergehend auf Mallorca weilte, und Rafel Onofre, fünfzehn Jahre jünger als sein Bruder. Costura überraschte die Selbstverständlichkeit, mit der er aufgenommen wurde, als ob die zufällige Einladung schon lange geplant gewesen wäre und man sich auf ihn freute. Sofort bot Maria Aguiló ihm einen Becher kühles Wasser an, das die Magd eben frisch aus dem Brunnen geholt hatte. Er trank mit Genuß und ließ sich im Schatten nieder. In einiger Entfernung hörte man den gleichmäßigen Hufschlag eines Maulesels, der ein Schöpfrad drehte, und die Musik des Wassers, unterbrochen von den Spatenhieben eines Gärtners, der Furchen in die Erdscholle zog. *Die arbeiten ganz offen am Sonntag!* dachte Costura, verwundert, mit welcher Unbekümmertheit Valls' Bedienstete vor den Augen der Gäste ihrer Tätigkeit nachgingen.
»Wir haben Glück mit dem Wasser in diesem Garten. Wir bekommen es noch nach der alten Regelung und nicht nach Zuteilung«, sagte Maria Aguiló, als hätte sie seine Gedanken gelesen. »Wenn man an der Reihe ist, muß man es nutzen, auch wenn Sonntag ist. Die Kurie macht es genauso...«
Maria Aguiló sprach durch die Nase und verzog den Mund, vermutlich, um ihre zahlreichen Zahnlücken zu verbergen.

Obwohl schon über vierzig, war sie eitel, trug Seide trotz des Verbots und zahlreiche Ringe an den Fingern. Mit einladender Gebärde ihrer Rechten – einer Geste voller Perlen und Rubine – wies sie Rafel Cortès einen Platz auf der Steinbank an, auf der auch ihre Mutter Caterina Bonnín und sie selbst saßen.

»Ich denke, ihr kennt euch«, sagte Gabriel Valls zu den Gästen, die vor Costura eingetroffen waren. »Sie alle sind von den Unsrigen«, wandte er sich dann direkt an Costura, »alle außer dem Sattler Pons«, er deutete auf einen alten Mann, dessen Lächeln wassermelonenrotes Zahnfleisch entblößte, das aussah wie aufgemalt, »und Jordi Serra, alle beide gute Freunde«, fügte er vergnügt hinzu.

Freunde, Freunde, leierte Caterina Bonnín eintönig, doch beachtete sie keiner, denn alle wußten, daß sie eine gute Weile pausenlos dasselbe wiederholen würde, solange, bis ein anderes Wort, aufs Geratewohl dem Gespräch entnommen, Abwechslung in ihre Litanei brächte. Auf diese eigentümliche Weise beteiligte sich Caterina Bonnín gelegentlich an den Familienkränzchen. Doch mußten sie sie auch oft in die entlegenste Kammer des Hauses sperren, weil sie unaufhörlich schrie und tobte, sie würde von Hexen verfolgt, die ihr alles abgenommen hätten und jetzt mit ihr davonfliegen wollten.

Das grelle Sonnenlicht drang nur fadenweise in den Schatten der Laube und strich sanft über die Gesichter der Versammelten. Der lange Tisch war mit weißem Linnen gedeckt, und Marianna, die älteste Tochter der Pächter, stellte Teller mit scharfen grünen und zerdrückten schwarzen Oliven darauf, dazu zwei Karaffen Weißwein aus Binisalem, wo Gabriel Valls von seinem Bruder Pere einen Weinberg geerbt hatte.

»Ich werde Brot schneiden«, sagte das Mädchen, »und, falls Euch das lieber ist, *coca de trempó*. Selbstgebacken«, setzte es hinzu, als niemand darauf einging, »mit sauberen Händen geknetet und ganz und gar vertrauenswürdig!«

»Schmeckt bestimmt das Öl vor…!« wandte der Sattler grinsend ein.

»Kostet doch erst einmal!« antwortete das Mädchen, das die ironische Bemerkung durchaus gehört hatte, sie jedoch nicht übelnahm.

Der Rosenduft mischte sich mit dem des Basilikums, das rings um die Sitzbank in üppigen Büschen aus rissigen Tontöpfen wuchs. Das Grün der Beete, die sich rundum erstreckten, und das zahme Geplätscher des Wassers in den Bewässerungsgräben verbanden sich zu einer Art Salböl, das gemächlich und träge Costuras Stirn herabrann und ihm die innere Ruhe verlieh, die er so notwendig brauchte, um unterscheiden zu können, was von all dem, das er gesehen und gehört hatte und noch sehen und hören würde, er dem Beichtvater erzählen mußte und was er verschweigen durfte, ohne eine Unterlassungssünde zu begehen. Er war entschlossen, sich nichts entgehen zu lassen, obgleich die Nutzung des Wassers bis jetzt das einzig Tadelnswerte war, überdies *peccata minuta*, also zu den weniger bedeutenden Vergehen gehörte, denn laut Maria Aguiló machte die Kurie, die Nonnen und Mönche, in ihren Gärten dasselbe. Da war es sicher schwerwiegender, daß die von Santa Margalida den Abfluß mit alten Ordensgewändern verstopften und so mehr abzweigten, als ihnen zustand… Im Moment hatte er nichts vorzubringen gegen seine Brüder hier, die ihn in den Frieden dieses Gartens aufgenommen hatten, um im Freundeskreis den Sonntag zu begehen. Pons' Bemerkung über das fehlende Schmalz in der *coca* war ein Scherz gewesen und nicht wörtlich zu nehmen. Selbst wenn es stimmte, betraf es doch eher die Pächtersfamilie als die von Valls. Vielleicht konnte er es ja verwenden, sollte weiter nichts Wichtiges geschehen… Doch er wollte nicht wieder den Grübeleien der letzten Nacht verfallen, nicht noch einmal haarklein alle Details durchgehen, die für den Priester von Interesse sein konnten. Um diesem Drang zu widerstehen, versuchte er, sich in das Gespräch einzumischen, doch schenkte ihm niemand Aufmerksamkeit, denn in diesem Augenblick traten der Konsul und seine Söhne Josep und Mateu heran, die letzten Gäste, die noch gefehlt hatten.

Josep Tarongí, der Cònsol genannt, da er dieses Amt seit Jahren für die Engländer innehatte, begrüßte alle Anwesenden und umarmte Pere Onofre Aguiló, mit dem ihn eine enge Freundschaft verband, die noch aus der Zeit stammte, bevor dieser in den Besitz eines Passes gelangte, der ihm erlaubte, die Insel zu verlassen und sich im Auftrag des mallorquinischen Handels und Adels der Ausfuhr von Öl und der Einfuhr von Leinen zu widmen. Der Kaufmann war erst vor knapp zwei Stunden eingetroffen und würde schon bald wieder aufbrechen, da er vom Handelsverband den Auftrag hatte, zwischen den Häfen von Livorno und Ciutat ein Abkommen zur Förderung des wechselseitigen Güterverkehrs zu treffen. Aguiló war ein geachteter Mann in jener Republik, wo er seinen Wohnsitz hatte und Frau und Kinder auf ihn warteten.

Bis zum Eintreffen seines Freundes hatte Aguiló kaum ein Wort gesagt, doch die Anwesenheit des Konsuls löste seine Zunge, und er begann von seinen Abenteuern und jüngst erlebten Wunderdingen zu berichten. Während er von den zerdrückten Oliven kostete, erzählte er von einem Erlebnis am Hafen von Genua in einer Sankt Telmo geweihten Kapelle – er gab eine exakte Ortsbeschreibung –, wo er mit eigenen Augen Zeuge wurde, wie ein Wandermönch einen Mann vom Tode erweckte, der knapp eine Stunde zuvor mit Schaum vor dem Mund wie vom Blitz getroffen zu Boden gestürzt war, nachdem er den Mönch beschuldigt hatte, sich die Almosen der Trostbedürftigen zu erschleichen, denn die Reliquien, die er benutzte, seien falsch. Niemals hätten sie Sankt Luzius gehört, es seien von irgendeinem Friedhof gestohlene Knochen, Knochen eines armen, namenlosen Toten, dessen Grab entweiht worden sei, um gutgläubige Leute zu betrügen. Der Mönch jedoch, nachdem er lange in andächtigem Gebet verharrt und Gott um Vergebung für die unglückliche Seele des Verleumders angefleht hatte, setzte den Schienbeinknochen des Toten auf den Kopf des Mannes, und der erwachte plötzlich wieder zum Leben. Mit Tränen in den Augen gab der Auferstandene zu, nichts von dem, was er gesagt hatte, sei wahr. Er pries Gott, alle umstehenden Gläubigen fielen ein, und das Geld prasselte in den Almosensack, während der Mönch unaufhörlich dem Herrn dankte.

Nur der Konsul äußerte Bedenken, als Pere Onofre Aguiló mit seiner Geschichte zu Ende war, und meinte, der Mönch und der Mann könnten bei diesem Geschäft womöglich unter einer Decke gesteckt haben, denn irgendwie komme ihm die Geschichte bekannt vor*. Und Gabriel Valls sagte dazu, falsche und verlogene Mönche und Priester gebe es reichlich, denn auf Erden seien die Armen im Geiste ohne Zahl.

Sie begannen zu essen, doch Aguilós Brotsuppe wurde kalt, ohne daß er sie angerührt hatte. Er berichtete ihnen nun

* Anspielung auf eine Passage aus dem Schelmenroman »El Lazarillo de Tormes«, anonym, 1554 (Anm. d. Ü.)

von seiner Begegnung mit einem Korsarenkapitän in Marseille und dessen Affen, der ihm ein gewandterer Diener sei als der bestgedrillte Sklave. Außerdem habe dieser Kapitän, der übrigens aus Flandern stamme, auch noch einen Knecht, der mit einem einzigen schrillen Schrei, präzise wie ein gut gezielter Pfeil, Glas zu durchdringen und es wie mit scharfer Klinge in unzählige Stücke zu zersplittern vermöge. Doch gingen die rätselhaften Fähigkeiten, über die der Diener aus unerklärlichen Gründen von Geburt an verfüge, über das »Zerschreien« von Glas noch hinaus, denn er sei auch in der Lage, allein mit der konzentrierten Kraft seines machtvollen Blicks Silberbesteck zu verbiegen.
Zwischen der Vorspeise und dem zweiten Gang erzählte er dann von einem Mann, der von der Idee besessen sei, fliegen zu können, und unter dem Vorwand, die Matratzen erneuern zu wollen, damit niemand Verdacht schöpfe, unter dem Vordach seines Hauses große Mengen Federn angehäuft habe. Die Verwirklichung seines Plans sei schon fast perfekt gewesen. Von den Tauben über die Geier bis zu den Adlern habe er den Flug der Vögel geduldig beobachtet und sorgfältig berechnet, in welchem Verhältnis das Gewicht des Federkleides zu dem des Körpers stehe, und bereits mit den Experimenten begonnen, sich selbst einzukleistern und die Riemen für die Flügel herzustellen, die er mit Armschwüngen habe betreiben wollen.
Die Geschichte des fliegenden Mannes erregte die Neugierde der Versammelten, alle wollten Einzelheiten wissen und stellten Fragen. Der Konsul argumentierte mit der größten Sachkenntnis, denn er kannte ein in London veröffentlichtes Buch von einem gewissen Francis Goldwin, in dem vom Abenteuer eines Burschen aus Sevilla die Rede war, Domingo González, der es bis zum Mond geschafft hätte.

»Aber er hat es anders gemacht als dein Bekannter«, sagte der Konsul sehr ernst. »Auch nicht mit geborgten Adlerflügeln, wie es schon im Altertum versucht wurde, sondern in einem Korb, vor den er mit einem Mechanismus aus Schnüren und Rollen fünfundzwanzig abgerichtete Gänse gespannt hat, auf die sich sein Gewicht so verteilte, daß sie es kaum spürten und mit Leichtigkeit fliegen konnten.«

»Das ist nichts als Schwindel und Teufelswerk!« unterbrach der Sattler Pons.

Aber der Konsul überhörte den Einwurf und versicherte, das habe er gelesen und das Buch könne er ihnen sogar zeigen.

»Ihr werdet es nicht verstehen, weil es auf englisch ist«, sagte er, »aber ich kann es euch übersetzen, wenn ihr wollt.«

»Ach, das wird's überhaupt sein!« ließ sich Pons wieder vernehmen. »Du kannst diese Sprache selbst nicht so gut und hast es falsch verstanden.«

»Und dieser Domingo hat tatsächlich den Mond erreicht?« fragte Miquel Valls gebannt, ohne Pons' spöttische Bemerkungen zu beachten.

»Allerdings! Und dort eine wunderbare Welt vorgefunden, viel besser als unsere. Die Mondmenschen sind größer, stärker und besser als wir, viel besser. Sie lügen nie, und ihre größte Tugend ist die Treue. Niemals haben Brüder einander verraten oder ein Freund den anderen … Schon wenn ein Kind geboren wird, lesen sie in seinen Zügen, ob es gütig sein und diese Tugend besitzen wird. Und wenn sie eine schlechte Veranlagung entdecken, kommen sie heimlich zur Erde und tauschen es gegen eines der unsrigen aus, gegen eines unserer besten …«

»Soll das etwa heißen, du glaubst das alles, Cònsol?« Nun war es der Kaufmann Jordi Serra, der sich einmischte. »Ich denke, dieser Domingo dürfte nicht mehr zu retten sein, und der Goldin oder Golvin oder wie er sich nennt, ist wohl nicht ganz richtig im Oberstübchen, wenn er ihm diese Geschichte abgenommen und sie auch noch aufgeschrieben hat!«

»Ich war natürlich nicht dabei«, sagte der Konsul, »aber ebensowenig hätte man Kolumbus geglaubt, und der ist immerhin bis nach Westindien gekommen!«

»Übers Meer, in Karavellen, wie es sich gehört!« empörte sich Serra erneut. »Der Mensch ist nicht dazu gemacht, die Luft zu durchqueren. Das steht allein den Vögeln zu.«

»Von wegen!« erklang Valleriolas dröhnende Stimme. »Ich weiß nicht, ob euch bekannt ist, daß der Prophet Habakuk von einem Engel durch die Luft von Judäa nach Babylon gebracht worden ist, um dem Propheten Daniel beizustehen. Engel, fliegende Dämonen, Hexen...«

»Hexen! Hexen!« überschrie ihn Caterina Bonnín, die bis dahin still gewesen war, sich jetzt jedoch, von diesem Wort plötzlich über die Maßen erregt, von ihrem Platz hochkämpfte und den Tisch verlassen wollte.

»Wir werden es nicht mehr erleben, aber der Tag wird kommen, an dem der Mensch die Luft beherrscht wie das Meer und die Erde, und es wird Schiffe geben, die den Weltraum durchqueren. Darauf könnt ihr euch verlassen!« sagte Valls entschieden.

»Übrigens, weil du gerade von Reiseberichten sprichst, Cònsol...«, begann Pere Onofre Aguiló. »Ich habe in einem alten Buch die Geschichte von einem Hahn gelesen, der bis in den Himmel flog und dort das Geheimnis der Schöpfung entdeckte. Er fand das Warum des Sternenlichts und der Mondphasen heraus und erkannte den Ursprung der Erdbeben und Winde, behielt es aber für sich.«

»Nun hör aber auf!« schnaubte der Konsul. »Das mit der Reise des Hahns soll wohl ein Witz sein! Dann glaubst du bestimmt auch, was der gute alte Äsop erzählt, daß zu Zeiten, als die Tiere redeten, Adler bis in den Himmel flogen. Und nicht nur Adler, sondern auch Kamele und sogar Käfer!«

Sie waren schon beim Quittenmus, als Costura, der mit großen Augen zugehört hatte, sich traute, Pere Onofre zu fragen, ob er ihm nicht genaueres sagen könne über diesen Bekannten, der fliegen wollte, wie er heiße und wo er wohne.

»Den Namen auf keinen Fall«, antwortete Pere Onofre, »und was seinen Wohnort betrifft, so ist der außerhalb von Mallorca. Aber wenn du eine Fluchtmöglichkeit suchst, Costura, würde ich an deiner Stelle einen Paß beantragen und auf dem Seeweg verschwinden. Das ist die sicherste Art, die ich kenne, von der Insel wegzukommen.«

»Ich rede doch nicht von mir!« gab Costura verstimmt zurück. »Ich habe überhaupt keinen Grund zu verreisen. Ich bin nur neugierig, sonst gar nichts.«

»Hab' schon verstanden«, fiel Pere Onofre ihm ungeduldig ins Wort, vielleicht weil ihn die Diskussion davon abhielt, weitere Abenteuer zum besten zu geben. »Wo wir gerade beim Meer sind«, sagte er daher schnell, damit ihm keiner zuvorkam. »Wo wir gerade beim Meer sind – wißt ihr, daß in Flandern ein paar kluge Leute damit beschäftigt sind auszurechnen, wie viele Schwämme nötig wären, um das Wasser aufzusaugen und eine Ecke Land zu gewinnen?«

»Da wäre es besser, Blasebälge oder Pumpen zu verwenden«, riet der Konsul, »das ginge schneller.«

»Wenn sie schon beim Erfinden sind, wäre es besser, sie würden eine Maschine zum Absaugen böser Gedanken erfinden«, schlug Gabriel Valls vor.

»Und eine«, ließ Pere Onofre sich erneut vernehmen, »die unsere Worte ganz genau wiedergibt...«
»Eine Maschine«, setzte Valls hinzu, »die sich alles merkt, ohne daß ein Wort fehlt oder verändert wird. So wären wir immer sicher, was wir tatsächlich gesagt haben und was nicht. Das wäre ein großer Fortschritt vor Gericht.« Er sah Costura bewußt an, aber dieser bemerkte es nicht, denn er hatte sich noch einen Nachschlag Quittenmus genommen und verschlang gierig den letzten Mundvoll, ganz dem köstlichen Geschmack hingegeben.

Der Abend verblaßte bereits zwischen den Wolken, als Costura zusammen mit Pons den Garten verließ. Der Sattler war ein wortkarger Mann, und so durchschritten sie schweigend das Tor von Sant Antoni und gingen rasch Richtung Quartera, wo sie sich verabschiedeten. Costura blickte noch drei-, viermal zurück, ob ihm jemand folgte, denn er hatte beschlossen, anstatt geradewegs nach Hause zu gehen, beim Kloster Montisiòn vorbeizuschauen, um zu sehen, ob Pater Ferrando ihn noch empfing. Er wollte ihn lediglich um Entschuldigung bitten und ihm erklären, warum er ihre Verabredung nicht eingehalten hatte, ohne ihm allerdings das Papier auszuhändigen. Denn während des Essens hatte er viel erfahren, interessant genug, noch hinzugefügt zu werden, insbesondere die Geschichte von dem fliegenden Mann, wobei er gleichzeitig die Anschuldigungen gegen seinen Vetter zu verringern gedachte. Um sie ganz zu unterdrücken, wie Valls ihm geraten hatte, war er dem Beichtvater zu sehr verpflichtet. Doch änderte er seinen Plan, als er seine Haustür erreichte und glaubte, die Gestalt Pere Onofres hinter sich erspäht zu haben. Er blieb stehen und ließ ihn herankommen. Aguiló grüßte freundlich, lehnte

jedoch ab, als ihn der Goldschmied, den Schlüssel in der Hand, ins Haus bat.
»Wir sehen uns sicher noch. Wann, hast du gesagt, reist du wieder ab?«
»Übermorgen.«
Der macht es richtig! dachte Costura, als sie sich verabschiedet hatten. *Mit der bloßen Zusage, immer wieder zurückzukehren, bekommt er schnell und einfach jeden Freibrief. Und seine Geschäfte laufen gut, wie man hört... Zumindest wirkt er reich und wohlgenährt und ist viel herumgekommen. Ein welterfahrener Mann. Wer weiß, ob er es nicht fertigbrächte, sich mit künstlichen Flügeln in die Lüfte zu erheben wie der Mann, von dem er spricht. Womöglich ist er es selbst...*
Costura sagte Polònia, er sei satt und würde nicht zu Abend essen, und schloß sich in seinem Zimmer ein. Er ging nicht einmal mehr auf die Terrasse an jenem Abend. Er war so müde, daß er beschloß, sofort ins Bett zu gehen, in der Hoffnung, der übermäßige Schlafmangel würde ihm endlich helfen, zur Ruhe zu kommen. Er entledigte sich sorgsam seiner Sonntagskleider und zog das Nachthemd über. Als er seine Sachen zusammenfaltete, um sie wegzulegen, fiel ihm das Papier, das er den ganzen Tag wie ein Skapulier auf der Brust getragen hatte, genau vor die Füße. Er schob es unter das Kopfkissen. Dann hängte er eine Lampe über das Kopfende, legte sich ins Bett, zog das Papier wieder hervor und begann zu lesen:

Jesus, Maria und Josef.
Ich, Rafel Cortès, genannt Costura, beginne mit dieser Niederschrift in der Nacht des Samstags, dem ersten Juni im Jahre des Herrn 1687, auf Wunsch meines Beichtvaters und zur Entlastung meiner Seele, Gott sei ihr gnädig.

Am vergangenen Donnerstag ließ mich mein Vetter Rafel Cortès alias Cap de Trons rufen, um mir mitzuteilen, daß ihm der Erzengel Rafel erschienen ist und ihm zum einen befohlen hat, mich zu maßregeln, weil ich das Alte Gesetz nicht befolge, und zum anderen für die Beschneidung seiner Söhne zu sorgen. Des weiteren sagte er, die erwähnten Söhne in derselben Nacht beschnitten zu haben, in der seine Tochter Aina verwundet in den Armen eines Matrosen auftauchte, wie Euer Ehrwürden bekannt ist. Des weiteren sagte ich zu Cap de Trons, er soll aufhören, mich zu belästigen und zu bedrohen, denn ich bin römisch-katholisch-apostolisch und werde nie wieder an das Gesetz Mose glauben, weshalb ich den Sonntag und nicht den Samstag heilige, Schweinefleisch esse und mir der Fisch mit Schuppen so gut ist wie der ohne. Und das war das ganze Gespräch, das ich mit Cap de Trons ohne jeden Zeugen an besagtem letzten Donnerstag in seinem Laden führte. Die Gnade Gottes Unseres Herrn sei mit mir, und die Heilige Jungfrau Mutter Gottes erbarme sich meiner.
Gezeichnet:
Rafel Cortès, Costura
7. Juni 1687

Inzwischen jedoch, nach diesem Sonntag im Garten, im Hinblick auf Valls' Angebot, für die Schulden zu haften, und Cap de Trons' Zusage, einen Teil des Geldes sofort zurückzugeben, war er nicht mehr sicher, inwieweit die Anzeige noch Sinn machte. Sollte tatsächlich ein Verfahren gegen seinen Vetter eröffnet werden, würde er, wie Valls sehr richtig bemerkt hatte, nie zu seinem Geld kommen, denn Cap de Trons' Besitz würde sofort beschlagnahmt. Nein, die Beschneidung durfte er auf keinen Fall erwähnen, und er

mußte die Vorwürfe gegen seinen Verwandten unbedingt abmildern. Jedoch würde Pater Ferrando ihn in diesem Fall womöglich der Verschleierung bezichtigen, womit nicht nur der Auftrag für die Monstranz in Gefahr wäre, sondern sein gesamtes Vermögen und, wer weiß, vielleicht sogar sein Leben. Es war nicht zu ändern. Er würde das geschuldete Geld verschmerzen und im Einvernehmen mit seinem christlichen Gewissen handeln müssen, das ihn, wie ihm der Geistliche so oft und eindringlich vor Augen führte, unweigerlich zwingen sollte, die Interessen der Kirche zu wahren. Und die verfolgte ja keine Juden, sondern war lediglich darauf aus, jenen schlechten Christen eine Lehre zu erteilen, die sich, nachdem sie die Taufe empfangen hatten, ketzerisch von der Gnade Christi abkehrten.
Weist mir den Weg, Herr! flehte Costura. *Zeigt mir, wie Eure Gerechtigkeit offenbar werden kann, ohne daß ich zum Verräter werden muß... Und wenn Pater Ferrando, der sich im Räderwerk der Inquisition auskennt und über ihr Schalten und Walten bestens Bescheid weiß, das Tribunal dazu bewegen könnte, mir das Geld zu erstatten, das mein Vetter mir schuldet – als Gegenleistung für mein Schreiben sozusagen?*
Dem Beichtvater gegenüber hatte er von den Schulden nicht gesprochen, um nicht den Verdacht zu erregen, er werde von Rachegelüsten getrieben. Jetzt aber würde er ihm alles sagen. Sein ganzes Leben lang hatte er von Cap de Trons nichts als Fußtritte bekommen. Außerdem war Cap de Trons schon alt, und der Prozeß konnte sich ja noch verzögern... *Ich habe überhaupt nichts davon, die Anzeige zurückzuhalten,* dachte er mit wachsender Entschlossenheit. *Da kann Valls mich lange bitten, in seinen Garten einladen und mir mit Geschichten von fliegenden Männern kommen!*

Was den erholsamen Sonntagnachmittag im Garten und den köstlichen Schmaus betraf, war Costura bereit, sich auf die Bewässerungsaktivitäten zu beschränken und höchstens noch den Scherz des Sattlers über das fehlende Schmalz in der *coca* zu erwähnen – was ihm selbst gar nicht aufgefallen war – und daß Pere Onofre einen auswärtigen Bekannten hatte, der sich ein Paar Flügel bastelte. Erschöpft vom Grübeln, schloß er die Augen und schlief ein, das Papier noch immer in der Hand. Er erwachte um Mitternacht, schweißgebadet und verängstigt von einem Traum, in dem riesenhafte, starke Männer ihn gegen ein Kind in einer Wiege austauschten, während die Schwester – selbst noch zu klein, um zu verhindern, daß dem Säugling kein Eindringling zu nahe kam – einen Augenblick nicht aufpaßte. Beklommen von dem sonderbaren Traum, stand er auf und betrachtete sich im Spiegel, voller Furcht, daß der Traum wahr sein könnte und man den, der er zu sein glaubte, wirklich eines Nachts gegen jemanden vom Mond ausgetauscht hatte.

Vier

Gabriel Valls verabschiedete die letzten Gäste und zog sich in die abendliche Kühle des Orangenhains zurück, nur der Konsul war noch bei ihm. Dieser begann das Gespräch, kaum daß sie sich im dichten Schutz der Obstbäume in einem stillen Winkel niedergelassen hatten, wo sie niemand belauschen konnte. Er sagte, er habe sich den ganzen Tag über auf die Zunge beißen müssen, um nicht mit der Frage herauszuplatzen, was Costura, mit dem er niemals gerechnet hätte, hier verloren habe. Doch wie er den Rabbi kenne, vermute er, daß es wohl einen Grund geben müsse, der ihm entgangen sei. Nicht umsonst achtete auch er Valls als den geistigen Führer der mallorquinischen Juden und rief ihn Rabbi wie alle anderen, wenn man unter sich war. Daher war ihm sauer aufgestoßen, zu sehen, mit welcher Zuvorkommenheit Costura behandelt wurde. Gabriel Valls schmunzelte über den Argwohn seines Freundes, ohne ihn zu unterbrechen. Erst auf dessen direkte Fragen – *Hast du ihn überzeugt, Rabbi? Gehört er wieder zu uns? Wird er zum Alten Gesetz zurückkehren?* – und nachdem er ihm das Versprechen abgenommen hatte, Stillschweigen zu bewahren, rückte er damit heraus, daß Costura Cap de Trons mit einer Anzeige bei der Inquisition gedroht habe und daß er Costura hierher geholt habe, um herauszufinden, inwieweit der verrückte Vetter die Wahrheit sage. Valls erklärte, er habe mit der Einladung eine doppelte Absicht verfolgt: Einerseits wollte er Costuras Vertrauen gewinnen, ihm das Gefühl geben, nicht ganz ausgeschlossen zu sein; und andererseits wollte er ihm zeigen, daß auch die maßgeblichen Leute im Carrer den Sonntag auf die gleiche Weise verbrachten wie die übrigen Bewohner der Stadt. Costura sollte mit eigenen Augen feststellen können, daß im Garten keine jüdischen Versammlungen abgehalten wurden, jedenfalls nicht am Sonntag, wie einige Kirchenmänner argwöhnten. Dafür sprach auch die regelmäßige Anwesenheit des Sattlers Pons und des Kaufmanns Serra, auf die er Costura schon vor der Ankunft des Konsuls ausdrücklich aufmerksam gemacht hatte. Natürlich konnte er den Goldschmied nicht leiden. Für ihn, der die Ansicht vertrat, ein Mann zeichne sich vor allem dadurch aus, daß er seinem Stamm und den von alters her gemeinsam gepflegten Traditionen die Treue halte, war Cortès ein erbärmlicher Kerl. Darum war er dem Konsul insgeheim dankbar für seine Bemerkung über die Mondmenschen, die auf Costura, obgleich er nicht darauf eingegangen war, wie der giftige Biß eines Skorpions gewirkt haben mußte. Valls bewunderte die Fähigkeit des Konsuls, immer zur rechten Zeit das passende Wort parat zu haben, und beneidete ihn um sein vielfältiges Wissen, das er sich fast ausschließlich aus fremdsprachigen Büchern angelesen hatte. Jedoch mißfiel ihm seine Angewohnheit, in alles seine Nase zu stecken und die Dinge unter die Lupe zu nehmen.

Nachdem Valls ihm die Gründe für die Einladung Costuras dargelegt hatte, bestritt der Konsul die Unterhaltung allein, gab seiner Geringschätzung für den Goldschmied Ausdruck, erinnerte Valls an einzelne Vorfälle, die dieser zur Genüge kannte, ließ sich über Costuras Frömmelei aus, seine pfäffische Art, sich die Hände zu reiben, und seine Miene des reuevollen Eremiten, die er beim Beten aufsetzte. Der Rabbiner hörte kaum zu, sondern suchte vielmehr nach einer Gelegenheit, ihn zu unterbrechen, um endlich das zur Sprache zu bringen, weswegen er ihn gebeten hatte, noch zu bleiben. Doch gleichzeitig zögerte er und wünschte sich, der Konsul selbst möge das Thema anschneiden, denn er ahnte, daß es ihn aufwühlen und unweigerlich ein Funkenregen alter Gefühle auf ihn niedergehen würde. Noch immer, trotz seines Alters, schien beim Gedanken an Blanca Maria Pires eine seltsame Schwäche seine Glieder zu befallen, die sich seines ganzen Körpers bemächtigte und seine Knochen bis ins Mark zersetzte, als weiche er innerlich auf und schmelze in wässrigen Säften bis zur völligen Auflösung. Die Erkenntnis, mit welcher Wucht ihn jedesmal die Erinnerung an Blanca überkam, war für Valls – der sich niemals, nicht einmal in seiner Jugend, von solchen Gefühlen hatte hinreißen lassen und jede Art lüsterner Phantasien entschlossen abwehrte – schlechthin unerträglich. Er rang um Fassung. Eine Pause des Konsuls nutzend, der noch immer über Costura herzog, überfiel er ihn mit der Frage, ob er mit dem Matrosen gesprochen habe.

»Ja. Heute morgen habe ich den Kerkermeister überreden können, mich zu ihm zu lassen. Er tut mir leid. Er ist ein armer portugiesischer Bursche namens João Peres und kommt aus Antwerpen. Er glaubt, daß er den Rest seines Lebens im Gefängnis schmachten wird. Du kannst dir nicht vorstellen, wie oft er sich bedankt hat, als ich ihm sagte, daß ich als Konsul der Engländer von seinem Kapitän den Auftrag erhalten hätte, alles für seine Befreiung zu tun. Morgen oder übermorgen läuft ein Schiff nach Livorno aus, und wenn alles klappt, wie ich hoffe, werde ich Giacomo Tadeschi überzeugen können... erinnerst du dich an ihn?«

»Cònsol, das ist alles schön und gut und spricht sehr für deine Rechtschaffenheit, aber was ich wissen will, ist, was er dir von Harts erzählt hat. Und vor allem, was er dem Büttel gesagt hat.«

»Das war das erste, was ich ihn gefragt habe, Rabbi, das allererste!« fuhr der Konsul auf. »Was er von Harts weiß und ob er ihn geschickt hat. Er sagt, er habe Harts in Antwerpen kennengelernt und ihn von einer Dame erzählen hören, die dem Kapitän auf seiner letzten Mallorcareise ihre Gunst geschenkt habe und deren Schönheit jener Frau gleiche, von der er selbst oft geträumt habe. Und deshalb, aufgrund dieser Übereinstimmung und seiner Überzeugung, er würde mehr Glück haben als Harts, sei er nach Mallorca gekommen. Jedoch hatte weder Harts je den Namen der Dame genannt, noch hatte er ihn herausfinden können. Das ist alles, was er dem Büttel gestanden hat. Ich habe ihm versichert, daß der Kapitän ihn belogen haben müsse, denn hier in Ciutat gebe es keine Dame wie die, die er mir beschrieben habe, und daß derartige Geschichten von verführerischen, grausamen Frauen, die ihre Bediensteten nach Fremden losschickten, um sie zu beglükken, unter den Seeleuten in Mengen kursierten.«

»Ziemlich arglos, der Junge, wenn er die Wahrheit sagt...!«

»Ich glaube schon. Ich habe ihn sehr enttäuscht, als ich die Existenz seiner Dame leugnete. Er hoffte, es besser zu machen als Harts...«

»Verfluchter Harts! Dreckskerl! Wir hätten ihn fertigmachen sollen...«

»Du weißt ja, Rabbi, was ich von dem halte, was geschehen ist. Harts war nicht allein schuld. Ich glaube, es war nicht der richtige Weg, daß die Senyora...«

»Cònsol, ich verbitte mir... Ich kann vielleicht deine Meinung nicht ändern, aber halte wenigstens den Mund. Blanca

Maria Pires hat einen guten Teil ihres Vermögens und ihren Ruf aufs Spiel gesetzt, um uns zu helfen. Sie verdient nichts als Respekt und Dankbarkeit!«
Ein Gärtner näherte sich, um den Konsul zum Tor von Sant Antoni zu begleiten, das bald geschlossen werden würde, und verhinderte so, daß die beiden sich erneut über das alte Thema in die Haare gerieten. Valls verabschiedete seinen Freund und zog sich wieder in den Obsthain zurück, um noch eine Weile zwischen den Beeten zu spazieren, der anbrechenden Nacht zu lauschen und ganz allein die Sterne zu betrachten. Dies tat er, sooft es ihm möglich war, bevor er sein Abendgebet verrichtete. Doch die Sterne, die am Junihimmel klarer und näher schienen als sonst, besänftigten ihn nicht, schürten eher noch seine Unruhe, denn in einer Sommernacht wie dieser, weit und leuchtend, hatte er zum erstenmal lange genug mit Blanca Maria Pires gesprochen, um zu begreifen, daß diese Frau anders war als alle, die er je kennengelernt hatte. Nicht nur das Veilchenblau ihrer Augen und ihr rotleuchtendes Haar, in dem die Strahlen der grellsten mittäglichen Augustsonne gefangen schienen, sondern besonders ihr Mut und ihre Gelassenheit erhoben sie über alle anderen. Zwar war er ihr vor jener Nacht schon ein paarmal begegnet, weil er geschäftlich mit ihrem Mann zu tun hatte, doch nie war ihm mehr als ihre Schönheit und ihre Liebenswürdigkeit aufgefallen. An jenem Abend jedoch, als er sich zu ungewohnter Stunde von ihrem Diener ankündigen ließ und bat, vorgelassen zu werden, lernte er ihre Intelligenz und Seelenstärke kennen. Noch ehe er ein Wort gesagt hatte, erriet sie, daß die Nachrichten von ihrem Mann schlimmer nicht sein konnten. Aber erst als er ihr den Ehering mit ihrem eingravierten Namen zurückgab, brach sie in Tränen aus. Doch sie schrie nicht, noch raufte sie sich die

Haare, wie es die Frauen, die er kannte, getan hätten, sie rief nicht einmal nach den Mägden. Sie weinte lange, ohne zu schluchzen, ohne ein Stöhnen. Ganz in ihr Leid versunken, schien sie nicht wahrzunehmen, daß Valls dicht neben ihr saß und seine Arme sie kurz umschlangen, als er glaubte, die Schreckensnachricht müsse ihr die Besinnung rauben. In diesem Augenblick hatte ihr Haar, nach Jasmin und lauer Weiblichkeit duftend, leicht seine Wange gestreift, und diese Mischung war seinem Geruchssinn so in Erinnerung geblieben, daß sie ihn seither immer wieder anwehte, wenn er an Blanca Maria Pires dachte. Ihr Duft war der Duft von Judiths Haar, auch wenn die Bibel keinen Jasmin erwähnte. Von diesem Tag an sollte ihm der Jasmin jedes beliebigen Gartens das Andenken an das Haar der Witwe seines Kompagnons Guillem Sampol zurückbringen, über deren Interessen er mit mehr Hingabe wachte als über seine eigenen.

Gabriel Valls empfand Reue, wie immer, wenn seine Erinnerungen ihn in Versuchung führten, und überlegte, welche Kasteiungen sein altes, welkes Fleisch wohl verdiene, da es doch, kaum daß seine Wurzeln ein wenig Saft bekamen, immer wieder aufzuleben schien. Dabei wußte er, daß er seinem Leib unrecht tat, denn der Stachel der Begierde war verborgener, unkontrollierbarer Natur und entsprang einer Fähigkeit der Seele, dem Erinnerungsvermögen, das er nicht abzutöten und somit zu zwingen vermochte, dem Vergessen anheimfallen zu lassen, was es ihm mit solcher Deutlichkeit vorhielt. Häufig tauchten die verstörenden Bilder der Vergangenheit unvermittelt auf, ohne daß er sie im geringsten gesucht hätte, in den unpassendsten Momenten, wenn er mit allen Sinnen im Gebet zu Adonai zu sein glaubte, wenn er einen geschäftlichen Vertrag abschloß oder sich bemühte, seinen Kindern das Gesetz Mose nahezubringen.

Die Erinnerungen quälten ihn, weil sie ihm das Gefühl gaben, schwächer und viel sündiger zu sein, als er jemals angenommen hatte. Lüsternheit war etwas, das unwürdigen Menschen zukam, Menschen, die den Tieren allzu ähnlich waren. Sie an sich selbst erkennen zu müssen demütigte ihn. Zugleich setzte er seine ganze Willenskraft ein, um den Verlockungen des eigenen Gedächtnisses zu widerstehen. Die Vernunft überwachte den Zweikampf der Kräfte, in dem sich im allgemeinen der Wille gegen die übel zugerichteten Erinnerungen durchsetzte. Der Wille ermöglichte ihm, Blanca als die Witwe eines Freundes zu lieben, wie eine Schwester, mit der ihn nicht nur die Treue zu dem Toten, sondern auch viele gemeinsame Interessen verbanden – eher geistige als weltliche. Denn geistiger Natur waren ihre Gespräche über die Seele und das Paradies, selbst die über die Liebe, ein häufiges Thema, die Liebe der Seelen – darauf legte Blanca Wert –, frei von körperlichen Fesseln, eine reine Liebe, deren Reinheit über die geheime Leiter zum Himmel führt. Die Seelen, behauptete sie, sind weder männlich noch weiblich. Die Seelen sind gleich und haben dieselbe Pflicht, vollkommen zu werden. Nur die Tatsache, daß sie in unterschiedlichen Körpern wohnen, ist es, was sie augenscheinlich verschieden macht. Ihm schien das alles sehr gewagt und sogar gefährlich. Meist zog er es vor, das Gespräch in vertrautere Bahnen zu lenken oder zumindest in Bereiche, in denen er über unerschütterliche Überzeugungen verfügte, wie sein Vertrauen in die Ankunft des Messias, auf die er derartige Hinweise hatte, daß ihr unmittelbares Bevorstehen zu vermuten war.

»Erzähl es mir genau, Rabbi! Wenn ich das erleben dürfte, ich wäre die glücklichste Frau auf Erden!« Und ihre Augen leuchteten noch heller.

Dann pflegte er mit der Stelle anzufangen, wo der Prophet Daniel sagt, daß die vollkommene Erlösung erst eintreten könne, wenn sich das gesamte Volk Israel in der Diaspora befinde, und anschließend berief er sich auf einen Text des Deuteronomium, der davon sprach, daß die Zerstreuung sich über die ganze Welt erstrecken müsse, von einem Ende der Erde zum anderen. Er hatte in Erfahrung bringen können und verfügte sogar über schriftliche Belege, daß Aaron Levi Montesinos – ein Reisender und einer der ihren, Marrane, der von den Nichtjuden Antonio de Montesinos genannt wurde – im Jahre 1642 in der Nähe von Quito in Ecuador Eingeborene entdeckte, die Nachkommen der verschollenen Stämme von Levi und Ruben waren... In England, am Ende der Welt, fingen die Juden an, gewisse Vorrechte zu haben. Cromwell erlaubte den nach Holland Verbannten die Rückkehr... Wenn die Juden in England ihren Kult wieder unbehelligt praktizieren dürften, was der Konsul für mehr als wahrscheinlich hielt, dann wäre die vollkommene Zerstreuung bald erreicht, stünde die messianische Erlösung also unmittelbar bevor, und die Ankunft des Messias würde ihren Leiden für immer ein Ende setzen.

»Der Messias wird die Juden aus allen vier Teilen der Welt sammeln, sie ins Gelobte Land zurückführen, und der Tempel Salomos wird wieder errichtet werden... Der Messias wird uns ein neues Herz geben, ein Herz ohne Schlechtigkeit...«

Dabei mußte man allerdings bedenken, daß die Niederlassung einer jüdischen Gemeinde in England laut den Informationen des Konsuls derzeit nur geduldet, nicht etwa gestattet war. Und das war nicht dasselbe, sondern bedeutete vielmehr, daß der Gedanke an die Ankunft des Messias wohl noch eine Weile brauchte, um mehr als nur ein sehnlicher

Wunsch zu werden. Doch er, Gabriel Valls, den sie den Rabbiner nannten – Gabriel Valls de Valls Major, Sohn des Kaufmanns Miquel Valls, Enkel des Gabriel Valls vom gleichen Stand, Urenkel von Miquel Valls, Wundarzt, Ururenkel von Gabriel Valls, auch Absalom genannt, Physiker, aus der Sippe des Jafuda Cresques, dem Kartographen –, wollte diese Hoffnung nicht anzweifeln, so wie weder sein Vater noch sein Großvater oder der Großvater seines Großvaters gezweifelt hatten, alle unverrückbar in ihrer Treue zum Alten Gesetz und überzeugt, daß die Zeiten der Erniedrigung und Schmach, Zeiten großen Elends und Unheils, Zeiten der Wölfe, rauhe Zeiten, schändliche Zeiten, Zeiten der Skorpione, nur Wartezeiten waren, Prüfungszeiten, die Adonai, der Allmächtige Herr, Gott des Himmels und der Erde, ihnen auferlegte. Er leugnete dies nicht wie Costura, der dem Gesetz seiner Väter abgeschworen hatte. Er stellte es auch nicht in Frage wie Miquel Miró oder die Gebrüder Valleriola. Er wußte, weil es ihm ins eigene Herz geprägt, auf die eigene Haut geschrieben, auf die Seele gedruckt war, daß nur dieser Weg zur Erlösung führte, daß die Christen mit ihren Kirchen voller Bildnisse, die sie anbeteten, denen sie Kerzen anzündeten und Almosen spendeten, mit ihren Reliquien aus sterblichen Resten und Kleidern nichts waren als ein Haufen Götzendiener, einem Irrtum erlegen, indem sie dem Goldenen Kalb Opfergaben und Lobpreisungen darbrachten, statt den wahrhaftigen Gott zu ehren. Er hatte das Glück, als Jude geboren zu sein wie sie, wie Blanca Pires, und wie sie, die unter seinem Einfluß auf den rechten Weg zurückgekehrt war, wollte er als Jude sterben. Er war stolz auf seine Herkunft, älter und nobler als die sämtlicher Kaufleute von Ciutat, die dank ihrer Goldunzen zu Familienwappen gekommen waren und ihre selbstverliehene Adelswürde mit dem Profit aus ihren Kapergeschäften aufrechterhielten, vorgebliche Nachkommen der katalanischen Eroberer, die nach Mallorca kamen, als die Juden schon längst etabliert waren, schöne Häuser, Vermögen und gute Berufe hatten, mit denen sie rechtschaffen ihr Leben bestritten und eine herrliche Synagoge unterhielten. Wenn dieses Land also irgend jemandem gehörte, diese geliebte Insel, dieses wie ein Wunder aus dem Blau der Wellen aufgetauchte Paradies, dieses kleine Reich, abgeschlossen wie die heilige Lade der Gesetzestafeln, dieses Gelobte Land, das einzig denkbare Gelobte Land, wie sein Vater in den schwersten Tagen sagte, dann ihnen, den Juden. Und auch den Bennàssers, Arroms, Alomars, Aimerichs, Maimós ... obwohl ihn jeder mit diesen Familiennamen für einen Verrückten halten, zum Teufel jagen und mit einem Handstreich zum Schweigen bringen würde, falls er es wagen sollte, ihnen zu sagen, sie könnten stolz darauf sein, von Mauren abzustammen. Von wahren Mauren, friedliebenden Menschen, nicht von diesen Piraten, die zumeist aus Algerien kamen und mit ihren Raubzügen die kleinen Küstendörfer in Angst und Schrecken versetzten, alles, was sie fanden, niedermetzelten und nur das Leben derer verschonten, die sie als Sklaven verkaufen konnten. Nicht von diesem maurischen Pack, sondern von den Herren, die in diesem Land geherrscht hatten, den Mauren, die den Juden eine lange Friedenszeit beschert und ihnen erlaubt hatten, ihre Religion auszuüben. Aber nie wieder würde er es wagen, dies jemandem anzudeuten, der Bennàsser oder Arrom hieß, so groß seine Freundschaft mit ihm auch sein mochte, sosehr er ihn auch liebte und glauben mochte, daß diese Vertraulichkeit sie noch enger verbinden müßte, dieser Gedanke an eine gemeinsame Vergangenheit, soviel glorreicher als die Zeit, die sie jetzt durchzustehen hatten.

Llorenç Bennàsser ist vierzehn Jahre alt wie er selbst, und sie kennen sich von klein auf, seit er, Gabriel Valls, ihm beigebracht hatte, mit einem Stein einen Salamander zu treffen, und ihm die Waffe schenkte, um die ihn die anderen Kinder so beneideten, seine Schleuder. Doch Bennàsser hat ihn nicht verstanden. *Ich? Ein Maure?* hat er geschrien und ihn dabei geschüttelt, ohne ihn jedoch aus dem Gleichgewicht bringen zu können, denn Bennàsser ist kleiner und schwächer und hat feine Knochen wie ein Mädchen. *Das nimmst du zurück, du Tier, du Dreckvieh! Was hab' ich mit dir zu schaffen,* xueta*? Mit den Nägeln, die ihr geschmiedet habt, um den Herrn Jesus ans Kreuz zu schlagen? Judenhund, Scheißjud!* Und Valls befreit sich mit ein paar Handgriffen, sagt ihm sogar noch, er solle es ihm nicht übelnehmen, er habe ihn nicht beleidigen wollen, daß vielmehr er es sei, der jetzt ihn beleidige… Doch Bennàsser hört nicht auf ihn, läuft schluchzend und schreiend weg, und plötzlich wendet er sich um und zischt, eines Tages würde er ihn zwingen, ihm den Schwanz zu zeigen, den alle Juden hätten, wie sein Vater sage, einen Schwanz, der aus dem Hintern hänge, einen Teufelsschwanz… Er sieht sich wieder vor einer Horde Jungen davonrennen, Bennàssers Nachbarn, die ihn an einem Markttag durch das Tor von Sant Antoni jagen. Auf seiner Flucht springt er über Gemüse, weicht Tontöpfen aus, umrundet Teller und Schüsseln, scheucht Hennen und Truthühner auf. Die Verkäufer zetern und verwechseln den Aufruhr mit einem Spiel, nur ein paar tobende Bengel, die Fangen spielen. Er will die Straße Butseria erreichen, dann wäre er gleich zu Hause und würde sich in der hintersten Kammer verkriechen, im Schatten seines Vaters oder unter den Röcken seiner Mutter, wenn es sein muß. Er hat Angst. Große Angst. Doch ist es nicht die Tracht Prügel, die er fürchtet. Er fürchtet vor allem die Erniedrigung, fürchtet, daß sie ihm die Hosen runterziehen und wegnehmen und daß er mit nacktem Hintern nach Hause zurückmuß, wo sein Vater ihn zur Belohnung durchhauen würde wie einen Hund. Er kennt die scharfen Schläge seines Hosengurts, und die will er so selten wie möglich spüren. Er rennt in wildem Entsetzen, verfolgt von den Beinen seiner Feinde und ihrem Gebrüll: *Jude! Zeig deinen Schwanz her!* In das Geschrei fallen jetzt auch die Marktleute ein, die inzwischen gemerkt haben, daß es sich nicht um kindlichen Unfug handelt, sondern um ihre Jungen, die hinter einem von den anderen her sind, und ihr Gelächter mischt sich mit dem Gegröle, über das sich hie und da eine Stimme erhebt, eine derbe, eine flötenhelle, die eines Bauern, die eines Knechts, die einer Bäuerin. Schon verfolgen ihn sechs oder sieben weitere Stimmen: *Los, Jungs, nichts wie ran, macht ihn fertig!* Aber er flieht weiter, rennt sich die Seele aus dem Leib, wie vom Teufel gehetzt. Er kann sich ihnen nicht stellen. Sie sind zu fünft gegen ihn. *Jude, Scheißjud, zeig uns deinen Schwanz!* Fast haben sie ihn, nur noch zwanzig Schritte, vielleicht fünfzehn, da sind sie über ihm. Sie grapschen nach seinen Kleidern, zerren sie ihm in Fetzen herunter. Schon ist sein Bein nackt, sein Schenkel, sein Hintern. *Nein, nein, laßt mich! Aufhören, aufhören!* Es reicht ihm. Er will sich nicht noch einmal dort auf dem Boden sehen, tretend, spuckend, fluchend und um sich schlagend. Er entledigt sich der Bilder dieses vor seiner eigenen Haustür entwürdigten Knaben, der er einmal war, entledigt sich mit Gewalt Llorenç Bennàssers schmieriger Hand, die nach seinem Penis greift. Nein, nie wieder will er diese Bilder sehen, auch nicht aus Mitleid oder Barmherzigkeit. Für sich selbst hat er davon nie viel übrig gehabt. Es ist

Ekel, es ist ein unendlicher Brechreiz, den sie in ihm auslösen. Deshalb versenkt er sie im tiefsten Schacht, verbirgt sie im geheimsten Winkel. Sie tun ihm weh, sie durchdringen ihn mit einem wirren Gefühl, in dem sich Haß und Rachegelüste zu einer dunklen Schlammbrühe vermengen. Sein Gesetz ist auf seiner Seite. Adonai verdammt ihn nicht. *Auge um Auge, Zahn um Zahn. Dafür wird er mit gleicher Münze bezahlen.* Und er wird exakt den gleichen Preis fordern. Jetzt ist es Llorenç Bennàsser, der mit halb heruntergelassener Hose an der Plaça Nova vorbeirennt, und er, Gabriel Valls, ist mit einem Pflock hinter ihm her, dem Pflock, den er ihm genau ins Arschloch rammen wird, damit er lernt, wie ein Hundsfott zu einem Schwanz kommt. *Kindereien*, meint abwinkend der Büttel, denn in der vergangenen Nacht sind in Ciutat schwerwiegendere Dinge vorgefallen als ein Streit zwischen Halbwüchsigen, selbst wenn einer davon aus dem Carrer ist. Dem verschlafenen Büttel dröhnen noch die Glocken sämtlicher Kirchen in den Knochen, der Glokkensturm, den die Glocke von Santa Magdalena entfesselt hat, als sie kurz nach Mitternacht die ganze Stadt mit ihrem Bronzegetöse aus dem Schlaf riß. Er, Gabriel Valls, der noch wacht, hat gehört, wie zuerst die *Figuera* in Ciutat und der *Eloi* von der Kathedrale antworteten, dann, ohrenbetäubend nah, die Glocke von Santa Eulàlia und nach und nach Sant Jaume, Sant Nicolau, Santa Creu ... *Was ist los? Was ist los?* fragt seine arme Mutter, die, von dem Lärm geweckt, erschrocken im Nachthemd durchs Haus wandert. *Das muß ein Angriff der französischen Flotte sein*, sagt sein Vater, *aber es sind gar keine Kanonen zu hören.* Bald erfahren sie den Grund für den Wirbel. Der Graf von Ayamans hat seine Frau aus dem Kloster von Santa Magdalena entführen wollen, wohin sie geflohen war, nachdem er ihr Flehen überhört und sie verlassen hatte, um an den Hof zu gehen. Und während der Graf flieht und sich versteckt und die Männer des Büttels die Leitern einsammeln, die Ayamans und seine für den Überfall rekrutierten *bandejats* zurückgelassen haben, überlegt Gabriel Valls, ob nicht morgen – vielmehr heute, denn es ist fast drei Uhr morgens – ein guter Tag sein könnte, Bennàsser zu stellen. Denn sollte dieser auf die Idee kommen, ihn anzuzeigen, wäre der Büttel viel zu beschäftigt, um sich darum zu kümmern.

Nein, er gefällt sich auch jetzt nicht, wie er, den Stock in der Hand, dem verängstigten Bennàsser nachläuft, der kaum Widerstand leistet, weil er ein Feigling ist und ganz allein. Er hat ihn gezwungen, zu seinen Füßen niederzuknien und seinen Befehlen zu gehorchen, ohne daß Bennàsser, weinend und jammernd, den geringsten Widerstand gewagt hätte. Er hat sich gefügig selbst die Hosen heruntergezogen und seinen Arsch dem Stock hingehalten, den ihm Gabriel Valls voll Wut und Ekel zwischen die Backen gerammt hat, bis das Blut floß. Anschließend hat er ihn bis in die Nähe von Sant Nicolau gehetzt, wo Bennàssers Vater eine Schenke betreibt, und ihn hineingehen sehen, die Hände auf dem Hintern. Nein, nein, auch diese Bilder wehrt er ab, heftiger noch als die vorigen, auch wenn die Gerechtigkeit auf seiner Seite war. Er hat ihm nur seine verdiente Strafe gegeben, und zwar allein, ohne jede Hilfe. Sein Vater hat ihn nicht gescholten, aber er fühlt sich im Unrecht, sehr niedergeschlagen und empfindet keine Befriedigung. Und nach all den Jahren sieht er noch immer die angstvollen Augen Bennàssers, während er ihm aufs Wort gehorcht, diese Augen eines Schafs auf dem Weg zur Schlachtbank, diese Augen, in denen er einen Funken dunkle Begierde, eine finstere Lust zu entdecken glaubt. Als Erwachsene taten sie wie Unbekannte, wenn sie einander begegneten, doch bemerkte Gabriel Valls, wie Bennàsser ihm aus den Augenwinkeln nachsah, kaum daß er vorüber war. Eines Morgens erwachte Ciutat mit der Nachricht, daß der Weinhändler von Sant Nicolau, Junggeselle, erstochen worden war. Der sofort geständige Täter, ein Maurensklave von Can Torrella, hatte ihn umgebracht, um seinen Vergewaltigungen zu entgehen. Die Begründung half ihm nicht. Er wurde erhängt und sein Kopf zur Abschreckung auf das Kerkergitter gesteckt.

Gabriel Valls wunderte sich, warum ihn in der Stille des Gartens, in der Geborgenheit der Juninacht ausgerechnet diese wilden Erinnerungsbilder überfallen hatten und wie er von dem verwirrenden, doch stets angenehmen Andenken Blanca Pires' auf seine Jugendzeit gekommen war, die ersten Anfeindungen, die ersten Scherereien wegen seiner Art und Herkunft. Im Laufe seines Lebens hatte er begreifen müssen, daß er anders war und was es hieß, nicht akzeptiert zu werden. Er war wirklich anders, und er war stolz darauf wie alle mallorquinischen Juden, die in die Diaspora gekommen waren, von jenen Israeliten abzustammen, die Adonai, sein einziger Herr, mit Manna beschenkt hatte. Indem Er sie mit himmlischem Nektar und Ambrosia nährte, verlieh Er ihnen einen viel wacheren Geist als dem Rest der Sterblichen. Jedoch hatten sie dies nicht sich selbst zu verdanken, wie Gabriel Valls seinen Leuten immer wieder predigte, sondern Adonais unermeßlicher Großzügigkeit, sie zu Seinem Volk auserwählt zu haben. Sie aßen das Manna in der Wüste, Manna, das Gott ihnen gesandt hatte, der nur ihre Dankbarkeit verdiente, auch in schweren Zeiten wie diesen, wenn Gott zerstreut zu sein schien und sie nicht erhörte. Für einige von ihnen war es noch nicht lange her, daß sie den Kerker durchlitten und ihren gesamten Besitz eingebüßt hatten. Kaum daß die Casa Negra sie freigab, hatten sie ganz von vorn angefangen, schwer gearbeitet und waren wieder auf die Beine gekommen. Von den anderen, denen außerhalb des Carrers, hätte keiner etwas anderes fertiggebracht, als von Almosen zu leben und in einem Winkel auf den Tod zu warten. Ihnen aber, dem Volk Gottes, Elohims Volk, würde es mit Seiner Gnade gelingen, auch dieser Gefangenschaft zu entrinnen, wie sie der babylonischen entronnen waren. Unter den Ihren hatte es immer wieder Persönlichkeiten gegeben, bereit, sich derer anzunehmen, die der Führung bedurften. Plötzlich fiel ihm Esther ein, dann Judith, die Lieblingsheldinnen der Witwe Sampol. Ihre Königinnen. Und wieder hatte er das Gesicht der Frau vor sich, umgeben von dichtem Haar, dem dieser zauberische Jasminduft entströmte. Unwillkürlich hob er den Blick zu den Sternen. Die silberhäutigen Himmelstiere leuchteten hoch oben aus Angst vor ihrem Spiegelbild im Meer, wie sein Freund Sampol sagte, wenn er am Bug stand und dem Kapitän zusah, wie er den Kurs seines Schiffes nach ihnen ausrichtete. Von seinen Seereisen, seinen Fahrten nach Europa hatte er den Geschmack der Freiheit und des Überraschenden mitgebracht, der ihm, zurück auf Mallorca, nach und nach abhanden gekommen war. Doch lag das schon dreißig Jahre zurück, das waren andere Zeiten. Mit Unterstützung der Mendes' wäre es ihm ein leichtes gewesen, damals in Ferrara zu bleiben oder sich gar in Bordeaux niederzulassen, aber er wußte, daß er die leeren Stunden am Ende des Tages, die dunklen Stunden ohne die Seinen nicht ertragen hätte, daß er vor Schwermut gestorben wäre, ohne seine Eltern wiederzusehen, die schon zu alt waren, um die Insel zu verlassen. Als sie dann tot waren, hatte er nur mehr eines im Kopf: wegzugehen, dahin, wo er seiner Religion offen dienen durfte, sich nicht mehr verstecken, sich nicht mehr außerhalb seiner vier Wände wie ein Christ verhalten und ein erzwungenes, verlogenes Doppelleben führen mußte. Aber da kam er schon nicht mehr weg. Es wurden keine Pässe mehr bewilligt, um das Königreich zu verlassen und sich in Europa niederzulassen. Pere Onofres Paß war ein Geschenk, ein Glückstreffer, den er seinem Kompagnon Pere Desbrull verdankte, dem an Aguilós freiem Kommen und Gehen gelegen war. Nach ihm war es niemandem mehr gelungen. Es war ihnen allen verboten herauszukommen, aus dem Bau zu kriechen, aus der Falle zu flüchten. Man wollte sie aus der Nähe beobachten können, damit sie nicht wieder anfangen zu jüdeln, hieß es. Doch in Wahrheit ging es um ihr Geld. Das war es vor allem, was sie wollten, ihnen ungestraft die Früchte ihrer Arbeit stehlen.

In Livorno, hatte Pere Onofre gesagt, ist jeder reich. *Selbst ich, der ich kein großes Vermögen besitze, leiste mir eine Kalesche.* Hier kann das kein Jude. Nicht der geringste Luxus ist erlaubt. Auch keine Seide. In Livorno fährt Aguiló in der Kutsche an der Synagoge vor. *Niemand versteckt sich vor niemandem. Das ist das wahre Leben!* hatte er wiederholt. *Wir sollten einen Weg finden, daß du und der Cònsol …* Doch Gabriel Valls meint, es müßten mehr sein, denen eine Flucht ermöglicht werden sollte. Zumindest allen, die es nötig hatten … *A Liorna qui hi va no en torna. Wer nach Livorno geht, kehrt nicht zurück.* In Livorno lebt Blanca Maria Pires. Von dort hatten ihn über Bekannte und gemeinsame Freunde Geschenke und Grüße erreicht, aber nie ein geschriebenes Wort, nie ein Blatt Papier mit ihrer Handschrift, das er auswendig gelernt hätte, um es dann zu zerreißen und in einer Nacht wie dieser den hohen, stummen Sternen anzuvertrauen.

Fünf

Pater Ferrando empfing Costura eilig und verabschiedete ihn ebenso eilig. Er ließ ihn kaum erklären, warum er ihre Verabredung nicht eingehalten hatte, und interessierte sich auch nicht für die Einzelheiten der Versammlung in Gabriel Valls' Garten, die Rafel Cortès ihm berichtete. Weder lobte er sein Verhalten, wie es der Goldschmied eigentlich erwartet hatte, noch versicherte er ihn der Vergeltung Gottes für seine Unterstützung im Kampf gegen das Übel, das die Feinde der einzig wahren Religion zufügten. Auch sprach er nicht von der Monstranz wie am letzten Samstag.

Während Costura davonschlich, enttäuscht und leicht verwirrt, weil er damit gerechnet hatte, daß dieses Gespräch viel länger als ein paar Minuten dauern würde, überflog Pater Ferrando das Papier, das Rafel Cortès ihm ausgehändigt hatte, und verwahrte es wieder in der Tasche seiner Soutane bei dem Brevier, das er immer bei sich trug. Mit schnellem Schritt ging er ins zweite Obergeschoß zur Zelle von Pater Amengual, wo, wie jeden Montag um Punkt vier Uhr nachmittags, das literarische Treffen stattfinden würde, an dem außer ihnen beiden noch der Chronist Angelat, der Konfiskationsrichter des Heiligen Offiziums und ein Neffe des Vizekönigs teilnahmen. Pater Amengual, sein Rivale um das Amt des Rektors von Montisiòn, sollte unter vier Augen erfahren, daß er, Ferrando, ab sofort über einen Fürsprecher verfügte, der ihm einen unzweifelhaften Vorteil bei ihren Oberen sicherte. Dank seiner Überzeugungskraft, seiner in Liebe zum Erlöser entflammten Rede – so drückte er sich aus – sei es ihm gelungen, daß Rafel Cortès, Costura, eine Aussage unterschrieben habe, mit der er seinen Vetter Rafel Cortès, Cap de Trons, bei der Heiligen Inquisition anzeige; infolgedessen habe man die Möglichkeit, einen Prozeß zu eröffnen, in dem nachgewiesen würde, daß keiner der vor zehn Jahren Ausgesöhnten der katholischen Religion die Treue halte, vielmehr alle rückfällig geworden seien. Und deshalb fordere er ihn auf, seine Kandidatur für das Amt des Rektors zurückzuziehen, denn natürlich werde er das Papier sofort in Umlauf geben. Pater Amengual erwiderte nichts. Aufrecht stand er am Fenster und betrachtete den Leuchtturm und ein weites Stück Meer. Fünf Jahre war es her, daß man ihn – nach einer glänzenden Laufbahn, die in Valencia begonnen und in Manresa geendet hatte, wo er, aus welchem Grund auch immer, bei seinen Oberen in Ungnade gefallen war – nach Ciutat auf Mallorca versetzt oder, besser gesagt, abgeschoben hatte.

Oft schon hatte sich Pater Amengual an ebendiesem Fenster gefragt, warum jedesmal, wenn er kurz davor war, ein Amt, Pfründe oder eine Beförderung zu erlangen – ohne jede Fürsprache, ganz aus eigener Kraft – Amt, Pfründe oder Beförderung sich wie durch Zauberei vor ihm in Luft auflösten und einem Emporkömmling ohne jeden Verdienst zugesprochen wurden, einem, der zufällig oder irrtümlich an den Platz geraten war, der eigentlich ihm zugestanden hätte. Und nun sah es ganz danach aus, als sollte es ihm wieder so ergehen. Nachdem er fünf Jahre lang die Anordnungen der Oberen genau befolgt, im Auftrag der Wohltäter des Klosters Heiligengeschichten geschrieben und auf Weisung des

Ordensgenerals der Provinz Denkschriften und Berichte verfaßt hatte, jetzt, da alles wieder im Lot schien, kam Pater Ferrando mit seinem Ansinnen daher, er solle erneut auf das ihm Gebührende verzichten. Doch diesmal würde er nicht nachgeben. Bis zum General würde er gehen, sich, wenn nötig, nach Rom und Santiago wenden. Außerdem konnte er inzwischen diese fünf Jahre Arbeit vorweisen, die er jeder Empfehlung, über die Pater Ferrando verfügen mochte, entgegenhalten konnte. Seine Leistung sprach für sich. Er hatte sichtbare Beweise, daß man über seinen Schreibtisch hinaus gar nicht zu suchen brauchte. Dieser war von einer Menge Papier bedeckt, dem Ergebnis seiner durchwachten Nächte, seiner persönlichen Nachforschungen und Befragungen, aber auch seiner Verbesserungen und Streichungen, denn das Werk auf der Grundlage der heiligen Vita der Verehrungswürdigen Sor Noreta Canals sollte nicht nur ein Lobgesang auf Gott und ein Mahnmal für alle Sünder sein, sondern auch eine Sammlung stilistischer Ratschläge, die er in Erfüllung des Horazischen Gebots *delectare prodesse* – erfreue und nutze – bei dieser Art Bücher für sehr nützlich erachtete. *Und das muß der Schuft Pater Ferrando einsehen, so ungehobelt und einfältig er auch sein mag! Was für ein Werk hat er denn verfaßt, um es meinem entgegenzusetzen? Der kann nicht mal ein O mit einem Röhrchen machen! Lies nur, lies mein Manuskript, du Tölpel, während ich unbeweglich am Fenster stehe und so tue, als betrachte ich die Landschaft.*

So zahlreich und so ausgeprägt waren die Tugenden, die das untadelige Leben dieser im höchsten Maße vorbildlichen Nonne zum lebenden Abbild der Vollkommenheit erhoben, daß in ihr keinerlei Anzeichen einer Tochter Adams zu erkennen waren. Schon im Alter von wenigen Monaten verwei-

gerte sie an Fastentagen die Brust ihrer Amme, und ihre ersten Worte waren: »Ich will ein Nönnchen werden ...«

»Wie ich sehe, korrigiert Ihr bereits die Vita der Verehrungswürdigen. Das heißt wohl, daß Ihr sie bald in Druck gebt, Pater Amengual«, sagte Pater Ferrando geradeheraus.

»Das will ich meinen, und ich hoffe, daß meine eigenen Schriften zur Genüge für mich sprechen. Im Gegensatz zu Euer Hochwürden, Pater Ferrando, setze ich nicht auf fremde Papiere für mein Weiterkommen.«

Pater Ferrando schwieg, als müsse er den Hieb verkraften und suche eine vorteilhafte Position für den Gegenschlag. Pater Ferrando war im Gegensatz zu Pater Amengual nicht auf der Insel geboren. Er stammte aus Valencia, lebte aber schon seit über zwanzig Jahren in Ciutat und war stadtbekannt. Nicht nur, weil er vielen Leuten die Beichte abnahm, insbesondere den Bewohnern des Segell, sondern ebenso, weil er ein einflußreicher Mann war, wenn auch nicht ganz so wie in früheren Zeiten, als ihn der ehemalige Vizekönig zu seinem geistigen Führer erkoren hatte. Er strebte die Stelle des Rektors nicht an, um schnell eine höhere Stufe zu erklimmen und weiterzukommen, wie Pater Amengual es tat, sondern eher, weil sein Bruder, dem er acht Jahre voraus war, bereits seit drei Jahren das Kloster von Saragossa leitete, während er bald fünfundvierzig sein würde, ohne es je weiter als bis zum geachteten Beichtvater gebracht zu haben.

»Ich nehme an, Pater Amengual, daß Ihr uns heute, wie versprochen, mit der Lesung der wesentlichen Stellen Eures Buches ergötzt. Kennt die Vizekönigin das Manuskript schon? Ich hoffe, daß alles, was Ihr mit der Heiligkeit von Sor Noreta in Verbindung bringt, sorgfältig belegt ist. Ich erwähne das nur zu Eurem Besten. Derzeit kann jede noch so geringfügige Unrichtigkeit gefährlich werden ... etwas in der Art, daß sie schon als Wickelkind gefastet haben soll!«

»Ich habe mich bei der Tochter ihrer Amme erkundigt, die noch am Leben ist, und sie hat es mir bestätigt. Eine anständige Frau, wahrlich, eine Bäuerin aus Algaida von reinem Blut! Warum sollte sie lügen?«

»Ich will ja nicht behaupten, daß sie lügt. Ich sage lediglich, daß das einfache Volk, die Leute vom Land wie diese gute Frau, allzu leichtgläubig sind. Ihnen kann man weismachen, daß Esel fliegen.«

»Ich weiß nicht, ob sie glauben würden, daß Esel fliegen, doch sind die Zeiten, in denen wir leben, voll erstaunlicher Ereignisse. Ich jedenfalls bin sicher, Pater Ferrando, daß es Esel gibt, die reden.«

»Und welche, die außerdem noch muhen und ausschlagen.«

Diesmal war er schlagfertig, ging es Amengual durch den Kopf.

Das hat er davon! Was denkt der sich eigentlich! Esel und noch mal Esel! dachte Pater Ferrando. Beide verharrten stumm, als lauerten sie auf die nächste Attacke des anderen. Vielleicht hätten sie so noch eine gute Weile zugebracht, wenn nicht im Flur Stimmen zu hören gewesen wären. Es waren die des Chronisten Angelat und des Neffen des Vizekönigs, des Hauptmanns Sebastià Palou, der teilweise die Aufsicht über die Bauarbeiten an der Bastei von Sant Pere führte. Im Gegensatz zu seiner ansprechenden Erscheinung, die durchaus den Eindruck eines Mannes der Tat vermittelte, galt seine Leidenschaft der Schriftkunst, wenn sie auch nicht so ausgeprägt war wie die des Chronisten.

Pater Amengual ging hinaus, sie zu empfangen, wobei er versuchte, sich die Gereiztheit nicht anmerken zu lassen, in die Pater Ferrando ihn versetzt hatte. Mit der liebenswürdigsten Miene, die er zustande brachte, unter Kopfnicken und Händereiben bat er sie in seine Zelle, in der ein Laienbruder zuvor fünf Stühle für die Gesprächsrunde bereitgestellt hatte. Pater Salvador Ferrando, der nicht hinter Pater Vicent Amengual zurückstehen und deutlich machen wollte, daß er ihm nicht nur ebenbürtig, sondern überlegen war, empfing die Besucher mit beinahe beseeltem Lächeln.

»Pater Amengual und ich – insbesondere ich, der ich soviel ungebildeter bin – sind den Herren sehr verbunden. Ihr erleuchtet uns – insbesondere mich – jeden Montag mit Eurer Weisheit, und dank Eurer Gnaden erfassen wir oft erst den Lauf der Welt.«

»Pater Ferrando«, unterbrach ihn der Chronist, der gern spottete, »übertreibt nicht. Als ob die Jesuiten Klausurnonnen wären!«

»Das habe ich auch nicht sagen wollen, *misser* Angelat, nein…«, schränkte Ferrando unter dem messerscharfen Blick, mit dem sein Widersacher ihn durchbohrte, schnell ein. »Doch ist es etwas ganz anderes, draußen in der Welt zu leben als zurückgezogen in der Stille dieses Klosters, weit weg von den Geschäften der Außenwelt, wie Pater Amengual und meine Wenigkeit.«

Pater Amengual erwiderte nichts. Er ließ seine Gäste Platz nehmen, und als sie alle in den Lehnstühlen saßen, forderte er den Bruder, der sie herbegleitet hatte und an der Tür auf Anweisungen wartete, auf, den Konfiskationsrichter des Heiligen Offiziums heraufzuführen, sobald dieser eintraf, und dem Laienbruder Jaume Bescheid zu geben, er solle die *quartos embetumats* bringen, die, wie jeden Montag von den Klarissinnen gestiftet, er die Liebenswürdigkeit hatte, den Teilnehmern seines Gesprächskreises anzubieten.

Wie gewöhnlich genügte schon die bloße Erwähnung der *quartos* der Klarissinnen, daß der Chronist Angelat, dessen gackerndes Gelächter manchmal ohne ersichtlichen Grund losplatzte wie ein am Boden zerberstender Teller, seiner Begeisterung Ausdruck verlieh. »Die besten von ganz Ciutat!« schwärmte er, so köstlich, daß sie in seiner auf spanisch verfaßten und beinahe vollendeten *Historia de Mallorca* – seinem Meisterwerk allem Anschein nach – Erwähnung gefunden hatten. *Die Insel Mallorca,* so der Beginn, *übertrifft an Schönheit alle, die sich aus den Wassern des Mittelmeeres erheben. Die Vielfalt ihrer Landschaft, ihre hohen Berge, die beinahe mit den Wolken wetteifern, ihr Tiefland, ihre Wälder und Äcker machen sie zu einem Mikrokosmos, den die Hand der Göttlichen Vorsehung mit Großzügigkeit bedacht hat...*
Von diesem *incipit*, kürzlich in der Runde verlesen, waren alle sehr angetan gewesen, besonders der Neffe des Vizekönigs, der bereits die Reime für den Zehnzeiler erdacht hatte, der zusammen mit Gedichten anderer örtlicher Talente – darunter des ehrwürdigen Paters Amengual, der die Dinge frühzeitig anzugehen pflegte und ebenfalls bereits mit den Entwürfen begonnen hatte – das Buch seines Freundes einleiten sollte.
Sebastià Palou beneidete Bartomeu Angelat um die Leichtigkeit seiner Feder, die ihm selbst trotz seines beharrlichen Verkehrs mit den Musen versagt war. Nicht ein einziger Vers gelang ihm ohne Anstrengung. Als *der gemolkenen Brust ausgetrocknetes Euter* hatte er einmal seine leidvollen Versuche beschrieben, die eigene Eingebung zu malträtieren. Die gewählten Begriffe verfaulten ihm zwischen den Händen, so lange knetete er sinnlos an ihnen herum. Seine poetischen Ausgeburten waren immer blasse Geschöpfe, mißgestaltet, ohne Lebenskraft, und noch dazu die Früchte

unendlich langer Schwangerschaften, aber nicht gleich der einer Frau, sondern eher der einer Eselstute – ein wildes Stoßen, Zerren und Treten. Dabei war Sebastià Palou nicht etwa dumm, zumindest nicht dümmer als der Chronist Angelat, der bedeutendste Schriftgelehrte am Ort, außerdem Verfasser von zwei Komödien und zwei Gedichtbänden, von denen einer bei Hofe sehr gut aufgenommen und von den größten Dichtern gelobt worden war, darunter Calderón, dessen Freundschaft er sich seither rühmte. Palou war eben von Gott nicht zur Schriftkunst berufen, das hatte ihm auch sein Onkel, der Vizekönig, schon erklärt, damit er seine selbstquälerischen Vergleiche mit dem Chronisten sein ließ. Doch wenn der Vizekönig ihn auch ständig wegen seiner Teilnahme an dem priesterlichen Literatenkränzchen aufzog – dem einzigen in Ciutat, das sich der Poesie widmete – und ihm zuredete, sich ernsthafter um seine Offizierslaufbahn zu kümmern, die ihm gewiß eine bessere Zukunft gewährleiste, so kam es ihm derzeit doch nicht ungelegen, daß Sebastià seiner Neigung treu blieb und den Umgang mit diesen Leutchen weiter pflegte. Der Neffe wandte dann gewöhnlich ein, das eine schließe das andere ja nicht aus, und wenn Garcilaso de la Vega – den er für einen entfernten Vorfahren hielt und dem er sich hinsichtlich der Blutsverwandtschaft, der Poesie und der Waffen dreifach verbunden fühlte – beides möglich gewesen war, nämlich *bald das Schwert, bald die Feder zu ergreifen*, sah er nicht ein, warum ihm das nicht auch gelingen sollte. *Laß den Unsinn, Neffe,* versetzte der Onkel, *und sei auf der Hut, denn das mit der Feder stinkt zu sehr nach Advokaten, Richtern und Pfaffen und vielleicht auch nach dem einen oder anderen studierten Fräulein. Aber zu gestandenen Männern wie dir paßt das nicht. Wenn du Verse brauchst, um sie irgendeiner Dame zu schicken, leih sie dir aus wie jeder andere auch. Ihr wird das vollkommen gleich sein, und die Verse aus zweiter Hand sind sicher wirkungsvoller.*

Sebastià Palou stand gleichzeitig mit dem Chronisten Angelat und den beiden Jesuiten auf, als der Konfiskationsrichter die Zelle betrat, gefolgt von dem Laienbruder, der die Kuchenplatte hereinbrachte und auf dem Schreibtisch absetzte. Pater Amengual machte ihm Platz und legte die Blätter mit dem Leben der Verehrungswürdigen Sor Noreta Canals zur Seite, die er an diesem Abend den Teilnehmern der Runde zur Beurteilung vorzulegen gedachte, verbunden mit der Bitte um einige einleitende Verse, obgleich, wohlgemerkt, Erbauungsbücher dies eigentlich nicht nötig hatten. Wie auch der Chronist Angelat hatte der Konfiskationsrichter und hochehrwürdige Domherr Jaume Llabrés so stark entwickelte Geschmackswärzchen, daß sein Mund sich in eine Art Kropf zu verlängern schien. Die übrigen Teilnehmer der Gesellschaft hatten sich schon mehrmals darüber echauffiert, daß die beiden sich offenbar vor allem wegen der *quartos embetumats* zu diesen Treffen einfanden, erst recht, wenn es wie an diesem Nachmittag auch noch Biskuits und Brustbeerkonfitüre dazu gab, die nur jungfräuliche Hände, gottgeweihte Hände wie die der Klarissinnen, herzustellen wußten.

Der Konfiskationsrichter begrüßte sie, keuchend von der anstrengenden Arbeit, seine gut zwei Zentner die Treppe hinaufzuschaffen, obendrein um diese Tageszeit, zu der die übrigen Sterblichen, also die Mitglieder der Kurie, mehr aus Gewohnheit als aus Erholungsbedürfnis ihren Mittagsschlaf hielten. Der Kanoniker kam von zu Hause, war zuvor in der Kathedrale gewesen und hatte im Bischofspalast zu Mittag gegessen. So brachte er viele Neuigkeiten mit, höchst begehrte aus erster Hand, frisch aus dem Mund Seiner Hochehrwürdigen Eminenz des Bischofs von Mallorca.

»Wahrlich! Und was spricht denn der Herr Bischof so?« fragte auch gleich der Gastgeber, während er *quartos embetumats* und Biskuits herumreichte.

»Nun ja, vor allen Dingen, daß er, wie der Herr Inquisitor auch, eine Verwarnung des Heiligen Tribunals von Aragonien erhalten hat.«

»Wahrlich?« stieß Pater Ferrando neugierig hervor, ohne zu merken, wie er seinen Rivalen nachäffte.

»Wahrlich!« wiederholte spöttisch der Richter. »Seit zwei Wochen tun sie nichts anderes, als das Tribunal von Mallorca aufzustacheln mit ihrer Leier, daß wir hier zu oft die Augen zudrücken und zu viele Juden aussöhnen, daß wir nicht mit genügend Strenge über den heiligen römisch-katholischen Glauben wachen, daß wir mehr Eifer zeigen sollen. Wie Eure Gnaden sich denken können, bereitet dies dem Herrn Bischof nicht das geringste Vergnügen und dem Herrn Inquisitor erst recht nicht.«

»Seine Hochehrwürdige Eminenz tut gut daran, sich besorgt zu zeigen«, unterbrach ihn Pater Ferrando, sobald er das Stück Kuchen geschluckt hatte, das ihn am Sprechen hinderte. »Aber wir schlafen nicht alle auf dieser Insel, verehrter Richter. Ich für meinen Teil und selbstverständlich in aller Bescheidenheit, der ich seit einiger Zeit Leuten vom Carrer die Beichte abnehme, habe versucht, ihnen auf den Zahn zu fühlen, inwieweit sie eifrige Katholiken oder ins Judentum zurückgefallen sind. Und wie Eure Gnaden wissen, bin ich auch der Beichtvater von Costura und... übrigens, Don Sebastianet...«, er wandte sich dem Offizier zu, der eben einen guten Löffel Brustbeerkonfitüre auf ein Biskuit häufte, »...könntet Ihr Euren Onkel, den Herrn Vizekönig, einmal ansprechen, daß er uns nicht vergißt, wenn es um den Auftrag für die Monstranz geht... Also, wie gesagt, meine Herren, ich habe versucht, Costura – den ich, nebenbei, für einen guten Christen halte – zu bewegen, mir über alles Bericht zu erstatten, was er in Erfahrung bringen kann, vor allem über den Aufruhr vergangene Woche. Und er hat mir ein Papier überreicht, daß ich zuerst Euch, Herr Konfiskationsrichter, vorlegen möchte, bevor Ihr es in meinem Namen an Seine Ehrwürden den Großinquisitor weiterleitet.«

Der Domherr Jaume Llabrés nahm mit seinen klebrigen Händen das doppeltgefaltete Papier, das Pater Ferrando aus der rechten Tasche seiner Soutane gezogen hatte. Er las es nicht. Er nahm es mit spitzen Fingern, um es so wenig wie möglich zu beschmieren, und steckte es ein. Er hielt es für taktlos, es vor aller Augen auseinanderzufalten, um zu sehen, was darin stand. So könnte etwas öffentlich werden, das besser geheim blieb. Es reichte ihm schon, daß der Jesuit, um Eindruck zu schinden und sich vor den anderen wichtig zu machen, den Namen seines Informanten genannt hatte. Nie hätte er erwartet, daß Pater Ferrando in einer so heiklen Angelegenheit zu derartiger Unbedachtheit imstande wäre. *Da muß mehr dahinterstecken,* rätselte der Richter bei sich und überlegte zugleich, wie er sich des letzten *quartos* bemächtigen könnte, ohne daß der Chronist, der ebenfalls darauf lauerte, es mitbekäme. Doch während er noch die Gelegenheit suchte, war Angelat schneller, schnappte ihm die Beute weg und schluckte sie, fast ohne zu kauen, als fürchtete er, der Richter könnte am Ende verlangen, mit ihm zu teilen. Noch mehr darüber verstimmt, daß ihm die süße Köstlichkeit entgangen war, als über Pater Ferrandos Ungeschicklichkeit, beschränkte sich Ehrwürden

Jaume Llabrés auf die Zusage, das Papier schnellstmöglich, also gleich morgen, seinem Empfänger zuzustellen.

»Sollte der Herr Inquisitor mich sprechen wollen«, beharrte Pater Ferrando, der nicht zu begreifen schien, wie lästig dem Richter der Auftrag war, »stehe ich natürlich zu seiner Verfügung, das versteht sich von selbst.«

»Wir alle sind beeindruckt von Eurem Eifer, Pater Ferrando«, mischte sich nun Pater Amengual ein, wobei der Spott in seiner Stimme nicht zu überhören war.

»Ich habe Costura gerade letzten Sonntag getroffen, so gegen zehn«, sagte der Chronist Angelat, der zwar nicht mehr kaute, jedoch auch nicht den Eindruck vermittelte, seine Gier befriedigt zu haben, und die Gesellschaft mit dem reichlichen Überfluß seiner Speicheldrüsen besprengte. »Er war sehr munter in der Begleitung von Gabriel Valls auf dem Weg in den Garten, sich den Bauch vollzuschlagen, nehme ich an…«

»Die müssen mit ihrem Gestank die Luft verpestet haben«, fiel ihm der Konfiskationsrichter lachend ins Wort.

»Der Gestank kommt nicht von ihnen, ich meine, sie stinken nicht. Das ist allenfalls der Gestank nach Gebratenem, nach altem Öl, weil sie kein Schmalz verwenden«, sagte der Chronist und sah Sebastià Palou an, der zustimmend nickte.

Wie die anderen, wenn auch mäßiger als Angelat und Llabrés, hatte Sebastià Palou beim Essen kräftig zugelangt. Nicht daß er die von den jungfräulichen Händen der Klarissinnen zubereiteten Süßigkeiten nicht gebührend zu schätzen gewußt hätte, doch stellte er sich jene göttlichen Glieder – *verflüssigter Schnee, wenn nicht gar Kristall* hatte er in seinem besten Gedicht geschrieben – viel lieber bei anderen Beschäftigungen vor. Trotz allem fühlte sich der Neffe des

Vizekönigs rundum wohl und war wie die anderen zu einer gemütlichen Plauderei aufgelegt.

Pater Amengual hielt es für geboten, rasch das Wort zu ergreifen, damit Pater Ferrando ihm nicht wieder dazwischenkam. Er wischte sich sorgfältig mit der Hand den Mund, damit kein noch so kleiner Krümel Zucker ihn dazu verleiten konnte, sich mit der Zunge über die Lippen zu fahren, was er als sehr ungehörig erachtete, und stand auf, um sein Manuskript zu holen und seinen Freunden die gelungensten Abschnitte vorzulesen.

»Soweit ich weiß«, sagte Pater Ferrando, kaum daß er seinen Gegenspieler die Schriften aufnehmen sah, »ist die Verehrungswürdige Eleonor Canals mit Seiner Exzellenz dem Vizekönig verwandt, nicht wahr, Don Sebastià?«

»Die Tante meiner Tante, Pater Ferrando. Zwischen ihr und mir, wenn Ihr das meint, besteht keinerlei Verwandtschaft. Ich bin aus anderem Holz geschnitzt als die Heiligen«, fügte er laut lachend hinzu.

»Schon Grüneres als Ihr ist zur Reife gelangt, Don Sebastià«, sagte Pater Amengual. »Wahrlich, Euer Gnaden wollen damit wohl nicht sagen, Ihr besteht aus Teufelsstoff! Das würden wir Euch sowieso nie glauben. Und wenn Ihr jetzt die Güte hättet...«

Der Chronist Angelat versuchte zu erkennen, ob es sich bei dem Schiff, das eben in der Tiefe des Zellenfensters am Rande des Horizonts im fernsten Blau verschwand, um eine Schebeke oder eine Galeere handelte, während Pater Amengual bereits las:

»...Diese edelste, diese kostbarste Perle, eingeschlossen in der Muschel ihres Klosterlebens, geformt mit himmlischem Tau, den Gottvater der Allmächtige selbst ihr spendete, war von solchem Eifer, daß sie, um schleunigst der Noviziatsleiterin

zu gehorchen und schnellstens in den Hof zu gelangen, wo diese ihre Anwesenheit verlangte, aus dem Fenster sprang, ohne den geringsten Schaden davonzutragen, obgleich die Höhe sechs Ellen betrug, was die Mutter Äbtissin für ein großes Wunder nahm, da ihr deuchte, die Engel des Himmels hätten sie wohl auffangen müssen …«

»Dann ist sie ja zum Glück auf die Füße gefallen!« rief Don Sebastià spöttisch aus. »Wäre sie mit dem Kopf zuerst angekommen, hätte sie es kaum erzählen können.«

Sie lachten, und keiner wies ihn zurecht. In gewissen Dingen genoß der Neffe des Vizekönigs Dispens.

»… Zu anderen Gelegenheiten gehorchte sie so flink, wenn sie gerufen wurde, daß sie mitten im Wort innehielt, so sie gerade sprach, mitten in der Handarbeit, selbst mitten im Schritt … Auch die übrigen Tugenden praktizierte sie alle, insbesondere jene der Sinneskasteiung. So mischte sie, damit ihr das Essen nicht munde, Stücke saurer Apfelsinen und Wermut hinein, damit es einen eklen Geschmack annähme …«

»Das könnte ich nicht!« unterbrach der Chronist und tauschte einen spitzbübischen Blick mit Sebastià Palou.

Ich glaube nicht, daß mein Onkel an dieser widerlichen Selbsterniedrigung Gefallen finden wird, dachte der Offizier. *Die Tante? Vielleicht … sie ist so fromm. Das Heiligenbild ihrer verehrungswürdigen Verwandten hat sie schon in Auftrag gegeben … Sie wird noch erreichen, daß man sie heilig spricht … und sollte ich sie, wie sie ja schon vorgeschlagen hat, nach Rom begleiten … Mit dem Vorwand der Romreise, und wenn ich dann schon mal in Italien bin … Livorno … Pere Onofre sagt, sie lebe sehr zurückgezogen, gehe wenig aus … »Die Liebe fraget nicht, welches ihre Farbe sei / Blanca / wie das erste Licht / weiß ist die Morgendämmerung.«* Die Verse waren ihm schwergefallen, doch würde er sie ihr noch heute zusenden.

»…Fünfzehn Jahre nach ihrer Klosterweihe gelobte sie, nie wieder den Blick vom Boden zu heben, außer um ihn auf den Bräutigam zu richten, dem ihr Leben geweiht war. Ihre Bescheidenheit war so unendlich, daß man sie hatte sagen hören, es schmerze sie, sich von den anderen Nonnen geliebt zu wissen, sie wolle von niemandem geachtet werden, noch daß jemand sich ihrer je entsinne, denn sie selbst sei das gemeinste Geschöpf mit den schlimmsten Neigungen der Welt. Weniger als Abfall will ich sein, verabscheut von allen Geschöpfen. Wie unglücklich macht mich zu sehen, wie alle mich lieben! Ich wünschte, ich wäre von allen verabscheut und vergessen, so wie mein Gemahl von allen Seelen verabscheut und verlassen war…«

»Von Sor Noreta sollten wir alle lernen!« sagte der Konfiskationsrichter, der genug hatte von der Lesung über das Leben der Verehrungswürdigen, in salbungsvollem Predigerton vorgetragen, in den Pater Amengual allen Ausdruck legte, zu dem er fähig war, wobei er sich stellenweise so in seine Heldin versetzte, daß er zum Stimmengaukler, ja zum Bauchredner wurde und glaubte, es sei Sor Noretas Stimme, die aus ihm spreche. Um ein Haar hätten sie deshalb alle laut gelacht, als er mit der Stimme eines Chornönnchens honigsüß jenes »*Weniger als Abfall will ich sein, verabscheut von allen Geschöpfen…*« rezitierte.

»Ich glaube, Euer Hochwürden hat eine große Leistung erbracht«, befand der Chronist Angelat. »Ich nehme an, Ihr gedenkt es auch auf Latein zu veröffentlichen. Ich rate Euch dazu. Meine *Historia de Mallorca* wird ebenfalls in dieser edelsten aller Sprachen erscheinen, die alle übrigen sich zum strikten Vorbild nehmen sollten. Schreibt Ihr nie lateinische Verse, Sebastià?«

»Nein, nie, ehrlich gesagt, nein…«

»Nun, ich an Eurer Stelle würde es versuchen. Wenn ich Euch so betrachte, könnte es Euch gelingen. Euer Vorbild Garcilaso, Euer Ahnherr, wenn ich da nichts durcheinanderbringe, hat einige geschrieben. Vor die Wahl gestellt zwischen den lateinischen Klassikern und sämtlichen anderen, wähle ich immer die Lateiner. Es ist überhaupt kein Vergleich. Sind Eure Gnaden nicht meiner Ansicht?«

»Ich wohl!« sagte Pater Amengual. »Sie haben es wahrlich bis zum Olymp gebracht.«

»Das kommt darauf an«, wandte Pater Ferrando unbehaglich ein, der seit einer Weile geschwiegen hatte, als wäre er auf der Hut. »Wenn man sie mit weltlichen Autoren in einheimischer Sprache vergleicht, dann schon, mit der Bibel jedoch halten sie keinem Vergleich stand. Ein einziges von Gott eingegebenes Wort ist mir lieber als alle Eklogen Vergils zusammen.«

»Abgesehen von der Bibel natürlich, Mann Gottes. Laßt die Wortklauberei!« warf der Chronist ein.

»Er hat schon recht damit, vollkommen recht«, sagte der Konfiskationsrichter, der sich langweilte. Zudem hinderte ihn diese montägliche Versammlung an seinem Mittagsschlaf. Er sollte nicht mehr herkommen. Die *quartos* allerdings… »In diesen Zeiten hat einen der Stier schneller auf den Hörnern, als man denkt.«

»Mit Stier meint Ihr doch wohl nicht das Heilige Gericht?« fragte Pater Ferrando schockiert.

»Dergleichen habe ich nicht gesagt, Pater Ferrando, diese Vermutung habt Ihr geäußert.«

»Beabsichtigt das Heilige Gericht, bereits geschlossene Fälle wieder aufzunehmen oder neue zu eröffnen?« fragte der Neffe des Vizekönigs. »Ich meine, werden die alten Akten weiterverwendet, oder fängt man ganz von vorne an?«

»Das weiß ich nicht«, antwortete der Richter trocken. »Morgen ist Versammlung. Wir erwarten Anweisungen von oben. Selbstverständlich wird der Vizekönig dementsprechend in Kenntnis gesetzt.«

»Davon rede ich doch gar nicht, Kanoniker, um Gottes willen! Ich mußte nur an die Unglücklichen denken, deren Güter bereits beschlagnahmt wurden. Wenn man sie jetzt noch mal erwischt, werden sie verhungern.«

»Das Völkchen vom Carrer scheint Euch ja sehr am Herzen zu liegen, Don Sebastià«, sagte der Konfiskationsrichter. »Ihr schlagt Eurem Onkel nach«, wagte er noch anzudeuten, »der verteidigt sie auch, wo er kann.«

»Wenn es berechtigt ist«, erwiderte Angelat. »Der Vizekönig hat stets Gerechtigkeit walten lassen!«

Sebastià Palou gab keine Antwort, um den Bogen nicht zu überspannen. Jeder in Ciutat wußte, daß der Vizekönig, Seine Exzellenz der Graf von Boradilla del Monte, wie viele Angehörige des Adels mit Kapergeschäften zwar verdeckten, aber einträglichen Handel trieb, bei dem einige der wichtigsten Leute vom Carrer seine Teilhaber waren.

»Erlaubt mir, meine Herren«, ließ Pater Amengual sich wieder vernehmen, »Euch den letzten Abschnitt vorzulesen, auf daß Eure Gnaden mir die Schwächen aufzeigen mögen, die in meinem Buch noch zu korrigieren wären. Wenn Ihr, wahrlich, vielleicht so freundlich wärt...«

»Keine Sorge, Pater Amengual, keine Sorge. Wir sagen Euch auch die Stärken«, gab Angelat zurück, der ihn gut zu kennen schien.

»So Ihr welche findet«, beharrte Amengual mit feinfühliger Bescheidenheit, vermutlich angesteckt von dem Klosterblümchen, über das er arbeitete. »Wenn es genehm ist, lese ich dann den Schluß... *Bei ihrem Tode erwies sich Gottes*

Liebe zu ihr, denn Er brachte an ihrem Leichnam mit lebendigen Zeichen einzigartig zum Ausdruck, wie überaus hold Er ihrer Seele und ihrem Geiste war, denn ihr Körper, dem im Leben weder Schönheit noch Anmut beschieden waren, besaß im Tode den Schmelz und den Glanz, die Schönheit und den Liebreiz, die kostbare Fassung für den edlen Diamanten ihrer vollkommenen Seele gewesen zu sein.«

»Ach was, soll das etwa heißen, die Verwandte meiner Tante sei häßlich gewesen?« fragte Sebastià Palou. »Oh, Pater Amengual, das wird sie aber schmerzen! Würde es Euch viel ausmachen, diesen Punkt wegzulassen?«

»Don Sebastià«, sagte Angelat in väterlichem Ton, »wenn sie häßlich war, kann Pater Amengual sie nicht hübsch machen, so heilig sie auch sein mag. Ein Historiker ist vor allem der Wahrheit verpflichtet. Die Lügen überlassen wir Euch, den Dichtern. Wir haben alles so zu erzählen, wie es geschehen ist, ohne einen Punkt hinzuzufügen oder wegzulassen. Und wenngleich auch ich Gedichte geschrieben habe, wie Ihr wißt, spreche ich als Chronist.«

»Also, ich denke, Pater Amengual hat das hingeschrieben oder unterschlagen, was ihm behagte. Alles, um meine arme Tante zu erfreuen, die ja, wie ihre Schwester, eine große Wohltäterin dieses und anderer Klöster ist.«

»Ganz und gar nicht!« widersprach Pater Amengual gekränkt. »Ich habe mich vorher gut informiert. Ich habe Stapel von Zeugenaussagen. Wahrlich, ich habe innerhalb und außerhalb des Klosters gefragt, dessen könnt Ihr gewiß sein. Und Ihr, Herr Richter, was meint Ihr?«

»Ich glaube, Pater Amengual, daß Ihr eine großartige Heiligengeschichte geschrieben habt, im geeigneten Stil, so daß fromme Seelen wie die Ihre, fromm und schlicht, sie verstehen können. Ich finde, im Hinblick auf die Leserschaft, an die Ihr Euch richtet, habt Ihr Eure Aufgabe mit Anstand bewältigt. Was nicht heißen muß, daß Eure Feder sich mit einem erhabeneren Thema nicht noch erfolgreicher hervortun könnte, einem Thema, wie soll ich sagen... breiter angelegt, mit längerem Atem.«

»Danke, vielen Dank, Ehrwürden! Euer Hochwürden verstehen mich. Selbstverständlich habe ich das allergrößte Interesse, ein Thema zu finden, auch ein religiöses natürlich, das dem brennenden Eifer meiner Feder gerecht wird, stets gezückt im Dienste Gottes.«

Stets gezückt im Dienste Gottes, wiederholte er bei sich, zufrieden mit diesem tadellos gelungenen Schlußsatz. Wahrlich, gleich wenn sie draußen waren, würde er ihn aufschreiben. Er konnte ihn bestimmt gebrauchen, ihn in einem Text oder der nächsten Predigt unterbringen.

»Wenn Eure Gnaden ein wenig frisches Wasser wünschen«, schlug Amengual vor, »ich glaube, da kommt unser Nicolau.«

Leichtes Türklopfen kündigte den Laienbruder an, der die Vesper serviert hatte.

»Danke für alles, Bruder Nicolau. Ihr könnt die Teller abtragen. Ein Gläschen Wasser, die Herren? Wenn Ihr so freundlich wärt...«

»Selbstverständlich, Pater Amengual, aber ich bin eigentlich noch nicht zum Abräumen gekommen. Ich nehme sie gleich mit, um nicht mit leeren Händen zu gehen. Ich bin gekommen, Pater Ferrando, weil dort unten ein Mann ist, der darauf besteht, Euch zu sprechen, es sei eilig, es ginge um Leben oder Tod. Er hat so lange gefleht, bis ich nicht anders konnte, als heraufzukommen. Ich weiß nicht, was mit ihm ist, aber es scheint sich um etwas Ernstes zu handeln. Sehr ernst, nach seinem Zustand zu urteilen.«

»Wer ist es?«
»Derselbe, den Ihr vor einer Stunde verabschiedet habt. Costura wird er genannt, glaube ich.«
»Richter, gebt ihm das Papier zurück«, sagte mit leiser Stimme Pater Amengual. »Vermutlich bereut er es jetzt und will es wieder abholen. Ihr werdet ihm besser zureden müssen, Pater Ferrando!« Er konnte ein feines Lächeln nicht unterdrücken. »Nicht sehr verläßlich, Euer Fürsprecher…«
Pater Ferrandos Kiefer mahlten. Er war rot wie ein Granatapfel und schwieg. Ohne ein Wort der Entschuldigung verließ er die Gesellschaft und rannte aus der Zelle. Er raffte sein Ordensgewand, um nicht über die Röcke zu stolpern, die ihn immer störten, wenn er in Aufregung war, und rannte, zwei Stufen auf einmal nehmend, die Treppe hinunter, um sich Costura entgegenzustellen. Um nichts in der Welt wollte er ihm das Papier zurückgeben, nicht einmal, wenn er schwören sollte, die Anschuldigungen seien falsch. Und überhaupt, was sollte das auf einmal? Er fand Costura zusammengekauert und weinerlich in einem Winkel des Klostereingangs. Die Stimme gehorchte ihm nicht. Er wimmerte.
»Aber, Mann Gottes, was ist denn los, wenn ich fragen darf? Ich hatte… habe eine Besprechung mit äußerst wichtigen Leuten, aus der du mich herausgeholt hast. Was gibt es denn?«
»Cap de Trons, mein Vetter…«
»Ja? Weiter! Was ist mit Cap de Trons?«
»Cap de Trons stirbt, Pater Ferrando!« Er brach in Schluchzen aus.
»Woher weißt du das?«
»Man hat mich eben benachrichtigt. Es ist wahr und sicher. Bevor ich zu ihm gehe, wollte ich Euch bitten, ihm die

Sterbesakramente zu erteilen. Das ist alles, was ich für ihn tun kann. Ach, Rafelet, Rafelet, du wirst zur Hölle fahren ... ich kann nicht zulassen, daß er verdammt wird, Pater Ferrando!«

»So ein Pech!« entfuhr es dem Jesuiten, der damit seine Gedanken preisgab. Wenn Cap de Trons starb, bevor das Gerichtsverfahren in Gang kam, konnten die Folgen seines apostolischen Eifers unberechenbar werden. Der Inquisitor mochte keine Prozesse gegen Tote.

»Mein Zeugnis ist unnütz, Pater Ferrando, ich kann nichts mehr für seine Seele tun!« jammerte Costura unter Tränen und Schluchzen.

»Das ist nicht wahr. Die Absicht ist das, was zählt!«

»Kommt Ihr also mit, Pater Ferrando, ihm zu helfen, in Frieden zu sterben?«

»Da mußt du der Gemeinde Bescheid geben, Rafel, der Pfarrer könnte das sonst übelnehmen. Besser, du gehst sofort hin.«

Er stand wartend in der Tür zwischen der Eingangshalle und dem Innenhof, durch den er eben gekommen war, bis Cortès sich genügend gefaßt haben würde, um auf die Straße gehen zu können, und dachte währenddessen, daß er Costuras Hilfe jetzt nötiger brauchte denn je. Er mußte ihm Beweise beschaffen, welche auch immer, die den hehren Zielen der Inquisition – und seinen eigenen natürlich – dienlich sein konnten. Und als der Goldschmied sich die Nase geschneuzt und die letzten Tränen heruntergeschluckt hatte, trat Pater Ferrando nah an ihn heran und flüsterte:

»Übrigens, Costura ... ich verstehe, daß das nicht gerade der passende Augenblick ist, daß du jetzt gar keinen Sinn dafür haben kannst, aber Don Sebastià, der Neffe des Vizekönigs, hat mir gesagt, den Auftrag für die Monstranz bekämst mit ziemlicher Sicherheit du.«

Starr vor Dankbarkeit, sah Costura ihn an. Seine von Tränen und Rotz feuchten Finger packten Pater Ferrandos noch zukkerklebrige Hand, die er hingebungsvoll ein paarmal küßte, was sich dieser, so widerlich es ihm auch war, notgedrungen gefallen lassen mußte. Rafel Cortès spürte einen süßen Geschmack auf den Lippen und hielt ihn für den Geschmack der Heiligkeit.

Sechs

Atemlos erreichte Costura die Sakristei von Santa Eulàlia. Doch waren seine Anstrengungen, als erster um die Sterbesakramente für Cap de Trons zu ersuchen, vergeblich, denn bei seiner Ankunft erfuhr er, daß man ihm bereits zuvorgekommen war. Cortès' ältester Sohn hatte den Pfarrer gerade benachrichtigt, und dieser legte soeben die Albe an, um sich auf den Weg zu machen. Costura wartete an der Tür, bis er hinter dem glöckchenschwingenden Meßdiener heraustrat, und folgte ihm in vier Schritten Abstand, gefaßt und leise Gebete murmelnd. Er begleitete den Spender der heiligen Sakramente bis zum Haus des Vetters und stieg die Treppe hinauf zum Schlafzimmer. Cap de Trons, den Tod schon im Leib, regte sich ab und zu und versuchte kraftlos, sich von der Decke zu befreien und aus dem Bett zu fliehen. Seine trüben Augen nahmen offenbar nur Verschwommenes wahr, denn er erkannte den Priester nicht und wurde somit nicht böse. Er widersprach auch nicht, als dieser sich anschickte, ihm die Beichte abzunehmen, und alle hinausschickte.

Draußen lauschte Josep Joaquim Cortès de Cap de Trons aufmerksam an der Tür der finsteren Kammer, damit ihm kein Wort seines Vaters entginge, falls dieser plötzlich noch einmal zu sich kommen sollte. Die übrigen waren in der Küche, wo ein großer Topf kochendes Wasser bereitstand. Der Priester, mit dem Anblick Sterbender vertraut, erkannte sofort, wie ernst es um Cap de Trons stand und daß dieser das Bewußtsein kaum wiedererlangen würde. Mit der Einsicht, daß er ihm kein Geständnis mehr entreißen konnte, ging er wieder aus dem Zimmer, um den Verwandten mitzuteilen, er würde ihm nun die Letzte Ölung geben und ersuche dazu alle um ihre Anwesenheit. Cap de Trons bewegte sich unruhig, als der Priester seine Glieder mit dem heiligen Öl bestrich. Mit wächsernem Gesicht, aus dem hammerartig die Nase ragte, verabschiedete sich der Sterbende vom Leben, schnappend wie ein Fisch. Er bekam offenbar keine Luft, und er litt, denn in sein Todesröcheln mischte sich tiefes Stöhnen, wobei er die Hände auf die Rippen preßte. Kaum war die Zeremonie zu Ende, trat Costura zu dem Pater und fragte ihn, ob er glaube, daß die Letzte Ölung das Wunder vollbringen könne, seinen Vetter zurück ins Leben zu holen, wie es ja durchaus schon vorgekommen sei. Aber der Pfarrer, obwohl er natürlich an Wunder glaubte, war der Ansicht, daß Cap de Trons' Stunden gezählt seien und das auf kleiner Flamme kochende Wasser bald gebraucht würde, um seinen Leichnam zu waschen. Im Gefolge des Priesters, wie er gekommen war, verschwand Costura. Zuvor empfahl er sich allerdings der Familie, falls man ihn irgendwie brauchen sollte, und versprach, bald wieder vorbeizuschauen. Unschlüssig stand er auf der Straße, denn er konnte sich jetzt ebensowenig zu Hause verkriechen wie zu Pater Ferrando gehen, der ihn bestimmt nicht empfangen würde. So schlug er den Weg zum Tor von Sant Antoni ein, um einen Spaziergang außerhalb der Stadt zu machen.

Es war noch keine Stunde her, daß Pater Amengual seine auswärtigen Gäste am Portal verabschiedet hatte. Noch war er in Gesellschaft Pater Ferrandos, der schmollte, seit Costura ihm die Nachricht überbracht hatte, über die er die Versammelten in Kenntnis hatte setzen müssen. Wie erwartet, hatte der Richter ein langes Gesicht gezogen, weil er diese schwierigen Prozesse gegen Tote nicht ausstehen konnte, ganz zu schweigen von dem lästigen Ausgraben der Leichenreste, um sie auf dem Scheiterhaufen zu verbrennen. Pater Amengual dagegen war guter Dinge und schien höchst befriedigt. Er ahnte, daß der Inquisitor, statt Pater Ferrandos gute Dienste mit einer Empfehlung für das Amt des Rektors bei seinem einflußreichen Freund, dem General der Provinz, zu vergelten, einen seiner Tobsuchtsanfälle kriegen und anordnen würde, Costuras Papier ganz zurückzuziehen.

Als sie allein waren, konnte es sich Pater Amengual, wohl wissend, wie sehr er seinen Widersacher damit peinigte, nicht verkneifen, diese Betrachtungen laut anzustellen. Doch weit kam er damit nicht, denn Pater Ferrando erinnerte ihn in feinsinnigen Anspielungen an gewisse zweifelhafte Individuen in seiner Familie, die, für den Fall, daß die Inquisition, wie der Konfiskationsrichter angekündigt hatte, strengere Maßstäbe anlegen sollte, leicht in Verdacht geraten könnten.

Don Sebastià Palou begleitete den Kanoniker zum Palast. Dieser verabschiedete sich in der Absicht, den Abend mit weiteren mystischen Süßigkeiten an der Seite Seiner Hochwürdigen Eminenz des Herrn Bischofs zu krönen, während Sebastià in Richtung der Almudaina eilte und dabei vermied, sich von Bekannten, mit denen er Grüße tauschte, aufhalten zu lassen, indem er lediglich den Hut lüftete oder es den anderen tun ließ, je nach dem Rang, den er ihm zumaß.

Als erstes fragte er nach seiner Tante, die ihr tägliches Nachmittagskränzchen mit den vornehmsten Damen der Stadt abhielt. Vor Langeweile fiel ihnen nichts weiter ein, als so gemütlich wie möglich die Zeit mit Klatsch und Tratsch totzuschlagen. Ihr Hauptthema war derzeit das Verfahren, das – endlich! – zur Heiligsprechung der Tante der Gräfin, der frommen Nonne Noreta Canals, führen sollte.

»Nur eines schmerzt mich«, hörte er die Kanarienvogelstimme der Vizekönigin, bevor der Diener ihn meldete, »nämlich, daß die Tante nicht meine Mutter war!«

»Das wäre völlig unmöglich, verehrte Onofrina«, entgegnete die Frau des Oberratsherrn, »wie hätte sie dann Jungfrau sein können. Oder war sie das etwa nicht, die Heilige?« fragte sie mit gespielter Unschuld, die Sebastià zum Lachen reizte.

»Wenn es der Wille Gottes Unseres Herrn gewesen wäre, hätte sie Jungfrau und Mutter sein können wie die heilige Jungfrau Maria!« betonte Donna Onofrina und setzte dazu ihr allergütigstes Lächeln auf. »Ihr wißt, wie ergeben ich der heiligen Maria bin. Ich glaube fest an ihre Unbefleckte Empfängnis. Die heilige Anna, die Frau Großmutter des Herrn Jesus, war auch Jungfrau. So muß die Mutterschaft wundervoll sein, ein wahres Geschenk Gottes.« Sie seufzte mit solcher Erleichterung, als habe sie eben eine Entbindung hinter sich.

»Kinder, Onofrina, machen viel Kummer«, warf die Gräfin von Bellumars ein, die fünf schwer unter die Haube zu bringende Töchter hatte. »Sei froh, daß Gott dir keine geben wollte!«

»Joanet … mein Patenkind … den liebe ich wie meinen eigenen Sohn …«

Der Saal, in dem die hochwürdige Dame ihre Gäste empfing, hatte eine holzgetäfelte Decke und geweißte Wände, die von oben bis unten mit Bildern bedeckt waren. Die beiden letzten wurden vor kaum zwei Jahren aufgehängt, sie hatte es noch gut in Erinnerung: ein donnernder Zeus mit dem Antlitz des Vizekönigs – jedermann hatte die Ähnlichkeit erkannt, was dem Herrn Markgrafen ausgesprochen schmeichelte – und eine den Goldregen genießende Danae, deren nicht gerade gelungene Züge denen der Markgräfin nachempfunden schienen. Böse Zungen behaupteten zudem, daß die üppige Figur, deren fülliges Fleisch die wirklich übertrieben zarten Schleier kaum verhüllten, ebenfalls die der Frau Markgräfin sei. Der Maler, ein Venezianer, den der Vizekönig eigens aus jener Republik hatte kommen lassen, hätte, so hieß es, nicht nur das Gesicht der Markgräfin porträtiert, sondern auch ihren Körper, den er dazu Spanne für Spanne vermessen hätte. Das Andenken an den Meister Chiapini füllte lange Zeit die leeren Stunden der Markgräfin. Die Gesellschaft Gaetanos, ihre Gespräche mit ihm hatten eine reizvolle Abwechslung im Leben der gelangweilten Gattin bedeutet, deren Mann sich weit weg von zu Hause die Vergnügungen suchte, die sie niemals fähig gewesen war, ihm zu gewähren. Der Maler ließ sie nicht nur reden, er schien ihr auch noch mit Wohlwollen zuzuhören. Diese eineinhalb Jahre, während deren er an den zwei Gemälden und einigen Fresken im Thronsaal arbeitete und im Palast lebte, waren die glücklichste Zeit im Leben der Markgräfin. Kurz vor ihrem vierzigsten Geburtstag hofierte sie zum erstenmal jemand so einfallsreich und taktvoll, wie sie glaubte, daß es ihr gebührte, was bisher noch niemandem gelungen war. Chiapini jedoch hütete sich davor, den Markgrafen in seinen ehelichen Pflichten vertreten zu müssen. Er wollte wegen einer häßlichen, angewelkten Frau nicht alles aufs Spiel setzen. Außerdem mußte er seine Kraft sparen und durfte sie nicht verschwenden. Denn die Zofe der Vizekönigin bezeugte ihm ein derart leidenschaftliches Interesse, daß es nur mit Mühe zu befriedigen war. So versuchte er, der Frau Markgräfin mit seinen Konversationskünsten Genüge zu tun und seinen Mangel an Begierde mit den ausgesuchtesten Artigkeiten zu überspielen. Ihr war es genug. In der Überzeugung, daß nur die Angst, sie zu kompromittieren, den Maler davon abhielt, sich in ihr Gemach zu schleichen, stellte sie sich vor, wie er gegen sein Verlangen ankämpfte, schlaflos zwischen dem Wunsch, sie zu besitzen, und der Notwendigkeit, ihre Ehre zu bewahren. Denn vor allem, das hatte er ihr unzählige Male gesagt, war sie für ihn die erhabenste Dame der Erde, redlich, treu und überaus züchtig. *Un angelo di Paradiso*. Erst als die Zofe gestehen mußte, daß sie in Umständen und der Vater der Kreatur, die ihr mit so unaufhaltsamer Provokation den Leib schwellen ließ, Meister Gaetano war, kam ihr der Verdacht, daß alles, was er ihr immer und immer wieder beteuert und sie immer und immer wieder angehört hatte wie etwas Neues, Unerwartetes und Überraschendes, jedesmal mit der köstlichen Spannung des ersten Mals, nichts als ein ungeheuerlicher Betrug gewesen war. Aber als er dann zu ihren Füßen kauerte, ihr nun schließlich doch mit einer Leidenschaft die Hände küßte, die sie erbeben ließ, sein tränenüberströmtes Gesicht in ihrem Schoß barg, sie um Vergebung anflehte und gestand, daß er tatsächlich Inès besessen, aber daß sein Körper, seine Lust, sein ganzes Sein dabei die Dame seines Herzens besessen habe, seinen *angelo*, da glaubte sie ihm aufs neue und verzieh ihm. Zu Gaetanos Glück fehlten nur noch ein paar letzte Pinselstriche am Bild der Danae, denn die lange Enthaltsamkeit der Markgräfin in Verbindung mit der Anhänglichkeit, die seine Worte nach und nach in ihr bewirkt hatten, entflammte sie in einer dermaßen überwältigenden Leidenschaft, die ihn ziemlich bald erschöpfte. Er beschleunigte seine Abreise durch einen gefälschten Brief, in dem ihn sein Hauptgönner, der Doge von Venedig, dringend zurückbefahl. Als er frühmorgens in der Vertraulichkeit des Schlafgemachs Abschied nahm, scharf beobachtet von der zornigen und eifersüchtigen Inès, schwor Donna Onofrina, ihr Leben Gott zu weihen und der Liebe der Männer für immer zu entsagen. An ihre Großherzigkeit appellierend, bat Gaetano sie, sein Kind zu beschützen, das bald zur Welt kommen würde, das Kind, das er gern in ihren Leib gesät hätte, weshalb es in einem geistigen Sinne auch ihr Kind sei.

Joanet, der Sohn der Zofe, der seinem Vater wie aus dem Gesicht geschnitten war, und die Heiligsprechung der verwandten Nonne, deren Porträt sie schon in Auftrag gegeben hatte, nahmen sie völlig in Anspruch, nachdem sie die Idee, den Vizekönig zu verlassen, um ins Kloster zu gehen, aufgegeben hatte, was dieser, obwohl es ihm im Grunde nichts ausgemacht hätte, sie los zu sein, natürlich nicht dulden konnte.

Sebastià Palou küßte seiner Tante die Hand und begrüßte höflich die anderen Damen, die ihn freudig empfingen, begierig, von etwas anderem zu hören als den Putzigkeiten des Kindes oder den Wundern der Sor Noreta. Der Offizier wollte sich nicht setzen. Er blieb neben der Tochter des Obersten Ratsherrn von Ciutat stehen, einem mageren Mädchen, das er gelegentlich hofierte, um seinem Onkel die Hoffnung auf diese förderliche Ehe nicht zu nehmen.

Sie wurde rot, als er sich so tief vor ihr verbeugte, daß seine Schwertspitze den Boden berührte. *Deine stolze Verachtung ist mein Tod, geliebte Lisi,* begrüßte er sie, als persönliche Aufmerksamkeit ein Sonett zitierend, das er ihr vor langer Zeit geschickt hatte und nach dessen Lektüre ihre ganze Familie auf weitere, verbindlichere gewartet hatte. Die arme Lluïsa Orlandis hatte sich den Kopf darüber zerbrochen und doch nie verstehen können, von welcher Verachtung Sebastià Palou sprach, denn sie war immer bemüht gewesen, so nett wie möglich zu ihm zu sein.

»Ich will Eure Vertraulichkeiten nicht unterbrechen, meine Damen«, sagte Palou und setzte ein liebenswürdiges Lächeln auf. »Keine Sorge, ich bin gleich wieder weg!«

»Oh, Sebastianet!« kam es von seiner Möchtegernschwiegermutter, die mit übertriebenem Schwung ihren Fächer zusammenklappte. »Ihr seid mir einer! Merkt Ihr nicht, wie sehr es uns freut, Euch ein Weilchen bei uns zu haben?«

»Ganz recht, ein Weilchen. Lange genug, um meiner Tante Bescheid zu geben, daß Pater Amengual mit der Lebensgeschichte ihrer Ahnin fertig ist.«

»Gelobt sei Gott!« rief die Markgräfin tief befriedigt aus. »Warum habe ich das nicht längst erfahren? Ich werde ihn sofort rufen lassen!«

»Er hat noch keine Zeit gehabt, eine Kopie davon zu machen, Tante. Das wird der Grund sein. Es kann noch keine vierundzwanzig Stunden her sein, daß er sein Werk vollendet hat. Bei unserem Treffen heute nachmittag hat er uns die wesentlichen Absätze vorgelesen. Meine Damen...«

»Oh, wie gern ich nach Rom ginge!« seufzte die Vizekönigin schwärmerisch.

»Ebensogern würde ich Euer Gnaden begleiten! Das würde bedeuten, daß man sie uns auf den Altar hebt, Tante! Meine

Damen ...«, sagte er wieder und verneigte sich, »es war mir ein Vergnügen, Eure Gnaden begrüßen zu dürfen, und jetzt will ich nicht länger stören.«

Er machte eine letzte lange, gemessene Verbeugung und verließ den Saal in derselben markigen Haltung, mit der er hereingekommen war. Sebastià Palou war es wichtiger, den Vizekönig zu sehen, als mit diesen vergrämten Damen zu plaudern, an denen ihm rein gar nichts lag, auch wenn Lluïsa Orlandis unter ihnen war, die er eines Tages – eines möglichst fernen Tages, wenn es nach ihm ging – zur Frau nehmen mußte. Deshalb ging er eilig davon, durchschritt hinter dem Diener, der ihm die Türen öffnete, sechs weitere, mit nüchterner Gediegenheit im mallorquinischen Stil eingerichtete Säle und betrat die Bibliothek des Palastes, wohin der Vizekönig sich zurückzuziehen pflegte, um zu arbeiten, wie er behauptete, obwohl jeder wußte, daß er nur seine Ruhe haben und nicht mit Lappalien belästigt werden wollte.

»Willkommen, Neffe!« sagte der Vizekönig, leicht überrascht, ihn um diese Zeit zu sehen. »Gibt es etwas Neues?«

»Wie man's nimmt, Onkel. Ich bringe zwei Neuigkeiten vom heutigen Treffen, die wichtig sein könnten. Eine für die Tante, die ich ihr bereits überbracht habe. Und eine für Euer Gnaden.«

»Ich höre! Um was ging es denn heute?«

»Zuerst um die Verehrungswürdige, aber das hab' ich der Tante schon erzählt. Und dann um die Inquisition. Der Konfiskationsrichter berichtete, man habe Weisung erhalten, Prozesse zu eröffnen, und es scheint ernst gemeint. Dann hat ihm Pater Ferrando vor aller Augen eine schriftliche Anklage gegen einen vom Carrer überreicht und uns gesagt, wer sein Informant ist.«

»Und wer ist der Denunziant?«
»Rafel Cortès, der Goldschmied.«
»Costura...?«
»Genau der. Übrigens, Pater Ferrando hat mich noch einmal gebeten, ihn Euch für die Monstranz zu empfehlen, die Ihr zu stiften plant.«
»Rom bezahlt keine Verräter, Neffe, und zur Zeit schon gar nicht. Pater Ferrando hat den Verstand verloren. Und ist auch bekannt, wen dieser Erbärmliche beschuldigt?«
»Ich glaube ja, es scheint um Cap de Trons zu gehen, doch liegt der im Sterben, soviel ich gehört habe.«
»Ich lasse Gabriel Valls rufen, und wir klären das. Sonst noch was, Sebastià?«
»Nichts weiter. Angelat hat Euch vor Llabrés in Schutz genommen, der fand, daß Ihr Euch zu sehr um die Juden kümmert.«
»Dieser Dummkopf! Ich kümmere mich um mich selbst oder, besser gesagt, um meine Frau. Ich bin arm, hat er das denn immer noch nicht begriffen?«
Der Vizekönig griff nach einem Glöckchen und klingelte laut. Sofort erschien ein Diener und verneigte sich.
»Schick Toni zu Gabriel Valls. Er soll sofort herkommen. Sag ihm, es ist dringend!«
Der Diener ging rückwärts zur Tür, und bevor er den Raum verließ, verbeugte er sich so unterwürfig, als hätte er den Allerheiligsten und nicht den Vizekönig vor sich.
»Ich muß gehen, Onkel. Morgen reist Pere Onofre Aguiló ab, und ich möchte ihm noch ein paar Aufträge erteilen.«
»Seide? Gewürze? Tabak? Ich glaube nicht, daß du das für deine Verse bekommst. Sieh zu, daß du heiratest, Neffe, und laß diese Torheiten bleiben. Livorno ist zu weit weg, und außerdem glaube ich nicht, daß sie dich je erhört. Sie

ist kalt und hochmütiger als eine Prinzessin... nichts für dich. Komm dieser Tage noch mal vorbei, dann zeig' ich dir was Schönes...«

Sebastià Palou hatte die Bibliothek schon lange verlassen, und der Vizekönig verharrte noch immer in derselben Haltung, in der ihn sein Neffe angetroffen hatte. Seine Hand ruhte auf einem Blatt Papier, das ihm sein Sekretär mit dem Hinweis, es sei dringend, zur Unterschrift vorgelegt hatte. Aber jedesmal, wenn er versuchte, sich auf das Schriftstück zu konzentrieren, kam er nicht über die ersten Worte hinaus: *Dies ist der Erlaß für die Festlegung des Weizenpreises auf elf Sous*... und schon wanderten seine Gedanken zurück zu den wollüstigen Genüssen, die ihm seine Sklavinnen vergangene Nacht bereitet hatten. Den beiden in einem alexandrinischen Harem erstklassig ausgebildeten Mädchen – das Geschenk eines Korsaren, der sich für einen großzügigen Gefallen besonders dankbar erweisen wollte – verdankte Seine Exzellenz eines der größten Vergnügen, die ihm das Leben bisher vorenthalten hatte. Da war der schmächtige Körper seiner ersten Frau gewesen, die kaum ein Jahr nach der Hochzeit das Zeitliche gesegnet hatte, später der Donna Onofrinas, plump und reizlos, und zwischendurch die belanglosen Leiber seiner Geliebten. Gestern aber hatte Seine Exzellenz die Lust an der Betrachtung nackter Schönheit entdeckt, verkörpert in den jugendlichen Formen dieser Geschöpfe, die sich ohne Scheu und doch mit einer süßen Schamhaftigkeit fügsam vor ihm entkleideten und seinen entzückten Augen immer mehr bloßes Fleisch boten, indem sie ihre Schleierhüllen fallen ließen, anmutig wie Salome vor dem Tetrarchen getanzt haben mußte, und sich trotz ihres kindlichen Alters von vielleicht dreizehn oder vierzehn Jahren des Zaubers durchaus bewußt, den sie, wie ein Schlangenbeschwörer auf sein Reptil, auf ihre Zuschauer ausübten. Als sie zum Ende des Tanzes nicht mehr auf dem Leib trugen als ihre Knöchelreifen, die ihnen bereits als kleine Mädchen angelegt worden waren und sich nicht abstreifen ließen, ohne sie zu zerbrechen, verneigten sie sich vor dem Vizekönig, bereit, alle seine Launen zu befriedigen. Aber Antonio Nepomuceno Sotomayor i Ampuero verlangte nichts weiter, als daß sie sich ankleideten, wieder von vorn anfingen und jede einzelne Geste exakt wiederholten. Er wußte sich lebenslang Herr über ihre Körper und hatte somit keine Eile, sie zu besitzen. Außerdem plante er, einige seiner engsten Freunde mit diesem Schauspiel zu ergötzen, vorausgesetzt, seine Frau, die die Ankunft der Sklavinnen völlig gleichgültig hingenommen hatte, erfuhr nichts davon, sonst hätte die Nachricht schnell die Kurie erreicht, die, hocherfreut, ihn bei einem Fehltritt ertappt zu haben, einen Riesenskandal daraus machen würde, den er wirklich nicht gebrauchen konnte.

Das Leben war nicht unfreundlich mit ihm umgegangen, und vielleicht erwartete er deshalb nicht mehr viel. Gott hatte seine beiden Ehen nicht mit Kindern gesegnet, aber er hatte zwei kräftige, gesunde Söhne gezeugt, die sich bei Hofe unter der Obhut Ihrer Hoheit der Königinmutter gut entwickelten. Sein Verhältnis zu ihr war immer ausnehmend gut gewesen, besonders seit dem Tod des Königs, als er, der er sich zu jener Zeit in Madrid aufhielt, Doña Marie-Anna dazu bewegen konnte, sein Beileid in Form eines heilbringenden Steins zu akzeptieren, eines mit Diamanten eingefaßten Steins, den sie sogar trug, was er als große Ehre ansah. Und damit nicht genug, denn anläßlich einer Audienz, die sie ihm während ihrer Regentschaft gewährte, versicherte sie ihm, daß der sie seit jeher quälende Kopfschmerz von dem Augenblick an, in dem ihr Finger von diesem Ring umfangen wurde, deutlich nachgelassen habe. Er stand in ihrer Gunst, das war offenkundig. Und ein klarer Beweis dafür war dieses Vizekönigtum, auf das er seit seiner Heirat mit ihrer mallorquinischen Verwandten so sehr gehofft hatte. Mit Hilfe dieses Amtes gedachte er, die Gewinne seiner Gattin zu erhöhen, deren Vermögen er verwaltete. Nicht daß er käuflich war und Gunst oder Einfluß gegen Geld gewährte, jedenfalls nicht mehr als jeder andere auch, sondern weil er auf diese Weise die Kapergeschäfte aus nächster Nähe verfolgen konnte, diese wichtigste Einnahmequelle der Markgräfin von Llubí, die als Erstgeborene den Seehandel übernommen hatte, mit dem ihr Vater reich geworden war. Wie viele Adlige der Insel hatte sich sein Schwiegervater als Hintermann jüdischer Teilhaber, die verläßlich ihre eigenen Interessen wahrten, der Kaperei verschrieben. Doch sollte es jetzt brenzlig werden, müßte er neue Verbündete finden, selbst wenn Valls absolut vertrauenswürdig war. Je früher er Bescheid wußte, desto besser. Abgesehen von den ersten Tagen nach seiner Ankunft – damals hatten einige seiner ehemaligen Widersacher aus purem Neid, gar keine Frage, die Ungezogenheit begangen, ihre Kutschen nicht anzuhalten, um ihn zu grüßen, als er über die Mole spazierte –, war der Rest seiner Amtszeit reibungslos verlaufen, möglicherweise, weil er vom ersten Moment an seine Autorität geltend machte, indem er die Adligen, die sich so ungehörig benommen hatten, per Ratsbeschluß auf die Festung Bellver verbannte und die beiden Kutscher, die von ihren Herren der Unaufmerksamkeit bezichtigt worden waren, im Torre de l'Àngel einkerkern ließ.

Die Neuigkeiten, über die er von seinem Neffen in Kenntnis gesetzt worden war – sein bester Spion überhaupt und obendrein ein Freund, fast ein Sohn –, hätten ihn zu einem anderen Zeitpunkt zutiefst beunruhigt oder zumindest langen Nachdenkens bedurft, um einen Angriffsplan oder gegebenenfalls einen Verteidigungsplan zu entwerfen; von der Erinnerung an die Zartheit jener lieblichen Formen konnten sie ihn jedoch nicht ablenken ... *Ich warte lieber, bis Valls hier ist,* sagte er sich. *Was soll ich mich über ungelegte Eier aufregen!*

Costura schlenderte unschlüssig durch das Tor von Sant Antoni aus der Stadt hinaus aufs Land. Unter den Bauern, die zu Fuß, rittlings auf Mauleseln oder auf beladenen Karren sitzend stadteinwärts und stadtauswärts unterwegs waren, erregte die Gestalt in der feierlichen Trauerkleidung Aufsehen. Er schien nirgendwoher zu kommen noch irgendwohin zu gehen. Zerstreut ging er mitten auf dem Weg und trat nur beiseite, wenn er fast mit jemandem zusammenstieß oder das Geräusch von Wagenrädern oder Hufen ihm zu nahe kam. Er nahm kaum wahr, daß ein Maultier ihn mit Urin bespritzte und seine Hosen durchnäßte, was von ein paar Buben beobachtet wurde und zuerst Lachsalven und Schmährufe, dann einen Steinregen auslöste, dem er nur mit Mühe ausweichen konnte. Ein Stein traf ihn voll am Bein, und er hinkte mühsam davon. Aus Furcht vor den Strolchen wagte er nicht, nach Ciutat zurückzukehren, sondern machte sich stolpernd auf zu Valls' Garten, dem einzigen Ort in der Nähe, wo er Unterschlupf finden konnte. Kaum daß er durch die Tür getreten war, fragte er nach dem Besitzer, doch ein Arbeiter, der einen Granatapfelbaum beschnitt, sagte, man habe ihn den ganzen Tag noch nicht gesehen. Der Pächter sei aber da, und der jüngste Sohn des

Herrn würde jeden Moment kommen. Der Gärtner kümmerte sich weder um Rafel Cortès' Erregung noch um seinen Aufzug, fragte ihn auch nicht, ob die Wunde, die ihm die Hose mit Blut tränkte, der Grund dafür sei, daß er hinke. Das immer heftiger schmerzende Bein nachziehend, erreichte er eine Steinbank und setzte sich. Nach einer Ruhepause im Schatten der Weinreben fühlte er sich neu belebt. *Es ist der Ort, der heilende Kräfte hat,* sagte er sich, während er tief einatmete, als tränke er die Luft in großen Schlucken, diese Luft, die die Qualen seiner wunden Seele wie ein Balsam zu lindern schien. Cap de Trons lag im Sterben. Es war klar, daß er ihm das Geld nicht mehr zurückzahlen würde. Allenfalls würde Gabriel Valls, der für die Schuld gebürgt hatte, die Kinder bewegen können, sie zu übernehmen, aber das würde langwierig und schwierig werden. Schlimmer war, daß Cap de Trons starb, ohne sich mit Jesus Christus ausgesöhnt zu haben, und für immer in der Hölle schmoren würde. Und was hatte er, Costura, dafür getan, seine Seele zu retten? Zwar hatte er den Beichtvater geholt, aber der war zu spät gekommen. Wer wußte, ob Cap de Trons in diesem Augenblick seine Seele nicht schon ausgehaucht hatte, zur Wand gedreht, den Blick auf die Mauer gerichtet, wie er seine Mutter hatte sterben sehen, ohne daß er irgend etwas hätte tun können.

»Seid Ihr verletzt?« hörte er eine junge, fast kindliche Stimme.

»Nicht weiter schlimm. Ein Stein, den mir ein paar Lausejungen nachgeworfen haben, als ich hier in der Nähe spazierenging.«

»Rührt Euch nicht! Ich rufe meine Mutter, und wir verbinden Euch. Wir haben eine Salbe, die nicht brennt, es ist Honig darin...«

»Du bist Honig, Kindchen«, murmelte Costura, denn das zu einem dicken Zopf geflochtene Haar der Kleinen schien von allen Bienen des Gartens gemacht, so blond war es, und ihre Stimme war wie frischer Blütennektar. *Wie eine kleine Heilige!* dachte Cortès, der sich nicht erinnerte, sie am Vortag gesehen zu haben, aber vermutete, daß sie ebenfalls eine Tochter des Pächters war.

Sie selbst, nicht ihre Mutter, die ihr nur die Schüssel hielt, wusch die Wunde sauber, bestrich sie mit Heilsalbe aus einem Tontöpfchen und verband das Bein.

»Ihr werdet sehen, es tut bald nicht mehr weh und ist schnell wieder gut! Gestern war ich nicht hier, deshalb kennt Ihr mich noch nicht«, erklärte sie, als habe sie die unausgesprochene Frage des Goldschmieds erraten. »Ich war bei meiner Patin. Sie freut sich, wenn ich sonntags bei ihr esse. Kommt, versucht, ein Stück zu gehen!«

Die Kleine half ihm beim Aufstehen und bot ihm den Arm. Costura fühlte sich etwas besser, doch das Bein tat weh, und er hinkte.

»Ich bringe Euch einen Stock!« Wieder verschwand sie in Richtung des Hauses.

»Eure Tochter ist ein wahrer Schatz!« wandte sich Rafel Cortès an die Pächtersfrau. »Was für ein goldiges Ding!«

»Findet Ihr? Danke. Wenn Ihr wollt, könnt Ihr über Nacht bleiben. Morgen, wenn wir zum Markt fahren, könnt Ihr auf dem Karren sitzen. Der Weg ist ein bißchen lang für einen in Eurem Zustand.«

»Ich würde lieber heimgehen. Aber ich bin Euch für Eure Gastfreundschaft von ganzem Herzen dankbar. Mal sehen, ob es mit dem Stock geht. Wenn ich kann, breche ich lieber auf und schlafe zu Hause…«

Pater Ferrando fand nicht die nötige Sammlung für die Lektüre des Breviers, ständig schweiften seine Gedanken ab zu den Ereignissen dieses Nachmittags, erst recht seit der Nachricht vom Tode Cap de Trons'.
Pater Amengual dagegen fühlte sich sehr befriedigt. Die Entwicklung gestaltete sich günstig für ihn, und das ließ ihn mit Zuversicht in die Zukunft blicken. Im Handumdrehen hatte er die erst gestern begonnene Stanze für die Einleitung der *Historia de Mallorca* des Chronisten Angelat fertig. Er wiederholte sie laut:

Mallorca, patria dorada,
por hechos de tanta suma
no sabe si a vuestra pluma
deberá más que a la espada.
Cuando mira celebrada
su forma de polo a polo
a vos la atribuye sólo,
que si con esfuerzo y arte
mil trofeos le dio Marte,
vos le dais luz como Apolo.

Mallorca, goldene Heimat,
die angesichts solcher Fülle
nicht weiß, ob sie Eurer Feder
nicht mehr als dem Schwert schuldet.
Wenn sie mit Stolz schaut
über ihre Gestalt von Pol zu Pol,
dankt sie sie Euch allein,
denn wenn mit Kraft und Geschick
Mars ihr auch tausend Trophäen verlieh,
gebt Ihr ihr Licht wie Apoll.

Er wanderte in der Zelle auf und ab, sehr zufrieden mit seiner Arbeit. Es war leicht übertrieben, das schon, denn Angelat war eher beleibt und kurzbeinig und hatte nicht die geringste Ähnlichkeit mit Apoll. Und was das Licht betraf, das die Insel erstrahlen ließ, war sein Buch über Noreta Canals ganz bestimmt die größere Leuchte, schließlich handelte es vor allem von der göttlichen Gnade, dem mystischen Feuer, der Flammenzunge des Heiligen Geistes. Aber egal, das war es, was herausgekommen war, und dabei blieb es. Für diese Huldigung konnte ihm der Chronist wahrlich für alle Zeiten dankbar sein.

Als *misser* Angelat nach Hause kam, erwartete ihn zu seiner Überraschung ein Geschenk von einem Freund aus Barcelona. Als er das Paket aufmachte, stellte er fest, daß Agustí Pons endlich sein Versprechen wahrgemacht und ihm *La pâtisserie française, où est enseignée la manière de faire toute sorte de pâtisseries très utiles à toutes sortes de personnes* geschickt hatte, Rezepte, die er ihm wärmstens empfohlen hatte, vor allem, weil seine Köchin sehr gute Ergebnisse mit einigen davon erzielte, die er ihr natürlich übersetzt hatte. Allein die Vorfreude auf die Leckerbissen, die das Buch bereithielt, ließ Angelat das Wasser im Mund zusammenlaufen. Doch schon nach den ersten Zeilen merkte er, daß er so gut wie nichts verstand. Die Bedeutung der meisten Worte war ihm unbekannt. Und ohne genaue Kenntnis der erforderlichen Zutaten würde Joana Maria schwerlich Nutzen daraus ziehen können. Der Speichel, der in Erwartung künftiger Köstlichkeiten bereits aus seinen Drüsen sprudelte, war also vergeudet. *Ich sitze in der Klemme! Wie kann ich jemanden um Hilfe bitten, wenn man mich in dieser Stadt für den größten Kenner des*

Französischen hält? Und während er mit gierigen Augen hier *Oranges à la neige de claire avec soufflé* und da *Biscuit flambé au vin doux* oder *Omelette farcie au cerises* las, quoll seine Phantasie über von Platten und Schüsseln, randvoll mit Süßigkeiten.

Leicht erschrocken über die Dringlichkeit, mit der der Vizekönig ihn zu sehen wünscht, ist Gabriel Valls zum Palast geeilt. Eben hat ihn der Diener gemeldet, und schon verneigt er sich respektvoll vor Seiner Exzellenz. Der Markgraf empfängt ihn in dem leutseligen Ton, in dem er mit denen verkehrt, die er für seine Freunde hält. An dem Tisch sitzend, wo der Vizekönig das Papier ablegt, das er so lange in Händen gehalten hat, wischt sich Gabriel Valls mit dem Taschentuch den Schweiß vom Gesicht und bittet den Herrn Markgrafen um Verzeihung für diese Ungehörigkeit. Doch die Schweißtropfen, die von seiner Stirn perlen und seine Wangen herunterrinnen, sind lästig und hindern ihn, alle fünf Sinne auf das zu konzentrieren, was der Vizekönig ihm zu sagen hat. So wie man ihn hergeholt hat, muß es sich zweifellos um eine ernste Angelegenheit handeln oder zumindest um etwas sehr Wichtiges.
»Ich habe dich rufen lassen, Gabriel, um dich zu informieren…«, fängt der Vizekönig an und macht eine Pause. Die Domglocke hat eben sechs Uhr geschlagen.

Vor den erstaunten Augen der Bauern, die vor dem Ladentisch darauf warteten, bedient zu werden, nahm Sebastià Palou im Geschäft seiner Mutter Pere Onofre zum Abschied in die Arme. Die öffentlich zur Schau gestellte Zuneigung des Edelmannes für diesen Mann, so viel geringer von Stand und obendrein von *unreinem* Blut, verblüffte die Anwesenden außerordentlich. Sebastià bemerkte es, kümmerte sich aber nicht darum. In seiner Dankbarkeit für die zahlreichen Gefälligkeiten, die ihm der Händler erwiesen hatte, scherten ihn keinerlei Umgangsformen. Dank dieser Freundschaft hatte Gabriel Valls ihm einen zinslosen Kredit von hundert Unzen gewährt. Und noch immer schuldete er ihm einen Teil des Geldes. Aguiló ist mehr als ein Freund, ein Vertrauter. Und deshalb hält er jetzt ein Bündel gefalteter, nach Rosenwasser duftender, mit einem Samtband zusammengeschnürter Papiere in Händen und hat den Auftrag, es nach Livorno zu bringen.

Costura hat das Angebot, im Garten zu übernachten, schließlich angenommen, denn er sieht sich nicht imstande, hinkend und unter Schmerzen den Weg bis nach Hause zurückzulegen. Außerdem erfüllt ihn die Anwesenheit dieses lieblichen Mädchens, das noch keine fünfzehn Jahre alt sein dürfte, mit einer alten, längst verschütteten Rührung, die er seit der Zeit, in der er Joana kennenlernte, nicht mehr empfunden hat, einer Zärtlichkeit, die ihn seine quälenden Sorgen vergessen läßt.

Dem Abend bleiben immer noch ein paar Stunden und einige Lebenskraft mehr als Cap de Trons, der in den letzten Zügen liegt. An der Tür zur Sterbekammer ist alles gerichtet. Vor einer Weile ist Madò Grossa eingetroffen und hat ihre Totenutensilien mitgebracht, die sie seit zwanzig Jahren mit solcher Selbstverständlichkeit und Sachkenntnis handhabt, daß schon mehrmals Leute von außerhalb des Carrer sie beauftragt haben, ihre Verstorbenen zu versorgen. Die Tücher zum Abtrocknen des Körpers und das Grabtuch zum Einschlagen des Leichnams liegen auf einem niedrigen Stuhl bereit. Madò Grossa packt ein Kruzifix aus, das sie für die wachsamen Augen möglicher Schnüffler dem aufgebahrten Cap de Trons in die Hände legen wird. Später, kurz vor dem Schließen des Sarges, wird sie es unter Tränen und Klagen wieder an sich nehmen, dem ältesten Sohn als Reliquie überreichen und somit verhindern, daß Cap de Trons mit diesem verbotenen Abbild vor Adonai treten muß, was Ihm sicher nicht gefallen würde.

In der Speisekammer warten schon die harten Eier und die Oliven für den Leichenschmaus, die eine fürsorgliche Nachbarin heraufgebracht hat, weil die Tochter ausfällt und das Kochen und Olivenverlesen nicht Sache der Männer ist, zumal unter diesen Umständen. Madò Grossa hat nichts weiter tun müssen, als in Kübeln, Waschbecken, Nachtgeschirren, Schüsseln, Krügen, Töpfen und Tassen nachzusehen, daß sich kein Wasser im Haus befindet außer dem über dem Feuer zum Waschen des Leichnams. Nicht daß Cap de Trons' Seele sich im Wasser verfängt und den Weg zur Ewigen Ruhe nicht findet. *Nein, hier gibt es bestimmt bloß diesen einzigen traurigen Spiegel,* murmelt sie, *das sind arme Leute, danach sieht es jedenfalls aus. Das ist nicht wie bei den Sampols!* Während sie sich nach einem Tuch umschaut, um den Spiegel zu verhängen, damit der Geist des Kleiderhändlers nicht im Quecksilber eingesperrt wird, entsinnt sie sich der Schleier aus schwarzer Spitze, mit denen die Senyora Donna Blanca alle Spiegel des Hauses bedecken ließ, als ihr Mann starb, und die sie zum Zeichen der Trauer über ein halbes Jahr nicht wegnahm. Das mußte man gesehen haben…!

Gabriel Valls beeilte sich auf dem Rückweg zum Segell und kürzte durch die Gassen ab, die vom Palast zu Pere Onofre

Aguiló führten. Die Besorgnis war ihm ins Gesicht gemeißelt. Im Laden von Pere Onofres Mutter ließ er sich von den befremdeten Blicken der Leute nicht aufhalten, sondern fragte fast grußlos nach seinem Freund, hörte, er sei oben, und rannte laut rufend ins Obergeschoß.

»Das ist aber nett!« freute sich Aguiló.

»Wir haben keine Minute zu verlieren«, keuchte Valls.

»Verschnauf dich erst mal«, sagte Pere Onofre und bot ihm einen Stuhl an. »Ist was passiert?«

»Costura hat einen von uns bei der Inquisition angezeigt. Der Kanoniker Llabrés hat ein Papier, das ihm Pater Ferrando im Namen des Verräters übergeben hat.«

»Das sollte aber keine Überraschung für dich sein. Du hattest ihn doch längst im Verdacht.«

»Schon. Er hat Cap de Trons damit gedroht. Aber ich habe nicht erwartet, daß er es so eilig haben würde.«

»Cap de Trons ringt mit dem Tode. Er macht es nicht mehr lange. Dann ist es zu spät für einen Prozeß.«

»Lebend nicht, aber tot. Ich hab' ihn nie leiden können, aber ausgegraben auf dem Scheiterhaufen will ich ihn wirklich nicht sehen.«

»Diese Prozesse sind langwierig, und Cap de Trons ist arm. Beim letzten Mal haben sie ihn ordentlich ausgesaugt. Wenn Costura nur ihn angezeigt hat, na ja...«

»Das wissen wir eben nicht genau. Und außerdem führt eine Anzeige immer zur nächsten...«

»Und woher weißt du das alles?«

»Der Vizekönig hat mich rufen lassen, um es mir zu sagen. Don Sebastià Palou, sein Neffe, ist bei den Montagskränzchen von Montisiòn dabei.«

»Der war gerade hier. Siehst du dieses Bündel Briefe? Die sind für sie. Sie wird nicht darauf eingehen, da bin ich sicher. Ich habe dir ja schon erzählt, daß sie niemanden empfängt. Sie geht nie aus. Sie betet. Sie tut nichts anderes als beten.«

»Wir werden sie noch einmal brauchen. Richte ihr das von mir aus. Wenn es ernst wird, sollte uns nicht das gleiche passieren wie vor zehn Jahren. Der Vizekönig hat in Erfahrung gebracht, daß das Inquisitionsgericht Vorbereitungen trifft. Sie brauchen Geld und wollen uns eine Lehre erteilen. Wir müssen noch einmal versuchen, hier wegzukommen. Es wird uns nichts anderes übrigbleiben.«

»Das wird nicht leicht. Nach der Erfahrung mit Harts traue ich den meisten Kapitänen nicht mehr. Allenfalls Willis…«

»Wir müssen es riskieren! Bis morgen kann ich nicht viel Geld auftreiben, aber ich werde sehen, was sich machen läßt. Bitte die Senyora, dir die nötige Summe zu geben. Sie wird es natürlich zurückbekommen. Ich zähle auf dich, Pere Onofre!«

»Wenn es nur um dich und deine Familie ginge, wäre es einfacher. Ihr, der Konsul und seine Kinder… Aber wenn ich wieder Platz für so viele finden soll wie beim letzten Mal…«

»Für alle, die in Gefahr sind! Es wäre niederträchtig, sie im Stich zu lassen.«

»Das verstehe ich. Aber je mehr ihr seid, desto schwieriger.«

»Und wir müssen uns beeilen. Wir haben wenig Zeit. Wir müssen es schaffen, bevor die Prozesse beginnen. Vom Kerker aus ist nichts mehr zu machen.«

»Die Mühlen mahlen langsam. Außerdem, wer weiß, wen Costura wirklich verraten hat. Vielleicht hat er gar keinen von uns beschuldigt.«

»Das glaubst du doch selbst nicht! Aber Costura ist erledigt, verlaß dich drauf!«
»Sei auf der Hut, Gabriel! Der kleinste Verdacht wäre sehr gefährlich!«
»Ich weiß. Wir müssen in jedem Fall fliehen, so bald wie möglich. Unsere Leute sind erschöpft. Sie würden keine weiteren Kerkerjahre durchhalten, ohne sich gegenseitig auszuliefern. Die Verschworenheit damals war eine große Hilfe, aber sie wird sich heutzutage nicht wiederholen lassen. Außerdem hat der Vizekönig recht, die Verhältnisse haben sich geändert. Der inquisitorische Eifer ist wesentlich größer. Sie brauchen Geld, viel Geld, und sie haben beschlossen, es sich zu beschaffen. Sie werden sich gütlich tun, du wirst schon sehen! Wenn sie nicht gleich mit Feuer und Rauch und dem ganzen Theater loslegen.«

Die Pächtersfrau gab Costura eine Kammer, die zum hinteren Teil des Gartens lag, gerade oberhalb der von Granatapfelsträuchern gesäumten Blumenbeete. Costura hatte sich einverstanden erklärt, das Abendessen mit seinen Gastgebern in der Küche einzunehmen, und wollte es unter keinen Umständen im Zimmer serviert bekommen, wohin er sich eine Weile zurückgezogen hatte, um auszuruhen. Auf den Stock gestützt, kam er die paar Stufen hinunter, die vom Obergeschoß in die Küche führten, und setzte sich vor seinen Teller Suppe.
»Segnet Ihr als unser Gast den Tisch«, bat die Hausfrau.
»Sehr gern!« gab Costura zurück, der mit dieser christlichen Geste nicht gerechnet hatte.
Danach aßen sie schweigend. Wie schon das Essen am Vortag, lobte Costura auch dieses Gericht überschwenglich.
»Schmackhaft und deftig!« sagte er und akzeptierte noch

eine Portion, als man ihm mitteilte, daß es keinen Nachtisch gebe.

»Aber getrocknete Feigen. Davon haben wir reichlich!« bot ihm der Pächter an, der eben zum Abendessen heimgekommen war. »Wir essen sie gern. Die werfen wir nicht vor die Säue, o nein!«

Mit der Entschuldigung, seine Wunde schmerze, zog sich Rafel Cortès bald zurück. Am Morgen würde man ihn wekken, sobald die Maultiere eingespannt wären, so gegen fünf, um ihn mit nach Ciutat zu nehmen. *Wenn ich nur im Garten spazierengehen könnte...* dachte er, aber in seinem Zustand war es besser, sich nicht zu bewegen. Er betete noch einen Rosenkranz, und, kaum beim letzten Mysterium angelangt, fühlte er seine Muskeln erschlaffen und den Schlafsand in den Augen. Doch währte das süße Gefühl, sich ganz auszuliefern, sich schon davonziehen zu lassen, nur wenige Sekunden. Er schlug die Augen wieder auf, weil er glaubte, nah bei seinem Fenster den Klang einer Gitarre zu hören, begleitet vom leisen Gesang eines Jungen:

Vós que amb so mirar matau,
matau-me sols que em mireu,
que més m'estim que em mateu
que viure si no em mirau.

Ihr, die Ihr mit Eurem Blicke tötet,
tötet mich, doch seht mich an,
denn lieber soll der Tod mir sein,
als ohne Euren Blick zu leben.

Er singt schön, und die Stimme eines Knechts scheint das nicht zu sein. Und sie? Wer ist sie? Bestimmt die Jüngste des

Pächters. Kein Wunder, daß die Knaben um sie herumscharwenzeln…
Seine Neugierde war stärker als der Schmerz in seinem Bein und die Müdigkeit. Geräuschlos näherte er sich dem Fenster. Im Mondlicht erkannte er den jüngsten Sohn Gabriel Valls', der aufgehört hatte zu singen. Das Gesicht erhoben, den Blick auf das Fenster oberhalb dem Costuras gerichtet, rief er nach jemandem. Leise, schmeichelnd wiederholte er einen Namen, als küsse er ihn: *Maria, Maria…*

Sieben

Rechter Hand über der Horizontlinie verschwanden die letzten verwischten Umrisse der Küste. Vor und hinter der Pinke, steuerbords und backbords, nahm die Feindseligkeit des zähblauen Wassers zu. Dunkle Wolken wie furchterregende Fratzen mit ungeheuerlichen Formen beherrschten den Himmel wie Wächter, die dafür sorgten, daß die Vögel ihrer Domäne nicht zu nah kamen. Im Laderaum zogen die Matrosen die Knoten der Taue an, um die Fracht so gut wie möglich vor dem absehbaren Wegrutschen zu sichern. Auf der Brücke traf der Kapitän die Vorkehrungen für das Unwetter, auf das er gefaßt war, seit er kurz hinter Cap Blanc die Rotfärbung des Himmels bemerkt und den scharfen Wind gespürt hatte, der die Wellen aufpeitschte und nach Norden trieb.

Die Nacht näherte sich rasch mit ihren Schattentrommeln, die in wilde Wirbel ausbrachen, Augenblicke nachdem der Himmel blutrot aufgerissen war, während die Betakelung zu knirschen begann und der Bug sich mit voller Kraft durch die schwere See wühlte.

Pere Onofre erwachte plötzlich in der Dunkelheit seiner Kajüte, ohne zu wissen, wie ihm geschah, als eine Sturzwelle ihn von der Koje riß und heftig zu Boden schleuderte. Tastend rappelte er sich auf, legte sich wieder hin und schnallte sich mit den Gurten fest. Er machte die Augen zu und hielt die Bettkanten umklammert, um dem Seegang zu trotzen und nicht wieder herunterzufallen. Aguiló war kein Seemann, doch hatte er auf seinen langen Reisen über das Mittelmeer gelernt, sich mit den Launen von Wind und Wasser abzufinden und sie resigniert zu erdulden. Ihm war es entschieden lieber, daß die Pinke gegen Stürme zu kämpfen hatte als gegen Korsaren. So ein Überfall hätte ihrer aller Leben in viel größere Gefahr gebracht, als es die wütende Natur vermochte, die sich letztendlich immer mit ein paar Stunden Qual zufriedengab, ohne bei ihrem Rückzug Geiseln mitzunehmen oder sich der Ladung zu bemächtigen, und ihnen anschließend zur Entschädigung für ihren Wutausbruch Stunden guten Wetters bescherte.

Zu den schlimmsten Erfahrungen seines Lebens gehörte eine Begegnung mit Korsaren auf einer Reise mit dem Kapitän Esteve Fàbregues im Auftrag des Hauses Sureda und mit einem Kaperbrief des Vizekönigs Ponce de León in Händen. Es sah zunächst günstig aus, seine Leute hatten den Feind als erste erspäht und das Feuer eröffnet, in der Annahme, daß dieser Überraschungsangriff ihnen reiche Beute sicherte. Aber das Glück kehrte sich plötzlich gegen sie. Denn das geenterte Schiff war nichts weiter als ein Lockvogel, wendig und ohne Ladung, vom Kapitän einer kleinen Sarazenenflotte vorausgeschickt, um vorbeikommende Schiffe zu ködern, die er kurz darauf unter dem Feuer seiner mächtigen Kanonen versenkte, ihre Besatzung gefangennahm und sie auf dem Sklavenmarkt verkaufte. Man hatte sie vom Golf von Genua zum Hafen von Tabarka gebracht, wo er beinahe an einen Türken verkauft worden wäre. Um ein Haar hätte er seinen Rücken dem Brandeisen seines Herrn hinhalten müssen, hätte sich die unermeßliche Gnade Adonais nicht den Zufall zunutze gemacht und ihm einen Freund gesandt, einen jüdischen Kaufmann, der dem Korsarenkapitän das Dreifache des von dem Türken gebotenen Preises zahlte und das Geld niemals zurückhaben wollte. Aguiló schwor, es zu erstatten, sobald es ihm möglich wäre.

»Wenn ich Euch schon mein Leben verdanke«, sagte er ihm zum Abschied, »will ich Euch wenigstens kein Geld schuldig sein. Und der Gedanke, Ihr könntet es eines Tages bereuen und mich als Euren Sklaven beanspruchen, ist mir zu unerträglich!« fügte er verschmitzt hinzu.

Salomó Abrahim, der es sich nie verziehen hätte, einem Glaubensgenossen seine Hilfe zu verweigern, zeigte sich Aguiló gegenüber mehr als großzügig. Er machte ihm das Angebot, zukünftig für ihn statt für die mallorquinischen Adligen zu arbeiten, gab ihm ein Empfehlungsschreiben an die Gemeinde in Livorno und schiffte ihn nach dem norditalienischen Hafen ein. Pere Onofre Aguiló wollte nicht ganz mit den Herren in Mallorca brechen und berichtete ihnen in Briefen aus Livorno über die verunglückte Kaper, den Verlust der *Nostra Senyora del Socors*, die Gefangennahme ihrer Besatzung und dann auch von seiner Schuld gegenüber Salomó Abrahim, durch die er die nächsten Jahre gebunden sei, und daß er sich auf Salomós Wunsch in dem mediceischen Hafen niederlassen müsse, von wo er jedoch ebensogut weiterhin ein Auge auf die Seegeschäfte seiner mallorquinischen Herren haben könne. Don Joan Josep Sureda hielt dies für einen ausgezeichneten Vorschlag. Einen festen Mittelsmann in Livorno zu haben, der obendrein über enge Kontakte zum Hafen von Tabarka verfügte, stellte einen außerordentlichen Vorteil für sein Weizeneinfuhrgeschäft dar. Er persönlich beschaffte Pere Onofre den Freibrief, der ihm erlaubte, sich zeitweilig von der Insel zu entfernen und zurückzukehren, wann immer es ihm beliebte, ganz nach eigenem Ermessen und ohne daß ihn jemand für seine langen Abwesenheiten zur Rechenschaft ziehen konnte.

Pere Onofre Aguiló war fünfundzwanzig Jahre alt, als er im Hafen von Livorno als Passagier der *Nova Jerusalem* von Bord ging, die Empfehlungsschreiben seines Schirmherrn an die jüdische Gemeinde der Stadt in der Tasche. Obwohl er bereits seit einem Jahr mit Kapitän Fàbregues zur See fuhr, hatte er noch nie hier angelegt. Wie alle Seefahrer wußte er jedoch um die zunehmende Bedeutung der Stadt, deren Wachstum größtenteils den aus Spanien und Portugal eingewanderten Marranen und ein paar aus Antwerpen und Ferrara Versprengten zuzuschreiben war. Sein ganzes Leben lang dankte er Adonai für die Begegnung mit seinem Retter, der ihm obendrein das Tor in die Freiheit geöffnet hatte.

Von der Gewalt des Sturms geschüttelt, der das Schiff abwechselnd unter Wasser drückte und auf die höchsten Wellenkämme stieß, dachte Pere Onofre an seine Familie. Es tröstete ihn, sie behaglich zu Hause in Livorno zu wissen, ohne Angst ihrem Gott ergeben, angesehen, sogar bei den Christen, die es niemals wagen würden, sie zu belästigen, reich, ohne die Armen zu vergessen, insbesondere die Hilfsbedürftigen und Verfolgten wie jene Brüder in Mallorca. Mit geschlossenen Augen hielt er die Kanten, an denen die Koje aufgehängt war, fest umklammert. Doch noch stärker als seine Arme klammerten sich seine Willenskraft und die seines Gedächtnisses an die schöne Zeit, die er auf der Insel zusammen mit seinen Freunden verlebt hatte, insbesondere mit dem Cònsol. Süße Tage der gemeinsamen Kindheit, derer er sich nun erinnerte, als noch keiner von beiden über seine Herkunft Bescheid wußte und das gute Auskommen ihrer wohlhabenden Kaufmannsfamilien jegliche Gefahr oder Unsicherheit von ihnen fernhielt. Er gedachte mit Wehmut seiner verwitweten Mutter, die er erst vor wenigen Stunden mit dem beklemmenden Gefühl umarmt hatte, daß er ihren von den Jahren geschrumpften Körper zum letzten Mal an sich drückte, diesen Körper eines Täubchens mit seinen dünnen Knochen, fast fleischlos und von zerfurchter, mit blauen Knötchen übersäter Haut umhüllt, der den Eindruck erweckte, als würde er jeden Augenblick zu pudrigem Sägemehl zerrinnen. *Sei unbesorgt, Onofre,* hatte sie gesagt, *Gott Unser Herr wird sich dieser seiner Sklavin erbarmen und mir einen sanften Tod schenken.* Sie hatte es ohne einen Anflug von Trauer gesagt, im festen Vertrauen auf die unendliche Gnade Adonais, dem sie in den Grenzen ihrer Möglichkeiten demütig gedient und sich bemüht hatte, ihren Kindern das Geheimnis zu vermitteln, das im verborgenen gehalten werden mußte, seit man sie zu der heuchlerischen Taufe gezwungen hatte, und in das die Mütter von Generation zu Generation ihre Kinder einweihten, sobald diese aus dem Traum der Kindheit erwachten.

Es war an seinem dreizehnten Geburtstag, als seine Mutter ihn beglückwünschte und sagte, sie habe ein Geschenk für ihn, ein Kleinod, das sie seit seiner Geburt für diesen großen Freudentag aufbewahre, den Tag, der sein Leben ändern solle, nicht nur, weil er jetzt ein Mann sei und als solcher neue Erfahrungen machen würde, sondern auch, weil er Jude sei. Jude, wie es auch seine Eltern und Großeltern gewesen waren, seine Urgroßeltern und die Eltern der Urgroßeltern seiner Großeltern, Nachkommen des Stammes Levi, den Aristokraten unter den zwölf Stämmen, Juden im geheimen, weil sie unter der ständigen Bewachung der Christen notgedrungen gezwungen waren, die katholischen Riten zu befolgen. Jude, das heißt, Adonais auserwähltem Volk anzugehören, dem Er, trotz der Pein des Exils, Seine schützende Hand niemals entziehen würde. Noch blinkte der goldene Davidstern vor seinen Augen, den ihm seine Mutter mit einem Kuß auf die Stirn überreichte und der ihm das glänzendste und schwerste Schmuckstück schien, das er jemals gesehen hatte. Viele Abende verbrachte er von da an, ohne daß es jemand wußte, auf einem Schemel neben seiner Mutter mit dem Unterricht in der neuen Religion, der einzig wahren, der er sich von diesem Moment an verschwor, wie kurz darauf auch sein bester Freund, der Cònsol, nur daß dieser kein kostbares Geschenk erhielt. Als er sich in Livorno niederließ, trug er den Stern über dem Herzen, nicht an der dicken Goldkette seiner Mutter, sondern in einem Leinensäckchen, in dem er auch sein Geld verwahrte, verborgen unter Stoffalten zwischen der Haut und seiner Kleidung. In einer unwillkürlichen Geste griff er sich ans Herz, wo der Beutel voller Goldunzen ruhte, die Gabriel Valls hatte zusammenkratzen können und die er um nichts in der Welt verlieren durfte.

Nur ein einziges Mal war das an dieser vertraulichen Stelle Versteckte nicht an sein Ziel gelangt. Aber davon wußte nur er, es war das bestgehütete Geheimnis seines Lebens, das niemand jemals erfahren würde, wenn er es nicht selbst verriet. Zwar hatte er gerade auf dieser letzten Reise das Bedürfnis verspürt, seiner Mutter alles zu erzählen, der zuliebe er jenes Risiko eingegangen war, das ihm in der mallorquinischen Gemeinde soviel Anerkennung einbringen sollte. Letztendlich unterließ er es jedoch, denn um sein Gewissen zu beruhigen, hätte er der armen Alten einen Schlag versetzen müssen, von dem sie sich möglicherweise nicht mehr erholt hätte. Und wie immer, wenn er sich in einer bedrohlichen Lage befand, fuhr die Reue ihren Stachel aus und hielt ihm seine Schuld vor.

Ich hatte Angst, Herr, verteidigte er sich im Geist gegen sein Gewissen. *Noch viel mehr Angst als jetzt! Angst, daß ich mich nicht zu wehren wüßte, nicht imstande wäre zu kämpfen, Angst, daß ich nichts zu bieten hätte im Tausch gegen jenen Schatz, der verhöhnt und hervorgezerrt, in alle Winde verstreut und mit Füßen getreten würde, ohne daß ich mehr hätte tun können, als es zuzugeben. Ihnen zu gestehen, daß ich Jude bin, und dies mit dem Leben zu bezahlen. Aber ich habe es versucht! Erst im letzten Moment habe ich aufgegeben, in der Gewißheit, daß sie mich festnehmen und bei der Durchsuchung den Beutel finden würden, den klaren Beweis. Viel größere Angst, Herr, vor den Händen, die mir die Schnur des Beutels vom Hals reißen, als vor den fürchterlichen Nächten im Wald unter freiem Himmel, belauert von den Reißzähnen der Wölfe und Tausenden von wachsamen Eulenaugen, starr, unbewegt, wie Seelchen, wie ins Leben zurückgekehrte Seelen, die mich holen wollten, als ich fast am Ziel war und andere Ängste überwunden hatte, vor den Räubern in den Bergen von Toses und den ausgehungerten Soldaten, vor der Bande Deserteure, die um die Herberge lauerte … Angst, Herr, Angst vor den wilden Tieren und ihren scharfen Zähnen und vor den Menschen, ihren Dolchen und Messern und Armen, die einem die Arme verdrehen, bis die Knochen brechen, Angst vor den Flammen … Aber Ihr seid barmherzig, Herr, und Ihr wißt, daß ich alles versucht habe, daß ich getan habe, was ich konnte, und daß ich zur Buße alles daransetzen werde, Valls' Auftrag zu erfüllen, doch dazu bedarf ich Eurer Hilfe, Herr, Adonai, mein Gott …*

Nach und nach beruhigte sich Pere Onofre, hörte auf zu beten und überlegte, wie es ihm gelingen könnte, die Seinen aus Mallorca wegzuholen, bevor es zu Prozessen käme, wie er seinen Freund Salomó Abrahim, den er in schwierigen Situationen immer um Rat fragte, dazu bringen könnte, sich an dieser Expedition zu beteiligen, und wie man die Verschiffung am besten planen sollte, ob von einem tunesischen Hafen oder von Livorno aus. Er rechnete damit, daß die Witwe Sampol sich bereit erklärte, das nötige Geld vorzustrecken, wenngleich sie Gabriel Valls nicht mehr so geneigt zu sein schien wie früher, sondern mehr einem Rabbiner in Livorno vertraute, der häufig bei ihr verkehrte. Aber das hatte er Valls nicht zu sagen gewagt, auch nicht, daß Moashé einen übermächtigen Einfluß auf Blanca Pires ausübte, wie auch auf andere Damen der Stadt, die hingerissen seiner Doktrin folgten. Auch er selbst hatte sich eine Zeitlang zu seinen Anhängern gezählt, vor allem, weil seine Frau fest an die von Jacob Moashé gepredigte Lehre glaubte, der seinerseits Anhänger Sabbatais gewesen war, den er für den wahren Messias gehalten hatte.

Es war im Jahre 1666 – im *Sohar* als das Jahr der Erlösung bezeichnet, als Beginn der neuen Zeit, in der Sabbatai zum König von Jerusalem gekrönt werden sollte –, als Pere Onofre Aguiló von der ersten seiner langen Reisen zu den Häfen Europas nach Mallorca zurückgekehrt war und die frohe Botschaft mitgebracht hatte, die damals in den unterschiedlichsten Kreisen der jüdischen Gemeinde kursierte und auch den größten Teil der mallorquinischen Brüder in Hochstimmung versetzte und mit Hoffnung erfüllte. Im Gegensatz zu den Juden in Antwerpen, Ferrara und selbst in Saloniki trafen die Mallorquiner jedoch keine Anstalten, in das Gelobte Land zurückzukehren. Sie wußten, daß ihnen die Auswanderung vom Gesetz untersagt war, und sie wußten auch, daß es Staub aufwirbeln und ihre Absichten verraten würde, wenn sie begännen, ihren Besitz zu verkaufen, und daß sie ohne Geld keine Möglichkeit hatten, einen Schiffskapitän zu bestechen, damit er ihnen zur Flucht verhülfe. Außerdem waren nicht alle überzeugt. Viele hatten Zweifel. Sie befürchteten die Machenschaften eines Hochstaplers, der Anhänger brauche, und wer wisse, ob nicht die Inquisition selbst die Finger im Spiel habe und in aller Ruhe zusehe, wie sie in die Falle gingen. Pere Onofre widersprach ihnen gereizt, schließlich hatte er die unerschütterliche Zuversicht anderer Gemeinden erlebt, die das Gesetz viel strikter einhielten und viel strenger waren als die mallorquinische. Es kam sogar zu einem lauten Streit mit Gabriel Valls, der über die Gemeinde von Bordeaux zu anderen Informationen gelangt war als Aguiló, aufgrund derer er die Ansicht vertrat, Sabbatai sei ein Verrückter, ein Schwärmer, dessen Größenwahn sie alle teuer zu stehen kommen werde. Als Sabbatai schließlich zum Islam übertrat, um nicht auf dem Scheiterhaufen zu enden, nachdem er versucht hatte, dem Sultan Ibrahim von Konstantinopel den Thron zu entreißen, meinte Valls, daß Aguiló die Argumente zu seiner Verteidigung ausgegangen sein sollten. Weit gefehlt. Denn wie etliche Juden in der Diaspora nahm Aguiló Sabbatais Botschaft an – *Gott hat mich zum Muselman gemacht. So hat Er es befohlen, und so geschieht es am neunten Tage meines neuen Lebens* – und ging so weit, Gabriel einen Stümper zu schimpfen. In Antwerpen hatte er Jacob Judà gehört, einen der namhaftesten Rabbiner, der die Apostasie Sabbatais auf der Grundlage der Kabbala erklärte und den Verrat als Beweis interpretierte, daß er der Messias sei, als die wahre Passion des einzigen und wahren Erlösers, der die schreckliche

Sünde der Abtrünnigkeit begangen habe, um für sein sündhaftes, scharenweise zu anderen abscheulichen Religionen übergetretenes Volk zu büßen. Von diesem Augenblick an sei die Apostasie sein Martyrium, sein Kreuz, aber auch seine entscheidende Handlung und sein größtes Verdienst geworden. Nicht auf Christus, wie dessen Anhänger fälschlich behaupteten, sondern zweifellos auf ihn, Sabbatai, sei das Wort Jesajas vom *Schmerzensmann* gemünzt, denn mit seiner Abwendung sühne er die Schuld all derer, die auch hätten abschwören müssen. Doch Gabriel Valls stimmte diesen Schlußfolgerungen nicht zu, fand sie eher windig und wunderte sich, wie Pere Onofre sie vertreten könne – ganz zu schweigen von den Rabbinern aus allen Teilen der Welt, die er als maßgeblich zitierte. Für Gabriel konnte der Heiland, obgleich einer von ihnen, nicht genauso sein wie sie, Heuchler, die nach außen hin als Christen lebten und sich nur privat im geheimen Schatten ihrer Häuser zeigten, wie sie wirklich waren.
»Nur so können wir überleben, sie haben uns keine andere Möglichkeit gelassen!« Pere Onofre war erregt und hatte die Stimme gegen seinen Freund erhoben, der ihn aufmerksam und leicht verdutzt anhörte. »Der Messias kommt aus unserer Mitte, er ist wie wir!«
Plötzlich war es Aguiló, als höre er seine eigene Stimme, schrill, leicht durch die Nase und heller, als ihm lieb war. Er hörte, wie sie in dem rußigen Wirrwarr seiner Erinnerung die gedämpftere Stimme von Valls übertönte, die viel überzeugender klang, vielleicht weil sie weniger nasal und wesentlich harmonischer war. In diesem Moment, als er die Stimmen von damals heraufbeschwor, entsann er sich auch wieder der genauen Worte jener Diskussion mit Valls über den Messianismus Sabbatais. Es war Ende 1666 gewesen, als

er von jener Mission, von deren Scheitern nur er allein wußte, aus Bordeaux nach Mallorca zurückgekehrt war und sie mit Nachrichten aus erster Hand versorgt hatte.
Während nun der Sturm nach und nach abflaute, das Meer die Pinke nicht länger in seiner Gewalt hatte, diese allmählich dem Ruder gehorchte und jene eitlen Hoffnungen längst ferne Vergangenheit waren, dachte er, daß Gabriel Valls vollkommen recht gehabt habe: Sabbatai Zewi war nichts als ein Blender gewesen, ein teuflischer Wahnsinniger, der nicht davor zurückgeschreckt war, die Zehn Gebote, die Moses auf dem Berg Tabor von Gott selbst erhalten und an die das jüdische Volk jahrhundertelang geglaubt hatte, durch seine achtzehn Regeln zu ersetzen, darunter eine, die ihn zum einzigen Erlöser ernannte.
Weil also alles ein gräßlicher Betrug gewesen war, mußte man weiter der Ankunft des Messias harren. Jacob Moashé, eben weil er reuiger Anhänger Sabbatais war, glaubte, die untrüglichen Zeichen zu kennen, die den Erlöser des jüdischen Volkes auswiesen, und erklärte sich bereit, sie einigen Auserwählten zu enthüllen, unter denen sich der wahre Messias befinden sollte, der das Erwachsenenalter noch nicht erreicht hätte. In der Gemeinde von Livorno wurde gemunkelt, der Rabbi spreche von einem der Söhne Aguilós. Seine Frau begann, die Möglichkeit zu erwägen, es handele sich um ihren Erstgeborenen Samuel Pere. Sie sprach darüber mit ihrem Mann, bei dem die Nachricht eher Beunruhigung als Freude auslöste. Heftiger denn je bedrängte ihn der Gram über die nicht erfüllte Aufgabe, und es überfiel ihn die Gewißheit, daß diese Schuld, übertragen auf den Sohn im Augenblick seiner Zeugung, die Ehre ausschloß, Adonais Auserkorener zu sein. Deshalb redete er seiner Frau zu, sich die Idee, die Mutter des Heilands zu

sein, aus dem Kopf zu schlagen, und versuchte, ihr einsichtig zu machen, wie wenig der Charakter des dreizehnjährigen Jungen dem eines Erlösers entsprach. Samuel Pere verfügte über denselben Geschäftssinn wie sein Vater, wenn er ihn nicht noch übertraf. Schon öfter hatte er vorgeschlagen, einen Großteil des Weizens in Erwartung einer Preissteigerung einzulagern, statt ihn sofort zu verladen. Überdies führte der Sohn die Bücher, wenn Aguiló zu einer seiner Reisen aufbrach, und vermerkte getreulich Gewinne und Ausgaben mit akribischer Genauigkeit. Diese Tugenden, die ihn einerseits durchaus mit Vaterstolz erfüllten, erwiesen ihn für einen künftigen Erlöser jedoch als ungeeignet, ebenso wie Samuels Spottlust, sein leichtes Lachen, mit Vorliebe auf Kosten anderer, ein Zug, den er von seinem mallorquinischen Großvater geerbt hatte, dem es Spaß machte, die Leute auf den Arm zu nehmen, weswegen sie ihn den *Vadebromes* nannten.

Die Zeiten hätten sich geändert, seit die Texte der Bibel verfaßt wurden, argumentierte Pere Onofres Frau und beharrte darauf, daß Adonai schließlich Wunder vollbringen könne, wenn ihr Mann sie daran erinnerte, wie Samuel hinter den Mägden des Hauses her war und sich bei der Entdekkung der Liebe als recht strebsam erwies, was für einen Jungen seines Alters wiederum verständlich war. Die Wege des Herrn sind unerforschlich! Esther Vives gab nicht auf, sehr angetan von der Vorstellung, daß der Erlöser, nachdem er sich neun Monate lang ausschließlich in ihrem gesegneten Leib aufgehalten habe, aus ihrem Inneren geboren sei. Abgesehen davon sei es noch nicht zu spät, ihren Erstgeborenen auf frommere Pfade umzuleiten, ihn kerzengerade gehen zu lassen, ihm einzuschärfen, wie notwendig die strikte Befolgung des Mosaischen Gesetzes sei, ihm die Lehren der

Thora einzutrichtern, ihn zu Jacob Moashé in die Schule zu schicken. Pere Onofre begriff, daß sie so leicht nicht davon abzubringen war, und wiederholte ausdrücklich, der Rabbi habe niemals etwas Derartiges geäußert. Er habe lediglich die messianische Präsenz in einer Gruppe junger Leute in Livorno angedeutet, zu der halt auch Samuel Pere gehöre. Also würde er nicht zulassen, daß sein Sohn den Kurs seines Lebens ändere, wie es seiner Frau vorschwebe, und verlangte von Esther Vives, sich ihre Hirngespinste aus dem Kopf zu schlagen. Im nachhinein war er jetzt sehr froh über diesen Entschluß und die Entschiedenheit, mit der er ihn durchgesetzt hatte, ungeachtet ihrer Klagen und Tränen. Nicht einmal sein Hinweis auf die enge Vertrautheit zwischen Jacob Moashé und Blanca Pires, die Häufigkeit seiner Besuche und die Tatsache, daß er persönlich die Erziehung ihres einzigen Sohnes Josep übernommen hatte, was den Schluß nahelegte, die Wahl des Rabbis könnte bereits getroffen sein, überzeugte sie. Nur könnte es bei diesem Messias einen winzigen Haken geben, gestand Pere Onofre zu, denn Joseps Vater, der Kaufmann Sampol, sei nicht jüdischer Abstammung, sondern Christ und Nachkomme einer alten Sippe waschechter Christen gewesen. Aber schließlich sei es trotzdem denkbar, daß der Rabbi diesen Schönheitsfehler übergehe und die Möglichkeit erwäge, Blanca Pires könne, wie es die Christen von Maria behaupten, vor und nach der Geburt Jungfrau gewesen sein. Doch waren das nichts als von seiner Frau dahergeschwatzte Vermutungen, schließlich verfügte sie über viel mehr freie Zeit als er, um sie mit Tratsch zu verschwenden und mit ihren Freundinnen genüßlich Spekulationen über die Witwe Sampol anzustellen. In Wahrheit, und das versuchte Pere Onofre seiner starrköpfigen Frau klarzumachen, habe sich Jacob

Moashé überhaupt noch nicht für einen Kandidaten ausgesprochen. Und wenn er dem Sohn der Senyora Unterricht erteile, heiße das nichts weiter, als daß sie ihn darum ersucht habe. Und daran war, bei Licht besehen, nichts Befremdliches oder Verdächtiges. Die Senyora, so reich sie auch sein mochte, war auf sich allein gestellt; und somit war es nicht nur natürlich, wenn sie das Liebste, was sie auf der Welt hatte, Menschen von erwiesener Klugheit und untadeliger Moral anvertrauen wollte, sondern auch nicht weiter verwunderlich, wenn sie mit dem Lehrer, der ihren Sohn zu einem guten Juden machen sollte, im Gespräch über die spirituellen Fortschritte Joseps sowie die Auslegung der Heiligen Schriften die angenehmsten Stunden des Tages verplauderte. Und wenn dies nicht in der Synagoge stattfand, sondern auf Blancas Anwesen – eines der luxuriösesten in Livorno, eigentlich ein Palast –, dann aus dem einfachen Grund, weil die Senyora fast nie das Haus verließ. Was war schon auszusetzen an ihren täglichen Spaziergängen zur Dämmerstunde durch den zypressengeschützten Orangenhain, den sie als Ebenbild ihres mallorquinischen in Livorno hatte anpflanzen lassen, in Begleitung Jacob Moashés, wie sie sie früher in Ciutat mit Gabriel Valls gemacht hatte? Abgesehen davon, bezahlte sie nicht den Bau der neuen Synagoge aus eigener Tasche? Pere Onofre Aguiló lag mit geschlossenen Augen und hielt sich immer noch an der Koje fest, doch war er ruhiger, da der Sturm stetig nachzulassen schien. Ihm fiel die sauertöpfische Miene seiner Frau ein, eifersüchtig auf Blanca wie alle Frauen in Livorno, wenn sie nicht umhin konnte, der Witwe ihren Eifer, Gutes zu tun, und ihre Mildtätigkeit zu bescheinigen. *Mag ja alles stimmen,* gestand Esther Vives schließlich zu, *aber um fromm zu sein, hat sie zu fröhliche Augen, und um der*

Welt entsagt zu haben, schminkt sie sie zu dunkel. Euch alle mit einem einzigen Blick willenlos machen, das ist es, was sie will!

Esther Vives, die mit ihrer Familie nach langem Umherziehen von Valencia nach Antwerpen, von Antwerpen nach Rom, dann nach Ferrara und schließlich nach Livorno gekommen war, besaß eine sehr schnelle Auffassungsgabe. Diese Tugend, neben ihrer handwerklichen Begabung, auch die rauheste Pferdemähne in einen Strang Seide zu verwandeln, hatte Pere Onofre sie mit gesteigertem Interesse betrachten lassen, als er eine Frau suchte, um nach Livorno überzusiedeln und eine Familie zu gründen. Sosehr der Neid auch ihr Urteilsvermögen trüben mochte, lag Esther diesmal mit dem, was sie über die Witwe Sampol sagte, nicht ganz falsch. Selbst er, der er niemals von ihren blauen Augen in den Bann gezogen oder von den Pfeilen ihres tiefen Blicks getroffen worden war, hielt Blanca Pires für eine außergewöhnliche Schönheit, die um das Geheimnis der Schlangen wußte, allein mit der Kraft ihrer Pupillen Vögel zu lähmen. Pere Onofre schmunzelte bei der Vorstellung, wie seine Frau zu toben begänne, sollte sie je erfahren, daß ihm mitten in diesem wahnsinnigen Unwetter die Witwe Sampol erschienen war, um ihn anzusehen, wie nur sie jemanden ansehen konnte. Aguiló hatte das Glück gehabt, die einzige Einmannkajüte zu bekommen, über die das Schiff – abgesehen von der des Kapitäns – verfügte, reserviert für Berühmtheiten, Adlige und Autoritäten, die diesmal er belegen durfte, weil sich sonst niemand Wichtiges an Bord befand. Nichts haßte er mehr, als den engen Raum auf einem Schiff teilen und bei Sturm Angst und Übelkeit der anderen Passagiere ertragen zu müssen. Angst und Übelkeit, die am Ende immer ansteckend wirkten, wie während jener Unwet-

ter, die ihn auf seinen früheren Überfahrten überrascht hatten und die er zusammengekauert zwischen seinen unter Würgen und Fluchen jammernden und weinenden Reisegefährten verbrachte, denen der Seegang die Gesichtsfarbe veränderte, von weiß zu gelb und grün, dann über essigfarben zu dunkelviolett, neben den Farben der Magensäfte, weißlicher galliger Geifer, der ihnen unter pausenlosen Krämpfen, Husten und angestrengtem Würgen aus den Mundwinkeln rann. Als wären sie alle, ihn natürlich eingeschlossen, eine Schar Verrückter, eingesperrt in eine finstere Kammer, ein Haufen Narren, sabberndes getauftes Fleisch, das den Raum mit einem schweren, dichten, auffallend sauren Geruch verpestete, der noch lange anhielt, nachdem die ruhige See den Leuten ihr gewohntes Aussehen zurückgegeben hatte, und Tage brauchte, bis er ganz verschwunden war, obwohl die Passagiere selbst Hand anlegten, mit Eimern voll Meerwasser den Kampf gegen den Schlamm auf dem Fußboden aufnahmen und die Bullaugen öffneten, um andere, weniger bösartige Meeresgerüche hereinzulassen.
Jedesmal wenn er an Bord ging, verstand er die Furcht seiner Mutter, Mallorca zu verlassen, und ihre Angst vor Seereisen. *La mar fa forat i tapa,* im Meer kann man nicht stehen und geht unter, beschied sie ihren Sohn, sobald er versuchte, sie von der Insel zu bewegen. So gut er ihr auch zuredete – es herrsche ja nicht immer Sturm, und bei schönem Wetter vor einem günstigen Wind, der die Segel blähte, übers Wasser zu fahren sei der reine Genuß –, Marianna Martí verspürte keine Lust, es auszuprobieren. Es tat ihr leid, denn sie hätte gern ihre Enkel kennengelernt, doch ihre Angst vor dem Meer war mächtiger als alles andere, größer noch als ihre Angst vor den Flammen. *Wenn es mir gelungen ist, Valls das Schiff zu beschaffen,* dachte Pere Onofre, *weiß ich*

immer noch nicht, wie ich es anstellen soll, daß sie an Bord geht. Stur wie sie ist, wird sie womöglich auf der Insel bleiben wollen, und wenn sich die Sache zuspitzt, kann wer weiß was passieren.

Das Gurgeln des Meeres, mächtig sprudelnd wie in einem Topf, der schon lange über dem Feuer hängt, und das immer zahmere Schaukeln des Schiffes lullten Pere Onofre, erschöpft von den ausgestandenen Schrecken, in den Schlaf. *Hoffentlich werde ich erst im nächsten Hafen wieder wach!* dachte er und schloß fest die Lider, mit dem Wunsch, so lange wie möglich schlafen zu können.

Er war gerade eingenickt, als er ein Seufzen vernahm, das ihn die Augen wieder aufschlagen und die Ohren spitzen ließ, um festzustellen, ob es noch zur Außenwelt oder schon in den Halbschlaf gehörte. Aber da war nichts als das vertraute Rauschen des Meeres und das geschäftige Treiben auf Deck. Wie ein menschliches Stöhnen aus unmittelbarer Nähe war es ihm vorgekommen, als wäre noch jemand in der Kajüte, der es bisher nicht gewagt hätte, sich bemerkbar zu machen. Entschlossen, das Geräusch nicht weiter zu beachten, machte er die Augen zu. Doch Sekunden später riß er sie wieder auf, als er erneut den Klagelaut vernahm, diesmal ganz deutlich. Der Kaufmann konnte sich beileibe nicht vorstellen, daß jemand, der sich in seiner Kabine verkrochen hätte, so lange durchhalten, unter den schrecklichen Verhältnissen zuvor keinen Ton von sich geben und erst zu jammern anfinge, nachdem der Sturm sich gelegt hatte.

»Wenn Ihr mir vielleicht sagen wolltet, wer Ihr seid und wie Ihr hier hereinkommt?« fragte Aguiló, ohne Antwort zu erhalten. »Ihr seid doch nicht etwa ein Fisch?« fügte er hinzu, setzte sich auf und kämpfte sich aus den Gurtschnallen, um die Öllampe ausfindig zu machen, die über ihm hängen mußte, wenn sie nicht heruntergefallen war, und mit deren Hilfe er nachsehen konnte, wo der andere sich versteckte. Während er sich tastend erhob, fiel ihm der Mann ein, dem er im Hafen von Genua begegnet war. Nachdem dieser den Schiffbruch seiner Galeone überlebt hatte, war er mehr als zwei Monate lang mit der Strömung getrieben und hatte sich von Fischen ernährt, die er einfach verschlang. Als er sich schließlich in einem Netz verfing und von Fischern gerettet wurde, hatte er die Sprache verloren und gab nur noch Stöhnlaute von sich. Doch war dieser Fall noch gar nichts im Vergleich zu jenem in Catania, im Königreich Sizilien, von dem er oft hatte reden hören und der seinen festen Platz unter den Abenteuergeschichten hatte, die er gern zum besten gab, wenn er über das geeignete Publikum verfügte. Der Fisch Colau, so wurde er genannt, und darüber waren sich alle einig, fühlte sich schon als Kind so stark zum Meer hingezogen, daß kein Tag verging, an dem er nicht schwimmend für Stunden verschwand. Wenn ihn einmal irgendeine Pflicht daran hinderte, wurde er so traurig, daß ihm alle Lebenslust zu vergehen schien. Als er heranwuchs, nahm seine Leidenschaft nicht ab, ganz im Gegenteil. Jedem, der es hören wollte, erzählte er, daß das Meer viel schöner sei als die Erde und welch herrliche Landschaften er unter Wasser gefunden habe, an die der lieblichste Wiesengrund nicht heranreiche. Colau war ein so unsagbar geschickter Schwimmer, daß er sogar vor Stürmen mit kirchturmhohen Wellen nicht zurückschreckte, davonschwamm und zwei oder drei Tage nicht wiederkam.

Während er sich an den Fisch Colau erinnerte und erfolglos nach der Öllampe tastete, vernahm er Schritte vor der Tür, und dann klopfte es.

»Macht auf, Herr!« rief eine junge Stimme. »Ich bin Arnau Mulet, der Ausguck, ich will Euch nichts Böses.«
»Das will ich hoffen«, sagte Pere Onofre und zog den Türriegel zurück. »Was gibt's?« Erfreut über das Licht, das der Junge in der rechten Hand trug, sagte er schnell: »Gib mir zuerst deine Lampe, damit ich meine finde. Dieses Unwetter hat ein schönes Durcheinander angerichtet. Weißt du, was ich gerade herausfinden wollte? – Woher könnte wohl ein Stöhnen kommen, das ich gehört habe? Warst das etwa du vor der Tür?«
»Nein, Herr, doch ich glaube zu wissen, von wem und woher es kommt. Eigentlich bin ich hier, um den zu befreien, der in einer Eurer Truhen an Bord gekommen ist.«
»Das geht zu weit! Ich werde mich beim Kapitän beschweren!«
»Das könnt Ihr ruhig tun, Herr, der Kapitän weiß Bescheid. Wir haben nicht mit diesem Sturm gerechnet. Ich hatte den Befehl, gleich hinter dem Cap Blanc herzukommen und ihn zu befreien. Der Kapitän bittet Euch um Verzeihung, und ich soll Euch dieses Schreiben übergeben.« Er zog einen versiegelten Brief aus dem Hemd. »Er ist für Euch, Herr. Wenn du noch jammerst, heißt das, daß du noch lebst!« setzte er hinzu und bückte sich nach der Truhe. »Ich mach' ja schon auf! Du solltest gut durchgeschüttelt sein, Brüderchen!«
»Könnte ich wohl erfahren, wen ich die Ehre hatte zu beherbergen?« fragte Pere Onofre, während er das Siegel erbrach und die Handschrift des Konsuls erkannte.
»Das werdet Ihr gleich wissen, Herr. Ein Flüchtling aus Mallorca natürlich.«

Acht

Jesus, Maria und Josef!
Ich, Rafel Cortès, genannt Costura, erkläre hiermit in Wahrhaftigkeit, daß ich am Montag der ersten Juniwoche im Jahre Unseres Herrn 1687, während mein Vetter Cap de Trons auf den Tod darnieder lag und ich nichts für seinen Seelenfrieden tun konnte und besagtem Cap de Trons die Letzte Ölung bereits zuteil geworden war, außerhalb der Stadtmauer spazierenging und daß ich von dort, weil mir ein paar Buben Steine nachgeworfen und mich verletzt hatten und von besagtem Steinwurf mein rechtes Bein schmerzte, zum Garten von Gabriel Valls Major ging, der nicht weit vom Ort dieses Vorfalls entfernt ist. Ich erkläre hiermit, daß ich dorthin ging, weil ich Hilfe brauchte und auch, weil Pater Ferrando, mein Beichtiger, mich gebeten hatte, die Augen offenzuhalten, ob es wahr ist, daß in besagtem Garten Dinge gegen die wahre Religion Christi Unseres Herrn geschehen. Am Tag zuvor war ich auf Einladung von Valls schon einmal dort gewesen, da war ich mit dem Konsul, dem Kaufmann Serra und dem Sattler Pons zusammen, und auch Pere Onofre Aguiló war dabei, der von Ereignissen außerhalb Mallorcas berichtete, wo es Leute geben soll, die Flugmaschinen erfinden, wie ich bereits erzählt habe. Doch habe ich an jenem Abend nichts gesehen, was die Pächter und ihr Gesinde, die einzigen, die nachts

im Garten bleiben, des Judaisierens verdächtig macht. Aber in der Nacht, gegen zwölf Uhr nachts, um Mitternacht also, hörte ich den jüngsten Sohn von Gabriel Valls unter meinem Fenster singen und nach einem Mädchen namens Maria rufen, und dieses erschien am Fenster, und er hieß es im verliebten Zwiegespräch, dieses Gebet aufzusagen, das meines Erachtens jüdisch ist und folgendermaßen ging:

Pare Nostre poderós
que tot jorn féu meravelles.
Apiadau-vos, gran Déu del Cel,
de nostres ximples auvelles
que són fiblades d'abelles
en tan gran afebliment.
Vós que sou Déu vertader,
mercè i pietat tingueu d'elles.
Santificat sia el seu nom
Ara i tota la vegada.
Nostro Senyor lo teu llum
No en tingueu més amagada.
Si la vostra gent passada
En algun temps ha errat,
Vós, Senyor, haveu perdonat
Com ho diu la llei sagrada.

Mächtiger Vater Unser
der Du täglich Wunder tust
Erbarme Dich unser, großer Gott des Himmels
die wir einfältige Schafe sind
nicht mehr als Bienenstiche
nicht größer in unserer Schwachheit.
Ihr, der wahre Gott

lasset Gnade und Barmherzigkeit walten.
Geheiligt sei Euer Name
jetzt und immerdar.
Unser Herr, Euer Licht
haltet es nicht länger verborgen.
Hat Euer Volk
sich auch einst versündigt
so habt Ihr, Herr, vergeben
wie das heilige Gesetz besagt.

Ich tue dies kund zur Entlastung meines römisch-katholisch-apostolischen Gewissens und damit das Heilige Tribunal die notwendigen Maßnahmen ergreife, da ich fürchte, besagtes Tribunal, das Gabriel Valls bereits verdächtigte, in seinem Garten das Gesetz Mose zu lehren, wird seinen Verdacht bestätigt finden. Und der, den ich in jener Nacht gehört und gesehen habe, als ich mit dem kranken Bein darnieder lag, war Rafel Onofre Valls de Valls Major, wie er die jüngste Tochter der Pächter unterwies, Maria Pomar, Tochter von Pep Pomar und Miquela Fuster aus Porreres.
Und wenn die Herren Inquisitoren sich wundern, warum ich dieses jüdische Vaterunser so gut kenne, dann nur, weil man es mir beigebracht hat und ich es auswendig kann, aber benutzt habe ich es niemals, denn ich bin römisch und katholisch und apostolisch.
Nach besagter Nacht, die ich im Garten von Valls verbrachte, ohne weiteres beobachten zu können, was sich gegen die heilige christliche Religion versündigt und ich nicht schon vorgebracht hätte, erwachte ich nicht wie sonst im ersten Tageslicht, das mich gewöhnlich schon bei der Arbeit antrifft, weil ich nie länger als ein paar Stunden Schlaf finde, sei es, weil mich der Schmerz im Bein erschöpft

hatte, sei es, weil die Stille des Ortes mich besser ruhen ließ als sonst. Es hatte mich auch niemand geweckt, und der Knecht mußte ohne mich losgefahren sein. Somit traf mich Gabriel Valls noch an, als er gegen zehn im Garten ankam, und redete mir wieder gut zu wie am letzten Sonntag auf dem Weg zum Garten, als er sagte, ich solle dem Benehmen von Cap de Trons, der zu der Zeit noch nicht gestorben war, keine Beachtung schenken. Und nun schaute er mich an, als wollte er mir in die Seele blicken, und sagte in leisem Ton, daß es schlecht von mir gewesen sei, meinen Vetter Cap de Trons anzuzeigen. Ich habe darauf nichts gesagt, aber er hatte so gewiß geklungen, als hätte er es mir angesehen, und ich glaube, ich bin rot geworden wie eine Tomate. Bevor er ein Maultier einspannen ließ, um mich nach Ciutat zu bringen, befahl er der Pächterin, mir coca bamba *zum Frühstück heraufzubringen, und weil ich diese sehr gut fand, ließ er mir noch ein ordentliches Stück davon geben. Aus diesem Geschenk folgerte ich, daß er nicht verärgert über mich war, zumal er mir, solange ich mit Schmerzen in besagtem Bein zu Hause lag, weiterhin davon schickte. Besagter Schmerz hat nicht nachgelassen, ganz im Gegenteil, statt abzuklingen, ist er nach oben gewandert, und jetzt ist es schon der gesamte Unterleib, der mir weh tut und mich peinigt, aber ich trage es mit frommer Resignation, weil ich weiß, daß es mir von Gott Unserm Herrn auferlegt worden ist und daß meine Leiden nichts sind im Vergleich zu Christi Passion.*
Ich bestätige, daß alles, was ich hier erklärt habe, der Wahrheit entspricht, und unterzeichne es mit eigener Hand, heute, Freitag, den zwölften Juni im Jahre des Herrn 1687.
Rafel Cortès Costura

Seine Hochwürden, der Inquisitor Nicolás Rodríguez Fermosino, las die Papiere durch, die ihm Pater Ferrando persönlich ausgehändigt hatte, verwahrte sie und sah ihn dabei schweigend an. Der Jesuit, der vor dem Tisch saß, von dessen anderer Seite der Inquisitor ihn ansah, wartete, daß Don Nicolás das Wort ergreifen würde. Er hoffte, wenn nicht seinen Worten, zumindest seinem Ton entnehmen zu können, ob dies bereits ein guter Zeitpunkt war, sein Anliegen zur Sprache zu bringen, oder ob er Rafel Cortès weitere Aussagen abverlangen mußte, um dem Heiligen Offizium eine noch größere Hilfe zu sein. Doch Rodríguez Fermosino schien Vergnügen daran zu finden, ihn warten zu lassen, denn es vergingen noch zwei Minuten, ehe er etwas sagte. Er streichelte sich das Kinn. Er nahm bedächtig die Brille ab, und ohne seinen stechenden Blick von Pater Ferrando zu wenden, erhob er sich. Vorsichtig schob er den Armstuhl zurück, um die erst kürzlich frisch gekalkte Wand nicht zu berühren, ging bis zur Mitte des Zimmers und begann zwischen der Tür, die zum Klostergang führte, und dem geöffneten Fenster gegenüber, das auf die Dachterrassen und den Frauenhaarfarn blickte, hin und her zu wandern. Listig wie ein Wiesel, hatte er sogleich bemerkt, wie Pater Ferrando danach gierte, seine Meinung zu hören, und jetzt ließ er ihn zappeln, während er sein Schweigen und das Unbehagen genoß, das es in dem anderen auslöste. Aus vielen Verhören wußte der Inquisitor, wie sehr Sprechpausen die Beschuldigten beunruhigten, weil sie tückische Absichten und hinterhältige Fangfragen befürchten ließen, Vorboten der schlimmsten Qualen. Er war der Ansicht, daß Schweigen beredter war als Worte, und setzte es deshalb als eines seiner wirksamsten Instrumente ein, obschon er während dieser Pausen, dieser Leerzeiten, keineswegs das

Für und Wider der Anklagen abwägte, noch darüber nachdachte, ob der Angeklagte überhaupt schuldig sei, oder verfolgte, was im Gerichtssaal vor sich ging. Ganz im Gegenteil dienten ihm diese Zeitspannen zur Erholung, denn während seine forschenden, scharfen Augen das vorgebliche Opfer durchbohrten, ruhte der Blick seiner Erinnerung auf anderen Orten, anderen Menschen. Ein Wort, das jemand sagte, der Richter, der mutmaßliche Verbrecher, konnte den geeigneten Anstoß geben, konnte ihn wie auf Flügeln hinwegtragen zu anderen Worten, ausgesprochen von anderen Menschen. Und dann klammerte er sich an jenen Ausdruck wie an ein Stoßgebet gegen böse Gedanken und war im Nu weit weg. Gelegentlich, wenn das Schweigen sehr lange währte, was die Angeklagten gänzlich außer Fassung brachte, genehmigte er sich eine ausgiebige Pause und horchte nur nach innen, als meditierte er – jetzt mit in die Hände gestütztem Kopf –, während er freundlichere Zeiten seiner Jugend heraufbeschwor und gerne ein wenig bei seinem Romaufenthalt im Dienste von Kardinal d'Angelioto verweilte. In diesem Moment jedoch ergötzte er sich mangels eines Wortes oder Bildes zu seiner Ablenkung ausschließlich an den Qualen Pater Ferrandos, der nervös seine Hände knetete und aussah, als würde er jeden Augenblick die Beherrschung verlieren.
»Was meinen Euer Hochwürden, das ich Costura sagen soll?« stieß der Jesuit mit leiser Stimme hervor.
Der Inquisitor lächelte befriedigt. *Noch eine Sekunde, und du platzt!* Er gab Ferrando die Frage zurück:
»Und Ihr, was denkt Ihr über Costuras Erklärung? Ihr kennt ihn besser, schließlich seid Ihr sein Beichtiger.«
Der Inquisitor hatte sich absichtlich geräuschvoll wieder gesetzt, indem er seine schweren Knochen in den Armstuhl

fallen ließ, daß das Sitzleder ächzte. Der Jesuit hatte nicht damit gerechnet, daß der Inquisitor das Gespräch mit einer Befragung beginnen würde, als wäre er selbst Gegenstand des Verdachts. Eigentlich hätte ihm bereits dieses Aufundabwandern klarmachen müssen, daß es für ihn nicht so gut stand. Der Inquisitor hatte die Gewohnheit aufzustehen, wenn er sich ungemütlich fühlte, und es kümmerte ihn nicht, wenn man ihn für unhöflich hielt. Doch Pater Ferrando nahm es ihm lieber ebensowenig übel wie seine Frage und faßte Mut, indem er sich sagte, schließlich sei es ja durchaus möglich, daß Fermosino in einer so heiklen Angelegenheit einfach Wert auf seine Meinung lege. *Ich fasse es als Kompliment auf*, beschloß er und antwortete zuvorkommend in unterwürfigem Ton, daß er Costura für einen guten Christen und alles, was er sage, für wahr halte. Außerdem sei er krank, nicht nur infolge der Verletzung am Bein, die nicht heilen wolle, sondern er leide auch unter bösem Leibweh, das ihn keine Ruhe finden lasse. Schon deshalb, weil er Angst um sein Leben habe, würde er es nicht wagen zu lügen. Aber diese Schmerzen, deutete der Inquisitor an, hätten womöglich einen schädlichen Einfluß auf sein Gemüt, und wer könne sagen, ob er einen klaren Kopf habe oder Sinnestäuschungen erlegen sei, die sein Gedächtnis verwirrten. Pater Ferrando erwiderte Seiner Hochwürden, daß Costura schon lange vor dem unglücklichen Unfall bereit gewesen sei, Zeugnis abzulegen, eben weil er als guter Katholik vermutet habe, daß einige seiner Brüder keine Brüder im Glauben seien und nach der letzten Aussöhnung dem Judentum nicht abgeschworen hätten, was er als Christ nicht gutheißen könne. Der Inquisitor empfand tiefe Abneigung gegen Pater Ferrando. Er hatte diesen mickrigen Jesuiten, der die Leute vom Carrer aushorchte, um sich bei ihm einzuschmeicheln, noch nie leiden können. *Apostolischer Eifer ist es nicht, was dich treibt, du Schlitzohr,* dachte er bei sich, *eher ist es das Rektoramt, auf das du es abgesehen hast mit deiner Kriecherei. Ich will tot umfallen, wenn ich mich täusche...*

»Euer Hochwürden«, setzte Ferrando wieder an, »haben ja feststellen können, daß das erste Schreiben von Costura, das ich Euch durch den Konfiskationsrichter überbringen ließ, mit den Aussagen von Juli Ramis übereinstimmt. Costura sagt die Wahrheit, da bin ich sicher.«

»Juli Ramis ist ein Schurke, das weiß ich vom Kanoniker Amorós persönlich. Wer garantiert uns, daß er nicht lügt? Wer Cap de Trons in dieser Form beschuldigt, läßt den Angriff auf dessen Ehre außer acht. Wäre ich ein entwürdigter Vater, Pater Ferrando, ich würde mich mit derselben Kastrationswut auf den Schänder meines Blutes stürzen.«

Wieder verfiel der Inquisitor in Schweigen, schwang sich auf den Rücken der Worte – diesmal seiner eigenen –, ritt in weite Ferne und sah sich, verfolgt von einem anderen Reiter, im Galopp durch ein Stadttor flüchten. Ob es in Siena tatsächlich jemanden gab, der ihn Vater nannte, wie man ihm hatte anhängen wollen?

»Hochwürden, Cap de Trons hat seine Söhne beschnitten – oder zumindest hat er es versucht, bevor er Juli Ramis in der Kammer seiner eigenen Tochter fand. Das scheint erwiesen.«

»Habt Ihr es gesehen, Pater Ferrando?« fragte der Inquisitor und erhob sich erneut, diesmal jedoch, um das Bild des heiligen Dominikus zurechtzurücken, das ein wenig nach rechts verschoben schien. »Haben Euer Hochwürden ihre Schamteile untersucht?«

»Natürlich nicht«, gab Ferrando zurück, dem der Ton, in

den die Unterredung abzugleiten drohte, nicht gefiel. »Vielleicht ist es nicht zu einer Beschneidung gekommen, doch hatte er es vor, und das ist es, was zählt, seine Absicht, und die war ganz sicher beschneiderisch.«

»Cap de Trons ist tot, Pater Ferrando. Wir können seine Knochen ins Feuer werfen, aber wir können ihn nicht auf seine Fehler prüfen. Was seine Söhne angeht, wird es ein leichtes sein festzustellen, wie weit der Wahn des Vaters gegangen ist.«

Das Schweigen wurde so dicht wie die Hitze. Der Jesuit fuhr sich mit einem Taschentuch über die Stirn. Von seinem Gesicht tropfte der Schweiß. Die Schwüle war fast wie flüssiger Teer. Pater Ferrando war in doppelter Bedrängnis, er fühlte sich unwohl, und er fand keinen Weg, die Gunst des Inquisitors zu gewinnen. Keinesfalls traute er sich, ihn um das Empfehlungsschreiben zu bitten, den wahren Grund seines Besuchs. Er hatte den Eindruck, daß Fermosino, statt in seinem Vorgehen den beispielhaften Eifer eines leidenschaftlichen Anhängers der katholischen Kirche zu sehen, ihn betrachtete wie einen Mistkäfer, der in eine würzige, dampfende Suppe gefallen war. Hätte der Inquisitor nicht solche Macht und den Ruf der Unbestechlichkeit, ließe sich vielleicht eine Möglichkeit finden, ihn für dieses zweifelhafte, um nicht zu sagen... verdächtige Benehmen anzuzeigen.

»Haltet Ihr es für angebracht, Hochwürden«, faßte Pater Ferrando sich schließlich ein Herz, »daß ich Costura beauftrage, uns weiterhin über alles, was er erfährt, schriftlich in Kenntnis zu setzen, oder meint Ihr...?«

Die Augen des Inquisitors bohrten sich wieder in die des Jesuiten.

»Ihr wärt ein schlechter Christ und, schlimmer noch, ein

schlechter Priester, ein schlechter Würdenträger Christi, wenn Ihr nicht für den Sieg unseres katholischen Glaubens Sorge trüget. Und jetzt, wenn Ihr gestattet«, sagte er und schwang ein goldenes Glöckchen, »habe ich einige dringende Angelegenheiten zu erledigen.«

Beide standen auf. Beim Abschied mußte Pater Ferrando sich auch noch bedanken, daß der Inquisitor ihn empfangen hatte, und dieser erwiderte die Höflichkeit mit den Worten, er könne jederzeit über ihn verfügen und sei immer willkommen.

Don Nicolás Rodríguez Fermosino schob die Brille mit einem Finger an ihren Platz zurück und beugte sich von neuem über die Papiere, die seinen Tisch bedeckten. Er legte die Aussage Costuras beiseite, faltete die Blätter genau in den Knicken wieder zusammen und öffnete die Akte, an der er vor dem Besuch des Jesuiten gearbeitet hatte. Auch er wischte sich, jetzt da er allein war, mit dem Taschentuch über die Stirn und fuhr damit in den Kragen der Soutane, um seine Haut von der klebrigen Feuchtigkeit zu befreien, die ihn hinderte, sich auf das Protokoll zu konzentrieren, das er an diesem Nachmittag beurteilen sollte und das ihn, wenn er ehrlich war, ziemlich verdroß. In den letzten zwei Jahren, seit dem Tod seiner Mutter in einem galicischen Nest, das er nicht mehr rechtzeitig erreicht hatte, um ihr die Augen zu schließen und den letzten Kuß zu geben, hatte sein inquisitorischer Eifer, dem er seinen Ruf der Strenge und Unbestechlichkeit verdankte, allmählich abgenommen. Nicht daß er seine Pflichten vernachlässigte, aber es fiel ihm schwerer, das gewohnte Arbeitstempo zu halten. Unter Gelöbnissen, sich schwerster Entbehrungen zu unterziehen, hatte er Gott damals angefleht, Er möge den anhaltenden Sturm abflauen lassen, damit die Galeere, auf der er endlich eine Passage bekommen hatte, ihren Kurs auf Barcelona wieder aufnehmen konnte. Doch die Wellen waren so unbändig, daß dem Kapitän keine andere Wahl blieb, als im Hafen von Sóller Zuflucht zu suchen, wo sie zweieinhalb Tage warten mußten, bis sich das Unwetter legte. Als es schließlich soweit war, erschwerte wiederum eine Flaute die Reise, die viel länger dauerte als vorgesehen. In Tarragona ging der Inquisitor von Bord. Er wartete nicht auf die Postkutsche Richtung Norden, sondern machte sich zu Pferd auf den Weg, ohne weitere Begleitung. Allein mit einem Ersatzpferd, galoppierte er wie besessen, nur rastend, wenn ihn die Dunkelheit zwang. Er ritt vier Tage hindurch mit dem einzigen Gedanken, rechtzeitig einzutreffen. Und als er vollkommen zerschlagen sein Elternhaus erreichte, gehörte seine Mutter bereits seit zwei Tagen den Würmern in der Grube. Jegliches Flehen, alle Gelöbnisse, die Entkräftung seiner Glieder waren vergeblich gewesen. *Am Tag des heiligen Matthäus im Morgengrauen hat Gott der Herr sie zu sich gerufen,* sagte ihm der Dorfpfarrer, der außer dieser noch zwei weitere Gemeinden betreute. *Sie wird im Himmel weiter für Euch beten, wie sie es auf Erden getan hat, seid versichert. So reuig hat sie sich für ihre Sünden gezeigt, daß sie alles, was sie besaß, für Messen gespendet hat. Der Blitz soll mich treffen, wenn ihr nicht die ewige Seligkeit beschieden ist.*

Don Nicolás Rodríguez Fermosino kaufte zwar neue Pferde, um sofort die Rückreise anzutreten, blieb aber dann doch länger als zwanzig Tage in dem Dörfchen, wo er in einer Weihnachtsnacht das Licht der Welt erblickt hatte – auch auf fast wundersame Weise, denn seine Mutter war erst dreizehn Jahre alt gewesen, und alle hatten sie für jungfräulich gehalten. Das sanfte Grün, die weichen Wiesen jenes saftigen Landes, wo die Kastanienbäume gediehen, hielten

ihn gefangen, als habe jemand den bösen Geist beschworen. Der aragonesische Gerichtshof ließ ihn durch einen Eilboten zurückbeordern und erinnerte ihn daran, wie sein Amtsvorgänger für sein verantwortungsloses Verhalten bestraft worden war und daß in Mallorca die Dinge nicht richtig liefen, wenn der Inquisitor nicht für Ordnung sorgte. Die Familiaren waren in helle Aufregung versetzt wegen der Visionen dieser Sara de les Olors, die er nie ernst genommen hatte, weil er in ihr nichts als eine arme Verrückte sah, selbst wenn Cabezón, sein Vorgänger, eine Akte über sie angelegt hatte. Er gehorchte und kehrte zurück, aber der Tod seiner Mutter und jene darauffolgenden Tage waren von entscheidender Bedeutung. *Laßt mich ihr die Augen schließen, Heilige Jungfrau, und jeden Karfreitag soll sich mir ein Stachelgürtel ins rechte Bein graben, um Euch in Eurem Leid zu begleiten… Du hast mich nicht erhören wollen!* sagte er ärgerlich, als rede er mit einer Geliebten, nachdem er die Nachricht erfahren hatte. *Du, die du den Tod aufhalten konntest, hättest nur deinen Sohn den Allmächtigen bitten müssen. – Hätte ich, habe ich aber nicht*, vernahm er zur Antwort, *ich mag es nun mal nicht, wenn man mich auf die Probe stellen will. Wie oft hast du in deinen Predigten wiederholt, daß es Sünde sei, mit der Göttlichen Vorsehung zu hadern, daß Gott stets das Beste für alle Menschen verfüge? Und was, wenn deine Mutter dir auf ihrem Sterbelager die Wahrheit über deine Herkunft offenbart hätte? Wenn sie dir gesagt hätte, daß du, statt von einem Bischof gezeugt worden zu sein – der dich immerhin trotzdem protegiert hat, du siehst ja, wie weit du es gebracht hast –, vom erstbesten verwahrlosten Lump abstammst, der sie ins Heu gezerrt hat?*
Der Inquisitor von Mallorca bekreuzigte sich, bevor er den Kopf wieder über die Dokumente beugte und die Konzen-

tration zurückgewann, die sich an jenem schwülen Nachmittag so rar machte. Doch erneut kam ihm, wie so oft, seit er sich mit diesem Fall beschäftigte, das Murmeln feinen Regens ins Ohr, Regen, der auf nasse Felder fällt, auf vollgesogene Erde, Muttererde, in der jeder Samen keimt. *Es muß die Hitze sein,* sagte er sich wieder, *die unerträgliche Hitze dieses höllischen Juni. Mein Gott, was sollen wir erst im August machen, wenn das so weitergeht? Wir werden glühen, als stünden wir alle auf dem Brandstuhl. Und wenn die Zeugenaussagen falsch sind wie so häufig? Wenn es sich mal wieder um einen Racheakt handelt? Aber wie ihnen einsichtig machen, daß die Augen Gottes in ihrer unendlichen Barmherzigkeit alles sehen, viel genauer und viel schärfer als menschliche Augen. Hatte Christus nicht gefordert, zuerst den Balken aus dem eigenen Auge zu entfernen, ehe man den Splitter im Auge des anderen sucht?*

An besagtem Tag im Mai 1687 suchte mich besagte Margarida Antich, Ehefrau von Pere Antich, auf, damit ich mit ihr das Gebet der heiligen Helene spreche, das folgendermaßen geht:

> *Santa Helena, filla de Rei,*
> *Vós que la mar saciau,*
> *que la mar passau,*
> *Vós que a Betlem anau,*
> *Vós que amb els apòstols taula posàreu,*
> *Vós que amb els apòstols taula llevàreu,*
> *Vós que Judes cridàreu.*
> *Vine aquí tu, Judes,*
> *digue'm a on són els tres claus de Cristo.*
> *Helena, vés a la muntanya del Tabor,*

ficaràs tres vegades
i los tres claus encontraràs:
un lo tiraràs a la mar rotja
i un lo clavaràs en el cor de Sió
que no pugui cessar ni reposar
fins que a ses meves plantes serà,
mal foc l'abrasi com a mi farà.

Heilige Helene, Königstochter,
die Ihr das Meer stillet,
das Meer durchquert,
die Ihr nach Bethlehem gehet,
Ihr, die Ihr mit den Aposteln die Tafel decktet,
Ihr, die Ihr mit den Aposteln die Tafel aufhobt,
Ihr, die Ihr Judas herbeirieft.
Komm her, Judas,
und sag mir, wo die drei Nägel Christi sind.
Helene, geh auf den Berg Tabor,
knie dreimal nieder,
und du wirst die drei Nägel finden.
Einen wirf ins Rote Meer,
einen schlag in Siós Herz,
daß er nicht finde Rast noch Ruh
bis er zu meinen Füßen niedersinke
und ihn so schlimmes Feuer verzehre wie mich.

Weil ich sie um ein Mittel gebeten hatte, damit mein Mann mich nicht verläßt, machte sie ein Herz aus Papier, durchbohrte es mit einem Nagel und schlug ihn in den Boden. Danach nahm sie das Herz, tauchte es in Wasser und wickelte es in trockenes Papier. Sie zündete eine Kerze an, wiederholte das oben zitierte Gebet und rief Sió! Sió! Sió!, und ich mußte das gleiche sagen. Dann gab sie mir das nasse Herz, das, weil es naß war, nicht in der Flamme verbrannte, und befahl mir, es unter das Kopfkissen meines Gatten zu legen und ihr in der Hand ein wenig von Siós Samen zu bringen, weil sie diesen bräuchte …

Der feine Regen fiel auf die über den Tisch verstreuten Protokolle. Wieder rieselte der Regen wie Sand und trübte ihm die Sicht. Er schloß die Augen, nahm die Brille ab, rieb sich die Lider und sah weit, weit in der Ferne die grünen Felder und die feuchten Wiesen. Im schummrigen, trägen Licht des Nachmittags tauchte wieder jenes Dachfenster vor ihm auf, durch das die Felder und aus der Tiefe des Tals ein Stück des Kirchturms hereinsahen. Er sah sich selbst, diesen Mann, der er nun nicht mehr, aber einst gewesen war, mit halbgeschlossenen Augen lässig auf einem Strohsack ausgestreckt, neben sich den Körper Margarinyas, deren stilles Weinen den zarten Regen begleitete. *Weine doch nicht, Mädchen,* sagte er zu ihr, *es ist nicht zu ändern. Ich werde dich niemals vergessen, dessen kannst du sicher sein. – Ich bin sicher,* gab sie zurück und zeigte ihm ein Papierherz, das ihr ihre Mutter gegeben hatte, damit sie es über seine Scham streiche, nachdem er sie besessen hatte. Und sie stimmte einen leisen Singsang an:

Señora Santa Helena,
amada de Dios y de su madre …
… mesa pusisteis
… mesa quitasteis

Helene Heilige Frau,
von Gott und ihrer Mutter geliebt

... die Tafel habt Ihr gedeckt
... die Tafel habt Ihr aufgehoben

Der Fall Antich war nicht der einzige, den er an diesem Nachmittag zu bearbeiten hatte, doch verstimmte er ihn mehr als die übrigen, da er ihn zwang, sich mit einem Teil seiner Vergangenheit auseinanderzusetzen, an den er nicht erinnert werden wollte, und er wußte, daß er Margarida Antich und diese Zeugenaussage viel strenger und viel rigoroser beurteilen würde als damals Margarinyas Mutter, die um das Schicksal ihrer Tochter besorgte Anstifterin zu der Beschwörung, und auch als Margarinya selbst, an die er, Zeit und Distanz zum Trotz – während in seiner Erinnerung, rußig wie der Boden seiner Heimat, der Regen fiel –, noch heute dachte. Auf jener letzten Reise hatte er sie gesucht, und eines Nachts auf dem Heimweg vom Besuch bei einem Freund glaubte er, sie an einer Wegkreuzung in Begleitung einiger Freundinnen zu erkennen. Er rieb sich heftig die Augen, um diesen wie Sand rinnenden Regen aus seinem Bewußtsein zu vertreiben und sich wieder in den Fall vertiefen zu können. Zuvor versuchte er, die Hitze ein wenig erträglicher zu machen, trocknete sich mit dem Taschentuch das Gesicht und stand auf, um das Hemd zu lüften, das unter der Soutane um seinen Körper geschmiedet zu sein schien. Als er wieder Platz nahm, legte er das Protokoll über den Fall Antich zur Seite, als habe er es sich anders überlegt und die Bearbeitung keine Eile. Er klappte es zu, verschnürte die Mappe, in der es verwahrt war, und griff wieder nach dem Schreiben Costuras. Wie es seine Gewohnheit war, tauchte er die Feder ein und hielt sie bereit, falls er einen Vermerk zu irgendeinem Gesichtspunkt anbringen wollte, der ihm besonders auffiel, ehe er die

Entscheidung über jenen Prozeß treffen würde, auf den Pater Ferrando so erpicht war. Das war es, was ihn am meisten ärgerte. Er war überzeugt, daß Pater Ferrando, obgleich er taktvoll genug gewesen war, es nicht zu erwähnen, sich diese Entscheidung zunutze machen wollte und seine Empfehlung für das Amt erhoffte, das auch Amengual anstrebte. Beide waren ihm gleichermaßen widerwärtig, aber zumindest hatte Amengual ihn noch nie belästigt. Der verließ sich auf die Lebensgeschichten heiliger Nonnen als sein größtes persönliches Verdienst. Jedoch durfte man die Berichte Costuras, wenn sie sich als wahr erweisen sollten, nicht außer acht lassen, schon gar nicht jetzt, nach der Zurechtweisung der Oberen, jetzt, da die Schatzkammern leer und viele Löcher zu stopfen waren. Costuras Schreiben verursachte ihm Unwohlsein, und er legte es wieder weg. Ungehalten griff er nach einer anderen Akte, die seit Monaten offen dalag und die er immer dann zur Hand zu nehmen pflegte, wenn ihm alle anderen zu sehr die Nerven strapazierten. Früher oder später würde er auch hier eine Entscheidung treffen müssen. In diesen Fall waren der frühere Bischof und eine Bordellhure verwickelt, die auch Beziehungen zu seinem Vorgänger im Amt des Inquisitors gehabt haben sollte. Fermosino las noch einmal:

Ich sah, wie Schnecken und Würmer durch die Löcher jener Seelen aus- und einkrochen, so dicht wie Ameisen, und sie trübten mir, von Rauch umgeben, die Sicht. Die Dämonen heulten, die Untiere brüllten, die Drachen muhten wie Ochsen, die giftigen Schlangen zischten – alle zusammen ließen sie eine Musik des Wahns ertönen.
Ich nahm heftige Unwetter, heftige Winde, heftige Luftwirbel und Stürme wahr, Donner und Blitze, schreckliche

Blitze, gingen auf die Verdammten nieder und zermalmten und zerbröselten sie.
Ich sah Seelen von allen religiösen Orden und hohen kirchlichen Würdenträgern wie Braten über dem Feuer rösten. Die Päpste und Kardinäle saßen auf Thronsesseln und Stühlen aus Flammen. Da lagen alle ihre Würden und Vorrechte, geschlagen und verlassen. Statt Mitra trugen sie Rüstung, und immer wieder wurden sie in Kessel mit kochendem Inhalt und Seen voll fauligem Wasser getaucht. Auch wurde ihnen befohlen, sich in einem Brei aus Schlamm und Dämonenkot zu wälzen. Doch denen im letzten Kreis am Grunde der Flammen erging es noch viel schlimmer. Unaufhörlich wurden sie von den Zungen der Dämonen gequält, Zungen wie Pfähle von sengender Glut, die einen ekelhaften Gestank verströmen, der alles faulen läßt…
Das alles sah ich so unzweifelhaft und klar, wie ich Benet heiße, Bischof von Mallorca, ein Sünder, der viele Sünden mit allen Teilen des Körpers begangen hat, insbesondere mit den sogenannten Schamteilen. Ich bekenne und bereue, und ich will, daß Beatriu Mas, genannt La Coixa, Bordelldirne, mit der ich zehn Jahre lang fleischlichen Verkehr hatte, dies ebenfalls tue.

Zweiter Teil

Eins

Als der Tag kommt, sind sie noch wach. Bittersüß schmeckt ihnen dieses Morgenrot. Die meisten haben die ganze Nacht gearbeitet und gebetet. Ganz leise haben sie, jeder bei sich zu Hause, Psalmen des Lobes und Dankes gesungen. Sie haben die Tongefäße ausgegraben, alle Verstecke durchsucht, in Schubladen gewühlt. Alles, was von Nutzen sein kann, ist aussortiert worden: Geld, Gold, Schmuck. Die Frauen haben Taschen und Innenbeutel genäht und die Röcke mit feinem Wollstoff gefüttert. Sie haben Teig geknetet, Brot gebacken und die *coca* zum Aufgehen warm gestellt. Doch kaum ist der Klang des *Eloi* bis zu ihnen gedrungen, haben sie die Nadeln fallen lassen, die Herdfeuer gelöscht, die Werkstätten abgeschlossen und ihre besten Kleider angelegt, um zur Messe zu gehen.

Schon tauchen sie die Finger ins Weihwasser und schicken sich an, ihre Christenpflicht zu erfüllen. Sie verteilen sich im Gotteshaus und geizen nicht mit Ergebenheit.

Anschließend sind sie zum Segell und in die Argenteria zurückgekehrt, doch hat sich niemand für die Arbeit umgezogen. Sie haben ihre guten Kleider anbehalten, ihre Sonntagskleider, um einen Ausflug zu machen. Die Frauen haben das Brot in Tücher gebunden, denn sie planen, das schöne Wetter auszunutzen, diesen klaren Tag unter diesem prachtvollen Himmel, um am Ufer zu Mittag zu essen und den

Frühling zu genießen, der dem Kalender um fast zwei Wochen voraus ist und laue Süße ahnen läßt. Sie sind nicht gemeinsam aufgebrochen. Sie sind in kleinen Gruppen unterwegs, einige mit ihren Familien, andere allein. Keiner von ihnen wirkt auffällig. Sie grüßen ihre Bekannten, machen angemessene Bücklinge vor den Herren von Stand und küssen sogar den lupenreinen Amethysten des Herrn Bischof, als er auf seinem Weg zum Palast an der Portella zufällig mit ihnen zusammentrifft. Der Bischof segnet sie und zaust die Haare der Kinder, die zu ihm kommen. Die Kinder rennen hüpfend und kreischend um die Frauen herum. Sie sind sauber, die Scheitel gerade. Als sie den Hort del Rei erreichen, werden sie von den Männern überholt. Diese sammeln sich und bilden eine geschlossene Gruppe. Sie gehen den anderen voraus durch die Porta del Mar und stellen Überlegungen an, welche Stellen geeignete Rastplätze seien und wen man wohl an der Riba treffen werde. Einige Alte sind zurückgefallen, mit schlurfenden, hinkenden Schritten hasten sie den anderen hinterher. Es hat sie viel Geld und gute Worte gekostet, die Passage zu ergattern, und keiner von ihnen kann recht glauben, daß es nun soweit sein soll. Sie sind beladen. Sie haben ihre gesamte Habe bei sich, eingenäht in Innenbeutel ihrer Hemden, die Westen straff darüber. Die kostbarsten Stücke tragen sie in den Falten ihrer pludrigen Hosen verborgen.

Zwischen den Felsen der Riba haben die ersten bereits die besten Plätze belegt, breiten ihre Decken aus und machen es sich zum Essen bequem, *truites*, *cocarrois* und *crespells*. Nicht alle haben Appetit. Es gibt ganze Familien, von denen niemand einen Bissen herunterbekommt. Unruhig spähen sie bald in Richtung Porto Pi, wo das englische Schiff liegt – eine dunkle Schebeke mit schwarz und grün gestrichenem

Rumpf, die schon öfter im Hafen vor Anker gegangen ist –, bald zur Stadt, zusammengedrängt zu ihrer Linken, erbaut aus dem goldfarbenen Santanyí-Stein, vom Flüßchen in zwei Teile gespalten, von ihren Kirchen überragt wie von Wachtürmen, geschützt von Mauer und Bastei. Diese feindselige Stadt, die sie abweist, sie vertreibt und die dennoch auch die ihre ist. Wie sie die ihrer Eltern und der Eltern ihrer Eltern ist, die ihrer Urgroßeltern und Ururgroßeltern und davor, in viel früherer Zeit, die Stadt, in die ihre ältesten Ahnen zu Beginn der Diaspora gelangt waren. Sie kennen ihre Steine, ihre Mauern. Mit geschlossenen Augen erraten sie die Straßen, kennen jedes Loch, jeden Riß oder Fleck an den Fassaden. Sie haben die Früchte der Gärten gegessen, sie haben sich an den Wind gewöhnt, der sich manchmal wütend aufbäumt und alles mit einem Schlag hinwegfegt, an den Regenmangel und die wilden Unwetter des zornigen Septembers, wie jenes, bei dem der Bach über die Ufer trat und die unbändigen Wasser alles mitrissen, was ihnen in den Weg kam. Mehr als viertausend Tote in einer einzigen fürchterlichen Nacht. Am Tag nach dem Unglück trieben die aufgequollenen, geblähten Leichen in der Bucht, am nächsten Tag trieben sie dort noch immer und am übernächsten auch, Vorboten der Pest, diesem widerlichsten aller Übel, an dem sie und nur sie schuld sein sollten. Viele Mitbürger bezichtigten sie, die Überschwemmungen ausgelöst, das Unwetter herbeigerufen und den ungeheuerlichen Regen heraufbeschworen zu haben, der die trüben, unersättlichen Wassermassen entfesselt hatte. Als wäre die Macht der Ahnen, Rache zu nehmen für die erzwungenen Taufen, der Macht Adonais gleich, des Einzigen Herrn des Himmels und der Erde, der allein den Blitz zu lenken und die Sonne aufzuhalten vermag.

Die Stadt liegt hinter ihnen. Der Segell und die Argenteria, ihre Straßen, zu Füßen des Kirchturms von Santa Eulàlia. *Die aus dem Carrer* werden sie von den anderen genannt. In einigen Häusern ist niemand mehr. Nur die schmutzigen Teller liegen noch im Spülbecken und warten auf das Hausmädchen, das am Abend kommen und fassungslos sein wird. Das christliche Hausmädchen, vor dem sie sich verstellen und so tun müssen, als beteten sie den Rosenkranz und äßen Speck. Endlich hat das Theater ein Ende. Genug der Heuchelei. Schluß mit dem Schauspiel. Sie gehen weg. Sie machen sich davon. Fliehen. Sie wissen, sie brechen das Gesetz, das ihnen verbietet, die Insel zu verlassen. Sie wissen, sie werden mit dem Leben büßen, sollte man sie erwischen. Wenn sie bleiben, allerdings auch. Seit Costuras Tod, seit Pater Ferrando Tag und Nacht nicht von seiner Seite gewichen ist, angeblich, um ihm in seinen letzten Stunden beizustehen, ist die Lage ernster geworden. Bald werden die Prozesse beginnen. Bald wird der Büttel unter Drohungen an ihre Türen klopfen oder sie kurzerhand einschlagen. Seine Männer stehen schon mit Äxten bereit. Er wird frühmorgens kommen, zu ungünstiger Stunde, um sie ordentlich zu erschrecken und einzuschüchtern. Schroff wird er ihnen befehlen, sich anzuziehen, und ihnen gewaltsam den Schlaf aus den Augen treiben. Schon haben sie das Kreischen der Eisenriegel im Ohr, die Schreie und das Weinen der Kinder. Wie Bestien wird er sie hetzen und in die Casa Negra, die Casa Fosca werfen lassen, der sie nur geschröpft wieder entrinnen werden, wenn nicht, um bei lebendigem Leib zu brennen.

Sie geben auf. Sie brechen auf, doch sie entsagen nicht. *Eines Tages werden unsere Kinder und Kindeskinder wiederkommen, um zu holen, was uns gehört, was wir zurücklassen müssen, was wir nicht verkaufen konnten, um keinen Verdacht zu erregen. Die Häuser und die Läden und die Werkstätten. Werkzeug, Möbel und Kleider.* Sie haben abgeschlossen und den Schlüssel mitgenommen. Den Schlüssel, den sie nicht verlieren dürfen, den Schlüssel und die Grundbesitzurkunde, in der ihr Eigentum notariell beglaubigt ist, selbst wenn sie wissen, daß ihre gesamte Habe in Beschlag genommen wird, sobald das Haus leer steht, und sie selbst vermutlich *in effigie* verbrannt. *Nie werden wir dich wiedersehen, Heimat, die du uns eine Stiefmutter mehr denn eine Mutter warst, nach allem, was du uns angetan hast, nach allem, was du uns vorenthalten hast. Wir haben uns mit Asche gewärmt und von Skorpionen ernährt, wir haben giftiges Wasser getrunken ...* Sie scherzen. Sie reden über alles, um über nichts reden zu müssen, wollen die Beklommenheit nicht vergrößern, die Angst vor der Überfahrt, vor dem großen Meer, das die wenigsten kennen, vor den Angriffen der Korsaren, vor Schiffbruch bei Sturm. Sie reden über das Wetter, das ihnen jetzt allen so wichtig ist, über die Stille des Meeres, eine beunruhigende Stille, keine Brise, und wenn der Wind sich nicht regt, kann er die Segel nicht aufblähen. *Was meinst du, Cònsol?* fragt der Schneider Valleriola. *Sieht nicht so aus, als ob wir auslaufen könnten.* Doch der Konsul erwidert nichts. Es ist Gabriel Valls, der mit einem durchdringenden Blick antwortet. *Es ist ein glanzvoller Tag, ein strahlender Tag, den Gott der Herr uns schickt,* fügt er noch hinzu, bevor er sich zu seiner Familie begibt, seinem Sohn, seiner Frau und der jüngeren Tochter der Pächter, der Verlobten Rafel Onofres. Nur seine verdrehte Schwiegermutter fehlt, die mitzunehmen sie nicht riskieren konnten, weil es täglich schlimmer wird mit ihr, die schreit und tobt und überall Räuber und Hexen sieht, und der älteste Sohn, der in Alicante lebt und nichts von dem Aufbruch weiß. Ihn kann man immer noch von Livorno aus informieren.

Allein Gabriel Valls hat mit Genuß gegessen und insbesondere die *coca bamba* seiner Pächterin gelobt, die auch Costura so vortrefflich geschmeckt hatte, während die übrigen nur lustlos ein paar *cocarrois* zerkrümelt haben. Einmal mehr hat der Rabbiner den Seinen geschildert, wie gut es sich in Livorno leben lasse, so gut, daß wer einmal dort sei, nie mehr fortgehe. Er hat ihnen erklärt, daß die Überfahrt nicht länger als vier oder fünf Tage dauere, was er genau wisse, weil Pere Onofre ihm immer in allen Einzelheiten von seinen Reisen berichte. Er versichert ihnen, daß dort alles ganz anders und viel besser sei, daß man sie in dem Mediceischen Hafen freundlich aufnehmen werde. Er versucht, seine Frau zu trösten, die ein schlechtes Gewissen hat, weil sie ihre Mutter zurückläßt, auch wenn sich ihre Schwester um die alte Frau kümmern wird, bis Adonai sie zu sich holt. *Sie wird gar nicht merken, daß wir nicht mehr da sind,* sagt der Rabbi, *die Arme hat den Verstand verloren.* – *Du wolltest nicht, daß sie mitkommt*, wirft ihm Maria Aguiló vor. – *Deine Mutter ist nicht in Gefahr,* beschwört er sie, *und sie hätte einen Platz belegt, den ein anderer dringend braucht. Man zwingt uns. Wir lassen sie nicht freiwillig zurück, liebe Maria. Uns verjagen die Prozesse.*

Es sind mehr als zwanzig, die Kinder mitgerechnet. So weit sie sich bei ihrer Suche nach bequemen Plätzen auch in den Uferfelsen verstreut haben mögen, der Rabbiner behält sie alle im Auge. Er sieht den Konsul mit seinen Söhnen Josep und Mateu. Die beiden Söhne von Cap de Trons, Josep Joaquim und Baltasar, und die Tochter Aina mit ihrem Neugeborenen, Sohn des Halunken Juli Ramis. Der schwach-

köpfige Schwager ist nicht dabei, er hatte die glückliche Eingebung, vor vier Wochen zu sterben und die Neffen von seiner Last zu befreien. Er sieht den alten Josep Valleriola, Xoteto, seinen Freund aus dem Garten, der mit seinem Verwandten Xim, dem Schneider, und dessen Ehefrau Rafela Miró plaudert. Die beiden Kinder von Pere Onofre Martí, Moixina, die herumalbern, bewacht von ihrer Mutter Quitèria Pomar. Die alte Polònia Miró, Costuras Haushälterin, schwatzt mit Madò Grossa, die ihre verwitwete Schwester dabei hat und die Enkel, die unter ihrer Obhut leben. Aina Fuster, die Frau Fortesas, des Verwalters des Grafen Descós. Die Geschwister Tarongí. Costuras Onkel, Miquel Bonnín, mit seiner Tochter Sara de les Olors ... Alle sind sie da, es fehlt niemand. Alle haben seine Anweisungen gewissenhaft befolgt, und alles läuft wie geplant. Niemand kann ihnen die Übertretung irgendeines Verbots zur Last legen. Niemand kann sie beschuldigen, etwas Schlechtes getan zu haben. Sie haben die sonntäglichen Vorschriften geachtet, und jetzt essen sie *crespells* und eingelegte Früchte, soweit sie welche haben. Noch eine Weile, dann werden sie die Lebensmittel einpacken, die Decken zusammenfalten und sich in Grüppchen, gemächlich wie sie gekommen sind, nach Porto Pi aufmachen. Diesen Spaziergang haben sie sonntags oft gemacht. Es ist nichts Besonderes, daß sie bei diesem schönen Wetter denselben Weg gehen. Die Meeresluft reinigt die Lungen und regt den Appetit an.
Schon erheben sie sich. Die ersten machen sich auf. *Nun weine doch nicht, Beleta,* sagt Rafel Tarongí zu seiner Schwester, die seit dem Aufbruch mit den Tränen kämpft. Sie bilden die Vorhut auf dem Weg zur Hafenmole, weil es ihr peinlich ist, daß die anderen sie in diesem Zustand sehen. Doch sie kann nichts dagegen tun. Zu Hause läßt sie das

Allerliebste auf der Welt zurück, ihre zwei kleinen Kinder. *Um diese Zeit sind sie gerade vom Mittagsschlaf aufgewacht!* ruft sie aus, als sie *Eloi* zwei Uhr schlagen hört. *Die Schwiegermutter wird sie bestimmt zurechtstauchen, und Tomeu fragt sicher schon nach mir. – Dreh dich nicht um!* sagt ihr Bruder. *Denk nicht darüber nach. Dein Mann ist ein bißchen querköpfig, aber kein schlechter Kerl. Er wird sie nicht im Stich lassen.* Sanft nimmt er sie beim Arm und spürt, wie sie zittert. *Du wirst sie wiedersehen. Adonai beschützt sie. Du aber bist in Gefahr, liebste Isabel! Die Kinder sind noch zu klein, als daß man sie belästigen würde. Niemand wird ihnen weh tun.*
Isabel trägt ihr gutes *rebosillo*. Entgegen des Verbots ist es aus goldbestickter Seide und wird von einer Spange zusammengehalten. Darauf fällt jetzt ein Sonnenstrahl und springt vervielfältigt zurück, als leuchtete er aus dem Herzen eines Christus oder einer Mater dolorosa. *Ich gehe zurück,* sagt Isabel. *Bring du dich in Sicherheit, Rafel. Ich kann meine Kinderchen nicht verlassen.* Sanft löst sie sich vom Arm ihres Bruders und macht ein paar Schritte zurück. Doch Rafel hält sie fest, umarmt sie, tröstet sie. *Für die Kinder ist es besser, dich weit weg zu wissen als tot, verkohlt auf dem Scheiterhaufen. Dir bleibt kein anderer Ausweg als die Flucht!*
Bei ihnen beiden sei nichts zu machen, hatte ihr Onkel Costura zu Pater Ferrando über sie gesagt. *Sie sind Juden, und als Juden werden sie sterben,* hörte Rafel ihn zwei Tage vor seinem letzten Atemzug sagen, als der Jesuit Costura einer Beichte unterzog, die eher einem Verhör glich, und ihn dabei über jeden ausfragte, der ihm verdächtig vorkam. *Ich hätte einen Weg finden müssen, die Kinder mitzunehmen. Beleta wird mich im ganzen Haus suchen,* schluchzt sie.

Ich will dich nicht so verheult sehen, Schwester, mit diesen roten Augen und dem verschwollenen Gesicht. Du siehst furchtbar aus! Und du sollst die Schönste im ganzen Carrer sein?

Madò Grossa hat sie fast eingeholt. Ihr Gang ist flink trotz ihres Alters. *Sie trägt wohl ihre sämtlichen Röcke übereinander,* vermutet Isabel. *Sieht aus wie der Wal, der den Propheten verschlungen hat.* Die Schwester und die beiden Kinder folgen in einigem Abstand. *Wenn sie sich am Bug breitmacht,* hat Polònia Miró bekundet, *müssen wir uns allesamt am Heck drängen. Sie hat ihren ganzen Hausstand unterm Rock, sieh dir das an!* Sie stößt ihre Nachbarin Rafela Miró an, die, sehr zu dessen Leidwesen, ihren Mann untergehakt hat. Statt sich von diesem lästigen Weib umherzerren zu lassen, würde Xim Valleriola lieber mit den Männern gewisse dringliche Fragen im Zusammenhang mit der Reise klären. Da er zu denen gehört, die das meiste Geld zur Flucht beigesteuert haben, hält er es für sein gutes Recht, dafür auch einen anständigen Platz zu bekommen. Ainas Kind fordert die Brust seiner Mutter, und die Geschwister Cortès bleiben zurück. Aina setzt sich auf einen Stein und stillt ihr Kind, ihr Schandmal. Zu Hause wird es kaum eines Blickes gewürdigt. Ihre Brüder erfüllt es mit Grausen. Nur der jüngere hat eine zärtliche Geste für den Kleinen gehabt und ihm ein *siurell* gekauft.

Der Rabbiner hat sich als einer der letzten auf den Weg gemacht, ist erst ein Stück mit seiner Familie gegangen, hat dann aber auf den Konsul gewartet. Der Abend läßt den Himmel leicht verblassen, doch es kommt kein Wind auf. Das Meer liegt da wie ein frisch gespanntes Laken. Nur ein einzelnes Ruderboot zerschneidet die Silberhaut. *Und wenn wir keinen Wind haben?* fragt Valleriola den Rabbi leicht beunruhigt. *Werden wir bestimmt*... gibt Valls zurück, ohne das Lächeln zu verlieren, das ihn den ganzen Tag begleitet hat und seinem Gesicht eine fast selige Heiterkeit verleiht. *Du Gotteslästerer! Wie kannst du bezweifeln, daß Adonai uns Seinen Atem schickt? Wie kommst du darauf, daß Adonai uns im Stich lassen könnte?* Und noch einmal wiederholt er, was sie alle längst wissen: Welche Großmut Adonai ihnen erwiesen habe, indem Er in Seiner Göttlichen Vorsehung diese unauffällige, häufig im Hafen von Ciutat ankernde Schebeke sandte, deren Besatzung Pere Onofre Aguiló, der von Livorno aus so wertvolle Hilfe geleistet habe, persönlich bekannt sei. Und Gabriel Valls lobt das umsichtige Verhalten des Kapitäns, der gestern, vor gerade vierundzwanzig Stunden, den Konsul besucht und mit ihm vereinbart hat, daß sie sich am folgenden Nachmittag zwischen drei und vier zu einem Spaziergang außerhalb der Stadt aufmachen werden, der sie wie zufällig zur Mole führen soll, einfach, als wollten sie sich die Beine vertreten, wie sie es sonntags bei schönem Wetter ja manchmal zu tun pflegen, um schließlich mit einem Boot zur *Eolo* überzusetzen, die an der Hafeneinfahrt vor Anker liegt, wobei sie das Glück, daß ausgerechnet Sonntag ist, ebenfalls Adonai zu verdanken haben, denn so wird niemand irgend etwas Ungewöhnliches bemerken.

Schon haben sie die dichten harzduftenden Pinien von Bellver hinter sich gelassen. Sie sind jetzt beinahe da. Der Leuchtturm scheint sie willkommen zu heißen. Sie gehen im Gänsemarsch. Sie scheinen weder Hände noch Zungen, weder Ohren noch Augen zu haben. Nur Geruchssinn. Eine deutliche Witterung läßt sie einen Fuß vor den anderen setzen, immer in der Spur des Rabbiners an Adonais Statt. Das Boot wartet auf sie. Es sieht aus, als wäre es ihnen gelungen, die Brise herbeizuwünschen. Gottes Atem ist es, der jetzt in Böen die Wellen kräuselt. Das Boot wird mindestens dreimal fahren müssen, alle passen sie nicht hinein. Zuerst Frauen und Kinder, dann die Alten und die übrigen Frauen. Die Männer zuletzt.

Die Stadt ist nur mehr ein bleicher Fleck im Osten. Das Meer hat sein Gesicht verändert und keine Ähnlichkeit mehr mit dem glatten Laken von ein paar Stunden zuvor. Die Wellen sehen jetzt aus wie aufgerissene Wolfsrachen mit leuchtendweißen Fangzähnen. Wie Speichel eines Tollwütigen tropft Schaum auf sie nieder. Alle werden sie naß, einige bis auf die Haut. Das Einsteigen ist schwierig. Den Passagieren der ersten beiden Fuhren haben die Seeleute an Bord geholfen. Die Männer dieser letzten bewegen sich flinker, haben aber auch Mühe, in die heftig schwankende Schebeke zu kommen. Sie werden in einem der Frachträume untergebracht. Es ist schon fast ganz dunkel. Die Kinder wimmern ängstlich. Sie haben sich auf den Boden setzen müssen, dicht zusammen, fast übereinander. Es riecht ranzig nach Schaf. Ein beißender Geruch nach scharfen Gewürzen und Kotgestank. Der Konsul und Valls gehen an Deck und beschweren sich beim Kapitän, daß sie zuviel Geld bezahlt hätten, um sich wie Sklaven behandeln zu lassen. Er versichert ihnen, daß sie es sich, sobald die Anker gelichtet und sie auf offener See seien, an Deck oder in einigen der Kajüten bequem machen könnten. *Mit den Kindern habe ich nicht gerechnet,* erklärt er, *es war von einem Dutzend Leute die Rede, und jetzt seid ihr mehr als zwanzig. – Die Bezahlung war fürstlich,* gibt Valls zurück, *das könnt Ihr nicht abstreiten. – Nein, aber ich gehe ein hohes Risiko ein,* antwortet Willis. *Wenn Pere Onofre Aguiló nicht so ein guter Freund von mir wäre und mich*

darum gebeten hätte, nicht für alles Geld der Welt hätte ich Euch an Bord genommen!
Mit dieser Nachricht steigen sie wieder hinunter und trösten ihre Leute mit den Versprechungen des Kapitäns. *Vor allen Dingen haben wir Gott zu danken, daß wir auf dem Schiff sind*, mahnt Valls. – *Und erst recht, wenn wir wieder runter sind!* fügt Aina Cortès hinzu. Doch beachtet sie niemand. Die Stimme des Rabbi läßt alle verstummen. *Lobt Adonai, preist Seinen Namen, verkündet allen Völkern Seine großen Taten. Singt zu Ihm, stimmt Loblieder auf Seine großen Wunder an.* Alle folgen ihm. Der Rumor ihres Gebets dringt hinauf an Deck, wo die Matrosen der *Eolo* das Schiff klarmachen, um in See zu stechen, sobald der Kapitän den Befehl dazu gibt. *Denkt an die Wundertaten des Herrn, die Werke Seiner Hände, oh, Kinder Abrahams, Seines Dieners, Kinder Isaaks, Seines Erwählten …*
Der Kapitän selbst kommt herunter und fordert sie auf, nicht so laut zu sein mit den Bekundungen ihrer Religion. Sobald sie weit weg sind, im fernsten Blau, werden sie zum Beten Zeit genug haben. *Betet in eurem Herzen,* sagt der Rabbi, *ohne die Lippen zu bewegen. Betet mit Andacht, dankt Gott für die Gunst, die Er uns erweist, und die Hilfe, die Er uns zuteil werden läßt. Betet auch für die in Ciutat Zurückgebliebenen, auf daß Adonai Seine schützende Hand über sie halte.*
Isabel Tarongí kann das Schluchzen, das tief aus ihrem Inneren dringt, nicht unterdrücken. Aber nicht nur sie. Auch andere sind zu hören. *Ich will keine Klageweiber an Bord!* ruft der Rabbi mit fester Stimme. *Heute ist ein Freudentag, ein Tag der Dankbarkeit, nicht der Trauer. Ein großer Tag für uns alle! Eure Tränen mißfallen Adonai, der uns heute fröhlich sehen will. Wir fliehen, um frei die Gesetze unserer Religion*

befolgen zu können, um uns nicht länger verstecken zu müssen, um laut und deutlich sagen zu dürfen, daß wir Juden sind und als Juden sterben werden. – Wir fliehen, um unsere Haut zu retten, brummt leise der Sohn von Cap de Trons, ein Hitzkopf wie sein Vater. – *Da hast du recht, auch deshalb. Weil Adonai uns lebend braucht und nicht tot, um Ihn zu ehren,* antwortet ihm Valls. – *Rabbi,* sagt Valleriola, der ihn noch nie so angesprochen hat, *haben sie dir nicht gesagt, wann wir abfahren? Der Wind bläst nämlich, und wie! – Ja, aber in die falsche Richtung,* mischt sich der Konsul ein, *erst wenn er nachläßt, können wir aufbrechen. – Und was machen wir jetzt?* ruft Aina Cortès aus, die nur widerstrebend an Bord gegangen ist. – *Müssen wir zurück an Land?* fragt Valleriola. – *Dann fällt unsere Flucht erst richtig auf,* sagt Madò Grossas Schwester. – *Und sie haben uns schneller, als wenn wir zu Hause geblieben wären,* klagt wieder Aina. – *Halt gefälligst den Mund, sonst kriegst du eine drauf!* droht ihr der ältere Bruder. – *Basta!* Der Rabbi wird laut. *Ich will keinen Streit. Das fehlt uns gerade noch! Gott wird uns nicht allein lassen, davon bin ich überzeugt. Er kann uns nicht verlassen! – Wie kannst du dir da so sicher sein?* fragt Xim Valleriola mit seiner unverwechselbaren Flötenstimme, *was, wenn Gott uns heute nicht helfen will?* Der Rabbi baut sich vor ihm auf. – *Gotteslästerer! Wenn der Herr unser Hirte ist, woran soll es uns mangeln? – Du antwortest mit einem Psalm, den wir alle kennen, Gabriel Valls, er gibt uns Trost, sonst nichts,* versetzt Martí, *doch wenn wir nicht auslaufen können, würdest du uns verraten, was wir dann tun sollen? – Jedenfalls nicht gleich die Pferde scheu machen. Laßt uns so lange wie möglich warten! – Falls wir zurück müssen,* gibt der Konsul zu bedenken, *dann bevor das Tor von Santa Catalina geschlossen wird, und bis dahin ist es nicht mehr lange. – Hört ihr den Wind? Klingt nach Orkan!* unterbricht sie Madò Grossa. – *Cònsol, komm mit,* befiehlt der Rabbi, *wir sprechen mit dem Kapitän!*

In seiner Kajüte sitzt der Kapitän rauchend vor einem Becher, der mit einer dunklen Flüssigkeit gefüllt ist, die sie noch nie gesehen haben, und der nicht umfällt, weil er an einem Ring vom Schott hängt. Er bietet ihnen Platz auf seiner Koje an, während er, an das Bullauge geklammert, mit Mühe das Gleichgewicht hält. Der Konsul hat die Farbe einer Kröte. Sein ganzes Gesicht ist grünlich, und das Sprechen fällt ihm schwer. *Der Wind wird immer stärker, so kann ich keine Segel setzen*, sagt der Kapitän gereizt, als Valls hartnäkkig verlangt, sofort den Anker zu lichten. *So erleiden wir mit Sicherheit Schiffbruch. Wir müssen warten, bis der Sturm nachläßt. Bei diesem Wetter ist es unmöglich, den Hafen zu verlassen und bei Dunkelheit zu segeln. Wir müssen bis morgen abwarten.*

Herr, mein Gott, Adonai, erleuchte mich, betet Gabriel Valls de Valls Major, bevor er weiterspricht, *gib mir ein, was ich zu tun habe!* Dann fragt er Willis, ob sie in dem Laderaum bleiben könnten oder ob er glaube, es sei zu gefährlich. Der Kapitän rät ihnen auszusteigen. *Wenn sie hinter euch her sind, werden sie euch sehr bald hier suchen. Es ist das einzige Schiff in der ganzen Bucht. Wenn sie euch hier finden, bin ich auch dran, ob ich Ausländer bin oder nicht. Wenn es abflaut, gebe ich euch Bescheid. Macht euch bereit für morgen früh. –Und welche Sicherheit gebt Ihr uns, daß Ihr Euch nicht mit dem Geld davonmacht?* fragt der Konsul. – *Mein Wort!* gibt der Kapitän, gekränkt von der Frage des Konsuls, unwirsch zurück.

Die Kinder, die vor Erschöpfung eingeschlafen sind, werden eilig geweckt. *Kinderchen, wir gehen wieder nach Hause,* flüstern die Mütter, *damit ihr weich in euren Bettchen schlafen könnt. – Adonai stehe uns bei!* wiederholen die Greise vor Schreck, wieder von der Schebeke in das Boot steigen zu müssen, das die Wellen wie eine Nußschale herumwerfen. *Ich habe Angst, ich will mit dir gehen, nicht mit den Frauen*, sagt Maria Pomar mit dünner, fast versagender Stimme zu Rafel Onofre. *Du mußt meine Mutter begleiten. Aber es kann dir nichts geschehen, meine Holde, ich liebe dich doch!*

Allen graut es davor, wieder von Bord zu müssen, wie vor der Pest, allen außer Isabel Tarongí, die als einzige überzeugt ist, von Gott erhört worden zu sein. Ihre Kinder schnell wiederzusehen, nur darum hat sie den ganzen Tag gebetet, seit sie am Morgen ihr liebliches, blasses Gesicht über die schlafenden Kleinen gebeugt hat, um sich unter dem Vorwand, mit ihrem Bruder eine kranke Tante zu besuchen, von ihnen zu verabschieden.

Wir gehen genau so, wie wir gekommen sind, sagt der Rabbi, *aber zügig, damit wir Ciutat erreichen, bevor das Tor geschlossen wird. Wenn die Wache uns aufhält, wißt ihr Bescheid: Wir waren an der Mole spazieren und sind vom Unwetter überrascht worden.*

Zuerst steigen die Frauen und Kinder hinunter. Der heftige Wind zerrt an ihren Röcken und *rebosillos*. Sie kreischen vor Angst, als sie sehen, wie das Boot gegen den Rumpf des Schiffes geschlagen wird. Die alte Aina Segura hat sich vorsichtshalber sowohl Adonai als auch dem Christus von Santa Eulàlia empfohlen und dies, als sie schließlich im Boot sitzt, Polònia gestanden, die sie böse beschimpft. Die Kinder zittern wie Pappelblätter in den Armen der Frauen. Sie beten und beben. Die Matrosen müssen kraftvoll rudern, um gegen die Wellen anzukommen, haben jedoch glücklicherweise den Wind im Rücken. Endlich hat die Gruppe das Ufer erreicht. Klatschnaß machen sie sich auf den Weg. Noch steht die Sonne hoch, doch wird sie bald untergehen. *Kinder, singt das Lied von der Weinernte!* schlägt Quitèria ihren Kindern vor, um sie abzulenken. Das leere Boot ist auf der Rückfahrt beweglicher. Die Passagiere der zweiten Fuhre stehen schon bereit. Als erste steigt Rafela Miró herab. Ihr Mann verpaßt sie mit Absicht und bleibt zurück, um mit den anderen Männern zu fahren. Jetzt folgt Madò Grossa, die das Boot fast zum Kentern bringt, als sie hineinplumpst. Aina Cortès will niemandem ihren Säugling anvertrauen, der wimmert – vermutlich vor Hunger. *Das kommt bestimmt von der sauren Milch, die er kriegt*, keifen die Frauen angesichts der Essigmiene von Cap de Trons' Tochter. Sie haben ihr das Kind mit einem Tuch vor die Brust gebunden, damit sie die Hände frei hat, doch plötzlich verliert sie auf der Mitte der Strickleiter das Gleichgewicht, und der Kleine fällt in die Wellen. *Ich kann nicht schwimmen!* kreischt sie. Sie schreit und jammert, und als sie schließlich im Boot steht, reißt sie sich büschelweise die Haare aus. Ein Matrose hat sich ins Wasser gestürzt. Er kämpft gegen die Wellen, um das Kind zu erreichen, und als er endlich schafft, es an Bord der Schebeke zu heben, hat es blaue Lippen und atmet nicht mehr. Isabel Tarongí birgt es an ihrer Brust und streichelt es, denn seine Mutter ist vollkommen außer sich. Isabel wird das tote Kind hinunter ins Boot tragen und die kleine Last für die gesamte Dauer der Überfahrt in ihren Armen halten. *Wir sind an der Mole von Porto Pi spazierengegangen, als das Unglück geschehen ist*, weist sie der Rabbi an, als sie sich auf den Weg zum Hafen machen. *Ein Matrose ist ihm nachgesprungen, um es zu retten, aber es war zu spät. Ist das klar? Nicht ein Wort mehr!*

Der Rabbi hat dem Matrosen hundertmal gedankt. Er selbst hat nicht gewagt, sich ins Meer zu stürzen. Er hat sich nicht zugetraut, das Kind zu retten, gefürchtet zu ertrinken; und das erbittert ihn. Der Junge hat großen Mut bewiesen. Aina verlangt nach ihrem Sohn. Mit dem toten Kind in den Armen geht sie zwischen den anderen Frauen vorwärts. Isabel Tarongí weint leise. Ein Sonnenuntergang aus Gold hinter violetten Ascheschleiern nimmt sie in Empfang. Die Möwen begleiten sie ein Stück, kreuzen einander in schwirrendem Flug über ihren Köpfen. Die ersten Mauersegler des Jahres ziehen in Schwärmen vorüber.

Als letzter verläßt Gabriel Valls das Boot. Vor ihm ist der Konsul mit seinen beiden Söhnen ausgestiegen, Pere Onofre Martí hat Valleriola alias Xoteto geholfen. Danach folgten Joaquim und Baltasar Cap de Trons, dann Rafel Onofre Valls de Valls Major. Jetzt ist von seinen Leuten niemand mehr an Bord der *Eolo*, und in Porto Pi ist bei diesem Sturm kein Spaziergänger unterwegs. *Wenn man das Boot nicht gesehen hat, wie es ein dutzendmal hin- und hergefahren ist, kann noch alles gutgehen.* Darauf vertraut der Rabbiner. Er friert, denn er ist durchnäßt und hundemüde, erschöpft. Dennoch geht er mit langen Schritten und treibt die anderen zur Eile an. Jetzt nicht noch zu allem Überfluß die Nacht unter freiem Himmel verbringen müssen...! Dann hätten sie wirklich Schwierigkeiten, den Ausflug zu rechtfertigen!

Valls' Miene ist finster und läßt nicht mehr an eine Schalmei denken, die jeden Augenblick in eine fröhliche Festmusik ausbricht, sondern an eine dumpfe Hirtentrommel. Er fühlt sich schuldig. Er ist der alleinige Verantwortliche ihres Scheiterns. Er beschloß die Überfahrt, verhandelte mit dem Kapitän die Bedingungen, wählte die am meisten Gefährdeten aus, bestimmte, wer fliehen und wer bleiben sollte. Er versicherte ihnen, Adonai würde sie nicht verlassen, er beschimpfte sie als Gotteslästerer, wenn sie zweifelten. Er flehte zu Adonai um Wind, und Gott sandte ihm Wind, doch blies er entgegengesetzt. *Und was, wenn er, der Erwählte, der Rabbi, der Meister, das Vertrauen Gottes verloren hätte? Im Handumdrehen hatte sich alles gegen ihn gewendet. Sogar am Tod des Neugeborenen ist er schuld. Hatte Aina nicht gebettelt, er möge sie nicht mit dem Säugling zur Flucht zwingen? Und war er es nicht, der sie überredete, ihn nicht im Findelhaus zu lassen, und sie zwang, das Kind ihrer Schande mitzunehmen, damit es Erlösung fände im Land der Freiheit, wo er sich persönlich um seine Erziehung hatte kümmern und einen ordentlichen Juden aus ihm hatte machen wollen?*

Die Sonne wird jeden Augenblick dahinscheiden. Rotgestreifte Wolkenstränge winden ihr Girlanden wie zu einem Totenkranz. Die erste Gruppe hat das Tor von Santa Catalina bereits durchschritten, geht die Costa de Santa Creu hinauf, den Carrer del Vi entlang und überquert den Pont d'Horlandisque. Sie hören die *Figuera* schlagen. *Sechs Uhr*, zählt Maria Pomar, die neben ihrer Schwiegermutter geht. – *Das war ein langer Tag!* sagt Maria Aguiló. *Bin ich froh, daß wir bald zu Hause sind!* Sie erreichen die Plaça Nova. Schon biegen sie an der Ecke Santa Eulàlia in den Segell ab. Und bleiben wie angewurzelt stehen. Sie haben keine andere Wahl, als stehenzubleiben. Denn der Gehilfe des Büttels versperrt ihnen hoch zu Roß den Weg.

Zwei

Es war die arme Verrückte, die wütend zu krakeelen anfing. Unter Gezeter grapschte sie nach Schlüsseln, Riegeln und Schiebern, bis sie alle Türen und Fenster geöffnet hatte, und kreischte, die Räuber würden ihr alles stehlen, alles hätten sie geklaut. Zuerst die Diebe und dann die Hexen mit dem bösen Blick. Der Schwester und den beiden Mägden gelang es nicht, sie zum Schweigen zu bringen oder auch nur zu besänftigen. Sie wollte fliehen, weg von diesem verwünschten Haus, damit ihre Feinde, die vor nichts zurückschreckten, sie dort nicht fänden. Wenn sie sie an der Tür festhielten, stampfte sie mit den Füßen auf, raufte sich das Haar und schlug mit dem Kopf gegen die Wände. Ununterbrochen wiederholte sie, die Hexen seien an allem schuld.
Die Hexen, diese verdammten Schlampen, haben mir meine Maria weggenommen und mich ganz allein gelassen. Wo gibt's denn so was? – Mach dir keine Sorgen, sie kommt schon wieder, versichert ihr die Schwester, *sie macht nur einen Spaziergang. Heute ist doch Sonntag. – Wo kommst denn du jetzt her?* gibt sie zurück. *Ich weiß nicht mal, wer du bist?* Sie reißt die Augen auf und starrt sie mit unstetem, doch inquisitorischem Blick an, wie um zu ergründen, ob sie sie schon einmal gesehen hat. – *Wer soll ich schon sein, zum Donner! Ich bin Esther, wer denn sonst? – Und wer bist du, und was machst du hier?* fragt sie wieder, als habe sie nicht

zugehört, und zerrt heftig an einer Haarsträhne, die unter ihrem Kopftuch hervorschaut. *Kennt ihr die, ihr zwei da? Zweida, zweida...* Sie bleibt noch eine Weile bei dem letzten Wort, wie sie es oft tut. – *Das ist doch Eure Schwester,* gibt ihr Jerònia zur Antwort. – *Hab' gar keine Schwester!* beharrt sie. – *Es reicht jetzt, Caterina,* sagt Esther und nimmt sie sanft am Arm, *es reicht, Caterina. Schau mich an! Natürlich hast du eine Schwester. – Aber warst du nicht tot?* fragt sie und beobachtet Esther, als forsche sie nach ihrer Seele und wäre dabei auf den Abglanz einer alten Erinnerung gestoßen, der ihrer Gedächtnislosigkeit ein wenig auf die Sprünge hülfe. – *Nein, Caterina, noch nicht. Du siehst doch, daß ich springlebendig bin! –Siehst du, siehst du... das sind die Hexen. Die Hexen machen, daß du mir im Leichentuch erscheinst. Hexen, Hexen, Hexen...!* Sie wiederholt das Wort, als säße es in ihrer Kehle fest, als wäre es die einzige Losung, mit der sich die Tür zur geheimen Schatzkammer öffnen ließe. – *Du lieber Gott,* sagt Esther Bonnín laut zu sich selbst, *womit habe ich das verdient? Ich weiß nicht, ob ich das aushalte! – Hexen, verdammte Huren!* Die gleichmäßige Litanei wird um eine Beschimpfung erweitert. – *Caterina!* schreit die Schwester sie an. *Hör auf mit den Hexen, laß sie in Ruhe! Die können wir nicht gebrauchen. Sieh mal, ich bin doch hier, damit du nicht allein bist. – Das ist dieser Wind, der sie so aufgeregt hat,* unterbricht Jerònia, *dieser teuflische Wind, der nichts Gutes bringen kann. So hab' ich sie schon lange nicht mehr gesehen. – Hexen, Hexen, verdammte Huren...!*

Sie sperren sie in ihre Kammer, legen sie aufs Bett, und sie beginnt einzunicken. Sie haben ihr einen nervenberuhigenden Tee aus Lindenblüten, Minze und Mohn gegeben, in der Hoffnung, ihren Zorn zu besänftigen. Sie hat die Augen geschlossen und scheint zu schlafen. Deshalb haben sie auf Zehenspitzen das Zimmer verlassen und sind wieder hinuntergegangen. Esther hat sich ans Herdfeuer gesetzt, und Jerònia, die alte Magd, hat sich in ihre Kammer zurückgezogen, die sie mit ihrer Nichte Magdalena teilt, seit diese vor einem Jahr ebenfalls in den Dienst der Valls Majors getreten ist, wo sie es, wenn sie sich der Familie auch noch nicht verbunden fühlt, doch besser hat als beim Kanoniker Amorós, der sie beim Essen kurzhielt und häufig schlug. Doch länger als zehn Minuten kommen weder Esther noch Jerònia zur Ruhe. Schon hören sie die Alte erneut treppauf laufen, klappern und rütteln, bis die Tür zur Dachterrasse aufgeht und von dort oben ein riesiges Gezeter laut wird. Wieder jammert und kreischt sie aus Leibeskräften und ruft den Nachbarn zu, sie aus diesem verhexten Haus zu holen. Sie ist fest davon überzeugt, daß alles, was geschieht, das Ergebnis von Zauberei und bösem Blick ist. Laut kräht sie den Namen von Madò Grossa, der Heilerin, die mit ihrer Tochter davongeflogen sei. *Pfui! Hexen, Hexen...!* jault sie wild ein ums andere Mal in den pfeifenden Wind, der ihre Röcke hochwirbelt und sie wie ein Gespenst aussehen läßt. Weder Esther noch Jerònia, die zusammen mit ihrer Nichte hinaufgeeilt sind, bringen sie dazu, den Mund zu halten. *Hexen, Hexen, Schwestern des Satans, ihr habt mir meine Tochter weggenommen! Ah, aber ihr werdet ordentlich brennen, das schwöre ich euch! – Kommt schon, madoneta,* redet Jerònia auf sie ein, *was wollt Ihr denn hier oben bei diesem Sturm? Seid lieb und kommt mit hinunter.* Die Irre verstummt kurz und kämpft fuchtelnd gegen den Wind, der ihr das Kopftuch weggerissen hat. Esther nähert sich ihr, und als sie die Hand auf ihren Rücken legen will, um sie hinunterzuführen, geht sie mit Zähnen und Nägeln auf sie los. Als Jerònia und Magdalena sie verteidigen wollen, kriegen auch sie ein paar Zornesattacken ab. – *Da haben sie mir was aufgehalst mit dir, Schwesterchen!* sagt Esther Bonnín laut, wird sich aber sogleich bewußt, daß Außenstehende zugegen sind, *gent de can Peroni*, wie die mallorquinischen Juden die Christen nennen, denen man lieber keine Anhaltspunkte geben sollte. Später wird sie Gelegenheit finden, den Aufruhr irgendwie zu rechtfertigen. Caterina Bonnín will nicht zur Vernunft kommen. Sobald sie versuchen, sie zu bändigen, strampelt sie und heult wie eine Katze, der das Fell abgezogen wird. – *Ohne Netz fangen wir die nie ein!* ruft Jerònia. – *Da habt Ihr recht, Tante! Sollten wir den Nachbarn Bescheid sagen? Vielleicht hilft uns einer. Bei diesem Wind können wir hier oben nicht bleiben.* – *Gott sei Dank!* sagt die Schwester, als sie Tomeu Aguiló über die Trennwand der Dachterrasse springen sieht. Er wohnt zwei Häuser weiter, hat den Tumult gehört und will wissen, wer da so wahnsinnig herumbrüllt. – *Aber, gute Frau, was soll denn das? Seht Ihr denn nicht, daß der Wind uns alle wegfegen wird? Kommt schon, rein mit Euch, rein mit Euch! Na los, na los... geht schön runter!* Caterina wehrt sich zuerst, läßt sich dann aber gehorsam wie ein Kind und ohne ein weiteres Wort von dem jungen Mann die Treppe hinunter und bis in ihre Kammer führen. – *Das ist kaum zu glauben, Tomeu,* sagt die Schwester, *ich weiß nicht, wie ich dir das danken soll.*

Die Schläge des Türklopfers dröhnen durchs Haus. *Aufmachen! Was ist denn das für ein Lärm?* Es ist die Sandpapierstimme des Büttels, die einschüchternd und herrisch hereinschallt. *Ich komm' ja schon, ich komm' ja schon! Jesus, heiliger Anton!* ruft Jerònia. *Was für ein unruhiger Abend! So ein scheußlicher Sonntag!* Und sie zieht den Schieber zurück, hebt den Riegel und dreht den Schlüssel. *Ich habe das*

Geschrei von madò Caterina gehört, als ich am Segell um die Ecke bin. Meister Gabriel soll rauskommen! Oder ist keiner da? fährt Ripoll in seinem üblichen barschen Ton die Magd an. *Sie haben dieses verrückte Weib doch wohl nicht am Sonntag allein gelassen? – Sie sind spazieren*, erwidert die Schwester, die rasch zur Tür eilt, als sie hört, wer der ungebetene Besucher ist. *Deshalb bin ich ja hier, damit jemand bei ihr ist. Außerdem wäre sie sowieso nicht ganz allein, selbst wenn ich nicht hier wäre. Oder sind diese Mägde etwa keine Christenmenschen?*
Ripoll würdigt sie keiner Antwort, knurrt, hebt wieder den Kopf, und sein grobschlächtiges Gesicht verzieht sich zu einem höhnischen Grinsen. – *Hexen, Hexen…!* setzt das Geschrei der armen Irren wieder ein. *Ich hau' dich windelweich, Madò Grossa, wenn ich dich erwische! Du hast sie mir verhext mit deinem bösen Blick! – Könnte sogar stimmen,* der Büttel grinst hämisch, kraust angeekelt die Nase und ruft: *Dieser Bratölgestank!*
Tomeu Aguiló trifft ihn noch an der Tür an. – *Was willst du denn hier? – Ich habe nur diesen Frauen helfen wollen,* antwortet Tomeu, *weil ich den Krach gehört habe. – Sieh mal an! Tomeu, der gute Samariter!* hänselt ihn Ripoll und entfernt sich einige Schritte. *Ich will niemanden mehr hören!* warnt er. – *Nur eine arme Irre,* ruft Tomeu ihm nach. – *Ich habe gesagt, ich will keinen mehr hören und dich schon gar nicht! Galgenvögel seid ihr, alle miteinander! Judenpack!*
Esther Bonnín hat wieder abgeschlossen und ist noch so lange hinter der Tür stehengeblieben, daß der Büttel sie sagen hört: *Sollten wir nicht einen Rosenkranz beten?* Das Ave-Maria auf den Lippen, hat sie die Küche betreten. Ihre Schwester, friedlicher jetzt, wärmt sich am Feuer. *Hexen, Hexen,* flüstert sie noch vor sich hin, als begleitete sie mit

ihrer eigenen Litanei die anderen Frauen, die im Chor zu beten beginnen. Der Büttel hat sein Pferd bestiegen. *Heiliger Strohsack, ein verdammter Wind ist das!* ruft er aus. Während er seinem Tier die Sporen gibt, wendet er sich noch einmal mit unheilverkündender Miene nach Valls' Haus um und läßt die Stimme zu einem Röhren anschwellen, als er den Frauen seine Androhung wiederholt: *Seht zu, daß sie nicht noch mal die Straße zusammenschreit, sonst werde ich entsprechende Maßnahmen ergreifen!* Er trabt davon. Doch nach kaum vier Schritten zügelt er sein Pferd und bringt es ruckartig zum Stehen. Wenn er schon mal in der Nähe ist, könnte er eigentlich trotz Sonntag beim Schneider Valleriola vorbeischauen und ihm ein wenig auf die Finger schauen. Schon vor einer Woche hat er ihm den bestellten Schultermantel liefern wollen und wie üblich nicht Wort gehalten. Er steigt ab und betätigt den Türklopfer. Niemand antwortet. Daraufhin klopft er an die Nachbartür bei Polònia Miró, die, seit Costura nach acht Tagen seinem Leibweh erlegen ist, allein in seinem Haus wohnt, geduldet von seinen Neffen, die nicht das Herz hatten, sie hinauszuwerfen. Er klopft und schlägt und tritt gegen das Holz, aber niemand erscheint. *Weiß Gott, wo sich dieses Judengeschmeiß wieder rumtreibt*, sagt er laut, um jeden möglichen Zuhörer zu beleidigen. *Die sind bestimmt alle im Garten, sich den Wanst vollschlagen. – Von mir bekämen die ihr Fett weg! Verdammte Juden, die unseren Herrn Jesus getötet haben!* setzt sein törichter Knecht hinzu, der jetzt neben ihm auftaucht und noch bösartiger ist als Ripoll, denn er hat einen Buckel und ist sein ganzes Leben lang geschunden worden wie ein Maulesel. *Los, geh bei Cap de Trons klopfen,* befiehlt ihm sein Herr. *Eigentlich wollte ich erst morgen vorbeigehen, aber wenn ich schon mal hier bin, will ich wissen, wieviel sie mir für diesen alten Mantel geben. Denk bloß nicht, daß ich ihn dir schenke. Ich weiß wohl, daß du ein Auge darauf geworfen hast, aber ich werde doch keine Perlen vor die Säue werfen! Mach schon, Perot, bringen wir sie ein bißchen auf Trab. Los, beeil dich!*

Mit seinem hüpfenden Gang und dem Buckel, der ihm wie ein Bündel vom Rücken hängt, gibt Perot eine komische Figur ab. *Mach zu, schnell,* treibt ihn Ripoll an, *du bist zum Verlieben! Kommt, Mädchen, kommt raus, schnell, und schaut euch dieses Wunder der Natur an, was für ein Maiblümchen! – Keine Antwort,* ruft Perot, nachdem er laut geklopft und heftig an der Tür gerüttelt hat. – *Meinst du, ich bin taub, du Holzklotz? Ich seh' schon, daß da niemand ist, Dummkopf! – Die sind bestimmt in der Synagoge versammelt,* ruft Perot unmittelbar neben den Beinen von Ripolls Pferd, das nervös wiehert und auf der Stelle tritt. – *Was bist du nur für ein Dussel! Doch nicht heute, Schlafmütze, das war gestern, am Samstag. Aber in einem hast du recht: Wenn sie um diese Zeit, kurz bevor das Stadttor schließt, nicht zu Hause sind, kann das nur bedeuten, daß sie etwas im Schilde führen, und zwar Arges!!!*

Der unablässige Wind hat Blätter und Staubwolken aufgewirbelt. Heftige Böen erschüttern die alte Bronze der *Figuera*, die eben sechs Uhr geschlagen hat. Die wenigen Leute, die noch auf der Straße unterwegs sind, suchen eilig Unterschlupf. Ripoll will seine Runde schon beenden, doch als er sieht, wie Perot sich mühsam vorwärts kämpft und die Augen zum Schutz gegen den herumfliegenden Dreck zuhält, überlegt er es sich anders. Sie sind inzwischen an der Quartera angelangt, und statt in Richtung Banc de s'Oli oder zum Sindicat abzubiegen, kehren sie nun doch zurück in den Segell. *So überrumpeln wir sie,* sagt Ripoll zu seinem Knecht.

Jetzt herrscht Ruhe in der Straße. Nur das Pfeifen der Windböen ist zu hören. Der Büttel lenkt sein Pferd im Schritt zur Plaça Nova, um dann bei der Portella nachzusehen, ob das Tor pünktlich geschlossen worden ist, wie es sich gehört. Plötzlich vernehmen sie Schritte, und als sie um die Ecke von Santa Eulàlia kommen, treffen sie auf die erste Gruppe der Rückkehrer. *Halt!* speit er ihnen entgegen. *Wo kommt ihr denn her um diese Zeit und mit diesen langen Gesichtern? – Von der Mole. – Von der Mole? Von einem Spaziergang an der Mole bei diesem Sturm? Und was habt ihr in Porto Pi verloren? – Ein Unglück … – Ein Unglück? Was für ein Unglück? – Das Kind von Aina Cap de Trons ist ertrunken!* sagt Madò Grossa. – *Seine Mutter wird es ins Wasser geschmissen haben!* erwidert Perot mit einem Auflachen. – *Und wo ist die Aina? Und das Kind?* Niemand antwortet. – *So, los, marsch, das müssen wir klären. – Laßt uns nach Hause gehen,* bittet Maria Aguiló, *morgen könnt Ihr uns vernehmen. Es ist spät, und wir sind todmüde. – Von wegen morgen!* wirft sich Ripoll in die Brust. *Es hat einen Todesfall gegeben, und ihr seid die Zeugen!*
Die Kinder wimmern. Die Frauen beginnen zu jammern, als der Scherge seinen Säbel zieht und seinem Pferd die Sporen gibt, als wollte er es wie einen Hirtenhund in die verängstigte Gruppe treiben. *Ihr wißt, daß wir wehrlos sind, nur deshalb mißhandelt Ihr uns*, sagt Maria Aguiló, *aber gleich werden die Männer hier sein. – Männer, daß ich nicht lache!* spottet Ripoll. – *Hahnreie, Kümmerlinge, geschwänzte Teufel! –Das solltest du ihnen mal ins Gesicht sagen, Perot!* fordert Madò Grossa den Burschen auf, glühend wie eine rote Paprika. – *Du hast uns gar nichts zu sagen, Hexe!* fährt sie der Büttelgehilfe an. *Sieh dich nur vor, wenn du nicht lebendig brennen willst. Ein schönes Feuer würde das geben, bei*

all dem Fett! – Ach, halt den Mund, Ripoll, du hast auch schon kleinere Brötchen gebacken! Die Frau des Schneiders, die ihn von Kindesbeinen kennt, als sein Vater noch eine armselige Sattlerei im Viertel betrieb, baut sich vor ihm auf. *Halt schon die Klappe, du weißt ja nicht, was du redest! – Ich weiß nicht, was ich rede, Weib? Und ob ich weiß, was ich rede! Vor einer Weile hat die Schwiegermutter von Valls laut schreiend Madò Grossa als Hexe beschuldigt. Sollten wir das nicht besser überprüfen,* madò? *Und was sie alles vom Dach gebrüllt hat! Laut und deutlich hat sie gesagt, Ihr seid geflogen! – Wo ist meine Mutter?* fragt bebend Maria Aguiló. *Was habt Ihr mit ihr gemacht? Die Arme ist doch nicht richtig im Kopf! – Los, vorwärts,* gibt der Scherge zur Antwort, *du bleibst hier, Perot, ich schicke dir Verstärkung. Halt jeden auf, der ankommt! – Warum gehst du so mit uns um, Ripoll?* ruft Polònia aus. *Was haben wir getan? – Ich will wissen, wo ihr herkommt, ich will alles ganz genau wissen. – Wir waren auf einer Schebeke,* kräht Miquelet, der Sohn von Quitèria Pomar. – *Jetzt wird es mir allmählich klar,* sagt Ripoll, *langsam verstehe ich. Möchtest du vielleicht zu mir aufs Pferd kommen? Du mußt doch müde sein, nicht wahr?* Seine Mutter wird blaß. – *Um Gottes willen, Miquelet,* sagt sie, *hör auf zu schwindeln. Wir waren eine Weile am Porto Pi spazieren… – Komm auf mein Pferd, Miquelet,* beharrt Ripoll, *du gefällst mir. Du bist ein waches Bürschlein. Na, komm, erzähl mir alles!* Doch Miquelet bleibt stumm. Als er sich hoch auf dem tänzelnden Pferd wiederfindet, bricht er in Tränen aus, schluchzt und schreit nach seiner Mutter, die auch weint und Ripoll anfleht, ihr den Sohn zurückzugeben. – *Ich werde Verstärkung holen,* wiederholt der Büttel und galoppiert mit dem Kind in Richtung Plaça Nova davon. Als Perot einen Augenblick nicht aufpaßt, besitzt Quitèria

Pomar die Geistesgegenwart, ihrem älteren Sohn etwas zuzuflüstern, und dieser rennt geduckt in die nächste Straße, die Bosseria. Er soll die Gruppe der Männer abfangen und sie vorwarnen.

Begleitet von einem Trupp, trifft der Oberbüttel höchstpersönlich ein. – *Daß mir ja keiner entkommt*, weist er seine Männer an, *darauf steht der Tod!* Die Frauen drängen sich wieder zusammen. – *Was habt Ihr mit uns vor, Herr?* fragt Maria Aguiló. *Ihr seht doch, daß wir uns kaum auf den Beinen halten können. Wenn Ihr die Güte hättet, bis morgen zu warten und uns ein wenig schlafen zu lassen. Wir sind zum Umfallen müde, und bei diesem Sturm…! – Ich muß euch zur Casa Negra bringen*, erwidert der Büttel, *ich habe keine Wahl. Ginge es nach mir, könntet ihr ja die Nacht zu Hause verbringen, aber dann werde ich selbst bestraft.* Der Oberbüttel ist noch jung. Er sieht aus, als habe er die Dreißig noch nicht erreicht. Sein Ton den Frauen gegenüber ist schmeichelnd. Mit einem Blick hat er die Auswahl erfaßt und bewertet. Keine erscheint ihm besonders anziehend, mit Ausnahme von Maria Pomar, die an der Hand ihrer Schwiegermutter leicht zittert und lautlos weint. *Ist dieses Rotkehlchen Eure Tochter?* fragt Don Gaspar Puigdorfila. – *Nein, Herr, aber als ob sie's wäre. Sie ist die Braut meines Jüngsten, Rafel Onofre. – Dennoch hat sie Ähnlichkeit mit Euch, finde ich*, sagt der Oberbüttel und versucht, sich die Reize der jugendlichen Maria Aguiló vorzustellen, von denen ihr Gesicht noch klare Spuren trägt. – *Herr, habt doch Mitleid*, sagt wieder Maria Aguiló, *ich bin erschöpft, und dieses arme Kind fällt beinahe um. – Ich hätte ja nichts dagegen, es auf morgen zu verschieben, aber das liegt nicht in meiner Hand*, mestressa.

Ein Dachziegel ist vor den Hufen von Don Gaspars Pferd

auf die Straße gefallen und in tausend Stücke zersprungen. Das Tier hat sich aufgebäumt. Um ein Haar wäre der Büttel zu Boden gegangen. *Beeilt euch*, befiehlt er seinen Männern, *oder dieser Wind macht uns allen noch den Garaus.* Hinter den Fenstern verfolgen die Leute vom Carrer das Geschehen. Marianna Martí, Pere Onofre Aguilós Mutter, dankt Gott für die weise Eingebung, die Flucht nicht mitzumachen und nicht wie diese Unglücklichen, jetzt flankiert von zwei Reihen bewaffneter Männer, aufrecht dem Wind trotzen zu müssen. Esther Bonnín rinnen die Tränen übers Gesicht, als sie ihre Nichte erkennt. Auch die arme Irre starrt auf die Straße, entdeckt ihre Tochter und schreit los: *Wo wollt ihr mit meiner Maria hin?* fragt sie. *Heh, da ist ja Madò Grossa, sieh mal an, die Hexen …* Sie wirbelt herum, und schon stürmt sie treppab. Diesmal versperrt ihr niemand den Weg. Esther Bonnín läuft ihr nach, versucht aber nicht, sie aufzuhalten. *Vielleicht rührt sie ja das Herz des Büttels*, hofft sie, *und er gibt uns Maria zurück, wenigstens für eine Nacht.* Die Männer des Büttels wissen nicht recht, wie sie sich der Alten entledigen sollen, die, getrieben vom aufheulenden Wind, zwischen ihnen herumwirbelt. Mit Tritten und Bissen wehrt sie sich gegen die Schergen und stürzt sich auf Madò Grossa, die sie erstaunt ansieht. – *Du hast sie mir weggeholt, Hexe*, spuckt sie. Maria Aguiló bricht als erste das lastende Schweigen. – *Redet keinen Unsinn, Mütterchen, und geht wieder nach Hause. Wir haben nur einen Spaziergang gemacht. Madò Grossa hat mir nichts zuleide getan.* Maria Aguiló drückt sie kurz an sich. *Geht zu Eurer Schwester*, sagt sie, *seid lieb, Mütterchen!* Die Irre preßt sich gegen die Wand. Esther Bonnín nimmt sie in die Arme und ruft aus: *Herr Büttel, habt Ihr denn kein Erbarmen mit dieser armen Alten? Gebt ihr doch die Tochter zurück!* Don Gaspar

Puigdorfila gibt ihr keine Antwort, denn seine ganze Aufmerksamkeit gilt jetzt einer anderen Gruppe von Frauen, die von der Plaça Nova in den Segell einbiegen und viel lauter klagen und schreien als die ersten. Im Schein der Fackeln, die auf seinen Befehl entzündet worden sind, beobachtet der Oberbüttel die trauernden Gesichter. Geübt darin, sich die leckersten und saftigsten Früchte herauszupicken, fällt es ihm nicht schwer, sich vorzustellen, wessen Zügen die Erholung ihre verlorene Schönheit wiedergeben und wer selbst nach drei Jahrhunderten in Morpheus' Armen reizlos bleiben würde. Deshalb beeindrucken ihn die Gebärde einer Mater dolorosa, gepaart mit der Erscheinung einer Maria Magdalena in Isabel Tarongí, zerzaust und ohne ihr *rebosillo*, das ihr der rücksichtslose Wind entrissen haben muß, die Kleider in Fetzen, die sich weigert weiterzugehen, mitgezerrt wird und schreit, man solle sie loslassen, sie wolle ihre Kinder sehen. Mit Vergnügen würde er sie gehen lassen, sie eigenhändig entkleiden und ihr das Nachthemd anziehen und über ihre Träume wachen, bis sie die Augen aufschlägt. Für Aina Cap de Trons dagegen würde er nichts dergleichen tun, obgleich sie mit ihrem toten Sohn in den Armen viel erbarmungswürdiger ist. – *Ich nehme an, er hat keine Sterbesakramente erhalten*, sagt er zu ihr, *du willst doch, daß er in den Himmel kommt.* Aina sagt nichts. Sie hält das Kind gegen ihre schwellenden, schmerzenden Brüste, die entleert werden müssen. *Morgen bekommt es ein christliches Begräbnis*, versichert ihr Gaspar Puigdorfila, *und heute nacht kannst du Totenwache halten. Mein Beileid.* Aina schweigt weiter. – *Bedank dich doch*, flüstert Aina Segura ihr zu, die mit den Enkeln hinter ihr hergeht. Der Büttel hört es und schenkt der Alten einen freundlichen Blick. – *Herr, diese Kinder, könnten sie sich nicht zu Hause ins Bett legen? Sie sind sehr müde. – Morgen, morgen, wenn der Inquisitor es erlaubt*, erwidert der Oberbüttel, während er sich von der Gruppe entfernt.

Die Türen der Casa Negra stehen weit offen, und überall hängen Ölleuchter. Ein Windstoß hat zwei der Flammen ausgelöscht, die der Türsteher sofort wieder entzündet. Lichtflecken huschen über die Balken aus rotem Holz, auf denen die hohe Decke ruht, und sprenkeln die aus der Dunkelheit der Gemälde starrenden Heiligengesichter. Zwei Familiaren des Heiligen Offiziums sind herausgetreten und empfangen den von Ripoll triumphierend angeführten Zug. *Wir wollten uns gerade hinlegen, als wir deine Nachricht erhielten*, sagt einer von ihnen. *Ich war schon halb eingeschlafen... aber die Sache ist es wohl wert, das Bett warten zu lassen. – Das will ich meinen!* antwortet Ripoll. *Ein guter Fang! Das habt ihr nur mir zu verdanken, ich habe den Köder ausgelegt.*

Sie werden alle nach links durch zwei schwach erleuchtete Räume geführt. In einem dritten, in dem ein Schreibtisch und an den Wänden entlang Stühle stehen, befiehlt man ihnen stehenzubleiben. Madò Grossa, ihre Schwester Aina und die Schneidersfrau Valleriola lassen sich nieder. *Hier wird sich nicht hingesetzt, ihr faules Pack! Aufrecht, wie es sich gehört, sonst lass' ich euch gleich auf die Knie gehen!* befiehlt Ripoll, der den Gefangenen bis hierher gefolgt ist. Und wieder müssen sie sich in Reih und Glied hintereinander aufstellen und werden von den Kindern getrennt. – *Die Kinder kommen mit mir*, sagt ein weiterer Familiar, der mit einem Leuchter in der Hand eingetreten ist, *wir geben ihnen zu essen. – Ein bißchen Speck*, lacht Ripoll. – *Die Kinder und du, Aina Cortès de Cap de Trons, ihr kommt mit mir!* Hinter einem Diener der Heiligen Inquisition durchqueren

die Kinder einen Innenhof und steigen ins erste Stockwerk hinauf. Aina nicht. Aina wird von einem langen Mann im Sakristansrock in eine Kammer im Erdgeschoß gebracht, weit weg von den anderen. Beim Eintreten stößt sie einen Schrei aus. In der Mitte des Raumes steht ein großer Sarg, erleuchtet von vier Fackeln. Doch liegt kein Toter darin. *Du hast Glück gehabt*, sagt dieser Aal in Soutane zu ihr, *der Sarg ist für Don Joan Montis vorgesehen, der in den letzten Zügen liegt. Du kannst ihn vorerst für dein Kind benutzen. Morgen, ehe wir ihn begraben, holen wir uns beim Schreiner eine Kiste. Ein paar Brettchen reichen ja.* Aina schweigt. Sie legt das Kind in dieses Boot ohne Ruder, in dem sein winziger Körper sich verliert wie ein Flöckchen. *Was für ein Umtrieb!* sagt der soutanetragende Schiffsmast im Hinausgehen.
Es gibt keinen Stuhl, nur einen Betschemel, doch Aina kniet nicht nieder. Sie will und kann diesem winzigen Leichnam nicht die Totenwache halten. Der Schlaf trägt sie hinweg. Die Brüste tun ihr weh, sie spürt die Feuchtigkeit der Milch, die ihr das Wams durchtränkt. Der Kopf schwirrt ihr. Sie nähert sich dem Sarg, sieht ihren Sohn an und folgt seinen Zügen mit der rechten Hand. Er ist Juli Ramis aus dem Gesicht geschnitten. Niemand kann das leugnen.
Ich will niemanden hören, sagt der eintretende Konfiskationsrichter. *Ich will kein Gejammer hören. Wenn ihr bereut, dann bittet den Herrn Jesus um Vergebung, still, ohne Geheul! – Was habt Ihr mit uns vor?* fragt Madò Grossa. – *Kommt darauf an*, gibt der Geistliche noch kurzatmig zurück und läßt sein enormes Doppelkinn beben wie ein aufgeblasener Truthahn. – *Zuerst,* sagt er, *müssen wir das Inventar aufnehmen. Je früher wir damit fertig sind, desto eher können wir schlafen gehen. – Können wir dann nach Hause zurück?* stößt Isabel Fustera hervor, die sich zum

erstenmal äußert. – *Nein,* mestressa, antwortet ihr Jaume Llabrés, *nach Hause auf keinen Fall, das kommt nicht in Frage. Ihr könnt sowieso nicht in eure Häuser. Ihr werdet hier übernachten, in den Zellen des Heiligen Offiziums.* Isabel Tarongí verliert fast die Besinnung, Maria Pomar weint ununterbrochen. – *Und meine Enkel? Außer mir haben sie doch niemanden!* klagt Aina Segura. – *Ruhe, hab' ich gesagt! Habt ihr mich nicht gehört,* mestresses? *Die Brüder werden euch helfen, und der Schreiber wird alles aufnehmen.*

Hinter den Familiaren Bartomeu Sales, Antoni Papell und Tòfol Martí hat der Schreiber Miquel Massot den Saal betreten. Er ist ein mickriges Männlein, das sich in kleinen Sprüngen fortbewegt, als wäre es in einem früheren Leben Sperling gewesen. Mit zuckersüßer Stimme begrüßt er die Anwesenden. *Einen schönen guten Abend, Euer Ehrwürden*, sagt er zum Konfiskationsrichter, *guten Abend,* mestresses*!* Er setzt sich hinter seinen Tisch, schiebt die Ärmel ein wenig zurück und befeuchtet die Feder im Tintenfaß. Er wartet auf Anweisungen und schreibt deshalb noch nichts. Die Federspitze auf dem Papier, dreht er mit der Linken spielerisch die Flamme der Lampe vor ihm auf dem Tisch rauf und runter. Inzwischen durchsuchen die Familiaren die Frauen in der ersten Reihe von oben bis unten, tasten sie ab, schütteln sie, heben ihre Röcke, öffnen ihre Mieder. Sie nehmen ihnen die Ringe ab, die Ohrringe, die Armbänder, die Knöpfe, die Goldketten. Ihre gierigen Hände erreichen die verborgensten Verstecke, und das Geld fällt mit Getöse zu Boden. *Ich werde mich beim Vizekönig für diese Behandlung beschweren*, wagt Maria Aguiló zu sagen, *wir sind hilflose Frauen, und Ihr nutzt das aus.* Der Konfiskationsrichter durchbohrt sie mit dem Blick. – *Hüte dich, uns anzuzeigen! Was bildest du dir ein, wer du bist? Abgesehen* *davon hat der Vizekönig in diesem Hause nichts zu sagen. Hier befiehlt einzig und allein die Heilige Inquisition! – Du kannst anfangen, Miquel,* sagt der Richter. *Sofort, Ehrwürden!* Der Schreiber, der im Gegensatz zu seiner kümmerlichen Gestalt eine große und deutliche Handschrift hat, schreibt zügig:

Maria Aguiló, verheiratet mit Gabriel Valls de Valls Major, geboren in Ciutat, 48 Jahre alt. Trägt einen Ring mit Rubin, einen Ehering aus Gold, Ohrringe mit Rubinen und einen Satz Knöpfe. Ferner, versteckt in tiefen eingenähten Taschen, drei dicke Goldketten und fünfzig mallorquinische Unzen, drei Satz Knöpfe und eine Schmuckgarnitur mit Diamanten. rebosillo *aus Seide und Rock aus Taft.*

Maria Pomar, ledig, Tochter von Josep Pomar und Miquela Fuster, 14 Jahre alt, geboren in Porreres. Goldene Ohrringe und ein Ring mit Filigranblümchen. Sechzehn Sous in der Tasche.

Rafela Miró, verheiratet mit Xim Valleriola, 65 oder 67 Jahre alt, geboren in Sóller. Goldener Ehering, Knopfgarnitur und dreißig Unzen.

Quitèria Pomar, verheiratet mit Pere Onofre Martí, genannt Moixina, 27 Jahre alt, geboren in Ciutat. Ring mit einem Türkis, goldener Ehering, ein Satz Goldknöpfe und in einer eingenähten Tasche zwanzig mallorquinische Unzen und eine Schmuckgarnitur aus Gold. Rebosillo *aus Seide und safranfarbener Seidenrock.*

Polònia Miró, Jungfer, geboren in Ciutat, 69 Jahre alt. Goldene Schmuckgarnitur und in den Taschen neunundzwanzig Sous und ein Satz Knöpfe.

Práxedes Segura, genannt Madò Grossa, Witwe, geboren in Ciutat, 65 Jahre alt. Goldkette, goldene Ohrringe mit gefaßter Perle. In zwei eingenähten Taschen einundvierzig Silber-Ma-

ravedis, fünfundzwanzig Unzen und ein Satz Knöpfe. Drei Beutel voller Raute, Rosmarin und Minze für zahlreiche Aufgüsse. Drei Leinenröcke und drei cambuixos *unter dem* rebosillo.

Aina Segura, Witwe, geboren in Ciutat, 64 Jahre alt. Ein Satz Goldknöpfe und zwei Eheringe. In den Taschen Eigentumsurkunde ihres Hauses und sieben Unzen.

Aina Fuster, genannt Isabel Fustera, verheiratet mit Gabriel Fortesa, 50 Jahre alt, geboren in Ciutat. Goldener Ehering und eine Kette. In den Taschen fünfundzwanzig Unzen und vier Silber-Maravedis.

Isabel Tarongí, verheiratet mit Joaquim Martí, 27 Jahre alt, geboren in Ciutat. Goldkette, goldener Ehering und in den Taschen drei Unzen. Kein rebosillo. *Rock aus dunkelbrauner Seide, zerrissen.*

Sara Bonnín, genannt Sara de les Olors, ledig, Tochter von Miquel Bonnín und Marianna Piña, dreißig Jahre alt, geboren in Ciutat. Ohrringe aus Gold mit gefaßten Rubinen, ein Satz Knöpfe. In den Taschen vier mallorquinische Unzen. Rebosillo *aus Seide und zwei Röcke aus grauem Taft.*

Die Inventarliste ist vollständig! – Lies vor, was du geschrieben hast! befiehlt der Richter dem Schreiber. Miquel Massot gehorcht im selben Atemzug, doch seine Stimme verliert sich wie ein Sandkorn im Meer. Sämtliche Glocken von Ciutat läuten Sturm.

Drei

In seinem Kopf tobt es. Die Reißzähne des unnachgiebigen Windes haben sich in sein Hirn gegraben. Ein Rudel hungriger Wölfe, das heulend die Herde angreift, sich auf den Schäfer stürzt und nicht ein einziges Schaf am Leben läßt. Ein Riese, der mit mächtigem Arm an der Stadtmauer rüttelt und droht, Glockentürme und Bastionen zum Einsturz zu bringen. Wirbelsturm – Wolfsriese. Ein Wirbelsturm, der Bäume entwurzelt, Wagen, Tiere und Menschen fortreißt und Äste und Dachziegel umherschleudert.

Der Wind und die Glocken. Alle Glocken der Stadt: der *Eloi*, die *Figuera*, die *Bàrbara*, die *Antònia*, die *Mitja*, die *Nova*, die *Tèrcia*, die *Matines*, der *Picarol*... Ein Glockengetöse, das ihm den Schädel zu sprengen droht. Die Glocken schallen und hallen ohne Pause. Sie schallen und hallen, um den Wind zu besänftigen, ihn zumindest von Ciutat zu vertreiben, ihn mit ihrem noch gewaltigeren Brausen in die Flucht zu schlagen. Doch der Wind schert sich nicht um die Beschwörung. Der Wind lacht Glocken und Glöckner aus und bläst immerfort. Vergeblich ist die eherne Raserei, sie hat wohl nur die Schläfer geweckt, die wenigen, die ohne Angst in den Schlummer gefunden haben, die Säuglinge und Geistesschwachen, die Unschuldigen...

Das bronzene Toben gegen den heulenden Wind durchdringt seinen Körper bis ins Mark. Trotz seiner Erschöpfung, obwohl er am Ende seiner Kräfte ist, schläft er nicht. Dies ist bereits seine dritte durchwachte Nacht. Die beiden Nächte der Vorbereitungen, Nächte voller Hoffnung und überschäumender Erwartungsfreude, so verschieden von der heutigen. Faulige Nacht, verpestete Nacht, scharfkantige Nacht, von Stacheln gekrönt. Finstere Nacht des jaulenden Windes und der Glocken.

Er ist allein. Sie haben ihn in einer fensterlosen Zelle ganz allein gelassen. Um hierher zu gelangen, mußte er in die Tiefe hinuntergehen. Vierzig Stufen. Nicht der kleinste Lichtstrahl dringt herein. Er hat es mit Schreien versucht. Er hat mit der Faust gegen die Wand geschlagen. Doch niemand antwortet ihm. Kein Lebenszeichen. Bald muß es Tag werden. Und bei Tagesanbruch wird alles anders sein. Er wird feststellen können, wo er sich befindet, in welchen Teil der Casa Fosca man ihn gebracht hat. Er wird sich nach den Seinen erkundigen können. Einen Weg finden, dem Vizekönig eine Nachricht zukommen zu lassen. Er hat ihnen immer wieder gesagt, er und er allein sei an allem schuld. Er, weil er diesen Ausflug ans Wasser angeregt und die Tücken des März nicht bedacht habe, dieses Monats der vielen Gesichter. Am Morgen habe ja strahlendes Wetter geherrscht. Nichts habe auf einen Sturm hingedeutet. Am Porto Pi, fast schon auf dem Rückweg, habe sie der Wind überrascht. Der Wind sei an ihrem Unglück schuld. Von einer Schebeke oder Einschiffung hat er überhaupt nichts wissen wollen. Er hat sich dumm gestellt. Er weiß nicht, was die anderen ausgesagt haben. Er weiß nicht, wer entkommen konnte. Wie vielen es gelungen ist, sich in die Häuser von Verwandten und Freunden zu retten. Nicht in ihre eigenen, denn die sind verschlossen und mit Latten und Brettern vernagelt. Mit Latten und Brettern, Hammer und Nägeln. Sie haben es ihm gezeigt. Sie haben ihn zusehen lassen, wie sie sein Haus vor der sicheren Plünderung bewahrten. *Wir wollen doch die Räuber, über die Eure Schwiegermutter klagte, nicht in Versuchung führen*, hat man ihm gesagt, *wenn bekannt wird, daß niemand zu Hause ist. – Aber die Mägde sind doch da*, hat er widersprochen, *Jerònia ist schon länger als dreißig Jahre im Haus. Außerdem dient auch Magdalena bei uns, ihre Nichte. Die Mägde und meine Schwiegermutter, die Arme, die nicht richtig im Kopf ist und Hexen und böse Geister sieht. Wo habt Ihr sie hingebracht? Wo sind sie? Es ist Euch doch nicht eingefallen, sie hier einzusperren? Weiß der Vizekönig schon davon? Habt Ihr die Genehmigung Seiner Exzellenz? – Für diese Angelegenheiten ist der Inquisitor zuständig, nicht der Vizekönig*, hat man ihm geantwortet. – *Ich habe gefragt, wo meine Schwiegermutter und die Mägde sind. Da fällt mir ein, daß auch Tante Esther dagewesen sein muß. Sie hatte versprochen, uns heute nachmittag zu besuchen. – Stimmt, was du sagst. Sie war tatsächlich da. Wir haben sie nicht eingesperrt. Sie sind bei der alten Esther Bonnín. Dort bleiben sie, solange es dem Gericht angebracht erscheint.*

Der Segell ist hell erleuchtet wie an großen Festtagen, wenn der Vizekönig überall Lampen und Fackeln entzünden läßt. Die Flammen, mit denen der Wind sein Spiel treibt, sie beinahe ausbläst, dann wieder anfacht, geben den Arbeitern Licht, die in geschäftiger Hast die Schandzeichen aus Brettern und Latten an die Haustüren der Festgenommenen hämmern, deren gesamter Besitz ab sofort in Beschlag genommen ist.

Von dem Augenblick an, in dem das Andreaskreuz aus Brettern die Tür bewacht, darf niemand mehr das Haus betreten, nichts angerührt werden. Der Richter wird alles Weitere veranlassen. Eben ist das Haus gezeichnet worden, das Costura gehört hatte und in dem jetzt Polònia wohnt. Einige nageln die letzten Latten über die Tür der Familie Cap de Trons, andere beginnen mit der Schneiderei Valleriola. Die ungewohnte Beleuchtung und die Hammerschläge haben die Neugierde der Nachbarn geweckt. Im Carrer wagt niemand, sein Haus zu verlassen. Sie stehen bei gelöschtem Licht hinter den Fenstern und fürchten das Schlimmste für die verhafteten Verwandten. Aus anderen Straßen kommen die Leute jedoch in Gruppen herbeigeeilt und trotzen dem Sturm, ohne sich von den Gefahren abhalten zu lassen, denen sie sich in einer solchen Nacht im Freien aussetzen. Erst starren sie nur, sehen befriedigt dem Geschehen zu und machen untereinander leise Bemerkungen. Doch kaum daß sich eine beherzte Stimme erhebt – *Laßt Euch das eine Lehre sein, ihr Drecksjuden!* –, bricht ein Gejohle aus Schreien, Schmähungen und Beleidigungen aus. *Seht, seht, da ist Gabriel Valls!* ruft ein Bursche und reckt die Faust gegen ihn. Die Männer des Trupps, deren Gefangener er ist, die Männer, die ihn festgenommen haben, müssen ihn verteidigen und mit gezogenem Säbel vor den Angriffen des Pöbels schützen. *Zurück, Leute! Los, weg hier, ab nach Hause!* befiehlt Don Gaspar Puigdorfila, der von der Casa Fosca, wohin eben die Frauen gebracht worden sind, zurückgeeilt ist, um mit eigenen Augen die Arbeit der Behelfszimmerleute zu überwachen, die er beauftragt hat, die Häuser der Verhafteten zu versiegeln.

Gabriel Valls ist dankbar für die Ankunft des Oberbüttels, weil er weiß, daß er dieses Gesindel verscheuchen wird, dessen Gesichter und die im Tanz mit dem Wind geblähten Kleider ihn im flackernden Licht wie Dämonen anmuten, wie er sie von Stichen in Andachtsbüchern kennt, um Sterbende wirbelnd, deren Seelen sie in die Hölle reißen wollen. Er fragt nicht einmal: *Aber was habe ich euch denn getan?* Er weiß, daß er ihnen nichts getan hat. Einige kennt er nur vom Sehen, von den anderen, mit denen er freundschaftliche Beziehungen unterhält, schuldet ihm dieser und jener sogar eine Gefälligkeit. Er weiß jedoch auch, daß sie in jeder mißlichen Lage, bei jedem Aufruhr, herhalten müssen, sie, die der Gott Israels zu Seinem Volk unter den Völkern der Erde erwählt hat. Die dort wissen sehr wohl, was sie tun, auch wenn sie keinen Grund dazu haben. *Aber Du, Adonai, warum strafst Du uns? Ich habe die Flucht im festen Vertrauen auf Deine Hilfe geplant. Ich habe doch Deinen starken Arm gespürt, der mir Mut gab. Warum hast Du mich verlassen, Adonai? Für welche meiner Sünden läßt Du mich so büßen? Wie ist es möglich, Herr, daß Du mir so gram bist?*

Im Schutz des Trupps wird er zur Casa Negra geführt. Als sie an der Carnisseria um die Ecke biegen, begegnet ihnen die Kutsche des Vizekönigs. Gabriel Valls will sie aufhalten, doch er kann die Hand nicht heben. Er ist an zwei Schergen gekettet. Die Vorhänge der Kutsche sind zugezogen, aber der Rabbi glaubt zu sehen, wie der Markgraf den Stoff ein Stückchen zur Seite schiebt und hinauslugt. *Der Vizekönig muß mich gesehen haben. Er dürfte inzwischen über unser Mißgeschick informiert sein.* Eine Schweineherde, die sich im Sturm verlaufen hat, versperrt ihnen mit gebleckten Zähnen den Weg. *Hütet euch, eins zu töten*, warnt der Oberbüttel, der ihnen zu Pferd gefolgt ist, *die gehören dem Hospital.* Er geht selbst gegen sie vor, und die Tiere ergreifen quiekend die Flucht. *Keine schöne Begegnung, was, Valls?* lacht der Grobschlächtige, an den er mit der linken Hand gekettet ist. *Wo ist meine Frau?* fragt Valls. *Na, wo schon?* bekommt er unter Gelächter zur Antwort. Er wird nach niemandem mehr fragen. Schon gar nicht nach dem, der ihm das Liebste ist, seinem Sohn. *Lauf zum Bordell*, hat er ihm geraten. *Und morgen früh, wenn sie das Tor aufmachen, versteck dich außerhalb der Stadt, und sieh zu, daß du in Alcúdia ein Schiff nach Alicante nimmst*, hat er ihm gesagt, kaum daß Quitèria Pomars Junge sie kurz hinter der Brücke erreicht und angsterfüllt hervorgebracht hatte, was geschehen war. *Versteck dich im Bordell!* hat er ihm eingeschärft. Er weiß selbst nicht, wie ihm dieser Ort der Sünde in den Sinn gekommen ist, von dem fernzubleiben er von seinen Söhnen immer wieder gefordert hat. Auch nach dem Konsul wird er nicht fragen. *Ich bleibe bei dir, Rabbi*, hat dieser auf seinen Befehl, getrennte Wege zu gehen, prompt gesagt. *Kommt nicht in Frage, Josep, du bist flinker als ich. Auf gar keinen Fall. Ich bin der erste, den sie suchen werden. Sieh zu, daß du dich rettest. Draußen wirst du uns eine größere Hilfe sein!*

Sie zerstreuen sich. Pere Onofre Martí nimmt seinen Sohn auf die Schultern. Der Kleine ist todmüde. Ohne Verschnaufpause ist er vom Segell losgerannt, geduckt, fast auf allen vieren, so daß er in der Dunkelheit mit einem fliehenden, geprügelten Hund zu verwechseln war, bis er sie gefunden hat. Josep Valleriola beneidet ihn. Wenn ihn nur auch jemand auf den Rücken nehmen wollte! Er kann keinen Schritt mehr gehen und setzt sich auf die erstbeste Steinbank. Sein Verwandter, der Schneider, schlüpft in den Weinkeller von Meister Pep Barral. Er will ihn bitten, ihm für ein paar Stunden Obdach zu gewähren. Sie kennen sich seit ihrer Kindheit. Die anderen, Josep und Mateu, die Söhne des Konsuls, Miquel Bonnín, die beiden Brüder Cap de Trons und Rafel Tarongí laufen in verschiedene Richtungen davon. *Der Herr stehe euch bei und schütze euch!* sagt der Rabbi ihnen noch zum Abschied.

Er bleibt allein zurück. Das Heulen des Windes, der seinen Mantel bläht, nimmt nicht ab, und Valls hält mit einer Hand seine spärlichen Haare fest. Er trägt keinen Hut mehr. Er ist ihm abhanden gekommen, als er von der Schebeke geklettert ist. Es ist gleichgültig, in welche Richtung er geht. Sie werden ihn nirgendwohin kommen lassen. Somit ist er frei, zu gehen, wohin es ihn gelüstet. Nach Hause also und unterwegs beim Vizekönig vorbei. Hoffentlich nimmt der ihn auf. Wenn er schon hinter Gitter muß, zieht er den Torre de l'Àngel der Casa Fosca vor. Er wird sich zum Vizekönig aufmachen, falls er es schaffen sollte, bis dorthin zu gelangen. Schon biegt er in die Almudaina ein. Alles liegt im Dunkel. Die Lichter, die der Vizekönig jeden Abend von seinen Wachsoldaten anzünden läßt, sind im Wind erloschen. *Halt, wer da?* hört er die Schildwache fragen. *Gabriel Valls, Diener Seiner Exzellenz des Vizekönigs. – Bleib stehen, Valls, noch ein Schritt, und du bist ein toter Mann!* Dies ist eine andere Stimme als die, die ihn zuerst angesprochen hat. Dieser Befehl kommt nicht vom Wächter, sondern von hinten, von jemandem, der herbeigerannt ist, kaum daß er seinen Namen genannt und sich damit selbst verraten hat. *Ich stehe schon,* erwidert Valls und wendet sich um. *Ich stehe ganz still. Seid ihr nicht ziemlich viele, um einen einzelnen Mann zu fassen?* sagt er, als er sieht, daß er von mehr als einem halben Dutzend bewaffneter Männer umzingelt wird. *Was wollt Ihr überhaupt? Was habe ich angestellt, wenn ich fragen darf. Ich wollte eben zum Vizekönig.*

Die Glocken ohne Unterlaß. Wie viele Stunden läuten sie schon? Er glaubt, als er so tief nach unten geführt wird, daß sie von dort nicht zu hören sein würden, der Lärm viel gedämpfter und erträglicher sei. Aber sie tönen fast genauso laut. Während der Durchsuchung, während der

Schreiber alles peinlich genau eintrug, was ihm weggenommen wurde, hatte er die Bemerkung eines Familiaren mitbekommen, daß der Inquisitor zu einer dringenden Sitzung gerufen worden sei, an der auch der Vizekönig teilnehme, weil man den Sturm durch den segensreichen Klang der Glocken aufhalten wolle. *Hat euch wohl nicht erhört, euer Gott*, denkt der Rabbi und sucht im selben Augenblick, diesem verstörenden Gedanken auszuweichen; er forscht nach einem Grund, warum Adonai ihnen den Rücken gekehrt hat, einem Motiv, das Ihn von der Verantwortung entlastet. Was hat er falsch gemacht? Von wem könnte die Anzeige stammen? Wer hat es auf wen abgesehen? fragt er sich. Er geht die Verwandtschaftsverhältnisse der Flüchtlinge durch und kommt zu dem Schluß, nur der Ehemann von Isabel Tarongí könnte verrückt genug sein, seine eigene Frau zu verraten, ungeachtet der Tatsache, daß ein Prozeß gegen sie auch ihn in Mitleidenschaft ziehen würde. *Nein, Martí war es nicht. Da hat sich jemand verplappert, womöglich ohne böse Absicht. Jemand, der den Mund nicht halten konnte und ahnungslos einem Spion Vertrauen geschenkt hat. Und wenn es Aina gewesen ist? Aina Cap de Trons, die nicht mit an Bord gehen wollte? Der Herr hat sie schon gestraft mit dem Tod ihres Kindes. Ob sie es nicht vielleicht Juli Ramis anvertraut hat? Jeder weiß, daß sie, statt ihren Schänder zu hassen, statt ihm die Pest an den Hals zu wünschen, weil er sein Heiratsversprechen nicht eingehalten hat, zu ihm gegangen ist, nicht etwa, um ihre verlorene Ehre zurückzufordern, sondern um ihn zu bitten, sie weiterhin nachts in ihrer Kammer zu besuchen.* Er hat es erfahren, weil Juli Ramis es unter Gelächter in den Tavernen der Stadt ausposaunt, in den Bordellen zum besten gegeben und den Halunken seiner Bande erzählt hat. Und wenn er selbst auch nicht in Kneipen oder

Bordellen verkehrt oder Kontakte zu Verbannten pflegt, so kennt er doch eine Menge Leute unterschiedlichster Art, die Vergnügen daran finden, Neuigkeiten mit Blitzgeschwindigkeit zu verbreiten. *Gott hat Aina bestraft, aber Aina liebte ihr Kind nicht. Vielleicht ist sie jetzt froh, ihre Schande los zu sein. So ist der Tod keine Strafe, sondern eine Befreiung. Aber Adonai kann Aina doch nicht belohnen wollen, Aina verdient keinerlei Belohnung. Doch wer ist er, sie zu richten. Was versteht er vom Tun der anderen? Aina hat geweint, mit dem toten Kind in den Armen. Das hat er gesehen. Wo wird sie jetzt sein? Aina wollte nicht weg. Ich hab' in Livorno nichts verloren. Ich will in Ciutat bleiben, hatte sie entschlossen gesagt. – Du wirst ein neues Leben anfangen. Ich helfe dir! – Ein neues Leben mit einem Kind? Nicht einmal allein und mit einer Aussteuer... Ich werde es im Findelhaus lassen müssen. – Untersteh dich! Sollte sie es ins Meer geworfen haben... sollte seine eigene Mutter es umgebracht haben? Er war nicht fähig gewesen, es zu retten. Ein Matrose hat es riskiert, aber es war zu spät. Das sollen sie alle sagen, wenn man sie fragt. Hoffentlich läßt der Kapitän die Segel setzen, sobald der Wind abflaut, ohne auf sie zu warten oder ihnen Bescheid zu geben. Wenn sie ihn verhören, sind sie verloren. Mit ihm haben sie keine Absprache darüber getroffen, was sie zugeben wollten und was nicht, falls man sie vernähme. Diese Möglichkeit hatte er nie in Erwägung ziehen wollen, sie immer zurückgewiesen. Adonai war auf seiner Seite. Es konnte ihnen an nichts fehlen. Die Vögel am Himmel... Der Aufbruch war überstürzt, wohl wahr. Aber wie sonst hätten sie es machen sollen? Unter diesen Umständen äußerster Not auf eine bessere Gelegenheit warten? Und ihm fiel die Entscheidung zu. Ihm, beraten vom Konsul. Er hätte die Flucht aufschieben können, aber er tat es nicht. Der Kapitän schien ihm ein gott-*

gesandter Engel, und der Tag, ein Sonntag, hätte günstiger nicht sein können. Der rechte Augenblick, der große Augenblick war gekommen! Deshalb rief er die Seinen heimlich zusammen und gab seine Anweisungen. Das nächste Mal würde es zu spät sein. Dann könnten sie es nicht mehr rechtzeitig schaffen. Costura setzte sie unter Druck, seine Anzeige zwang sie zur Abreise. Was Costura wohl über ihn erzählt hat? Wieviel weiß Pater Ferrando? Inwieweit hat der Verräter sie belastet? Polònia Miró und die Geschwister Tarongí, Costuras Neffen, können es bezeugen: Pater Ferrando hat sich drei Tage lang nicht von Rafel Cortès' Bettkante wegbewegt, ihm mit Gebeten und dem Sakrament des heiligen Abendmahls Trost gespendet und nebenbei auf der Suche nach Schriftstücken in der Kammer das Unterste zuoberst gekehrt. Was steht in Costuras Papieren? Gegen wen richtete sich sein Verrat?

Ihm ist kalt. Er hat sich in die übelriechende Decke gewickelt, die man ihm anstelle seines Mantels gegeben hat. Mit hängendem Kopf sitzt er da und hält sich ab und zu mit seinen eiskalten Händen die Ohren zu. Er wehrt sich gegen das Bild des toten Costura, das auch hinter seinen geschlossenen Lidern fortbesteht, kaum daß er ihm in den Sinn gekommen ist. Er sieht ihn aufgebahrt mit geblähtem Leib, die Miene verkrampft, der Nasenrücken eine scharfe Kante. Es ist nicht das erste Mal, daß er ihm im Leichenhemd erscheint. Zur Stunde der unzähligen namenlosen Geister spukt er durch viele seiner Nächte, sehr viele, ein Geist unter anderen, doch greifbar und deutlich. Nur der Kraft seiner Gebete gelingt es, ihn zu vertreiben. *Ich hielt es für notwendig, Adonai*, wiederholt er. *Herr der Heere*, sagt er, *er ist von selbst auf mich zugekommen. Als sich unsere Wege kreuzten, hat er mich aufgehalten und meine Einladung in den Garten angenommen. Aber Du, Adonai, hast niemals Gründe oder Rechenschaft von mir verlangt. So steht es in Deinem Gesetz: Auge um Auge, Zahn um Zahn. Du bist gerecht, Adonai, nicht schwach wie Christus, der die andere Wange hinhält und verzeiht. Du bist stark, Adonai. Du hast gesagt, daß man für seine Fehler bezahlen muß. Du willst Gerechtigkeit, und ich war Dein Werkzeug. Die faule Frucht muß geschnitten werden, bevor sie die ganze Ernte verdirbt. Es war nur gerecht, daß der Preis für den Verrat, der uns in solche Gefahr gebracht hat, das Leben des Verräters war. Die* coca bamba *der Pächterin. Und wie sie ihm geschmeckt hat! Die* coca bamba *mit dem giftigen Saft der Eibensamen. Es hat lange gedauert, bis er hinüber war. Da habe ich einen Fehler gemacht. Wir hätten einen schnellen Tod gebraucht, nicht dieses lange Siechtum, das ihn zwar aufs Lager zwang, ihm aber nicht die Sprache nahm ... Rede! sagte Pater Ferrando zu ihm. Sprich, nenne die Renegaten beim Namen, und die Monstranz ist dein! Der Vizekönig ist einverstanden. Lügner! Der Vizekönig will nur seine Ruhe, der Vizekönig will weder Prozesse noch Glaubensgerichte, der Vizekönig ist mein Kompagnon im Seehandel und dabei reich geworden.*

Niemand jedoch legte ihm Costuras Tod zur Last. Niemanden interessierte der Grund für jene Leibschmerzen, die Rafel Cortès ans Bett fesselten und die der Arzt mit Tränken zu lindern versuchte. Nicht einmal Pater Ferrando, dem am meisten daran gelegen sein mußte, daß der Spion überlebte, äußerte den geringsten Verdacht, die plötzliche Krankheit könne eine unnatürliche Ursache haben. Costura würde ihnen kein Hindernis mehr sein. Weder Costura noch der verdrehte Cap de Trons, der ursprüngliche Auslöser der Tragödie. Beide haben das Zeitliche gesegnet; und jenseits dieser Welt wird Gott der Allmächtige ihre Seelen bereits gerichtet haben. Gottvater. Gott ohne Söhne. Einziger Gott. Wie hätte Gottvater sich abwenden und Seinen Sohn Christus den Qualen des Todes überlassen können, den schrecklichen Qualen der einsamen, trostlosen Nacht? Der schwache, barmherzige, alles vergebende Christus gegenüber Adonai, dem Mächtigen, dem gerechten Rächer. *Ich muß Euch gestehen,* sagte sie, die Witwe Sampol, *daß dieses Bild mich bewegt. Allein, betend im Garten Gethsemane, bedeckt von Todesschweiß im Olivenhain, von allen verlassen, wissend, was ihm bevorsteht, wissend, daß es einen Verräter gibt, einen, der sich kaufen läßt, einen, der ihn ausliefert … – Ja, aber er ist nicht Gott und auch nicht sein Sohn!* erwiderte er. – *Aber auch kein Hochstapler … ein Prophet …* sagte sie. Wieder sie! Immer sie, in den schlimmsten Zeiten, aber auch in den besten, den erwartungsfrohen und süßen. *Blanca lebt in Livorno. Ist dies nicht auch ein Grund für seine gestrige Verzückung? Der Duft ihres Haares und ihr Lächeln. Der Duft, den João Peres irrtümlicherweise verfolgt hatte, wie Pere Onofre ihm in einem langen Brief mitteilte, dem letzten, den er erhielt: Peres, der Glückspilz, arbeitet für die Witwe Sampol, die große Stücke auf ihn hält. Was wollte Pere Onofre in seinem Brief andeuten?* Vielleicht wird er es nie erfahren, vielleicht wird er Blanca niemals wiedersehen, noch von ihr hören und hier bleiben, bis man ihn zum Tode verurteilt. Er weiß, was ihn erwartet. Er erinnert sich an den Prozeß jenes jungen Mannes aus Madrid, den sie erwischt hatten, als er auf einem Schiff in die Freiheit flüchten wollte. Er erinnert sich, wie mühsam er den Scheiterhaufen erklomm und an seine schaurigen Schreie, als die Flammen … und auch an das Wagnis, das er selbst einging, als er seine Asche aufnahm, die Asche, die Pere Onofre Aguiló nach Bordeaux bringen sollte.

Geld, sie wollen nur Geld. Alles andere ist ihnen gleich. Wenn wir eine Summe zusammenkriegen, die ihnen ausreichend erscheint, kommen wir vielleicht mit dem Leben davon. Geld. Er hat viel für die Reise geopfert. Er und der Schneider Valleriola haben am meisten bezahlt, neben Aguiló und Blanca. Der Kapitän hat sein Ehrenwort gegeben, daß er nichts nehmen wird, was ihm nicht zusteht. Wenn er entkommt, wenn es ihm gelingt, den Hafen zu verlassen, könnten wir noch Glück haben. Er wird Aguiló und Blanca entschädigen, die einen Großteil der Ausgaben bestritten haben. Im Grunde war das Schicksal ihm gnädig, ist er viel besser dran als die Cap de Trons', diese Habenichtse, oder als Pere Onofre Martí, dessen Kinder noch klein sind. Unsere Sorgen hätte manch anderer gern, pflegt er zu seiner Frau zu sagen, wenn sie jammert, welche Last die Krankheit ihrer Mutter sei. *Beklage dich nicht, Weib, du darfst dich nicht beklagen. Du hast wohlgeratene Söhne, ein gutes Auskommen, Gesundheit, und bald wirst du unbeschwert Adonai preisen können, ohne dich verstellen zu müssen.*

Er nimmt die Glocken nicht mehr wahr. Auch den Wind nicht. Er kann nicht sagen, wie lange er schon nichts mehr hört. Womöglich ist er vor Erschöpfung eingeschlafen und wieder aufgewacht, ohne es zu merken. Alles tut ihm weh, als hätte man ihn verprügelt, durchgeprügelt wie einen Hund. Seine Knie sind geschwollen, seine Hände wieder eisig, und seine Füße spürt er vor Kälte überhaupt nicht mehr. Er kann nicht aufstehen. Er hat Durst. Er reibt sich die Augen. *Bin ich etwa blind geworden?* Er sieht nichts. Nicht den schwächsten Lichtschimmer. Von weitem glaubt er, gedämpfte Geräusche zu vernehmen. Er horcht auf. Es sind Schritte. Sie kommen näher. Er hört das stumpfe Knirschen von Riegeln. Die Tür wird wieder geschlossen. Er lauscht.

Die Schritte verklingen im Gang. Das rechte Ohr gegen die Wand gepreßt, damit ihm kein Laut auf der anderen Seite entgeht, versucht er herauszufinden, ob der Gefangene nebenan einer der Seinen ist. Jetzt ist er sicher, heftige Atemzüge und ein Stöhnen zu hören, und meint, daran den Konsul zu erkennen. Doch bevor er ihn mit Namen ruft, schlägt er dreimal mit der geschlossenen Faust an die Wand. Er wartet und klopft noch einmal. *Cònsol*, fragt er, *bist du's? Bist du das, Cònsol? Hörst du mich? Cònsol...?*

Vier

Rafel Onofre Valls de Valls Major verbrachte die ganze Nacht und einen Teil des Montagmorgens zwischen den Laken der Coixa, die ihn bereitwillig aufgenommen hatte. Dabei hatte die Dirne zum einen an die Entlohnung gedacht, denn in Anbetracht des Risikos, feiertags und zudem in der Fastenzeit das heilige Ruhegebot zu brechen, würde sie den doppelten Preis berechnen, und zum anderen handelte es sich um einen wahren Prachtkerl, der da in ihren Armen gestrandet war. Gewöhnlich war sie dafür zuständig, von der Natur eher benachteiligte Jünglinge einzuweisen sowie, aufgrund ihres Dienstalters im Hause, vor allem für die wiederbelebende Behandlung schlaffer Körperteile. So kam ihr dieser hochgewachsene, stramme Junge vor wie ein überirdisches Wesen, eine Art vom Himmel gefallener Engel. Sie glaubte, daß er ihr womöglich zum Ausgleich für all die Bitternis gesandt sei und der Christus von Santa Eulàlia wenigstens einmal im Leben ihre treue Ergebenheit würdige. Deshalb sah sie ihn nur an, betrachtete ihn, ohne zu wagen, ihm Fragen zu stellen. Dabei hätte sie gern gewußt, wer er war, wo er herkam, warum er diesen geprügelten Blick hatte und wo diese Müdigkeit herrührte, die ihn, kaum daß er das Bett berührt hatte, in bleiernen Schlaf fallen ließ, aus dem er immer wieder fiebernd hochfuhr und wissen wollte, wer sie sei, die ihn in ihren Armen wiegte, und wieso die Glok-

ken so ohrenbetäubend dröhnten. Sie hielt sich nicht damit auf, seine Tasche zu durchwühlen oder seine Kleider abzuklopfen, wie sie es üblicherweise tat, um den Mann einzuschätzen und im voraus das Trinkgeld zu berechnen, das sie verlangen konnte, wenn er zufrieden war.
Lange betrachtete sie den Schlafenden im Halbdunkel der Kammer, die glücklicherweise zur Innenseite des Hauses und vor dem Wind geschützt lag, bis sie, einem unwiderstehlichen Drang folgend, aufstand, die brennende Kerze von der Kredenz nahm und sie dem ruhenden Körper näherte. Vorsichtig zog sie das Leintuch zurück, das ihn bedeckte. Sie ließ den Lichtfleck über ihn wandern und schaute ihn an, zuerst Stück für Stück aus nächster Nähe, dann im ganzen, als suchte sie nach einem Mal, einem Zeichen, das ihr Aufschluß darüber geben könnte, woher er kam und was das Besondere an ihm war, das sie so schlagartig empfunden hatte. Aber sie fand nichts weiter als Schönheit, und das genügte ihr nicht. Sie streichelte ihn sanft, über den Rücken bis zu den Zehen, an denen sie Frostbeulen fand. Das überzeugte sie, daß dieser Junge ein menschliches Wesen war und kein Seraph, der seine Flügel verloren hatte, oder ein aus der Seligkeit herabgestiegener Heiliger, denn dort oben litt man bestimmt nicht an Kälte. Beruhigt von den Entdekkungen ihrer Finger – immerhin war ihr Tastsinn wesentlich entwickelter als ihre übrigen Sinne –, in der Gewißheit, ihn noch lange genug betrachten zu können, bevor er erwachte, legte sie sich an seine Seite und ließ den Schlaf kommen.
Ungefähr fünf Jahre war es her, daß die Coixa, ungeachtet ihres Geburtsfehlers am linken Bein, die gefragteste Lebedame in ganz Ciutat gewesen war. Böse Zungen behaupteten, da gewisse Röcke aus dem Bischofspalast nicht gut im

Bordell hatten verkehren können, seien es die der Coixa gewesen, die häufig im Palast verkehrten. Dieses Geheimnis posaunten die Feinde Seiner Hochehrwürdigen Eminenz – und dic waren zahlreich – in der gesamten Kurie herum, was zu ihrem Ruhm beitrug und ihr Ansehen sogar noch hob. Es mit derselben Hure zu treiben wie der Herr Bischof war, wenn auch keine Gewähr, so doch ein Anreiz für das gemeine Volk, das glaubte, in ihr segensreicheren Unterschlupf zu finden als im Schoß der anderen Huren, von denen nicht bekannt war, daß sie es mit Kunden von solch heiligem Ruf zu tun hatten. Man munkelte sogar, daß der Bischof, wenn ihn sein Gewissen geplagt hatte, was ungefähr drei oder viermal im Jahr vorgekommen sei, die Coixa bedrängt habe, Nonne zu werden, wobei die Absicht Seiner Eminenz nicht ganz klar gewesen sei. Für manche ging es ihm nur darum, mehr Einfluß auf die Dirne zu haben, auch wenn er selbst dann vielleicht keinen so direkten Zugang mehr gehabt hätte; andere sahen darin einen Beweis für das gute Herz des Purpurträgers, der nichts weiter gewünscht habe, als daß sie ihr lockeres Leben bereue und Buße tue, damit sie einen Platz im Himmel erlange. Doch der plötzliche Tod des Bischofs an einem überaus unpassenden, wenn nicht gar gotteslästerlichen Gichtanfall an einem Freitag mitten in der Fastenzeit hinderte sie daran zu erfahren, wohin das Ganze geführt hätte. Es wurde erzählt, die Coixa habe sehr um ihn geweint und getrauert, aber an keiner der Messen, die für ihn gelesen wurden, teilnehmen können und auch keinen letzten Blick auf den Toten werfen dürfen. Nicht daß die Huren nicht in geordneter Formation an dem aufgebahrten Leichnam vorbeigezogen wären wie jedermann, sondern weil der Oberbüttel es ausdrücklich verboten hatte, was er ihr über die Bordellwirtin Madò Hugueta ausrichten ließ, als sie bereits den schwarzen Schleier anprobierte, in dem sie den Trauerzug des Verstorbenen begleiten wollte.

Sie schrie, heulte, riß sich büschelweise die Haare aus und weigerte sich acht Tage lang, jemanden zu empfangen, ohne sich um die Warnungen ihrer Arbeitskolleginnen zu kümmern, die ihr klarzumachen versuchten, wie sehr ihr offenes, unverhohlenes Benehmen sie bloßstelle. Der Tod des Bischofs versetzte ihr einen Schlag, der ihr Gemüt veränderte. Sie stellte ihr anmutiges Gezwitscher ein, mit dem sie gewöhnlich traurige Vögelchen zum Fliegen animierte. Sie beschränkte sich auf die Erfüllung ihrer Aufgabe, mechanisch zwar, doch untadelig. Auch ohne Gesang und Begeisterung blieb sie die tüchtigste Dirne im Bordell von Ciutat. Zu ihren Leistungen, über die sich die Matrosen in einem guten Dutzend Häfen ausließen, zählte auch die, angeblich in nur drei Minuten das schlaffe Anhängsel eines Sterbenden wiederbelebt zu haben. Wenn sie solche Wunder zu vollbringen vermochte – mutmaßten die, die es gesehen hatten, und bald alle, die davon hörten –, dann verfüge sie unzweifelhaft über den Beistand außergewöhnlicher Kräfte; und da sie zu diesem Zeitpunkt schon nicht mehr unter der Protektion des Herrn Bischof stand, denn der fütterte seit einem halben Jahr die Würmer, begann das Heilige Gericht, das damals noch nicht viel zu tun hatte, den Verdacht zu hegen, die Coixa könnte vielleicht doch einen Pakt mit dem Leibhaftigen eingegangen sein. Ebensogut konnte sie Seine Eminenz behext haben, der nun, da er so plötzlich verschieden war, ohne das Beichtsakrament empfangen zu haben, womöglich die Höllenglut nährte.

Sie beschloß jedoch, nichts zu überstürzen und sich die tief in ihrem Busen nistende Angst nicht anmerken zu lassen.

Sie suchte nicht einmal Rat bei einem der hohen Herren, die bei ihr verkehrten, sondern ließ das, was geschehen würde, auf sich zukommen und wartete ab, welche Richtung der frisch ernannte Inquisitor einschlagen würde. Dem war der Tod des Bischofs sicherlich gleichgültig. Sie wartete, ohne im entferntesten damit zu rechnen, daß der Ehrwürdige Félix Cabezón y Céspedes, Müßiggänger und Hurenbock, so neugierig auf sie sein könnte, sich persönlich ins Bordell aufzumachen – inkognito wie seinerzeit Seine Hochehrwürdige Eminenz –, statt sie zum Verhör rufen oder einsperren zu lassen, wenn tatsächlich etwas gegen sie vorlag.
Am meisten verwunderte der Hochehrwürdige Félix Cabezón y Céspedes seinen Schreiber – der wußte, daß Beatriu Mas, genannt die Coixa, Dirne, in Kürze der Prozeß gemacht werden sollte – mit der Mitteilung, er wolle höchstselbst und ohne die Begleitung von Familiaren oder anderen Gefolges das Bordell besuchen, in der Absicht, sie unvorbereitet anzutreffen.
Er benutzte dieselbe Hintertür wie vor ein paar Stunden der Junge, dieselbe geheime Tür, durch die eines schönen Tages auch der Bischof gekommen war. Er kam als Edelmann verkleidet und trug einen auffallenden Hut mit glänzenden Federn, Kniehosen und anstelle der Soutane einen breiten grünen Kragen und einen Mantel in der Farbe des heiligen Franziskus. Dennoch verrieten ihn seine pfäffischen Manieren sofort. Allzu viele Messen hatten sich in den Gesten seiner Hände verewigt. *Euer Gnaden suchen jemand Bestimmtes?* fragte ihn Madò Hugueta, berühmt für ihre freundliche Durchtriebenheit, die gleich witterte, daß etwas faul war. *Alle Mädchen stehen zu Eurer Verfügung. Wenn auch nicht alle zum selben Preis . . . Wenn Ihr Euch umsehen wollt, ehe Ihr Euch entscheidet? Es wird mir ein Ver-*

gnügen sein, sie für Euch zu rufen, wenn Ihr einen Augenblick Geduld habt.
Die Entscheidung fiel leicht, blitzschnell, und bestand lediglich aus einem Nicken und einem Fingerzeig. Die Coixa empfing ihn voller Geistesgegenwart und wie sie meinte, daß es eine Dame tun würde: kalt wie Eiswasser. *Eure Gnaden wünschen?* erbot sich Beatriu, kaum daß sie ihre Arbeitskammer betreten hatten, doch lag weder in ihrer Stimme noch in ihrer Haltung die geringste Einladung zum Vergnügen. *Zu Euren Diensten, Herr,* setzte sie mit einer Verbeugung hinzu und wartete ab, daß er den Ton angäbe und sich äußerte. Aber er ließ sich Zeit und sah sie forschend an, als würde er sie in allen Einzelheiten studieren und sie nach einem Zeichen absuchen. Ganz anders als ihre eigene Untersuchung des jetzt neben ihr schlummernden Jungen, denn sie hatte nicht darauf gelauert, aus seinen Lenden den Teufel springen zu sehen, wie dieser Herr behauptet hatte, in ihrem Fall überprüfen zu müssen, nachdem er ihr befohlen hatte, sich auszuziehen. Sie gehorchte, tat es aber zögerlich und so sittsam wie möglich, während sie versuchte, in seinem wollüstigen Blick einen Hinweis zu finden, was er als nächstes verlangen würde. Diesmal ließ er sie nicht warten. *Auf die Knie!* herrschte er sie an, als diene ihm seine Stimme als Peitsche. Mit einer Unerschütterlichkeit, die sie sich selbst niemals zugetraut hätte, antwortete die Coixa, sie kniee nur vor dem Allerheiligsten oder ihrem Beichtiger nieder, und er sei keiner von beiden. *Ich bin der Inquisitor!* sprach der Verkleidete. Da warf sie sich ein Laken um und rannte schreiend aus dem Zimmer: *Madò Hugueta, da ist einer, der sich für den Herrn Inquisitor ausgibt! So eine Frechheit hab' ich ja noch nie erlebt!*

Die Erinnerung an jene Kühnheit, an der sie sich in schwachen Momenten aufrichtete, ließ sie schmunzeln. Denn ihre Dreistigkeit, die so böse Folgen für sie hätte nach sich ziehen können, hatte den plumpen Inquisitor sein Amt gekostet. Auf Betreiben des Vizekönigs, der sein Feind war, benutzte das Gericht von Aragonien die Geschichte zum Vorwand, ihn zu einer Mission ins westindische Cartagena zu versetzen, damit er schwarze Sklaven zum wahren Glauben bekehrte.

Ebenso unvermittelt wie der Verkleidete war auch der Junge an diesem Märzsonntag aufgetaucht und hatte sie gewählt. Aber von ihm befürchtete sie nichts Schlimmes, fühlte sich nicht bedroht. Ganz im Gegenteil sah sie in ihm einen Abgesandten des Himmels, eine Entschädigung für jenen Schrekken. Um seinen Schlaf nicht zu stören, hatte sie sich an der Bettkante so schmal wie möglich gemacht. Der Tag, der mit mildem Schein durch die Türritzen drang, weckte sie, ohne daß sie hätte sagen können, wie lange oder ob sie überhaupt geschlafen hatte. *Sicher schon sechs vorbei*, dachte sie, obwohl sie die Glockenschläge nicht mitgezählt hatte. Die ganze Nacht hindurch hatte sie dem Kampf der Glokken gegen den Sturm keine Beachtung geschenkt, denn die Anwesenheit des Jungen richtete sie auf und nahm ihr die Angst, unter der sie sonst bei Unwettern litt. Sie vermutete, daß es eben dieser Wind gewesen sein mußte, der ihn auf der Suche nach Obdach in dieses Haus geführt hatte, wo er noch nie zuvor gewesen war, das konnte sie mit Gewißheit sagen, vielleicht weil er Matrose war – das verriet sein Geruch nach Meersalz – und mehr Zeit an Bord als an Land verbrachte.

Auch wenn das Bordell eigentlich geschlossen war, erwachte draußen vor der Kammertür mit scheppernden

Wassereimern und Strohfeudeln, die über die Tonfliesen fegten, ein gewöhnlicher Montagmorgen. Im Gegensatz zu dem, was die anständigen Leute dachten, war das Freudenhaus einer der saubersten Orte in ganz Ciutat. Bei dem Wort Dreck standen Madò Hugueta, zu deren zahlreichen Tugenden als Bordellmutter noch ihr Reinlichkeitswahn kam, die Haare zu Berge.

Rafel Onofre Valls kehrte schlagartig in die wache Welt zurück und begriff nicht, wo er sich befand. Er wunderte sich, wieso er nicht, wie an jedem Tag seiner neunzehn Jahre, zu Hause erwacht war. Er brauchte noch ein paar Minuten, bis er merkte, daß die weißgekalkten Wände und die turmhohe Decke aus rotem Holz zu keinem Ort gehörten, den er kannte. Auch der Schemel, auf dem ordentlich seine Kleider lagen, war ihm fremd. Er betastete seinen Körper, stellte fest, daß er ohne Hemd geschlafen hatte, und als er sich nach rechts drehte, sah er die nackte Frau neben sich im Bett, die ihn freundlich anlächelte und ganz leise dicht an seinem Ohr *Süßer Geliebter, mein Seraph, mein Himmelsengel* flüsterte, während sie mit geübten Händen über seinen Körper strich und sich zärtlich seiner männlichen Teile bemächtigte, die er sofort in heller Glut fühlte. Der unbekannte Drang überraschte und beschämte ihn, doch war jeder Widerstand zwecklos. Er fühlte seine Lebenssäfte kurz vor dem Überfließen, bereit, sich ganz zu verströmen. Er stieß ein tierhaftes Brüllen aus, als müsse sich seine Lust, die ihn mit nie erlebter Heftigkeit erschaudern ließ, auch durch seinen Mund Bahn brechen. Noch keuchend schlug er die Augen auf und konnte kaum fassen, daß er sich getäuscht hatte: Er hatte seinen Mannessaft nicht, wie es ihm häufig passierte, im Traum ergossen, sondern wach unter den geschickten Händen einer Hure.

Je mehr er sich des Geschehens bewußt wurde – schließlich hatte er auf Geheiß seines Vaters im Bordell Zuflucht gesucht –, um so mehr verfinsterte sich seine Miene und um so deutlicher trat ihm das Bild Maria Pomars vor Augen. Die Coixa hatte sich inzwischen in ein Laken gewickelt, saß auf dem Bett und sah ihn wieder an. Ihr Lächeln war jetzt eher mütterlich als lasziv, doch stellte sie keine Fragen. Auch Rafel Onofre schwieg, obwohl das Bedürfnis, die Last seines Gewissens zu erleichtern, notfalls gegenüber seiner Anstifterin zur Sünde, ihm die Worte auf die Lippen drängte. Er fürchtete sich. Zu dem Gefühl der Schuld, bei einer Hure geschlafen zu haben – wozu ihn ebenfalls sein Vater getrieben hatte –, kam ein noch stärkeres, die Ungewißheit. Er wußte nicht, was er tun oder wohin er gehen sollte. Er wußte nicht, was aus den Seinen geworden war. Während er sich von den Strapazen ausruhte, saßen seine Mutter und Maria womöglich in einer dunklen Kerkerzelle. Er schloß die Augen und preßte die Kiefer zusammen, um ein Schluchzen zu unterdrücken, unziemlich wie die Tränenrinnsale zwischen den Härchen, die die Nacht auf seinen Wangen hatte sprießen lassen. Die Coixa jedoch wurde nicht mißtrauisch, noch maß sie dem besondere Bedeutung bei. Wenn sie sich auf etwas wirklich verstand, dann waren es nackte Männer, vor, während und nach ihrer Arbeit, und dieser trübsinnige Zustand, diese Schwermut nach der Entladung war vielen gemein. Deshalb beschloß sie, daß ein Eigelb mit süßem Wein vermischt – eine nur erlesenen Stammkunden des Hauses vorbehaltene Stärkung – die Lebensgeister dieses Knaben wieder aufmuntern würde.
»Du mußt Hunger haben. Gestern abend warst du völlig am Ende. Bleib hier, ich bring dir was Gutes!«

Rafel Onofre Valls nutzte die Abwesenheit der Coixa weder, um sich in dem Becken zu waschen, das mit Wasser gefüllt in der Ecke stand, noch zog er sich an, wie die Hure erwartet hatte. Er beschränkte sich vielmehr darauf, lang ausgestreckt mit geschlossenen Augen auf ihre Rückkehr zu warten. Er wußte nicht, wie lange er hierbleiben konnte, ohne Verdacht zu erregen. Er vermutete, daß die Inquisition inzwischen hinter ihm her war, hinter ihm und den anderen, falls die nicht schon alle eingesperrt waren und er allein bis jetzt entkommen konnte. Nach Hause zu gehen hieße, ihnen sich selbst gleichsam auf dem Silberteller zu servieren. Ebenso undenkbar war es, in den Garten zu fliehen, wo die Nachricht von der Tragödie Marias Eltern vielleicht schon erreicht hatte und diese ihn doppelt verfluchen würden: Seinetwegen hatten sie die Tochter zweifach verloren. Sich einzuschiffen war so gut wie unmöglich. Nicht des Windes wegen, der längst abgeflaut war, sondern weil der Büttel den Kapitän bereits vernommen und die Schebeke unter Bewachung gestellt haben mußte. Abgesehen davon konnte er es bis Porto Pi kaum schaffen, ohne von den Schergen aufgegriffen zu werden. Das war zu gefährlich. Ihm fiel, zumindest im Augenblick, kein besseres Versteck ein als diese Bordellkammer.

Die Coixa trat ein, in der Hand ein Glas, in dem sie mit einem Löffel rührte. Die zerfließenden Dotter, zwei statt einem, vermischten sich mit dem Wein zur Farbe des Mostes. Mit dem gleichen Lächeln in den Augen, mit dem sie den Jungen über lange Stunden betrachtet hatte, hielt sie ihm das Glas an die Lippen. Er trank gierig. Auf dem Glas blieben ihrer beider Fingerabdrücke zurück. Als Beatriu es auf der Kredenz des Zimmers abstellte, wo noch die Waschschüssel mit dem sauberen Wasser stand, ging ihr durch den Kopf, wie es zu einer Reliquie würde, wären sie beide Heilige. Wie in den reuevollen Stunden Seiner Hochwürdigen Eminenz, wenn er ihr nach dem Beischlaf befahl, sich zu geißeln, mußte sie an die damals so oft beschworene Maria Magdalena denken. Das Bild Maria Magdalenas mit dem langen offenen Haar, wie sie die Füße des Herrn Jesus mit geweihten Ölen salbt, das sie als kleines Mädchen auf einem Gemälde in der Sakristei der Kirche gesehen hatte, wo sie Almosen zu empfangen pflegte, war ihr lieber als jenes andere, welches sie sogar als Heiligenbildchen besaß, auf dem sie als fast nackte Büßerin den Totenkopf in ihrer Hand ansieht. Wenn ihr das erste Bild mehr behagte, dann weil ihr der Junge wie ein heiliger Christus vorkam, dessen frostbeulenbedeckte Füße sie nur zu gern mit all den duftenden Wässern hätte salben wollen, die sie in ihrem Hurenleben vergossen hatte.

Das Gekeife Madò Huguetas, die mit dem Büttel stritt, riß sie aus ihren Träumereien. Den Jungen versetzte es in Angst und Schrecken, so daß er erst hastig in seine Kleider sprang, dann aber ganz still auf dem Lager sitzen blieb, auf dem sie gelegen hatten. *Dieses Haus hat kein Jude betreten!* hörte er Madò Hugueta sagen. *Oder ist dir etwa nicht bekannt, daß hier während der Fastenzeit geschlossen ist? Weißt du etwa nicht, daß wir die Vorschriften einhalten? Was soll das heißen? Wer ist an Bord gegangen? Sag bloß... sag bloß, davon hatten wir keine Ahnung!*

Den Blick zu Boden gerichtet, innerlich zitternd, bemühte sich Rafel Onofre zu lauschen. Aber nur die ärgerliche Stimme Madò Huguetas drang bis zu ihm. Offenbar war sie ihnen viel näher als Ripoll, vielleicht weil dieser sich nicht einmal die Mühe gemacht hatte heraufzukommen und sie hoch zu Roß von der Straße aus befragte. Die Coixa, neugierig geworden, was da draußen vor sich ging, wollte zur Tür, blieb aber davor stehen, den Schlüssel in der reglosen Hand. Sie kam nicht dazu, ihn zu drehen.

»Nein! Bitte verratet mich nicht, habt Erbarmen!« flehte der Junge und heulte auf wie ein Kind.

Der Coixa fiel es wie Schuppen von den Augen. Sie begriff, warum der Junge solche Angst hatte, sein sonderbares Benehmen, seine Übermüdung, seinen fiebrigen Zustand, seine Wortkargheit, und lächelte bei sich, wie immer, wenn sie eine Ahnung bestätigt fand: Mit Recht hatte er sie an Christus erinnert.

»Das soll wohl heißen, daß du einer von denen bist«, sagte sie geradeheraus. »Jetzt ist mir auch klar, warum ich dich nicht kenne. Ihr kommt nie hierher. Es heißt, ihr wollt euch nicht an Christinnen schmutzig machen. Tut mir leid für dich, aber von einer Jüdin hab' ich rein gar nichts, todsicher, nie und nimmer. Aber du gefällst mir, das dürftest du schon gemerkt haben... angezogen weniger, aber nackt kamst du mir vor wie ein Engel. Doch, doch, wenn ich's dir sage. Deswegen werde ich auch kein Geld von dir nehmen, da siehst du mal! Und dabei hab' ich von dir nicht mal einen Kuß bekommen.«

Rafel Onofre Valls, den Kopf in die Hände gestützt, weinte nicht mehr und hörte ihr beschämt zu. Er hatte sich wie ein kleines Kind benommen, er, der er sich für einen gestandenen Mann gehalten hatte. Er stand auf, preßte den Körper der Coixa mit der Kraft seiner neunzehn Jahre an sich und küßte sie, zuerst vorsichtig auf die Lippen, dann fest ihren Mund, ihre Zähne. Mit der Zunge zeichnete er ihre Gesichtszüge nach, verweilte bei ihren Ohrmuscheln. Und wieder fühlte er zwischen den Beinen sein Blut brennen, legte sie, ohne sie loszulassen, auf das Bett und besaß sie mit einer Mischung aus Zorn und Dankbarkeit, die den ganzen Trotz seiner jungen Männlichkeit enthielt. Ehe er sie nicht seufzen, dieses tiefe Stöhnen ausstoßen hörte, das Beatriu Mas bei anderen so perfekt imitierte, ihre unterdrückten Schreie, während er ihren Mund suchte, ließ er diesmal seine Lebenssäfte nicht entweichen.

Die Stimme Madò Huguetas und ihr Hämmern gegen die Tür lösten schlagartig ihre ineinander verschlungenen Arme und Beine. Sie befahl der Coixa, dringend herauszukommen.

»Warte. Bleib hier. Ich komme gleich zurück. Dann überlegen wir, was wir jetzt am besten machen.«

Madò Hugueta befürchtete, daß dieser Mann, der in der Nacht so entschlossen die Coixa zu sehen wünschte und eine gute Handvoll Geld dafür geboten hatte, daß sie sie riefe, tatsächlich einer der Gesuchten war. Deshalb klopfte sie heftig an die Tür von Beatriu, die leichtsinnig genug war, jedem Unterschlupf zu gewähren, den sie appetitlich fand. Die Bordellmutter warnte sie, daß es für alle, aber besonders für sie selbst, sehr böse Folgen haben könne, einen Flüchtigen zu decken, ob er nun aus dem Carrer sei oder nicht, aber um so schlimmer, wenn er es sei. Denen vom Carrer habe man den gesamten Besitz konfisziert und die Häuser versiegelt. Die Prozeßvorbereitungen seien schon seit dem Vortag im Gange. Die Hure nickte zu allem, was Madò Hugueta sagte, und als sie fertig war, versicherte sie ihr, daß dieser Junge mit der gescheiterten Flucht überhaupt nichts zu tun habe. Er sei der jüngere Bruder eines *bandejats*, eines alten Kunden von ihr, der beschlossen habe, diese Nacht im Freudenhaus zu verbringen, damit die Schergen ihn nicht nach Toresschluß auf der Straße anträfen. Noch am selben Nachmittag mache er sich auf nach

Muro, wo er wohne. Er warte nur darauf, daß man ihm ein Pferd überlasse, denn seines sei verletzt und nicht zu gebrauchen.

Madò Hugueta hörte den Ausreden der Coixa nicht zu. Sie wußte nur zu gut, daß die Männer, besonders die, die sie anziehend fand, häufig ihre Gutmütigkeit ausnutzten. Bevor sie Beatriu in ihre Kammer entließ, schärfte sie ihr ein, sie wolle mit eigenen Augen sehen, wie dieser Jüngling das Haus verlasse.

»Was wißt Ihr von meinen Leuten?« fragte Rafel Onofre, kaum daß Beatriu wieder vor ihm stand.

»Wenig. Was du selbst von Madò Hugueta gehört hast«, sagte sie, während sie die Tür schloß und den Schlüssel drehte. »Ich nehme an, du weißt nicht, wohin. Eure Häuser sind vernagelt und eure Habe beschlagnahmt. Es wird behauptet, daß ihr noch jede Menge versteckt hättet, und das glaub' ich gern. Schau dich nur an…«, lächelte sie schmeichlerisch, falls sie ihn gekränkt haben sollte. »Ich helfe dir, mach dir keine Sorgen, aber du mußt mir zwei Gefallen tun. Erstens darfst du es niemandem sagen. Wenn du mich verrätst, wirst du es bereuen. Ich werde leugnen, daß du hier warst. Nicht mal vor Madò Hugueta hab' ich's zugegeben. Das ist das erste Mal, soweit ich weiß, daß ich's mit einem Juden getrieben hab'. Klar, wenn ihr nicht beschnitten seid, seid ihr Männer alle gleich. Na ja, nicht alle, was eure Spatzen angeht, gibt's sehr wohl Unterschiede, und zwar erhebliche… wenn ich's dir sage! Ich weiß am allerbesten, wovon ich rede. Und mir hat's Spaß gemacht, so ist es nun mal. Möge Gott Unser Herr mir vergeben!« Sie bekreuzigte sich und schloß das Kreuzzeichen mit einem schmatzenden Kuß auf ihren Daumennagel ab.

»Und der zweite Gefallen?«

»Ich will wissen, wie du dazu kamst, nach mir zu fragen, als du letzte Nacht im Bordell Zuflucht gesucht hast? Warum ausgerechnet ich, die Coixa? Sag bloß, ich hab' einen guten Ruf im Carrer!«

Der Junge zögerte nicht.

»Weil ein Freund mir gesagt hat – das mag ungefähr zwei Monate her sein –, mit dir zu schlafen sei, wie mit einem Finger den Himmel zu streicheln.«

»Sehr schön, wirklich wahr! So was Schönes hat mir noch nie jemand gesagt. Und du, bist du auch dieser Meinung?«

»Ich... ich hab' ein Mädchen, und ich liebe sie, und ich dachte, daß ich nur zusammen mit ihr, wenn wir erst verheiratet wären, den Himmel streicheln könnte... wenn der Mond vorüberzieht.«

»Selbst wenn du es nur aus Höflichkeit sagst, muß ich zugeben, daß es mir gefällt. Himmelherrgottsakra, hab' ich ein Glück!« setzte sie hinzu, als rede sie mit sich selbst, »so was Schönes hat kein Christ je zu mir gesagt!«

Und dann befahl sie ihm in verändertem Ton, sich zu waschen.

»Du stinkst nach Meer, nach Kerl und nach Salz. Ich gebe dir was anderes zum Anziehen. In diesen Kleidern wird dir jeder, selbst wenn er dich nicht kennt, den Büttel auf den Hals jagen. Ich bin gleich wieder da«, fügte sie, schon von der Tür aus, lächelnd hinzu.

Der Junge gehorchte. Er bespritzte sich mit Wasser und trocknete sich mit einem weichen Handtuch ab, das nach Apfel roch. Nie hätte er sich die Coixa so vorgestellt, weder sie noch die Sitten im Bordell, sooft er auch seine Freunde von außerhalb des Carrer darüber hatte sprechen hören, wie diesen Zimmermannslehrling, der ihm Beatriu Mas empfohlen und ihn ermuntert hatte, diesen Nachgeschmack zu kosten, den die Wolken hinterlassen, wenn man aus der Herrlichkeit zurück ist. Mit einem Bündel in der Hand kam sie zurück ins Zimmer. Sie band es auf.

»Hier, was Besseres hab' ich nicht auftreiben können. Und glaub mir, ich mach' das nicht, um für euch in die Bresche zu springen. Gott behüte! Ich mach' das, weil ... weil in der Casa Negra die Juden schwerlich zu Christen werden ...«

Und sie übergab ihm eine Mönchskutte, die jemand bei seinem überstürzten Aufbruch vergessen haben mußte.

Fünf

Nach dem Sturm ist ein kalter, wolkenloser Tag angebrochen. Die Kirchen und Wachtürme zeichnen sich gestochen scharf gegen einen tiefblauen, damastenen Himmel ab, den nur gelegentliche Schwärme von Mauerseglern kreuzen. Wären da nicht die vielen herabgefallenen Ziegel, die Blätterhaufen, die entwurzelten Ulmen und die heruntergerissenen Vordächer einiger Häuser, würde niemand vermuten, daß noch vor ein paar Stunden sämtliche Glocken von Ciutat zur Beschwörung des Orkans geläutet hatten, der in der vergangenen Nacht die ganze Insel fortzureißen drohte. Nur wer über das alte Meer schaut, auf dem träge eine große Schafherde weidet, erkennt, daß das Unwetter erst wenige Stunden zurückliegt und heftig getobt hat.

Seit dem frühen Morgen hat die Stadt allmählich ihre Ruhe wiedergewonnen, und seitdem die Gefahr gebannt ist und der Wind im Kampf mit den ohrenbetäubenden Glockenschlägen unterlegen war, bevölkern die Einwohner erneut die Straßen. Viele sind zum Segell und der Argenteria gelaufen, um die vernagelten Türen mit eigenen Augen zu sehen, werden aber von den Männern des Büttels zurückgedrängt. Andere sind umhergegangen, um die Schäden abzuschätzen. Sie bekommen gerade noch mit, wie die Nachbarn die umgestürzten Ulmen in der Nähe des Carme wegschaffen und im Handumdrehen kleinhacken, höchst zufrieden, da sie das Holz, sobald es trocken ist, zum Feuermachen verwenden können. Die Buben haben mit Steinen die letzten größeren Ziegelstücke zerschmettert, und die Schweine wühlen hungrig in dem angehäuften Laub, zusammen mit den Kindern, deren Gier nach Fallobst die Angst vor den scharfen Hauern besiegt.

In den Gärten sind die Spuren des Sturms viel heftiger. Eine einzige Nacht hat die Arbeit von Monaten vernichtet. Die Pflanzen liegen mit verbrannten und abgeknickten Blättern erschlagen in den Beeten, und die verstümmelten jungen Triebe der Bäume tragen keine einzige Blüte mehr. Das Obst ist noch grün zu Boden gefallen und wird nicht mehr richtig reifen. Doch trotz alledem und trotz der vielen Wäsche, die der Wind von den Leinen gerissen hat, der drei toten Hühner im Kloster von Santa Magdalena, der beiden verschwundenen Enten der Klarissinnen und der zerstörten Rosenstöcke in den Gärten des Palastes bereitet man in der Kathedrale ein Tedeum vor, zum Dank dafür, daß der Wind – so lang die Liste der Schäden im Laufe des Tages auch werden mag – nicht die befürchteten argen Folgen hatte und dem Allmächtigen als Werkzeug diente, die Flucht der judaisierenden Ketzer zu vereiteln. Aus diesem Grund hat der Bischof, der schon gestern den Theologenrat zu einer dringenden Sitzung einberufen hatte, weil es dessen Zustimmung zum gleichzeitigen Läuten aller Glocken bedurfte, eilig eine neuerliche Zusammenkunft anberaumt, um ein weiteres Anliegen zur Diskussion zu stellen. Seit er nämlich gehört hat, daß das Schiff, das die verkappten Juden davontragen sollte, nur dank des Windes nicht auslaufen konnte, plagen ihn Zweifel, ob er recht gehandelt hat, sich dem Sturm entgegenzustellen und ihn mit den Glokken zu bekämpfen.

Inzwischen schien es unbestreitbar, daß jener Wind nichts anderes gewesen sein konnte als der Odem direkt aus dem Munde Jesu, mystischer Zephir, Gottes eingeborener Sohn, um die Reise der Juden zu verhindern und sie zugleich als Renegaten zu ewiger Hölle zu verdammen. Er fragte sich – und dazu wolle er die Meinung des Rats hören –, ob man Gott dem Herrn nicht Wiedergutmachung schulde und ebenso jener Naturgewalt, weil man sie für schädlich gehalten und irrtümlich geglaubt habe, sie sei vom Geist des Bösen gesandt. Diese Skrupel wollte er mit den Theologen und Beratern teilen und berief vor der Messe eine Versammlung ein, um zu fragen, was sie von seinem Vorschlag hielten, sich nach der heiligen Feier an die Gemeinde zu richten und zu erklären, daß die Wege des Herrn zwar manchmal nach Irrwegen aussähen, es jedoch nicht seien, wie das gestrige Beispiel beweise.

In seiner Funktion als Konfiskationsrichter hatte der Domherr Llabrés an diesem Morgen bereits ein Gespräch mit Seiner Hochehrwürdigen Eminenz geführt, welche die Gelegenheit nutzte, ihn über den Stand der Dinge zu unterrichten und ihm bereits den Grund für die um Punkt fünf Uhr nachmittags angesetzte Zusammenkunft mitzuteilen, zu der auch der Richter geladen war. Dieser entschuldigte sich deshalb, kaum daß er sich bei den anderen Gesprächsteilnehmern von Montisiòn eingefunden hatte.

»Ich werde leider nur ein halbes Stündchen mit Euer Gnaden verbringen können. Der Theologenrat kommt im Palast zusammen«, sagte er und bemerkte untröstlich, daß die Schale mit den *quartos embetumats* noch nicht auf dem Schreibtisch Pater Amenguals stand – das einzige Motiv seiner Anwesenheit in der Runde an jenem arbeitsreichen Montag. Unterwegs hatte er Berechnungen angestellt, wie viele *quartos* er zu verschlingen vermochte, denn sein Magen knurrte schon seit dem Vorabend. Über all dem Aufruhr hatte er mehr als notwendig gefastet.

Pater Amengual, der Gastgeber, versicherte, wie leid es ihm tue, daß der Konfiskationsrichter ihnen nur diese kurze Weile widmen könne und daß er ihm deshalb doppelt dankbar sei, seine Teilnahme doch möglich gemacht zu haben, da er doch jetzt, wahrlich, so zahlreiche Verpflichtungen habe. Pater Ferrando wurde noch deutlicher und umarmte den Kanoniker fast, um zum Ausdruck zu bringen, wie sehr er dessen freundliche Geste zu schätzen wußte. Er frohlockte über die Massenverhaftung und darüber, was für ihn dabei herausspringen würde. *Das Rektoramt ist mein*, schien sein herablassender Blick in Pater Amenguals Richtung zu sagen, *da kannst du dich auf den Kopf stellen. Jetzt werden sie sich erkenntlich zeigen müssen für alles, was ich für das Heilige Offizium getan habe, und das kann man mit keinem deiner Bücher vergleichen, das ist viel bedeutender!*

Der Kanoniker brachte seinen schweren Leib in seinem angestammten Lehnstuhl unter, befriedigt über diese Begrüßung und erwartungsfroher als gewöhnlich. Er rechnete damit, von der Gruppe einer genauen Befragung unterzogen zu werden, sowohl über die gestrigen Festnahmen als auch über die für heute angesetzte Theologenversammlung. Pater Ferrando würde bestimmt wissen wollen, wie die Durchsuchungen gelaufen seien. Das Interesse Pater Amenguals dagegen würde sich eher auf die Versammlung richten, denn er bemühte sich schon seit langem um die Aufmerksamkeit Seiner Hochehrwürdigen Eminenz des Bischofs. Letzteres hatte er ihm eines Tages gestanden und sogar mit der Bitte um Fürsprache verbunden.

»Was für Neuigkeiten bringt Ihr, Don Jaume? Was erzählt man sich in Ciutat? Euer Hochwürden dürften gestern todmüde gewesen sein. Man habe alle Hände voll zu tun gehabt, heißt es...«

Er hatte sich getäuscht. Pater Amengual erwähnte die Versammlung mit keinem Wort. Er beschränkte sich auf das Thema, das alle Welt beschäftigte.

»O ja, ein Haufen Arbeit, das kann man wohl sagen! Und dabei haben wir kaum angefangen. Noch fehlt uns die Bestandsaufnahme von allem, was sie nicht bei sich trugen... die Häuser, die Werkstätten, die Möbel... Alles, was sie zurückgelassen haben, und das ist eine Menge!«

»Das könnt Ihr laut sagen, Don Jaume!« versetzte Ferrando mit der Selbstgefälligkeit derer, die nicht nur wissen, wovon die Rede ist, sondern einiges darüber hinaus.

»Übrigens, ich finde, Puigdorfila hat gottgefällig gehandelt, als er die Häuser so schnell versiegeln ließ. So kann niemand etwas anrühren. Ich bin in der Nähe des Carrer vorbeigekommen, da drängte sich das Volk. Die meisten haben Feuer und Rauch gefordert und gegen die Männer des Büttels protestiert, weil sie ihnen den Zugang verwehrten.«

»Aufläufe sind immer gefährlich«, sagte der Konfiskationsrichter entschieden. »Heute morgen hat mir der Pfarrer von Santa Eulàlia erzählt, daß ein paar Unruhestifter die Beerdigung von Aina Cap de Trons' Kind verhindern wollten. Sie sollten es ins Meer schmeißen, haben sie gebrüllt. Der Pfarrer hat sich durchsetzen müssen. Ich habe es selbst getauft, hat er ihnen gesagt, es ist ein Christenmensch, und als solcher wird es beerdigt.«

»Nun ja, seit der Vizekönig den Weizenpreis erhöht hat, herrscht Unzufriedenheit. Oh, nichts für ungut, Don Sebastianet, das geht nicht gegen Euren Onkel... Nebenbei,

Don Jaume, wie viele habt Ihr eigentlich verhaftet? Costuras Neffen, die Geschwister Tarongí bestimmt…«

Weder sprach Pater Ferrando seinen Satz zu Ende, noch beantwortete der Kanoniker seine Frage, denn in diesem Moment erschien der Chronist Angelat, der einzige, der noch fehlte, und alle erhoben sich. Er begrüßte sie mit einem Kopfnicken und setzte sich sofort hin. In der Gewißheit, daß das von ihm unterbrochene Gespräch sich nur um ein einziges Thema drehen konnte, rief er aus:

»Gestern soll es ja hoch hergegangen sein, hab' ich mir sagen lassen. Dem Schreiber hat man die Hand verbinden müssen, so viel Arbeit hatte er!«

Der Offizier Sebastià Palou grinste. Noch aufrecht neben seinem Armstuhl, den Säbel am Gürtel, ganz in grünem Samt und umgeben von dunklen Soutanen wirkte er wie das Modell für ein Gemälde, auf dem der Maler mit dieser herausstechenden Figur die Eitelkeit der Welt der Kargheit des religiösen Lebens gegenüberstellen wollte. Im Fenster hinter ihm verschwamm die Landschaft im lauen März, und zartes Licht sickerte herein wie feiner Goldstaub. Sebastià Palou verwandte stets große Sorgfalt auf seine Kleidung. Er wußte, wie gut Gepflegtheit bei den Damen ankam und bei denen, die keine waren, auch. Außerdem mußte er anschließend zum Vizekönig, um ihn am Nachmittag zur heiligen Messe zu begleiten, so würde er keine Zeit zum Umkleiden haben. Sein Onkel hatte ihm aufgetragen, bei dem heutigen Gespräch, in dem es mit Sicherheit um die Verhaftungen gehen würde, Augen und Ohren aufzusperren, allerdings ohne seinerseits besonderes Interesse zu bekunden. Denn an Bord des Schiffes hatten sich auch die beiden erstklassig ausgebildeten Sklavinnen befunden, die im Palast gelebt hatten. Auf keinen Fall durften sie vom Heiligen Offizium verhört werden, denn wenn sie redeten, konnte ihn das in Teufels Küche bringen.

Palou hatte dem Konfiskationsrichter bisher keinerlei Fragen gestellt, sondern angesichts der Übertreibung des Chronisten nur gelächelt. Der Kanoniker seinerseits quittierte die Bemerkung mit einem knappen: *So schlimm wird es nicht gewesen sein,* und als wäre er entschlossen, keinerlei Neuigkeiten preiszugeben, griff er gleich darauf nach der von Pater Amengual zugeworfenen schleimigen Rettungsleine, das Gespräch wieder einmal auf dessen Buch zu lenken, das die Druckerei Guasp in Ciutat vor zwei Wochen veröffentlicht hatte.

La vida de la Venerable Madre Eleonor Canals, muerta en loor de santidad (Das Leben der Ehrwürdigen Mutter Eleonor Canals, verstorben im Rufe der Heiligkeit) hatte mäßigen Beifall gefunden. Nur von der Vizekönigin war es angemessen gewürdigt worden, jedoch galt das Urteil der Markgräfin leider als nicht gerade sachverständig, schon gar nicht, was die Verdienste ihrer eigenen Familie betraf. Der Vizekönig dagegen, dem Pater Amengual zur Zierde seiner Bibliothek ein eigens für ihn gebundenes Exemplar mit einer persönlichen Widmung und mehreren Huldigungen zum Geschenk machte, hatte sich schlicht bedankt, ohne das geringste Lob hinzuzufügen. Noch war es zu früh, um einzuschätzen, wie das Werk auf dem Festland aufgenommen würde, vor allem bei der Obrigkeit seines Ordens, und ob es die entscheidende Empfehlung für das Amt bedeutete. Seit er das Buch in Druck gegeben hatte, fehlte Pater Amengual eine erfüllende Beschäftigung. Gedichte zu bestimmten Anlässen zu schreiben, etwa als Einleitung für die Werke von Freunden, oder Notizen für die Predigten zu sammeln, die er – mit großem Erfolg, nebenbei gesagt – in verschiedenen Dörfern

zur Kirchweih hielt, genügten weder, ihm die freie Zeit zu vertreiben, noch fand er Befriedigung in einer Tätigkeit, die nicht einem edlen oder hehren Ziel diente. Er fühlte sich wie ein unbewohntes Haus. Das Zusammenleben mit der heiligen Nonne war so eng gewesen, daß er sie jetzt vermißte. Er mußte irgendein anderes religiöses Thema finden und sich umgehend an die Arbeit machen, aber nicht wieder über das Leben einer frommen Frau schreiben, nicht einmal über das der Sor Tomaseta, des *reinsten mystischen Blümleins der Insel*, wie die Markgräfin von Despuig ihm vorgeschlagen hatte, vermutlich im Bestreben, die Vizekönigin auszustechen. Nein, was er brauchte, war, genau wie der Konfiskationsrichter ihm geraten hatte, ein Thema, das ihm erlaubte, seiner mystischen Verzückung Raum zu verschaffen. Doch so angestrengt er auch nachdachte, und das erklärte er jetzt seinen Freunden, es wollte ihm einfach kein passender Stoff einfallen, obwohl er sogar schon einen Titel dafür hatte, *Cánticos en loor de la Fe triunfante (Lobgesänge auf den siegreichen Glauben)*, den er als ziemlich endgültig erachtete, was jedoch erforderte, wahrlich, bis zu den Urmärtyrern zurückzugehen, um anrührende Bilder zu schaffen, die den Leser unwiderstehlich zur Verteidigung des Dogmas anregten. Und das bedeutete natürlich …
»Aber bitte, das dürfte Euch doch jetzt nicht mehr schwerfallen, Pater Amengual!« unterbrach ihn der Konfiskationsrichter. »Schreibt über die Arbeit des Glaubensgerichts, die ganz im Dienste der Verherrlichung des Glaubens steht.«
»Wahrlich?« fragte Amengual, hellhörig geworden. »Wollen Euer Ehrwürden damit sagen, ich solle über die bevorstehenden Prozesse schreiben? Ich werde darüber nachdenken, ja, ich werde darüber nachdenken … Da könntet Ihr recht haben, Don Jaume, ich denke, das hilft mir weiter.«

Leider würde er dann den Satz nicht mehr unterbringen können, der ihm als Abschluß eines Kapitels so gut gefallen hätte – *So verewigten die emsigen Jungfrauen, hinfortgerissen von den Rachen todbringender Löwen, den Glauben in der Trophäe ihres Märtyrertums* –, doch machte ihn der Gedanke an die langen Stunden in düsteren Katakomben zwischen heidnischen, lasterhaften römischen Kaisern auch nicht glücklich. Und am meisten widerstrebte ihm, schon wieder in einen Bienenkorb voll emsiger Jungfrauen langen zu müssen, die ihn, ihr Märtyrertum in Ehren, unweigerlich an Sor Noreta erinnern würden. Außerdem hätte er, wenn er seine ganze mystische Verzückung auf die Glaubensprozesse richtete, seinem Rivalen Pater Ferrando gegenüber die Nase vorn, und nicht zu knapp, wenn dieser auch die letzten Monate ausschließlich damit verbracht hatte, sich von Montisiòn zur Casa Negra und von der Casa Negra nach Montisiòn die Sohlen abzulaufen.

Sebastià Palou hatte die ganze Zeit über den Mund nicht aufgemacht. Als er aber sah, daß das Gespräch in Richtungen abschweifte, die für ihn nicht das geringste Interesse beinhalteten, hielt er den Zeitpunkt für gekommen, sich einzumischen. Sie waren inzwischen eine Dreiviertelstunde zusammen, vom Rathaus hatte es eben halb geschlagen, und der Konfiskationsrichter würde nicht mehr lange bleiben. Wollte er herausbekommen, was nur diesem aus erster Hand bekannt war und sein Onkel so bald wie möglich wissen mußte, dann durfte er nicht länger müßig dabeisitzen.

»Pater Amengual«, sagte endlich Don Sebastià, »der Vorschlag des Richters scheint mir vortrefflich, aber bevor Ihr damit anfangt, solltet Ihr die Urteile abwarten. Gibt es keinen Scheiterhaufen, ist Euer Werk nicht mehr von Interesse. Es ist nicht ratsam, den Ereignissen vorzugreifen, schon gar nicht in einer Angelegenheit, die so …«

»In einer so heiklen Angelegenheit«, ergänzte der Konfiskationsrichter, »ganz richtig, Don Sebastià. Aber offen gesagt, habe ich diesmal doch stark den Eindruck...«
»Einige sind vor zehn Jahren schon einmal ausgesöhnt worden, Don Sebastianet, als das Heilige Offizium noch nicht so strikt war. Wenn sie rückfällig geworden sind, kann man doch nicht zusehen, wie sie vor unserer Nase Gott den Herrn beleidigen...«
Sebastià Palou paßte es überhaupt nicht, daß Pater Ferrando, diese halbe Portion, nicht größer als ein sitzender Hund, sich die Freiheit nahm, ihn, der er immerhin doppelt so groß war, mit dieser Verniedlichungsform anzureden. Dies war wohl der Grund für den ungewöhnlich rauhen Ton seiner Antwort, denn sonst war er gegenüber Leuten in Rökken von ausgesuchter Höflichkeit.
»Das muß ja wohl erst noch bewiesen werden, Pater Ferrando. Zunächst einmal sollten sie sich verteidigen dürfen. Wie können wir über sie urteilen, wenn wir sie von vornherein alle für schuldig halten? Ich denke, wir müssen eher von ihrer Unschuld ausgehen.«
»Don Sebastià, Don Sebastianet, sagt das nur nicht, was Ihr da gesagt habt, wiederholt es nicht, um Gottes willen! Sonst müssen wir annehmen, Ihr habt Eure Gründe... daß Euer Gnaden ebenfalls...«
Sebastià Palou sprang erregt auf und machte Anstalten, auf Pater Ferrando loszugehen.
»Ich verbitte mir... Wie könnt Ihr es wagen zu zweifeln! Pater Ferrando, nur die Achtung vor Eurem Amt hält mich...«
»Don Sebastià«, mischte sich Pater Amengual bedachtsam ein, denn als Gastgeber konnte er keinen Streit in seiner Zelle dulden, wenngleich es ihn mit Befriedigung erfüllte, daß der Neffe des Vizekönigs sich mit seinem Widersacher

verfeindete. »Don Sebastià, ich bin sicher, daß Pater Ferrando Euch nicht beleidigen wollte.«

»Ganz richtig, Don Sebastià. Ich wollte ganz und gar nicht…«

Glücklicherweise erschien in diesem Augenblick der Laienbruder mit den *quartos embetumats* und entschuldigte sich für die Verspätung. Die Botin der Klarissinnen sei eben erst eingetroffen. In der Aufregung der vergangenen Nacht hätten sie vergessen, das Eiweiß rechtzeitig steif zu schlagen.

Der Konfiskationsrichter rutschte unruhig auf seinem Stuhl hin und her und hätte um ein Haar die Hand nach den süßen Köstlichkeiten ausgestreckt, obwohl Pater Amengual sie noch nicht einmal angeboten hatte. *Ein paar Minuten später, und ich hätte nichts mehr abbekommen*, sagte er sich. *Dann wäre ich glatt umsonst gekommen, so was Dusseliges!*

Doch Pater Ferrando, der es um nichts in der Welt mit dem Konfiskationsrichter verderben wollte, wenn er sich über die Idee, die dieser seinem Rivalen eingegeben hatte, auch schwarz ärgerte, war die Naschgier des Kanonikers nicht entgangen. Da er es außerdem leid war, sich bei Don Sebastianet, wenn auch ein Würdenträger, für seine Ausfälle entschuldigen zu müssen, beschloß er, Pater Amengual daran zu erinnern, daß es Zeit für eine kleine Stärkung sei.

»Euer Hochwürden denken daran, daß Don Jaume heute ein wenig in Eile ist?« Dabei blickte er auf die Schüssel.

Erheblich munterer, nachdem er das erste *quarto* des Nachmittags gekostet hatte, und in der Hoffnung, noch drei weitere verschlingen zu können, wenn er sich ranhielt, wuchs die Bereitschaft des Konfiskationsrichters, mit ein paar Neuigkeiten herauszurücken. Der Chronist Angelat, der es überhaupt nicht eilig hatte und im Kopf bereits überschlug, wie viele der Köstlichkeiten auf jeden kamen, betrachtete vergnügt den Kanoniker mit seinen lüstern geweiteten Pupillen und seinem Doppelkinn, das noch heftiger bebte als sonst.

»Jetzt werdet Ihr reich, Richter. Ihr könnt nach Belieben Wohltaten vollbringen und braucht kein geborgtes Geld mehr. Nun sagt uns schon, wieviel Ihr gestern beschlagnahmt habt! Man sagt, sie hätten alles bei sich getragen«, forderte Angelat, nachdem er mit der Zungenspitze über die Lippen gefahren war, um sich auch das letzte Zuckerkörnchen nicht entgehen zu lassen.

»Soviel sie konnten, das stimmt. In den Kleidern versteckt – Juwelen und Geld, Eigentumsurkunden und Bürgschaften …«

»Das heißt doch, daß sie vorhatten wiederzukommen«, erwiderte *misser* Angelat.

»Das wohl kaum, aber vielleicht etliches von dort aus zu verkaufen, könnte ich mir denken«, meinte der Konfiskationsrichter. »Ich frage mich nur, wie … Diese Leute sind nicht sehr helle. Kaum daß wir die Flucht bemerkt hätten, hätten wir doch alles Hinterlassene sofort beschlagnahmt.«

»Sie werden es als Pfand dagelassen haben«, spottete der Chronist.

»Unter den Verhafteten sind die Reichsten aus dem Carrer«, sagte Llabrés mit vollem Mund, »Valls, der Konsul … aber von denen kriegen wir sicher nicht alles in die Hand, die haben ihre Leute draußen.«

»In der Tat haben sie Gönner, die nicht vom Carrer sind«, erklärte Pater Ferrando mit einem Blick auf Don Sebastià Palou, »und das Gericht wird mit allen Mitteln dafür sorgen müssen, daß diese Gönner, soweit sie Geld für sie verwalten, dieses dem Heiligen Offizium aushändigen, dem es ja jetzt gehört.«

»Jedermann weiß, Pater Ferrando«, versetzte Palou mit fester Stimme, »denn niemand hat je versucht, es zu verbergen, daß gewisse Leute vom Carrer den adligen Häusern gute Dienste erwiesen haben. Gabriel Valls, zum Beispiel ...«
»Aber ja«, sagte der Richter, »und ich bin sicher, der Herr Vizekönig hatte niemals den Verdacht, Valls könnte judaisieren ...«
»Es fällt uns auch jetzt noch schwer, das zu glauben, Don Jaume«, unterbrach Sebastià.
»Ich verstehe ... ich kann das nachfühlen ... Der Herr Vizekönig wird wohl auch Skrupel haben ...«
»Der Wind ist ein Werkzeug Gottes gewesen«, erhob sich die Stimme Pater Amenguals, »damit die Flucht scheiterte. Ich werde mit dem Sturm anfangen! Ich könnte einen klassischen *excursus* über Zephir und Eolo machen, was haltet Ihr davon?«
»Wenn das Unwetter nicht gewesen wäre, wären sie jetzt fort von Mallorca, und das wär's gewesen!« gab Palou ernst und zorngeladen zurück.
»Wie könnt Ihr so etwas sagen! Wie könnt Ihr so etwas sagen, Don Sebastianet!« ließ sich Pater Ferrando erneut herablassend vernehmen. »Wie könnt Ihr sagen ›und das wär's gewesen‹? Von wegen! Wir hätten sie *in effigie* verbrannt, ohne verhindern zu können, daß sie auf ewig in der Hölle brennen! Doch wenn sie nun bereuen und viele Jahre Fegefeuer hinter sich haben, können sie immer noch in den Himmel kommen.«
»Ist sicher, daß sie nach Livorno wollten?« fragte der Chronist.
»Sieht so aus. Aber wer das am besten weiß, ist der Kapitän. Er hat heute morgen vor dem Vizekönig und dem Herrn Inquisitor ausgesagt. Allem Anschein nach haben die Flücht-

linge ihn belogen und behauptet, sie hätten Pässe, um Mallorca zu verlassen, und als er gemerkt hat, daß das nicht stimmte, hat er sie von Bord gejagt.«

»In diesem Fall hätte der Wind überhaupt nichts damit zu tun«, unterbrach diesmal Angelat mit einem Blick auf Sebastià Palou, »der wäre dann nur dazugekommen.«

»Meine Herren, es tut mir wirklich leid, aber ich muß gehen. Ich darf nicht zu spät kommen«, entschuldigte sich der Richter und erhob sich fröhlich, denn er hatte nicht drei, sondern vier *quartos* ergattern können. »Diese Sitzung ist wichtig. Der Herr Bischof... bis nächsten Montag. Euer Hochwürden, Pater Ferrando, sehe ich ja schon sehr bald wieder. Don Sebastià, empfehlt mich den Ihren.«

»Ich gehe mit«, sagte Sebastià Palou, »ich bin in Eile, und wenn Euer Hochwürden zum Palast müssen und ich zur Almudaina, haben wir denselben Weg.«

Pater Amengual begleitete die beiden Besucher zur Treppe, die der Laienbruder, der sie vorhin bewirtet hatte, vor ihnen hinabging. In der Zelle naschte der Chronist Angelat die letzten Krümel von der Schüssel, und Pater Ferrando versuchte abzuwägen, inwieweit die Tatsache, daß Pater Amengual über das Heilige Offizium schriebe, seine Pläne durchkreuzen könnte. Bisher hatte jeder mit seinen eigenen Waffen gekämpft, ohne in das Gebiet des anderen einzudringen. Aber da sein Gegner diese Regel nunmehr für aufgehoben erklärt hatte, mußte er eine andere Lösung finden, um die Hoffnungen Pater Amenguals auf das Rektoramt ein für allemal zu vernichten, das Amt, das er heute so zum Greifen nah gesehen hatte, als wäre es bereits seines. Zwar traf es zu, daß der Sturm die verfluchten Renegaten letztendlich von ihrer Flucht abgehalten und hinter Schloß und Riegel gebracht hatte, doch lag der Ursprung, der Keim der Flucht in seinem religiösen Eifer, seinem Kampf, Costura zur Preisgabe derjenigen zu bewegen, die das Gesetz Gottes des Herrn nicht befolgten und an das alte, überholte Gesetz Mose glaubten. Das Gescheiteste wäre, Pater Amengual sein Vorhaben auszureden, ihm im guten zu sagen, er solle es aufgeben, da er sich sonst selbst daranmachen und seine viel fundierteren Kenntnisse in einem Buch über den siegreichen Glauben oder den Sieg des Glaubens, das sei ihm ganz gleich, niederlegen würde. Immerhin wußte er viel besser Bescheid, kannte sich in den verschlungenen Wegen des Heiligen Offiziums aus, hatte Zugang zu so gut wie allen Geheimnissen und würde diesen auch weiterhin haben.

Pater Amengual seinerseits hatte während des gesamten Gesprächs über sein künftiges Werk gegrübelt. Es würde ihn nicht nur berühmt machen – dies ist wahrlich ein Stoff, der allem Volk zu Herzen geht –, sondern ihm auch endlich Gehör verschaffen, nicht wie jetzt, da ihn nicht einmal der Bischof zur Beratung hinzuzog und sich lieber mit weniger befähigten Klerikern umgab. *Dann werden sie nicht mehr sagen können, Pater Ferrando erweise der Kirche größere Dienste, sein Handeln sei mehr wert als mein Denken ... Jetzt arbeiten wir an derselben Sache. Jetzt wird sich zeigen, wer es mit mehr Hingabe tut.*

Als hätte eine doppelte Gedankenübertragung stattgefunden, begann der Chronist Angelat, kaum daß Pater Amengual zurückgekehrt war, ein sehr angelegentliches Gespräch in der Absicht, die beiden aufzustacheln.

»Ich glaube«, sagte er spitzbübisch, »daß Eure Hochwürden, die Ihr in geistlicher Inbrunst wetteifert und gleichermaßen würdige Anwärter auf das Rektorat von Montisiòn seid, das vom Konfiskationsrichter anempfohlene Buch gemeinsam verfassen sollten. Pater Ferrando könnte die exakten

Einzelheiten beitragen, Beweise aus erster Hand, an die nur er herankommt, und Euer Hochwürden, Pater Amengual, den Schmuck Eurer Feder, die Gewänder der Beredtsamkeit, unentbehrlich, um die Wahrheit zum Leuchten zu bringen, die dieses eine Mal nicht nackt und bloß obsiegen würde, sondern diskret verhüllt, dank Eurer Kunstfertigkeit...«

Die beiden Jesuiten wechselten einen verdutzten Blick, unsicher, ob der Chronist es ernst meinte oder sich über sie lustig machen wollte.

»Das ist mein Ernst! Ich denke, der Konfiskationsrichter würde es gutheißen. Die Idee ist von ihm, ich füge nur eine leichte Schattierung hinzu. Was meint Ihr?«

Es entstand ein zähes Schweigen. Keiner von beiden wollte sich als erster dazu äußern. Angelat beobachtete sie amüsiert. Sein Vorschlag war eher als Scherz gedacht, doch recht überlegt, warum sollte man ihn nicht in Erwägung ziehen? Von Pater Ferrando war ihm nichts Schriftliches bekannt, und seine Begabung für die Poesie und die Rhetorik erachtete er eher gering. Aber daran sollte es nicht scheitern, schließlich hatte sogar der Barbier aus dem Pes del Formatge ein Buch über Sonnenuhren veröffentlicht...

»Ich glaube, in Gemeinschaftsarbeit könnte ich überhaupt nichts verfassen«, sagte Pater Ferrando mit Bedacht und dann, als stünde er auf der Kanzel und setzte zur Karfreitagspredigt an: »Doch will ich nicht verhehlen, daß ich mit dem Gedanken gespielt habe, selbst ein Buch zu schreiben. Wie Ihr bereits sehr richtig bemerkt habt, Chronist, kenne ich mich im Inneren des Heiligen Offiziums bestens aus, zumindest hier beim mallorquinischen Gerichtshof.«

Pater Amengual, der beim Schreibtisch stehengeblieben war, rückte geräuschvoll die leeren Stühle an die Wand, rieb sich dann die Hände und hüstelte, während er seine Fingernägel betrachtete. Offensichtlich rang er nach Worten, um seiner Meinung durchschlagend Ausdruck zu verleihen.

»Ich will ehrlich sein, und deshalb möchte ich Euch sagen, daß ich glaube, ein gemeinsames Buch nutzt weder dem einen noch dem anderen. Ich bin Literat, was Pater Ferrando nicht ist. Ich glaube, es ist eher an mir, weiter zu schreiben, und an Pater Ferrando zu agieren. Und, wahrlich, möge die Obrigkeit des Ordens entscheiden, wer von beiden sich um das Amt verdienter gemacht hat.«

»Ich halte es für richtig, Pater Amengual, daß jeder seinen Teil verteidigt, wie Euer Hochwürden vorschlagen, und darum erscheint es mir nicht gerechtfertigt, wenn Ihr ein Buch über das Heilige Offizium schreibt, da dies meine Angelegenheit ist.«

»Wahrlich! Das geht zu weit! Das Heilige Offizium Eure Angelegenheit, Pater Ferrando? Hat man da noch Töne, Angelat!«

Angelat trug nur sein eigentümliches, spöttisches Lachen bei, sagte aber nichts. Das Spektakel bereitete ihm ähnliches Vergnügen wie ein Hahnenkampf.

»Ich bin dagegen. Damit Ihr's wißt. Der Chronist ist mein Zeuge, daß ich Euch gewarnt habe. Um Mißverständnissen vorzubeugen, versichere ich Euch, daß Ihr es bereuen werdet, wenn Ihr über die Prozesse schreiben solltet, Pater Amengual. Und jetzt, wenn Ihr mich entschuldigen wollt, *misser* Angelat, auch ich habe heute doppelte Arbeit.«

Pater Ferrando verließ die Zelle und schlug die Tür zu, doch konnte er seinen Widersacher noch sagen hören: *Was sagt Ihr dazu, Chronist? Wahrlich, so eine Ungezogenheit!* Aber die wütend jammernde Stimme Pater Amenguals verklang in dem Straßenlärm, der immer lauter an sein Ohr drang. Geschrei, Getöse und Getrampel.

Sechs

Es war kaum eine Stunde her, daß der Trupp des Büttels denen, die jetzt das alte Judenviertel unsicher machten, mit Gewalt den Zugang zum Carrer verwehrt hatte. Die zwanzig bewaffneten Männer hatten Befehl, sofort das Feuer zu eröffnen, sobald jemand versuchen sollte, die Kette zu überspringen, die das Viertel zum Schutz vor Einbrechern absperrte. Einige mutige Bewohner hatten wie an jedem Montag ihre Läden und Werkstätten geöffnet, um zu demonstrieren, daß sie nichts mit den Flüchtlingen zu tun hatten, sie jedoch schnell wieder geschlossen, als sie das Krakeelen des Pöbels vernahmen, der mit Brandschatzung und Plünderung drohte und nach unverzüglicher Bestrafung dieser Judenteufel schrie, die sich am Geld der Christen bereichert hätten. Am Dialekt ihrer Worte, ihrer Kleidung und den Werkzeugen, die sie schwangen, Hacken, Gabeln und Sicheln, war zu erkennen, daß diese Leute nicht aus Ciutat waren. Die Stadtbewohner waren schon vorher herbeigeeilt, und wenn einige auch verächtliche Beschimpfungen und Beleidigungen gegen die vernagelten Türen schleuderten, hatten sie sich doch widerstandslos von den Männern des Büttels zurückdrängen lassen und ihnen nicht die Stirn geboten wie jetzt diese Bauern. Es waren etwa fünfzig, und sie kamen aus verschiedenen Dörfern der Umgebung. Ohne jede Absprache hatten sie sich am Vormittag auf den Weg gemacht, kaum daß die Nachricht der Gefangennahme bis zu ihnen gedrungen war. Unzufrieden und hungrig, wie sie waren, einte sie dieselbe Absicht: nach Ciutat zu gelangen, um zu sehen, ob von dem toten Hammel nicht ein Brocken für sie abfiele.

Der Kern hatte sich in S'Arenjasa gesammelt, wo ein kauziger Bauer, der mit allen Wassern gewaschene *sen* Boiet, das Kommando übernommen hatte. Seit über zehn Jahren widmete er sich abwechselnd der Feldbestellung und dem wesentlich einträglicheren Wegelagerergeschäft im Dienste der *bandejats* – immer auf seiten der Partei, die ihn besser zu ködern wußte –, ohne daß man ihn jemals geschnappt hätte. Es hieß, er stehe unter sehr mächtiger Protektion, mal war die Rede vom Stiefvater des Comte Mal, des Grafen von Santa Maria de Formiguera, mal vom jeweils amtierenden Vizekönig. Je nachdem, wer seine Geschichte erzählte, wurde sogar behauptet, er genieße Schutz von noch höherer Stelle, denn auf einer seiner Reisen außerhalb Mallorcas sei ihm vom Infanten Baltasar Carlos der Vollzug einer Rache anvertraut worden, die er pünktlich und gewissenhaft erledigt habe. Wahr oder nicht, mehr oder weniger übertrieben, waren diese Gerüchte dennoch deutliche Hinweise auf den Ruf des *sen*, der, wäre er adlig geboren, sicher zu jenen Führerpersönlichkeiten gehört hätte, die zu besingen Auftrag der Dichter ist. Seine bescheidene Herkunft jedoch erlaubte nicht mehr, als daß sein Führungstalent mündlich gerühmt wurde und niemand seine Fähigkeit bestritt, die Gemüter, ohnehin erhitzt in diesen unruhigen Zeiten, gänzlich in Wallung zu bringen und die Menge in die von ihm vorgegebene Richtung in Bewegung zu setzen. Als der Oberbüttel feststellte, daß sich unter dem kriegerischen Pack der *sen* Boiet befand, fürchtete er deshalb, der Aufstand könne schwerer niederzuschlagen sein, als anfangs vermutet. Den Boten, der mit der Nachricht gekommen war, es nähere sich in nicht eben freundlicher Absicht dem Tor von Sant Antoni, hatte er sogar getadelt, weil dieser dem Pferd unnötig heftig die Sporen gegeben hatte, denn bevor nicht klar war, worauf das Ganze hinauslief, hatte er nicht vorgehabt, einzugreifen. Eine Viertelstunde später mußte Don Gaspar Puigdorfila in Person seine ganze Autorität zum Einsatz bringen, um das Bauernvolk dahin zurückzubeordern, woher es gekommen war, und zwar zügig, immer einen Fuß vor den anderen, raus aus der Stadt, ohne etwas anzurichten, bei Todesstrafe!

»Macht doch nicht die Pferde scheu, Exzellenz!« nutzte der *sen* Boiet die erste Pause, die ihm gestattete, sich Gehör zu verschaffen. »Kein Bann verbietet den Bauern, nach Ciutat zu kommen, soweit uns bekannt ist. Bescheid gegeben hat uns jedenfalls keiner. Mit einem ordentlichen Stück Speck sind wir schnell ruhig, und als alte Christenmenschen wollen wir teilhaben an der Freude der Stadtbürger. In unserem Haß auf die Mörder des Herrn Jesus übertrifft uns keiner; darüber solltet Ihr froh sein!«

»Nach Hause, habe ich gesagt! Wir können euch hier nicht gebrauchen. Los, marsch, in Bewegung…! Wenn ich bei Toresschluß einen von euch in der Stadt erwische, wird ihn das teuer zu stehen kommen«, rief der Büttel drohend der Gruppe hinterher, die sich zur Plaça de la Sala zurückzog, wo sie sich um den *sen* Boiet scharte, um über ihr weiteres Vorgehen zu beraten.

Sie hatten sich schnell entschieden und waren schon auf dem Weg zur Plaça Nova, als sie Geschrei aus der Richtung der Casa Negra hörten, von wo sich eine andere Gruppe Bauern näherte. Sie waren nicht so zahlreich, hatten kein Werkzeug bei sich und schienen auch keinen Anführer zu haben, zumindest keinen vom Schlag eines *sen* Boiet. Sie waren aus der Gegend von Esporles und durch das Tor von Jesús in die Stadt gekommen. Auch sie wollten das Gehörte mit eigenen Augen bestätigt sehen und an den Juden, die ihnen das Blut aussaugten, ihr Mütchen kühlen. Der *sen* Boiet riet ihnen ab, dem Carrer zu nahe zu kommen, da der Büttel es ernst meine, und schlug statt dessen vor, gemeinsam einen Spaziergang durch das ehemalige Judenviertel zu machen und anschließend zum Palast der Almudaina zu gehen. Bei der diesjährigen Mißernte war der Preis für den Weizen Wucher! Der Vizekönig, der den Weizen einführte, hatte den Preis so hoch angesetzt, daß er unerschwinglich war. Auch der Vizekönig wollte sie zugrunde richten, genau wie die Juden. Der *sen* Boiet hatte völlig recht. Wenn sie schon mal hier waren, konnten sie ebensogut ihrem Unmut in beiden Angelegenheiten Luft machen.

Zusammen zogen sie über die Plaça Nova zum Call Vell, der alten Judengasse. Sie schrien gegen die Juden und gegen die Erhöhung des Weizenpreises. Sie forderten Gerechtigkeit und erhoben erneut ihr Arbeitsgerät die einen, die Stimme die anderen. Vor dem Kloster Montisiòn, erbaut über der alten Synagoge, stellte sich ihnen ein Trupp des Vizekönigs entgegen. Es war Ripoll, der sich seit dem Vortag wie ein neuer Mensch fühlte, wie von seinem früheren Menschenmaß auf Heldengröße gewachsen, und im Hochgefühl seines Triumphs dem Pferd die Sporen gab, um es in die angstvoll kreischende Menge zu treiben. Einige versuchten, in die Kirche von Montisiòn zu flüchten, doch die Jesuiten hatten bereits den Sakristan beauftragt, die Türen des Gotteshauses zu schließen und mit Eisenstangen zu sichern, wie es zu Zeiten der Kämpfe der *bandejats* üblich war. Die

Bauern wehrten sich gegen die Attacke, schlugen mit ihren Hacken zu, schwangen Mistgabeln und Sicheln, schnitten den Weizen einer unerreichbaren Ernte. Zurück blieben die Verletzten, die niemand beiseite schaffte, während die Bauern auf der Suche nach Deckung in alle Richtungen davonrannten, verfolgt von den Schüssen der Arkebusen. Jetzt fluchten sie nicht mehr gegen die Juden oder den Weizenpreis, jetzt flehten sie den Trupp um Gnade an, man möge mit dem Beschuß aufhören und sie nicht so grausam strafen.

Infolge dieser Invasion vom Lande mußte das Tedeum um mehr als zwei Stunden verschoben werden. Der Vizekönig ärgerte sich schwarz, zwanzig Bauern wurden verhaftet, und die Totengräber von s'Esgleita und Esporles hatten zusätzliche Arbeit. Einzig der *sen* Boiet schien seinen Vorteil aus dem Tumult zu ziehen. Als die Lage kritisch wurde, verdrückte er sich geschwind zur Kapelle Santa Caterina, wo er einen Beutel mit den versprochenen Unzen in Empfang nahm; denn der Aufruhr hatte wahrhaftig Eindruck gemacht und klar gezeigt, daß die Abscheu vor den Juden unter den wahren alten Christen, dem Landvolk, so verbreitet war wie die Ablehnung des Vizekönigs.

Rafel Onofre Valls de Valls Major verließ im Mönchshabit das Bordell, kurz bevor die Glocken das Tedeum anzukündigen begannen. Zwar hatte die Coixa ihm empfohlen, den Vormittag über von einer Kapelle zur nächsten zu ziehen, doch war es ihm lieber gewesen, das Haus nicht zu verlassen und sich auf dem Kornboden zu verstecken, den selten jemand betrat, als den Betbruder spielen zu müssen. Auch wenn niemand beim Anblick eines betenden Mönchs Verdacht schöpfen würde, hatte er doch noch nie jemanden länger als fünf Minuten knien sehen. Der Junge wollte nur die

Zeit totschlagen, bis er Ciutat durch das Tor von Sant Antoni in Richtung der Alcúdia verlassen und ein Schiff nach Alicante besteigen konnte, sofern ein Kapitän sich die Bereitschaft abkaufen ließ, ihn mitzunehmen. Er zog es vor, erst gegen Abend statt am hellichten Tag aufzubrechen, denn in der Dämmerung würde er nicht so leicht zu erkennen sein. Der Aufstand der Bauern, den er ganz nah vorbeiziehen hörte, kam ihm in gewissem Sinne zu Hilfe. Hinter l'Olivar war die Bewachung gering, da die Streitkräfte des Büttels noch zwischen Montisiòn und der Almudaina konzentriert waren, wo sie festnahmen, wen sie für verdächtig hielten, und nebenbei jeden, der vorbeikam, windelweich schlugen.

Niemand beachtete ihn, als er zwischen den anderen Leuten, fliehende Bauern die meisten, durch das Tor von Sant Antoni ging. Um auf dem Weg nicht in ein Gespräch verwikkelt zu werden und keinen Verdacht aufkommen zu lassen, wehrte er die Gruppe, die ihn angesprochen hatte, gleich ab, er habe es sehr eilig, da er einem Sterbenden die Beichte abnehmen müsse, dessen Familie ihn dringend gerufen habe. Mit gesenktem Kopf, die Kapuze über die Stirn gezogen und die Hände in den Ärmeln, schritt er eilig in die Dunkelheit, die üblichen Gebärden der Mönche nachahmend, so gut er konnte. Die Kutte, die ihm wie maßgeschneidert paßte – *Oh, was für ein süßes Mönchlein!* hatte die Coixa ausgerufen und ihn entzückt angesehen, kaum daß er sie anprobiert hatte –, stellte jetzt eine Art Paß für ihn dar. Keiner seiner Verfolger hätte sich jemals vorstellen können, wie der Sohn des Rabbi an solche Kleider kommen sollte, und so konnte ihn niemand unter dieser Verkleidung vermuten, wenn er keinen Anlaß dazu lieferte. Doch empfand er in dieser Umhüllung, die anzunehmen sein Vater ihm niemals erlaubt hätte, Verachtung für sich selbst. Er floh im Schutz der Kleider derer, denen die Seinen am meisten verhaßt waren und die den Scheiterhaufen für sein einzig verdientes Schicksal hielten; und er hatte Angst, daß eine Faser, so klein sie auch sein mochte, in die Poren seiner Haut dringen und ihn mit diesem Haß anstecken könnte, so daß ihn dieselbe Abscheu gegen sich selbst befiele, die die anderen fühlten.

Rafel Onofre, auch wenn er seit seinem dreizehnten Lebensjahr wie ein richtiger Jude lebte und sich an den christlichen Riten nur beteiligte, um den Schein zu wahren, hatte als Kind an Jesus Christus und die Jungfrau Maria geglaubt, gebeichtet und die Kommunion empfangen wie ein echter Christ, ohne daß er Pfarrer und Mönche als Feinde empfunden hätte. Somit leuchtete ihm zwar ein, daß diese Verkleidung die sicherste überhaupt war, doch war ihm in den geistlichen Gewändern nicht geheuer. Ihm fiel ein, welch schreckliche Strafen die Kirche für Gotteslästerer vorsah, die sich wie er betrügerisch der Kutte bedienten, und versuchte, diese schreckliche Vorstellung schnell wieder zu vergessen. Während er gegen seine Gedanken ankämpfte, eilte er am Wegrand vorwärts, die Alcúdia, sein Ziel, fest vor Augen. Er wehrte sich auch gegen den Wirrwarr von Bildern, der sich ihm aufdrängte, die Schebeke, das Unwetter, die geschickten Hände der Coixa auf seinem Körper – und der ihn in dem Fäulnisgeruch des Dachbodens den ganzen Tag über begleitet hatte, immer wieder überlagert von der Erinnerung an die geliebten Gesichter seiner Eltern und Marias, die ihn wie Stacheln durchbohrte. Nicht zu wissen, was aus ihnen geworden war, ob sie in einem engen Verlies um ihn weinten oder ob es ihnen gelungen war, sich zu verstecken, ließ ihm keine Ruhe. Er rang die Beklemmung nie-

der, die wie ein Blutegel an seiner Brust saugte und ihm den Atem nahm. Er antwortete leise, mechanisch, heiser, indem er seine helle Stimme verstellte, auf den Gruß der Gestalten, die seinen Weg kreuzten, fast alle im Besitz einer Öllampe, an die er nicht gedacht hatte und die ihm gewiß fehlen würde, wenn der Mond hinter den Wolken verschwunden wäre, um nicht über Steine zu stolpern und sich an Dornenbüschen die Haut aufzureißen. Je tiefer er in die Dunkelheit schritt, desto seltener wurde das *Guten Abend!* der anderen und sein *Gott sei mit dir!*, denn die Leute wußten, welch unangenehmer Reisegenosse der Märzfrost sein konnte, wenn man noch länger als eine Wegstunde bis zur Stadt hatte.
Der Junge, der nicht gewöhnt war, in diesem Gelände zu gehen, fühlte seine nackten Füße in den Franziskanersandalen, mit denen die Coixa ihn ebenfalls versorgt hatte, wund werden. Ihm war kalt, und seine Zehen begannen anzuschwellen. Die Frostbeulen plagten ihn teuflisch, und anstelle des gewohnten abendlichen Juckens brannten sie, wie mit Pfefferschoten gefüllt. Bald mußte er einsehen, daß er es nicht bis zur Alcúdia schaffen würde, ohne wenigstens eine Weile auszuruhen. Schellengeläut, das Echo einer gedämpften Melodie und der Schein eines Lagerfeuers mitten auf dem Feld rechts des Weges ließen ihn einen Augenblick innehalten, bevor er sich entschloß, dorthin zu gehen, wo sich vermutlich ein Schäfer wärmte. Eine frische Brise, die mit dem Sturm vom Vorabend nichts gemein hatte, wehte in Böen Fetzen eines Liedes herüber, das ihm nach einem Liebeslied klang und ihm die Erinnerung an seinen Gesang unter Marias Fenster und süße Nächte voller Geborgenheit zurückbrachte; Sommernächte, die unendlich lange her zu sein schienen, als läge der letzte Juni nicht Monate, sondern Jahrhunderte zurück.

Er war schon mehr als zwanzig Schritte auf das Feuer zugegangen, versunken in seine verliebten Erinnerungen, als er in unmittelbarer Nähe eine Stimme vernahm, die ganz anders klang als die des jungen Sängers. Eine Stimme wie dem Schlund der Dunkelheit entsprungen, als gehörte sie keinem lebendigen Menschen, denn er sah keine Gestalt, noch hörte er irgendein anderes Geräusch aus der Richtung, aus der sie kam. Er versuchte, schneller zum Feuer zu gelangen, überzeugt, daß die Angst und die ausgestandenen Schrecken diese Stimme in seinem Kopf ertönen ließen, eine Falle seiner Phantasie. Um den Spuk, der nach ihm rief, zu bannen, begann er lauthals zu singen, so melodisch er konnte:

Vós que amb so mirar matau,
matau-me sols que em mireu,
que m'estim més que em mateu
que viure si no em mirau . . .

Doch verstummte er schlagartig, als ihm bewußt wurde, daß ein Mönch in der Öffentlichkeit sicher nicht mit solcher Inbrunst ein Liebeslied singen würde. Und kaum daß er schwieg, vernahm er wieder die Stimme, jetzt allerdings in Begleitung eines vierschrötigen Körpers, der an seine Seite trat.

»Was wollt Ihr, Bruder?« fragte Rafel Onofre.

»Ihr müßt mit mir kommen«, gab das Gespenst zurück.

»Kommt mit mir zu diesem Feuer, denn da will ich hin, und dann sagt Ihr mir, was Ihr wollt«, beschied ihn der Jüngling, hochmütig vor Angst und Hilflosigkeit.

Ohne sich umzudrehen, beobachtete er aus dem Augenwinkel, wie plötzlich ein weiterer Mann auftauchte, der eine

Öllampe trug, und daß die beiden ihm folgten. *Sie tun, was ich gesagt habe,* dachte er mit einer gewissen Befriedigung und weniger ängstlich und wandte den Kopf, um zu sehen, wer seine Begleiter waren und welche Absichten sie hatten. Vier Hände fielen plötzlich wie vier Haken über ihn her und walkten ihn durch. Der Junge wehrte sich mit Fußtritten, grub seine Zähne in ihre Arme, aber es gelang ihm nicht, sie abzuschütteln.

»Ich hab' kein Geld bei mir«, rief er, »was wollt ihr bloß von einem armen Franziskaner? Laßt mich gehen, um Gottes willen, ein Sterbender braucht meinen Beistand! Wenn er zur Hölle fährt, werdet ihr schuld sein!«

»Genau das wollen wir, daß Ihr für uns tut«, gaben sie zurück, »einem Schwerverletzten die Beichte abnehmen, der, da er ein großer Sünder gewesen ist, tüchtig brennen wird, wenn Ihr ihm nicht beisteht. Ihr müßt mit uns kommen!«

Rafel Onofre betastete seinen Körper, kaum daß die beiden starken Kerle ihn losgelassen hatten, und wieder, wie Stunden zuvor bei der Coixa, befiel ihn das Gefühl zu träumen. Als er begriff, daß er hellwach war, kam ihm der Verdacht, daß es sich um das Treiben von Hexen und Gespenstern handeln mußte, die, wie seine arme verrückte Großmutter behauptete, überall herumspukten und die verborgensten Geheimnisse der Menschen kannten. Hatte er nicht gesagt, er müsse einem Sterbenden beistehen? Also ließen ihn die Geister jetzt seine Suppe auslöffeln. Fast hätte er ihnen die Wahrheit gesagt, dachte aber dann, daß dies, wenn es sich tatsächlich um böse Geister handelte, ohnehin überflüssig sei, denn sie hätten sein falsches Gewand längst durchschaut. Wenn sie dagegen Männer aus Fleisch und Blut wären, die ihn wirklich als Beichtvater für einen Todgeweihten bräuchten, würden sie ihm die Ausrede, er sei ein falscher Mönch und die Kutte das einzige, was er mit einem Ordensbruder gemeinsam habe, schwerlich abnehmen, so entschlossen waren sie, ihn um jeden Preis mitzunehmen. Geleitet von dem Öllicht in der rechten Hand des Mannes, der ihn führte, mühte sich Rafel Onofre, Schritt zu halten. Seine Frostbeulen waren aufgebrochen und bluteten. Er spürte die gefrorene Scholle unter den Füßen und die Kälte, die ihm die Beine hochkroch. Der Himmel hatte sich mit Sternen bedeckt, und der Große Wagen strahlte gestochen scharf. Rafel Onofre suchte den Mond, der silberbleich hinter den Wolken hervorkam, und wieder sah er Beatriu Mas' Lächeln auf seine Worte: *mit einem Finger den Himmel streicheln, wenn der Mond vorüberzieht.* Er befreite sich von der Erinnerung an sie und dachte an Maria. In Nächten wie dieser hatten sie Sterne gezählt. *Hundert, tausend, dreitausend, Millionen von Sternen über ihrem Kopf, die Ewigen Lichter Adonais zum Geleit der Menschen. Wir hätten heute an Bord gehen sollen, nicht gestern bei dem Sturm. Gestern? Vorgestern?* Die letzte Nacht hatte er im Bordell verbracht, weit von der Schebeke, die sie nach Livorno bringen sollte; und es kam ihm vor, als hätte dies alles unmöglich in wenigen Stunden geschehen können, sondern viel mehr Zeit gebraucht, wenigstens ein paar Wochen, und er konnte nicht fassen, daß es ihm passiert war, ihm, in dessen neunzehnjährigem Leben das einzige Ereignis die Liebe zu Maria gewesen war. Und Maria könnte ihn sich niemals vorstellen, wie er in einer Mönchskutte, geliehen von der bekanntesten Hure der Stadt, die gefrorenen Felder überquerte, unterwegs, einem Sterbenden die Beichte abzunehmen. Sein Vater würde es auch nicht glauben. Nur die verrückte Großmutter würde nichts dabei finden, denn sie stand mit Hexen und Gespenstern auf vertrautem Fuß und war den lieben langen Tag mit Zaubersprüchen und bösen Geistern zugange. Und wenn es eine Falle war? Wenn die Coixa ihn verraten hatte? Schließlich hatte sie ihm gesagt, sie lasse sich nicht mit Juden ein. Warum hatte er ihr vertraut? Warum hatte er sie wissen lassen, welchen Weg er nehmen würde? Doch sollte die Coixa gewollt haben, daß sie ihn schnappen, hätte sie einfach den Büttel reinlassen können. Nein, die Coixa hatte damit nichts zu tun. Auch wenn er es nicht wagen würde, seinem Vater oder Maria alles zu erzählen, was ihm mit ihr widerfahren war, würde er ihr auf immer dankbar sein. Dieses Zusammentreffen war Zufall gewesen, wie auch das Pech mit dem Sturm Zufall gewesen war. Mit Adonais Hilfe würde er durchkommen, *so Gott will*, murmelte er leise.

»Habt Ihr was gesagt?« fragte der Mann, der ihm folgte. »Oder betet Ihr?«

»Ich bete für den Todgeweihten. Ist es noch weit?«

»Bei Gott, Ihr werdet schnell müde! Wir sind fast da«, raunzte der andere, und es klang wie das Geschrei eines Esels.

»Es ist da vorne«, sagte der, der die Lampe trug, und wies auf einige Feigenbäume, die sich im Mondlicht abzeichneten. »In der Hütte dort.«

Als sich die Tür öffnete, sah er im Schein eines kleinen Kamins, in dem ein paar Scheite brannten, auf einem Schaffell am Boden den Körper eines schwerverletzten Mannes liegen, der mühsam atmete. Mitten in der Brust hatte er eine offene Wunde, rund und rot wie eine Blutrose, in der der Tod bereits brütete. Rafel Onofre näherte sich ihm, um sein Gesicht zu sehen. Er war nicht mehr jung. Seine ledrige Haut, gezeichnet von Wind und Wetter, verriet seine bäurische Herkunft. Zum Glück kannte er ihn nicht. Man sah ihm an, daß er sich unter schrecklichen Leiden vom Leben verabschiedete, denn das Atmen fiel ihm immer schwerer. Rafel Onofre empfand Mitleid mit dem Mann, dem in den Himmel zu helfen er nicht gerade die geeignete Person war. Ein weiterer Mann, der neben ihm gewacht hatte, stand auf, als er den Mönch eintreten sah, und ging zur Tür, wo auch die beiden anderen warteten.

»Ihr könnt Euch nicht beschweren, *sen* Boiet«, sagte der mit der Eselsstimme zu dem Sterbenden. »Wir halten Wort. Ihr wolltet einen Beichtvater, und hier habt Ihr ihn. So eilig, wie Ihr's gehabt habt, ist es der erste, den wir auftreiben konnten. War nicht so einfach, ihn herzubringen. Er mußte einen anderen Sterbenden allein lassen, um Euch beizustehen.«

Der Leidende schlug die Augen auf und bat mit einer Stimme, dünn wie ein Faden, den der Tod schon einrollte, mit dem Mönch unter vier Augen sprechen zu dürfen.

Rafel setzte sich auf den einzigen Stuhl neben das Feuer, ahmte Gebärden und Tonfall des Beichtrituals nach, *In nomine Patris et Filii et Spiritus Sancti*, und schlug das Kreuz. Der Schwerverletzte versuchte, sich zu bekreuzigen, doch gelang es ihm kaum, mit einer knappen Geste das Kreuz in die Luft zu zeichnen, bevor seine rechte Hand wieder schlaff neben seinen Körper fiel. Rafel Onofre stand auf und näherte sich ihm.

»Es tut mir leid, Bruder, aber ich kann Euch die Absolution nicht erteilen. Ich bin weder Geistlicher noch sonst was in der Art...«

Doch er schien ihn nicht verstanden zu haben, er keuchte und redete wirr, ... *geraubt... Unzen... Mörder... Vizekönig... Bekenne mich schuldig... Gerechtigkeit... Bitte um*

Vergebung... Sünden... Inquisitor... während er fest Rafel Onofres Hand drückte, die Hand, die ihm mit dem Kreuzzeichen die Absolution hätte erteilen können, um ihn vor der Hölle zu bewahren. Der Junge versuchte, sich von der Hand des Sterbenden zu befreien, die ihn umklammert hielt wie die letzte Verbindung zu den Lebenden. Er hatte schon andere Leute sterben sehen, den Großvater Rafel, seinen Onkel Josep, Nachbarn und Verwandte, aber noch nie hatte er sich einem brechenden Blick gegenübergesehen, der ihn suchte, um das Leben in seine Hände zu legen oder ihn womöglich mit dem eigenen Tod anzustecken. Noch niemals war er mit einer verdammten Seele allein gewesen. *Und wenn Adonai Rechenschaft von mir fordert?* sagte er sich. *Ich habe ihm die Wahrheit gesagt, aber er hat mich schon nicht mehr hören können.* Benommen schloß er ihm die Lider, kreuzte ihm die Arme über der Brust und verließ die Hütte, um die Männer zu holen, die ihn hierher gezwungen hatten. Sie hatten ein Feuer angezündet, um das sie hockten und sich wärmten.

»Er ist tot. Ich hätte gern eine Lampe, um meinen Weg fortzusetzen.«

»Vorher wirst du uns aber alles sagen, was er dir gebeichtet hat. Oder was glaubst du, warum wir dich geholt haben?«

»Ihr wißt doch, daß es das Beichtgeheimnis gibt. Was ihr von mir wollt, ist ganz unmöglich.«

»Das wäre richtig, wenn du ein echter Mönch wärst...«, sagte der mit der Eselsstimme.

»Ich verstehe nicht«, erwiderte Rafel Onofre verdutzt.

»Na, ist doch klar! Meinst du vielleicht, wir hätten nicht gemerkt, daß du keine Tonsur hast, als wir dich geschaukelt haben?«

Er trat zu ihm und riß ihm die Kapuze herunter.

»Nichts hat er gesagt«, fuhr der Junge ihn an. »Er ist gestorben ohne ein Wort. Ich war zu spät.«
»Bist du sicher?« fragte der, der den Sterbenden bewacht hatte, und näherte sich ihm mit geballter Faust. »Ich an deiner Stelle würde in meinem Gedächtnis graben!«
Und mit der Wucht eines Stiers hieb er den ersten Schlag in seinen Unterleib.

Sieben

Trotz der Unruhen füllte sich die Kathedrale bis auf den letzten Platz. Alle Lichter brannten, und das gelegentliche Knistern der Wachstropfen vereinigte sich mit dem Gewisper der Menge, die auf die Ankunft der Würdenträger wartete, damit die Feier begänne. Betend oder leise plaudernd, wunderten sich die meisten über die Verzögerung. Viele rätselten, was Seine Hochehrwürdige Eminenz wohl sagen würde, und schlossen Wetten darüber ab, ob man die Glokken wohl wieder eine ganze Nacht hindurch läuten ließe, zahm und demütig diesmal, wie ein in der Stadt umlaufendes Gerücht behauptete, das angeblich aus erster Hand stammte.

Lediglich die Krüppel, die Schwerkranken, Säuglinge und Klausurnonnen waren daheim geblieben, denn niemand wollte die Predigt des Bischofs versäumen, in der er sich mit Sicherheit zu den Flüchtlingen äußern würde. Auch die Familien der Gefangenen waren in die Kathedrale gekommen und saßen auf den vordersten Bänken zwischen den anderen Bewohnern des Carrer, bestrebt wie nie, niemandem Anlaß zu geben, ihre christliche Überzeugung in Zweifel zu ziehen.

Esther Bonnín und die beiden Mägde der Familie Valls begleiteten die närrische Schwiegermutter, die mit großen Augen das Lichtermeer bestaunte und nicht mehr schrie

oder um sich trat wie am Vortag. Sie saß reglos, die Hände über dem Bauch gefaltet, augenscheinlich ruhig. Die Lindenblütentees mit Mohnblumen, die ihr die Schwester weiterhin verabreicht hatte, nachdem die Alte in ihrem Haus, fünfzig Schritt vom vernagelten Haus der Familie Valls entfernt, untergebracht worden war, schienen endlich Wirkung zu zeigen.
In der Bank hinter ihnen hielten sich die Kinder Isabel Tarongís an den Händen, neben sich ihren Vater, der die Wartezeit nutzte, sie auf Knien einen Rosenkranz beten zu lassen. Die Kinder ständig im Blick, erlaubte er sich nur manchmal, kurz die Augen zu schließen, im Bemühen, sich auf sein Ave-Maria zu konzentrieren. Es fiel ihm schwer, an diesem Nachmittag die nötige Sammlung für sein Gespräch mit der Mutter Gottes zu finden, die er in schwierigen Zeiten immer um Hilfe bat. Mit all seiner Willenskraft hatte er das Bildnis seiner Frau mit hammerartiger Wucht aus den Mauern seiner Erinnerung gebrochen. Dennoch summten seine Gedanken wie ein wilder Bienenschwarm um Isabel. Er kämpfte gegen sie an, verzählte sich beim Rosenkranz, gab seinem unruhig herumrutschenden Sohn eine hinter die Ohren und erreichte doch nicht mehr, als jenes Bild mit Angst, Reue und Selbstmitleid zu verschleiern. Er verfluchte die Stunde, in der er Isabel begegnet war, die Stunde, in der er beschloß, sie zu seiner Frau zu machen. Wie so oft klagte er sie an, ihn betrogen zu haben, denn bis zu ihrer Heirat hatte sie ihm nie gestanden, daß sie eine falsche Christin war. Er klagte sich selbst an, nie den geringsten Verdacht gehegt zu haben, daß es ihm niemals in den Kopf gekommen war, sie könnte eine Heuchlerin sein wie so viele im Carrer. Doch wie hätte er das ahnen sollen? Er kam aus Sóller und hatte damals nur oberflächliche Kontakte zu sei-

nen Verwandten im Segell. Hätte er es gewußt, wäre er gewarnt gewesen, niemals hätte er sie zu seiner Frau gemacht, so ähnlich dieses Mädchen der Jungfrau Maria auch sein mochte, und wenn es seinen Tod bedeutet hätte, ihr zu entsagen. Erst nach vier Jahren Ehe brachte ihn ein Zufall darauf, weil sie sich weigerte, von einer Languste zu essen, die ihm befreundete Fischer aus Deià bei einem gelegentlichen Besuch geschenkt hatten. Da reimte er sich zusammen, daß sie Schweinefleisch wohl auch nicht deshalb ablehnte, weil sie es angeblich schlecht vertrug, und außerdem die Fastenzeiten der Königin Esther einhielt. Er bemühte sich, zunächst im guten, dann zunehmend im bösen, ihr die Irrtümer der alten Religion und die Wahrheiten der neuen klarzumachen. Aber sie war nicht zu überzeugen. *Ich werde sowieso als Jüdin sterben*, pflegte sie zu sagen, *denn in meiner Familie haben alle als Juden gelebt und sind als Juden gestorben. Und so solltest auch du leben und sterben!* Es war ihm unbegreiflich, wie dieses Mädchen aus Honig und Kandis so unerschütterliche Überzeugungen haben konnte. Er litt wie ein Lamm auf der Opferbank bei der Vorstellung, eine ganze Ewigkeit von ihr getrennt leben zu müssen, wenn es ihm nicht gelang, sie zu bekehren. Denn den Juden war das Tor zum Haus des Christengottes verschlossen und erst recht den heimlichen Abtrünnigen wie seiner Frau, den Scheingläubigen in der Religion, in der sie getauft waren. Denn auf der anderen Seite war Isabel immer gehorsam und ihm zu Diensten gewesen, und nie hatte es ihr etwas ausgemacht, ihren Mann zu so vielen Messen zu begleiten, wie er nur hören wollte, und nicht ein einziges Mal hatte sie es abgelehnt, den Rosenkranz mitzubeten oder an sämtlichen Novenen teilzunehmen, die er für angebracht hielt. Doch im Gegenzug, da auch er in seinem Glauben

nicht zu beugen war, wünschte sie, daheim im verborgenen die jüdischen Riten einhalten zu dürfen, was ihm keine Nachteile bringen sollte, wenn keiner davon wußte, wenn er nicht davon sprach. Doch Martí, der, als er sich in Ciutat niederließ, den Beichtvater wechseln mußte und seitdem keinen Schritt ohne den Rat von Pater Ferrando tat, wollte auch dieses Thema mit ihm bereden. Der Priester, wie es der Beichtsohn nicht anders erwartet hatte, lehnte den Vorschlag Isabels rundweg ab, befahl ihm, seiner Frau die jüdischen Praktiken zu verbieten, und drohte, ihm die Absolution zu verweigern und ihn vor das Inquisitionsgericht zu bringen, wenn er es nicht tue. Sollte es ihm nicht gelingen, sie zur Abkehr und zur Reue allen Übels zu bewegen, das sie der christlichen Religion zugefügt habe, bleibe ihm keine andere Wahl, als sie beim Heiligen Offizium anzuzeigen, wenn er sich nicht selbst verdammen wolle. Der Jesuit drückte sich hart und klar aus: Solange sie nicht abschwöre, dürfe er nicht bei ihr schlafen. Von ihm habe er für die Sünde, mit einer starrköpfigen Renegatin Unzucht zu treiben, keine Absolution zu erwarten.
Die Erinnerungen hackten zu wie hungrige Schnäbel, und wieder sah er Isabel Tarongí vor sich, ihr tränenüberströmtes Gesicht, ihre Haltung einer leidenden Madonna, die ihn so unwiderstehlich anzog und sein männliches Begehren bis zu den Sternen hochtrieb, wie in jener Nacht, als er ihr die Anordnungen des Beichtvaters mitteilte und sie aus der Kammer schickte, die sie vier Jahre lang geteilt hatten. Isabels Tränen konnten sein wütendes Gebrüll nicht besänftigen, ließen ihn nur noch lauter werden, so daß die Kinder erwachten und in das Wehklagen ihrer Mutter einstimmten. Von jenem unseligen Tag an wurde alles anders. Er ließ daraufhin seine Mutter kommen und übertrug ihr den

Haushalt. Isabel begleitete ihn nicht mehr in der Öffentlichkeit bei seinen religiösen Pflichten. Unter Zwang legte sie vor Pater Ferrando die Beichte ab, wobei sie die Vorwürfe ihres Mannes energisch zurückwies. Das rettete sie vorübergehend vor dem Prozeß, änderte jedoch, wie Xim Martí meinte, ihr Verhalten nicht im geringsten. Trotz der strengen Bewachung seitens ihres Gatten, der Schwiegermutter und der christlichen Magd bemühte sie sich mit noch größerer Heimlichkeit als bisher, die Vorschriften ihrer Religion zu befolgen. Sie aß fast nichts und versank in tiefe Melancholie, die nur die Anwesenheit der Kinder zu durchbrechen vermochte, mit denen man sie allerdings nicht allein ließ. Isabel Tarongí vertraute allein noch ihrem Bruder, der zu ihrem einzigen Schutz und Trost wurde.

Die Flucht traf Xim Martí wie aus heiterem Himmel. Auch ihm, obwohl er weniger darunter litt, war dieser Zustand unerträglich, doch niemals hätte er ihr dies zugetraut, denn sie liebte die Kinder maßlos; und wegzugehen bedeutete, sie nie wiederzusehen. Als Christ mußte ihn das Wunder des Sturms freuen. Vielleicht würde Isabel ja auf diese Art, im Gefängnis, ihre Irrtümer einsehen, und sie könnten miteinander ein neues Leben beginnen. Er selbst hatte nichts zu befürchten. Seine unerschütterliche christliche Überzeugung hatte sein Haus vor dem wütenden Vernagelungseifer der Büttelschergen bewahrt. Es war das einzige Wohnhaus eines Flüchtlings, das nicht versiegelt worden war. Ohne Isabel war er von der Last befreit, sie beaufsichtigen und ständig maßregeln zu müssen, erlöst von den Versuchungen des Fleisches, mit denen ihr Jasminkörper ihn noch immer quälte, und außerdem hatte er freie Hand, seinen Sohn und seine Tochter zu guten Christen zu erziehen. Er brauchte nicht mehr den schädlichen Einfluß ihrer Mutter zu fürchten, deren sanfte Ergebenheit eine so unwiderstehliche Anziehungskraft auf die Kinder ausübte, daß die beiden Wildfänge zu wahren Lämmchen wurden, die ihr in allem aufs Wort gehorchten, genau wie er ihr gehorcht hatte, als er sich in sie verliebte, bezaubert von der süßen Klarheit ihrer Meeresaugen und ihrem Madonnengesicht. Als junges Mädchen wetteiferte Isabel Tarongí, obgleich von wesentlich niedrigerem Stand, mit Blanca Maria Pires, der einzigen Frau in ganz Ciutat, die ihr das Wasser reichen konnte, und war als Siegerin hervorgegangen, so viel Seide und Taft die Frau des Kaufmanns Sampol auch für ihre tägliche Ausstattung aufwenden mochte, während sie nur billige Gewebe trug. Auch ihre Schwiegermutter, der es gar nicht behagte, daß ihr Sohn nach Ciutat heiraten wollte, konnte nicht anders, als seinen guten Geschmack zu loben, als sie den Heiratsantrag überbrachte. Caterina Aguiló, die mit ihrem Sohn Xim, den beiden Enkeln und zwei Nachbarinnen die Bank teilte, wandte wie alle anderen den Kopf, als – endlich! – der seit einer guten Stunde erwartete Vizekönig in Begleitung der Ratsherren und gefolgt von den adligen Mitgliedern des Gran i General Consell die Kathedrale betrat.

Die Glocken der Kathedrale, die schon seit einer Weile zur Messe rufen, haben jetzt einen heitereren Klang. Zuerst die *Bàrbara* und die *Antònia*, dann die *Nova*, die *Prima*, die *Tèrcia*, der *Picarol*. Nur *Eloi* schweigt. Die elf Glöckner, die ihn vergangene Nacht ohne Unterlaß geläutet hatten, haben mehr Geld verlangt, wenn sie nach der gestrigen Anstrengung heute schon wieder arbeiten sollten, und die Kurie hat sie abgewiesen. *Wo kämen wir denn da hin, wenn wir all den übertriebenen Ansprüchen heutzutage nachgeben wollten?*

Die Autoritäten haben ihre Plätze auf den vordersten damastbezogenen Bänken eingenommen. Die Ratsherren auf der Seite des Epistolariums, auf der des Evangeliums die adligen Mitglieder des Gran i General Consell. Auf einem erhöhten, mit rotem Samt gepolsterten Thronsessel Seine Exzellenz der Vizekönig. Er hat auf sich warten lassen, aber jetzt ist er es, der wartet, denn noch ist der Bischof nicht erschienen. In den Kerzenhaltern und Leuchtern schmilzt das Wachs. Wenn der Beginn sich um eine weitere Stunde verzögert, werden einige der Kapellen in Dunkelheit versinken. Niemand hat diese Verspätung vorausgesehen. Auch die Andächtigsten haben genug gebetet, beteiligen sich inzwischen an den Gesprächen, und das Gemurmel schwillt an. So schlimm ist der Bauernaufstand gewesen, daß er den Vizekönig im Palast aufgehalten hat? Manche, wie der Ehemann von Aina Fuster, Gabriel Fortesa, und der Bruder des Schneiders Valleriola, gähnen vor Langeweile. Doch rührt sich niemand von der Stelle.

Wenn schon der Vizekönig eine Stunde auf sich warten läßt, wird der Bischof halt nicht zurückstehen wollen, sagt Josep Bonnín zu seiner Frau, voller Sorge und Angst, auch eingesperrt zu werden, je nach Aussage seines Vaters und seiner Schwester Sara de les Olors, die nicht viel für ihn übrig hat, weil er die Visionen und Ekstasen, in die sie ab und zu verfällt, nie ernst genommen hat.

Die Bonníns würden liebend gern nach Hause gehen. Es hat bereits sieben geschlagen. Es ist kalt und die Dunkelheit schon hereingebrochen. Gestern hatte keiner von beiden ein Auge zutun können, erschreckt vom Wind und dem wilden Gepolter gegen die Türen. Sie wohnen Wand an Wand mit Madò Grossa und ihrer Schwester. Aber sie wissen, daß sie hier nicht weg können. Wenn sie jetzt hinausgehen, ziehen sie die Aufmerksamkeit aller auf sich, und das gilt es tunlichst zu vermeiden. Sie können nur bleiben, wo sie sind, ängstlich und erwartungsvoll wie alle anderen um sie herum – so spät es auch sein mag und egal, was passiert –, und mit aller Kraft Adonai anflehen, er möge die Lache sich nicht noch weiter ausbreiten lassen, auf daß das kochende Pech nicht auch sie bespritze, selbst wenn ihnen weniger angelastet werden kann als denen, die die Flucht ergreifen wollten.

Esther Bonnín denkt, wenn der Bischof nicht bald erscheine, werde sie ihre Schwester wegbringen müssen, die langsam ungeduldig wird. Sie steht auf, kniet nieder, setzt sich hin und steht wieder auf, ununterbrochen, mechanisch.

»Wenn sie schreit, müssen wir sie rausbringen«, sagt Esther zur Magd, »und zwar schnell.«

Doch da ist der Bischof am Eingang, eine Schar von Ministranten, Küstern, Priestern und Kanonikern wogt ihm voraus. Eine halbe Stunde habe er den Vizekönig warten lassen, schätzen manche, während andere meinen, es sei länger gewesen. Die anderen Glocken übertönen das Schlagen der *Figuera*. Er ist, wie erwartet, in vollem Ornat, doch wegen der Fastenzeit ist sein Pluviale nicht weiß und golden, wie er es sonst zu wichtigen Feierlichkeiten trägt. Auch schwarz hat er nicht gewählt, sondern dunkelviolett, wodurch zu der in der Gedenkzeit angemessenen Trauer die Freude über die Verhaftungen zum Ausdruck kommen soll. Vor Beginn des Pontifikalamtes und der damit verbundenen angekündigten Ausstellung des Allerheiligsten richtet er sich an die Gemeinde mit seiner feurigen Wortgewalt, die gewöhnlich Tränen der Reue fließen läßt, wenn er die Höllenpein schildert, die nie erlöschende Glut und die Schnecken, die brennenden Schleim absondern und die Leiber der Verdammten

besudeln – die sie je nach Grad ihrer Versündigung gegen den Herrgott in Kröten, Echsen oder faulige Egel verwandelt. Doch heute erwähnt er die ewige Pein nicht, heute spricht er nur von Freude, der Freude darüber, daß der Wind als das Werkzeug Gottes die Flüchtlinge vor einem sicheren Tod auf hoher See bewahrt und sie an Land zurückgebracht habe, wo sie die Möglichkeit hätten, zu bereuen und noch in den Himmel zu kommen. *Die göttliche Vorsehung, die über alle wacht und alles weiß, hat aber nicht nur die falschen Christen gerettet,* ruft er dröhnend, *sondern auch noch andere Brüder, die frevelhafte Interessen mit der Schebeke verbanden, die ihnen niemals erlaubt hätten, das ewige Leben zu erlangen. Brüder in Christus zwar,* fährt Seine Eminenz nach einer Pause fort, in der er die Wirkung seiner Worte beobachtet, *doch zugleich Väter – weil hohe Würdenträger in verantwortlichen Ämtern ...*
Der Offizier Sebastià Palou, der in einer der ersten Bänke gleich hinter der für die Regierung sitzt, schaut zum Vizekönig, kann aber sein Gesicht nicht sehen. *Gegen wen redet der Bischof? Wen meint er? Wen beschuldigt er da von seinem Thronsessel aus? Warum tut er das vor aller Welt und bei diesem feierlichen Anlaß? Um Öl ins Feuer zu gießen? Will die Kanaille denn über die Bauern, die vor kaum zwei Stunden gegen den Vizekönig schrien, kein Wort verlieren? Was soll diese offene Anklage? Was hat er vor? Mein Onkel dürfte innerlich kochen,* dessen ist sich Sebastià Palou sicher, während er nach Antworten auf seine Fragen sucht. Der Bischof steigt von seinem Thron und tritt an den Altar. Inmitten seiner Wolke von Kanonikern, Priestern und weihrauchschwingenden Küstern gibt Seine Hochehrwürdige Eminenz ein Bild ab, das in Prunk und Würde den Vizekönig auf seinem Ehrensessel in den Schatten

stellt, obgleich dieser zur Feier des Anlasses ein neues Samtwams mit Seidenstreifen in den Ärmeln angelegt hat und darüber einen gründamastenen Leibrock trägt, der ihm bis auf die Füße reicht. Die Vizekönigin begleitet ihn diesmal nicht. Sie liegt im Bett zwischen Rüschen aus holländischem Leinen mit einem ihrer häufigen Migräneanfälle, dank derer sie sich noch adliger fühlt, schließlich hat sie dieses Leiden mit der Königinmutter gemeinsam. Zudem ist das Verhältnis der Markgräfin zum Bischof zur Zeit gespannt. Zum einen tut Seine Eminenz nach Meinung der Vizekönigin nicht genug, um die Heiligsprechung von Sor Noreta voranzutreiben, die sich auf unerklärliche Weise verzögert, und zum anderen hat er es nicht gutgeheißen, ihren Schützling Chiapini kommen zu lassen, damit er die Fresken im bischöflichen Palast beendete, sondern die Fertigstellung einem Mönch übertragen, der noch nicht einmal bewiesen hat, ob er überhaupt malen kann. Deshalb kommt ihr dieser Kopfschmerz wie gerufen. Gott der Herr hat ihn ihr auferlegt, um sie zu kasteien, und indem Er sie kasteit, hat Er sich als ihrer gnädig erwiesen. Sie hätte sowieso nicht gewußt, was sie anziehen sollte. Ein neues Kleid, wie es der hohen Feierlichkeit angemessen wäre, hat sie nicht. Jeder würde sie anstarren, wenn sie die Kathedrale betritt.

Das Dankesgeläut an den Wind setzt ein, kaum daß das Tedeum vorüber ist. Der Bischof verläßt das Gotteshaus durch das Tor zum Meer, das am günstigsten zum Palast liegt, während der Vizekönig und sein Gefolge das Hauptportal nehmen, der Almudaina am nächsten. Die Menge, die den Worten Seiner Hochwürdigen Eminenz aufmerksam gelauscht hat, versucht, an den Gesichtern der beiden obersten Herren abzulesen, welche Richtung die künftigen Relationen nehmen werden. Denn wenn sie alle eines begriffen haben, dann die Spitzen, mit denen der Bischof in seiner Predigt auf jenen Würdenträger gezielt hat, der sich nicht wie ein solcher zu benehmen weiß. Und der Vizekönig ist die oberste Autorität. Jedoch vermag niemand auch nur die kleinste ärgerliche Geste an ihm zu entdecken, kein Zucken eines angespannten Muskels, kein nervöses Blinzeln, obwohl man ihm an diesem Nachmittag doppelt übel mitgespielt hat. Draußen vor der Kirche empfängt er die Ehrbezeugungen und die freundlichen Worte der Adligen, erwidert mit gütigem Lächeln das Lächeln der Damen und den Gruß der Offiziere und Bürger. Die ehrfürchtig gesenkten Köpfe der Kaufleute und Handwerker bedenkt er mit einer huldvollen Geste seiner Rechten.

Trotz der späten Stunde, es ist schon nach acht, geht er ohne Hast nach Hause. Da es von der Kathedrale zur Almudaina nicht weit ist, hat er wie gewöhnlich auf die Kutsche verzichtet, obwohl man ihm angeraten hatte, sie an diesem Tag zu benutzen. Jetzt, da der Aufstand vollständig niedergeschlagen scheint, ist er froh, nicht auf die Ratschläge derer gehört zu haben, die ihn zu größerer Vorsicht gemahnt und sozusagen von ihm verlangt haben, daß er sich zu seiner Sicherheit wie ein Feigling aufführe. Vor dem Palasttor verweilt er noch mit dem Grafen von Santa Maria de Formiguera und läßt sich nicht anmerken, wie es ihn nach Hause drängt, wie ihn die Ungeduld in Erwartung der angeforderten Nachrichten verzehrt. Er wirkt wie der müßigste Mann der Welt, der gelassenste auf Erden. Erst im Innenhof des Palastes wird seine Erregung deutlich. Er jagt los, und als er den Salon erreicht, rast sein Herz vor Anstrengung, weil er die Treppe hinauf immer zwei Stufen auf einmal genommen hat.

»Erwartet mich jemand?« fragt er seinen Hausdiener, der sofort herbeieilt, als er ihn hört, die Tür aufreißt und ihn mit einer so tiefen Verbeugung einläßt, als wäre er plötzlich zum Vierbeiner geworden und wollte jetzt auch die Hände zum Laufen benutzen.

»Nein, Exzellenz. Nur die Frau Markgräfin hat nach Euer Gnaden gefragt. Ich soll Euch bitten, sie unverzüglich aufzusuchen. Die Glocken haben ihre Kopfschmerzen verschlimmert.«

»Schockschwerenot!« ruft der Vizekönig aus, der nie genau verstanden hat, warum die Migräne seiner Frau ihn so in Rage bringt. »Sag der Senyora, sie soll mir mit ihren Kopfschmerzen gestohlen bleiben, meine sind zur Zeit viel schlimmer.«

»Wie Euer Gnaden wünschen. Ich werde ihr in Eurem Namen gute Besserung wünschen, Exzellenz. Ich meine, ich lasse ihr durch die Zofe ausrichten, daß Ihr sie besucht, sobald Ihr könnt, Senyor.«

»Mach, was du willst, Tomeu, und daß mich keiner stört! Ich erwarte zwei sehr dringende Besuche. Sobald sie eintreffen, laß sie umgehend vor. Um welche Zeit auch immer.«

Der Vizekönig durchquert die fünf Säle zwischen der Empfangshalle und dem Archiv, wo er zu arbeiten pflegt, gefolgt von dem Diener, der einen Leuchter trägt und ihn jedesmal flink überholt, um ihm die Türen zu öffnen.

»Möchten Eure Exzellenz sich nicht entkleiden?« fragt Tomeu angesichts des schweren Rocks, den der Vizekönig hinter sich herzieht.

Der Vizekönig lehnt ab. Eben noch hat er sich nichts sehnlicher gewünscht, als diese unbequemen, einengenden Kleider ablegen zu können, vor allem die Hosen, die ihm zu eng sind, doch jetzt beschließt er, sie anzulassen. Er will nicht eine Sekunde verlieren. Vor Ungeduld, seine Gesandten so schnell wie möglich zu sehen, sitzt er wie auf glühenden Kohlen. Sollten sie ausgerechnet dann ankommen, wenn er sich umzieht, würde dies den Moment hinauszögern, in dem er um seine Zukunft weiß, besonders bezüglich der weiteren Strategie in seinem stets schwierigen Verhältnis zur Kirche und erst recht nach dem offenen Angriff des Bischofs auf seine Person an diesem Abend. Er kann sich nicht an die Ausarbeitung eines Gegenangriffs begeben, solange er nicht über alle Informationen verfügt, um die er nachgesucht hat. Sein Neffe ist diesmal nicht sehr nützlich gewesen. Zwar hat er sich Mühe gegeben, indem er zu der Montagsrunde gegangen ist und auf dem Rückweg zum Palast den Richter befragt hat, doch ist dabei nichts Neues herausgekommen.

Gleich nachdem der Diener, der noch die Flammen im Kamin geschürt hatte, aus dem Zimmer war, zog der Vizekönig seinen Armsessel in die Nähe des Feuers und ließ sich in die Polster fallen. Nun mußte er sich nicht länger verstellen und nahm die sorgenvolle Miene und die gramgebeugte Haltung eines gebrochenen Mannes an, besiegt von den Ereignissen, die er nicht mehr beherrschen konnte. Die Wange in die linke Hand gestützt, die Rechte auf dem vorgewölbten Bauch ruhend, als posiere er für ein Gemälde, das nicht gestellt wirken sollte, starrte er in die Flammen, die rasch die Kirschbaumscheite verzehrten, sein Lieblingsholz, weil es lebhaft und sauber brannte.

Im Gegensatz zu den übrigen Sterblichen – die sich für ihn auf kaum zwei Dutzend Leute beschränken – erinnert ihn der Anblick des Feuers nicht an die Qualen der Hölle, sondern läßt ihn an den Lauf der Zeit denken, eine Flamme, eben noch Funke und einen Augenblick später Asche. Doch trotz der Wehmut, die ihn überkommt, besonders in schwachen Momenten wie diesem, bezaubert ihn das Feuer. Vermutlich hat er wie viele andere seiner Vorlieben auch diese seiner Amme und ihren Geschichten zu verdanken, die sie ihm vor der riesigen Feuerstelle der Küche im Schloß von Boradilla del Monte erzählte, wo er vor sechsundfünfzig Jahren auf die Welt gekommen war.

Es war eine dieser tiefsinnigen Betrachtungen am Feuer, an eben diesem Kamin vor ähnlichen Flammen – mal, wie jetzt, leuchtendblau und mal beinahe gelb –, eine der Betrachtungen über die Vergänglichkeit des Lebens und die Flüchtigkeit der wenigen Genüsse, die es uns bietet, die ihn erst vor vierzehn Tagen auf den Gedanken brachte, daß die beiden Maurenmädchen, die er geschenkt bekommen hatte und bisher nur gelegentlich für sich oder auserlesene Freunde tanzen ließ, vielleicht fähig sein könnten, seine eigene Glut wieder aufflammen zu lassen. Auch er hatte das Recht, nach Belieben seinen privaten Karneval zu feiern – wie es das Volk schließlich trotz des Verbots tat, das er mit eigener Hand unterzeichnet hatte, weil es wegen der Weizenknappheit ein schweres Jahr gewesen war. *Ich werde meine Seele verkleiden*, sagte er sich. *Der Beichtvater wird mich schon freisprechen. Wenn er meint, tue ich halt doppelte Buße.*

Draußen hörte man das Geschrei der Maskierten, einen Krach, der die Markgräfin hätte ärgern müssen, weil sie zu gern Karneval gefeiert hätte, wie es sich gehörte, mit einem Ball im Palast. Aber er hatte sich geweigert. Es blieb ihm nichts anderes übrig, als in einem Hungerjahr mit gutem Beispiel voranzugehen. Keine Ausschweifungen. Das, was er plante, konnte man nicht als solche bezeichnen. Gehörten ihm die beiden Sklavinnen etwa nicht? Sie kamen doch aus einem Harem! Er hatte also nichts zu befürchten. Er schickte Tomeu nach ihnen und befahl ihm dann, sich zurückzuziehen. *Es ist nach elf. Zeit, schlafen zu gehen*, sagte er ihm. Er wollte auch nicht, daß ein anderer Diener aufbliebe, um ihm beim Entkleiden zu helfen. *Danke, wir verbleiben in kundiger Gesellschaft*, setzte er hinzu, als der Diener sich verabschiedete und mit der gewohnten Verbeugung die Tür schloß.

»Tanzt, wie ich es mag!« befahl er den Sklavinnen und machte es sich in seinem Armsessel am Feuer bequem. »Nackt«, sagte er mit einem Lächeln, wie er es ihnen noch nie gewidmet hatte, einem, wie er meinte, schamlosen Lächeln, das mit der weißlichen Zunge zwischen den schartigen Zähnen doch nur grotesk wirkte.

Die Mädchen tanzten, wie sie es immer getan hatten, doch fühlten sie diesmal einen veränderten Blick auf ihren Körpern. Ihr Herr gab sich nicht einfach dem Anblick der jungen, biegsamen Glieder hin um des reinen Vergnügens willen, daß sie, eins mit der Musik, ihm zu Ehren tanzten. Jetzt schien hinter jedem Blick die Drohung einer spitzen Fackel darauf zu lauern, in sie einzudringen. Aixa war die erste, der auffiel, daß die Hosen die wachsende Schwellung im Schritt des Herrn Vizekönig nicht verbergen konnten, die sie noch nie wahrgenommen hatte. *Wir haben ihn erregt*, dachte das Mädchen, *irgendwann mußte es ja soweit kommen. Abwarten, was er als nächstes will.* Doch von abwarten konnte nicht die Rede sein. Von diesem Augenblick an überstürzten sich die Ereignisse, als hätte der Vizekönig Aixas Gedanken gelesen. Mit einem Ruck zerrte er sie vor sich auf die Knie, befreite das vizekönigliche Gemächt von den engen Kleidern und zwang sie, sein halberigiertes Glied in den Mund zu nehmen.

»Jetzt du!« rief er kurz darauf Laila zu, die verblüfft dabeistand. »Mal sehen, ob du das besser kannst!« Aber keiner der beiden gelang es, obwohl sie sich redlich mühten, die Ascheglut in ein loderndes Scheit zu verwandeln.
»Ihr habt ja keine Ahnung, wie man Vögel zum Fliegen bringt«, brauste Seine Exzellenz auf. »Ich sollte euch mal eine Weile zur Coixa schicken, die würde euch die Flötentöne schon beibringen!«
Die Mädchen wagten nicht zu widersprechen. Laila griff erschrocken nach ihren Kleidern, aber der Vizekönig hielt sie auf.
»Nackt gefallt ihr mir besser. Euch ist doch nicht etwa kalt? Hier ist es doch glühend heiß! Jetzt wollen wir uns mal etwas aufheitern!«
Er stand auf und nahm aus einer kleinen Truhe eine Flasche Malvasier und Honigkuchen, die er zu diesem Anlaß aufbewahrt hatte. Sie lehnten den Wein ab und nahmen von den Süßigkeiten. Er aß nichts, trank jedoch um so gieriger.
»Wollt ihr nicht noch ein bißchen spielen vor dem Schlafengehen?« fragte er mit belegter Stimme. »Damit ihr seht, wie ich euch mag, werde jetzt ich es sein, der euch unterhält.«
Auf allen vieren begann er zu bellen und herumzutollen wie ein verspieltes Hündchen, nur war sein Schnurrbart zu lang, um einen putzigen Welpen abzugeben. Anfangs lachten die beiden Mädchen über das alberne Schauspiel, für das gewiß jeder in Ciutat, vom Adligen bis zum letzten Handwerksburschen, Eintritt bezahlt hätte. Der Hund versuchte Purzelbäume zu schlagen, stieß mit der Schnauze nach ihnen und gab Pfötchen unter dem Gekicher der Mädchen. Der Hund streckte die Zunge heraus, fuhr ihnen die Beine entlang bis zu den Schenkeln und schleckte sie ausgiebig ab. Bis hierhin – jetzt erinnert sich der Vizekönig haargenau –

wollte er nichts weiter, als die vergangenen Zeiten seiner Kindheit aufleben lassen, als er kläffte, um seine Amme zu ärgern, und ihr die Beine, die Schenkel und die Brüste leckte, bis sie lachend *Laß das!* sagte. Was war schon dabei, jener Spielchen zu gedenken, zumal Karneval war und er über zwei Sklavinnen verfügte, die ihm gehörten? Erst später, vielleicht aufgrund der vielen Gläser Malvasier, wurde es ernst. Unter Gesabber, Zuckungen und Gebell wühlte er die Zunge in den Schoß der Mädchen, und plötzlich, ohne zu wissen, wie es dazu kam, biß er mit den beiden einzigen Eckzähnen, die ihm noch geblieben waren, in Lailas Klitoris, die zu bluten anfing, während die Kleine vor Schmerz schrie und um Hilfe flehte, obwohl sie wußte, daß ihr niemand beistehen würde. Doch zur Tragödie kam es Minuten später, als Aixa, um sich gegen den Angriff auf ihre rechte Brust zu wehren, zu dem der Hund sich auf die Hinterbeine gestellt hatte, die Kaminzange packte und ausholte, um sie der wutschnaubenden Bestie ins Kreuz zu schmettern, worauf diese ihr die Eckzähne in die Brust schlug und mit einem Biß die Brustwarze der Sklavin abriß, die schluchzend vor Schmerz zu Boden stürzte.

Am Morgen betrat Madò Grossa den Palast durch die Stalltür, die das Gesinde benutzte, mit dem Auftrag, irgendwie die Brust zu flicken, die einer der Maurensklaven des Herrn Markgrafen, von diesem natürlich sofort hinter Schloß und Riegel gesetzt, in einem Anfall von Barbarei zerfetzt hätte. Wenige Tage darauf wurde jener Sklave für schuldig befunden, zur Galeerenstrafe verurteilt und nur deshalb nicht gehenkt, weil Seine Exzellenz sich barmherzig erwiesen und ihn rechtzeitig begnadigt hatte. *Der Karneval und der Malvasier können einen leicht den Kopf verlieren lassen*, begründete er seinen Entschluß, ihn nicht an den Galgen zu schikken. Doch da die Mauren, wie allgemein bekannt, von Natur aus verlogen und tückisch sind und diese zwei schamlosen Sklavinnen wer weiß was für Verleumdungen verbreiten könnten, hielt es der Vizekönig für klüger, sie loszuwerden, sobald sie halbwegs wiederhergestellt waren, und nahm die Gelegenheit wahr, daß das Schiff des Kapitän Willis in Porto Pi vor Anker lag, um sie ungesehen von der Insel zu entfernen. So wie die Dinge sich entwickelt hatten, war diese Entscheidung als Fehler zu betrachten, denn nichts könnte den Bischof glücklicher machen, als wenn die Sklavinnen beim Verhör durch die Vertreter der Heiligen Inquisition, die das Schiff in Augenschein nahmen, alles in allen Einzelheiten erzählten. Deshalb hatte er an diesem Nachmittag seine Getreuen losgeschickt, um sie wegzuschaffen.

Den Worten des Bischofs und seinen Anspielungen auf Würdenträger mit sündigen Interessen konnte man entnehmen, daß die Maurinnen schon geplaudert hatten. Aber wenn alles gutging, wie er hoffte, konnten sie ihre Anschuldigungen ohne stichhaltige Beweise nicht aufrechterhalten. Seine Hochehrwürdige Eminenz hatte sowieso die schlechteren Karten. Wer kam schon auf die Idee, zwei niederträchtigen Sklavinnen zu glauben, die falsch Zeugnis wider einen Herrn Vizekönig redeten? Darum war es auch Gott und nicht etwa er, der sie bestrafte. Er war lediglich Sein Werkzeug, indem er seine beiden treuesten Diener losschickte, die er mit den heikelsten Aufgaben zu betrauen und großzügig zu entlohnen pflegte, um die Maurinnen vom Schiff zu holen und sie endgültig von Mallorca verschwinden zu lassen. Darüber hinaus war sein Interesse an der Schebeke überhaupt kein Geheimnis. Es war nicht verboten, Geschäfte mit den Konvertiten zu machen, und er machte ja eigentlich auch selbst gar keine. Er führte lediglich die Geschäfte seiner Frau, der das Geld gehörte, und zwar stets über Mittelsmänner. Nie würde man ihn bei einem falschen Schritt ertappen, selbst wenn sie alle auspacken sollten. Die Gefangennahme hatte ihm sauer aufgestoßen, weil Valls ein hervorragender Vermittler zwischen ihm und Pere Onofre Aguiló gewesen war. Da aber seit Costuras Tod damit zu rechnen war, daß die Inquisition sich in Bewegung setzte, hatte er bereits Maßnahmen ergriffen, um auf beide als Kompagnons zu verzichten.

Da konnten die vom Heiligen Offizium machen, was sie wollten. Wenn es ihm gelang, den Beweis zu erbringen, daß der heutige Aufruhr von der Kirche selbst angezettelt worden war – und dessen war er sich so gut wie sicher –, dann würde er der Kurie mit gut geschliffenen Waffen entgegentreten können. Nicht umsonst hatte er heute nachmittag alle warten lassen, weil ihn die Erledigung von Regierungsgeschäften infolge der Unruhen länger als gewünscht aufgehalten hatte. *Sen* Boiet gefangennehmen zu lassen hatte sich als schwieriger erwiesen als vermutet, und es war auch nicht leicht gewesen, geeignete, zuverlässige Leute aufzutreiben, denn bevor sie ihn umbrachten, brauchte er das Geständnis, daß ihn der Inquisitor, der Bischof oder beide bezahlt hatten.

Dritter Teil

Eins

Die Nachricht von der gescheiterten Einschiffung erreichte Livorno vierzig Tage nach der Festnahme der falschen Konvertiten. Der Frühling versüßte bereits die Luft mit Gartendüften und der Verheißung saftiger Sommerfrüchte.

Pere Onofre Aguiló, der die Hafeneinfahrt, in der die Schebeke erscheinen mußte, seit einem Monat beinahe Tag und Nacht nicht aus den Augen gelassen hatte, war zur Mole gerannt, als er den grünlichen Rumpf der *Eolo* erkannte, die das neue Dock ansteuerte. Er fühlte, wie sein rasendes Blut den Pulsschlag beschleunigte und ein würgender Knoten ihm die Brust abschnürte. Er fürchtete, vor Freude zu platzen, ehe er seine Freunde umarmen konnte, die er zuweilen schon für tot gehalten hatte. Schiffe, die nach sinnloser Schlacht untergingen, kreuzten wochenlang seine Träume und erfüllten ihn mit schrecklichen Vorahnungen. Es fiel ihm schwer, sie zu verscheuchen, doch seine Hoffnung in Adonai war stark und half ihm, den Glauben aufrechtzuerhalten, daß sie noch immer jeden Moment wohlbehalten eintreffen konnten.

Während der letzten Tage war seine Vorfreude gestiegen, und so oft er konnte, war er unten am Hafen. Voller Unruhe ging er eine Weile am Denkmal Ferdinands I. spazieren, von wo aus sich ein weiter Blick über das Meer bot. *Wenn sie eben jetzt ankämen,* sagte er sich*, könnte ich ihnen* *gleich um den Hals fallen und müßte sie kein bißchen warten lassen, um sie zu den Häusern zu begleiten, die für sie hergerichtet sind.* Mit langen Schritten ging er zwischen den von Giovanni de l'Opera geschaffenen Maurenfiguren hin und her, immer knapp am Rand der Mole, als hinge von diesen Wanderungen die Ankunft seiner Leute ab, denen er sich an dieser Stelle näher fühlte als irgendwo sonst in der Stadt. Diese Skulpturen – eine Auftragsarbeit zum Anlaß der feierlichen Gründung Livornos vor erst hundertzwanzig Jahren, in denen die Stadt, nicht zuletzt dank der Juden, so reich geworden war – wurden für ihn zu Wahnbildern. In ihren leidenden Mienen erkannte er das Gesicht des Konsuls, das von Valls und auch sein eigenes, in Bronze erstarrt, in ewiger Reglosigkeit dazu verdammt, vergeblich über ein unfaßbares Meer zu spähen. Zum Glück konnte er jetzt über seine bösen Ahnungen lachen. Die *Eolo* näherte sich. Er warf die Arme hoch, um seine Brüder willkommen zu heißen, und ließ sie fröhlich kreisen wie Mühlenflügel in frischer Brise. Laut begann er, die Namen seiner Lieben zu rufen. *Eh, Cònsol, Valls, Rabbi, Valleriola, Rafel Onofre...* Sein Freudengeschrei lockte die Leute an. Allen erzählte er, was los sei, und alle winkten mit ihm den Ankömmlingen entgegen. Die Stadt war reich, das Geld floß in Strömen, und niemand begegnete denen, die hierher kamen, um sich niederzulassen, mit Argwohn. Handelte es sich obendrein um Juden, um so besser. Bald würden sie zu Livornos Ruhm beitragen, Geschäfte eröffnen und Häuser bauen, was allen zugute kam.

Aguiló verstummte plötzlich und hörte auf zu winken, als ihm klar wurde, daß er die an Deck arbeitenden Matrosen mit den Seinen verwechselt hatte, und feststellte, daß keiner von ihnen wie der Konsul oder seine Söhne aussah noch wie Valls und seine Familie. Keiner hatte Ähnlichkeit mit dem Schneider Valleriola. Keiner erinnerte an die Geschwister, die auf der Flucht von Mallorca waren. Doch noch blieb ihm ein wenig Vorfreude, ein Fünkchen Hoffnung. Die Schebeke hatte soeben die Einfahrt in den Mediceischen Hafen passiert. Gleich würde der rostige Anker geworfen. Zumindest bringen sie Nachricht. Noch war nicht alles verloren.

Ein paar Worte des Kapitäns genügten, um den Horizont in Wolken zu hüllen, grau wie Rauch und rot wie Scheiterhaufenglut. Tränen der Fassungslosigkeit in den Augen, glaubte der mallorquinische Kaufmann, vor Schreck sterben zu müssen. Sein Atem stockte. Die verhängnisvolle Festnahme war die schlimmste Nachricht, die man ihm überbringen konnte. Etwas Ärgeres hätte den Brüdern aus dem Carrer nicht zustoßen können. Pere Onofre gab dem Kapitän die ganze Schuld. Diesem nutzten seine Rechtfertigungen gar nichts, mit denen er den Wind verantwortlich machte und das Unwetter, das urplötzlich aus heiterem Himmel aufgezogen war. Der mallorquinische Kaufmann bestand darauf, daß man ihm viel Geld im voraus bezahlt habe, mehr als genug, jegliches Risiko auf sich zu nehmen. Und obwohl Willis ihm versicherte, daß unter diesen Bedingungen auszulaufen den sicheren Tod bedeutet hätte, war Aguiló nicht zu überzeugen. Er bezichtigte den Kapitän, sein Wort, sie nach Livorno zu bringen, egal was passierte, gebrochen zu haben. Er schrie ihn an, beleidigte und bedrohte ihn und war kurz davor, ihn zu packen und seinen Zorn mit den Fäusten zu entladen. Doch war der Kapitän doppelt so groß wie Aguiló und wesentlich jünger. Schläge würden zu nichts führen. Er konnte ihn nur mit Worten strafen. Also droschen seine spitzfindigen Fragen wie Peit-

schenhiebe auf Willis ein, um die Wahrheit aus ihm herauszuzwingen. Er kannte ihn seit langem, sie hatten Geschäfte miteinander abgewickelt, und niemals hatte er Grund zur Klage gehabt, doch jetzt verdächtigte er ihn, seine Passagiere, die Aguiló ihm beim Abschluß des Handels vor kaum zwei Monaten so sehr ans Herz gelegt hatte, an die Inquisition verraten und das Geld eingesteckt zu haben, statt seinen Auftrag zu erfüllen.
Willis, der die Erregung Pere Onofres verstand, bemühte sich, die Anwürfe nicht übelzunehmen, und antwortete in ruhigem Ton immer dasselbe, nannte es Pech und sprach von dem Wind und dem Unwetter als unglücklichem Zufall. Nachdem Aguiló sich ein wenig gefaßt hatte, bat er den Kapitän, ihn zur Witwe Sampol zu begleiten und ihr die Nachricht selbst zu überbringen, da er sich nicht imstande sah, ihr die Katastrophe allein mitzuteilen.

Ein Himmel von dichtem, warmem Blau, glatt, ohne die allerfeinste Spitzenborte, Vorbote des schönen Wetters, empfing Willis, der trotz des festen Bodens schwankte, als stießen ihn noch immer die Meereswellen unter seinen Füßen vorwärts. Livorno gefiel ihm. Nicht nur, weil es sich in seinem Freihafen gut arbeiten ließ und er höhere Gewinne erzielte als anderswo. Es gab da noch einen geheimnisvollen Grund, den er nicht zu enträtseln vermochte. Nein, nicht nur der Ordnung und Sauberkeit wegen, die in den Straßen herrschte und die er auf Aguilós ausdrücklichen Wunsch besonders betonen sollte, wenn er den Flüchtlingen während der Überfahrt erzählen würde, wieviel Gutes sie hier erwartete. Tatsächlich sah man in Livorno niemals Schweine frei herumlaufen wie in Marseille, in Genua oder Ciutat de Mallorca, auch keine Ziegen oder Hühner. Allenfalls Hunde und Katzen. Doch war ihm das gleichgültig. Es lag wohl eher in der Lebensart der Bevölkerung begründet, die außerdem, da in Livorno zahlreiche Ausländer lebten, so vielfältig gemischt war. Jedermann achtete die Gesetze, erfüllte seine Verträge – was man trotz großer eigener Einbußen gewiß auch von ihm fordern würde – und tolerierte Sitten, Gebräuche und selbst die Religion des anderen.

Kaum hatten sie den Garten von Blanca Maria Pires betreten, mußte der Kapitän auf einmal daran denken, wie recht jener flämische Arzt gehabt hatte, der vergangenes Jahr an Bord der *Eolo* von Antwerpen nach Barcelona reiste und meinte, das Jahr müsse Mitte März beginnen und nicht am ersten Januar. Der Frühling sei der Anfang des Lebens und nicht die Kälte, das Präludium des Todes. Darum seien die Kalender im Irrtum. Christus, so behauptete er, sei nicht im Dezember geboren worden, sondern im April. Im Dezember übernachteten die Schäfer nicht im Freien. Christus, die Verheißung des Lebens, könne unmöglich im Winter zur Welt gekommen sein. Greifbar wahr erschien ihm das jetzt, so war alles vom Duft der Quitten und Zitronen durchdrungen. Neues Leben in jedem Sproß, üppiges Knospen, wohin das Auge fiel, auch auf den glühenden Wangen der Witwe Sampol, in ihren glänzenden Meeraugen und den Rundungen ihres in Seide und mattbraunen Taft gehüllten Körpers.

Die Witwe Sampol war in Begleitung Jacob Moashés, der ihr wie jeden Nachmittag im Anschluß an die Unterrichtsstunden mit ihrem Sohn eine Weile Gesellschaft leistete. Die Senyora stellte dem Rabbiner den Kapitän vor, forderte diesen auf, ihr gegenüber Platz zu nehmen, und winkte Pere Onofre neben sich. Ein kalter Schauder schien sie zu überlaufen, beide Männer bemerkten ihr plötzliches Erbeben.

Die Luft in Livorno war um diese Jahreszeit lau, nur gelegentlich durchweht von einem salzfeuchten Hauch wie ein zurückgelassenes Pfand des letzten Winters.
Anders als der Kapitän vermutet hatte, nahm Blanca die Nachricht gelassener auf als Aguiló und verzog keine Miene. Von klein auf gewohnt, ihre Gefühle zu beherrschen, wäre sie niemals vor diesem Fremden in Tränen ausgebrochen. Sie blickte nur den Rabbiner an, als suche sie dringend eine Stütze, während sie den bitteren Trank schluckte. Moashé versenkte den Blick seiner kleinen kurzsichtigen Augen in die der Witwe, sagte aber kein Wort. Seine Anwesenheit störte Pere Onofre. Dieses Männlein, das einer gotischen Miniatur entstiegen schien und sich im Besitz einer von Gott direkt eingehauchten Wahrheit wähnte, bereitete ihm Unbehagen. Möglicherweise beeinflußt von seiner Frau, die den Rabbiner inzwischen geradezu haßte, fand er es unbegreiflich, wie die Senyora selbst in geschäftlichen Dingen solchen Wert auf dessen Rat legen konnte. Und ihm wurde klar, daß es auch von Moashé abhing, ob sie den Brüdern in Mallorca weiterhin ihre Unterstützung gewährte.
Blanca Maria Pires hatte Willis gebeten, ihr alles noch einmal genauestens zu erzählen. Sie lauschte schweigend der Baßstimme des Kapitäns, ohne ihn zu unterbrechen, während er die ganze Liturgie der tragischen Nacht noch einmal herunterbetete und dabei immer wieder seinen guten Willen betonte, die Überfahrt zu einem glücklichen Ende zu bringen. Er belegte dies damit, daß er ja gleich am Morgen des verhängnisvollen siebten März, dem achten, korrigierte er sich, vorgehabt hatte, denen im Carrer Bescheid zu geben, sobald der Wind nachließ und er das Auslaufen für möglich hielt. Er hatte bereits einem Matrosen seines Vertrauens den Befehl gegeben, das Boot vorzubereiten,

und traute seinen Augen nicht, als er die bewaffneten Männer herankommen sah, die ihnen bedeuteten, sich zu ergeben und keinen Widerstand zu leisten. Es handelte sich um eine Gesandtschaft des Büttels. Daß er ihnen sagte, er sei Ausländer, verfüge über die notwendigen Passierscheine, den Hafen anzulaufen und wieder zu verlassen, und habe die entsprechenden Unzen für das Löschen und Aufnehmen seiner Ladung bezahlt, half ihm nichts. Sie beschuldigten ihn, die Flüchtlinge an Bord genommen zu haben, die inzwischen in der Nähe ihrer Häuser aufgegriffen worden waren und jetzt vor Gericht mußten, nachdem ihr Besitz bereits beschlagnahmt worden war. In Fesseln zwangen sie ihn, die Schebeke zu verlassen und brachten ihn an Land.

Fünf Tage verbrachte er im engen Verlies des Torre de l'Àngel. Sie gaben ihm fast nichts zu essen. Wasser und ein wenig Kleie wie einem Huhn, und er mußte eine Menge Verhöre durch die Männer des Vizekönigs über sich ergehen lassen, dessen Eingreifen er es zu verdanken hatte, nicht in der Casa Negra gelandet zu sein, wo man ein Verfahren gegen ihn einleiten wollte. Vielleicht hielt die Standhaftigkeit seiner Antworten sie davon ab und bewahrte ihn vor Schlimmerem. Er erwiderte immer dasselbe, immer mit denselben Worten: Er hatte die Passagiere von Bord geschickt, als er feststellte, daß sie nicht die vorschriftsmäßigen Passierscheine bei sich führten, um die Insel zu verlassen. Er hatte gelogen, das stimmte, denn die Konvertiten hätten niemals in den Besitz eines Passierscheins kommen können, schon gar nicht in diesen aufgewühlten Zeiten, wie Pere Onofre selbst zu bedenken gegeben hatte, als sie vor zwei Monaten eben hier in Livorno den Pakt schlossen. Er hatte gelogen, das gab er zu, aber diese Lüge hatte ihm und seiner Besatzung das Leben gerettet und verhindert, daß ihre Ladung konfisziert wurde. Er hatte eine große Summe bezahlen müssen, damit man ihn frei und ohne ein Verfahren im Nacken ziehen ließ. Ein Gutteil der Anzahlung auf die Überfahrt war in Schmiergeldern für Kerkermeister und Almosen für das Heilige Offizium dahingeschmolzen. Um einen weiteren erleichterten ihn die Schurken, die in der ersten Nacht seiner Verhaftung frühmorgens die Schebeke enterten und alles Wertvolle mitnahmen, einschließlich zweier Maurensklavinnen, die ihm ein Diener des Vizekönigs anvertraut hatte, damit er sie von der Insel bringe. *Deshalb kann ich Euch nicht mehr als einen Beutel Unzen zurückgeben*, schloß der Kapitän seinen Bericht, der in keinem Punkt von dem abwich, den er Aguiló erstattet hatte.

Die Witwe Sampol, die Willis zugehört und dabei vermieden hatte, ihn anzusehen, den tränenverschleierten Blick fest auf den Ringen ihrer rechten Hand, hob jäh den Kopf, wandte sich aber nicht dem Kapitän zu, wie dieser erwartet hatte. Auch Moashé war es nicht, den sie ansah. Sie suchte Zuflucht bei Pere Onofre, der den Kopf in die Hände stützte und es nicht bemerkte. Sie betrachtete lange seine gefurchte Stirn, den einzig sichtbaren Teil seines Gesichtes, die vielen Runzeln, die in tiefe Falten mündeten, und es schien ihr, als sei Aguiló plötzlich um hundert Jahre gealtert. Sie hoffte, er würde sprechen, doch der Kaufmann verharrte in reglosem Schweigen. Die Stille war beinahe magmatisch. Der Schrei eines Pfaus durchbrach sie unvermittelt. Die Senyora fuhr zusammen, und als fasse sie es wie ein Zeichen auf, ihr Mut zu machen, beschloß sie, es allein mit dem Kapitän aufzunehmen.

»Willis, Eure Argumente überzeugen mich nicht ganz. Ihr klagt den Wind an, Ihr sagt, es sei die verrückte Schwiegermutter von Valls gewesen, die sie unabsichtlich verraten habe, und das fällt mir schwer zu glauben. Ist es nicht naheliegender, Euch zu mißtrauen, Kapitän?«

»Senyora, ich kann es nicht dulden, daß Ihr auch nur eine Sekunde an meiner Ehre zweifelt! Glaubt Ihr, man hätte mich ins Gefängnis geworfen, wenn ich sie verraten hätte?«

»Wer bestätigt uns das? Doch bald werden wir es wissen. Wir haben treue Freunde auf Mallorca, Willis.«

»Ich hoffe für Euch, daß Ihr die Wahrheit sagt«, unterbrach Aguiló, aus seiner Versunkenheit erwacht, »denn wenn es nicht wahr ist, was Ihr erzählt, wird Euch dasselbe Schicksal ereilen wie Kapitän Harts. Ich nehme an, Ihr habt von der Geschichte gehört...«

»Geschichten wie diese kursieren unzählige auf den Schiffen. An Bord sind die Nächte lang. Ich habe sie nie so richtig geglaubt.«

»Ganz recht, Kapitän«, unterbrach Blanca, überrascht von Aguilós Einwurf, »Harts hat gelogen. Außerdem hat er sein Wort nicht gehalten. Er hat Geld und Juwelen bekommen, damit er eine Gruppe von Verfolgten an Bord nähme. Wesentlich weniger Geld als Ihr. Ihr habt das Dreifache erhalten und auch die Reise nicht zu Ende geführt. Für diesen Fall war in der Abmachung vorgesehen, daß Ihr das vorgestreckte Geld zurückgeben müßt. Das habt Ihr unterschrieben, Kapitän. Ich habe das Dokument aufbewahrt. Ihr seid doch ein Ehrenmann, nicht wahr?«

»Gewiß, Senyora. Ihr dürft mich nicht mit Harts vergleichen!«

»Also werdet Ihr das ganze Geld Unze für Unze zurückzahlen«, sagte Aguiló.

»Ganz wird das nicht möglich sein. Gerechterweise muß ich abziehen, was ich bezahlen mußte, um aus dem Gefängnis zu kommen, und was mir geraubt wurde. Meinen guten Willen habe ich mit diesem Besuch bewiesen, nun bitte ich um den Euren.«

»Soweit kommt's noch, Kapitän!« erregte sich Pere Onofre erneut. »Ich war es, der Euch abgeholt hat, und ich habe Euch hierhergebracht. Wißt Ihr, wie viele Tage ich damit zugebracht habe, nach Euch Ausschau zu halten? Ist Euch bewußt, welchen Schmerz Ihr uns zugefügt habt? Ich habe Euch gezwungen, zur Senyora zu kommen. Oder habt Ihr sie etwa freiwillig besucht?«

»Ihr arbeitet für uns«, setzte die Witwe hinzu, »das ist keine Frage des guten Willens.«

»Ich hätte Livorno künftig umsegeln können...«

»Ihr wißt, daß das unmöglich ist!« schnitt Blanca ihm das Wort ab. »Ihr hättet Euren Beruf aufgeben und einer anderen Arbeit nachgehen müssen, Euren Namen ändern, nach Westindien auswandern... Indem Ihr nicht zurückgekehrt wärt, hättet Ihr Euer eigenes Todesurteil unterschrieben.«

»Versucht hat er es«, sagte Pere Onofre, »und ob er es versucht hat! Warum sonst ist er so spät gekommen? Die Reise von Mallorca hierher dauert höchstens eine Woche. Ihr habt Porto Pi vor mehr als einem Monat verlassen. Eure Pflicht wäre es gewesen, sofort hierherzukommen, wenigstens, um uns über die Ereignisse in Kenntnis zu setzen.«

»Mir blieb keine andere Wahl, als den Kurs zu ändern. Ich hatte Angst, daß mich die mallorquinischen Freibeuter überfallen könnten, die ja jetzt meine Route kannten. Ich habe Algier angesteuert und dann Marseille. Das kann ich beschwören. Ich bin ein Ehrenmann!«

»Das hoffen wir alle, Kapitän.«

Blanca Maria Pires raffte mit der linken Hand die Weite

ihres Gewandes und stand auf. Für sie war die Unterredung beendet.

»Morgen vor dem Notar rechnen wir ab, um Punkt elf«, war alles, was sie ihm zum Abschied sagte. Eine Dienerin begleitete Willis hinaus. Der Rabbiner und Pere Onofre hatten sich erhoben, und Blanca bat sie nicht, sich wieder zu setzen. Ihre Augen schwammen, und sie sehnte sich danach, allein zu sein. Sie wollte nicht, daß man sie weinen sah.

»Und wenn Adonai uns prüfen will, indem Er uns den Rükken kehrt?« fragte die Witwe. Die Frage schien an den Rabbiner gerichtet, doch war es nicht er, der sie beantwortete. Pere Onofre ergriff das Wort.

»Noch nie hat Adonai Sein Volk verlassen. Es waren höchstens wir selbst, die wir uns von Ihm entfernt haben.«

Der Rabbiner lächelte rätselhaft. Seine kleinen schmalen Augen verschwanden unter den Lidern, bis sie nur mehr zwei wässrige Schlitzchen waren. Er fügte hinzu:

»Die Gerechtigkeit Gottes ist unendlich und unsere Sünden unermeßlich.«

Er hörte auf zu lächeln, als er die Sentenz ausgesprochen hatte, und heftete seine Pupillen auf die Pere Onofres, als wisse er um seine Schuld und erkenne darin die Ursache für das Unglück der mallorquinischen Brüder. Aguiló hielt dem Blick zunächst stand, dann schlug er die Augen nieder. Zwei oder dreimal öffnete er die Lippen, sagte aber nichts. Er stand einfach da, vor dem Rabbiner und Blanca, der sein innerer Aufruhr nicht entgangen war. Pere Onofre verabschiedete sich. Er fühlte sich vertrieben von der Präsenz Jacob Moashés, der ihm bis auf den Grund des Herzens oder des Gewissens geschaut und in der erloschenen Asche seiner alten Sünden gestochert zu haben schien, so daß seine

Reue erneut aufloderte und ihm das Gefühl gab, für das Scheitern der Flucht verantwortlich zu sein.

»Ich muß so schnell wie möglich nach Mallorca!« rief Aguiló aus, als spräche er mit sich selbst. »Ich weigere mich, an Scheiterhaufen auch nur zu denken!«

»Wir bereiten alles in Ruhe vor, Pere Onofre, macht Euch keine Sorgen. Morgen um elf brauche ich Euch«, sagte sie auf ihre verführerische Art, die dem Freund das Gefühl gab, ihr unentbehrlich zu sein, und setzte dann mit Blick auf den Rabbiner hinzu: »Eine Frau allein ist doch zu wehrlos gegenüber einem Gauner wie Willis. Mit Euch an meiner Seite ist das eine ganz andere Sache.«

Aguiló ging geistesabwesend durch die Straßen Livornos, beachtete nichts und grüßte niemanden. Er sollte dem Rat Bericht erstatten, zur Synagoge gehen, allen, die ihnen mit Geld geholfen hatten, von dem Unglück erzählen, aber er fühlte sich nicht dazu imstande. Wenn er es jedoch nicht bald tat, würde Moashé ihm sicher zuvorkommen, und man hielte ihn für einen Feigling. Was auch geschähe, er würde es durchstehen müssen, denn mehr noch als die Witwe hatte er die Juden von Livorno beschwatzt, sich an den Kosten für die Überfahrt zu beteiligen, und ihnen versichert, daß Adonai das Schiff sicher in den Mediceischen Hafen geleiten würde. Sogar das bevorstehende Gespräch mit seiner Frau über die fehlgeschlagene Flucht stand wie ein Berg vor ihm. Er fürchtete ihre Tränen. Sie hatte eigenhändig die Zimmer für die Gäste hergerichtet und die Betten für sie gemacht. Ein ums andere Mal hatte sie die Blumen in den Vasen erneuert, damit sie sich bei ihrer Ankunft freudig aufgenommen fühlten, und auch bei den Einkäufen für das Willkommensmahl nicht gegeizt.

»Was laßt Ihr den Kopf so hängen?« hörte er jemanden hinter sich fragen. Die Stimme war ihm vertraut, und er wandte sich um. João Peres neigte höflich den Kopf und lächelte ihn freundschaftlich an. Dank seiner Hilfe hatte er sich in Livorno niederlassen und in die Dienste der Witwe Sampol treten können.

»Die mallorquinischen Brüder sind verhaftet worden. Geh schnell nach Hause. Deine Senyora wird dich brauchen!«

Zwei

Vierzig Tage nach der gescheiterten Flucht kümmerte sich außer den Einwohnern des Carrer, den Gefangenen selbst und den Mitgliedern des Heiligen Offiziums, die mit den Verfahren beschäftigt waren, niemand mehr um die Angelegenheit.

Das Stadtgespräch, das sich bis vor kurzem noch um *die Juden, die den Herrn Jesus getötet haben, die unverschämten Juden, die uns das Blut aussaugen* gedreht hatte, war plötzlich von ganz anderer Art. Die Worte unversöhnlichen Hasses, weil die Verlockung des bevorstehenden Schauspiels aus Rauch, Feuer und geröstetem Fleisch gar zu reizvoll war, wichen milderen, weich wie Kuchenteig, voller Musik, Festlaune und Geselligkeit. Der Vizekönig hatte über die Absicht der Königinmutter, in diesem Sommer Mallorca zu besuchen, diejenigen unter dem Siegel der Verschwiegenheit in Kenntnis gesetzt, von denen er sicher sein konnte, daß sie kein Geheimnis zu bewahren vermochten, damit die Nachricht sich so möglichst schnell in sämtliche Winkel der Stadt verbreitete. Jeder nahm sie sofort für bare Münze. Einige behaupteten, sie direkt aus dem Mund der Ausrufer gehört zu haben, von denen sie jedoch niemals verkündet werden sollte. Andere weniger Phantasiebegabte warteten die amtliche Bekanntmachung ab, die jeden Moment veröffentlicht werden mußte, um die gute Nachricht nachzulesen

oder sich vorlesen zu lassen. Jeder hielt sich für unentbehrlich bei den Vorbereitungen zum gebührenden Empfang der Königinmutter. Die Schreiner, Schmiede und Steinmetzen hofften, mit der Errichtung der notwendigen Bühnen endlich ein wenig Arbeit zu bekommen, denn Gerüste und Aufbauten sollten an mindestens drei Stellen von Ciutat errichtet werden: an der Mauer bei der Portella, wo Ihre Majestät bequemer anlegen würde als im entfernteren Porto Pi, vor dem Rathaus und am Born, wo Ringstechen und Turniere zu ihren Ehren abgehalten werden sollten. Schneider, Hutmacher, Seidenweber und die Krämer, die mit importierten Stoffen handelten und unter dem diesjährigen Verbot des Karnevals schwer gelitten hatten, setzten darauf, daß die Leute sich eine Gelegenheit wie diese nicht entgehen lassen würden, um sich neu auszustatten. Bäcker und Konditoren kalkulierten ihren Bedarf an Mehl, Eiern, Zucker, Schmalz und Quittenmus, um Kuchen und Süßigkeiten in großen Mengen herstellen zu können. Dem Vizekönig, der hoch in der Huld Ihrer Majestät der Königinmutter stand und sich bestimmt nicht lumpen lassen wollte, würde schon etwas einfallen, ihnen die Steuer auf den Weizen zu ersparen, auf den sie bei der Arbeit angewiesen waren. Alle – Seiler, Wollspinner, Kellermeister und Lastenträger – fühlten sich vonnöten. Am sichersten rechneten die Kerzenzieher mit einer Erhöhung ihrer Einkünfte. Noch niemals, so war ihre Überzeugung, seit die Welt Welt sei und Mallorca Mallorca, habe es ein Fest ohne üppige Beleuchtung gegeben.
Die Freude der Handwerker wirkte ansteckend. Auch die kirchlichen Orden und die Kurie waren höchst zufrieden. Seit Kaiser Karl auf seinem Weg nach Algier vor über hundert Jahren hier Station gemacht hatte, hatte sich kein König mehr herabgelassen, die Insel zu besuchen, und das war

nicht gerade gutzuheißen. Nicht immer wurden die Vizekönige ihrem Amt gerecht. Nun würde die Königinmutter von Angesicht zu Angesicht mit ihrem Volk zusammentreffen, und alle würden sich ins Zeug legen, der Vertreterin Gottes auf Erden mit Tedeums, heiligen Messen und Weihen ihre untertänigste Liebe zu bezeigen. Der Inquisitor hatte dem Heiligen Tribunal sogar vorgeschlagen, die Prozesse zu beschleunigen, sie vorzuverlegen, damit die Urteilsvollstreckung mit dem Aufenthalt Ihrer Majestät zusammenfiele, der er die Ehre erweisen wollte, die Fackel des reinigenden Feuers zu entzünden.

Allein die Adligen fürchteten den noch unbestätigten königlichen Besuch. Der Aufenthalt der Königinmutter würde sie teuer zu stehen kommen. Es würde ihnen kaum etwas anderes übrigbleiben, als tief in die Tasche zu greifen und sich an den Festaufwendungen zu beteiligen. Die spärlichen Gunstbezeigungen, die sie von Doña Maria Anna von Österreich erwarten konnten, standen in keinem Verhältnis zu den Kosten, die ihnen ihr Besuch verursachen würde. Abgesehen davon widmeten sich viele von ihnen der Kaperei, und ihre Geschäfte mit den Juden waren seit den Enteignungen gefährdet, was die Einkünfte der Herren erheblich schmälerte.

Fünfzig Tage nach der Festnahme der Juden jedoch gebot ein neues Ereignis dem Wortschwall über den königlichen Besuch schlagartig Einhalt und führte das Thema zurück auf die Verliese der Heiligen Inquisition, wo soeben Beatriu Mas, genannt die Coixa, eingeliefert worden war. Es verbreitete sich von Mund zu Mund, von Ohr zu Ohr, daß die Männer des Büttels, angeführt von Ripoll, sie am Morgen dieses 27. April im Jahre des Herrn 1687 kurz vor Tagesanbruch aus den Armen eines Kunden gerissen hätten, den sie gerade auf den Pfad zur Hölle führte oder auch zur Seligkeit, je nachdem, wer die Geschehnisse wiedergab. Unter Schlägen hätten sie sie gezwungen, ihre Blöße zu bedecken, und sie auf Befehl des Heiligen Offiziums eilig weggebracht, um sie in der Casa Negra einzusperren. Doch gab es noch eine Version, die die Tatsachen in einem anderen Licht darstellte, sie erweiterte und möglicherweise richtiger war, denn wer die Coixa kannte, hätte sich nicht gewundert, wenn die Geschichte in Wahrheit so abgelaufen wäre: Als Beatriu Mas das Hämmern gegen ihre Kammertür und Ripolls Geschrei vernahm, dessen Brüllstimme ihr wohlvertraut war, beschloß sie, dem ein Ende zu setzen, indem sie die Tür aufriß und in ihrer ganzen nackten Pracht den Eingang versperrte. Sie sagte den Schergen, sie sollten gefälligst warten, bis sie ihre Arbeit zu Ende gebracht habe, daß der Mann im voraus bezahlt und mit dem Ganzen nichts zu schaffen habe. Sie waren einverstanden. Die Coixa ließ nicht lange auf sich warten. Eine Viertelstunde später kam sie heraus und ergab sich.

Nicht jeder glaubte, daß die Ereignisse sich tatsächlich so abgespielt hatten, und nicht etwa, weil man die Berufsehre der Coixa in Frage stellte. Man zweifelte eher an der höflichen Geste Ripolls, den alle für ein vierbeiniges Tier hielten. Wie dem auch sei, die Nachricht ihrer Verhaftung hatte Ciutat erneut erschüttert. Für einige war sie noch wichtiger als die der Juden, vermutlich weil es sie unmittelbarer betraf. Nicht nur mußten sie, zumindest für eine gewisse Zeit, auf die liebgewordene Gewohnheit ihrer angenehmen Dienste verzichten, sondern obendrein bestand die Gefahr, daß sie, wenn man sie zum Reden brächte, jede Menge Kompromittierendes zum besten gäbe. Schon schloß man Wetten ab, wie lange sie wohl sitzen müßte, welche Anklagen man gegen sie vorbringen und ob ihre Verhaftung weitere nach sich ziehen würde. Im Gegensatz zu den Juden gab es viele, die Partei für sie ergriffen, niemand allerdings so nachdrücklich wie Madò Hugueta, die kratzend und spuckend auf die Häscher des Büttels losgegangen war und sie als Großmäuler und Lumpen beschimpft hatte, als Sprößlinge des Satans und Schlimmeres – nur nicht als Hurensöhne. Madò Hugueta benutzte niemals dieses Schimpfwort. Schon in ihrer Jugend hatte sie den Begriff aus ihrem Wortschatz gestrichen, der, indem er die anderen schmähen wollte, sie selbst schmähte. ›Schwiegervater einer Hure‹ sagte sie allenfalls, wenn man sie zur Weißglut gebracht hatte.

»Und warum nehmt Ihr sie jetzt mit?« kreischte sie, schäumend vor Wut. »Warum entreißt Ihr sie mir, mein süßes, geliebtes Kind… Was hat sie Böses getan?« Sie schrie und heulte, zerrte an ihrem Kopftuch, rannte völlig außer sich durch das ganze Haus und verlangte von den anderen Huren, daß sie herauskommen und Beatriu helfen sollten.

»Ich danke Euch, Madò Hugueta, aber ich brauche keine Verteidiger. Ich bin mir selbst mehr als genug!« soll die Coixa gesagt haben, als sie wie eine Prinzessin hocherhobenen Hauptes inmitten des Trupps aus dem Haus schritt.

»Hat man da noch Worte!« erregten sich die Weiber am Tor von Sant Antoni, als sie sie den Marktplatz überqueren sahen. »Seht euch das an, die Coixa in Ketten! Ich hab's ja immer gesagt, daß es irgendwann soweit kommen mußte. Nicht mal die Fastenzeit haben sie respektiert! Das Bordell ist zwar geschlossen, aber sie und Madò Hugueta sind immer da. Und wißt ihr auch, warum? Falls irgendein hergelaufener Lump sie braucht oder die Bedürfnisse irgendeines Ketzerschweins nicht warten können… laßt euch das gesagt sein!«

Viele bleiben stehen beim Anblick des Zuges. Die Coixa trägt ihre besten Kleider und geht neben Ripoll her, der heute zu Fuß ist. Sie schaut die an, die sie anschauen, lächelt zurück, wenn jemand sie anlächelt und beantwortet jede Beleidigung mit einer Beleidigung. *Sie sieht aus wie eine Königin!* sagt ein Knabe, und als seine Mutter das hört, fegt sie ihm eine, daß ihm der Kopf herumfliegt. *Was redest du da? Eine Hure ist das, und was für eine! Der steht die Hurerei doch ins Gesicht geschrieben!*

In der Casa Fosca erwartet sie niemand, niemand stellt ihr Fragen. Als wäre sie auf Besuch, führt man sie in einen schmalen Raum, der hinter geschlossenen Fenstern in lauer Dämmerung liegt. Die Coixa schaut sich gründlich um. Sie will nicht darüber nachdenken, wo sie ist. Tausendmal hat sie Ripoll gefragt, was man ihr vorwerfe, aber dieser hat nur gesagt, er wisse es nicht, und zynisch hinzugefügt, was Gutes könne es wohl kaum sein. Sie läßt den Blick über die Deckenbalken aus rotem Holz schweifen. *Die brauchen mal wieder ein bißchen Öl, und den Wänden würde ein Anstrich auch guttun.* Wie ein seidiges Gespinst bedeckt feiner Staub die Fensterbänke. *Das Freudenhaus macht viel mehr her als dieser Palast – bei aller Heiligkeit! Überhaupt kein Vergleich! Männer taugen eben nicht dazu, anständig Reinschiff zu machen, und Frauen lassen sie hier natürlich keine rein, außer als Gefangene, so wie mich.* Um sich abzulenken, betrachtet sie die kargen Möbel, einen Schreibtisch mit einer Lampe, Schreibzeug und zwei Stühle. *Das muß das Besuchszimmer sein, da kannst du mal sehen, Coixa, welche Ehre! Ich müßte mich mal ein bißchen zurechtmachen, aber mit den Handfesseln geht das nicht. Ich brauche einen Spiegel... Daran hab' ich gedacht und an einen Kamm auch. Ein Spiegel zur Hand, und komme, was da wolle!* Sie hat den Spiegel und den Kamm zwischen den Brüsten untergebracht. Sonst hat sie nichts dabei. Warum auch? Sie weiß, daß jeglicher

Schmuck, alles Geld konfisziert würde. Madò Hugueta wird ihre Sachen bestimmt sicher verwahren. Sie hat es faustdick hinter den Ohren, und sie ist die Regentin des Bordells von Ciutat, einem der renommiertesten nach Meinung der Seeleute, mit Ausnahme natürlich von Venedig, wo die Mädchen mit Diamanten behängt sind. Die Coixa will sich vor allen Dingen ablenken, nicht an die Foltern der Inquisition denken. *Aber was sollen sie ihr schon wollen? Was hat sie schon getan? Jeder weiß, daß sie eine Hure ist. Das kann sie nicht überraschen, aber von Hexe kann keine Rede sein! Sie hat noch nie an dieses Zeug geglaubt. Sie ist römisch-katholisch-apostolisch. Sie und eine Ketzerin! Absurd! Sie glaubt an Gott und an Christus und an die Jungfrau und an ihre Schutzpatronin Maria Magdalena. Sie wird die Anklagen zurückweisen. Das Bordell geöffnet während der Fastenzeit? Nie! Sie die Hure des toten Bischofs? Das war eine Erfindung des vorherigen Inquisitors, eine stinkende Lüge, an der sich die Würmer des Neids gütlich tun, und so was werdet Ihr, Ehrwürden, doch nicht glauben! Böse Zungen waren es, die sie der Unzucht bezichtigt haben. Das hat sie immer gewußt. Verfluchte, verlogene Zungen, die in Stückchen geschnitten gehören! Verfaulen sollen sie in ihren losen Mäulern! Der Herr Bischof – Gott hab ihn selig und möge ihm vergeben – war ein heiliger Mann. Sie wird nicht zulassen, daß man in ihrer Gegenwart schlecht über den Seelenhirten redet, der schon tot ist und sich nicht mehr wehren kann. Ich habe ein ruhiges Gewissen, Ehrwürden. Eine Sünderin bin ich, wie alle Welt weiß. Doch wer auf dieser Welt sündigt nicht? Und außer meinen Sünden, die Gott verzeiht, gibt es nichts, dessen Ihr mich anklagen könntet. Im Bordell bin ich diejenige, die am meisten betet. Vor allen schwierigen Aufgaben empfehle ich mich Gott. Ich bete den Rosenkranz, sooft ich kann, und danke Gott ständig für meine Gesundheit und die zahlreiche Kundschaft. Ich bin Hure, weil meine Mutter eine war und meine Großmutter, soviel ich weiß, auch. Und in meinem Beruf zuverlässig, sauber und anständig. Da kenne ich ganz andere, die mich darum beneiden und gern in meiner Haut stecken würden. Ohne uns liefe es schlecht, die Welt käme aus dem Lot. Wohin soll der Ochse ohne Pflug? Wo sollen sie ihren überschüssigen Samen lassen? Hure, ja, Ehrwürdiger Herr Inquisitor, zu Euren Diensten, Hure, ja, aber nichts weiter. Nie hab' ich etwas anderes zum Einsatz gebracht als meine Person, nie hab' ich Tränke verwenden wollen oder Mittel aus Hammelhoden, Skorpionzungen, Wachtelköpfen, Igelstacheln oder Haaren anderer Leute. Ich kenne keine andere Pomade als die für glatte Haut, die ich mir selber herstelle, und keine Mixtur außer meinem Duftwasser gegen Schweiß und üble Gerüche der Schamgegend. Rosen und Nelken und Muskat, Blätter des Quittenbaums, der Mispel und des Spierapfels, gekocht in Regenwasser. Und das wäre schon alles…*

Sie wird den Ton anschlagen, der ihr am überzeugendsten scheint, zaghaft, aber nicht so, daß es unterwürfig klingt, auf Knien und ganz ausgeliefert. *Das Heilige Offizium interessiert sich für die Huren? Wo gibt's denn das, Ehrwürden? Ihr habt wohl nicht viel zu tun! Wie tief seid Ihr gesunken! Denn von einer Jüdin hat sie nun wirklich gar nichts, sie ist eine echte Christin von allen vier verwandtschaftlichen Seiten, jawohl, allen vieren, das weiß sie bestimmt, denn wenn sie auch nicht mit Sicherheit sagen kann, wer ihr Vater ist, so kennt sie doch ihre Mutter. Und ihre Mutter hätte sich niemals von einem Juden vögeln lassen. So wie auch sie sich nie mit einem … mit einem Beschnittenen ins Bett gelegt hat, sie hat auch nie gehört, daß ein Jude das Bordell betreten hätte…*

Du lügst, Beatriu Mas, Tochter von Beatriu Mas und hundert namenlosen Matrosen! Du lügst! Hast du deinen Engel schon vergessen? Auf den wolltest du nicht kommen, was? Da hast du's! Hast dich voll in die Nesseln gesetzt. Was wirst du sagen, wenn sie dich als Helfershelferin beschuldigen? Ich streite es ab... Du willst abstreiten, ihm die Kutte gegeben zu haben? Wer soll dich verraten haben, wenn nicht er? Närrin! Du hast doch selbst gesehen, daß er nichts als die Wahrheit sagen konnte, du Gans! Woher soviel Vertrauen? Du hast ihn im Bordell versteckt, im wegen der Fastenzeit geschlossenen Bordell. Deinetwegen konnte er als Mönch verkleidet flüchten. Weißt du, auf was du dich eingelassen hast, als du ihm diese Kleider liehest? Er hat dich besessen... Oh, du Hurenstück, wie fein du beim Gedanken daran auf einmal wirst! Besessen hat er dich, sagst du, nicht gevögelt. Mit einem Finger den Himmel gestreichelt, während der Mond vorüberzieht... In der ersten, zweiten und dritten Nacht, nachdem du erfahren hast, daß er aufgegriffen worden ist, von Unbekannten halbtot geprügelt, hast du Angst gehabt, doch mit der Zeit, nach einer Woche, fiel dir das Einschlafen nicht mehr so schwer wie anfangs, und dein Schlaf wurde tiefer. Die ersten Tage war er so leicht, so anfällig für jedes Geräusch, daß du angefangen hast, die Holzwürmer zu hören, mit denen du schon so viele Jahre die Bettstatt teilst. Nach und nach hast du deine Zuversicht zurückgewonnen. Er ist mutig, hast du dir gesagt, mutig und gut, und er wird meinen Namen nicht nennen, er wird mir nicht weh tun wollen, so weh sie ihm auch tun mögen. Und wenn er mich verrät, wenn er sagt, daß ich ihm die Kutte gegeben habe, streite ich es ab. Ist ein Freudenhaus etwa mit einem Kloster zu verwechseln? Na ja, genaugenommen ist es das durchaus... Madò Hugueta als Mutter Äbtissin! Und ich, würde ich etwa keine gute Lehrerin für die

Novizinnen abgeben mit meiner Begabung und meiner Erfahrung? Ach, Coixa, red keinen Unsinn! Die Wände haben Ohren, und auch wenn du diese Dinge niemals laut sagen würdest, hört Gott dich dennoch, und Ihm wird das nicht gefallen ... Gott und die Wände, in deren rauher Haut alles hängenbleibt. Ich werde mir ein Herz fassen. Ich bin eine gute Christin, das weiß jedermann, von einer Ketzerin oder Abtrünnigen wirklich keine Spur. Ich halte die Feiertage ein. Ich geh' zur Beichte und zur heiligen Kommunion an Ostern. Ich tue Buße, und zwar eine Menge. Was meint Ihr, was es für eine schwere Buße ist, den lieben langen Tag mit Vögelchen zu hantieren! Auf eins, das hochfliegt – eh, Euer Gnaden? – kommen dreihundert, die ... Coixa, wehe du sagst so was! Davor wirst du dich hüten wie vor den Feuern des Leibhaftigen, wie vor dem kochenden Öl des Gottseibeiuns! Heilige Maria, heilige Maria Magdalena, meine Beschützerin, die du bist im Himmel, bitte für mich, geliebte Herrin.

»Ich will wissen, was gegen mich vorliegt!« sagt die Coixa laut, als zwei Familiaren eintreten, von denen sie keinen kennt. Wie alle anderen tragen auch sie Talare bis auf die Füße, mönchsfarben, fahl wie Mückenflügel. Ihre Mienen scheinen in Essig und Zitrone mariniert. Bei ihrem bloßen Anblick läuft es einem kalt über den Rücken. *Die sind nie bei uns gewesen, denn wenn ich sie kennen würde, wenn ich sagen könnte »Guten Tag, Llorenç!« oder »Wie geht's, Bernat?« würde mich das noch mehr ärgern. Es ist schon besser so, daß wir uns noch nie ins Gesicht geguckt haben.*

»Ich will den Inquisitor sprechen!« sagt sie resolut. »Habt ihr gehört? Ich will wissen, was ich angerichtet habe, daß man mich hierherholt, dazu auf diese Art! Und was gegen mich vorliegt, hört ihr? Na los, oder seid ihr taubstumm?«

»Das können wir dir nicht sagen«, antworten beide fast im

Chor. »Der Inquisitor wird dich empfangen, wenn es ihm genehm ist. Los, komm mit!«

»Was ist denn das für eine Frechheit? Und wohin soll ich mitkommen? Ihr denkt doch wohl nicht, daß ich...«

»Ach, Coixa«, sagt eines der Kuttengespenster und öffnet die Tür, »bist du einfältig! Du kommst jetzt mit uns. Zuerst wirst du durchsucht, und dann bringen wir dich in deine Zelle. Und Ruhe, Coixa, wir wollen dich nicht hören!«

»Nehmt ihr mir die Fesseln ab? Ich würde mich gern kämmen.«

»Sobald du durchsucht bist. Wir wollen erst sehen, was du in den Kleidern versteckst.«

Sie betritt einen anderen Raum, groß und kühl. Obwohl die Sonne hereinscheint, ist es kalt. Beatriu Mas erschaudert. *Warte!* befehlen sie ihr. *Wir müssen dem Konfiskationsrichter Bescheid geben.*

»Ich kann gar nicht sagen, wie mir diese Balken gefallen!« ruft die Coixa laut aus. »Aber die brauchen dringend ein bißchen Öl. Nicht daß ich vor Arbeitseifer platze, aber mit einer guten Leiter bekäme ich das husch, husch in zwei Tagen hin. Ich hab' ein gutes Händchen für Hausarbeiten...«

»Ach, Coixa, komm uns jetzt nicht mit deinen hausfraulichen Talenten, wir wissen alle, welchem Gewerbe du nachgehst.«

»Und was hat das damit zu tun, eh? Das möchte ich aber mal wissen! Für mich gibt es nichts Ekligeres als Dreck, und da hab' ich schon einiges mitmachen müssen.«

Der Konfiskationsrichter tritt ein, schnaufend wie üblich. Die Plackerei der letzten fünfzig Tage hat ihn ausgelaugt. Er kommt nicht nach.

»Nehmt ihr die Fesseln ab«, befiehlt er, ohne jemanden anzusehen. »Also, Beatriu Mas, wie alt bist du?«

»Zweiunddreißig.«
»Ach ja, zehn mehr werden's wohl sein, aber das stellt der Ankläger schon klar. Ich bin in Eile. Zieh dich aus.«
»Mich ausziehen, Herr? Vor...? O nein, mein Herr, Ehrwürden, meine ich, das kann ich nicht! Das bringe ich nicht fertig!«
»Nanu, Coixa? Man könnte ja denken, du seist eine ehrbare Frau!«
»Eben das bin ich, Euer Gnaden.«
»Anständig, meine ich, Metze! Zieh dich aus, oder die dort übernehmen das!«
Sowohl der Konfiskationsrichter als auch die beiden Familiaren – die nie das Bordell betreten hatten, jedoch durch Dritte über den Körper der Coixa bis in die letzten Einzelheiten informiert waren, über den Leberfleck neben dem Nabel und die Üppigkeit ihres Schamhaars – fühlten sich erregt von dem bevorstehenden Schauspiel, das die Hure ihnen gratis bieten würde. Unter Aufbietung aller Sittsamkeit, der sie fähig war, zog sie sich aus, so, wie sie meinte, daß es die heiligen Märtyrerinnen vor ihren Henkern getan haben mußten. Sie legte alles ab bis auf die Unterhose und das Mieder.
»Weiter!« sagte der Konfiskationsrichter mit einer Stimme, die irgendwo in seinem Körper Blutandrang verriet.
»Nein, Euer Gnaden, bis hierhin und nicht weiter.«
»Na schön, Toni, zieh ihr den Rest aus. Wollen wir doch mal sehen, was sie drunter versteckt hat.«
Die Coixa wehrte sich. Sie schimpfte und kreischte aus vollem Hals, damit jeder sie hörte. »Dreckskerle, Schweine, Schufte!« schrie sie. »Nehmt eure Pfoten von mir!« Mit dem letzten Wäschestück fiel auch der Spiegel zu Boden. Dieser und der Kamm waren die beiden einzigen Gegenstände,

die ihr konfisziert wurden. Der Spiegel war gesprungen, aber zum Glück nicht zerbrochen. Das hätte die Coixa noch mehr aus der Fassung gebracht. Ein zerbrochener Spiegel war schlimmer als der Kerker, er bedeutete den Tod.

Der Schreiber vernahm sie und notierte alles, was sie sagte, sogar das Alter, das zu korrigieren sie sich weigerte. Anschließend wurde die Coixa, die nicht aufhörte, zu schwatzen und die heiligen Männer mit ihrem Gerede zu entnerven, zu ihrer Zelle geleitet. Sie durchquerte ein paar Räume, einen großen Innenhof, zwei Gänge, stieg Treppen hinunter und gelangte schließlich zu dem für sie vorgesehenen Loch. Der Gehilfe des Wärters, der sie führte, machte einen spöttischen Bückling, als er ihr den Vortritt ließ.

»Hier bist du erstklassig untergebracht! Mit einem Gör und einer Verrückten.«

Die Augen der Coixa, gereizt von der Helligkeit draußen, brauchten eine Weile, bis sie sich dem Lichtmangel angepaßt hatten. Ihre Nase dagegen nahm den Geruch nach Eingeschlossenheit, Feuchtigkeit und Kot sofort wahr, und sie würgte. Tastend begann sie sich vorwärts zu bewegen, und während sie versuchte, die Ausmaße der Zelle und die darin befindlichen Dinge zu erkennen, fragte sie, wer die anderen Gäste der Herberge seien.

»Ich bin Maria Pomar, und das ist Sara«, hörte sie ein feines, fast kindliches Stimmchen antworten.

»Hab' schon begriffen, Kleine. Euch haben sie geschnappt, als ihr Reißaus nehmen wolltet. Eieiei, die Judenweiblein von dem Schiff seid ihr. Da hat der Wärter nicht zuviel versprochen. Oje, wo bin ich hier nur gelandet!«

»Und du, wer bist du?« fragte wieder das Stimmchen.

»Ich bin die Beatriu Mas, aber man kennt mich eher unter meinem Spitznamen, die Coixa. Wißt ihr jetzt, wer ich bin?«

»Und ob!« sagte das Stimmchen, dessen zugehörigen Körper Beatriu im schwachen Licht zu erahnen begann. »Die schamlose Hure aus dem Bordell!«
»Was bildest du dir eigentlich ein? Jüdisches Dreckstück! Was nimmst du dir heraus, du, die du in die Hölle gehörst!« zeterte sie wild, wie von einem Skorpion gebissen.
»Ich nehme mir gar nichts«, versetzte das Mädchen, »aber du hast mir den Rafel Onofre weggenommen, ihm vorgesäuselt, du wollest ihm helfen, und dann hast du ihn verraten!«
»Nein!« sagte die Coixa, senkte die Stimme und setzte sich zu Maria auf die stinkende Matratze am Boden. »Du hast kein Recht, mich zu beschuldigen. Ich hab' noch nie jemanden verraten, daß du's nur weißt. Und außerdem weiß ich überhaupt nicht, wer dieser Rafel Onofre ist. Den kenne ich überhaupt nicht.«
»Und ob du ihn kennst, Coixa, und das schmerzt mich sehr. Ich bin seine Braut.«
»Das stimmt, das kannst du ihr ruhig glauben«, ließ sich die Frau vernehmen, die bisher noch nichts gesagt hatte, aufrecht an der Wand stand und sie mit unstetem Blick beobachtete. »Ich kann im Herzen der Menschen lesen. Das ist eine Gabe, die mir die Jungfrau verliehen hat.«
»Was plappert die denn da?« fragte die Coixa.
»Laß sie«, gab Maria zurück. »Die arme Sara! Das geht dich nichts an.«
»Mutter Gottes vom heiligen Rosenstrauch! Wo haben sie mich denn hier reingesperrt?« rief Beatriu Mas, die langsam die genauen Ausmaße der Zelle wahrnahm, deren Gestank ihr inzwischen etwas erträglicher geworden war.

Drei

In den ersten Wochen vernahm das Heilige Tribunal nur die Kinder. Die vier Jungen, Miquel und Pere, Quitèrias Söhne, und die beiden verwaisten Enkel von Aina Segura, Josep und Joan, wurden von vornherein in eine unwirtliche, aber helle Kammer im Obergeschoß gesperrt, weit entfernt von ihren Familien.

Als ersten holten sie Miquelet, der ungewollt dazu beigetragen hatte, Ripolls Verdacht zu erhärten, daß die Gruppe abendlicher Heimkehrer etwas Unrechtes getan hatte. Das Kind gab an, zu Hause würde weder Speck noch Schweinefleisch verzehrt, und als sie einmal bei Xim Martí eingeladen gewesen seien, hätten sie sich geweigert, von einer Languste zu essen.

Der drei Jahre ältere Pere widersprach seinem Bruder und sagte, wenn es bei ihnen kein Schweinefleisch gebe, dann, weil sie es nicht mochten. Seiner Mutter Quitèria seien diese Tiere, die den ganzen Tag frei in den Straßen von Ciutat herumlaufen und jeden Unrat fressen würden, widerlich, und deshalb sorge sie dafür, daß ihr weder Schmalz noch *camaiots* noch *sobrasada* ins Haus kämen... Doch als sie ihm den Arm verdrehten, bis das Mark seiner Knochen knirschte, gestand er, daß sie kein Schweinefleisch äßen, weil es den Juden verboten sei.

Joan und Josep Tarongí, die elternlosen Enkel von Aina Segura, neun und zwölf Jahre alt, erzählten ganz genau, wie sie an Bord gegangen seien, welche Gebete der Rabbiner Gabriel Valls mit ihnen auf dem Schiff gesprochen habe, und berichteten auch ausführlich über die Versammlungen im Haus ihrer Großtante, der Heilerin Madò Grossa, wo die Vorbereitungen getroffen worden seien. Josep, dem man die Freiheit versprochen hatte, wenn er alles sagte, was er wußte, sagte auch alles, was er nicht wußte, aber dachte, daß es den schwarzen Männern gefallen könnte. Er wollte um jeden Preis raus und wieder auf der Straße mit seinen Freunden spielen, die er unter seinem Kommando hatte, weil er mit der Schleuder mehr Katzen und Vögel traf als sonst einer. Ohne die Aufsicht der Großmutter meinte er, den ganzen Tag herumstromern zu können. Da der Sommer vor der Tür stand, konnte er überall schlafen, und einen Teller Suppe würde er schon von irgendeiner Nachbarin kriegen. Joan dagegen hatte solche Angst vor jenen Gespenstern, daß sie ihm alles einzeln aus der Nase ziehen mußten. Er weinte und schluchzte und sagte nur immer mal, er sei Katholik und glaube an den Herrn Jesus, an Jesus Christus und die Heilige Jungfrau, zu der er jeden Abend drei Ave-Marias bete.

Nach dieser ersten Runde befahl der Inquisitor, die Frauen zu verhören, die jeweils zu zweien in einer Zelle saßen. Obgleich das Zeugnis der Weiber alles andere als verläßlich war, da ihnen jeglicher Verstand abging, war man doch sicher, aus ihren Aussagen genügend Faser zu gewinnen, um daraus den Stoff zu weben, der sämtliche Häftlinge mit Schande bedecken würde. Aus ihren Gepflogenheiten in der Küche und beim Hausputz konnten die Inquisitoren leicht schließen, ob sie der jüdischen Tradition folgten oder nicht. Und sollten diese Heuchlerinnen lügen, so zählte man des weiteren auf Nachbarn und Mägde, die im jeweiligen Fall gehört würden.

Man hielt es für besser, die Männer zuletzt zu vernehmen, mit Ausnahme von Rafel Onofre Valls de Valls Major, der am selben Tag vernommen wurde, an dem man ihn vom Torre de l'Àngel in die Casa Fosca gebracht hatte.

Der Fall Rafel Onofres hatte die Kurie und den Vizekönig noch mehr gegeneinander aufgebracht und ihrem in letzter Zeit ohnehin schwierigen Verhältnis den Rest gegeben. Seine Exzellenz bezichtigte die Kirche, den Aufstand gegen ihn angezettelt zu haben, den *sen* Boiet am Tag nach der Festnahme der Konvertiten angeführt hatte. Die Kirche, genauer gesagt, der Herr Inquisitor seinerseits beschuldigte den Vizekönig, Rafel Onofre nicht herausrücken zu wollen, den er ganz klar für sich beanspruchte. Schließlich war er an der gescheiterten Einschiffung beteiligt gewesen und dann als Mönch verkleidet geflohen. Doch der Markgraf hatte es sich in den Kopf gesetzt, ihn im Torre de l'Àngel festzuhalten, weil er glaubte, in ihm einen nützlichen Zeugen zu haben. Der Junge, der lieber in der Gewalt des Vizekönigs geblieben wäre – immerhin ein Geschäftsfreund seines Vaters –, als dem Heiligen Tribunal in die Hände zu fallen, das wenig Federlesens zu machen schien, war jedoch nicht imstande, eine letzte Beichte des *sen* Boiet zu erfinden, die den Vizekönig befriedigt und ihn selbst vor dem Inquisitor gerettet hätte. Mit derselben Beharrlichkeit, die es ihm unmöglich gemacht hatte, das zu sagen, was der Vizekönig hören wollte, nämlich daß *sen* Boiet vor seinem Tode gebeichtet hätte, vom Bischof bezahlt worden zu sein, vertrat er jetzt vor den Inquisitoren, daß niemand ihm die Kutte gegeben habe, daß er sie vielmehr in jener Nacht, in der die beiden Unbekannten ihn zwangen, einem Sterbenden die

Beichte abzunehmen, einem Mönch gestohlen habe, der in den Straßen von Ciutat um Almosen gebettelt habe. Doch das Zeugnis eines Frauenzimmers, das dem Bordell direkt gegenüber wohnte, wendete das Blatt. Das Weib versicherte, da es nicht viel zu tun gehabt habe, den Jungen ganz genau gesehen zu haben, wie er am frühen Morgen, bereits als Mönch gekleidet, auf den Kornboden des Bordells geschlüpft sei. Zu dieser Aussage der braven, müßigen Nachbarsfrau, die über alles wachte, was vor ihrem Fenster geschah und die Gebote Gottes treu befolgte, kam der Besuch Ripolls im Bordell eine Stunde zuvor, weil er den Verdacht hatte, die Coixa könnte jemanden versteckt halten.
Dem Inquisitor Rodríguez Fermosino bot sich nun dank Rafel Onofre Valls de Valls Major die günstige Gelegenheit, Beatriu Mas ins Gefängnis zu stecken, deren Fall er, seit er ihn von seinem Amtsvorgänger übernommen hatte, zwischen seinen Papieren hin und her schob, ohne sich zum Handeln zu entschließen.
Es genügten fünf Worte, daß Rafel Onofre, letztendlich dem Heiligen Offizium überstellt, zusammenbrach und die Wahrheit gestand. Fünf Worte, die ihn mit einem Schlag umwarfen, fünf Worte, die in einem Augenblick schafften, was zwei Stunden Folter nicht erreicht hatten: *Die Coixa hat dich verraten.*
Nach dem Verhör wurde Valls' jüngster Sohn zu seiner Zelle gebracht und nicht wieder befragt bis zum Morgen des Tages, an dem man die Coixa festnahm. Mehr als dreißig Tage lang brütete der Inquisitor darüber, wie er Beatriu Mas möglichst unvorbereitet zu fassen bekäme. Er beschloß, sich Zeit zu lassen und sie in Sicherheit zu wiegen.
Kaum daß Rafel Onofre ausgesagt hatte, wurde Maria Pomar ein zweites Mal geholt. Das Mädchen, das vom Schicksal

ihres Geliebten keine Ahnung hatte, weinte, als es von seiner Festnahme erfuhr. Die Tränen gefroren ihr jedoch in den Augen, als der Ankläger ihr mitteilte, daß Rafel Onofre ihren Kummer nicht verdiene, weil er sie mit der Bordellhure Beatriu Mas, auch die Coixa genannt, betrogen habe. Doch Maria Pomar, von der Nachricht zuerst erschüttert, faßte sich dann ein Herz und antwortete dem Inquisitor, sie glaube dieses Gerücht nicht, das müsse jemand erfunden haben, der ihnen feindlich gesonnen sei und ihr Verderben wünsche.

»Bestimmt Beatriu Mas, Ehrwürden, die aus unerfindlichen Gründen Rafel Onofre fälschlich anklagt. Dabei haben wir doch nichts getan.«

»Nichts getan?« fragte spöttisch der Ankläger. »Nichts, sagst du? Angefangen damit, daß ihr den Herrn Jesus umgebracht habt, bis zu eurem Fluchtversuch aus Mallorca!«

»Ich war nicht dabei, als Er ans Kreuz genagelt wurde«, wimmerte das Mädchen, »wäre ich dagewesen, hätte ich bestimmt nicht zugelassen, daß sie Ihm so weh tun!«

Der Inquisitor überließ seinen Gehilfen die weitere Vernehmung der Gefangenen auf der Folterbank, die ohne ein Wort die Umdrehungen ertrug, mit denen sie ihr die Arme quetschten, und sich auf die Lippen biß, um nicht vor Schmerz zu schreien. Rodríguez Fermosino schloß sich in seiner Amtsstube ein, las im Brevier und versuchte, sich im Gebet zu sammeln, um das süße, tränenüberströmte Kindergesicht zu vergessen. Maria Pomar begann dann doch vor unerträglicher Qual zu brüllen, und weil ihr keine Ohnmacht gegen die entsetzlichen Schmerzen zu Hilfe kam, gab sie endlich zu, Costura habe die Wahrheit gesagt. Rafel Onofre habe ihr jenes Gedicht beigebracht, das sie in lauen Nächten im Garten gemeinsam zum Abschied aufzusagen pflegten, aber ihm sei gewiß nicht bewußt gewesen, daß es sich um ein jüdisches Vaterunser gehandelt habe. Für sie beide sei es ein Gebet an den Allmächtigen gewesen, ein Gebet, das sie verbunden und ihnen Kraft verliehen habe, deshalb beteten sie es auch, wenn sie getrennt seien, um einander in der Andacht zu finden, genau in dem Moment, wenn die Glocken von Ciutat sechs Uhr schlügen.

Maria Pomar wurde, in eine Decke gewickelt, halbtot in ihre Zelle geschleift. Zehn Tage lang dachte ihre Zellengenossin Sara de les Olors, sie würde jeden Augenblick ihre Seele aushauchen, und bat den Kerkermeister, einen Arzt zu rufen, aber man schickte ihr nur Pater Ferrando, der sich erfolglos bemühte, der delirierenden Maria die Beichte abzunehmen. Die Arme taten ihr so weh, daß sie nicht wußte, wie sie sie legen sollte. Das arme, gequälte Fleisch schillerte in allen Regenbogenfarben, so daß der Wärter erschrocken den Kerkervogt benachrichtigte, der seinerseits Madò Grossa gestattete, die Wunden zu reinigen und zu versuchen, mit ihren Binden und Schienen die Knochen zu richten.

Mit kochender Stirn und benommen vom Fieber, erholte sich Maria Pomar trotz der anhaltenden Schmerzen nach und nach. Zeitweise dachte sie, sie würde es nicht überstehen, der Augenblick ihres Todes sei nah und sie müsse sterben, ohne zu wissen, wieviel von dem, was der Ankläger gesagt hatte, stimmte und ob es wahr war, daß Rafel Onofre sie betrogen hatte. Dann verfluchte sie ihn für seine Untreue, dafür, daß er sie in dieses Gefängnis gebracht und mit der verunglückten Flucht ins Verderben gestürzt hatte. Wie glücklich sie doch gewesen war, dort im Garten mit ihren Eltern und Geschwistern, bis er erschien und ihr Blut in Unruhe versetzte, das so anders durch ihre Adern wallte, seit er ihr gesagt hatte, daß er sie liebe. Seither war ihr ganzer Körper eine einzige Glut, die nur seine Gegenwart zu lindern vermochte. Sie wünschte sich nichts sehnlicher, als seine Frau zu werden, bald, für immer. Sie klagte ihn an, verdammte und verfluchte Rafel Onofres Namen, um ihn gleich darauf zärtlich verliebt zu wiederholen, ihn zu preisen, ihm zu verzeihen. Er hatte sie nicht gezwungen, an Bord zu gehen. Er war nicht die Ursache ihres Unglücks. Sie selbst und sie allein war es gewesen, die ihn tausendmal gebeten hatte, sie mitzunehmen. Sie selbst und sie allein hatte sich entschlossen, ihm zu folgen, wohin er auch ginge. Sie hatte ihre Eltern angefleht, sie mit auf das Schiff zu lassen, nachdem Gabriel Valls und seine Frau angesichts der Liebe, die ihr Sohn für sie empfand, um ihre Hand angehalten hatten.

Livorno war für sie süß wie Honig. Dort würden sie heiraten, kaum daß sie an Land wären. Es war ihr gleichgültig, nicht die dürftigste Aussteuer zu besitzen, nicht das schlichteste von ihrer Mutter bestickte Laken. Es machte ihr überhaupt nichts aus, die ärmste aller Bräute zu sein, wenn Rafel Onofre sie nur liebte. Seine Frau zu werden war alles, was sie auf dieser Welt ersehnte, an seiner Seite zu leben, bis daß der Tod sie schiede, um sich im Himmel von Gottvater oder Adonai, von dem ihr Verlobter so inbrünstig sprach, wieder zu vereinen. Nein, Rafel Onofre hatte sie nicht betrogen, das war unmöglich. Er war außer sich geraten vor Freude, als er sie so entschlossen gesehen hatte. Sie brauchte sich nur zu erinnern, wie er sie angeblickt hatte, als er ihr sagte: *Alles wird gutgehen, meine Liebste, meine Herzensschöne!* Sie brauchte nur die Augen zu schließen, um die seinen zu sehen, die ihre Pupillen suchten, als wollte er all seine Sorgen, all sein Begehren darin versenken. Niemand hatte sie jemals so angeblickt wie Rafel Onofre, bis ins Innere, als wollte er mit ihrer Seele verschmelzen.

Während dieser Tage war Maria Pomar unfähig, auch nur einen Bissen Brot zum Mund zu führen. Sie trank jedoch ihre gesamte Wasserration und hatte unaufhörlich Durst. Ihr Glück, daß Sara de les Olors Mitleid mit ihr hatte und ihr nicht nur den Napf an die Lippen hielt, sondern auch noch auf das ihr selbst zustehende Wasser verzichtete, damit sie ein bißchen mehr zu trinken hatte. Sara, die ihr in den ersten Tagen überhaupt keine Beachtung geschenkt hatte, so beschäftigt war sie mit ihren Gebeten in Erwartung der Gesichte, die Gott, die Jungfrau und eine Heerschar von Engeln ihr bescherten, änderte ihr Verhalten schlagartig, kaum daß sie sich gebraucht fühlte. Von da an widmete sie sich nur noch dem armen, hilflosen Kind und tat alles, was in ihrer Macht stand, für seine Genesung. Sie nahm es mit mütterlicher Hingabe unter ihre Fittiche wie ein vorzeitig aus dem Nest gefallenes Vögelchen. Sie zerkrümelte Brot, feuchtete es auf dem Holzlöffel an und reichte es dem Mädchen eingeweicht, damit es leichter zu schlucken wäre. Sara de les Olors fiel es nicht schwer, Maria zu umhegen, die ihr jede Geste mit einem Lächeln dankte und sich bereitwillig versorgen ließ, da sie schnell wieder auf die Beine kommen und versuchen wollte, den Wärter zu bestechen, damit er ihr zu einem Treffen mit Rafel Onofre verhalf. Mehr noch als ihre Himmelsaugen und ihr kindliches Gesicht war es Marias langes weizenblondes Haar, das ihr offen bis zur Taille reichte und gewöhnlich zu einem dicken Zopf geflochten war, das Sara vom ersten Augenblick an erobert hatte. Während der Zeit der Genesung bat sie Maria, sie kämmen zu dürfen. In Ermangelung eines Kamms benutzte sie die Finger, die geschickt in den dichten Wust griffen, so gut es

ging die Knoten entwirrten und tastend feststellten, ob die Läuse schon Eier gelegt hätten.
Allmählich widmete sich Sara immer weniger der Erwartung ihrer Visionen, die sie seit ihrer Kindheit heimsuchten und die sie als besondere Gabe des Allerhöchsten empfand, und dafür um so mehr der Pflege Marias, zumal diese sie zuweilen an jene sanfte, schwermütige Jungfrau mit dem gelösten, honigfarbenen Haar erinnerte, die ihr in der Krone eines Zitronenbaums erschienen war. *Ein Madönnchen bist du, mein Kind*, pflegte Sara ihr mit feiner Stimme zu sagen, gerührt vor Zärtlichkeit, bevor sie sie zudeckte und einwiegte, auf daß der Schlaf nicht säumte und sie wenigstens zur Ruhe käme.
Sara war an einem Freitag Ende März vor Maria Pomar vernommen worden. Sie gab zu, römisch-katholisch-apostolisch, fromm und gläubig zu sein. Sie hatte ihren Vater nur auf dessen ausdrückliches Verlangen begleitet und weil sie ihn in seinem Alter nicht allein gehen lassen konnte. Sie sagte aus, häufig von ihrem Vater getadelt zu werden, wenn sie mit Schmalz koche, während er sein Essen ausschließlich mit Öl zubereitet haben wolle, weil es ihm anders nicht bekomme. Sie belastete ihren Vater nur zum Teil. Sie wußte, daß andere seiner Verhaltensweisen von viel größerem Interesse für die Inquisitoren sein könnten, doch die verschwieg sie. Wenn er auch die Segnungen, die Gott ihr zuteil werden ließ, nicht ernst nahm und sie zuweilen böse mißhandelte, so verdankte sie ihm immerhin das Leben. Außerdem, wenn es hart auf hart ging, konnte sie immer noch reden. Für's erste war es genug. Die Inquisitoren gaben sich zufrieden und folterten sie nicht. Sara war jedoch keineswegs überzeugt, daß es ihr beim nächsten Mal erneut erspart bliebe, zerquetscht zu wer-

den, vor allem, nachdem sie erlebt hatte, wie sie Maria zugerichtet hatten. Allein der Gedanke verursachte ihr tödliche Schmerzen und ein Herzrasen, schlimmer als das, das sie nach der Besinnungslosigkeit ihrer Ekstasen befiel. Schmerz machte sie feige. Marias geschundene Arme waren wie ein furchterregender Spiegel, in dem sie ihre eigenen sah. Häufig nachts, wenn das Mädchen endlich eingeschlafen war, streckte sie sich auf der feuchten, stinkenden Matratze aus und suchte nach Worten, die ihr helfen sollten, sich zu verteidigen, ohne jemand anderen anzuklagen. Sie wußte, daß sie unter der Folter alles sagen würde, was die Inquisitoren hören wollten, und imstande wäre, selbst Maria zu beschuldigen, die sie auf eine ihr unbekannte Art zu lieben begonnen hatte, wie sie sich nicht entsinnen konnte, je einen Menschen geliebt zu haben. *Hilf mir, heiligste Jungfrau,* wiederholte Sara*, du, die du dich meiner immer erbarmt hast, du, die du meine wahre Mutter bist, die Mutter, die ich auf Erden nie gehabt habe ...*

Sara de les Olors verlor ihre Mutter bei ihrer Geburt, und ihr Vater, der nur zwei Kinder hatte, hielt eine Dienerin und eine Amme für ausreichend und weigerte sich, wieder zu heiraten. Sie wuchs unter Männern auf und hatte einzig von ihrer Amme ein wenig Liebe erfahren, die ihr dazu ihren Glauben vermittelte, indem sie ihr den Kopf vollstopfte mit Gebeten und frommen Sprüchen. Mit vier Jahren hatte sie ihre erste Vision. Sie sah eine Jungfrau – der auf dem Altar der Mater dolorosa in der Kirche von Santa Eulàlia zum Verwechseln ähnlich, das Herz von Pfeilen und Messern gespickt und die Brust blutüberströmt –, die auf sie zutrat und sie das Händchen auf ihre Wunden legen ließ. Die Amme beschwichtigte sie, das sei nichts als ein Traum gewesen, solche Dinge geschähen nur den Heiligen, und mit Heiligen sei es hier ja nicht so weit her, Sara zumindest sei keine: Sie gehorche nicht, streite sich mit ihrem Bruder und schwindle. Aber die Erscheinungen wiederholten sich. Und je heftiger sie mit ihr schimpften, desto zahlreicher wurden die Engel und Seraphen im Gefolge der Jungfrau. Engel und Seraphen – letztere an ihren kleinen körperlosen Köpfen zu erkennen, aus deren Nacken die Flügel wuchsen – flatterten leicht wie abgerichtete Turteltauben zu Füßen der Mutter Gottes, die nie den Boden berührte und während der gesamten Dauer der Vision schwebte.

Sara spürte gewöhnlich Minuten vorher, daß die Ekstase unmittelbar bevorstand, denn wo auch immer sie sich aufhielt, ob in ihrer Kammer, mitten auf der Straße oder in der Kirche, kündigte sie sich mit einem Schwall überraschender, häufig sehr unterschiedlicher, doch stets höchst angenehmer Gerüche an. Außerdem redete Sara gern laut über diese Gabe, mit der Gott sie gesegnet hatte, denn niemand sonst in ihrer Umgebung spürte die Düfte der Orangenblüten, die Weihrauchschwaden, die Mischung aus Majoran und Minze, die Frische des Basilikums oder den süßen Hauch der weißen Lilien, die sie nacheinander aufzählte und deutlich wahrzunehmen schwor. Die Gerüche waren die Vorboten eines Zustands der Entrückung. Sie verdrehte die Augen, daß nur noch das Weiße zu sehen war, und wartete, daß die Erscheinung sich offenbarte. Bald kannte man sie mit dem Beinamen *la de les Olors*, die mit den Gerüchen, oder Sara de les Olors, was sie nicht im geringsten störte. Im Gegenteil, es gefiel ihr, denn sie fand, der Zusatz verleihe ihrem Namen einen Rang und eine Würde, anders als bei den Frauen des Viertels, die ihre Beinamen gewöhnlich schon von ihren Vorfahren geerbt hatten. Ihrer war selbst verdient, wenn nicht aus eigener Kraft, so doch kraft der Gottesgabe ihrer Visionen. Ihr Ruhm hatte sich rasch über ihre häusliche Umgebung hinaus verbreitet und war den Angehörigen des Heiligen Offiziums zu Ohren gekommen, die sie zum Verhör holen ließen. Doch dem damaligen Inquisitor schien das Mädchen eher von allen guten Geistern verlassen, so daß er den Erscheinungen keine weitere Bedeutung zumaß und sie gehen ließ, nicht ohne allerdings eine öffentliche Verwarnung auszusprechen, damit niemand daran Anstoß nehmen konnte, was sein Nachfolger Cabezón y Céspedes ganz anders sah, der befahl, ein Verfahren gegen sie einzuleiten. Sara de les Olors hatte Glück, daß dieser, den Prozesse, in die Frauen verwickelt waren, über die Maßen reizten, nicht lange im Amt verblieb und daß Fermosino, den derzeitigen Inquisitor, wichtigere Dinge beschäftigten, weshalb er sich für die Akte zu ihrer Person nicht besonders interessierte. Aber da sie nun einmal hinter Gittern saß, erhielt ihr Fall eine neue Bedeutung, indem er Teil der Papierflut wurde, die die Prozeßeröffnungen gegen die judaisierenden Flüchtlinge ausgelöst hatten.

Vier

In den ersten Wochen versuchte Gabriel Valls verzweifelt, sich ein Gespräch in Erinnerung zu rufen, das er während der Reisevorbereitungen mit Josep Valleriola geführt hatte und bei dem auch der Konsul zugegen gewesen war, in dem der alte Xoteto ihnen von der geheimen Verständigungsmethode erzählt hatte, die sie zur Zeit der Prozesse vor zehn Jahren, der sogenannten Zeit der Verschwörung, in ebendiesem Kerker entwickelt hatten, um in Verbindung zu bleiben, ohne daß die Inquisitoren es bemerkten. Dreimaliges Klopfen gegen die Wand bedeutete, daß man in Treue zu seinem Glauben an Adonai hielt, ohne dies zugegeben zu haben, denn die drei Schläge standen für die Spitzen des Dreiecks, mit dem der Unnennbare dargestellt werden kann. Drei Schläge plus einer hieß, daß man sich vor dem Tribunal zum Christen erklärt hatte, denn drei Schläge standen für Gott und einer für Seinen eingeborenen Sohn, den Messias laut der Religion ihrer Feinde. Drei plus zwei Schläge machten diejenigen, die ausgesagt hatten, die christlichen Riten zu befolgen, zur Messe zu gehen und den Rosenkranz zu beten, dabei galten die beiden letzten Schläge der Kirche oder der Mutter von *Joan Peroni*. Aber sosehr er sich auch anstrengte, mehr wollte ihm nicht einfallen. Er verfluchte sich, keine Geheimsprache mit den Seinen verabredet zu haben, falls die Flucht scheitern sollte, doch war er so voller Vertrauen gewesen, daß alles gutgehen würde, und bei ihrem Aufbruch war auf einmal solche Eile geboten, daß er daran nicht hatte denken wollen. Jetzt bereute er es bitter.

Mit der fest geballten Faust schlägt er dreimal gegen die Wand, um sich zumindest als Einwohner des Carrer zu erkennen zu geben, falls sich auf der anderen Seite jemand befände, der damals, vor zehn Jahren, auch hier gewesen war oder durch Zufall mit dem Klopfzeichen vertraut ist. Er hat zudem das Gefühl, daß man in die Zelle neben der seinen den Konsul gesperrt hat, deshalb gibt er nicht auf, denn wenn er es tatsächlich ist, dann muß ihm irgendwann jenes Gespräch mit Valleriola einfallen. Zuweilen meint er, daß von der anderen Seite der Mauer jemand nach ihm ruft, doch wenn er antwortet, kann oder will man ihn nicht hören. Er verbringt Stunden damit, auf jedes Geräusch von außen zu lauschen: das Schlagen der anderen Türen, die auf den Gang führen, Schritte, die sich entfernen oder nähern, das Klagen und Weinen, wenn die Wärter jemanden in eine Zelle schleppen. Obwohl die ständige Dämmerung, in der er lebt, nur zum Schlafen taugt, findet Gabriel Valls kaum Ruhe, denn sobald er einschläft, geistern die scheußlichsten Gespenster durch seine Träume. Er sieht seinen jüngsten Sohn, Rafel Onofre, umgeben von Gerippen, wie bei einer Aufführung jenes Totentanzes, von dem sein Großvater ihm erzählt hat, als er klein war. Skelette in dunklen Kutten mit Mistgabeln wirbeln und winden sich um den Jungen und verspotten ihn unter Hohngelächter. Zum Schluß zerren sie ihn davon, in Handfesseln und blutbesudelt. Dieser Traum läßt ihn das Schlimmste befürchten.

Manchmal jedoch, besonders nachdem er lange gebetet hatte, war er überzeugt, daß Rafel Onofre in Sicherheit war, daß er sich in Alcúdia auf ein Schiff nach Alicante retten konnte. Wenn Adonai ihm nur diese eine Gnade erwiesen, wenn Adonai ihm den Sohn beschützt hätte, dann wäre der Kerker kein zu großes Opfer, dann schmerzte ihn auch kein künftiges Leid. Doch wenn sie den Jungen erwischt hätten, so wie seine Frau, würde ihm die eigene Haft todbitter. Er dachte an Rafel Onofre, den er erst als älterer Mann gezeugt hatte, mehr als an irgend jemanden sonst. Er war sein ein und alles. Mit diesem liebenswerten Sohn, der ihm nichts als Freude bereitete und die Religion der Seinen bereitwillig angenommen hatte, erwies Gott ihm eine große Gnade. An seine Frau Maria, obgleich er sie für die beste Ehefrau hielt, die er finden konnte, und ihr Zuneigung und Achtung entgegenbrachte, dachte er wenig. Denn in den langen Stunden der Leere überlagerte das Bild der Witwe Sampol das jeder anderen Frau, sosehr er es auch zu fliehen suchte. Wußte sie schon von den schrecklichen Folgen der gescheiterten Fahrt? Würde sie ihnen von Livorno aus helfen können?

Auf diese ständigen Fragen gab er sich stets dieselbe Antwort: die liebevollen Augen Maria Aguilós, seiner Ehefrau, die im Frieden des Gartens auf ihm ruhten. Er übersah den bitteren Zug, den die Jahre um ihren Mund gegraben hatten, und zwang sein Gedächtnis, ihm die besten Zeiten ihres gemeinsamen Lebens zu vergegenwärtigen. Die heimliche Heirat, zu der sein Vater alte Schriften befragen mußte, um nach der Trauung in der Kirche von Santa Eulàlia eine jüdische Hochzeitszeremonie im engsten Freundeskreis abzuhalten. Die Geburt der Kinder, derer Adonai ihm fünf geschenkt hatte, von denen jedoch nur zwei überlebten. Marias Begabung für jede Arbeit im Haushalt, fürs Quitteneinmachen hatte sie die beste Hand im Segell, und jeder lobte ihre Stickereien auf den Tischdecken, die sie freitags abends auflegte. Sie schlachtete das Geflügel gemäß dem Alten Gesetz, ohne sich zu zieren wie andere Frauen, stets lag ein Almosen für die Armen bereit, und die Schwiegertochter aus dem Hause der Pächtersfamilie hatte sie so herzlich aufgenommen wie die eigene Tochter, die großzuziehen Adonai ihr verwehrt hatte.

Er fühlte die Verpflichtung, sich die Tugenden seiner Frau vor Augen zu führen. Auch sie war ihm nicht freiwillig aufs Schiff gefolgt und hatte ihre Mutter, ihre Tanten, Neffen und Vettern unter Tränen zurückgelassen. Maria wäre nur zu gern daheim geblieben, im Garten, wo es so schön war. Trotzdem hatte er sie in dieses unglückliche Abenteuer getrieben, das sie nie gutheißen konnte, auch wenn sie sich das nicht anmerken ließ, denn wer das Sagen hatte, war für sie nie eine Frage gewesen. Die Witwe Sampol dagegen hätte sich aufgelehnt, wenn sie der Meinung gewesen wäre, die Flucht sei übereilt. Blanca kämpfte für das, was sie für richtig hielt. Maria senkte den Kopf, denn das war es, was man ihr beigebracht hatte und was alle Frauen taten. *Oh, Adonai, hilf mir, quäle mein Herz nicht noch mehr!* Adonai war immer die beste Zuflucht. *Wenn ich keinen Glauben hätte,* sagte er sich, *wenn Adonai mich verließe, würde ich verrückt wie meine Schwiegermutter und wäre nicht in der Lage, diese Finsternis zu ertragen, die Schrecken der nächtlichen Geräusche, den Salbader Pater Ferrando, die Angst vor der Stille der langen Morgenstunden, unterbrochen nur vom Trippeln der Ratten und fernen Katzenkämpfen.*

Er hat den Jesuiten, der ihn in der christlichen Glaubenslehre unterrichtet, gefragt, ob er weiß, wann sie ihn holen würden, um endlich dem Tribunal gegenüberzustehen, denn das Warten scheint ihm noch unerträglicher als die mögliche Folter. Er hat um Nachrichten von den Seinen gebettelt, doch bekommt er keinerlei Auskunft, die für ihn von Bedeutung wäre.

Oft, wenn der Wärter ihm das armselige Essen hinstellt – fast immer Brotkanten, sonntags manchmal ein Stück Speck, das er nicht anrührt, ein Krug Wasser –, versucht er, ihn aufzuhalten und nach seinem Sohn zu fragen, ob er mit den anderen vom Schiff gefangen sei und ob er eine Ahnung habe, wann er gerufen werde. Der Kerkermeister antwortet ihm nicht mit Flüchen oder Fußtritten, mit denen er andere Gefangene behandelt, die er für geringer erachtet, verweigert ihm jedoch jegliche Information, sosehr Valls ihn auch beschwört, er werde ihm seine Hilfe zu lohnen wissen.

Eines Tages Ende April bringt ihm der Kerkervogt höchstpersönlich das Essen und fragt ihn höflich, ob er irgendeinen Wunsch habe. *Zu wissen, was mit meinem Sohn ist,* bittet Valls, *und wer schon vernommen worden ist und warum man mich noch nicht geholt hat.* Der Kerkervogt erwidert, die Absichten des Gerichts bezüglich der Verhöre seien ihm nicht bekannt, daß aber bis jetzt nur die Kinder und die Frauen befragt worden seien und ein junger Mann: sein Sohn Rafel Onofre.

Valls hielt sich aufrecht, aber er hatte das Gefühl, ein Gebirge stürze über ihm zusammen. Er fragte, was er sonst von seinem Sohn wisse, wie es ihm gehe und wo er sei. Er flehte ihn an, ihn sehen zu dürfen, wenn auch nur für eine Sekunde, und wider Erwarten überraschte ihn der Kerkervogt mit dem Angebot, ihn zur Zelle Rafel Onofres zu begleiten.

Das Scheitern der Reise schrumpfte zur Bedeutungslosigkeit vor den Wunden seines Sohnes und seinen fiebrigen Augen. Rafel Onofre berichtete hastig – denn der Kerkervogt hatte ihnen zur Bedingung gemacht, sich kurz zu fassen –, was ihm seit dem Augenblick ihrer Trennung zugestoßen war. Gabriel Valls' Wut brachte seinen Puls zum Rasen und drohte mit jedem Herzschlag loszubrechen. Am liebsten hätte er die Wände mit den Fäusten bearbeitet, doch streichelte er nur die glühende Stirn des Jungen, wie er es getan hatte, als dieser noch klein war. Er tröstete ihn, so gut er konnte. Er sagte ihm, daß sie ihn jetzt wahrscheinlich nicht mehr foltern würden, daß es richtig war zu gestehen. Warum hätte er die decken sollen, die ihn verraten hatte? Er hütete sich, ihn seine Trauer spüren zu lassen, und sprach ihm Mut zu, indem er versicherte, alles würde wieder gut. Später in seiner Zelle, so beharrlich er auch versuchte, sich an ein biblisches Vorbild zu klammern und am heiligen Erzvater Abraham ein Beispiel zu nehmen, fiel es ihm schwer zu akzeptieren, daß Adonai auch von ihm die Opferung seines Sohnes verlangte.

Die ganze darauffolgende Nacht konnte er kein Auge schließen. Rafel Onofre hatte ihm keinerlei Vorwurf aus den Ereignissen gemacht, dennoch fühlte er sich doppelt schuldig. Zuerst hatte er ihn zu der Reise bewogen und ihm dann, in der Überzeugung, daß man ihn dort nicht suchen würde, befohlen, sich im Bordell zu verstecken. Wie hatte er nur auf diese Idee verfallen können … Auch für die Führung seines Sohnes hatte Gott ihm die rechte Eingebung verweigert. Vielleicht wollte Er ihn auf die Probe stellen. *Ich bin nicht aus demselben Holz geschnitzt wie Hiob, Herr!* Adonai entlud Seine geballte Gewalt über seinem Kopf, und obgleich dies Sein gutes Recht war, wußte er nicht, ob er standhalten würde. Rafel Onofre hatte ihn gefragt, was er von seiner Mutter und Maria wisse, und war, als er den Namen seiner Braut aussprach, in Tränen ausgebrochen. *Ich habe sie in dieses Unglück hineingerissen!* schluchzte er. *Rafel Onofre irrte. An der überstürzten Abreise trug nur einer die Schuld: er. Was hätte man anders machen können? Es aufzuschieben, um es in Ruhe vorzubereiten, war zu gefährlich. Jeder konnte sie unabsichtlich verraten, indem er sich durch eine Unvorsichtigkeit selbst verriet. Ein Aufschub hätte bedeutet, die Gelegenheit zu versäumen, die sich ihnen durch Pere Onofre Aguiló und die Witwe Sampol bot. Nein, sie konnten die Schebeke nicht leer auslaufen lassen, nachdem die Freunde aus Livorno die Abmachung mit dem Kapitän getroffen hatten. Nein, auf keinen Fall! Eine Anhäufung ungünstiger Umstände hatte den Fehlschlag herbeigeführt. Adonai hatte es zugelassen. Warum? Warum? Sie wollten doch weg, um Sein Gesetz besser befolgen zu können, nichts mehr vortäuschen zu müssen, damit die Heuchelei ein Ende hätte. Andere, weil sie einfach Angst hatten ... Der Herr hatte sie gestraft. Doch wer war er, sich ein Urteil zu erlauben? Nichts weiter als ein armer Kaufmann jüdischer Herkunft, der das Gesetz Mose für das einzig wahre hielt, vor allem, weil es das Gesetz seiner Väter und der Väter seiner Väter war – womöglich mit derselben Starrköpfigkeit, mit der die, die Rafel Onofre gemartert hatten, das ihre für die Wahrheit hielten. »Wer nicht für mich ist, ist gegen mich und soll ausgestoßen werden. Wie tote Reben soll er ins Feuer geworfen werden und brennen«, wie der Jesuit immer betonte. Und wenn Adonai nur in der Starrköpfigkeit seines Volkes existierte, so, wie Gottvater nur in der Starrköpfigkeit ihrer Feinde? Wären wir einfach Menschen, nicht Christen oder Juden, und fühlten uns als solche, würden wir einander achten, statt uns auszurotten, und könnten in Frieden leben. Doch wäre er bereit, seinen Glauben aufzugeben, der seinem Leben bis jetzt Sinn verliehen und ihm den Respekt seiner Gemeinde eingebracht hatte, den*

höchsten Respekt, den vor dem Rabbiner? Nein, oder doch: für seinen Sohn, nur um seinen Sohn vor dem Zorn Gottvaters und dem Zorn Gottes des Herrn zu retten.
Das milchige Licht des Morgens bedeckt allmählich die Stadt. Die Männer des Büttels nehmen Aufstellung, um das Stadttor zu öffnen. Schon wartet eine Schlange beladener Gemüsekarren davor. Draußen gibt die Sonne dem Leben Sinn. Hier löst sich das Leben auf in Dunkelheit... *Am schlimmsten ist es morgens*, hat Valleriola seinerzeit gesagt, *wenn für alle der Tag beginnt außer für die Gefangenen, denn in der Zelle ist es egal, ob es hell oder dunkel ist.* Wie recht er hat. Er sehnt sich nach Licht. Nie hat er es als so wohltuend empfunden wie jetzt, und nie hat er das furchtbare Los der Blinden derart nachfühlen können. *Morgens*, hatte Valleriola erzählt, *haben die Schritte des Kerkermeisters einen anderen Hall. Kommt er etwa mich holen? Mich? Er geht vorbei! Welche Erleichterung, wieder im Sumpf der Finsternis versinken zu dürfen!* Valls wäre es lieber, sie kämen ihn holen. Er hält es nicht mehr aus. Daß alles vorüber wäre, so schnell wie möglich, sollen sie ihn doch rupfen, nur laufen lassen sollen sie ihn. Und den Jungen sollen sie laufen lassen. Sie werden noch einmal ganz von vorn anfangen. *Ich werde so viel wie möglich verschweigen. Ich werde nur mich selbst belasten, nur mich. Werde ich unter der Folter stumm bleiben? Und wenn ich vor Schmerz nicht kann? Wie verhindere ich, daß die anderen gefoltert werden? Werde ich stark sein? Werde ich es aushalten? Und wenn sie uns diesmal, statt sich mit Konfiskationen zufriedenzugeben, statt uns die letzte Unze wegzunehmen, auf den Scheiterhaufen schicken?*
Er versucht, den Gedanken abzuschütteln. Daran will er nicht denken. Es war nie seine Art gewesen, den Ereignissen vorzugreifen. Allerdings beschleicht ihn der Verdacht,

daß sie diesmal härter durchgreifen wollen als vor zehn Jahren, als die Häftlinge jeden Morgen in den Innenhof gehen und zum Zeitvertreib Komödien lesen oder Gitarre spielen durften. Die Disziplin ist diesmal viel strenger. Nichts mit Hofgang. Nichts mit Büchern oder Instrumenten. Die Tage in der Zelle sind unendlich. Acht Schritte mal zwanzig. Tausendmal hat er berechnet, wie viele er an einem Vormittag machen kann, denn beim Gehen ist ihm wohler, als wenn er auf dem Stroh sitzt, lieber gehen, als auf dem Bett liegen und die abgeblätterte, stockfleckige Decke anstarren, diese viel zu hohe Decke im Verhältnis zu dem engen Raum, in dem er eingesperrt ist. Er weiß, daß es Tag ist, wenn die Sonne sich bereits des ganzen Horizonts bemächtigt hat, gegen zwölf, denn bis dahin ist das Licht so diffus, so schwach, daß es aussieht, als hätte die Nacht sich noch nicht zur Ruhe begeben. Er hat die faulige Luft satt, die nie erneuert wird, da der Kerkermeister die Tür nur zweimal am Tag öffnet, um ihm Wasser und das karge Mahl hinzustellen oder Pater Ferrando einzulassen. Er ahnt, daß dieser heute kommen wird. Ausgerechnet heute, da es ihm schwerer denn je fallen wird, sein Gewäsch und seine Strafpredigten über sich ergehen zu lassen. Er wundert sich, daß er noch nicht aufgegeben hat. *Dir ist nicht zu helfen!* hat er ihm beim letzten Mal gesagt. *Ein Stein ist leichter zu erweichen als du. In deinem Herzen sitzt ein Skorpion!* Die Anwürfe Pater Ferrandos machen ihm nichts aus, er hält sie für verständlich. Sie gleiten an ihm ab. Sie stören ihn weniger als die Fliege an der Wand. Die Gespräche mit ihm, dem einzigen, mit dem er bisher reden darf, bringen ihm keine Erleichterung. Er geht ihm eher auf die Nerven. *Pater Ferrando ist schuld am Scheitern der Flucht. Er hat Costura geknetet, bis er zum Spion geworden ist. Er hat ihn bis zum letzten Augenblick seines*

Todeskampfes ausgepreßt, um ihm zwischen Krämpfen und Zuckungen die letzten Aussagen abzuringen.

Er hört das Geräusch näher kommender Schritte, das Metallgerassel von Schlüsseln. Schon sind sie da, schon sind sie an der Tür. Er wird wie immer den Mund halten. Er wird ihn seine Predigt halten und sich beleidigen lassen, ohne ein Wort zu sagen. Dieses Mickermännchen von Jesuiten sträubt ihm die Haare. Doch ist es nicht Pater Ferrando, der da kommt, zumindest ist es nicht seine Stimme. Es ist eine dunklere Stimme, gedämpfter, anscheinend auch die eines Priesters, der mit dem Kerkermeister spricht. Er kann nichts verstehen. Vermutlich sind die Inquisitoren der Meinung, es solle mal ein anderer zu ihm gehen, der vielleicht mehr Glück oder bessere Eingebungen habe als Ferrando. Er ist an ihre listigen Fragen schon gewöhnt. Er kann nicht mehr hören, wie abscheulich er sei, bloß weil er Jude ist, und daß die Juden Christus getötet hätten. Dies macht ihn ewig schuldig. *Als ob Christus selbst und die Apostel der katholischen Kirche keine Juden gewesen und aus dem Nichts gekommen wären! Die Tugenden des jüdischen Volkes zu leugnen*, hatte er Pater Ferrando beim letzten Mal gesagt, *heißt, die christlichen Tugenden zu leugnen. Woher kommen die Christen, wenn nicht von den Juden? Wie entstand das Neue Gesetz, wenn nicht aus dem Alten Gesetz?*

Pater Ferrando bringt die Gelassenheit dieses Mannes zur Verzweiflung. Er wirkt selbstbewußt, spricht wenig, wartet immer ein paar Sekunden, bevor er den Mund aufmacht, und bei seinem letzten Besuch hatte er seine Wortkargheit damit gerechtfertigt, daß er noch nie sein Schweigen, oft jedoch seine Worte bereut habe. *Bevor ich sie ausspreche, bin ich der Herr meiner Worte,* hatte er gesagt, *danach sind es die Worte, die mich beherrschen.*

Pater Ferrando teilt dem Inquisitor mit, er wolle Valls aufgeben und sich lieber dem Konsul widmen, dessen Seele ihm zugänglicher für die göttliche Gnade scheine, oder Valleriola oder Martí... So sehr Valls' Verhalten ihm auch zusetzen mag, kann er doch nicht ahnen, wie schlagartig sein Rückzug gegen ihn verwendet wird, denn sein Rivale Pater Amengual ergreift die Gelegenheit und bietet unverzüglich seine Hilfe an, kaum daß ihm diese Nachricht zu Ohren kommt. Der Inquisitor sagt ihm, um ihn loszuwerden, ihm sei es recht, seinetwegen könne er es versuchen. Die beiden zur Betreuung der Gefangenen eingesetzten Priester sind überlastet, vor allem seit man begonnen hat, weitere Bewohner des Carrer festzunehmen, die sich verdächtig gemacht haben, wenn sie auch nicht an Bord gegangen sind. Das Gefängnis ist zum Bersten voll. Man kommt nicht nach, erst recht nicht, wenn die Abwicklung der Fälle jetzt auch noch eilt. Zum königlichen Besuch muß das erste Autodafé bereit sein, daran gibt es nichts zu rütteln. *Ihr werdet ja bereits wissen, Ehrwürden, daß ich an einem Buch arbeite, wahrlich, dem Sieg des Glaubens über die Ketzerei, und ich würde mich gern aus der Nähe kundig machen. Die Betreuung von Valls käme mir sehr gelegen. Ich vertraue auf die Hilfe des Allerhöchsten, daß es mir gelingt, ihn zu bekehren...*
Als Ferrando erfährt, daß der Inquisitor dazu genickt hat, ist er außer sich. Im Kloster wird behauptet, er spucke Feuer und fluche sogar. Seine Drohungen haben nicht gefruchtet. Amengual ist in sein Revier eingedrungen, mitten hinein! Denn es ist ganz und gar sein Revier, egal, ob Amengual meint, es sei niemandes Revier. Und dann hat der unverschämte Kerl auch noch gesagt, wer Stiefel machen könne, bekomme auch Schuhe hin. So fröhlich hatte man den Jesuiten noch nie gesehen, besonders in der letzten Zeit wirkte

er sehr niedergeschlagen. Während Ferrandos Hennen eifrig zu legen schienen, zerbrachen die seinen alle Eier. Zu allem Überfluß waren Gerüchte zu ihm durchgesickert, daß der Vizekönig, sein Neffe und der Oberste Ratsherr sich an einigen Stellen seines Buches über Sor Noreta halbtot gelacht hätten, darunter ausgerechnet an einer, die er für besonders gelungen hielt: *Aus dem Sanktuarium warf Jesus in Gestalt des heiligen Sakraments ihr einige Apfelsinchen zu, wie es auf Erden die Verliebten tun, und sie empfing sie in ihrem Schoß mit frommer Hingabe. Darauf erschienen ihr die heiligen Engel, angeführt von ihrem Schutzengel, und speisten sie mit Brombeerkonfitüre, die, da himmlischen Händen entsprungen, anders schmeckte als die uns allen vertraute. Wie das Manna der Wüste war jene Konfitüre, seraphische Nahrung für Sor Noreta, süßer Engelslohn ihres Fastens und ihrer Bußen.*

Zum Glück ist die montägliche Gesprächsrunde bis nach dem Sommer ausgesetzt, denn er hätte sonst nicht gewußt, mit welcher Miene er Sebastià begrüßen solle, mit saurem Gesicht, um ihm zu verstehen zu geben, daß er Bescheid wisse, oder liebenswürdig wie immer, als sei nichts gewesen. Dank der übermäßigen Arbeit des Richters, der nicht eine Minute erübrigen kann, und seiner wachsenden Feindschaft zu Ferrando, mit dem er schon nicht mal mehr spricht, ist ihm dies erspart geblieben. Auch dem Chronisten Angelat ist es lieber, die Hitze vorübergehen zu lassen, denn er steckt mitten in seiner *Memoria*, die er im Auftrag der Stadt schreiben und Ihrer Majestät der Königin bei ihrem bevorstehenden Besuch präsentieren soll. Um die *quartos embetumats* der Klarissinnen allerdings tut es ihm leid, denn so gute wie die ihren wird er nie wieder kosten, so weit er auch herumkommen mag. Allein Sebastià Palou hätte keine Einwände, sich weiterhin montags zu treffen, vorausgesetzt, daß außer dem Tölpel Amengual, dessen Konversation er schätzt wie eine faule Eichel, wenigstens ein Dritter anwesend wäre. Amengual stört die Unterbrechung in keinster Weise: *So finde ich mehr Zeit zum Schreiben. Dies wird das Werk meines Lebens! Wahrlich, ich sollte diese glückliche Fügung unbedingt nutzen ...*

Sie reden immer noch. Über ihn? Sie sind jetzt genau vor der Tür. Er hört den Kerkermeister den Schlüssel ins Schloß schieben und drehen. Die Tür öffnet sich mit rostigem Knirschen, und Gabriel Valls kneift seine ans Halbdunkel gewöhnten Augen zusammen und fixiert den Unbekannten. Nein, das kantige Gesicht mit den tiefliegenden Augen und fleischigen Lippen sagt ihm nichts. An der Soutane erkennt er, daß dieser, wie Pater Ferrando, ebenfalls Jesuit ist. Es überrascht ihn, in seiner rechten Hand Tintenfaß und Feder und unter seinem Arm eine kleine Mappe zu sehen. Gewohnt zu schweigen, wartet er stumm, daß der Neuankömmling zu sprechen beginnt. Doch dieser sagt kein Wort, schenkt ihm lediglich ein flüchtiges Lächeln und kann gleich darauf eine Grimasse des Widerwillens nicht unterdrücken. Schließlich übernimmt der Kerkermeister die Vorstellung: *Pater Amengual wird dir eine Weile Gesellschaft leisten!* Dann wendet er sich ab, um die Tür von außen zu schließen.

»Kannst du die Tür nicht offenlassen?« fragt der Priester. »Hier stinkt es!« fügt er hinzu und hält sich mit der Linken die Nase zu.

»Das ist nicht gestattet, Ehrwürden. Ich bin nie weiter als ein paar Schritte. Wenn Ihr rauswollt, ruft, und ich mache Euch auf.«

Valls mag diesen Mann auf Anhieb nicht, der den Elendsgeruch dieses Lochs, das genauso stinkt wie die anderen

Zellen, nicht einmal für kurze Zeit erträgt. Das Stroh der Matratze war schon von Urin, Schweiß und Blut getränkt, als er hereinkam, und selbstverständlich hat es niemand gewechselt. In einem Winkel steht der Eimer voller Kot, den er nur einmal pro Woche leeren darf. Der Gestank ist sauer und schwer von menschlichen Ausdünstungen. Der Kerkermeister hat einen Stuhl für Pater Amengual gebracht.

»Tut mir leid, Ehrwürden«, sagt Valls schließlich hohntriefend, »zu Hause hätte ich Euch anders empfangen. Wie Ihr seht, sind die Kerker des Heiligen Offiziums alles andere als heilig, zumindest was den Gestank angeht.«

»Wahrlich?« fragt der Jesuit, der nicht weiß, wie er mit der bissigen Bemerkung des Häftlings umgehen soll.

Wieder senkt sich Schweigen über sie. Der Gefangene geht auf und ab, und Pater Amengual sieht ihm zu, während er nach einem Anfang für seine Predigt sucht, obgleich er sich seit gestern mit nichts anderem als ihrer Vorbereitung beschäftigt hat. Es bleibt ihm nichts anderes übrig, als in die Notizen zu schauen, die er in der Mappe bei sich trägt. Wenn ihm die Nerven versagen, ist auch sein Gedächtnis dahin, *wahrlich*... Bedächtig knüpft er die Bänder auf. Es fällt ihm schwer, im Halbdunkel seine eigene Schrift zu lesen. Gabriel Valls starrt ihn weiter erwartungsvoll an, während Pater Amengual mit speichelbenetztem Daumen verlegen in seinen Papieren blättert und dabei aufpaßt, daß das Tintenfaß mit der Feder, das er auf seinen Schoß gestellt hat, nicht herunterfällt.

»Ich habe einige Fragmente der Kirchenlehre gewählt«, sagt er, »in denen die heiligen Väter über die Juden sprechen, um sie mit dir gemeinsam zu lesen. Ich schreibe ein Buch über den Sieg des Glaubens. Es hängt von dir ab, ob du darin als ordentlich konvertierter Christ oder als Ketzer Erwähnung findest. Hör zu, hör dir diesen Text des heiligen Gregor von Nyssa an: *Die Juden töteten den Herrn, ermordeten die Propheten, stritten wider Gott, haßten Ihn und übertraten Sein Gesetz, zeigten sich als Feinde der Gnade und dem Glauben ihrer Väter entfremdet. Advokaten des Teufels, Schlangenbrut, Denunzianten, Verleumder, Umnachtete, Hefe der Pharisäer, Synedrium von Dämonen, durch und durch böse Zerstörer, Steiniger, Hasser alles Guten*... Na, was hältst du davon?«

»Was soll ich davon halten, Pater Amengual? Sagt Ihr nicht, das hat der heilige Gregor von Nyssa geschrieben? Wer würde es wagen, gegen solche Autorität Einwände zu erheben?«

»Jetzt wirst du einen von Origenes hören«, sagt Pater Amengual, ermuntert durch die Gefügigkeit Valls'. *Die Juden werden nie wieder so leben wie einst, denn sie haben das abscheulichste aller Verbrechen begangen, als sie den Erlöser töteten. Darum mußte Jerusalem zerstört und das jüdische Volk zerstreut werden...*

Pater Amengual schweigt. Er wartet, daß Valls etwas sagt, ohne ihn dazu aufzufordern. Doch Gabriel ist entschlossen, so wenig wie möglich zu sprechen, und zieht es vor, seine Abneigung gegen diese Texte nicht zu zeigen, deren Argumente er leicht widerlegen könnte. Amengual nimmt einen neuen Anlauf.

»Wahrlich, was hältst du nun davon?«

»Das ist Teil der Schmähschriften, mit denen seit dem zweiten Jahrhundert die Leiden des jüdischen Volkes zur göttlichen Strafe erklärt werden.«

»Schon gut, schon gut, aber was denkst du darüber?«

»Was soll ich schon denken, Pater Amengual? Wenn es Origenes ist, der das sagt, was soll ich armer Kerl dann schon darüber denken?«

Das läuft ja wie geschmiert! denkt Amengual, *den hab' ich überzeugt, da bin ich sicher. Für heute reicht es mir mit dem Gestank. Das nächste Mal werde ich ein paar Basilikumzweige mitbringen.*

Der Geistliche tauchte die Feder in die Tinte, schrieb einige Zeilen auf eins der weißen Blätter aus seiner Mappe, wartete, bis die Tinte trocken war, und sammelte sein Schreibzeug ein. Ohne Valls mitzuteilen, daß er dieses erste Gespräch für beendet erachtete, ging er zur Tür, klatschte in die Hände und rief nach dem Wärter, der sich Zeit ließ.

»Ich habe eine Runde gemacht«, entschuldigte er sich, »ich dachte, Ihr würdet ein bißchen länger brauchen, Pater Amengual.«

In der Tür bot der Jesuit dem Gefangenen die Hand, seinen Ekel überwindend. Gabriel Valls nahm sie mit seiner schmutzigen Hand, drückte sie, küßte sie jedoch nicht, deutete nur die Geste an.

Valls war von Amenguals Methode überrascht. Er hatte nicht gedacht, daß der Geistliche sich darauf beschränken würde, ihm ein paar Texte vorzulesen, wenn auch kränkende und erniedrigende. Er hatte erwartet, sein Beistand wäre ein Verhör wie bei Pater Ferrando, eine Reihe von direkten Beleidigungen in Form von Fragen, die er nie beantwortete. Plötzlich begriff er, daß Pater Amengual der Verfasser jenes Buches über die vizekönigliche Verwandte war, die im Ruf der Heiligkeit gestorben war. Und er brach in Gelächter aus. Man hatte ihm erzählt, der Jesuit habe es fertiggebracht zu berichten, wie der Verehrungswürdigen der angenagelte Jesus erschienen sei, als dieser sich noch im Leib seiner Mutter befunden habe. *Wenn der mich aus der Finsternis befreien und mir die Erleuchtung bringen soll,* sagte er sich, *dann gute Nacht!* Er hörte erneut den Schlüssel im Schloß und wandte sich zur Tür.

»Ich habe gute Nachrichten für Euch!« sagte der Kerkervogt, den er schon länger nicht mehr gesehen hatte. »Ich weiß aus sicherer Quelle, daß der Vizekönig und der Präsident des Gran i General Consell eine Bittschrift an den König gerichtet und gegen die Verhaftungen und die Konfiskationen Einspruch erhoben haben, weil sie Mallorca in den Ruin stürzen können.«

»Und sie mit!« setzte Valls hinzu. »Aber das freut mich, und ich werde mich Euch erkenntlich zeigen. Ich bin Euch sehr dankbar, daß Ihr mir gleich Bescheid gegeben habt.«

Fünf

Die Beschwerde des Vizekönigs und des Gran i General Consell, die Gabriel Valls an jenem Aprilmittag im Jahre 1688 mit solcher Hoffnung erfüllt hatte, bewirkte jedoch eher das Gegenteil. Sie brachte die Kurie noch mehr gegen die Staatsmacht auf und erregte die Mitglieder des Heiligen Tribunals, die dies als maßlose Zumutung bezeichneten. Der Konfiskationsrichter verweigerte Sebastià Palou den Gruß, und zwar vor aller Augen am dritten Aprilsonntag nach der Messe beim Verlassen der Kathedrale. Einige Tage zuvor war es im Zusammenhang mit den Konfiskationen zu einem scharfen Wortwechsel zwischen ihnen gekommen. Doch mehr noch als der Domherr Llabrés war es der Ankläger des Heiligen Offiziums, der den Inquisitor drängte, daß dieser die Prozesse beschleunigen solle, statt den Kopf einzuziehen und sie zu verzögern. So würde außer Frage gestellt, daß er ohne Rücksicht auf Verluste vorzugehen gedachte und keine Angst vor den Autoritäten des Reiches hatte. Vermutlich aus Wichtigtuerei und um seiner Entschlossenheit Nachdruck zu verleihen, befolgte der Inquisitor nicht nur diese Ratschläge, sondern sperrte nach und nach jeden Einwohner des Segell ein, der ihm fragwürdig erschien, und beschlagnahmte seinen Besitz.

Um deutlich zu machen, wie wenig sich das Heilige Gericht um den Gran i General Consell und die Person des Vizekönigs scherte, drohte Rodríguez Fermosino dem Adel – wobei er auf die Rückendeckung des Bischofs zählte –, es sei ihm völlig gleich, welcher Gattung der Baum sei, den er ausreißen müsse, er jedenfalls würde keine grüne Frucht zur Reife gelangen lassen, die er für verdächtig halte, so viele Kronen sie auch beschirmen mochten. Im Gegenteil, er würde ihn mit einem Hieb fällen und den Würmern zum Schmaus liegen lassen. Die Botschaft des Inquisitors war unmißverständlich. Rodríguez Fermosino hatte eine Vorliebe für Gleichnisse, wenn er besonders deutlich werden wollte. Er hatte das Gefühl, die Parabeln erlaubten ihm, sich viel klarer auszudrücken. Nicht umsonst war er in Galicien geboren und hatte bei der römischen Kurie studiert.

Aufgeschreckt von den Ereignissen, beschloß der Vizekönig, die Königinmutter in Madrid um Hilfe zu bitten, die einzige, die ihm in dieser mißlichen Lage beistehen konnte. Der Markgraf de la Bastida, der den Vorsitz im Gran i General Consell innehatte, erbot sich, Antonio Nepomuceno zu begleiten, doch dem war es lieber, der andere bliebe in Ciutat. *Zu zweit sind wir stärker,* meinte Nicolau Montis, doch der Vizekönig versuchte dennoch, ihn zum Bleiben zu bewegen, denn, so argumentierte er, es könne zu großes Aufsehen erregen, wenn die beiden höchsten Würdenträger des Königreichs die Insel verließen. Außerdem würde die Kurie es als Flucht oder, schlimmer noch, als Sieg auslegen. In Wahrheit machte dem Vizekönig dies weniger Sorgen, als daß der Präsident des Gran i General Consell, wenn er ihn begleitete, unweigerlich sofort erfahren würde, daß die Reisepläne der Königin reine Erfindung waren, und diesen Betrug würde ihm der Markgraf de la Bastida niemals verzeihen. Der Gedanke an die Kosten, die der Besuch der

Herrscherin verursachen würde, bereitete ihm jedesmal, wenn er daran dachte, Bauchschmerzen, abgesehen davon, daß sie auch nicht viel ausrichten konnte, so sehr der Vizekönig auch vom Gegenteil überzeugt sein mochte. Sie herzuholen, koste es, was es wolle, war die vorrangige Absicht Boradillas, wichtiger als der Inhalt der Bittschrift.

Vorzeitig gealtert und mit derselben unkleidsamen Nonnenhaube in der Farbe von Mückenflügeln, die sie eine halbe Stunde nach dem Tode Philipps IV. aufgesetzt hatte und nie wieder ablegen sollte, empfing Ihre Katholische Majestät die Königinmutter Maria Anna von Österreich eines Nachmittags Ende Mai im Saal für Privataudienzen den Herrn Vizekönig von Mallorca bei Hofe. Boradilla, der es an Ehrerbietigkeit mit dem artigsten Höfling von ganz Frankreich aufnehmen konnte, verbeugte sich so feierlich und schwungvoll, daß er fast auf die Nase fiel. In seinem rechten Kniegelenk knirschten die Knochen, und er fühlte ein Reißen im Nacken. Seit er in Mallorca residierte, wo es für ihn keine Notwendigkeit für derart halsbrecherische Begrüßungen gab, war er aus der Übung. *Das hätte gerade noch gefehlt, daß ich mir jetzt was breche!* Er verbiß sich den Schmerz und wartete mit gesenktem Kopf, daß die Herrscherin ihn aufforderte, sich zu erheben. *Es sieht tatsächlich aus, als wäre ihre Nase im Laufe der Jahre länger geworden. In Mallorca würde man denken, sie ist aus dem Carrer*, ging es dem Markgrafen durch den Kopf. *Was für ein Kerzenlöschhorn! Na ja, bei all den Novenen und Klosterbesuchen…*

Statt ihrer Kammerzofe befand sich ein Geistlicher bei der Königin. Dies mißfiel dem Markgrafen zwar, doch beschloß er, ihn nicht zu beachten, und obgleich er sie häßlicher fand denn je, erlaubte er sich, ihr höflich zu schmeicheln, bevor er mit irgendeinem Anliegen herausrückte, rühmte diskret, doch reichlich überschwenglich, ihre ausnehmende Schönheit, die er gleich einer heiligen Reliquie im reinsten Winkel seiner Seele eingeprägt trage. *Das läßt sich ja gut an!* dachte Antonio Nepomuceno angesichts des liebenswürdigen Lächelns Doña Maria Annas. Zwar vermißte er an ihren Fingern den Ring mit dem heilbringenden Stein, den er ihr einmal geschenkt und den sie eine Zeitlang getragen hatte, nahm ihr das jedoch nicht übel. *Vermutlich geht es ihr besser*, sagte er sich, *und deshalb braucht sie ihn nicht mehr.* Ehe er also auf den Grund seines Besuchs zu sprechen kam, erkundigte er sich nach ihrer Gesundheit. Kurz angebunden sagte sie:

»Gott Unser Herr erweist mir Seine Gnade, indem Er mich mit Gebrechen kasteit. Was führt dich zu mir, Boradilla?«

Und daraufhin lächelte Ihre Durchlauchtigste Katholische Majestät den Priester an, der, aufrecht an ihrer Seite, für die Leitung des Gesprächs verantwortlich zu sein schien.

Antonio Nepomuceno biß in den Köder, den die Señora ihm zuwarf, und sagte seine auf der tagelangen Reise oft geübte Lektion auf.

»Ich bin gekommen, Señora, Eure Majestät um die Gunst Eures königlichen Besuchs zu bitten. Die mallorquinischen Untertanen sehnen sich nach Eurer königlichen Anwesenheit.« Sein Ton war der eindringlichste und zugleich zurückhaltendste, den er zustande brachte.

»Wäre ihnen nicht Ihre Majestät meine Schwiegertochter lieber?«

»Ohne Umschweife, Señora – die Königin seid Ihr. Ihre Majestät die Königin Doña Marie Luise von Orleans, Gott schütze sie, hat unserem Herrn, dem König, noch keinen Infanten geschenkt.«

Wie sollte sie auch, dachte er bei sich, *die wird noch Jungfrau sein!* Er hatte den richtigen Ton getroffen, denn Maria Anna

von Österreich lächelte breit von ihrem Thronsitz herunter, erklärte weder die Audienz für beendet, noch forderte sie ihn auf, den Rosenkranz mit ihr zu beten, wie sie es angeblich mit anderen Besuchern tat, obgleich sie einen in der Hand hielt. Doch trotz der freundlichen Aufnahme bei Hofe mußte Antonio Nepomuceno Sotomayor y Ampuero, siebenter Markgraf von Boradilla del Monte, Grande Spaniens, Markgraf-Gemahl von Llubí, den Rückweg antreten, ohne daß die Königin seinem Anliegen entsprochen hätte. Ihren Worten war zu entnehmen, daß sie nicht bereit sei, ihre entsetzlichen Kopfschmerzattacken mit einer langen und aufreibenden Reise zu verschlimmern, und ihm die Bitte abschlage. Doch tat sie dies so verbindlich – natürlich würde sie es sich noch überlegen, sie wolle es auf später verschieben, mal sehen, was ihr Beichtvater dazu meine –, daß der Vizekönig dachte, dieses Nein könne man ebensogut als ein Ja interpretieren, was ihn vom Vorwurf der Lüge befreite. Und selbst wenn die Reise letztendlich nicht stattfände, würde zumindest niemand behaupten können, er habe sie frei erfunden. *Die Königinmutter wird kommen*, würde er bei seiner Rückkehr nach Mallorca sagen, *nur wann, das wissen wir noch nicht. Dies wird uns der Hof im letzten Moment mitteilen. Es hängt von den zahlreichen Verpflichtungen der Herrscherin ab und vor allem von ihrem Gesundheitszustand, dem die Beschwerlichkeiten des Sommers und das Gerüttel der Kutschen wenig zuträglich sind.*
Was die anderen Angelegenheiten betraf, die Prozesse gegen die judaisierenden Konvertiten und insbesondere die hemmungslose Konfiskation ihrer Güter, konnte die Königin nicht viel sagen, da sie nichts Genaues wußte. Auf jeden Fall schien ihr, wenn sie ganz offen sein solle, daß es mit allem, was die Kirche tue oder unterlasse, schon seine Rich-

tigkeit habe. Der Geistliche nickte zu diesen Worten, und dem Vizekönig sank das Herz. Maria Anna von Österreich entging das nicht, denn nach einer Pause fügte sie hinzu, er solle sich trotzdem an ihren Sohn Seine Majestät Karl II. wenden, an den die Bittschrift ja eigentlich gerichtet sei. Der König empfing den Markgrafen eine Woche nachdem dieser um Audienz nachgesucht hatte. Dies war ein sehr gutes Zeichen. Doch war die Unterredung so nutzlos, wie er befürchtet hatte. Karl II. hatte keinen seiner einflußreichen Berater bei sich, sondern zwei Adlige seines Hofstaates, denen der Vizekönig nie die geringste Beachtung geschenkt hatte, weil er sie für Dummköpfe hielt – was ihm jetzt sehr leid tat. Sie würden ihm keine Hilfe dabei sein, auf den König einzuwirken, damit er Maßnahmen im Sinne der Bittschrift ergriffe, von deren Existenz Seine Majestät überhaupt nichts wußte. Genaugenommen war dies auch gleichgültig. Es hätte sowieso nichts gebracht, wenn er sie in die Hände bekommen hätte, denn er konnte kaum lesen und nur unter titanischen Anstrengungen drei Worte zu Papier bringen. Auch das war ein Zeichen dafür, wie es um die Geschäfte des Staates bestellt war. Boradilla empfand am Ende nur noch Mitleid für diesen schmächtigen Knaben mit dem krötenfarbenen Haar und dem schlaffen Maul, aus dem jeden Augenblick der Geifer tropfen konnte. Nein, mit der Zeit war es nicht besser geworden mit dem Armen. Sein langes Pferdegesicht hatte noch immer jenen leeren Ausdruck, der, als er klein war, bei Hofe große Besorgnis ausgelöst hatte, ob nicht vielleicht ein Geburtsfehler vorläge. Von Staatsdingen schien Seine Katholische Majestät nichts zu verstehen, jedoch auch von nichts anderem. Er fragte den Markgrafen, ob er schon lange wieder aus Westindien zurück sei, ob das Land, in dem er Vizekönig sei, zu Neuspanien gehöre und ob die Eingeborenen stolz darauf seien, Spanier zu sein…

Der Markgraf fühlte sich sehr enttäuscht nach diesem Gespräch. Don Carlos schien ihm weit mehr als nur ein armer kränklicher Junge, den man von Kindesbeinen in Zwänge gepreßt hatte. Es war viel schlimmer als das: Er war ein Simpel von Kopf bis Fuß. Er hatte nicht nur die Schamteile erkältet – wie es bei Hofe hieß, weshalb er keine Prinzen zeuge, um die Dynastie zu erhalten –, sondern vor allem das Gehirn.

Mein Gott! rief Boradilla aus, kaum daß er die riesige, trotz des schönen Wetters düstere Halle und die bis unter die Decke mit dunklen Gemälden bedeckten Wände hinter sich gelassen hatte. *Mein Gott!* rief er noch einmal, ohne sich darum zu scheren, daß der Oberkammerherr ihn für verrückt oder bar jeglicher Manieren hielt. *So ist es kein Wunder, daß uns die Pfaffen bei lebendigem Leib auffressen!* schimpfte er auf mallorquinisch, was niemand bei Hofe verstand. Wie immer, wenn er sich abregen mußte, redete er mit sich selbst, um nicht auf den Erstbesten mit Fußtritten loszugehen. Zwar hatte man ihm geraten, mit dem Kanzler zu sprechen, doch mußte er es bei dem Versuch belassen, denn Seine Exzellenz ließ ihm durch den Sekretär ausrichten, er habe so viel Arbeit, daß er ihn frühestens in zwei bis drei Monaten empfangen könne. Krank vor Verdruß und mit eingekniffenem Schwanz, rang der Vizekönig um Haltung, damit man ihm seinen Reinfall nicht anmerkte, und machte sich an einem Montag Ende Juni auf den Rückweg nach Mallorca.

Vom Königshof, wo es ihm früher immer so gefallen hatte, brachte er diesmal die schlimmsten Erinnerungen mit. Madrid, all die Jahre seine Lieblingsstadt, süßes Ziel seiner Sehnsucht, war ihm armseliger und trostloser erschienen als Palma, das im Gegensatz zur Hauptstadt wenigstens eine bemerkenswerte Kathedrale besaß und eine Warenbörse, die eine wahre Augenweide war. Nie hatte er in den Straßen von Ciutat de Mallorca, obgleich die Armut in der letzten Zeit zunahm, solche Massen von Krüppeln, Blinden und Berufsbettlern gesehen wie in Madrid, die sich wild auf die Kutschen stürzten, Almosen forderten und drohten, die Türen aufzureißen und sich über die Insassen herzumachen. Und was die Herrschaft anging, die er zu vertreten hatte... Das einzig Erfreuliche, das er vom Palast mitgebracht hatte, war die Aussicht auf die beiden äußerst vorteilhaften Eheschließungen seiner zwei unehelichen Söhne, die zu deren Ansehen und Vermögen beträchtlich beitragen und bald gefeiert werden sollten. Doch laut lobte er wie immer die Schönheit der Hauptstadt und pries die Monarchen mit Lügen nach jedem Geschmack: Don Carlos sei wieder wohlauf und regiere gut, vernünftig und kundig. Die Königin Marie Luise würde ihm bald einen Thronfolger schenken. Die Audienz mit Seiner Majestät dem König lasse den Schluß zu, der Monarch sei auf seiten des Gran i General Consell.

»Aber hat er dir denn gar kein Dokument gegeben, kein Papier als Beleg?« beklagte sich der Markgraf de la Bastida, der den Vizekönig der Kungelei verdächtigte.

»Das wird er uns bald zukommen lassen, sei unbesorgt«, beschwichtigte ihn der Vizekönig und legte seine ganze Überzeugungskraft in die Stimme, damit der Vorsitzende des Gran i General Consell aufhörte, ihn mit seinen Fragen zu löchern.

Nur seinem Neffen gegenüber gestand er den Mißerfolg der Reise ein und ließ sich lang und breit über seine wahren Eindrücke bei Hofe aus.

»Wir werden alt, Onkel, und die Jahre streuen uns Asche in die Augen. Wir sehen schwärzer als notwendig. Dabei hätten wohl viele gern unsere Sorgen! Denk nur an die armen Teufel vom Carrer. Das nenne ich Kalamitäten!«

»Und was erst auf sie zukommt … Hier hat allein die Kirche das Sagen. Da ist nichts zu machen.«

»Ich heirate, Onkel!« wechselte Sebastià Palou plötzlich das Thema.

»Wird auch Zeit! Freut mich. Jetzt verstehe ich, was du mit dem Älterwerden gemeint hast. Du hast Vernunft angenommen. Da wird Lluïsa glücklich sein.«

»Nicht Lluïsa wird meine Frau. Die Orlandis' sind ruiniert. Die Konfiskationen haben sie am allerschwersten getroffen. Was der Tante passiert ist, ist gar nichts im Vergleich dazu. Außerdem hat mir Lluïsa nie sonderlich gefallen, das wißt Ihr ja.«

»Aber du hast ihr Hoffnungen gemacht, und das ist nicht recht«, sagte der Vizekönig in einem plötzlichen Anfall von Sittenstrenge.

»Das stimmt wohl, und es tut mir auch leid. Dadurch, daß alle Welt sie für meine Zukünftige hielt, hat sie natürlich Gelegenheiten verpaßt. Sie wird schwer zu verheiraten sein.«

»Aber nicht nur, weil du sie aufgehalten hast. Da spielt wohl eine größere Rolle, daß sie nicht reich ist und häßlich obendrein, ich meine, nicht gerade anmutig. Übrigens hast du mir noch nicht gesagt, wen du heiraten wirst. Ich nehme an, du hast eine gute Wahl getroffen.«

»Bàrbara Bellpuig. Wir werden außer Onkel und Neffe auch noch Schwäger sein …«

Der Vizekönig war vollkommen perplex. Nie wäre er darauf gekommen, die jüngere Schwester seiner Frau könnte Sebastià im geringsten interessieren, nicht einmal als Gattin. Bàrbara war seit einem Jahr die Witwe eines der reichsten Männer Mallorcas. Ihr solides Vermögen gründete – wie viele andere – auf dem Seehandel, war jedoch schon lange nicht mehr auf die Kaperschiffahrt angewiesen, noch abhängig von der Verfügbarkeit der Leute im Carrer. Allerdings war seine Schwägerin noch häßlicher als Lluïsa Orlandis, noch unansehnlicher als die Vizekönigin und so fromm, daß der Markgraf erriet, wenn sie zu Besuch gewesen war, weil der Geruch nach Kirchenwachs und Weihwasser, den ihre Kleider ausdünsteten, noch eine Stunde danach in der Luft hing. Außerdem war Bàrbara nicht mehr die Jüngste. Sie mußte mindestens zehn Jahre älter sein als sein Neffe. Der Vizekönig hatte Mühe, die Überraschung zu verkraften. Er war so verdutzt, daß Sebastià ihn fragen mußte, was er denn nun davon halte und ob er sein Einverständnis gebe. Wenn er auch nur der Sohn einer Base war, betrachtete er den Vizekönig doch als Familienoberhaupt. Außerdem war er immer noch die bedeutendste Persönlichkeit in seiner Verwandtschaft.

»Ich bin einverstanden, wenn dies dein Wunsch ist. Das Vermögen meiner Schwägerin ist groß«, sagte der Vizekönig. »Aber findest du sie nicht ein bißchen zu alt für dich?«

»Ich habe immer reife Frauen gemocht. Die mir am besten gefallen hat, die Witwe Sampol, war auch älter als ich.«

»Die Witwe Sampol ist eine Schönheit und dir gerade mal zwei Jahre voraus!«

»Nun ja, an jungen Mädchen war mir halt noch nie gelegen, Onkel«, sagte Sebastià, um irgend etwas zu sagen, und merkte zu spät, daß er ungewollt scharf geschossen hatte.

»Neffe, deine Bemerkung ist geschmacklos! Dieser Augenblick der Schwäche ist mich schon teuer genug zu stehen gekommen. Man hat die Maurinnen nach Algier gebracht, oder zumindest hat mir das der Kapitän Cent Cames geschworen, und dort freigelassen. Was willst du mehr?«

»So war das gar nicht gemeint, Onkel, das versichere ich Euch. Bei Dunkelheit, das habt Ihr selbst gesagt, sind alle Frauen gleich, jung oder alt, häßlich oder hübsch, erfüllen sie denselben Zweck. Bàrbara ist nett...«

»Ja, und sie hat Geld wie Heu.«

»Eben. Euch kann ich nichts vormachen. Geld brauche ich jetzt mehr denn je. Ich weiß aus guter Quelle, daß man in der Casa Negra versucht, mir am Fell zu flicken. Nun ist bei mir ja nicht viel zu holen, und darum würde das Tribunal, laut dem Konfiskationsrichter, dem Verräterschwein, eine Spende, ein großzügiges Almosen mit Wohlwollen sehen. Was sagt Ihr dazu? Llabrés hat dies dem Chronisten Angelat gegenüber fallenlassen, und der hat natürlich sofort nach mir geschickt, um es mir zu sagen. Ein dicker Spendenbeutel würde ihn die faulige Frucht in der Baumkrone glatt übersehen lassen. Was Euch betrifft, Onkel...«

»Die werden sich hüten, sich mit mir anzulegen. Eine Sache ist, mir den Krieg zu erklären, eine ganz andere, meinen Preis festzusetzen. Abgesehen davon glaubt die Kurie, ich hätte Gewicht bei Hofe, daß man mich dort schätzt.«

»Ich fürchte, auch das glauben sie nicht mehr, Onkel.«

Der Vizekönig sprang aus dem Lehnstuhl, auf den er sich in seiner Arbeitsstube niederzulassen pflegte, und pflanzte sich vor seinem Neffen auf, der in der Kammer umherwanderte. Zutiefst beunruhigt starrte er ihm in die Augen, als wollte er seine Seele befragen.

»Sag mir alles, was du weißt! Du verschweigst mir etwas!«

»Ich hatte gehofft, Euch Verdruß ersparen zu können, aber ich werde Euch alles erzählen. Früher oder später wird mir sowieso nichts anderes übrigbleiben, als es Euch wissen zu lassen. Stets habt Ihr mich wie einen Sohn behandelt.«

»Ohne Umschweife, Sebastià! Was ist los?«

»Drei Tage nachdem Ihr in die Hauptstadt abgereist wart, fuhr auch der Generalvikar hin. Er kam eine Woche vor Euch mit einer Nachricht zurück, die er überall verbreitet hat – die bevorstehende Ernennung eines neuen Vizekönigs.«

Antonio Nepomuceno Sotomayor y Ampuero meinte, in Ohnmacht zu fallen. Er ließ sich wortlos auf den Stuhl sinken und bedeckte das Gesicht mit den Händen. Seit fast acht Jahren bekleidete er das Amt des Vizekönigs, das er mit solcher Besessenheit angestrebt hatte, vor allem nach seiner zweiten Heirat. Er wußte, daß es sich nicht um ein Amt auf Lebenszeit handelte und Vizekönige von Zeit und Zeit abgelöst wurden, damit sie sich der Länder, in denen sie Ihre Katholische Majestät vertraten, nicht zu sehr bemächtigten. Doch um nichts in der Welt hatte er damit gerechnet, so bald an der Reihe zu sein, schon gar nicht unter diesen Umständen und ohne daß man ihn bei Hofe unterrichtet hätte. Er fühlte sich doppelt verraten. Daß der König nichts gesagt hatte, nun ja... wie sollte der wissen, wer die Vizekönigtümer regierte? Er hatte ihn sogar gefragt, ob er gerade aus Neuspanien zurückgekehrt sei! Aber sie, deren Günstling er einmal war, sie hätte ihn warnen müssen!

»Das ist eine verdammte Lüge, die diese teufelsgehörnte Pfaffenbrut in Umlauf gesetzt hat, um mich zu zerschmettern! Diese Hurensöhne des Teufels!« stieß er dann hervor, während er mit der geballten Faust auf die Armlehne des Stuhls einschlug. »Wenn das wahr wäre, hätte ich es als erster erfahren. Das kann gar nicht stimmen! Ich wurde im Palast empfangen. Die Königinmutter war liebenswürdig!«

»Der Königinmutter haben Eure Klagen über das Heilige Offizium nicht gefallen und dem Geistlichen, der bei ihr war, erst recht nicht. Hat sie Euch etwa nicht gesagt, daß sie alles, was die Kirche tut oder unterläßt, richtig findet?«

»Ja, das hab' ich dir doch erzählt.«

»Nicht mit diesen Worten, Onkel. Genau mit diesen Worten hat sie es aber gesagt. Und der Geistliche, der bei der Audienz anwesend war, der ehrwürdige Ignacio García Zaragüelles, hat es wörtlich seinem Freund, dem Generalvikar, weitergegeben und schlußendlich erreicht, daß die Königinmutter den Kanzler zur Ernennung eines neuen Vizekönigs bewegt.«

»Ich kann es nicht glauben! Das will mir nicht in den Kopf. Verdammte Betschwester! Meinetwegen soll sie verrecken!«

»Onkel, es ist die Königinmutter! Auch ich kann es kaum glauben, doch befürchte ich das Schlimmste... Und verzeiht mir, es war sehr schmerzlich für mich, derjenige sein zu müssen, der es Euch mitteilt. Doch ist es besser, Ihr seid vorgewarnt.«

»Weiß es meine Frau?«

»Keine Ahnung. Ich habe nicht gewagt, sie zu fragen, und sie hat von sich aus nichts gesagt. Pater Amengual ist während Eurer Abwesenheit kaum hiergewesen. Seit er mit der Bekehrung von Valls betraut wurde, ist er sehr beschäftigt. Außerdem bin ich sicher, daß ihm jemand gesagt hat, wie wir über *Das Leben von Sor Noreta* gelacht haben. Inzwischen sei das Werk, das ihn unsterblich machen solle, bereits ziemlich fortgeschritten, wie mir Angelat sagte. Ach, übrigens, der Chronist war außer sich, als er erfuhr, daß die Königinmutter nie die Absicht gehabt habe, herzukommen. Auch das hat der Generalvikar jeden wissen lassen. Angelat hatte wie besessen an der *Memoria* gearbeitet.

Als ihr Ehemann zurückkehrte, war die Vizekönigin nicht in Ciutat. Sie war ein paar Tage zuvor mit ihrer Dienerschaft und Joanet, dem Bastard des italienischen Malers, nach Son Gualba gereist, um dort den Sommer zu verbringen. Dem Kind, das unter ihre Fittiche zu nehmen sie versprochen hatte, tat die Bergluft gut. Die Stadt war wie ein Backofen. Und warum sollte sie die Hitze nicht meiden, wenn es ihr möglich war? Als der Markgraf ihr Bernat mit der Kutsche sandte, damit er sie nach Palma zurückholte, beschloß die Markgräfin, sich nicht von der Stelle zu rühren. Mit dem Vorwand, unter einem ihrer starken Kopfschmerzanfälle zu leiden, und der Botschaft, der Vizekönig möge sie besuchen kommen, schickte sie den Kutscher wieder nach Hause. Sie könne sich in ihrem Zustand diese Reise unmöglich zumuten. Den Markgrafen, den die bloße Erwähnung von weiblichem Kopfschmerz zum Wahnsinn trieb, packte eine Heidenwut. Seine Frau war nicht nur blöde, sondern obendrein von einem Eigennutz so groß wie ein Kirchturm. Nie hatte sie ihm den geringsten Gefallen erwiesen, nicht einmal jetzt, da er sich besiegt und mutterseelenallein fühlte. Doch er zog den Kopf ein, bestieg die Kutsche und ließ sich nach Son Gualba bringen, um der Markgräfin anzudeuten, daß sie sich allmählich an den Gedanken gewöhnen solle, nicht mehr lange Vizekönigin von Mallorca zu sein.

Onofrina Bellpuig verhöhnte ihn auch noch und machte ihn für die Absetzung verantwortlich, von der sie ohnehin schon wußte. Sie sagte, es geschähe ihm ganz recht, hätte er halt seine Beziehungen zur Kirche nicht so erbärmlich gepflegt. Und dann fing sie an, Beispiele aufzuzählen, die ihn noch mehr aufbrachten.

»Bildest du dir etwa ein, Pater Amengual läßt sich von dir zum Narren halten und auslachen? Meinst du vielleicht, er hätte nicht alles erfahren, was du und Sebastià ungerechterweise zu seinem Buch über die Tante gesagt habt? Und der Bischof? Ihn ein Weilchen warten zu lassen mag ja noch angehen – etwas ganz anderes ist es, ihn eine ganze Stunde sitzenzulassen, wie viele dringende Versammlungen du auch haben magst wie am Tag des Tedeums zur Danksagung für die Festnahme der Flüchtlinge.«

»Das ist der Gipfel! Du warst überhaupt nicht dort!« versetzte der Vizekönig angesichts der geballten Ladung Vorwürfe, die auf ihn einstürzte.

»Ich lag im Bett und hatte meine Migräne, was nicht zu vergleichen ist! Die Suppe hast du dir selbst eingebrockt!« setzte die Markgräfin mit ungewohnter Gesprächigkeit hinzu. Schließlich hatte sie ihn oft genug gemahnt, rücksichtsvoller mit der Kurie umzugehen. So wie sie mit dem Bischof, obwohl sie den auch nicht leiden konnte. Aber er war störrisch wie ein aragonesischer Maulesel. Und nur weil er so dickköpfig ist, soll sie jetzt auch noch mitten im Juni umziehen, fast Juli, bei der Hitze! Das beunruhigte sie. Denn sie wollte nicht, daß jemand die Schatulle fände, die sie im Frisiertisch versteckt hatte und die ihre privaten Schätze enthielt: Gaetanos Briefe, einen Fetzen von Sor Noretas Gewand, eine Haarsträhne von Joanet und die erste Kopie von Pater Amenguals Buch.

»Noch hast du keine offizielle Bestätigung, Antonio«, sagte sie abschließend. »Laß uns warten. Hier hat Joanet wieder Appetit bekommen. Und wenn ich ganz ehrlich sein soll, mich stört es nicht, daß du kein Vizekönig mehr bist. Was hab' ich schon davon gehabt?«

Sechs

In den eineinhalb Monaten, die der Vizekönig bei Hofe weilte, verschlechterte sich die Lage für die Häftlinge des Heiligen Offiziums beträchtlich. Viele Bewohner des Carrer wurden als Zeugen geladen, und indem sie die Angeklagten beschuldigten, schadeten sie sich selbst. Wenn ihnen das Tribunal auch zugesichert hatte, ihnen ihre Mithilfe zugute zu halten, nutzte ihnen ihr guter Wille gar nichts, denn fast alle fielen den Fangfragen des Anklägers zum Opfer. Es genügte zuzugeben, irgendwann einmal samstags das Hemd gewechselt oder einen Fisch ohne Schuppen abgelehnt zu haben, um als judaisierender Ketzer dazustehen. Die ständig anwachsende Zahl der Festnahmen führte dazu, daß viele Gefangene in einer Zelle zusammengepfercht wurden, mit Ausnahme von Gabriel Valls, der immer allein blieb. Statt einander jedoch Mut zu machen und sich durch den Austausch von Informationen und Absprachen darüber, wer was ausgesagt habe und was zu verschweigen sei, besser auf die Verhöre vorzubereiten, kam es in ihrem Zusammenleben immer wieder zu heftigem Zwist mit Beleidigungen und Schlägereien, so daß die Aufseher gezwungen waren, die Streithähne zu fesseln.

Unter den Frauen, vielleicht weil sie von Anfang an gemeinsam eingesperrt worden waren, ging es anders zu. Nicht einmal die Coixa, die zunächst ihre Zunge gegen Maria

Pomar gewetzt und ihr eine Tracht Prügel angedroht hatte, krümmte dieser tatsächlich ein Haar. Beatriu Mas, gewöhnt, mit anderen Frauen zusammenzuleben, fand sich überraschend schnell damit ab, den winzigen Raum zu teilen, und schaffte es bald, dem Wärter einen Kamm und ein Stück Spiegelglas abzuschmeicheln. Außerdem entlockte sie ihm einen Scheuerlappen, Pottasche und ein paar Eimer Wasser für einen Großputz.

Der Geruch nach Lauge, der einmal in der Woche für eine Weile den Gestank nach Schweiß und Kot vertrieb, gab der Coixa das Gefühl, die Zeit im Bordell nicht ganz hinter sich gelassen zu haben. Für ihre Nase war der Geruch der Lauge dem des weißen Blutes der Männer, wie sie es nannte und das sie so häufig hatte vergießen sehen, erstaunlich ähnlich, was jedoch keine ihrer Zellengenossinnen verstand.

»Och, seid ihr noch unschuldig? Keusche jüdelnde Nönnchen!« zog sie sie auf, als sie an ihrem ersten Putzsamstag feststellte, daß der Geruch die beiden überhaupt nicht rührte und auch die weißliche Farbe sie an nichts erinnerte. »Sagt bloß, die Lauge gibt keine gute Mannesessenz ab?«

Doch weder Maria Pomar noch Sara wußten, wovon sie sprach. Keine von beiden hatte je einen Mann gehabt. Das war nicht verwunderlich. Maria war drei Tage nach ihrer Gefangennahme fünfzehn Jahre alt geworden, und Sara, die schon über dreißig war, hatte nie einen Geliebten. Einmal wäre es fast zur Hochzeit gekommen, mit einem Matratzenmacher wie ihr Vater, aber das war schon so lange her, daß sie sich nicht einmal mehr an das Gesicht des Mannes erinnerte, den sie vielleicht ein dutzendmal unter ihrem Fenster gesehen hatte. Ihr Vater hatte ihn schließlich abgelehnt, da der künftige Schwiegersohn eine Mitgift verlangte, die der alte Matratzenmacher bei weitem nicht zu zahlen bereit war. Auch wenn sie sich schlecht vertrugen, war es dem alten Bonnín im Grunde lieber, seine Tochter bliebe Jungfer, als mit einem Unbekannten und den möglichen Kindern das Haus teilen zu müssen – der Bewerber war aus Muro und von niederer Herkunft, denn mit dem Nachnamen Miró gehörte er nicht zum Stamm Levi wie sein eigener Zweig – oder in das Haus seines Sohnes umzuziehen, dessen Frau er für ungezogen und einfältig hielt. Sara machte es nichts aus, daß ihr Vater den Handel ausschlug, denn auch ihr war es lieber, nicht heiraten zu müssen. Vor Männern hatte sie eher Angst. Sie nahm an, daß alle Männer so seien wie ihr Vater und ihr Bruder, die leicht aufbrausten und ihr jeden Augenblick Prügel androhten, wenn sie ihr nicht einfach eine hinter die Ohren gaben, ohne daß sie recht wußte, wofür. Nachts, während sie in Erwartung einer Erscheinung betete, hörte sie sie so lautstark schnarchen, daß sie den Verdacht niederkämpfen mußte, eine Hexe habe sie in Eber verwandelt. Die Amme, die sie manchmal im Sommer mit nach Sant Llorenç de Cardassar nahm, woher sie stammte, erzählte ihr, wie schwer sie es mit ihrem Mann gehabt habe, der fast ständig betrunken gewesen sei, und deutete sogar an, Saras Mutter sei vor ihrer Ehe glücklicher gewesen. Als sie nach der Hochzeit ihr Elternhaus verlassen habe, um zu dem Matratzenmacher zu ziehen, habe sie angefangen, bitterlich zu weinen, und niemandem sei es je wieder gelungen, sie vollends zu trösten. Sie, die Munterste von allen, die ständig mit den Freundinnen gelacht habe, sei nur noch mit hängendem Kopf einhergeschlichen.

»Ich denke, sie ist eher vor Kummer gestorben als am Wochenbettfieber nach deiner Geburt, die Arme. Nicht daß dein Vater sie mißhandelte, das glaube ich nicht, aber er war so eifersüchtig, schlimmer als ein Mohr, er ließ sie fast nicht aus dem Haus, noch erlaubte er ihr, die Freundinnen einzuladen, mit denen sie als Mädchen ihre Zeit im Freien oder am Kamin verbracht hatte. Doch Gott Unser Herr strafte ihn. Du, Sara, Spatz, hast nicht die geringste Ähnlichkeit mit deinem Vater. Du gleichst Margalida Bibiloni aufs Haar, der besten Freundin deines Mütterchens, Gott hab sie selig.«

»Und was ist aus Margalida Bibiloni geworden?« fragte das Mädchen gespannt.

»Klausurnonne«, antwortete die Amme, »Nonne der heiligen Magdalena. Die hat es richtig gemacht, das kann man wohl sagen. Sie hat sich den einzigen Gatten gesucht, der einen niemals verläßt.«

Ohne Grimassen zu schneiden oder zu lachen, hörte sich die Coixa alles an, was Sara de les Olors in einer durchwachten Nacht, während Maria zu schlafen schien, Stück für Stück fallen ließ wie die überschüssigen Stoffetzen eines Kleides.

»Also, ich, Sareta, ich mag die Männer. Natürlich nicht alle. Vielleicht liegt das daran, daß ich nicht wie du einen Vater oder einen Bruder gehabt habe, die mich anekelten. Von meinem Vater weiß ich nicht, ob er gut oder böse war, adlig, Handwerker, Priester oder Mönch. Meine Mutter hat es mir nie sagen wollen. Wahrscheinlich wußte sie es selbst nicht, die Arme. Aber ein ordentlicher Mann kann einer durchaus das Leben versüßen, glaub mir. Ein guter Kerl wie Rafel Onofre, der Junge von der Maria...«

»Dann stimmt das also doch! Und du hast es abgestritten, du Miststück!« fuhr Sara sie wütend an. »Und ich, ich hab' dir geglaubt! Du Hexe! Unverschämtes Weib! Du sollst tot umfallen!«

Gift und Galle spuckend, sprang Sara vom Bett und ging auf die Coixa los, doch Maria hielt sie zurück.

»Danke, Sara, aber ich will nicht, daß du dich meinetwegen zankst. Leg du dich ruhig hin. Die da in ihre Schranken zu weisen ist meine Sache. Jetzt wirst du uns alles erzählen, Coixa. Jetzt bist du dran!«

»In Ordnung, aber vorher will ich eins klarstellen. Ich habe ihn nicht verraten. Wenn ihr diesem Schwur nicht traut« – sie kreuzte den Daumen mit dem Zeigefinger und drückte einen lauten Kuß darauf –, »sage ich kein Wort.«

»Glaub ihr!« sagte Sara. »Ich bitte dich, meine Liebe, ich weiß es. Sie sagt die Wahrheit!«

Die Coixa begann das Knäuel ihres Zusammentreffens mit Rafel Onofre ohne größere Abweichungen abzuspulen. Sie unterdrückte Einzelheiten, die schmerzlich für Maria hätten sein können, und betonte solche, die ihr wohltaten, wie zum Beispiel die Reue des Jungen nach dem Beischlaf, sein Kummer, Maria hintergangen zu haben, obwohl er daran nicht die Hauptschuld trage. Sie sei es gewesen, die sich über ihn hergemacht habe, während er schlief, sie, die ihn erregt habe.

»Ebensogut hätte er sich widersetzen können«, jammerte das Mädchen, und kurz davor, in Tränen auszubrechen, fügte es hinzu: »Ich glaube, es hat ihm Spaß gemacht.«

»Glaub das nicht! Die Männer, Maria, haben ein schaukelndes Stück Fleisch unter dem Bauch hängen, das ihnen fast nicht gehört. Wenn ich's dir sage! Ich hab's in der Hand gehabt.«

»Heiligste Mutter Gottes, Coixa! Ein Stück hängendes Fleisch, das schaukelt? Wie ein Kuhschwanz?«

»Ach, komm schon, Sara, stell dich nicht so an! Bist du tatsächlich so unschuldig? Und du, Maria, hör auf zu weinen, Tränen können wir nun wirklich nicht gebrauchen. Aber wenn du es genau wissen willst: Als ich ihn gefragt habe, warum er traurig sei, erzählte er mir von dir. Er sagte, es tue ihm furchtbar leid, was passiert sei, daß du ihm nie verzeihen würdest und daß er das nicht aushalten könne, daß er dich liebe und nur um deinetwillen mit dem Finger den Himmel streicheln würde.«

»Sagst du das im Ernst, Beatriu? Findest du, ich sollte ihm verzeihen?«

»Sicher, Kleine, aber natürlich! Wären nur alle Männer wie dein Rafel Onofre und nicht wie all die Hundsfotte, schrägen Vögel und Galgenstricke, die herumlaufen! Davon kann ich ein Lied singen! Wenn dieses Körperchen erzählen würde, was es alles mitgemacht hat, kämt ihr aus dem Staunen nicht mehr heraus! Es gibt welche, die sind nicht befriedigt, ehe sie dich nicht mit Fäusten und Füßen blutig geprügelt haben, und andere, die mieten zwei Huren, um zuzusehen, wie …«

Die Coixa verstummt, als sie merkt, daß ihr niemand zuhört. Maria sitzt auf der Matratze, weint schluchzend und bedeckt ihr Gesicht mit den Händen, während Sara dasteht und sie betrachtet.

»Coixa«, sagt Sara, »leih mir deinen Kamm! Sieh dir nur an, wie zerzaust die Kleine ist!«

Die Coixa steht vom Bett auf. Unter der Matratze verwahrt sie ihre einzigen Schätze, den Spiegel und den Kamm. Maria beruhigt sich allmählich, während Sara sie kämmt.

Drei Tage nach diesem Gespräch wurde die Coixa frühmorgens geholt. Sara fing an zu beten, kaum daß sie draußen war, und betete die ganzen zwei Stunden lang, bis man sie zurückbrachte. Sie betete zur heiligen Mater dolorosa, daß man die Coixa nicht foltern möge. Und das tat man auch nicht. Beatriu wurde nicht verhört, wie die drei Frauen angenommen hatten, als man sie abholte. Sie war gerufen worden, um in einer geheimen Kammer im oberen Stockwerk ihren Beruf auszuüben, eingeschlossen mit einem, der seiner gesunden Gesichtsfarbe und seiner guten Kleidung nach kein Gefangener sein konnte. Die Hure tat, was von ihr verlangt wurde, führte ihre Arbeit mit Sorgfalt und präziser Sachkenntnis durch, williger noch als im Bordell. Nicht weil ihr der angejahrte unbekannte Herr gefallen hätte, sondern weil sie, schlau wie sie war, darauf spekulierte, ein Stück von dessen Kuchen abzukriegen. Fürs erste schuldete ihr der Kerkervogt schon mal einen Gefallen, und zwar einen großen, denn er selbst hatte sie um ihre Dienste ersucht und ihr dafür alles geboten, was in seiner Macht stand. Beatriu Mas hatte im Moment keine Wünsche, gab jedoch selbstbewußt zu verstehen, daß dieser Priester oder Familiar oder was auch immer er sei – sie fragte erst gar nicht, überzeugt, daß der Kerkervogt seine Identität sowieso nicht enthüllen würde – etwas erleben könne, falls ihr die Zunge durchgehe, so wichtig sein Amt beim Heiligen Tribunal auch sein mochte. Die Coixa hob sich die Gegenleistung für später auf. Den Kerkervogt in der Hand zu haben war das Beste, was ihr passieren konnte.

Von diesem Tag an aß keine der drei Frauen mehr ausschließlich Kleiebrot mit Wasser, das, mit Ausnahme der Sonntage, die übliche Verpflegung darstellte. Oft ließ der Kerkervogt seine Bediensteten aus den Küchen, in denen die Mahlzeiten für die feinen Gaumen der Mitglieder des Heiligen Offiziums bereitet wurden, einige Köstlichkeiten in Richtung ihrer Zelle abzweigen. Er tat dies aus freien Stücken, zusätzlich, denn noch immer hatte die Coixa keinen Wunsch geäußert. Die Reinigungsutensilien, Kamm und Spiegel fielen dabei nicht ins Gewicht. Die hatten sie ihr gegeben, ohne etwas dafür zu fordern.

Beatriu Mas wurde noch mindestens sieben- oder achtmal vom Kerkervogt gerufen und eilig zu der verborgenen Kammer geführt. Zwischen dem vierten und fünften Mal fiel ihr ein, daß es, wenn der Kerkervogt das Risiko eingehen könne, sie nach oben zu holen, damit sie ihre Arbeit erledige, ebensogut möglich sein müsse, Rafel Onofre zu ihrer Zelle bringen zu lassen. Und genau das teilte sie ihm eines Abends mit, während sie an seiner Seite durch den Flur zu der abgelegenen Kammer hastete. Er wehrte sich entschlossen dagegen. Wenn es darum gehe, jemandem einen Dienst zu erweisen, sei es nicht dasselbe, ob derjenige eine einflußreiche Position innehabe oder gefangen und so gut wie verurteilt sei wie Rafel Onofre. *Verurteilt? Wieso?* fragte die Coixa entrüstet. *Doch nicht meinetwegen? Dann will ich ihn erst recht sehen!*

Als der Kerkervogt drei Tage später die Dienste der Coixa erneut anforderte, weigerte sie sich. Sie packte Sara beim Arm, drückte sich rückwärts an die Wand, und von dort verkündete sie, zuerst solle man ihr Rafel Onofre bringen und ein anständiges Licht. Erstens sei sie es leid, ständig im Dunkeln zu sitzen, und zweitens wolle sie ihn richtig sehen können!

Maria Pomar geriet in hellen Zorn. Den Tränen nahe, wartete sie, bis der Aufseher draußen war, um auf Beatriu loszugehen. Doch die Hure brachte sie sogleich zum Schweigen.

»Dumme Gans, meinst du, wenn ich ihn für mich haben wollte, würde ich ihn hierherbringen lassen? Für dich lass' ich ihn holen! Sara und ich gucken auch weg, wenn er da ist!«

»Ich nicht!« sagte Sara. »Ich werde aufpassen, falls Maria mich braucht.«

»Wozu soll sie dich brauchen? Sei nicht albern!«
Maria Pomar wußte nicht, wie ihr geschah. Zeitweise war sie so voller Freude, daß sie Beatriu und Sara ständig um den Hals fiel und beinahe gesungen und getanzt hätte. Dann wieder war ihr zum Weinen, und die Aufregung, Rafel Onofre wiederzusehen, verschleierte ihre Augen. Sie konnte es nicht fassen, daß ihre größte Sehnsucht in Erfüllung gehen und sie endlich ihren Rafel wiedersehen sollte. Oh, wie sie ihn umarmen und an sich drücken wollte, wie sie sich wünschte, ihn ganz zu besitzen! Wenn er bei ihr wäre, könnte sie die Enttäuschung vergessen, die er ihr bereitet hatte, sie würde ihm verzeihen... Beatriu Mas empfahl Maria, Rafel Onofre nicht zu tadeln und ihm für das, was im Bordell vorgefallen sei, keine Vorhaltungen zu machen. Sie riet ihr, ihm nichts zu verweigern und sich selbst nichts zu versagen, wenn sie beisammen seien. Mit allem Takt, den sie aufbringen konnte, warnte sie sie, daß diese Umarmung, nach der sie so sehr verlange und die sie jetzt bereit sei, ihm zu gewähren, ohne bis Livorno oder auf die Freilassung zu warten, die Umarmung, die sie vor Gott für immer zu seiner Frau mache, ein kleines bißchen weh tun könne.
»Weh? Kommt überhaupt nicht in Frage!« unterbrach Sara hitzig. »Das auf keinen Fall! Auf keinen Fall, heiligste Mutter Gottes! Das werde ich nicht zulassen!«
Dann bot die Coixa Maria ihren Spiegel an, damit sie sich, so gut es ging, zurechtmachen konnte, und sagte ihr, sie solle etwas von ihrer Wasserration aufheben und sich ein wenig waschen.
»Ich mache dir einen schönen geraden Zopf!« erbot sich Sara sofort. »Gib mir den Kamm, Coixa, ich muß ihr erst die Haare entwirren.«

Der Kerkervogt brauchte nur zwölf Stunden, um das zu bringen, was Beatriu verlangt hatte: Rafel Onofre und eine Öllampe. Maria glaubte, die Besinnung zu verlieren, als er vor ihr stand. Er war magerer und sehr blaß. Seine Augen aber leuchteten. Rafel Onofre starrte die Coixa sekundenlang an, ehe er Maria umarmte.

»Sie hat dich nicht verraten«, flüsterte Maria ihm mit ersterbender Stimme ins Ohr.

Voller Neid und ohne jede Scham betrachtete Sara das Paar.

»Los, komm, du und ich, wir werden in diese Ecke gehen und beten«, sagte die Coixa und schubste sie. »Diese beiden sollten wir nach Herzenslust beichten lassen...«

Gegenüber dem Winkel, in dem die Verliebten sich küßten, direkt unter dem vergitterten Fenster bat Sara auf Knien die Jungfrau um das Wunder einer Erscheinung. Seit sie eingesperrt war, hatte die Unbefleckte ihr diese Gnade nicht zuteil werden lassen. »Ich brauche Euch mehr denn je, geliebte Mutter Gottes, heute mehr denn je. Schlüpft durch das Gitter, dann müßt Ihr nicht durch die Wände, die sind so dick. Ihr braucht nur vor dem Fenster vorbeizukommen, und schon kann ich Euch sehen und weiß, Ihr habt mich nicht verlassen.« Sara betete halblaut, denn sie wollte lieber ihre eigene Stimme hören als das Stöhnen der Verliebten, und wiederholte ihre Fürbitten, um zu vergessen, daß es Rafel Onofres starke Arme waren und nicht ihre schwächeren, die den zarten Körper ihres Täubchens umfingen, dieses Kindes, für das sie wie für ihr eigenes fühlte. Beatriu, das Gesicht zur Wand gerichtet wie Sara, bemühte sich, nicht an das zu denken, was hinter ihr und auf ihre Veranlassung geschah. Im Bordell hatte sie häufig dasselbe Zimmer mit Arbeitskameradinnen geteilt, wenn sie ihrem Liebesgewerbe nachgingen, ohne daß sie dies im mindesten erregt hätte. Jetzt aber fühlte sie die Begierde wie eine Woge, und sie erbebte, als überliefe ein Schauder ihren ganzen Körper. *Er gehört dir nicht, Coixa*, sagte sie sich. *Und wenn du dich schon großherzig gebärdest wie eine Prinzessin, verdirb es jetzt nicht. Bleib ja weg! Faß ihn nicht an. Das würde Maria dir nie verzeihen und er auch nicht, er auch nicht, wenn du willst, daß er sich bis zu seinem Tod an dich erinnert. Genügt dir nicht, was du erreicht hast? Behauptest du nicht immer, der zweitbeste Beruf der Welt nach deinem sei die Kuppelei, und wolltest du nicht ohnehin umsatteln, wenn du mal in Rente bist?*

»Coixa!« unterbrach Sara sie. »Coixa, sie kommt schon, da, sie kommt!« Und während sie sprach, stand sie auf, ließ sich aber sofort wieder auf die Knie fallen. »Jasmin«, sagte sie, »ich rieche Jasmin und Orangenblüten.«

Sara fühlte, wie sich in ihrem Kopf alles zu drehen begann. Die Gitter am Fenster verschwanden, es wurde groß und öffnete sich weit zum Himmel. Vor ihren Augen stiegen Weihrauchwölkchen hoch wie dem Allerheiligsten zum Gruße, verloren sich und gingen in anderen himmlischen Wolken auf, weich und weiß. Die Ekstase stand unmittelbar bevor. Den Mund halb geöffnet, spürte sie den Druck in der Brust und die Spannung der Muskeln, die sich unter heftigem Keuchen, heftiger, noch heftiger, schließlich in Zuckungen der Seligkeit entlud: Da war die Jungfrau, da vor ihr! Sie hatte sie nicht vergessen. Doch diesmal war sie nicht in ein blaues Umschlagtuch gehüllt, noch wurde sie von Engeln umflattert. Auch war ihr Herz nicht von tödlichen Pfeilen gespickt und blutete nicht aus schrecklichen Wunden. Die Jungfrau erschien ihr in Form eines Schmetterlings, mit schillernden Flügeln in den Farben des Regenbogens, eines Schmetterlings, der einen Augenblick zum Fenster hereinkam, sich auf Saras Stirn niederließ und wieder davonflog, hoch in den Himmel empor. Sara stieß einen Schrei aus und fiel besinnungslos zu Boden. Ihre Augen waren verdreht, und Speichel rann ihr aus dem Mund. Ihr ganzer Körper war ein einziger Krampf. Die Coixa begann, sie zu ohrfeigen, damit sie wieder zu sich käme.

Als der Anfall vorüber war, fand sie sich auf ihrem Bett wieder, an dem ihre beiden Zellengenossinnen wachten. Aber sie hatte nur Augen für Maria, umarmte sie und sagte:

»Dieses Mal, meine Süße, hat mir die Jungfrau die Gnade erwiesen, sich als Schmetterling zu offenbaren. Es war der hübscheste Schmetterling, den du dir erträumen kannst!«

Und während sie sprach, versuchte sie, ihr Gesicht, noch immer verzerrt und ein wenig sabberig, an Marias Brust zu bergen.

Als Beatriu sah, daß es Sara besserging, legte sie sich hin. Noch lange hörte sie das gleichmäßige Weinen der beiden anderen, die gewiß nicht um dasselbe weinten, wenn sie auch einen gemeinsamen Grund haben mochten. Beatriu schlief ein mit dem Gedanken, daß die zwei viel besser dran seien als sie. Sie hatte noch nie jemanden geliebt, und niemals war sie so geliebt worden, wie Sara Maria zu lieben schien und Maria Rafel Onofre.

Sieben

Im ersten trüben Licht eines Dienstagmorgens im Juni machte sich Pere Onofre auf den Weg nach Marseille, um dort die verabredete Pinasse zu besteigen und Kurs auf Barcelona zu nehmen. Für die Reise hatte ihm die Witwe Sampol ihre Lieblingsstute *Llamp* überlassen, spritzig und sehr schnell, die er bis zur ersten Poststation reiten wollte, wo frische Pferde bereitstehen würden. Er packte nur das Nötigste zusammen und lehnte jegliche Begleitung ab. Unter dem Hemd direkt auf der Haut trug er die Beutel mit dem Geld – zum Teil das von Willis zurückgezahlte und dazu eine aufs neue von der jüdischen Gemeinde in Livorno geliehene Summe –, das ausschließlich der Unterstützung der armen Eingekerkerten zugute kommen sollte.

Alle seine Freunde hatten ihm von der Reise abgeraten. Wie die Dinge sich entwickelt hatten, war er nicht eben der Tauglichste für die Mission, die Mitglieder des Tribunals in Ciutat zu schmieren, um, wenn schon nicht die Freiheit der Gefangenen, so doch ihr Leben zu erkaufen. Mit Sicherheit wußte das Heilige Offizium längst, daß die Flucht von Livorno aus vorbereitet worden war und wer sie zu verantworten hatte. Doch Aguiló, der beschlossen hatte, nach Mallorca zu fahren, kaum daß ihm die schreckliche Nachricht überbracht worden war, weigerte sich, Vernunft anzunehmen. Weder die Tränen seiner Frau, die ihn einen Selbstmörder nannte, noch das Flehen Blanca Maria Pires', die ihn für verrückt erklärte, weil er so offensichtlich sein Leben aufs Spiel setzte, brachten ihn dazu, seine Entscheidung zu widerrufen. Vom Stadtrat, dem zwei Schwäger Pere Onofres angehörten, kam der Einwand, die Kosten der Einschiffung seien schließlich zu Lasten vieler Mitglieder der von ihnen vertretenen Gemeinde gegangen, also müsse man jetzt auch dafür Sorge tragen, daß das Geld ungefährdet an sein Ziel gelange, und Aguiló sei eine zu leichte Beute. Die drei jeweils für zwei Jahre ernannten Buchprüfer, zuständig für die Überwachung der öffentlichen Ausgaben, widersetzten sich ebenfalls. Die Überfahrt auf der *Eolo* war mit einem Teil der für wohltätige Zwecke vorgesehenen Gelder, das heißt, aus den Steuern der Bürger, unterstützt worden, und nachdem es mit Mühe und Not gelungen war, fast die Hälfte davon zurückzuerhalten, wollte man unter keinen Umständen ein neues Risiko eingehen. Dem mallorquinischen Kaufmann blieb schließlich nichts anderes übrig, als sich zu beugen und auf einen Kompromiß einzulassen. Er erhielt den Auftrag, das Geld nach Barcelona zu bringen. Von dort würde ein Vertrauensmann – ein Verwandter der Villarreals, um genau zu sein, einer der einflußreichsten Marranensippen Livornos – nach Mallorca übersetzen, um alles für die gefangenen Brüder zu tun, was in seiner Macht stünde.

Doch die Reise Pere Onofres, die seine Schuldgefühle nur teilweise beschwichtigen konnte, weil sein von Reue zerfressenes Gewissen kaum Ruhe fand, war ein vollkommener Fehlschlag. Er kam nicht einmal bis zur ersten Poststation. Die Stute der Senyora, an einen anderen Reiter gewöhnt, nervös und wahrscheinlich zu schnell für das mangelnde Geschick Pere Onofres, machte ihm einen Strich durch die Rechnung.

Möglicherweise weil sie vor einer dicht vorbeifahrenden Kutsche scheute, ging sie ihm an einer Wegbiegung durch. Aguiló war nicht in der Lage, sie zu zügeln. Die Stute rannte in wilder Jagd querfeldein, und er stürzte so unglücklich, daß *Llamp* ihn in ihrem Galopp mit sich schleifte. Mit Prellungen am ganzen Körper, einem gebrochenen Bein und zwei gequetschten Rippen kehrte Pere Onofre zwei Wochen später nach Livorno zurück, nachdem der ihn behandelnde Arzt befunden hatte, daß sein Zustand nun die Reise erlaubte. Er ließ sich von seiner eigenen Kutsche abholen. Der Stadtrat hatte außer dem Pech und der daraus entstandenen Verzögerung nichts zu beklagen, denn Aguiló händigte das Geld aus, ohne daß auch nur eine Münze fehlte. Die Kosten für den Unfall bestritt er aus seiner Tasche.
Diese bittere Pille versetzte Pere Onofre in einen sehr reizbaren Zustand. Er fühlte sich von einem unheilvollen Schicksal bedroht. Der Zufall legte ihm einen Stein nach dem anderen in den Weg, als sollte er sich niemals von der Last jener Schuld befreien, die ihm den Seelenfrieden raubte. Er hatte trotz des Unbehagens, eine derart mühselige Reise auf sich nehmen zu müssen, darauf beharrt, das Geld selbst zu überbringen, weil er hoffte, durch dieses Opfer Adonais Vergebung zu erlangen, Vergebung, die ihren Ausdruck in Seinem Erbarmen für die mallorquinischen Brüder finden würde. Der mallorquinische Kaufmann fürchtete, Alonso López, dessen heimlich vergrabene Asche in einem Weizenfeld ruhte, habe sich gegen ihn erhoben und fordere Vergeltung, weil er es nicht geschafft habe, sie der Gemeinde in Bordeaux zu überbringen. Er hatte sein Versprechen gebrochen und gelogen. Nun mußten auch seine Verwandten und Freunde im Kerker für seine Sünden büßen, und keine seiner Anstrengungen, die Reise gegen alle Hindernisse durch-

zusetzen, hatte das Geringste zu ihrer Erlösung beitragen können. Er sah seine Bereitschaft, die halbe Toskana und einen guten Teil Frankreichs zu durchqueren und sich der Hitze auszusetzen, die er so schlecht vertrug, von Adonai ebensowenig gewürdigt wie den entbehrungsreichen Ritt, tagelang vom Morgengrauen bis zum Sonnenuntergang, um so schnell wie möglich anzukommen, und die Nächte unter freiem Himmel oder in Scheunen, wenn er keine Herberge fand. Er fühlte sich abgewiesen von Gott. Und mehr als seine schmerzenden Knochen war es dieses Gefühl, verbunden mit der Reue, von der er sich nie wieder befreien zu können glaubte, was ihn in vollkommener Mutlosigkeit versinken ließ. Nicht einmal die Nachricht, daß sich ein Bote mit dem Auftrag, die Mission zu Ende zu bringen, die er nicht hatte erfüllen können, in Kürze auf den Weg nach Barcelona mache, munterte ihn auf. Er überließ die Geschäfte seinen Gehilfen und die Entscheidung über anstehende Lieferungen sowie die spätere Verteilung von Getreide, Öl und Seide seinen Teilhabern, ohne daß ihn interessierte, welche Kapitäne die Fracht übernehmen würden, was er stets persönlich ausgehandelt hatte. Zu Hause eingeschlossen, verbrachte er die leeren Stunden auf dem Bett, fast regungslos. Die Augen starr auf die Wand gegenüber gerichtet, schien er weit weg zu sein, als hätte sein Geist diesen mißhandelten Körper verlassen. Die Ärzte kannten keine Arznei, ihn zu heilen. Mehr als ein Dutzend hatten sie schon an ihm ausprobiert. Sein Zustand besserte sich nicht im geringsten. Offensichtlich war das Leiden Pere Onofres ernster als die Anfälle drückender Schwermut, die zeitweilig auch die Witwe Sampol heimsuchten und über die ausgerechnet er sich immer abfällig geäußert und sie als Weiberwehwehchen bezeichnet hatte.

Die Senyora dagegen entwickelte eine rasende Aktivität, vielleicht weil sie glaubte, wenn Pere Onofre krank sei, die Leitung der Hilfsoperation für die mallorquinischen Brüder übernehmen zu müssen, zu denen einige ihrer liebsten Freunde zählten, wie Gabriel Valls. Blanca Maria Pires empfand große Zuneigung zu dem Rabbi von Ciutat. Dank seiner war sie ihrer Religion in Augenblicken der größten Schwäche treu geblieben, wenn ihr zur Rettung ihrer Seele die katholischen Riten ausreichend erschienen und sie schon nahe daran war, den geheimen Kult Adonais ganz aufzugeben. Außerdem hatte sich Valls in der ersten Zeit ihrer Witwenschaft um alles gekümmert, als sie sich noch nicht in der Lage sah, die von ihrem Mann hinterlassenen Seehandelsgeschäfte in die Hand zu nehmen. Er hatte sie und ihren Sohn beschützt wie ein naher Verwandter, ein Vater oder Bruder, ohne je eine Bezahlung oder Gegenleistung anzunehmen. Dank Gabriel Valls hatte sie mit ihrem Jungen Mallorca verlassen können, bevor der Inquisitor Cabezón aufgrund der von Kapitän Andreas Harts gestreuten Gerüchte über Vorbereitungen zur Verschiffung judaisierender Flüchtlinge Anklage gegen sie erhob, denn der Rabbiner hatte Häuser und Grundbesitz von der Witwe übernommen und ihr eine großzügige Summe dafür vorgestreckt. Später verkaufte er die Immobilien mit Bedacht, und statt den Gewinn einzustecken, sandte er ihn Blanca nach Livorno, wo sie sich inzwischen so gut eingelebt hatten, daß sie das Geld eigentlich nicht mehr benötigte. Valls, der niemals etwas von ihr verlangt oder auch nur angedeutet hatte, wie viele Schwierigkeiten und Kopfschmerzen ihm die Verwaltung ihres Vermögens bereitet haben mußte, verdiente eine entsprechend freigebige Gegenleistung.
Blanca Maria Pires überzeugte den Rabbiner Jacob Moashé,

sich ihrer Sache anzuschließen und die Gläubigen in der Synagoge um Mithilfe zu bitten. Der Senyora erschienen die vom Stadtrat bereitgestellten Mittel unzureichend, ebenso wie das von Willis nach schwierigen und zähen Verhandlungen zurückerstattete Geld. Sie selbst beschloß, ihren Schmuck zur Verfügung zu stellen. Sie hätte Geld spenden können, denn ihre Geschäfte liefen ausgezeichnet, und mit dem Profit aus den Ausfuhren hatte sie gerade eine Weberei eröffnet, die erste in Livorno, die binnen kurzem zahlreiche Aufträge verzeichnen konnte, sogar von Kunden aus der *Sereníssima*, doch sie wollte den Juwelen entsagen. Auf diese Weise, eben weil sie unersetzlich waren, würde Blanca Maria Pires ein doppeltes Opfer bringen. Geld bedeutete ihr nichts – es war leicht zu haben –, die Juwelen um so mehr, deshalb gab sie sie her. Gabriel Valls hatte ihr oft gesagt, wie viel mehr Adonai eine Gabe wert sei, die uns wirklich kostbar sei, als eine, die uns leicht zugefallen oder gar überflüssig sei. Viele ihrer Schmuckstücke, wie zum Beispiel ein riesiger Smaragd, hatten ihrer Mutter gehört, deren Andenken sie in die widersprüchlichsten Gefühle stürzte, von Liebe und süßer Zärtlichkeit bis zu einem glühenden Haß, der sie erschauern ließ. Einige der Edelsteine, ein wahres Vermögen, waren einst von Gràcia Nasi gekauft worden – Hannah genannt oder auch Beatriz de Luna und allgemein als La Senyora bekannt –, von der die Mutter ihr, neben weiteren Enthüllungen, die sie tief verstören sollten, auf dem Sterbebett anvertraut hatte, daß sie Blancas Ahnin sei. Vielleicht lag darin der Grund, daß Blanca nie herausfinden wollte, was es mit ihrem Stammbaum auf sich hatte, doch war der Gedanke an die portugiesische Dame in jenen Tagen zu übermächtig, um ihn einfach zu verscheuchen wie sonst. Sie war immer mehr davon überzeugt, daß, wenn nicht das Blut, so

doch ein ähnliches Schicksal sie beide verband. Wie Donna Gràcia heiratete auch sie einen reichen Kaufmann, doppelt so alt wie sie, und verwitwete sehr jung. Sie übernahm die Geschäfte ihres Ehemanns, lenkte sie mit Geschick und vervielfachte den Gewinn. Wie Donna Gràcia verließ auch sie Portugal und lebte in Antwerpen, Ferrara und Livorno. Wo immer sie sich aufhielt, vergaß sie nie, die Not der Bedürftigen zu lindern. Wie Donna Gràcia hatte sie eine Meute von Verehrern. Selbst wenn man den Offizier Sebastià Palou nicht mit dem englischen Prinzen vergleichen konnte, der, wie es hieß, um die Witwe Mendes angehalten hatte, so war er immerhin der Neffe eines Vizekönigs und gehörte einer der ältesten Familien Mallorcas an. Ebenso wetteiferten die Rabbiner darum, sich ihrer Seele annehmen zu dürfen. Und João Peres, dessen richtiger jüdischer Name Joseph war, der sie sich erträumt hatte, lange bevor er sie kennenlernte – war er nicht eine Art Joseph Nasi oder João Micas, der Vetter von La Senyora und gleichzeitig ihr treuester Verehrer?
Überdies gab es noch mehr Gemeinsamkeiten, und diese hatten offensichtlich durchaus mit Vererbung zu tun. Ihre Mutter bestand nachdrücklich auf der Ähnlichkeit: *Ein Spiegelbild, Liebes,* wiederholte sie ein ums andere Mal auf dem Sterbebett, *so etwas wie eine Wiedergeburt. Du hast ihre Haut und ihre Augen, ihren Liebreiz.* Doch bedeutete ihr dies wenig, wenn sie sich auch ihrer außergewöhnlichen Schönheit bewußt war und die Verwirrung genoß, die ihre Anziehungskraft bei den Männern auslöste. Viel mehr beunruhigten sie die Anfälle von Melancholie, die La Senyora heimgesucht haben sollen, genau wie sie selbst, die sie von Zeit zu Zeit in eine Art stockdunklen Brunnen stürzte, voll zähflüssiger, fauliger Brühe, die jede Bewegung unmöglich machte. Manchmal wuchs die Beklemmung derart, daß sie

sich den Tod wünschte. Sie zog Ärzte und Rabbiner zu Rate. Erstere verschrieben ihr wirkungslose Mittel. Letztere suchten nach einer geheimen Schuld, die Blanca Maria Pires nicht einzugestehen bereit war, weshalb sie sie am Grund dieses sumpfigen Wassers vergraben hatte, so sehr hatte sie darunter gelitten, so viele Tränen darum vergossen. Sie versprach ihrer Mutter auf dem Sterbelager, das Geheimnis zu bewahren, damit sie dieses Leben in Frieden verlassen konnte und ihr ein Todeskampf voller Schrecken erspart blieb, und gewährte ihr die erflehte Vergebung, obgleich diese Enthüllung die allergrößte Schmach darstellte, die ihre Mutter ihr hinterlassen konnte.

Nachdem sie um das Geheimnis ihrer Geburt wußte, brauchte sie lange, um ihre Gelassenheit wiederzufinden und sich, die Vergangenheit hinnehmend, der Zukunft stellen zu können. Zurückgezogen in ihrer Kammer des alten Lissaboner Herrenhauses, weitläufig und leer, tat sie fern der Welt Buße und fastete, zum einen für die Rettung der Seele jener Frau, in der sie bis vor kurzem ihre Adoptivmutter gesehen hatte, zum anderen zur Sühne ihrer sündhaften Zeugung – so abscheulich in den Augen Adonais wie in denen Gottvaters, so sträflich in jeder Hinsicht! Sie hatte Zeit im Überfluß, ihre gesamte Kindheit in Gedanken vorüberziehen zu lassen, von dem Findelkind, das Donna Gràcia Pires einst so großmütig aufgenommen hatte, bis zu ihrem fünfzehnten Geburtstag, an dem diese ihr zum Geschenk machte, was sie sich am meisten gewünscht, doch niemals zu erbitten gewagt hätte: ihren Namen. An diesem Tag wurde aus dem Kind, das an einem frostigen Dezembermorgen, immerhin warm in feinstes holländisches Leinen gewickelt, vor dem Haustor der Dame ausgesetzt worden war, das Mündel einer der reichsten Frauen Lissabons. In den langen, unruhigen Nächten, den frühen Morgenstunden schlafloser Erschöpfung entsann sie sich der Zeit, in der Donna Gràcia Pires' ältester Sohn von einem längeren Aufenthalt in Antwerpen zurückkehrte und sich im Haus einrichtete. Blanca verstand jetzt vieles, was ihr früher unbegreiflich erschienen war, auch warum ihre Adoptivmutter alles getan hatte, um sie von ihrem Sohn fernzuhalten, als sie sich in ihn verliebte. Dabei war sie sich ihres Segens zu dieser Verbindung so sicher gewesen, hatte sie doch immer wieder bekräftigt, sie sei ihr so lieb wie eine richtige Tochter. Donna Gràcia versuchte erst, es ihr auszureden, und unterband daraufhin jeden weiteren Kontakt zwischen den beiden. Sie behauptete, dabei nur an die Tochter zu denken und ihr Bestes zu wollen. Gerade weil sie sie so sehr liebe, könne sie nicht ihr Einverständnis zu der Ehe mit einem Mann geben, vom dem sie, wenn er auch ihr Sohn war, zugeben müsse, daß er ein zügelloses Leben geführt und die Waisenhäuser halb Europas mit seinen Bastarden gefüllt habe. Bastarden wie João-Joseph Peres einer war, über dessen Herkunft Blanca gegenwärtig lieber nichts wissen wollte, damit die Auflösung des Rätsels nicht erneut einem unerträglichen Verbot gleichkam. Der Junge gefiel ihr. An seiner Seite fühlte sie sich geborgen, als schütze die bloße Anwesenheit Joãos sie vor allen Gefahren. Doch anders als in ihrer Jugend ließ sie nicht mehr zu, daß gefährliche oder verstörende Gefühlsregungen ihr Gleichgewicht störten oder ihren Entschluß ins Wanken brachten. Sie machte Peres zu ihrem Sekretär, und ihr Vertrauen in ihn ging so weit, daß sie ihm sogar heikle Aufgaben wie den Racheakt an dem unverschämten Kapitän Harts übertrug. Sie war siebzehn Jahre älter als João, ein Altersunterschied, der ausreichte, um ein Hindernis darzustellen. Auch Donna

Gràcia Nasi hatte ihren Vetter niemals erhört, so viele Liebesbeweise er ihr auch erbringen mochte, dabei war sie ihm nur fünf Jahre voraus. Doch wenn João Peres, wie sie glaubte, der Sohn ihres Bruders war – dann war er mehr als nur ihr Neffe. Nie hatte sie Gewißheit darüber haben wollen. Dem Jungen untersagte sie jegliche Erwähnung seines Vaters, mit dem er ohnehin kaum Kontakt gehabt hatte, für den Fall, daß die Kraft des Blutes sich einen schrecklichen Zufall zunutze machen könnte und sie einander näherbrächte. Auf diese Weise tat Blanca Maria Pires nichts anderes, als das zweite Versprechen zu erfüllen, das die Mutter ihr abgenommen hatte: keinerlei Verkehr mit ihrem Bruder Joseph zu pflegen und für immer aus seinem Leben zu verschwinden, ohne ihn zum Mitwisser des Geheimnisses zu machen, damit nicht der Reiz des Verbotenen seine Begierde noch mehr anstachelte.
Außer Gràcia Nasi, die ihr seit langer Zeit ein Vorbild war, erwählte sie Deborah, Judith und Esther zu ihren geistigen Führerinnen, machte sich mit großem Eifer und absoluter Entschlossenheit auf den Weg von Haus zu Haus, von Palast zu Palast, um Almosen für die Sache der mallorquinischen Juden zu erbitten. Sie sammelte eine beträchtliche Summe. Niemand konnte ihrem bittenden Tonfall, dem rauhen Klang ihrer Stimme widerstehen. Durch ihr demütiges Verhalten, das mancher als einer Dame ihres Standes unwürdig erachtete, wollte Blanca Maria Pires Gefallen vor den Augen Adonais finden. Anschließend schrieb sie an Sebastià Palou und gab den Brief einem Boten mit, der nach Valencia aufbrach, wo es nicht schwer sein sollte, jemanden zu finden, der ihn zuverlässig nach Ciutat brachte. Über die Lage der Gefangenen auf dem laufenden zu sein, war erste Voraussetzung für den glücklichen Ausgang der Hilfsaktion.

Der Offizier antwortete rasch, indem er eine Schebeke als Überbringer seiner Nachricht nutzte, die mit Kurs auf den Mediceischen Hafen auslief. Die Eingekerkerten seien in Gefahr, wenn die Dinge sich nicht schnell zum Besseren wandten, wonach es nicht aussehe. Er befürchte das Schlimmste: den Scheiterhaufen.

Durch den Brief des Offiziers erfuhr die Witwe Sampol viel früher als der Stadtrat, daß der Verwandte der Villarreals mit seiner Mission ebenfalls gescheitert war. Villarreal war nicht einmal zu Rodríguez Fermosino vorgelassen worden. Er hatte lediglich mit Jaume Mas, dem Kerkervogt der Heiligen Inquisition, verhandelt, den er reichlich bestechen mußte. Und diesem war nichts Besseres eingefallen, als ihn, damit er das Gefängnis kennenlernte, die Coixa beschlafen zu lassen, was Villarreal hocherfreut akzeptierte. Den Vizekönig konnte er nicht um Hilfe bitten, da er sich bei Hofe aufhielt, jedoch führte er lange Gespräche mit dessen Neffen. Sebastià Palou riet ihm von jeglicher Gewaltanwendung ab. Ein Überfall auf den Kerker des Heiligen Offiziums durch einen Trupp ehemaliger *bandejats* – niemand sonst würde einen derart waghalsigen Auftrag übernehmen – konnte unmöglich gut ausgehen. Wegelagerern und Gesindel, bezahlt mit dem Geld aus Livorno, war nicht zu trauen. Zudem hatte der Judenhaß unter diesem Pack so tiefe Wurzeln, daß man immer damit rechnen mußte, daß es sich einer anders überlegte und sie verriet. Nein, sie mußten einen anderen Weg finden, der nichts mit Waffengängen, viel dagegen mit Verhandlungen und Vereinbarungen zu tun hatte.

Blanca Maria Pires gab den Brief des Offiziers ihrem Freund Aguiló zu lesen. Zuvor wägte sie ab, inwieweit die schlechten Nachrichten dessen Zustand verschlimmern oder ihn womöglich aufrütteln und zum Handeln bewegen könnten.

Doch Pere Onofre brach in Tränen aus wie ein Kind, und weinend sank er zurück in seine Welt der Finsternis. Wieder einmal mußte die Witwe Sampol allein ihren Mann stehen. Sie bat um eine amtliche Audienz, um von Villarreals gescheiterter Mission zu berichten. Hartnäckig bedrängte sie den Stadtrat, etwas zu unternehmen. Sie verhandelte mit den Zensoren neue Pläne, den Mallorquinern zu helfen. Sie wägte die verschiedenen Möglichkeiten gegeneinander ab, prüfte das Für und Wider, und als sie sah, wie langsam die Sache voranschritt, beschloß sie schließlich, nicht einen Tag länger zu warten und den Lauf der Dinge allein in die Hand zu nehmen. Wieder einmal, wie schon öfter in schwierigen Momenten ihres Lebens, beklagte sie, nicht als Mann geboren zu sein, wenn sie diesen Gedanken auch sofort bereute, denn sie war stolz auf ihre Weiblichkeit. Am liebsten hätte sie die Fähigkeit gehabt, sich vorübergehend in einen Mann verwandeln zu können, um sich die Regelung dieser Angelegenheit zu erleichtern. Manchmal sah sie sich, als Herr verkleidet – wie jene kühnen Rächerinnen ihrer Ehre, die Heldinnen ihrer Jungmädchenromane –, unerbittlich mit dem Inquisitor feilschen, bis sie die Befreiung ihrer Freunde durchgesetzt hatte. Doch in Ciutat de Mallorca war sie viel zu bekannt, um ein solches Abenteuer zu wagen. Sie würde ein ebenso großes Risiko eingehen wie Pere Onofre, wenn nicht ein noch größeres, denn nichts konnte dem Heiligen Offizium gelegener kommen, als auch die zu erwischen, die vom Land der Freiheit aus bei der Vorbereitung der Flucht geholfen hatten. Zudem hatte sie Mallorca einst hastig und ohne den nötigen Paß unter dem Schutz der vizeköniglichen Familie verlassen. Und dieser war inzwischen nicht mehr gewährleistet, eher im Gegenteil. Laut Sebastià war der Vizekönig infolge von Intrigen der

Kurie und des Heiligen Tribunals in Ungnade gefallen. Nein, sie fuhr besser nicht nach Mallorca. Überhaupt war ihre Hoffnung, eines Tages dorthin zurückzukehren, in weite Ferne gerückt. Sie brauchte jemanden, dem sie vertrauen konnte, jemanden, der keinen Verdacht erweckte, den sie nicht einfach so verhaften konnten, der bereit war, für eine gute Sache viel zu riskieren, und obendrein den Scharfsinn besaß, die Schwachstellen des Inquisitors auszumachen und geschickt zu verhandeln. Sie dachte dabei an Salomó Abrahim, den Kaufmann von Tabarca und Gönner Pere Onofres, mit dem sie Geschäfte unterhielt, als geeigneten Kandidaten. Er war Jude – kein Konvertit, weil ungetauft –, was eine Garantie für sein Leben darstellte. Er konnte nicht verhaftet werden, da das Tribunal nur falsche Christen und Ketzer verfolgte, aber keine Juden. Er war schon gelegentlich in Porto Pi vor Anker gegangen, kannte Ciutat de Mallorca und den Charakter seiner Bewohner. Außerdem würde Sebastià Palou ihm helfen. Doch Abrahim hatte Angst. Er fühlte sich alt und müde. Es tat ihm leid, die Witwe zu enttäuschen, und er liebte Aguiló sehr und litt mit ihm. Aber er sah sich nicht imstande zu einer so langen Reise und dazu zu einem Zweck, den er für gänzlich verloren gab, obgleich es ihm schmeichelte, der erste zu sein, dem Blanca ihre Mission anvertrauen wollte, er, nicht einer dieser schwarzen Rabbiner, die sie den ganzen Tag umschwirrten wie Schmeißfliegen den Kandis und ihr unter dem Vorwand des Seelengeleits das Geld abzapften.

Dies führte zu Blanca Maria Pires' Entschluß, João Peres zurückkommen zu lassen, der sich zur Zeit in ihrem Auftrag in Venedig aufhielt, und ihn zu bitten, sich trotz der damit verbundenen Gefahr mit dem ersten Schiff auf den Weg nach Mallorca zu machen.

Acht

Pater Ferrando wartete, bis Pater Amengual den Innenhof in der Gegenrichtung durchquert hatte, um nicht mit ihm zusammenzutreffen. Er wollte vermeiden, daß Auswärtige ihn den Kopf wegdrehen sahen, wie sie es beide taten, um den anderen nicht grüßen zu müssen, wenn sie einander im Kloster begegneten. Der Groll, der zwischen den beiden Jesuiten herrschte, war in den letzten Monaten noch angewachsen. Der Generalvikar hatte ihr schlechtes Beispiel sogar schon gerügt, das er für gänzlich unpassend hielt im Hinblick auf das Amt, das sie beide so verbissen anstrebten. Am größten war der Ärger sicherlich bei Pater Ferrando, weil es ihm unerträglich war, daß ausgerechnet sein Erzfeind sich um Valls kümmern sollte, obwohl er ja selbst um Ablösung bei dieser seines Erachtens undurchführbaren Aufgabe ersucht hatte, um sich anderen, lohnenderen Fällen zuzuwenden, unter denen sich bereits viele fruchtbare Ergebnisse zeigten. Die meisten waren natürlich Frauen, immer leichter zu beugen aufgrund ihres kleinen Gehirns. Dennoch schien es ihm ein rundum anerkennungswürdiges Verdienst, Polònia Miró, Aina Fuster, Aina Segura, ihre Schwester Madò Grossa und Aina Cap de Trons dazu gebracht zu haben, ihre einstigen Irrtümer zu bereuen und die christliche Religion als die einzige anzunehmen, wovon er sie überzeugt hatte und worum dieser Schwachkopf von

Amengual ihn nur beneiden konnte. Und dabei war dies noch nicht alles, denn auch einige an der Verschiffung beteiligte Männer, für die er zuständig war, hatten sich zum katholischen Glauben bekannt, wie Pere Onofre Martí, Moixina, Rafel und Baltasar Cap de Trons. Vermutlich war er unter all den Priestern und Mönchen, die das Heilige Offizium mit der Bekehrung der Angeklagten beauftragt hatte, der erfolgreichste, was ihn mit seligem Stolz erfüllte. Sein Gegenspieler hatte noch überhaupt nichts vorzuweisen. Valls war ein harter Knochen, und Pater Amengual hatte wenig Biß.

Amengual seinerseits war jedoch auch nicht unzufrieden. Es stimmte zwar, daß Valls standhielt, doch machte dafür sein Buch sehr gute Fortschritte, obgleich es ihm anfangs ziemlich schwergefallen war, den richtigen Ton zu treffen – feierlich, zündend und dennoch für jeden leicht verständlich. Im Gegensatz zur Lebensgeschichte der Sor Noreta würde er *El triunfo de la Fe en tres cantos* mit lateinischen Zitaten spicken, alle der unwiderleglichen Autorität der Kirchenväter entlehnt. Ah, wie diese erhabene Gesellschaft sein Werk aufwerten würde! Häufig unterlag er bei seinen Besuchen in Valls' Zelle der Versuchung, ihm die Absätze vorzulesen, die er abends zuvor zu Papier gebracht hatte. Sie perlten an dem Gefangenen einfach ab, doch war der Jesuit überzeugt, die inbrünstigen Worte müßten ihm schließlich doch in die Seele dringen, denn wenn der *Triunfo* Valls' Bekehrung zur Folge hätte, wäre dies das schönste Geschenk, das Gott der Herr ihm gewähren konnte – abgesehen vom Amt des Rektors. Sehr zum Leidwesen Pater Amenguals war es jedoch kein Ausschnitt seines Buches, was den ihm Anvertrauten erstmals so bewegte, daß ihm die Tränen kamen, sondern vielmehr eine Nachricht, die er ihm überbrachte:

Der Konsul habe um Audienz beim Inquisitor ersucht, weil er alles, was er zwei Tage zuvor ausgesagt habe, widerrufen wolle, denn endlich habe ihm der göttliche Herr Jesus Christus die Gnade Seines Lichtes erwiesen, und er sei bereit, alles zu gestehen, was er über jeden wisse.

Valls weinte nicht aus Reue – wie Amengual annehmen wollte und so auch dem Inquisitor vermittelte –, sondern aus Zorn, aus Ohnmacht, aus Scham und Mitleid für den Freund und auch um den armen, verängstigten Konsul, beherrscht von dem schwächlichen Männlein, das er tief in seinem Inneren verbarg, und das sich jetzt, obgleich er es schon so oft besiegt hatte, einschüchternd über ihn erhob, als verfügte ein nichtiger Zwerg plötzlich über die Zauberkraft, einen Riesen zu beherrschen.

Oh, Cònsol, Cònsol, was haben sie dir angetan? flüsterte der Rabbi unter Schluchzen mit kaum hörbarer Stimme und dachte, daß sie ihn gefoltert haben müßten, um ihn zum Reden zu bringen. Gewiß hatten sie ihm mit dem Tod auf dem Scheiterhaufen gedroht, wenn er nicht zum Verräter würde. *Und wenn das alles gar nicht wahr ist? Wenn dieser Schurke Amengual mich das nur glauben machen will, um mich zu quälen? Wenn es gelogen ist?* Gabriel Valls riß sich zusammen und versuchte, Hoffnung zu schöpfen. Mit den Fäusten wischte er sich die Tränen ab und fragte den Jesuiten, wie viele der Gefangenen außer dem Konsul um Vergebung gebeten hätten.

»Von den siebenundachtzig Gefangenen sind vierzig verhört worden, und von denen haben sich nur sieben als unbußfertig erwiesen.«

»Und meine Familie? Meine Frau und Rafel Onofre?«

»Das kann ich dir nicht sagen. Jeder Fall ist geheim. Aber bei der hohen Anzahl von Bekehrungen kannst du dir leicht

einen Reim darauf machen, welcher Glaube sich durchsetzt.«
»Worauf ich mir leicht einen Reim machen kann, ist auf die menschliche Schwäche vor dem Tod. Der Schmerz ist unmenschlich, Pater Amengual.«
»Welche Ketzerei, wahrlich! Oh, nein, das verbitte ich mir! Gott unser Herr starb am Kreuz, und du sagst, der Schmerz ist unmenschlich? Jesus Christus ist der Schmerzensmann, und du hältst das Leiden nicht für Sache des Mannes auf Erden? Daß er die Weiber ängstigt, wahrlich, mag noch angehen. Ihr Mangel an Hirn, ihr armseliges Gemüt und der angeborene Stumpfsinn ihres dem unseren in jeder Hinsicht unterlegenen Geschlechts erlauben ihnen, schwach zu sein, doch wir… Wir auf keinen Fall! Man denke nur an die Heiligen, unbeugsam im Geiste unter der Märtyrerkrone.«
Amengual machte eine Pause, diesmal jedoch nicht, um die Wirkung seiner gelungenen Worte auf den Angeklagten zu prüfen, sondern um die Mappe aufzuschlagen, die Feder in die Tinte zu tauchen und peinlich genau aufzuzeichnen, was er gesagt hatte. *Wahrlich, er konnte doch Worte von solcher Sinntiefe nicht einfach entwischen lassen! Vielleicht würde Gott der Herr ihm nicht gestatten, Valls zu konvertieren, doch wurde ihm schon für den Versuch große Gnade zuteil. Viel größere als seinem Rivalen Ferrando, der nur den leicht beeinflußbaren Weibern die Beichte abnahm.*
Als Pater Amengual die Zelle verlassen hatte, um in Montisiòn den Faden seiner erhabenen Inspiration weiterzuspinnen, beschloß Valls, daß er um jeden Preis mit dem Konsul sprechen müsse. Er mußte wissen, wieviel Wahrheit in all dem enthalten war, was der Priester ihm erzählt hatte. *Wenn der Konsul geredet hat, wenn es wahr ist, daß der Kon-*

sul gesagt hat, was er weiß, wenn er die Unseren verraten hat, dann gestehen sie alle. Und dann wird ihnen auch all das Geld, das sie uns weggenommen haben, nicht mehr genügen. Sie werden keine Ruhe geben, bis sie uns in die Flammen geschickt haben. Und der Auslöser bin ich gewesen, nicht Costura. Ich, nicht Costura, bin an dem Unglück schuld. Ich habe Costura in den Garten eingeladen, um ihm auf den Zahn zu fühlen, und ich habe Costura vergiftet, damit sein Verrat ein Ende hat. Ich habe Gerechtigkeit geübt in Deinem Namen, Adonai, Herr der Gerechtigkeit, um Dein gläubiges Volk zu retten. Doch jetzt entlädst Du, Herr der Gerechtigkeit, über meinem Kopf die ganze Gewalt Deiner Faust, würgst meine Kehle mit Deinen starken Händen, weil ich am Scheitern der Flucht die Schuld trage…

Gabriel Valls lauert an der Tür auf die Schritte des Kerkermeisters. Er wird nicht einmal warten, bis er ihm Wasser und Brot hereinbringt wie jeden Abend. Sobald er seine Schritte vernimmt, sobald er zu hören ist, wird er ihn rufen und ihm sagen, daß er den Kerkervogt zu sprechen wünsche, und von diesem ein Gespräch mit dem Konsul verlangen, koste es, was es wolle. Der Kerkervogt selbst soll den Preis nennen, ihm ist jede Summe recht. Er wird ihm alles zusagen, was er hören will, wenn das Geld, das ihn bisher so zugänglich gemacht hat, nicht mehr ausreicht. Geld, das ein Freund draußen bezahlt hat. Nicht alle wollen seinen Untergang. Er wird ihm einen Schuldschein unterschreiben, zahlbar nach seiner Entlassung. Er wird ihn bezahlen, wenn er je hier herauskommt, wenn ihn der Herr nicht verläßt und er nicht im Feuer landet, das in einem Auflodern alles verschlingt, das Feuer, das nach unvorstellbaren Qualen die Knochen zu Asche werden läßt. Er hat noch den Schrei Alonsos im Ohr, den durchdringenden Schrei jenes armen Juden aus Madrid, einen so schauerlichen Schrei, wie er ihn noch nie gehört hatte, als die Flammen seinen Bauch erreichten und er seitlich auf die Glut fiel … Nein, jetzt will er daran nicht erinnert werden, nicht das Gesicht des jungen Mannes sehen, angeschwollen vor Pein, ein Gesicht des Grauens.

Er horcht lieber auf die Schritte des Kerkervogts. Die Dunkelheit hat seine Sicht vermindert, doch dafür sein Gehör geschärft. Manchmal wecken ihn nachts so leise Geräusche, wie er sie früher sicher nicht einmal wahrgenommen hätte. Der Kerkervogt macht mehrmals am Tag seine Runde. Wenn er ihn hört, wird er sich sofort bemerkbar machen.

»He, Senyor!« ruft er, als er ihn unmittelbar vor seiner Tür hört. »Öffnet, um der Liebe Gottes willen!«

Um der Liebe Gottes willen, sagt er, wie die Christen. Er verwendet noch andere Begriffe, die er als Kind gelernt hat, Begriffe, mit denen er sich hin und wieder versehentlich auch an seinen Gott Adonai richtet.

»Was ist los, Valls?«

»Um alles, was Euch lieb ist, ich muß umgehend mit dem Konsul sprechen. Ihr bestimmt den Preis!«

Der Kerkervogt erhebt Einwände. Zwar ist die Anzahl der Gefangenen um einiges gestiegen, doch ist auch die Aufsicht verstärkt worden. Dieser Gefallen stellt ein großes Risiko für ihn dar, also muß der Preis entsprechend hoch ausfallen.

»Setzt Ihr selbst die Summe fest, wie ich schon sagte. Ich unterschreibe Euch, was Ihr wollt. Und daß man sich auf mein Wort verlassen kann, dürftet Ihr wissen.«

Es sieht aus, als hätte Valls ihn überzeugt. Er wird es versuchen. Für morgen. In einer Weile wird er ihm Bescheid geben. Er wird mit dem Konsul reden.

Er läßt ihn nicht lange warten. Schon hört er ihn zurückkommen. Schon öffnet er den Riegel. Schon zeichnet sich seine Gestalt im Türrahmen ab.
»Es tut mir leid, der Konsul will Euch nicht sehen. Das soll ich Euch mitteilen. Er hat ausgesagt, er bereue, Jude gewesen zu sein, und er bereue, Euch in den Garten gefolgt zu sein, der übrigens mit Salz bedeckt worden ist.«
Er sagt nichts weiter und schließt die Tür. Valls verlangt nichts mehr. *Der Garten mit Salz bedeckt? Der Garten mit Salz bedeckt! Der wundervolle Garten, seine Frische, seine Schatten und die Musik seiner Wasserläufe. Der Garten mit seinen fruchtbaren Beeten und duftenden Blüten. Der Garten, in dem sonntags seine Freunde zusammenkamen – für immer dahin... O ja, das hatte er Costura zu verdanken, Costura, der log, Costura, der die angenehme Plauderei als Judenverschwörung geschildert haben mußte. Aber eigentlich war es auch egal, was Costura gesagt hatte. Sowieso war seit einiger Zeit gemunkelt worden, daß er dort unter der lieblichen Weinlaube die Jugend im Alten Gesetz unterweise. Ob Maria es schon weiß? Oh, Adonai, was für ein Schlag! Weiß es Rafel Onofre? Oh, ich Erbärmlicher! Und Maria Pomar? Armes, unglückliches Kind! So hat sie sich ihre Hochzeit nicht vorgestellt! Meine Maria! Wie sehr sie ihre Rosenstöcke geliebt hat, wie sie geweint haben muß!*
Gabriel Valls kann nicht schlafen, es gelingt ihm nicht, den Schlaf herbeizulocken. Er fühlt sich durchtränkt von Schweiß, der unaufhörlich an ihm herabrinnt. Ihm ist elend. Der Garten war nicht das Paradies, nicht das Gelobte Land, doch war er ihm manchmal so vorgekommen, hatte er gedacht, das Grün der Beete, die Kühle der Bäume dort müßten so und nicht anders sein. Ein Eckchen in der Welt, in dem sie Geborgenheit fanden, ihr vom Gelobten

Land überhauchter Unterschlupf. Nie wieder werden seine Augen dort einen Samen keimen sehen. Nie wieder wird er darin spazierengehen. Nie mehr diesen Garten betreten. *Oh, Maria, sieh nur, was sie uns angetan haben! Hat man es dir gesagt, geliebte Gattin? Besser, du weißt es nicht, besser, du erfährst es nie. Du würdest vor Kummer sterben, da bin ich sicher. Du würdest es nicht überleben, die verwüstete Erde, die abgestorbenen Pflanzen, die gefällten Bäume. Warum das alles? Wozu diese Zerstörung? Was kann die Erde für meinen Glauben? Was hat sie damit zu tun? Als könnte die Erde schuldig oder unschuldig sein! Wie kannst Du das zulassen, Herr? Warum schlägst Du uns mit der großen Keule? Warum vernichtest Du, was mir das Liebste auf der Welt ist?*

Es dauert noch lange, bis Gabriel Valls erschöpft einschläft. Kurz darauf schreckt er wieder hoch, und seine eigene Stimme klingt ihm wie die eines Fremden, der schreiend vor den Inquisitor gebracht zu werden verlangt. Seine wache Stimme, seine richtige, löst seine Schlafstimme ab, als er erneut laut nach dem Kerkervogt verlangt, damit dieser das Tribunal verständige. Da sie ihn offenbar nicht vernehmen wollen, ersucht er selbst um eine Audienz. Das ist sein gutes Recht. Er will ihnen sagen, sie sollen aufhören, nach Schuldigen zu suchen, den Boden zu vergiften, Leute zu foltern, Unschuldige einzukerkern. Wenn sie einen Schuldigen brauchen, hier ist er! Wenn sie ihn nicht vorlassen, hört er auf zu essen, zu trinken, bis er stirbt, und dann ist nichts mehr aus ihm herauszuholen.

Der Kerkervogt überbringt die Botschaft im Eilschritt. Valls' Tod käme ihm höchst ungelegen. Ihn interessiert, daß er überlebt und freikommt. Der Inquisitor nimmt die Nachricht mit Genugtuung entgegen. Es ist immer seine Absicht gewesen, die Vernehmung so lange wie möglich hinauszuzögern, bis Valls selbst danach schreit, wie es jetzt der Fall ist. Damit gewinnen sie die Oberhand. Trotzdem lassen sie ihn noch eine Woche warten. Es soll kein Zweifel aufkommen, daß sich das Heilige Tribunal von niemandem unter Druck setzen läßt, schon gar nicht von einem verstockten Ketzer wie ihm.

An einem schwülen Morgen in aller Herrgottsfrühe öffnete der Kerkervogt Valls' Zelle. Valls, der sich bei der drückenden Hitze entkleidet hatte, zog sich mit drei Handgriffen an, rieb sich mit den Fäusten den Schlaf aus den Augen und folgte dem Kerkervogt. Vor der geschlossenen Tür des Audienzsaales ließen sie ihn noch eine gute Weile stehen. Er wartete, bis die Mitglieder des Tribunals den rechten Zeitpunkt für gekommen hielten, sich zu versammeln. Endlich, es war inzwischen nach acht, holten sie ihn herein. Hinter einem mit rotem Damast gedeckten, von einem silbernen Christus überragten Tisch beobachtete ihn ein Dutzend Augen. Nur ein Paar, die des Inquisitors, waren von Gläsern geschützt, die übrigen starrten ihn direkt an: die hervorquellenden des Konfiskationsrichters, eingesunken und rot die des Notars, forschend und wach die des Anklägers, schläfrig die des Verteidigers.
Der Saal ist groß und erlesen eingerichtet. An den Wänden hängen Goldstickereien mit den Insignien der Inquisition und dem Wappen Spaniens. Und riesige Bilder: rechts Sankt Dominikus und links der über Irrtum, Falschheit und Ketzerei triumphierende Glaube, symbolisiert durch drei am Boden liegende blutende Köpfe, gedemütigt von einer tapferen Jungfrau auf einer Art geflügeltem Pferd. Die Stühle der Inquisitoren haben mit rotem Damast gepolsterte Leh-

nen und Armstützen aus Holz, dunkel wie die Talare. Das offene Fenster läßt das Licht des inzwischen hell angebrochenen Tages herein wie auch die Schreie der Mauersegler, Boten ferner Länder.

Da draußen, denkt Valls, *geht das Leben weiter, ohne sich um uns Eingesperrte zu bekümmern. Nur hier ist es immer Nacht, und die Zeit vergeht im Dunkel.* Statt die Inquisitoren anzusehen, betrachtet Valls das Stückchen Himmel im Fenster. *Die Natur ist gerecht, viel gerechter als die Menschen. Zwar ist es wahr, daß Regen oder Sonnenschein es nie allen recht machen können, doch regnet es oder scheint die Sonne für alle, vom König bis zum Bettler, für die Christen und für die Juden.*

»Name?« hört er den Ankläger fragen. Dann folgt die übliche Litanei: Alter, Familienstand, Beruf, Namen der Eltern und der Eltern der Eltern, ob alle Juden gewesen seien... Und schon erklärt er die erste Anhörung, die kaum ein paar Minuten gedauert hat, für abgeschlossen.

Der Inquisitor läßt eine Silberglocke ertönen, und ein Familiar in Begleitung eines Dieners tritt ein. Sie bringen ihn hinaus.

Zum Glück ist die Unterbrechung kurz. Erneut wird der Angeklagte vorgeführt. Und der Ankläger fährt fort:

»Weißt du, aus welchem Grund du festgenommen wurdest?«

»Nicht mit Gewißheit, doch ahne ich, Ehrwürden, daß Euer Gnaden mich für den Schuldigen der gescheiterten Flucht halten, der ich tatsächlich bin. Niemand anderes als ich hat alles ausgeheckt und dafür gesorgt, daß es ausgeführt wurde. Ich habe entschieden, wer mitkommt und wer nicht. Ich habe den Kapitän von meinen Ersparnissen bezahlt.«

»Das ist nicht wahr«, unterbricht der Ankläger. »Sei nicht überheblich! Zu dem Verbrechen haben andere auch ihren Teil beigetragen. Das warst du nicht allein. Aber ich will, daß du uns sagst, warum ihr fliehen wolltet?«

»Wir dachten, es leichter zu haben in Livorno, ein besseres Auskommen. Viele von uns haben ja Geschäftsverbindungen dorthin. Wir führen Garne, Seide und sogar Weizen ein. Andere, aufgrund der Konfiskationen vor zehn Jahren weniger Bemittelte, wollten sich dort ansiedeln und Läden aufmachen, um wieder auf die Beine zu kommen. Livorno ist Freihafen.«

»Gibt es da nicht noch einen anderen Grund, Gabriel Valls?« unterbricht ihn der Ankläger in arglistigem Ton und lächelt verschwörerisch zu den anderen Mitgliedern des Tribunals hinüber, ohne daß das Lächeln jedoch den bitteren Zug von seinen Lippen vertreibt. »Du willst doch nicht behaupten, das sei der einzige Grund gewesen! Für Geld ist euresgleichen zu allem fähig, das ist bekannt, aber in diesem Fall ging es um mehr als Geld.«

»Soweit es die anderen betrifft, weiß ich das nicht, Ehrwürden. Fragt sie selbst. Für mich ging es selbstverständlich um mehr.«

»Du gibst also zu, daß Geld nicht dein Hauptgrund war?« fährt ihn der Ankläger an, befriedigt, als habe er seine Beute tödlich getroffen. »Also, was dann?«

»Ich wollte meinen Glauben ohne Angst leben können, die Vorschriften meiner Religion frei befolgen dürfen.«

»Du gibst also zu, Jude zu sein?«

Gabriel Valls zögert mit der Antwort. Er schaut wieder zum Fenster. Ein Ausschnitt tiefblauen Himmels, von einem Vogelschwarm bekränzt.

»Gibst du zu, Jude zu sein?« beharrt der Ankläger.

Der Gefangene wendet sich ihm zu und hält dem Blick stand, der gepardenhaft sein will, es jedoch gerade mal zur Ginsterkatze schafft.
»Ja, Ehrwürden, ich gebe es zu.«
Die Mitglieder des Tribunals rutschen auf ihren Stühlen herum und schauen sich unruhig um. Die Aussage Valls' scheint sie aus der Schläfrigkeit gerissen zu haben, in die sie seit der Pause verfallen sind. Ihre Gesichter glühen vor religiösem Eifer. Sie beobachten Valls unbarmherzig. Mehr als einer wäre am liebsten gleich mit Fäusten auf diesen Erzfeind losgegangen, der sein Verbrechen eingesteht, ohne mit der Wimper zu zucken, so gelassen, als rede er über das schöne Wetter oder die Hitze, die inzwischen mit ganzer Wucht hereingebrochen ist.
»Aber wie alle anderen Einwohner des Carrer bist du doch getauft, nicht wahr? Und wenn du das Sakrament der Taufe empfangen hast, kannst du nicht anders, als gemäß den christlichen Gesetzen leben!«
»Meine Vorfahren wurden zur Taufe gezwungen!«
Der Konfiskationsrichter lächelt abfällig. Er hatte darauf gewettet, daß Valls ihnen damit käme.
»Niemand kann sich gezwungen fühlen, eine solche Wohltat zu empfangen, wie die Taufe eine ist«, unterbricht der Inquisitor, der gewöhnlich nie ein Wort sagt, da es die Aufgabe des Anklägers ist, den Beschuldigten zu befragen. »Sie hätten ebensogut christliches Gebiet verlassen, fortgehen oder sich umbringen lassen können wie die Makkabäer.«
»Die Konvertiten von 1435 vielleicht, Ehrwürden!« rief Valls ungehalten. »Was uns betrifft, so hatten wir nie diese Wahl, die ich ohnehin für ungerecht halte. Man muß sehr stark sein, den Tod zu wählen, Ehrwürden! Die Taufe in der einen

Waagschale und der Tod in der anderen haben nicht dasselbe Gewicht.«
»Wollt Ihr fortfahren, Ehrwürden?« wendet sich der Ankläger an den Inquisitor, fragt auf dessen abwehrende Geste hin dann aber selbst weiter.
»Du gibst also zu, Apostat zu sein? Weißt du, daß Abtrünnigkeit vom Glauben das schrecklichste aller Verbrechen ist? Weißt du, daß du als heimlicher Jude viel schlimmer bist als der übelste Lutheraner, schlimmer als jeder Ketzer? Die Ketzer bestreiten einzelne Punkte der christlichen Religion, aber die falschen Konvertiten lehnen sie ganz ab.«
Valls gibt keine Antwort. Wieder schaut er zum Fenster. Der Konfiskationsrichter nutzt die Gelegenheit, Wasser zu trinken. Beim zweiten Mundvoll verschluckt er sich und stellt geräuschvoll den Becher auf dem Teller ab. Der Inquisitor durchbohrt ihn mit dem Blick. Valls schweigt noch immer.
»Gibst du zu, Apostat zu sein?« setzt der Kläger die Befragung fort.
»Ich gebe zu, Jude zu sein.«
»Und das bereust du nicht? Willst du nicht einsehen, daß deine Religion alt und überfällig ist gegenüber der neuen, die uns auf den Weg der Erlösung führt? Christus ist der wahre Messias, der am Kreuz starb, um uns zu erlösen.«
Der Konfiskationsrichter hustet und räuspert sich, was Valls abwartet, bevor er spricht.
»Ich sehe nicht ein, wie es möglich sein soll, daß der Schöpfer des Himmels aus dem Leib einer jüdischen Frau geboren wird, als Säugling auf die Welt kommt, dann seinen Feinden ausgeliefert wird, die ihn an ein Kreuz nageln, und letztendlich begraben wird wie ein gewöhnlicher Sterblicher. Das widerspricht jeder Vernunft, ich halte es zumindest für schwer glaubhaft.«

»Wenn man dich hört, bekommt man das Grausen!« unterbricht ihn der Inquisitor.
»Christus ist am dritten Tag auferstanden«, sagt der Ankläger feierlich. »Das kann niemand in Zweifel ziehen, das ist erwiesen!«
»Erwiesen für die, die daran glauben. Doch nicht für uns, die wir dies nicht tun. Wir Juden verfolgen keine Christen. Wir respektieren jeden, der das Neue Gesetz annimmt. Das heißt nicht, daß wir nicht denken, sie seien einem Irrtum erlegen, aber deshalb meinen wir nicht, daß man sie bei lebendigem Leib verbrennen müsse... Wäre es nicht einfacher, Ehrwürden, anzunehmen, daß in Adonais Himmel oder in den Eures Gottes alle diejenigen kommen, die Gutes getan haben und freiwillig den Geboten gefolgt sind? Soviel ich weiß, haben einige christliche Könige den Angriff auf Synagogen untersagt, weil auch sie Orte sind, an denen der Name Gottes gepriesen wird.«
»Wir verfolgen keine Juden, Gabriel Valls, täusche dich nicht! Wir verfolgen Christen, die sich nicht als solche zu verhalten wissen. Wenn ihr dieses Land zum Zeitpunkt der Vertreibung verlassen hättet, könntet ihr eure falschen Riten ungestraft weiter praktizieren. Nur unser Wort und Beispiel könnten euch dann bekehren.«
»Ich bezeichne mich nicht als Christ, Ehrwürden.«
»Dein Hochmut gefällt uns nicht, Valls. Er wird dich auf den Scheiterhaufen und von da ins ewige Feuer bringen. Es gibt keinen anderen Gott als Gottvater den Dreifaltigen. Es gibt keine Erlösung außerhalb der heiligen römisch-katholischen Mutter Kirche!« sagte der Inquisitor streng.
»Niemand, Euer Ehrwürden, könnte ein größeres Interesse haben, erlöst zu werden und in den Himmel zu kommen als ich selbst.«

»Der schlimmste Blinde ist der, der nicht sehen will, Valls. So groß dein Interesse auch sein mag, nur die römisch-katholisch-apostolische Kirche kann dich dorthin bringen. Außerhalb der Kirche gibt es keine Erlösung.«

»Die gibt es nicht außerhalb des mosaischen Gesetzes.«

»Wir werden dich der Marter unterziehen müssen, um dich zur Vernunft zu bringen. Vielleicht wird das deinen Hochmut brechen und deinen jüdischen Stolz beugen. Meinst du nicht, euer Gott würde euch retten, wenn er mächtig genug wäre? Oder ist dir nicht klar, daß seit Christi Ankunft die Gefangenschaft das natürliche Los der Juden ist?«

Valls läßt sich nicht entmutigen. In diesem Moment schreckt ihn die Folter nicht. Er fühlt sich stark. Adonai leitet ihn.

»Das ist der Wille Adonais. Der Same liegt in der Scholle, dem Auge des Menschen unsichtbar, wie mit Erde und Wasser verschmolzen, doch am Ende verwandelt der Same die Erde und auch das Wasser in fruchtbare Substanz. So bereitet das Volk Gottes den Weg für den Messias, die wahre Frucht.«

»Das gefällt mir ganz und gar nicht, was du da sagst, Valls. Ich finde, es stinkt nach Rabbinern und talmudischen Büchern. Ist es das, was du im Garten gelehrt hast?«

»Nein, Ehrwürden. Niemals habe ich das Alte Gesetz im Garten gelehrt.«

»Wir haben Zeugen, die dem widersprechen, Valls. Du kannst nicht leugnen, daß du deine Gäste im Alten Gesetz unterrichtet hast.«

»Nein, Ehrwürden. Das kann ich beschwören.«

»Du sollst den Namen des Herrn nicht unnützlich führen! Schwöre nicht, mißbrauche ihn nicht! Dein Sohn Rafel Onofre hat es gestanden. Es abzustreiten hilft dir nichts.«

Zum erstenmal beben seine Lippen. Er schluckt.

»Das muß auf der Folterbank gewesen sein, Ehrwürden. Mein armer Sohn kann so etwas nicht gesagt haben.«
»Dein Hochmut ist Teufels Werk, Valls! Leugne doch nicht, was wir alle wissen. Im Garten habt ihr seit langem die Flucht vorbereitet. Sogar mit Flugmaschinen!«
»Flugmaschinen?«
»Flugmaschinen, die der Matratzenmacher Bonnín auf seinem Dach konstruiert hat.«
Valls denkt angestrengt nach. *Sie wissen davon. Besser du redest. Costura ist der Verräter, Costura muß ihnen von diesem Gespräch im letzten Sommer erzählt haben ... an jenem strahlenden klaren Sonntag ...*
»Ehrwürden, ich weiß, was Ihr meint. Eine Unterhaltung im Garten zwischen Pere Onofre Aguiló, dem Konsul, dem Sattler Pons, dem Kaufmann Serra und Costura. Eine vollkommen harmlose Unterhaltung. Aguiló erzählte uns Gerüchte, die in der Welt kursieren, Merkwürdigkeiten über fliegende Männer, Erfindungen einfallsreicher Leute. Alle von außerhalb Mallorcas.«
»Erinnerst du dich an irgendeine dieser Erfindungen?«
»Ja, wir haben von Schwämmen gesprochen, die das Wasser aus dem Hafen von Antwerpen saugen, und von einer Maschine, die die bösen Gedanken aufnimmt ...«
»Und das kommt dir nicht wie Teufelswerk vor?«
»Nein, Ehrwürden, ganz und gar nicht. Euer Gnaden benutzen doch auch die Vergebungsmaschine im Namen Gottes!«
»Läster nicht! Und sag, über was habt ihr noch gesprochen?«
»Über die Mondbewohner.«
»Welche Hexereien habt ihr im Garten betrieben?«
»Überhaupt keine, Ehrwürden, darauf gebe ich Euch mein Wort.«

»Das Wort eines Schweins, eines *xueta*! Ihr eßt kein Schweinefleisch, weil ihr die Söhne einer Sau seid. Bestiegen habt ihr sie!«
»Das ist die Lehre Luthers, Ehrwürden, des Ketzers von Worms.«
»Richtig«, sagt der Inquisitor, »dein Wissen erstaunt mich, Valls. Wie kommst du dazu?«
Valls gibt keine Antwort. Er wartet auf den nächsten Angriff. Er ist müde. Wenn er sich wenigstens hinsetzen dürfte. Der Inquisitor fährt fort:
»Die Juden sind die Kinder Agars, der Sklavin ... Die Christen die Kinder Saras ...«
»Dann sind alle Kinder Abrahams, Ehrwürden.«
»Die Juden sind als Sklaven geboren, und als Sklaven werden sie sterben.«
»Ehrwürden, Euer Christentum wäre nichts ohne unser Judentum.«
»Schluß! Ich will keine Gotteslästerungen mehr hören! Bereue deine Worte! Bitte jetzt auf der Stelle um Vergebung!«
»Ich wollte Euch nicht beleidigen.«
»Gib zu, dich geirrt zu haben! Schwöre auf der Stelle dem Alten Gesetz ab!«
»Jude zu sein, Ehrwürden, bedeutet, es für immer zu sein.«
Der Inquisitor betätigt die kleine Glocke auf seinem Tisch. Der Schreiber läßt die Feder sinken und wischt sich über die Stirn. Mit der steigenden Sonne nimmt die Hitze zu. Ein Familiar betritt den Saal. Der Inquisitor trägt ihm auf, die Folterkammer herrichten zu lassen. Der Schreiber schreibt mit, während er sagt:
Aufgrund des Verdachtes gegen Gabriel Valls Major haben wir das Urteil zu sprechen und ergehet somit das Urteil, ihn der Folter zu unterziehen, unter welcher er verbleibe, so lange

es unser Wille sei, damit er die Wahrheit sage zu dem, dessen man ihn anklagt... So er im Falle seines Beharrens auf Abtrünnigkeit und fortgesetzter Weigerung, unsere heilige Religion anzunehmen, unter besagter Folter stürbe oder versehrt werde, Blut vergieße oder ein Glied verlöre, geschehe dies nur durch sein Verschulden und gehe nur zu seinen Lasten, nicht jedoch den unsrigen.

Blutüberströmt und besinnungslos wurde Valls zwei Stunden später in seine Zelle geschleift.

Neun

Don Antonio Nepomuceno Sotomayor y Ampuero blieben noch drei Monate, bis seine Absetzung amtlich wurde. Wenn er bis dahin auch weiterhin Befehle erteilte, stieß er doch überall auf Ärger und Hindernisse. Der Präsident des Gran i General Consell widersetzte sich ihm im Namen aller Mitglieder, Offiziere, Handwerker, Bürger und Kaufleute, und beschuldigte ihn, sie mit der Ankündigung des königlichen Besuches getäuscht zu haben. Der Bischof hatte feierliche Bittgebete veranstaltet, um wieder einmal den hartnäckig ausbleibenden Regen herbeizuflehen, ohne sich mit ihm beraten zu haben, wie es bisher üblich gewesen war, und damit nicht genug, dem Vizekönig mit Exkommunikation gedroht, als dieser sich über die Ungehörigkeit beschwerte. Alle, die er für seine Freunde hielt, hatten sich vor der Sommerhitze auf ihre Ländereien außerhalb der Stadt zurückgezogen und dies als Vorwand benutzt, nichts von seiner Unbill wissen zu müssen. Mit Ausnahme von Sebastià Palou stand ihm keiner zur Seite. *Auf diesem Weg nach Golgatha*, pflegte der Markgraf voller Dankbarkeit zu sagen, *bist du mein einziger Zyrenäus.*

Wenn das soziale Leben im Sommer auch fast zum Erliegen kam, weil die Adligen auf ihren Landsitzen Bauern spielten, gab normalerweise der eine oder andere gelegentlich ein Fest, um die Eintönigkeit der endlosen Tage und langweiligen Abende zu unterbrechen. Doch in diesem Jahr hatten weder die Orlandis', vermutlich gekränkt über die ihrer Tochter Lluïsa zugefügte Schmach, noch die Montis', schwach am Geldbeutel, noch die Suredas, ruiniert infolge der Konfiskationen, irgend etwas zu feiern. Der Vizekönig argwöhnte allerdings, daß man, abgesehen von diesen Gründen, vor allem vermeiden wollte, ihn einladen zu müssen. Die einzige Zeremonie, an der er in dieser Zeit teilnahm, war die Hochzeit seines Neffen. Obgleich sie im engen Kreis stattfand – zelebriert vom Beichtvater Donna Bàrbaras, nachdem der Markgraf Sebastià ausgeredet hatte, den Bischof darum zu ersuchen, um sich die neuerliche Demütigung einer Absage zu ersparen –, kleidete sich der Vizekönig in seine beste Gala. Er legte einen nagelneuen Leibrock an, den er trotz der Hitze unbedingt tragen wollte, weil er ihm als höchster Würdenträger des Königreichs zustand. Als Hochzeitsgeschenk ließ er seinem Neffen die Wahl unter den goldbestickten flämischen Wandteppichen, die er aus Madrid mitgebracht hatte, um einen der Palastsäle damit zu schmücken, und die jedermann ihres unschätzbaren Preises wegen bewunderte. Sebastiàs Vorliebe galt der Entführung der Europa, doch die allzu üppige Blöße der Nymphe wäre nicht nach dem Geschmack seiner künftigen Gattin gewesen. Zwar hatten sie über derartige Fragen nie gesprochen, doch ging der Bräutigam davon aus, daß ihr, fromm wie sie war, weibliche Nacktheit wenig zusagen dürfte und sie in Anbetracht ihrer eigenen anatomischen Beschaffenheit – eine Bohnenstange mit weniger Fleisch als ein gedörrter Hering – wahrscheinlich alle Frauen, die ihr nicht ähnlich waren, gemalt oder lebendig, abscheulich fände. Er wählte also einen zornsprühenden Vulcanus, umringt von seinen Gehilfen an der Schmiedeesse, die vom Leibhaftigen persönlich geheizt schien, und den Sebastià für unverfänglich hielt. Über die nackten Oberkörper der Schmiedegesellen dürfte Barbareta sich kaum aufregen, und das Werk war kostbar genug, jeden der vielen Empfangssäle zu adeln, über die das Haus verfügte, das seine Frau von ihrem ersten Ehemann geerbt hatte und das sie nach der Hochzeit bewohnen würden.

Die ersten Oktoberregengüsse – letztendlich hatten die Bittgebete des Bischofs Erfolg gezeigt, wenn auch reichlich spät – unterbrachen für ein paar Tage die vizeköniglichen Umzugsarbeiten, die die Markgräfin mit der größtmöglichen Umsicht und Sorgfalt persönlich leitete, insbesondere soweit es ihr Eigentum betraf. Die Bilder voller trauriger Vorfahren, die dermaßen nach Letzter Ölung aussahen, als hätte man sie auf der Bahre porträtiert statt zu Lebzeiten, wurden ins Haus der Markgräfin in Ciutat gebracht, da es sich fast nur um ihre Verwandtschaft handelte. Die Wandbehänge und Möbel wurden auf einer Wagenkarawane nach Son Gualba geschickt, wo sie gelagert wurden, während der Markgraf überlegte, ob er sie unter seinen Söhnen aufteilen oder lieber auf dem Landgut verwahren sollte, bis er umgebaut hätte und über ein paar Säle mehr verfügte, um ihnen den angemessen feierlichen Rahmen zu geben. Der Markgräfin war es unerträglich, die von Chiapini gemalten Fresken im Palast zurückzulassen. Es schien ihr ein Verbrechen, die süßen Erinnerungen entbehren zu müssen, die sie in ihr weckten, und sie bedrängte ihren Mann, sich etwas einfallen zu lassen, wie sie jene Saaldecke mitnehmen könnte – notfalls in Bröckchen. Doch der ehemalige Vizekönig scherte sich nicht um sie.

Der so dringend gebrauchte und von ganz Mallorca ersehnte Oktoberregen nahm den Feierlichkeiten zur Ankunft des neuen Vizekönigs, Markgraf de la Casta, ein wenig von ihrem Glanz. Um die erhitzten Gemüter der Handwerker zu beruhigen, die dem Besuch der Königinmutter entgegengefiebert und gehofft hatten, dadurch ihr Elend zu mildern, schreckte der Gran i General Consell nicht davor zurück, sich für den Empfang in Schulden zu stürzen. Das Ringstechen am Born war leicht verregnet, was die blau, grün, rot und weiß gekleideten Ritter jedoch nicht davon abhielt, neben ihrer angeborenen Stattlichkeit auch das Geschick der mallorquinischen Schneider mit Schere und Nadel zur Schau zu stellen. Der Markgraf de la Bastida veranstaltete einen sehr gut besuchten Ball, der den Damen Gelegenheit gab, ihre neuen Taft- und Seidenroben einzuweihen. Die Autoritäten warteten den Regen ab, um die Beleuchtung der Straßen mit Fackeln und Lampen anzuordnen. Die für das Licht bereitgestellte Summe war ja ausgegeben, somit machte es keinen Sinn, sparsam damit umzugehen. *Zwei Nächte lang ging die Sonne in der mallorquinischen Hauptstadt nicht unter,* schrieb der Chronist Angelat.

Der neue Vizekönig war wesentlich frommer als Boradilla und mehr nach dem Geschmack der Kurie, deren Intrigen zum gewünschten Resultat geführt, also die Abberufung des bisherigen und die Ernennung eines ergebeneren Vizekönigs zur Folge gehabt hatten. Der Markgraf de la Casta setzte sich sofort mit den obersten Autoritäten der Kirche in Verbindung. Er bat den Bischof zu sich, um ihm seinen Dank für das Tedeum auszusprechen, das dieser zu seiner Ankunft gehalten hatte. Um jeglichem Argwohn zuvorzukommen, empfing er noch am selben Tag den Inquisitor. Auch ihm war er zu Dank verpflichtet, denn im Namen des Heiligen Tribunals hatte er ihn gebeten, derjenige zu sein, der die reinigende Fackel zum ersten Autodafé entzünde,

für das es fast soweit war. Der Inquisitor hatte sich gezwungen gesehen, das Verfahren zu beschleunigen – was jedoch, wie er beteuerte, die strikte Wahrung der Gerechtigkeit und die peinlich genaue Untersuchung jedes einzelnen der abgeschlossenen Fälle nicht im geringsten beeinträchtigt habe –, damit sich die Gemüter der guten Christen beruhigten und sie sich von ihrer Enttäuschung über Boradillas Schwindel erholten, der ihre Hoffnung auf den Besuch der Königinmutter und die damit verbundene Aufbesserung ihrer erbärmlichen Situation zunichte gemacht hatte.
»Dank der Vorbereitungen für die Autodafés«, erklärte der Inquisitor, »haben die Schneider wieder gut zu tun, die Maler haben Aufträge, die Gefangenen zu porträtieren und die Büßerhemden mit Flammen zu bemalen, die Holzfäller müssen sich ranhalten, die Kerzenzieher haben alle Vorräte aufgebraucht, und die Bäcker...«
»Ich bin bereits im Bilde«, fiel ihm de la Casta ins Wort, »und ich weiß, was Ihr meint, Ehrwürden. Wir werden den letzten Weizen aus dem hintersten Winkel zusammenkratzen, wenn es sein muß, damit den Bäckern geholfen ist und Euer Ehrwürden Weißbrot ans Volk verteilen können.«
»Für das Volk hatten wir an ein kleines Stück Brot und getrocknete Feigen gedacht. Euer Gnaden sind vom Heiligen Tribunal zu einem Mahl geladen«, fügte der Inquisitor mit beflissenem Lächeln hinzu.
Dem neuen Vizekönig, der zwar der Überzeugung war, daß die Inquisition in vollem Recht handele, und nicht gezögert hätte, den eigenen Vater zu denunzieren, wenn er ihn für schuldig hielte, grauste es dennoch bei der Vorstellung, zwischen Hinrichtung und Hinrichtung beim Anblick der Verurteilten speisen zu müssen, die manchmal schrien und sich wehrten oder sich ohne jeden Respekt vor den Anwe-

senden entleerten. Er hatte von jenem Festmahl am Born gehört, das den Spitzen des mallorquinischen Adels vor zehn Jahren gereicht worden war und bei dem man vier Gänge verspeist hatte, Vor- und Nachspeisen nicht mitgerechnet, in aller Frömmigkeit, versteht sich. Das würde er diesmal mit allen Mitteln verhindern.

»Ich glaube, Ehrwürden«, sagte er, »daß man das Geld für das Bankett einsparen könnte. Die Liste der Bedürftigen ist lang genug. Auch sie sollen etwas vom Autodafé haben. Wenn sie auch arm sind, so sind sie doch Christenmenschen. Außerdem halte ich das Kloster von Sant Domènec für geeigneter als den Born, und ein Festmahl in der Kirche scheint mir doch nicht...«

Der Inquisitor hatte geahnt, daß er sich mit dem neuen Vizekönig auf Anhieb verstehen würde. Sich das Bankett zu sparen bedeutete eine schöne Handvoll Unzen. So kämen ihn die Almosen wesentlich billiger.

Bei dieser Unterredung vor einer Tasse Schokolade in einem kargen Räumchen des Palastes der Almudaina – wo Boradilla ihn immer in den großen Salons empfangen hatte, mit ihren von mythologischen Szenen bedeckten Wänden, die er so abscheulich fand – wurde der Tag für das erste Autodafé festgelegt. Wenn alles schon bereit war, welchen Sinn sollte es dann haben, noch zu warten?

In der dichten Dunkelheit der Kerkerzellen folgten die Tage einander ohne Risse oder Spalten in düsterer, erdrückender Eintönigkeit, unterbrochen lediglich von Verhör und Folter. In diesen acht langen Monaten der Haft waren zwei der Gefangenen gestorben: Rafel Tarongí direkt auf der Folterbank, da er weder Namen nennen noch entsagen wollte, und die Frau des Schneiders Valleriola, vermutlich, weil derartige Qualen in ihrem fortgeschrittenen Alter nicht mehr zu überstehen waren. Die übrigen hielten durch, viele schwer verletzt von der Folter, manche mit Knochenbrüchen, weil der Überlebenstrieb doch stärker war, als es irgendeiner von ihnen für möglich gehalten hätte, in der Hoffnung auf einen baldigen Prozeß. Sie vertrauten darauf, daß das Tribunal, nachdem es ihre Güter konfisziert hatte, wie beim letzten Mal auch wenig Interesse haben dürfte, sie länger gefangenzuhalten, und daß man sie, natürlich unter strenger Aufsicht, auf freien Fuß setzen und dazu verurteilen würde, als warnendes Beispiel für alle jeden Sonntag im Büßerhemd die Messe zu besuchen. Sie klammerten sich an diese Hoffnung, denn sterben wollten sie auf keinen Fall und sich auf einem öffentlichen Platz umbringen lassen, den Blicken und dem Gespött der Menge ausgesetzt, schon gar nicht.

Sie verbrachten die langen, müßigen Stunden damit, ihr Leben haarklein zu überdenken. Aus den rußigen Wirren der Erinnerung lösten sich bisher achtlos übergangene Nichtigkeiten, die ihnen jetzt als Krücken dienten, diese elende, fußlahme, einarmige Existenz zu durchleiden, zu der ihr Leben geworden war. Ohne diese Kleinigkeiten, die jedem von ihnen einen Hauch Einzigartigkeit verliehen, ohne die Lieblingsfarben, die Vorlieben für die eine oder andere Speise, das besondere Geschick für die Taubenabrichtung oder die Herstellung von Quittenmus wäre es schwer geworden, ein Leben vom anderen zu unterscheiden, so ähnlich waren sie einander, von der Familie Valls und Sara de les Olors einmal abgesehen. Alle anderen Gefangenen, sowohl die, die bei der Einschiffung dabei waren, als auch die, die später verhaftet worden waren, hatten zuviel gemeinsam, um ein deutliches Profil des einzelnen zu zeichnen.

Sie waren Juden aus Tradition, obgleich sie für Christen gehalten werden konnten, denn sie waren getauft und erfüllten nach außen hin die Vorschriften. Dieser Widerspruch verursachte ihnen häufige Gewissensqualen, die sie jetzt im Gefängnis mit besonderer Heftigkeit überfielen. Für viele war klar, daß Adonai sie verlassen hatte, und deshalb beteten sie weniger inbrünstig zu ihm als zu Gottvater, auf den fast alle Bittgebete umgeschwenkt waren. Etliche trösteten sich mit dem Gedanken, daß Christus ihnen ganz gewiß nicht den Rücken kehren würde, wie es Elohim getan hatte, und harrten aus in der Hoffnung auf eine baldige Freilassung dank Seiner Barmherzigkeit.
Unter den Frauen war es Sara de les Olors, die am unerschütterlichsten auf ihre Rettung vertraute. Selbst wenn sie zum Tode verurteilt würde, käme die Heilige Jungfrau in der Gestalt eines Adlers, sie zu holen, um sie vor aller Augen davonzutragen, hoch, hoch hinaus, mit dem Schnabel die Wolken durchstoßend. In Saras Wahnvorstellungen spielte die Besessenheit ihres Vaters, des Matratzenmachers, heimlich auf dem Dachboden Flügel aus Hühnerfedern zu bauen, um damit in die Freiheit zu fliehen, eine große Rolle. Bonnín, der schon beim letzten Mal im Gefängnis gesessen hatte, beschäftigte nichts anderes, als von Mallorca wegzukommen. Den wenigen, die von seiner Erfindung wußten, erzählte er immer wieder, der Tag werde kommen, an dem sich der Himmel über der Insel mit fliegenden Menschen fülle, und niemand würde sich darüber wundern. Sara glaubte ihm. Vielleicht tröstete sie sich deshalb mit dem messianischen Adler, den sie den Weg zuweilen zweimal machen ließ, um auch Maria zu befreien, und noch ein drittes Mal, um Beatriu zu holen. Zuweilen war sie auch überzeugt, daß sie alle drei auf dem Rücken des Vogels da-

vonreiten würden, weil dieser kräftig genug wäre, sich mit der Last in die Luft zu erheben.

Sara seufzte, wenn Maria mit traurigem Lächeln darauf bestand, daß ihr diese Art Rettung nicht gefiel. Sie wollte nicht in den Himmel fliegen, sondern hier auf der Erde bleiben und als alte Frau an der Seite Rafel Onofres sterben. Seit dem Tag seines Besuchs in der Zelle, seit jener kurzen Seligkeit, wünschte sie sich nur eins: zu leben, zu leben, um für immer in seinen Armen zu liegen und wieder diesen Rausch zu erleben, der ihr fast die Sinne geraubt hatte. Maria war sicher, daß es Rafel Onofre ähnlich erging. Sie täuschte sich nicht. Auch er wollte leben um jeden Preis, sogar wenn er dafür zugestehen mußte, daß Jesus Christus Gottes eingeborener Sohn sei und nicht irgendein Prophet, sondern der Messias, der bereits gekommen sei. Die Liebe beflügelte ihn sogar zu der Annahme, daß sein Vater sich nicht verraten fühlen würde, wenn er vor den Inquisitoren vorgab, das Gesetz Mose sei veraltet und unnütz gegenüber dem Gottvaters des Allmächtigen, dem Neuen Gesetz. Dem Tod zu entrinnen war das einzig Wichtige, das einzige, wofür er mit all seiner Kraft kämpfen würde. Leben war ihm wichtiger als die Verdammnis oder der Himmel. Nie hätte er gedacht, daß er sich mit solcher Kraft an die Möglichkeit klammern könnte, nicht sterben zu müssen. Er ersann sinnlose Fluchtpläne und vertraute auf einen allgemeinen Gnadenerlaß im letzten Augenblick. Und schon sah er sich frei und wieder glücklich an der Seite Marias.

Seine Mutter Maria Aguiló hatte Adonai ihr Leben dafür geboten, daß Rafel Onofre nicht gefaßt würde und ihm die Flucht von Mallorca gelänge, weit weg von jeder Gefahr. Später, als man ihr beim dritten Verhör mitteilte, daß auch er gefangensaß, anbefahl sie ihn dem Christus von Santa

Eulàlia und machte diesem dasselbe Angebot: *Mein Leben gegen das seine, Herr. Laßt ihn davonkommen, und ich will als Christin sterben.* Maria Aguiló hatte sich zwar in den ersten Vernehmungen abweisend verhalten, gab jedoch nach, bevor man sie aufs Rad flocht. Die Scham, sich ihren Henkern nackt zu zeigen, war stärker als die Gewißheit, daß ihr Mann ihr diese Schwäche niemals vergeben würde.

Unter den in der Nacht der Einschiffung gefaßten Frauen war Isabel Tarongí die einzige, die gefoltert worden war, ohne ihre Ketzereien zu bereuen. Ihr Mann und ihre Schwiegermutter hatten gegen sie ausgesagt. Xim Martí, überredet von Pater Ferrando, glaubte, auf diese Weise zu ihrer Erlösung beizutragen und ihr seine Liebe zu beweisen. Isabel schwieg zu allen Vorwürfen des Anklägers. Sie weigerte sich standhaft, die römisch-katholisch-apostolische Religion als die einzig wahre zu akzeptieren. Ohne jede Gegenrede hielt sie nur die Augen gesenkt und schwieg, schwieg und hörte zu, die Augen voller Tränen. Der Tod ihres Bruders unter der Folter, den die Inquisitoren ihr mitteilten, um sie zu entmutigen, gab ihr Kraft, statt sie zu brechen. Ihre Schönheit einer Mater dolorosa rührte den Inquisitor, der ihr beim vierten Verhör die Folterbank ersparte. Er entschied, der Geist dieser Frau müsse verwirrt sein, da es anders unerklärlich sei, daß sie sich nicht dem Offensichtlichen beuge und stur auf den Gebräuchen des Alten Gesetzes beharre, einfach so, bloß weil sie einer jüdischen Familie entstamme. *Nur wenn sie den Kindern weh tun,* sagte sich Isabel, *nur wenn sie sie vor meinen Augen quälen, nur dann, Adonai, werde ich Dir und allem, was das Gesetz Mose ausmacht, entsagen.* Die Kinder waren noch zu klein, und das Tribunal ließ sie nicht einmal als Zeugen zu. Isabel Tarongí pries Adonai aus tiefstem Herzen. Der Tod schreckte sie nicht, schlimmer schien ihr, für immer in dieser dunklen Zelle eingesperrt zu bleiben, getrennt von ihren Kindern, die sie womöglich eines Tages verfluchen würden. Der Tod war nichts als ein bitterer Trank, einige Augenblicke der Angst und danach auf ewig das Paradies. Vielleicht würde Adonai ihr gestatten, von dort oben ihre Kinder zu sehen, zu beobachten, wie sie gediehen und heranwuchsen. Von dort oben könnte sie weiter über sie wachen. Quitèria war nicht ihrer Meinung: *Was mir am meisten leid tut, ist, dieses Schiff bestiegen zu haben, das hätte ich niemals tun sollen! Das letzte Mal haben sie gar nichts von mir gewollt, und auch diesmal wäre ich davongekommen. Aber jetzt... Ich hätte Valls nicht glauben sollen. Nie im Leben. Er hat uns ins Verderben geführt.* Isabel Tarongí ging ihre Zellengefährtin auf die Nerven, vor allem, wenn sie nachts anfing zu schreien und Adonai zu verfluchen, weil er sie verraten hätte. Manchmal schlug sie mit dem Kopf gegen die Tür. *Laßt mich raus,* schrie sie, *ich will weg hier. Ich kann nicht mehr, ich kann nicht mehr!*

Auch Valls war zeitweise am Ende. Er hatte sich zwei Monate lang unter Aufsicht eines Wundarztes des Heiligen Offiziums erholt, denn der Henkersknecht hatte, obgleich ihm nahegelegt worden war, es nicht zu übertreiben, sein Folterwerkzeug gründlich zum Einsatz gebracht. Den Inquisitoren lag daran, daß er auf eigenen Füßen zum Glaubensgericht erschien, und auf gar keinen Fall wollten sie ihn *in effigie* verbrennen müssen. Kaum konnte er sich wieder aufrecht halten, gingen die Verhöre weiter, nur daß jetzt der Inquisitor anstelle des Anklägers das Wort führte. Er hatte in diesem Mann mit den gütigen Augen, der wohlgenährt und voller Kraft ins Gefängnis gekommen und jetzt nur noch Haut und Knochen war, den einzig würdigen Gegenspieler erkannt, den einzigen unter den Gefangenen, der seine Aufmerksamkeit verdiente. Im Gegensatz zum Konsul, dem Feigling, den er all seiner christlichen Beteuerungen zum Trotz verachtete, hatte er hier jemanden vor sich, der seinem Schicksal die Stirn bot, so hart es auch sein mochte. Dem Inquisitor war schnell klar, daß Valls, sollte er eines Tages der alten Lehre entsagen, dies nicht aufgrund seines Einflusses tun würde, sondern weil er in der Einsamkeit seiner Zelle selbst zu der Überzeugung gelangt war. Doch so viele Stunden Valls mit Meditationen über die Figur des Messias auch verbrachte – womit er einer Empfehlung des Inquisitors folgte, dem er seinerseits ebenfalls eine höhere Wertschätzung entgegenbrachte als den Patern Ferrando und Amengual –, dieser Christus sagte ihm nichts. Für den Fall, daß er das Neue Gesetz annähme, würde er sich nicht der orthodoxen Version des Heiligen Tribunals zuneigen, sondern eher der, die er vor langer Zeit, vor fast vierzig Jahren, bei einer zufälligen Begegnung mit Joan de Santamaria kennengelernt hatte. Manchmal, wenn er auf der Suche nach Tröstlichem in seine Vergangenheit abtauchte und tat, als lebte er vor langer Zeit, weit weg von dieser unseligen Gegenwart, hörte er wieder die Stimme Santamarias, leicht gepreßt und heiser vom vielen Reden, vom ständigen Verkünden seiner Botschaft, überall, wo auch immer man ihn anhören wollte.

Er denkt so oft an ihn, daß ihm jener schmächtige Mann immer gegenwärtiger und vertrauter wird und ihn von seinem Leid ablenkt, ihn zurück nach Ferrara bringt, ins Haus seiner vermögenden Freunde, den Álvares Dos Santos, ihres Landes verwiesene portugiesische Juden, die ihm Gastfreundschaft gewährt und ihn aufgenommen hatten wie einen Sohn, als er krank bei ihnen Unterschlupf suchte.

Die langen Gespräche mit Santamaria tun ihm gut, helfen ihm bei der Klärung vieler dunkler Punkte in Glaubensfragen und bestätigen jene, die ihm schon klar sind. Sie diskutieren häufig, doch streiten sie nie, stets achten sie gegensätzliche Meinungen, wägen ab und geben gelegentlich auch zu, daß der andere recht haben könnte, selbst wenn sie seine Ansicht nicht teilen.

»Christus kann nicht der Messias sein, wie du behauptest«, versetzt Valls mit dem Schwung seiner Jugend, »denn in Ordnung gebracht hat er nichts. Ist die Welt etwa in besserem Zustand seit seiner Ankunft? Außerdem hätte der Allerhöchste nicht Seinen Sohn gesandt, damit er vergeblich entsetzliche Qualen leidet. Adonai ist die unendliche Weisheit, Er hätte ihn doch niemals kreuzigen lassen!«

»Du hast nur zum Teil recht, mein jüdischer Bruder«, erwidert der kleine Mann, der, um sich bemerkbar zu machen, einen Hocker oder den nächstbesten Stuhl zu besteigen pflegt. »Der Christus von Rom, der Christus der korrupten, hurenden Priester, hat wirklich nichts weiter gebracht als Geld in die Säckel der Klöster. Unserer dagegen gibt uns sehr viel. Der wahre Messias verkörpert die Erlösung, denn Er ist die Quelle aller Hoffnung. Er macht uns groß und gerecht und edel. Im Glauben an Ihn gibt Er uns die Möglichkeit, gut zu sein, besser als wir es sind, reiner. Um Seinetwillen helfen wir unseren Nächsten, als wären sie unsere Brüder, unsere Kinder, unsere Eltern…«

Er flüchtete aus Valencia, wo er als Sohn judaisierender Konvertiten, nahe verwandt mit der Familie von Lluís Vives, geboren wurde, und war erklärter Christ, allerdings weder katholisch noch lutheranisch. Er gehörte einer Sekte an, die auf dem Gedankengut der vor über hundert Jahren durch das Edikt von Toledo ausradierten Illuministen aufbaute und zugleich der Lehre des großen Erasmus von Rotterdam folgte, dessen Bücher er kannte und mit derselben Hingabe studierte wie die Bibel und das Neue Testament. Sie schlossen Freundschaft. Und während Valls von dem Fieber genas, das ihn für zwei lange Wochen in schrecklichem Zustand aufs Krankenlager geworfen hatte, erklärte Joan de Santamaria ihm die Grundlagen seiner Religion, die zu nichts weiter verpflichtete, als dem eigenen Gewissen treu zu sein.

»Christus ist gekommen, um das Gewissen der Menschen zu wecken«, sagte er. »Christus und das Gewissen sind ein und dasselbe. Christus ist der Erlöser, weil Er uns vor uns selbst gerettet hat, indem Er uns alle Türen öffnet und uns den Bruder, der uns anblickt, als Spiegel vorhält.«

Doch betonte er, daß er keinerlei Absichten hege, Valls zu bekehren, daß er nichts davon habe, Anhänger zu werben, denn in dieser neuen Kirche verständige sich jeder selbst mit der Gottheit ohne irgendeine Art von Mittler, unter anderem, weil jeder Mann und jede Frau im Urzustand Gott gleich seien. Weder er noch sonst ein Bruder der neuen Sekte würden jemals jemanden verfolgen, um ihn zu bekehren, wenn nicht durch das Beispiel der Nächstenliebe. Denn dies sei das einzige Gebot, an das er glaube, und die größte Entdeckung des neuen Messias. Die Liebe erhöhe den Menschen, unterscheide ihn von allen anderen Kreaturen, die die Erde bevölkern, und daher sei es verständlich, daß alle Regierungen, alle Staaten sie entschlossen bekämpften. Die Liebe sei der stärkste Antrieb des Menschen, die größte Kraft, über die er verfüge, die Dinge zu ändern.

»Die Liebe verleiht uns Flügel, sie läßt uns wachsen, sie macht uns Gott gleich. Die Liebe richtet nicht, sie beschuldigt nicht, und sie verurteilt nicht.«

Die Augen Joan de Santamarias gaben seinen Worten funkensprühendes Leben. Vor allem Frauen fühlten sich magnetisch angezogen von dieser inneren Kraft, die ihn, wenn er von seiner Religion sprach, vor Glückseligkeit strahlen ließ. Er schien zu leuchten, und sein Glanz überstrahlte auch seine Zuhörer, unter denen mehr als eine davon träumte, er möge die Worte, die er an die Versammelten richtete, ihr allein ins Ohr flüstern, nachts auf dem Kopfkissen. Doch wenngleich er Maria de Cazalla zitierte, die er eine Heilige nannte, und sagte, die Gatten stünden beim ehelichen Beischlaf in so unmittelbarer Verbindung zu Gott wie beim Empfang der heiligen Kommunion und die Gottheit steige herab in die liebenden Körper, lebte er keusch. Böse Zungen behaupteten, er sei zeugungsunfähig, doch schenkte seine ständig wachsende Anhängerschaft dem Gerede kein Gehör. Valls bewunderte ihn, aber seinen jüdischen Glauben brachte er nicht ins Wanken wie den des ältesten Sohnes der Familie Álvares Dos Santos, der seine Eltern verließ, um Joan de Santamaria auf seiner Pilgerschaft um die Welt zu folgen.

Was wohl aus ihm geworden ist? Er hat nie wieder von ihm gehört und sich dies im Laufe seines Lebens häufig gefragt. Jedoch sind ihm Santamarias Worte nie zuvor so deutlich in den Sinn gekommen, als hätte er sie eben erst vernommen. *Für jeden gibt es Erlösung. Jeder findet den Himmel, der ihm zusteht. Jeder ist Herr über sein eigenes Leben.* Traurig, daß er über das Leben der anderen befehlen wollte und etliche, die sich nicht zur Flucht entschließen konnten, zu der unglücklichen Einschiffung auch noch überredet hat. Sosehr er es bereut, jetzt ist es zu spät. Es gibt kein Zurück. Selbst wenn alle ihm verzeihen sollten, was er bezweifelt, könnte dies die Last nicht von ihm nehmen. Außerdem kann Vergebung nur den Armen im Geiste ein Trost sein, denn Vergebung ändert die Vergangenheit nicht, rückt sie nicht zurecht. Was geschehen ist, ist geschehen. In diesem Leben läßt sich nichts rückgängig machen. In jenem ... Er hat Zeit gehabt, viel Zeit, auch darüber nachzudenken, Zeit, sich vorzustellen, wie der Himmel der Glückseligen wohl aussehen würde, wo sie alle einander wiedersehen sollten: die Kinder und seine Frau, die Witwe Sampol und Pere Onofre Aguiló, deren große Hilfe vergeblich gewesen war. *Und wenn das Ganze nichts als ein großer Schwindel wäre, wenn es keinen Himmel und keine Hölle gäbe, sondern am Ende dieses Lebens alles vorbei wäre ... Wenn das Jenseits nur das Hirngespinst von stur an verrückten Hoffnungen festhaltender Menschen ist? Wenn das Jenseits nichts ist als Staub und Asche? Staub und Asche ... Kann es von ihrem Glauben abhängen, ob es ein ewiges Leben gibt oder nicht? Das menschliche Bedürfnis nach Glauben ... Doch der Glaube an das Paradies ist noch keine Gewähr für dessen Existenz. Kein Toter ist je auferstanden, um uns zu berichten, wie die Seelen nach der Trennung vom Körper leben, der Geist, wenn er die Materie verlassen hat. Hätte er das Ende Costuras beschleunigen sollen, um ihn ins Nichts zu befördern statt vor Adonais Gericht, wie es jetzt unbeabsichtigt all den Unglücklichen widerfahren würde, die er zu der Reise angestiftet hatte? Welchen Sinn sollte dann das ganze Elend haben?*

Den Mitgliedern des Tribunals fiel die Aufgabe zu, in den Kerker hinabzusteigen und den Gefangenen das Urteil zu verlesen. Vom Samstag an blieben ihnen zweiundsiebzig Stunden, um zu bereuen und die Vergebung Gottes des Herrn zu erflehen, den sie so schwer beleidigt hatten. Andernfalls würden die zum Tode Verurteilten lebendig verbrannt. Wenn sie abschwören und ein ordentliches Geständ-

nis ablegen würden, hätte die weltliche Gerichtsbarkeit Erbarmen mit ihnen und ließe sie durch die Würgschraube erdrosseln, bevor sie den Flammen übergeben würden.
Mit der dem Anlaß entsprechenden Feierlichkeit verließ der Zug den Saal der Geheimverfahren. Gebildet wurde er aus den Familiaren, die den Mitgliedern des Heiligen Tribunals vorausschritten, dann folgten die Knechte der Kerkermeister mit den Schlüsseln. Zum Schluß kamen die Geistlichen, denen es in diesen Tagen gelingen sollte, den Gefangenen einen guten Tod zu ermöglichen, was soviel bedeutete, wie die Ketzer in leidenschaftliche Christen zu verwandeln. Pater Ferrando und Pater Amengual, zwischen denen ein Franziskaner und zwei Mercedarier gingen, sahen immer noch aneinander vorbei wie schon diesen ganzen arbeitsreichen Sommer hindurch. Sie hatten eben erfahren, daß ihre Rivalität vergebens gewesen war, denn der neue Rektor von Montisiòn war bereits bestallt, und keinem von beiden war das Amt zugefallen. Amengual tröstete sich mit dem Gedanken, daß es Pater Ferrando schlechter ergehe als ihm, der er im Begriff sei, seine Arbeit an *El triunfo de la Fe en tres cantos* zu beenden. Es fehlten lediglich noch die Szenen, die in drei Tagen stattfinden würden. Alles übrige war bereits ins reine geschrieben, und er konnte es fast auswendig, so oft hatte er es durchgesehen: *Wieviel wohlgefälliger als der Stock pflegt uns die Rose zu sein; doch verdankt die Rose den Triumph ihrer Schönheit dem Stock, schwerlich könnte sich die Rose schön erhalten ohne den Stock. In der vollen Blüte Seiner Barmherzigkeit und Güte gefiel es dem Menschengott, die Blume der Gnade in ihrem Wesen erblühen zu lassen, doch wollte Er auch verstanden wissen, daß Seine erhabene Milde auf der Festigkeit des Stockes beruht: Egreditur virga de radice Jesse, flos de radice eius ascendet.* Wenn

sich das bereits so gut anhörte, wieviel schöner mußte es dann erst dem frommen Leser klingen, wenn er es einmal gedruckt vor Augen hatte!

Das Gefolge war schon in dem Gang, der zu den Zellen der Frauen führte. Alles war bereit, daß jede einzelne der in der Fluchtnacht Festgenommenen aus dem Munde des Heiligen Tribunals ihr Urteil erfahre, das noch keine von ihnen kannte. Maria Pomar brach in den Armen Beatrius zusammen, als der Ankläger ihr mitteilte, sie sei wegen judaisierender Ketzerei zur Höchststrafe verurteilt worden. Sara de les Olors werde als Seherin und vom Teufel Besessene gleichfalls auf den Scheiterhaufen geschickt. Der Coixa wurde kein Urteil verkündet, ihr Fall war noch nicht spruchreif. Weinend und kreischend, bat sie um Gnade für ihre Gefährtinnen. Niemand hörte auf sie.

Maria Aguiló erwartete dasselbe Schicksal wie ihre künftige Schwiegertochter, wie diese konnte nur die Reue sie davor bewahren, im Feuer zu sterben, dann würde sie vorher erdrosselt. Aina Cap de Trons wurde ausgesöhnt, zu lebenslangem Kerker und Tragen des Büßerhemdes verurteilt. Das Tribunal hatte ihr ihre Hilfsbereitschaft zugute gehalten und ihren Haß auf Valls, der sie, wie sie sagte, unter Drohungen auf das Schiff gezwungen habe. Ähnliches Gift versprühte sie auch über ihren Vater, auf den sie die Schuld am Unglück der Familie schob. Das Gericht nahm Cap de Trons in die Liste der Toten auf, die ausgegraben und im ersten Autodafé verbrannt werden sollten. Cap de Trons würde von den Überresten Rafel Tarongís begleitet, der verstockt und unbußfertig unter der Folter gestorben war. Seine Schwester Isabel Tarongí, verurteilt wegen Abkehr vom Glauben und Judaisierens, überführt und geständig, würde dem weltlichen Arm überstellt und lebendig verbrannt, sofern sie ihre Abirrungen nicht bereute, was ihr gemäß der barmherzigen Tradition gestattete, erwürgt zu werden, bevor man sie in die Flammen warf. Quitèria hatte mehr Glück als Isabel, denn sie bekam, genau wie Aina Segura, die Schwester Madò Grossas, nur fünfzehn Jahre Gefängnis, weil ihre ehrliche Reue das Tribunal bewogen hatte, die Strafe herabzusetzen. Costuras ehemalige Haushälterin Polònia, Aina Fuster und Madò Grossa erhielten trotz Reue und christlichem Wohlverhalten die Todesstrafe, denn ihre früheren Ketzereien gegen Gott den Herrn, den ersten und obersten Inquisitor menschlicher Sünden, seien besonders schändlich gewesen. Anschließend würden sie brennen.

Eine halbe Stunde später erreichte der Zug die Zellen der Männer mit der gleichen Zeremonie und ein paar Priestern und Familiaren weniger, die zurückgeblieben waren, um die Ermahnung und Beaufsichtigung der unglücklichen Weiber zu übernehmen. In der ersten Zelle, die sie betraten, saß Rafel Onofre, der zu schreien begann, als er sein Todesurteil vernahm, dem Notar einen Stoß versetzte und einen Familiaren an der Kutte packte, so daß der Kerkermeister ihn fesseln mußte. Mit den Brüdern Cap de Trons waren sie weniger streng. Auch sie hatten gegen ihren Vater gehetzt, der sie, wie sie berichteten, habe beschneiden wollen, wenn sie auch nicht mehr als ein paar Kratzer und kleine Schnitte davongetragen hätten, weil sie sich zur Wehr setzten, denn seinen Glauben teilten sie nicht. Die beiden Cap de Trons schickte man auf die Galeeren. Josep Valleriola, verurteilt wegen Rückfälligkeit, mußte auf den Scheiterhaufen, während sein Verwandter, der Schneider Xim Valleriola, mit zwanzig Jahren Kerker bestraft wurde. Sein Haß auf den Rabbiner diente zur Milderung der Anklagen gegen ihn. Ihm gab er die Schuld am Verhängnis aller und insbesondere an seinem eigenen. Er sagte aus, Valls habe sich für ein Weizeneinfuhrgeschäft Geld von ihm geliehen und ihm einen ordentlichen Gewinn versprochen, um es dann ohne sein Wissen in die unselige Flucht zu stecken. Pere Onofre Martí, Moixina, der vor den Richtern erklärte, er erkenne das Neue Gesetz Christi als das wahre an, und ohne daß man es von ihm verlangt hätte, seine Verfehlungen beichtete, wurde dennoch, genauso wie der Konsul und seine beiden Söhne, in den Flammentod geschickt. Das gleiche widerfuhr Miquel Bonnín.

Der Inquisitor behielt sich das Recht vor, Gabriel Valls – der zudem in der schlechtesten aller Zellen saß, der ungastlichsten und abgelegensten – sein Urteil persönlich zu verkünden: *Nach Sichtung seines Falles und Beratung mit wissenschaftlich und in Glaubensfragen von Gewicht höchst bewanderten Personen sei im Hinblick auf die Schwere und Bösartigkeit seiner Vergehen beschlossen worden, ihn am kommenden Dienstag dem weltlichen Arm zu überstellen, damit er auf dem Scheiterhaufen hingerichtet werde.* Valls vernahm das Urteil, ohne mit der Wimper zu zucken.

Nur die Kinder, die das vorgeschriebene Alter für eine Gefängnisstrafe noch nicht erreicht hatten, wurden freigelassen. Man entließ sie verarmt und elternlos, auf daß ihre Familien ihnen für immer als abschreckendes Beispiel vor Augen stünden. Sie würden gut daran tun, sich ab jetzt als neugeborene Waisenkinder zu verstehen.

Zehn

Er ist eben in Porto Pi von Bord gegangen und eilt über die Landstraße zum Tor von Santa Catalina. Als er am Wald von Bellver vorbeikommt, sieht er mit wachsender Neugierde, wie zahlreiche Holzfällertrupps eine Lichtung vom Laub reinigen, während andere Bündel frisch geschnittener Äste aufschichten. Sie sind emsig dabei, als arbeiteten sie gegen Stücklohn, gehetzt von einem brüllenden Vorarbeiter, dessen Worte nicht richtig zu verstehen sind, doch scheint er ihnen Beine zu machen. Hätte er es nicht so eilig, würde er zu ihnen gehen und sich nach dem Grund für den Umtrieb erkundigen. Schon von der Reling aus, als sie die Spitze des Docks umschifften, ist ihm der gelbliche Fleck zwischen den Pinien aufgefallen, die den Hang von Bellver bedecken bis hinunter zu der Landstraße, die Ciutat mit dem Hafen verbindet. Doch hat er keine Sekunde zu verlieren. Er will so bald wie möglich da sein. Wenn ein Wagen vorbeikommt, in dem noch Platz ist, wird er ihn anhalten und bitten, bis zur Stadtmauer mitfahren zu dürfen. Er zittert bei dem Gedanken, daß es zu spät und die Reise umsonst gewesen sein könnte, daß er den Auftrag der Senyora nicht mehr erfüllen kann, daß er ein vergebliches Risiko eingeht. Er winkt, doch kein Fuhrmann bringt sein Zugtier mit einem *Brrr!* zum Stehen. Vielleicht mißtrauen sie seinem Aussehen, seiner Kleidung, die ihn als Ausländer verrät, vielleicht auch seiner Eile. *Wenn einer rennt, ist's nie nach was Gutem! Gott weiß, ob er nicht wegen einer Missetat auf der Flucht ist!* so, meint er, könnten die Leute vermuten, gewohnt, sich langsam zu bewegen, alles gemächlich zu tun, so verschwenderisch mit ihrer Zeit umzugehen, als wäre sie im Übermaß vorhanden. Mit langen Schritten strebt er vorwärts zwischen den Bauern, die zu Fuß auf dem Weg zur Stadt sind. Sie schlendern in Gruppen, haben die Kinder und Alten dabei, unterhalten sich lebhaft und machen einen müßigen Eindruck. Als er durch das Tor geht, nimmt das Getümmel zu. Für einen Montag, an dem seines Wissens weder ein Viehmarkt oder ein anderer Großmarkt stattfindet noch ein vorgeschriebener Feiertag ist, scheinen ihm ungewöhnlich viele Leute unterwegs zu sein. Als er sich vor einem Jahr und vier Monaten zum erstenmal in Mallorca aufgehalten hat, ist nicht so viel los gewesen. Nein, das ist kein gutes Zeichen, sagt er sich, eher läßt es befürchten, daß das Unheil nah ist und er tatsächlich zu spät kommt. Doch wagt er nicht zu fragen. Wer weiß, vielleicht sind alle diese Bauern zu den Feierlichkeiten anläßlich der Ernennung des neuen Vizekönigs nach Ciutat gekommen, der erst vor kurzem eingetroffen sein soll, wie er in Barcelona erfahren hat. Darauf hofft er. Sobald ihn Don Sebastià Palou empfängt, werden sich seine bösen Ahnungen verflüchtigen. Bestimmt wird man noch etwas tun können, bestimmt ist noch nichts ganz verloren. Kurz bevor er die Kirche von Santa Creu erreicht, trifft er auf die Fischweiber, die ihre Ware feilbieten: *Feine Sardinen, Felsenfische, die noch hüpfen, erstklassige Barben! Auf, Mädels, greift zu! Holt sie euch!* Nein, keine von ihnen will er fragen, ob er auf dem richtigen Weg zum Kloster von Santa Magdalena ist. Auch die Horde tollender Kinder nicht, die ihre Drachen steigen lassen. Inmitten eines aus allen Winkeln angelockten Katzenheers bewegt er sich hinter den Fischweibern her, die jetzt stehengeblieben sind, um eine aus dem Fenster rufende Kundin zu bedienen, und ihm den Weg versperren. Der hartnäckige Geruch, den sie ausströmen, hat sich dem Fremden in die Nase gesetzt und stört ihn. Ihm ist der würzige Duft nach Pinien und dem Harz frisch geschnittener Äste viel lieber, den er im Wald von Bellver eingeatmet hat und sich gern bewahren will.

Als er an der Kirche von Santa Creu vorbeikommt, hat er bei dem plötzlichen ersten Glockenschlag das Gefühl, er dröhne ihm direkt ins Ohr. Bei jedem Schritt, den er sich entfernt, ertönt ein weiterer Schlag, neun insgesamt. *Keine gute Zeit für Überraschungsbesuche,* sagt er sich. Doch nimmt er an, der Offizier wird es zu entschuldigen wissen. Sein Auftrag duldet keinen Aufschub. Der Herr wird Verständnis haben. Dessen ist er sich recht sicher. Er muß sich sputen und darf sich nicht verlaufen. Jeder Augenblick kann kostbar sein. Er zögert, welche Richtung er nehmen soll, und als er einen alten Priester mit gütigem Gesicht sieht, fragt er ihn, ob er ihm den Weg zum Kloster von Santa Magdalena weisen könne, in dessen Nähe der erhabene Sebastià Palou wohnen solle. *Immer geradeaus,* antwortet der Priester, *biegt hinter der Kapelle der Montcades am Can Tagamanent ab und dann nochmal links. Ich sehe, Ihr seid fremd hier. Don Sebastià und ich waren früher Nachbarn, ich kenne ihn von klein auf...*

Hier geht es zu wie in Livorno, denkt der junge Mann, *jeder kennt jeden. Man weiß alles. Nicht das kleinste Geheimnis läßt sich bewahren. Im Nu wird alle Welt wissen, daß ich Don Sebastià Palou suche. Doch habe ich nichts zu befürchten. Niemand kann mich erkennen. Nicht einmal der Büttel selbst. Mit dem Schnurrbart sehe ich ganz anders aus, und meine Haare sind sehr gewachsen. Dem armen Matrosen, den sie eingesperrt hatten, bin ich überhaupt nicht mehr ähnlich. Jetzt bin ich ein Herr, wie man an meiner Kleidung nach der toskanischen Mode sieht!*

»Der Herr, den Ihr sucht«, sagt das nette Dienstmädchen, das ihm mit einer Verbeugung die Tür geöffnet hat, »der wohnt nicht mehr hier.«

Als sie die Enttäuschung im Gesicht des schmucken Fremdlings bemerkt, der fast so jung ist wie sie selbst, lächelt sie und sagt ihm, wo er ihn finden kann: *Im Haus Dalmau, an der Herberge S'Estornell vorbei.* Und sie erklärt ihm den kürzesten Weg dorthin.

Der Fremde beschleunigt den Schritt und bahnt sich seinen Weg durch die engen Gassen und das umherspazierende Volk. Er will nicht rennen, um keine Aufmerksamkeit zu erregen, aber seine Sohlen brennen. Er scheucht die weg, die ihm ein würdiges Nachtlager anbieten wollen, und die Wasserhändler, die ihn bedrängen, weil er so verschwitzt ist. An der Plaça Nova hält er inne. Er erkennt den Platz wieder, auch wenn ihn heute die Gemüsebauern bevölkern, die auf behelfsmäßigen Ständen ihre Waren ausgebreitet haben. Er kann nicht widerstehen, einen Blick in den Segell zu werfen: Er sieht die versiegelten Häuser, die auf die Türen gemalten grünen Kreuze und die gaffenden Leute. Wieder läuft er los. Er erkennt jetzt die Straße, die er seinerzeit eine ganze Nacht lang auf und ab gegangen war, in der Hoffnung, durch die Hintertür eingelassen zu werden, die sich ihm jedoch niemals öffnen sollte. Und er meint, auf der Mauer, die den Garten umschließt, dieselben Risse und Brüche wahrzunehmen, die matten Flecken, die rauhe Oberfläche, die stellenweise tieferen Schatten, die er im Traum gesehen haben mußte, denn damals war es zu dunkel, um sich solche Einzelheiten einzuprägen. Die Tür allerdings, kein Zweifel, es war diese … *Um den Garten herum*, hat die Magd gesagt. Um sicherzugehen, daß er nicht doch den falschen Weg gewählt hat und einer unerfüllten Sehnsucht zu diesem Ort gefolgt ist, fragt er eine Frau mit einen Korb voller Gemüse, die unter dem Arm ein Brot wie ein Mühlrad trägt. *Haus Dalmau? Gleich hier. Ganz in der Nähe. Der Haupteingang ist in der anderen Straße, da um die Ecke.*

Sebastià Palou nimmt an der Seite seiner Frau das Frühstück ein, nachdem er sie bereits zur Frühmesse begleitet hat. In ehelichem Einklang knirschen die Biskuitbissen in ihren Mündern, während vor ihnen die Becher mit Schokolade warten. Der Biskuit ist ein Geschenk der Klarissinnen. Für etwas muß die wohltätige Bereitschaft Donna Bàrbaras gegenüber den Klöstern ja nutze sein, denkt der Offizier, der erst seit zwei Monaten verheiratet ist. Einundsechzig Tage voller Gebete, Novenen und frommer Taten, voller verzweifelter Langeweile. Wenn wenigstens Beatriu Mas nicht im Gefängnis säße! Der Lakai bittet um Erlaubnis, das Frühstück der Herrschaft unterbrechen zu dürfen.
»Ein fremder Herr wünscht Euer Gnaden zu sprechen. Er sagt, er heiße Loureiro, und der Auftrag, der ihn zu Euch führt, sei dringend.«
»Sicher was von meinem Onkel«, bemerkt Sebastià zu seiner Frau, »verzeih, Bàrbara, ich bin gleich zurück.«
Er legt das Mundtuch auf den Tisch, nachdem er sich die Lippen abgetupft hat, und küßt die Hand seiner Frau mit charmanter Schicksalsergebenheit.
Der Saal, in den man ihn geführt hat, ist einer der luxuriösesten, die er jemals gesehen hat. Die turmhohen Wände sind

von oben bis unten mit Wandteppichen bedeckt. Über drei Dutzend Stühle aus rotem Samt mit goldenen Beschlägen und Fransen aus Goldfäden sind rundum aufgereiht. Von der Decke hängt eine riesige Messingkugel. Genau darunter steht ein schön gearbeiteter Nußbaumtisch mit einem großen Leuchter darauf. Der junge Mann wagt nicht, sich hinzusetzen, weil er nicht weiß, welchen Stuhl er nehmen soll. Er geht lieber umher, doch ist er nicht sicher, ob rechts oder links herum, denn auf jeder Seite befindet sich eine Tür, durch die der Hauptmann eintreten könnte, und er will ihm sofort ins Gesicht sehen. Außerdem wäre es ungehörig, ihm den Rücken zuzukehren.

»Mich schickt Donna Blanca Maria Pires«, beginnt er, »in deren Diensten ich stehe und die Euch vielmals grüßen läßt. Die Reise, hindernisreicher als mir lieb war, hat zwei Wochen in Anspruch genommen, denn die Senyora hat mich sofort rufen lassen, als sie Euren Brief erhielt. Ich benutze den Namen Loureiro, doch Euch darf ich anvertrauen, daß mein wirklicher Name João Peres ist.«

»Wenn dem so ist, darf ich Euch um einen Beweis dafür bitten, daß Ihr die Wahrheit sagt. Versteht mich nicht falsch, aber heutzutage ...«

»Natürlich. Wie in Eurem Schreiben verlangt. Die Senyora meinte, wenn Ihr den seht, werdet Ihr keinen Zweifel mehr haben.«

Der Fremde nähert sich dem Offizier, zieht den Ring vom kleinen Finger der rechten Hand und hält ihn ihm hin.

»Ich habe ihn getragen, weil es mir die beste Art schien, ihn zu schützen. Um ihn mir wegzunehmen, hätte man mir die Hand abhacken müssen.«

»Danke!« gibt Palou überrascht zurück, während er mit dem Ring spielt. »Ihr müßt müde sein und hungrig.«

»Sehr müde, Herr. Aber das ist gleichgültig, wenn ich nur rechtzeitig komme. Es sind so viele Leute auf der Straße wie in Erwartung eines wichtigen Ereignisses. Der neue Vizekönig …?«
»Der neue Vizekönig ist letzte Woche empfangen worden. Die Leute sind nicht wegen des Vizekönigs gekommen, sondern wegen der Verbrennungen. Das erste Autodafé beginnt morgen. Soweit ich in Erfahrung bringen konnte, sind alle, die auf dem Schiff waren, verurteilt.«
Sebastià Palou spricht leise, die Wirkung seiner Worte auf den Jungen beobachtend.
»Die Senyora … Ich weiß nicht, wie ich ihr erklären soll, daß ich nicht mehr rechtzeitig gekommen bin.«
»Wenn ich offen sein soll, hätte das auch nichts genutzt. Diesmal ist alles ganz anders gelaufen als vor zehn Jahren. Dank der Großzügigkeit meiner Frau konnte ich versuchen, das Leben von Valls, dem Konsul und ihren Familien zu kaufen, nachdem Villarreal unverrichteterdinge abgereist war, leider vergeblich. Ich habe dabei an Donna Blanca und Pere Onofre Aguiló gedacht. Wie geht's übrigens meinem Freund?«
»Er kann noch nicht gehen und ist sehr niedergeschlagen. Er hält sich für schuldig an der Katastrophe.«
»Er kann gar nichts dafür, der arme Pere. Wenn es einen guten Menschen auf der Welt gibt, dann ihn!«
Der Offizier Palou tritt an den Tisch und ergreift eine kleine Silberglocke. Sofort erscheint ein Diener und verneigt sich.
»Bestelle in der Küche ein gutes Frühstück und serviere es in der Bibliothek, wenn es soweit ist.«
Sebastià Palou, gefolgt von dem Fremden, durchquert vier weitere sehr hohe Säle, gekrönt von Deckenbalken aus rotem Holz und mit befremdlichen quadratischen Bildern bedeckt,

einige davon riesig. Eine kleine schwarze Truhe mit Elfenbeinprofilen erinnert den Jungen an eine ähnliche, die in einer der Kammern der Witwe Sampol in Livorno einen Ehrenplatz einnimmt. Ein Hirtenhund läuft auf ihn zu und beschnuppert ihn, als er die Bibliothek betritt. An einer der Wände ersetzen Bücher die Bilder. An den anderen hängen Porträts von Priestern und Höflingen. Der Offizier läßt seinen Gast in einem Lehnstuhl Platz nehmen, gepolstert mit dem gleichen kanonikerfarbenen Damast der Schabrakken, die über die Fenster- und Türvorhänge fallen. Er selbst bleibt stehen und beginnt, den Raum auf und ab zu schreiten.

»Für die Dauer Eures Aufenthalts bleibt Ihr in meinem Haus. Ich wohne hier seit zwei Monaten, seit meiner Eheschließung.«

»Danke, aber ich habe Unterkunft auf der Pinke. Meine Herrin sendet Euch die besten Glückwünsche zu Eurer Hochzeit und dankt Euch, daß Ihr sie benachrichtigt habt.«

»Hat sie Euch keinen Brief für mich mitgegeben?«

»Nein, Herr. Sie hat Euch geschrieben, den Brief aber anschließend wieder zerrissen. Sie hielt es für zu gefährlich, mir ein Schreiben mitzugeben, falls ich es nicht bis hierher schaffen würde, falls irgendein Unglück geschähe und ich festgenommen würde. Sie gab mir dieses Geld für die Unterstützung der Gefangenen.«

Der junge Mann zieht zwei unter seiner Kleidung verborgene pralle Beutel hervor, die Sebastià Palou ablehnt.

»Nicht mehr nötig. Gebt es zurück. Sagt ihr, sie solle es für wohltätige Zwecke verwenden. Und gebt ihr auch den Ring zurück.«

»Die Senyora hat gesagt, er gehöre Euch, daß SP Eure Initialen seien.«

»Aber ich habe ihn ihr geschenkt. Wir hatten verabredet, daß sie ihn annimmt, um ihn für eine gerechte Sache einzusetzen, für ein gutes Werk. Sonst hätte sie ihn nie akzeptiert.«

»Das hat sie auch getan.«

»Ja, und Harts war töricht genug, ihn von Costura schätzen zu lassen, und der hatte nichts Eiligeres zu tun, als es seinem Beichtvater zu erzählen...«

»Ich hatte mehr Glück als Gabriel Valls und der Konsul. Es ist gerade acht Monate her, daß ich den Ring zurückholte. Die Senyora bat mich, ihn Euch wiederzugeben, wenn er den Verurteilten keine Hilfe sein könne. Nehmt ihn als Hochzeitsgeschenk.«

»Sagt ihr, daß ich alles getan habe, was in meiner Macht stand, vor und nach Villarreals Besuch. Alles!« sagt Palou, den Blick auf den Ring gerichtet. »Ich habe Familiaren bestochen und üppige Almosen zugunsten des Tribunals gespendet, wie mir empfohlen wurde, dank derer man mich in Ruhe gelassen hat. Doch das Geld, das zur Strafminderung der Gefangenen dienen sollte, wurde abgelehnt. Es gelang mir lediglich in den ersten Monaten, den Kerkervogt zu schmieren, damit er Valls hülfe. Dann gar nichts mehr. Der Inquisitor, bei dem ich vorgesprochen habe, um ihn um Gnade zu bitten, erwies sich als unnachgiebig. Für ihn ist Geld nicht von solchem Interesse wie für andere Mitglieder des Heiligen Offiziums. Und so sehr ich mich auch bemühte, habe ich keine schwache Stelle ausfindig machen können, wo er angreifbar gewesen wäre. Er scheint eine wahre Festung zu sein, gut verteidigt, uneinnehmbar. Von Nächstenliebe wollte er nichts hören – nur von Gerechtigkeit.«

Sebastià Palou macht eine Pause. Er hört auf umherzuwandern und setzt sich seinem Gast gegenüber, sieht ihn forschend an und spricht dann leise weiter:

»Sagt Eurer Senyora, daß niemand irgend etwas hätte tun können. Vielleicht ist ihr das ein Trost. Nicht einmal sie, wenn sie ein Mann wäre, wie sie sich das manchmal wünscht. Sie soll sich nicht quälen.«

»Seid unbesorgt, Herr, ich werde ihr alles genau übermitteln, jedes Eurer Worte.«

Palou hört ihm offenbar nicht zu, zumindest dankt er ihm die Artigkeit nicht, jedoch fragt er ihn gleich darauf, ob er ihm etwas anvertrauen dürfe. Seine Ergebenheit der Senyora gegenüber sei ihm Gewähr genug.

»Donna Blanca«, beginnt er, »war der vielen Verse und Liebesbotschaften müde, hatte meine Hartnäckigkeit vermutlich satt, und so bat sie mich eines Tages um einen Liebesbeweis und fragte mich, was ich bereit wäre, für sie zu tun. Ich antwortete ihr, was auch immer sie wünsche, allein ihr Mund bestimme das Maß. Sie dachte eine Weile nach, lächelte mich lange an und rief dann: *Ich will, daß Ihr für mich tut, was ich nicht darf und trotzdem so gern täte*... Viele Jahre sind seither vergangen, zehn, wenn ich mich nicht irre, aber am Ende habe ich Wort gehalten... ohne daß etwas dabei herausgekommen ist.«

»Meine Herrin steht in Eurer Schuld.«

»Ganz und gar nicht. Wir haben keine Wette abgeschlossen. Das wäre eines Ehrenmannes nicht würdig.«

Ein Klopfen an der Tür unterbricht Sebastià Palou. Der Diener stellt eine Silberplatte mit dem Frühstück für den Fremden auf den Tisch. Palou fordert ihn mit einer Geste zum Essen auf.

»Eine Frage, Herr«, sagt Peres zwischen zwei Bissen eingelegter Früchte, »hat die Senyora einmal hier in der Nähe gelebt? Vor fast eineinhalb Jahren habe ich eines Nachts den Garten und das Haus umkreist, weil ich dachte, sie wohnte hier.«

»Ja, es war einmal ihr Haus. Als sie Mallorca verließ, kaufte es der erste Ehemann meiner Frau, noch als Junggeselle, um sein eigenes, das Nachbarhaus, zu vergrößern. Sie hat recht getan zu fliehen. Die Inquisition hätte sich so ein beachtliches Vermögen nicht entgehen lassen. Und jetzt, wie das Leben so spielt, haben wir gerade die Räume durchschritten, in denen sie Harts empfangen haben dürfte.«

»Aber zwischen ihr und Harts hat es nicht mehr als Worte gegeben…«, unterbricht ihn der junge Mann mit fester Stimme.

»Königin Esther ist immer ihr Vorbild gewesen. Ich weiß nicht, wie weit sie in ihrer Opferbereitschaft oder ihrer Verblendung gegangen sein könnte. Judith verführte Holofernes…«

»Das ist bestimmt nicht wahr«, sagt der junge Mann, »da bin ich mir ganz sicher.«

»Warum?« fragt Palou interessiert. Er hat es auf dem Stuhl nicht ausgehalten, geht wieder auf und ab und spielt mit dem Ring.

»Weil ich selbst Kapitän Harts seine Strafe erteilt habe und er zugegeben hat, daß die von ihm verbreitete Geschichte gelogen sei.«

»In einem so großen Haus wie diesem«, versetzt Palou, »nimmt sich die Dienerschaft manchmal Dinge heraus, die ihr nicht zustehen. Die Senyora hatte einmal ein paar Monate lang eine sehr schöne, kecke Dienerin, der es durchaus zuzutrauen gewesen wäre, daß sie sich als Donna Blanca ausgegeben und sich zu deren Verehrern gelegt hätte. Mit Harts sollte ein Pakt geschlossen werden, er sollte Juden wegbringen.«

»Ihr bringt mich durcheinander, Herr. Erst sprecht Ihr von einem Opfer und jetzt von einer Stellvertretung.«
»Kennt Ihr Eure Herrin? Kennt Ihr sie gut? Habt Ihr je ihre Eiseskälte erleiden müssen, ihre Härte, ihren Sog? Fragt sie, was genau mit Harts geschehen ist! Fragt sie, und schaut ihr dabei in die Augen, so es Euch gelingt, nicht in ihren Pupillen zu verglühen!«
Sebastià Palou spricht hitzig, das Gesicht gerötet, die Stimme bebend vor Erregung. Der junge Mann wartet, daß er sich beruhigt.
»Richtet ihr aus, es geht mir sehr gut, und ich bin sehr in meine Frau verliebt. Sie wird es nicht glauben. Auch egal. Sagt ihr gar nichts. Was den Ring betrifft, so gehört er ihr. Gebt ihn ihr zurück, bitte.«
Der Fremde steckt den Ring wieder an den kleinen Finger der rechten Hand. Er erhebt sich.
»Wenn Ihr gestattet, Herr... Habt Ihr sonst noch etwas für Eure Freunde in Livorno? Übermorgen laufen wir aus, und vielleicht sehen wir uns nicht wieder. Herr Pere Onofre Aguiló hat mich gebeten, seine Mutter zu besuchen.«
»Das wird nicht gehen, sie ist im Gefängnis. Aber wenn man mich recht informiert hat, ist noch kein Urteil über sie gesprochen. Zum Autodafé morgen sind nur die vom Schiff verurteilt. Nichts als schlechte Nachrichten für meine Freunde in Livorno!«
»Nicht nur, Herr. Euch geht es gut, und Ihr seid frisch verheiratet«, fügt er in verschmitztem Ton hinzu, der dem Offizier mißfällt. »Laßt Ihr mich durch den Garten hinaus?«
»Ihr könnt rausgehen, wo Ihr wollt!« Und wieder läßt er ein Glöckchen erklingen, um den Diener zu rufen.

Der junge Mann hat es überhaupt nicht mehr eilig. Gemächlich spaziert er unter den duftenden Orangenbäumen, horcht auf das gleichmäßige Plätschern des ins Brunnenbecken sprudelnden Wassers, das überfließt und seinen Weg durch den Bewässerungskanal nimmt. Zu beiden Seiten des Pfades erstrecken sich Beete voller Samtnelken, Rosen, Marienrosen und Ringelblumen zwischen Basilikumbüschen von betäubendem Geruch. Die Pflanzen stehen in Blüte und bilden vielfarbige Ranken in gelb, rot, weiß und rosa. Geißblatt klettert die Mauern empor, und Efeu spreizt weit seine Arme und reckt sie hoch hinauf.

Ein junges Mädchen, fast noch ein Kind, führt den Fremden. Sie ist bäuerlich gekleidet mit einer hanfleinenen Schürze über dem Rock aus grobem Stoff, das Haar vom *rebosillo* bedeckt. Sie trägt keinen Schleier nach maurischem Brauch wie die Magd in Harts' Erzählung, eher erinnert ihn ihre Kleidung an Aina Cap de Trons, die er an jenem unglückseligen Tag aufgelesen hatte.

Der junge Mann kann es nicht fassen, endlich wirklich an diesem Ort zu sein, nach dem er sich so inständig und lange gesehnt hatte, überrollt von der Flut der Ereignisse seit dem Moment, da er in Porto Pi von Bord der *Minerva* gegangen war und ein Zufall ihn erst ins Gefängnis und dann auf der Reise nach Livorno in die Kajüte Pere Onofres gebracht hatte. Seine Geschichte ist viel hörenswerter als die Phantasien von Andreas Harts. Zwar hatte er die Dame seiner Träume hier umsonst gesucht, doch führte der Weg zu ihr hier vorbei, und sein Entschluß, sie zu finden, war stärker als alles andere. Um sie zu suchen, hatte er alles aufgegeben.

Jetzt gehen sie unter der Weinlaube hindurch, die das Licht filtriert und in den Stunden drückender Hitze Kühle spendet. Zum Andenken daran hat Blanca in ihrem Garten in Livorno Reben pflanzen lassen, auch Palmen und Zypressen. In ihrem Schatten leistet er ihr häufig Gesellschaft, nachmittags, wenn Jacob Moashé sich verabschiedet hat. Schon ein Jahr und drei Monate steht er jetzt in ihren Diensten. In dieser Zeit hatte er feststellen können, wie das in Harts' Erzählung beschworene Bild der Senyora – das genau mit seinen Seminaristenträumen übereinstimmte, aus denen er fiebernd auffuhr, gepeinigt vom Drang des Fleisches, beherrscht von dem einzigen Wunsch, sie zu besitzen – sich allmählich veränderte und dem wahren Bild Blancas näherte, sprunghaft, unberechenbar, wie eben Sebastià Palou gesagt hatte. Wie gut kennt er Blanca eigentlich? Glaubt er wirklich, daß sie mit Harts nichts gehabt hat? Und die Opfer der Königin Esther, von denen der Offizier sprach, der Mut Judiths und Deborahs? Sind diese nicht ihre bevorzugten Heldinnen, deren Namen sie gern im Munde führt? Und wenn das schöne, lüsterne Mägdlein unter Blancas Beihilfe mit Harts geschlafen hätte? Oder Blanca sich selbst für ihre Zofe ausgegeben hätte? Seit einem Jahr und drei Monaten steht er in ihren Diensten, und obwohl er ihr Sekretär ist, hat sie ihn niemals bis in ihre privaten Gemächer vorgelassen. Trotzdem will er die Hoffnung nicht aufgeben, daß Blanca eines Tages von sich aus nach ihm schicken wird. Er kennt ihr Geheimnis, er hat es zufällig in Antwerpen entdeckt, als er zum zweitenmal dorthin reiste, um Rache für sie zu üben. Er weiß, daß Blanca Maria Gràcia Beatriu, portugiesischer Herkunft wie er, die mit dem mallorquinischen Kaufmann Guillem Sampol verheiratet war, gleichzeitig Tochter und Enkelin einer reichen Jüdin ist, die in ihren Erstgeborenen verliebt gewesen war. Doch für ihn, der er ebenfalls ein Bastard ist, stellt dieser dunkle Fleck in ihrer

Abstammung keinerlei Makel dar, vielmehr hebt er Blanca in die Nähe der Göttinnen aus der griechischen Mythologie, für die er immer geschwärmt hat und die sich zuweilen von einem sterblichen Glücklichen lieben lassen.

Don Sebastià Palou läßt alle Fenster schließen, will das Getöse nicht hören. Im Laufe des Tages hat der Lärm zugenommen. Niemand will das Ereignis versäumen. Vom Lande sind viele Bauern mit ihren Familien eingetroffen, um sich entlang der Straßen, durch die morgen früh die Prozession auf ihrem Weg von der Casa Fosca zum Kloster von Sant Domènec kommen wird, Plätze in vorderster Reihe zu sichern. Viele werden die Nacht unter freiem Himmel verbringen. Sie haben Decken dabei, um sich einzuhüllen, und Körbe mit ein paar Lebensmitteln. Sie zählen darauf, denn so war es von den Ausrufern verbreitet worden, daß nach der religiösen Zeremonie Brot und Trockenfeigen an alle verteilt werden, die von weither gekommen sind, um zu erleben, wie sich Gott des Heiligen Offiziums bedient, um an den abscheulichen Juden Rache zu nehmen, die Ihm den Sohn getötet haben und jetzt die guten Christen in den Ruin treiben. Andere stehen lieber früh auf. Sie werden sich morgen noch vor Morgengrauen in aller Ruhe mit ihren Karren auf den Weg nach Ciutat machen. Einige werden gar nicht erst in die Stadt, sondern geradewegs nach Bellver fahren, da ihr Interesse weniger der Prozession als dem Spektakel der Verbrennung gilt. Die Alten werden die Jungen und diese die Kinder ermahnen, sich das, was sie heute sehen werden, immer vor Augen zu halten, damit sie es niemals vergessen. Niemals.
Nur der Adel, die staatlichen Autoritäten, die Inquisitoren und Familiaren des Heiligen Offiziums sind berechtigt,

der Zeremonie beizuwohnen. Die ehrbaren Bürger und die Handwerker, die mit solchem Eifer die Gerüste zu beiden Seiten des Hauptschiffs aufgebaut, die Kapellen hergerichtet und mit Gardinen verhängt haben, damit die Damen dem Schauspiel ungesehen folgen können, werden nur zugelassen, wenn es noch freie Plätze gibt. Zwei Offiziere bewachen die Tür wie die beiden Engel am Grab Christi und entscheiden, wer ihr Vertrauen verdient und wer nicht und wen sie für würdig erachten, von der Schwelle aus Zeuge dieses Aktes höchster Gerechtigkeit zu sein.
In der Kirche werden die letzten Vorbereitungen getroffen. Der Fremde, der vor einer Weile den Garten verlassen hat, folgt der schaulustigen Menge zum Kloster. Sie wird jedoch von der Truppe unter dem Kommando des Oberbüttels zurückgehalten. Das ist nicht der rechte Moment, unter dem Vorwand, eine Andacht einlegen zu wollen, die Nase in die Kirche zu stecken. *Das Allerheiligste hat seinen Schrein in vielen Kapellen*, sagt er, um sie zu vertreiben. Drinnen sind noch immer Männer bei der Arbeit. Man hört Hammerschläge und das Geräusch von über den Boden geschleiften Bohlen. Eine Schar Lehrlinge bringt den nagelneuen Baldachin aus rotem Damast durch das Hauptportal, der die Frauen in Bewunderungsschreie ausbrechen läßt. *Der kommt bestimmt über die Plätze der Inquisitoren*, vermutet ein Mann, der sich genau des Baldachins für das Autodafé vor zehn Jahren entsinnen will, *von weniger leuchtendem Rot, eher kanonikerrot*. Eine weitere Gruppe Handwerker bahnt sich einen Weg durch die Gaffer. *Laßt uns durch*, rufen sie, *los, macht schon, geht beiseite, wir müssen den Wagen bis hierher schaffen*. Von den Rädern spritzt der Schlamm auf die Kleider der dichtgedrängten Menschen. *Dich soll der... Verdammt noch mal! Seht Euch an, wie Ihr mich zugerich-*

tet habt! Sie haben zum Fest ihre besten Sachen angelegt. Zum Glück regnet es wenigstens nicht. Das hat es letzte Woche schon reichlich getan. Der reinste Morast! Mit einem *Brrrrr!* läßt der Wagenführer die vier Maultiere anhalten, die die beiden Wagen ziehen, über denen eine Art Plattform befestigt ist, groß genug, daß der riesige Käfig darauf Platz findet. An dem Käfig, ein wahres Meisterwerk, haben sieben Schreiner und vier Schmiede, die renommiertesten, einen Monat lang gearbeitet. Sie haben den des Autodafés von Madrid im Jahre 1630 zum Modell genommen, ihn allerdings weit übertroffen. Von diesem schmachvollen Platz aus, in diesem Zwinger, der eher für Löwen und Leoparden, für wilde Bestien statt Menschen geschaffen scheint, werden die Juden von heiligen Lippen ihr endgültiges Urteil vernehmen, gegen das es keinerlei Berufung mehr gibt. Wo sich die Gitterstäbe kreuzen, trägt der Käfig Darstellungen der Leiden Christi während Seines von den Verurteilten verursachten Martyriums und Sterbens, wodurch zugleich die Dämonen von ihren gewohnten üblen Streichen abgehalten und zur Hölle gescheucht werden sollen. Der junge Mann betrachtet alles schweigend. Er beantwortet nicht einmal die Fragen derer, die wissen wollen, woher er kommt und wohin er geht. Er tut lieber so, als verstünde er sie nicht. Er sieht sich alles genau an, denn sofort nach seiner Ankunft in Livorno wird er es der Senyora und Pere Onofre Aguiló in allen Einzelheiten berichten müssen, sofern dieser in der Lage ist, ihn anzuhören.
Der Tag endet in einer Nacht schwarzklumpiger Finsternis. Der Fremde ist an Bord zurückgekehrt und versucht zu schlafen. Trotz seiner Müdigkeit fällt es ihm schwer, in den Schlaf zu finden, weil ihn die Gedanken an die Verurteilten und die Sinnlosigkeit seiner Reise nicht zur Ruhe kommen

lassen. Auch Sebastià Palou schläft nicht. Die Gefangenen wachen ebenfalls in Begleitung der betenden, mahnenden Priester. Dank der Gebete und Ermahnungen haben alle bis auf zwei Reue gezeigt, ihrem Irrglauben abgeschworen, und selbst wenn sie morgen sterben müssen, selbst wenn morgen ihre Zeit abgelaufen sein wird, werden sie das andere Leben gewinnen, die Ewigkeit für immer. Einige vertrauen noch auf ein Wunder. Sara wiederholt erneut, Maria solle keine Angst haben, der Adler sei bereit. Doch Maria setzt ihre Hoffnung lieber auf eine Begnadigung in letzter Minute als auf die Visionen der armen Irren. Wie seine Tochter denkt auch Bonnín an rettende Flügel. Ach! Hätte er seine mechanische Erfindung nur rechtzeitig fertigstellen können! Sie hätten ihn niemals erwischt! Rafel Onofre fleht den Beichtvater an, er möge um Gnade bitten. Er bietet sein Leben gegen das seines Mädchens, das er ins Verderben geführt habe. Isabel Tarongí sagt ihnen noch einmal, nichts könne etwas daran ändern, daß sie als Jüdin geboren sei und als Jüdin sterben werde. Sie mögen beten, wenn sie wollen, aber Adonai halte sie fest in ihrem Glauben. Madò Grossa wie auch ihre Schwester Aina und Quitèria fallen zuweilen in die Ave-Marias der Priester ein, dann wieder können sie sich nicht konzentrieren. Aina und Quitèria denken an die in Armut verlassenen Kinder. Was Madò Grossa am meisten schreckt, ist der Gang zum Scheiterhaufen, von allen verhöhnt, dessen ist sie gewiß, auch von den Undankbaren, denen sie so oft bei bösen Krankheiten geholfen und die sie von Geschwüren kuriert hat, so widerlich, daß kein Arzt sie anfassen mochte. Madò Grossa fürchtet das Gejohle des Pöbels mehr als das Ungeschick des Henkers an der Würgschraube. Es tut ihr mehr um die jungen Leute leid als um ihr eigenes Leben. Sie ist alt, zu alt. Sie würde es sowieso nicht mehr lange machen. Maria Aguiló dagegen ist verzweifelt. Sie verliert alles, was sie hat: ihren Mann, ihren Sohn, die künftige Schwiegertochter...

Gabriel Valls hat Pater Amengual aufgefordert, in Stille zu beten, ihn nicht länger mit dem leiernden Singsang seiner Rosenkränze zu belästigen, ihn eine Weile ruhen zu lassen. Der Jesuit senkt die Stimme. Valls läßt sich auf das Lager nieder und schließt die Augen, nicht um zu schlafen, das kann er nicht, sondern um sich zu fassen. Er hat diese letzten drei Tage in einem furchtbaren Zustand der Erregung zugebracht. Sein Magen war durcheinandergeraten. Nie hätte er für möglich gehalten, daß seine entsetzten Eingeweide ihm so übel mitspielen und ihn zwingen könnten, sich unablässig zu übergeben und den Koteimer mit einem ekelhaften Gestank zu füllen.

»Du bist verfault, Valls«, hatte Pater Amengual mit angewidertem Blick gesagt, »innen und außen faulig.«

»Das ist die Angst des Körpers, die ihn rebellisch macht«, hatte er zurückgegeben und versucht, das Zittern zu unterdrücken, das ihn überkommen hatte, kaum daß der Inquisitor nach der Verlesung des Urteils wieder aus der Zelle war. Zum Glück hatte er sich vor ihm zusammengenommen, stoisch, als wäre er erhaben über die Todesfurcht. Aber das ist nicht wahr. Er fürchtet den Tod. Er ist nicht besser als die anderen, die in ihren Zellen wahrscheinlich, genau wie er, kotzen und unaufhörlich auf den Eimer müssen, mit rasendem Herzen, unter Würgen und furchtbaren Krämpfen. Den anderen würden sie vielleicht vergeben, ihre Irrtümer verzeihen, wenn sie überträten. Wenn sie es doch nur täten! Hoffentlich verwünschen sie Adonai und folgen der Doktrin Christi, den sie ebenfalls verwünschen oder später verwünschen werden, denn nichts, was mit Gewalt, der Bedrohung durch Schwert oder Feuer erzwungen wird, kann zu etwas anderem führen als Abwehr! Wenn sie sich nur retten könnten! Das Leben ist das kostbarste Gut. Ein anderes gibt es nicht. Davon ist er überzeugt, und jeder muß über sein eigenes verfügen können. Jeder über sein eigenes und nicht er als Rabbiner, wie sie ihn nannten, über das der anderen. Oh, wie bitter er bereut! Und darum kann nichts seinen Feuertod abwenden. Ihm kann keine Vergebung zuteil werden. Er muß im Tode so unbeugsam sein, wie er es im Leben sein wollte. Er ist für den Fehlschlag verantwortlich, und deshalb muß er dafür bezahlen, indem er beweist, daß er vor allem ein Mann ist, ein ganzer Mann – und erst danach Jude oder Christ.

Er hat in diesen Tagen oft an den Moment gedacht, in dem er allein sein würde, an den Moment, in dem Pater Amengual, von Schläfrigkeit überkommen, einnicken und schnarchen würde. Er hat den Tonkrug, in dem man ihm das Wasser gibt, auf seine Zerbrechlichkeit geprüft und festgestellt, daß ein Schlag genügen würde, ihn zu zerbrechen und eine Scherbe an sich zu nehmen, die scharf genug wäre, denn Besteck hat man ihm nie gegeben, von einem Messer zur Rasur ganz zu schweigen. Die Adern seiner Handgelenke treten recht deutlich hervor. Es wäre nicht schwer, sie aufzuschlitzen. In ebendiesem Kerker hatte Alonso López sich mit einer Tonscherbe selbst beschnitten, um vor den Allerhöchsten zu treten, wie er es für angemessen hielt. Er starb den Flammentod. Seine Vorhaut zu Asche verbrannt. Die Qual des Feuers vermeiden! Eine eigene Entscheidung treffen, ehe er hier herausgeholt wird, schon im Büßerhemd, auf dem Kopf die Mitra aus Pappe, ehe er, nachdem er im Kloster von Sant Domènec in aller Öffentlichkeit sein Urteil vernommen hat, auf dem Rücken eines Esels die Stadt durchqueren muß, Richtung Scheiterhaufen, verhöhnt, bespuckt und ausgelacht von der Menge. *So leide ich am wenigsten. Es heißt, daß, wer sich die Pulsadern öffnet, einen süßen Tod stirbt. Vor Pater Amengual und dem Inquisitor wäre mein Gesicht gewahrt. Doch vor meinen Leuten?* Vor denen, die durch sein Verschulden ins Feuer gestoßen werden... Nein, er darf sie nicht verlassen. Er fürchtet, seine Stimme könne ihn ebenso verraten wie seine Därme und ihn um Gnade winseln lassen. Doch das darf nicht geschehen. Das nicht, auf keinen Fall! Besser gar nicht daran denken. Lieber glauben, das Feuer werde ihn rasch verzehren. Sein Schicksal war an dem Tag besiegelt, als er die Schiffsreise beschloß, und jetzt steht es nicht mehr in seiner Macht, es zu wenden. Mit oder ohne Adonais Hilfe, ganz von Gott verlassen, bleibt ihm keine andere Wahl, als zum Märtyrer seines Glaubens zu werden – des Glaubens, der ihm nun fehlt, da er zur einzig möglichen Gewißheit gelangt ist, nämlich der des Mannes, der zum Beweis, daß er ein solcher ist, als Sieger über das Leben gelassen in den Tod geht.

Sebastià Palou kleidet sich mit Hilfe seines Dieners lustlos an. Er ist froh, das Schlafzimmer nicht mit Bàrbara teilen zu müssen, wie es in der ersten Zeit der Ehe zu erwarten gewesen wäre, sondern über sein eigenes zu verfügen. Er hat die Nacht damit zugebracht, unruhig, schlaflos die Kammer auf und ab zu gehen. Vor Blancas Boten hat er gestern zuviel geredet. Und das bedauert er jetzt. Er hat schreckliche Kopfschmerzen und schlechte Laune. Es widerstrebt ihm, dem Autodafé beiwohnen zu müssen, aber er muß seine Frau begleiten, deren Frömmigkeit das Ereignis in heftige Wallung versetzt. Zum Glück wird Valls ihn, verborgen hinter dem Vorhang in der für sie reservierten Kapelle, nicht sehen können. Er wird seinen Augen nicht begegnen müssen. Sein Onkel hat gut daran getan, vor den Hinrichtungen abzureisen und sich somit den Anblick zu ersparen, wie auch Angelat eine plötzliche Erkrankung vorgeschützt hat, um das Spektakel, vor dem ihn so schaudert, daß es ihm den Appetit verdirbt, nicht protokollieren zu müssen.

Der Fremde hat die Pinke verlassen. Auf dem Weg von Porto Pi nach Ciutat drängen sich Karren und Fußgänger. Alle haben es eilig. Alle wollen sie rechtzeitig eintreffen, um die Untadeligkeit ihres Blutes zu demonstrieren, frei von jeder jüdischen Verunreinigung. Sie sind guter Dinge, denn auch sie fühlen sich Teil dieser Siegesfeier des Glaubens über die verderbte Ketzerei. Sie werden aus vollem Hals gegen die verwünschten Juden in ihren Schandkutten schreien, sobald sie aus dem Kirchenportal kommen, aufgereiht hinter der weißen Standarte mit dem grünen Kreuz, wie gefallene, vom Teufel besessene Seelen, die nicht einmal Gott der Herr in Seiner unendlichen Barmherzigkeit aufzunehmen bereit ist, die sogar Er abweist und in die Finsternis schickt. *Danket Gott!* haben die Prediger während der Sonntagsmesse von ihren Kanzeln gerufen. *Danket Gott, daß ihr mit eigenen Augen Zeugen der Strafe sein dürft, die dieser Rasse ungläubiger Hunde, diesen Ketzern zuteil wird! Erhebet eure Stimme, und lobet Gott für diese Gnade …*
Die Nacht gebiert den Tag, und milchiges Morgenlicht überzieht den Himmel. Die mauerumschlossene Stadt öffnet ihre Tore. Alle Glocken schlagen gleichzeitig. Ein Dach aus Glockenklang überwölbt alles und hält den Flug der Vögel auf, die, erschreckt von dem ohrenbetäubenden Getöse, erwachen. Die Prozession hat die Kirche verlassen. Vorneweg marschieren sämtliche religiösen Männerorden des alten Kö-

nigreiches, wie gedrillte Ameisen perfekt in Reih und Glied ausgerichtet, Altarkerzen in den Händen. Hinter ihnen, im Gefolge des heiligen Banners der Inquisition, schreiten der Vizekönig, der Vorsitzende des Gran i General Consell und des Obersten Gerichtshofs, der Schultheiß und die übrigen Autoritäten Mallorcas. Dann kommen die Verurteilten in den Mützen und den gelben Büßerhemden, einige mit Andreaskreuzen bemalt, andere mit umgekehrten Flammen und nur zwei voller Dämonen, die eigenen Gesichter auf den Schandkutten abgebildet. Um den Hals ein Hanfstrick und in der rechten Hand eine Kerze. Die Augen gesenkt, gehen sie barfuß über die Steine und Scherben, die junge Burschen zum Beweis ihrer Christentreue überall verstreut haben, um sie noch mehr zum Gespött zu machen. Neben ihnen die Priester und Mönche, die ihnen Beistand leisten und sie unaufhörlich ermahnen. Die Marschordnung beschließen in trauter Andacht die dunklen Soutanen des Heiligen Tribunals, der Familiaren und Inquisitoren und eine weitere Woge von Kerzenflammen zur Freude der Kerzenzieher des Reichs und zum Lob Gottes Unseres Herrn.
Der Fremde wendet sich ab. In die Kirche läßt man ihn ohnehin nicht hinein. Er wird in der Nähe des Brandstuhls mit der dort versammelten Menschenmenge warten. Über den Berghang verstreut, sind es mehr als zwanzigtausend. Sie plaudern und lachen, einige tanzen, andere erzählen Witze. Heute ist ein großer Festtag. Sie bekommen umsonst zu essen. Noch steht die Sonne hoch, doch von Westen her nähern sich dichte Wolken. *Ein Jammer, wenn der Regen alles verderben würde*, sagen einige, *bloß das nicht!* Sie wünschen sich Sonnenschein, damit das Schauspiel in all seiner Pracht zur Geltung kommt. Die Henker stehen bereit. Man hat noch zwei aus Menorca kommen lassen, falls es

knapp wird. Die Prozession nähert sich. Johlend empfängt die Menge die Verurteilten, die mit nach hinten gefesselten Händen auf Eseln heranreiten. In drei Särgen folgen die ausgegrabenen Leichen Rafel Tarongís, der Frau des Schneiders Valleriola und Cap de Trons'. Als Rafel Onofre das aufgehäufte Holz sieht, stürzt er sich von seinem Reittier und rennt los, bis er Maria gefunden hat. Doch kann er sie nicht einmal umarmen. Die Soldaten, die der Vizekönig bereitgestellt hat, um die verhaßten Juden vor dem Volkszorn zu schützen, zerren ihn sofort grob zurück. *Maria!* schreit der Junge noch, und in seinen Schrei fällt Sara ein: *Maria! Maria!* Und Maria antwortet mit einem Wimmern: *Rafel! Ich will nicht sterben!* Gabriel Valls würde sich am liebsten die Ohren abreißen. Der Schrei seines Sohnes ist wie ein Messer, das ihm das Herz aushöhlt. Er ist als erster an der Reihe, den Scheiterhaufen zu besteigen. Pater Amengual bittet die Anwesenden, mit ihm darum zu beten, daß der Ketzer reuig sterben möge. Und im Chor beten sie ein paar Ave-Marias. Es sind viele Stimmen. *Mit der Beschreibung dieses Klangs werde ich mein Buch abschließen*, entscheidet der Jesuit. *Oh, welch erhebendes Schauspiel! Der Glaube der Mallorquiner, siegreich über die verderbte Ketzerei! Welch feierliches, erbauliches Finale!* Amengual fordert Valls ein letztes Mal zur Reue auf. Der Verurteilte schüttelt den Kopf. Fast lächelt er. Er scheint gelassen. Mehr als vierzigtausend Augen starren ihn an, folgen jeder seiner Gesten. Pater Amengual zieht sich ärgerlich zurück. Pater Ferrando beobachtet es mit Genugtuung: Ihm war es also auch nicht gelungen, den Unverbesserlichen zu bekehren, der jetzt für immer brennen würde.

Der Fremde steht in der zweiten Reihe vor dem Aufbau. Er überragt die Leute um sich herum. Sein einziger Wunsch ist es, von Valls bemerkt zu werden. Vielleicht sieht er dann, daß zumindest einer ihn nicht mit Haß anblickt, sondern voller Mitleid und Bewunderung für seinen Mut. Doch Valls sieht niemanden. Den Kopf leicht gedreht, scheint er nach dem Meer Ausschau zu halten, das ganz in der Nähe beginnt, fast am Fuß von Bellver. Auf Wunsch der Inquisitoren findet die Verbrennung nahe dem für die Flucht gewählten Ort statt, damit es den Verurteilten eine doppelte Lehre sei. Abgesehen davon, wird so der Rauch und der widerliche Gestank von verkohlendem Fleisch nicht bis nach Ciutat getragen. Die Henker überprüfen die Festigkeit der Knoten, mit denen sie Valls an den Pfosten gebunden haben, der aus den angehäuften Zweigen aufragt, als wollte er sich in den Himmel bohren. Soldaten bahnen dem Vizekönig einen Weg durch die Menge, die wieder ein erwartungsfrohes Gebrüll ausstößt. Die Kleriker beten mit lauter Stimme, um das Krakeelen zu übertönen: *Gott der Gerechtigkeit, in Deinem Namen lassen wir Gerechtigkeit walten. Gott der Gerechtigkeit, lasse Deine Gerechtigkeit*... Der Augenblick ist gekommen, und es entsteht ein dichtes Schweigen. Der Vizekönig entzündet das reinigende Feuer mit der Fackel. Valls windet sich. Alles Leiden der Welt findet plötzlich in seinem Gesicht Ausdruck. Er öffnet den Mund, doch fleht er nicht um Erbarmen. Er stöhnt. Noch wenige Augenblicke, und diese Flammen, in denen sein Leib birst, werden nur noch Glut sein. Asche. Dann nichts mehr. Nichts. Sein Körper kippt nach links, bricht durch und fällt wie ein loderndes Scheit. Die Funken versengen fast die Leute, die sich in den ersten Reihen drängen. Der Fremde macht mit der Masse einen Schritt zurück und unter dem Druck der anderen wieder einen nach vorn. Der Rauch kratzt ihn im Hals. Er schwitzt. Er will fliehen. Er will nicht sehen, wie Isabel

Tarongí festgebunden wird und wie sich die Flammen aufs neue des Körpers bemächtigen bis zum Zerfall. So gut er kann, versucht er mit Fäusten und Ellbogen seinen Platz zu verlassen. Er will nur noch weg. Sofort abreisen, weit, ganz weit weg, die Pinke soll gleich den Anker lichten und sich rasch dort draußen verlieren, weit draußen, im fernsten Blau.

Deià, 1978
Barcelona, Ciutat de Mallorca, Sitges, 1989–1993

Anmerkung der Autorin:

Die historischen Tatsachen, die diesem Roman zugrunde liegen, ereigneten sich von 1688 bis 1691 in Ciutat de Mallorca. Aus Angst, daß man ihnen den Prozeß machen könnte, weil ein Spitzel sie verraten hatte, beschloß eine Gruppe zum Christentum konvertierter mallorquinischer Juden am siebten März 1688 an Bord des Schiffes von Kapitän Vuillis (Willis?) Kurs auf die Freiheit zu nehmen. Ein Unwetter machte das Auslaufen jedoch unmöglich, die Flüchtlinge mußten das Schiff wieder verlassen und wurden bei ihrer Rückkehr nach Hause festgenommen. Zu ihrer Verhaftung führte anscheinend ein Zufall. Das Geschrei einer armen Irren, deren Familie sich auch auf den Weg gemacht hatte, versetzte die Straße in Aufruhr und erregte die Aufmerksamkeit der Schergen. Unbeabsichtigt wurde so das Netz gespannt, in dem sich alle an der Flucht Beteiligten verfangen sollten. Noch am selben Abend schaffte der Oberbüttel sie in die Kerker des Inquisitionspalastes, von den Mallorquinern das Schwarze Haus, Casa Negra, genannt, und konfiszierte ihren gesamten Besitz.

Die im März 1688 eröffneten Verfahren wurden nicht vor dem Jahre 1691 geschlossen, in dessen Verlauf vier Autodafés stattfanden (am siebten März, am ersten Mai, am sechsten Mai und am zweiten Juli). Siebenunddreißig Menschen wurden zum Tod auf dem Scheiterhaufen verurteilt. Drei von ihnen, Rafel Valls und die Geschwister Caterina und Rafel Benet Tarongí, die sich weigerten, ihrer Religion abzuschwören, wurden bei lebendigem Leib verbrannt.

Diese Tatsachen und ihre Rekonstruktion waren der Ausgangspunkt für dieses Buch. Ich habe die Handlung komprimiert (die Haftzeit gekürzt und die Verbrennungen vorgezogen), um sie kompakter zu machen und dem zweiten und dritten Teil mehr Intensität zu geben. Im ersten Teil dagegen habe ich mich um Ausführlichkeit bemüht, um dem Leser Gelegenheit zu geben, den Konflikt nach und nach zu erfassen. Es ist, denke ich, überflüssig zu erwähnen, daß João Peres meiner Phantasie entsprungen ist und seine Ankunft in Mallorca der Geschichte als Auslöser dient. Ebenso habe ich einige Figuren erfunden, die niemals existierten, wie Blanca Maria Pires, die portugiesische Dame, die hinreichend bekannten literarischen Quellen entstammt und hier nicht vorgestellt zu werden braucht. Das wird bestimmt ein Kritiker übernehmen, und ich wünsche ihm gutes Gelingen. Auch Pere Onofre Aguiló, den in Livorno niedergelassenen mallorquinischen Kaufmann, hat es nie gegeben, ebensowenig wie Don Antonio Nepomuceno Sotomayor y Ampuero, den Vizekönig, oder seinen Neffen, den Hauptmann Sebastià Palou. Für Beatriu Mas, alias Coixa, Bordellhure, hatte ich ursprünglich eine kleine, zweckdienliche Rolle vorgesehen, aber wie es manchmal vorkommt, erlangte die Figur eine solche Kraft, daß mir nichts anderes übrigblieb, als ihr eine Menge Seiten zu widmen und die Zuneigung entgegenzubringen, die sie vom ersten Augenblick an verdient hatte.

Die übrigen Hauptpersonen basieren auf historischen Persönlichkeiten, die an den schrecklichen Ereignissen beteiligt waren oder sie selbst durchlitten, wie Rafel Valls, im

Roman Gabriel Valls genannt, Rafel Cortès d'Alfonso, aus dem Rafel Cortès, Costura, wurde, und Pere Onofre Cortès de Guillermo, den ich zu Rafel Cortès, Cap de Trons, machte. Der Jesuitenpater Sabater wurde zu Pater Ferrando, und der Autor des abscheulichen Machwerks *Fe triunfante*, Francisco Garau, inspirierte die Figur des Pater Amengual.

Ich habe Namen, Familiennamen und Beinamen absichtlich geändert, um deutlich zu machen, daß mein Buch Fiktion ist und keinen Anspruch auf historische Wahrheit erhebt. Auf dem Gebiet der Geschichte darf kein Material manipuliert werden. Auf dem des Romans jedoch, so historisch er auch sein mag, ist jedes Mittel recht, solange die Glaubwürdigkeit, die Kohärenz der Wahrheit, gewahrt bleibt, und legitimiert sich entsprechend.

Ich habe versucht, Anachronismen zu vermeiden und dem Leser dennoch ausreichend Anhaltspunkte zu geben, damit er nachvollziehen kann, wie die mallorquinischen Kryptojuden Ende des siebzehnten Jahrhunderts lebten und starben, wie ihre Wohnungen waren und ihre Sitten, welche Berufe sie ausübten und wie etliche von ihnen im Bereich des Seehandels – der Kaperschiffahrt – Geschäftspartnerschaften mit Adligen unterhielten, ein Handel, an dem sich ein guter Teil des mallorquinischen Adels bereicherte.

Um das alles herauszufinden, habe ich in verschiedenen Archiven recherchiert, mich durch Berge von Papier gewühlt und entsprechende Literatur gelesen. Ich habe auch den Rat einiger Experten eingeholt, unter denen ich Aina Pascual und Perico de Montaner besonders erwähnen und für ihre Informationen und Vorschläge danken möchte.

Was die Sprache betrifft, habe ich versucht, keine Begriffe zu verwenden, die Ende des XVII. Jahrhunderts nicht schon dokumentiert waren, ohne jedoch in eine archaische und folglich schwer lesbare Sprache zu verfallen. Ich habe die wenigen Angaben aufgenommen, die ich in den Prozeßunterlagen zur Sprechweise im mallorquinischen Ghetto finden konnte, wo man beispielsweise die Christen als Leute aus *can Peroni* bezeichnete, da sich unter dem Wort *Peroni* der Name Christi verbarg.

Dieser Roman verfolgt, auch wenn es vielleicht den Anschein erweckt, keine polemischen Absichten. Weder will er den Finger in alte Wunden legen noch neue aufreißen, indem er die Intoleranz eines Großteils der mallorquinischen Gesellschaft gegenüber einer Gruppe Mallorquiner jüdischer Herkunft anprangert, denn schlimmer als die Ereignisse des Jahres 1691 war womöglich ihre tragische Konsequenz: die jahrhundertelange Ausgrenzung und Erniedrigung der Nachkommen der in den Autodafés verbrannten Märtyrer. Sie alle um Verzeihung zu bitten ist, so glaube ich, das einzige, was wir als gutwillige Mallorquiner tun können. Dies ist eines der Ziele dieses Romans.

Barcelona, 10. Januar 1994

Anmerkungen der Übersetzer:

ADONAI: Jüdischer Gottesname, um den Namen Jahwes nicht auszusprechen
AMO: Mallorquinische Anrede für den Gutsverwalter
APOSTASIE: Die Abkehr vom Glauben
ARKEBUSE: Gewehr, leichter und kürzer als die Muskete
AUTODAFÉ: Ketzergericht und -verbrennung
CAMAIOT: Dicke Blutwurst mit Speckwürfeln und Anis
CAMBUIX: Unter dem *rebosillo* getragenes Kopftuch
COCA DE TREMPÓ: Typischer mallorquinischer Blechkuchen aus Schmalzteig mit Gemüsebelag
COCA BAMBA: Rundes, lockeres, zuckerbestreutes Gebäck
COCARROIS: Gemüsekuchen, meist in Kammform
CRESPELLS: Mürbe Plätzchen mit Hagelzucker
DEUTERONOMIUM: Fünftes Buch Mose im Alten Testament
ELLE: 1 spanische Elle entspricht 0,83 Meter
ELOHIM: Alttestamentliche Bezeichnung für Gottwesen
GARCILASO DE LA VEGA: 1539–1616, spanischer Dichter
INCIPIT: Lateinisch: Beginn
IN EFFIGIE: Lateinisch: in Statue
KABBALA: Seit dem 13. Jahrhundert der Name der jüdischen Mystik

LLOTJA: Gebäude der Warenbörse

MADÒ: Mallorquinische Anrede für eine verheiratete oder verwitwete Frau niederen Standes

MARRANE: Zwangsgetaufter Jude, Scheinkonvertit (*marrano* = Schwein)

MESTRESSA: Übliche Anrede, etwa »Gevatterin«

MISSER: Alte Anrede für Doktoren in Zivil- und Kirchenrecht

PERONI: »Joan Peroni«: Spitzname der mallorquinischen Juden für Jesus Christus, daher *gent de can Peroni:* die aus dem Haus Peroni, als Bezeichnung für die Christen

PLUVIALE: Liturgisches Obergewand, von Priester und Bischof bei liturgischen Anlässen getragen

PRIMIZIANT: Neugeweihter Priester

QUARTOS EMBETUMATS: Feines Gebäck in viereckigen Schnitten

REBOSILLO: Typisches Kopf- und Schultertuch der Frauen

SEN: Bis heute auf Mallorca Anrede für einen älteren Landarbeiter

SERENÍSSIMA: Venedig

SIURELL: Kleine bunte Tierfigur aus Ton zum Pfeifen

SKAPULIER: Hier: Heiligenbild aus Stoff, das unter der Kleidung um den Hals getragen wird

SOBRASADA: Weiche Mettwurst mit Rosenpaprika

SOHAR: Buch der Kabbala

TRUITA: Kartoffelomelette

XUETA: früher abfällige Bezeichnung für die mallorquinischen Neuchristen jüdischer Abstammung

Evan H. Rhodes

DIE GAUKLER DER KRONE

England, 1585: Königin Elisabeth I. muss um den Erhalt ihrer Macht fürchten. Eine militärische Auseinandersetzung mit Spanien rückt in greifbare Nähe, und ihre Nebenbuhlerin, Maria Stuart, erhebt Ansprüche auf den englischen Thron. Umgeben von Feinden und Ränkeschmieden, legt die Monarchin ihr Schicksal in die Hände eines jungen Schauspielers, der im Auftrag der Krone gefährliche Missionen zu erfüllen hat. Nach *Im Zeichen des Kreuzes* der zweite historische Roman von Evan H. Rhodes: ein Porträt der Shakespeare-Zeit.

Nr. 92086